祭文

简注汇编

黄帝祭文汇编简注

限量版

编撰工作委员会

主编　李　浩

副主编　赵　杭　苏　峰　孟　飞

委员　陈战峰　王早娟　邱　晓　任雅芳　孟　飞　陈　艳　刘　晓　吴红兵　郭　琳　刘晓宇

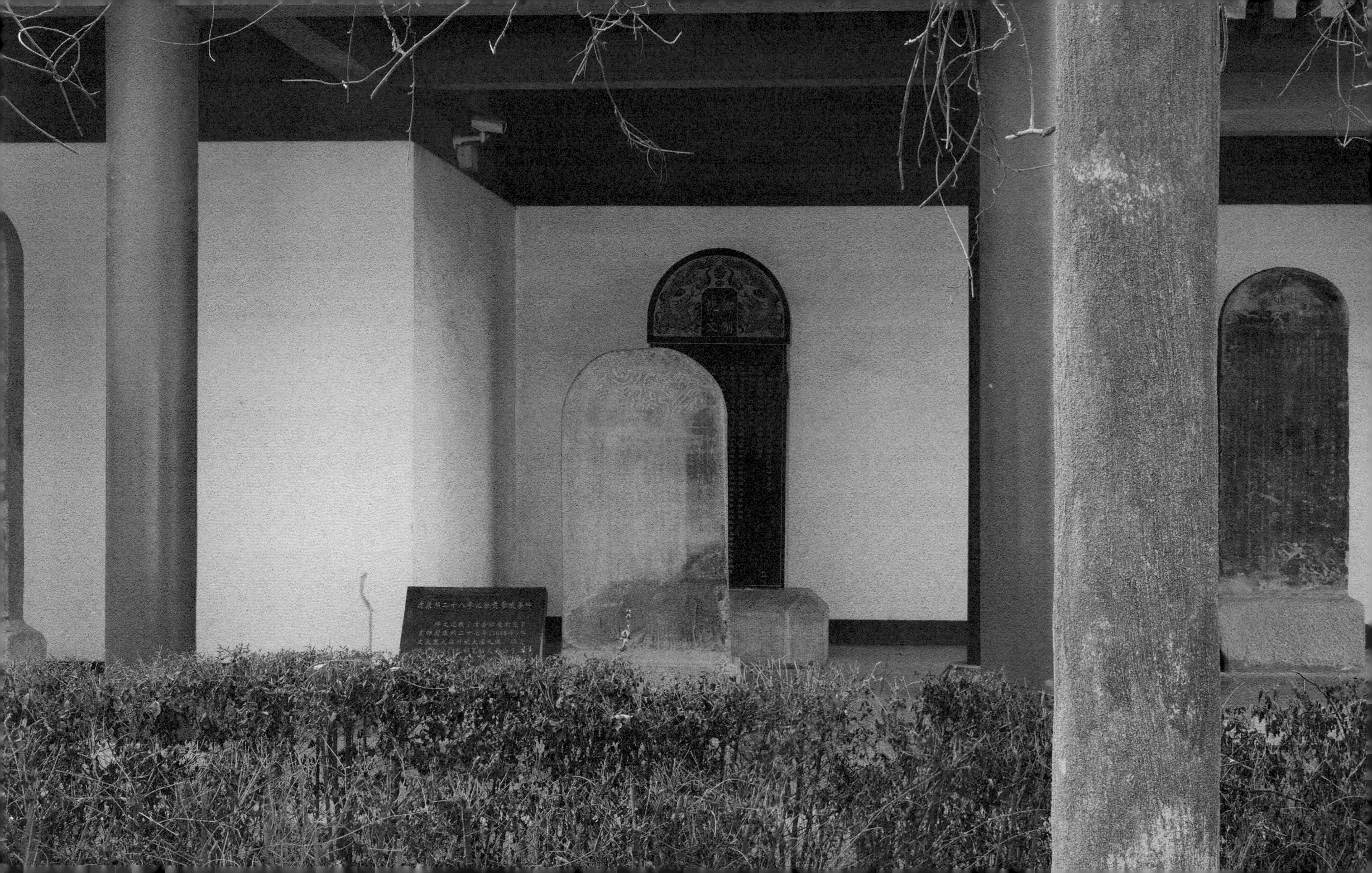

序言

黄帝陵是中华文明的精神标识。

陕西是中华民族和华夏文明重要发祥地之一。

二〇一五年二月，习近平总书记在陕西视察时指出：『黄帝陵是中华文明的精神标识。』他强调：『对历史文化，要注重发掘和利用，溯到源、找到根、寻到魂，找准历史和现实的结合点，深入挖掘历史文化中的价值观念、道德规范、治国智慧。』

时隔五年，二〇二〇年四月二十日至二十三日，习总书记再次来陕考察时进一步强调：『陕西是中华民族和华夏文明重要发祥地之一；要加大文物保护力度，弘扬中华优秀传统文化、革命文化、社会主义先进文化，培育社会主义核心价值观，加强公共文化产品和服务供给，更好满足人民群众精神文化生活需要。』

这些重要论述，为我们发掘黄帝陵祭祀文化的现代价值，为传承和创新中华优秀传统文化，为实现中华民族伟大复兴的中国梦，为促进陕西文化事业的发展指明了方向。

黄帝是中华民族的人文始祖。虽然《诗经》《尚书》等历史文献中罕言炎黄，但战国中晚期以降，随着中华民族的逐渐形成，炎黄信仰与思想文化日益形成并不断成熟，历史文献与诸子文献中开始出现了盛赞黄帝与黄帝文化的内容，如《左传》《国语》《战国策》《史记》等。特别是『遇黄帝战于阪泉之兆』（《左传·僖公二十五年》）、『黄帝能成命百物，以明民共财』（《国语·鲁语上》）、『黄帝伐涿鹿而禽蚩尤』（《战国策·秦策一》）等记载，为后世探讨、发掘黄帝与黄帝文化的形成、演变、内涵及价值提供了重要的文献基础。诸子文献如《管子》《六韬》《孙子兵法》《商君书》《庄子》《韩非子》《尉缭子》《鹖冠子》《公孙龙子》《吕氏春秋》《新语》《新书》《淮南子》等对黄帝文化也均有述及。此外，地下出土与整理公布的战国楚简中，也有关于黄帝及其文化观念的记载，如上博简（上海博物馆藏战国楚简）《容成氏》等。清末至近现代以来，黄帝与黄帝文化在革命志士谋求民族与国家独立、富强、民主、文明的历史进程中发挥了重要作用。这些都反映了黄帝与黄帝文化是一种重要的历史文化现象，是增强民族凝聚力、向心力的精神力量，也是我们应倍加珍惜与尊重的历史文化遗产。

西汉时期著名史学家司马迁在《史记》中以《五帝本纪》为开篇之作，开创了以黄帝为始祖，系统书写黄帝文化并『万世载之』的先河。『五帝』分别是：黄帝、颛顼、帝喾、尧、舜。关于『五帝』，古代虽然有多种说法，然而司马迁所叙述黄帝以下的历史，反映了他对中华文明本质与历史的基本认识，即注重文明的推进与道德的弘扬，具有浓郁的人文特色。自黄帝以降，中华文化以修德立行为本，传承有序、绵延不断。从秦汉历史发展来看，这种历史文化观，是中华民族历史、民族、文化、心理认同的重要表征，也是被历代历史叙述与撰著珍视的重要原因。

今天，考察和审视黄帝时期的文明与文化成就，已经不再局限于流传的历史典籍、神话传说、碑刻艺术等，更有丰富的历史实证足以揭示距今四五千年左右的陕西历史文化的基本面貌和重要影响。

在考古学意义上，今天的陕西北部与内蒙古中南部、山西北部和河北西北部等属于同一文化区。这一区域已经发现了数十座史前城址，大多属于仰韶文化中晚期与龙山文化时期。陕西北部发现的史前城址主要有佳县石摞摞山、神木石峁、榆林寨峁梁、吴堡后寨子峁、府谷寨山、延安芦山峁，陕西关中中部发现有高陵杨官寨遗址，等等。这些大多是近三四十年，特别是近十多年的考古发现。它们印证并刷新了人们对史前时期城池建设与功能的认识。《汉书·郊祀志》称：『黄帝时为五城十二楼。』《汉书·食货志》说：『神农之教曰：有石城十仞，汤池百步。』过去学界对这些说法大多持怀疑保留意见，而大量史前城址的考古发现，证明《汉书》等历史文献的相关记载真实不虚，似乎也进一步证明了炎黄时期已有城池的可能。特别是陕西杨官寨遗址、石峁遗址、芦山峁遗址及山西陶寺遗址等，根据考古报告与专家研究，这些大型城址在设计施工、文化信仰、功能作用、历史影响等方面，体现了人口聚集的密集繁庶与文明的集中发达，丰富和彰显了黄帝至夏代时期中华文明与文化的演变和发展轨迹。

这些考古新发现，在考古学界产生了深远的影响，虽然，其中不少发现，目前的发掘仅仅是冰山一角，系统全面的整理与研究工作尚未展开，但根据已清理和探查的遗址状况来看，这些大规模、成序列的考古新发现，使我们对陕西是中华文明的重要发祥地的认识有了充分的历史实证。

《国语·晋语》记载：『昔少典氏娶于有蟜氏，生黄帝、炎帝。黄帝以姬水成，炎帝以姜水成。成而异德，故黄帝为姬，炎帝为姜。』这是目前为止关于黄帝与炎帝的最早记载。姬水即今陕西武功漆水河（一说甘肃清水河），姜水即今陕西宝鸡清姜河，这说明炎黄两位人文初祖诞生于今天的陕西。《史记·五帝本纪》载：『黄帝崩，葬桥山。』

陕西省延安市黄陵县桥山的黄帝陵，是汉代以来历代祭祀、缅怀中华民族人文始祖黄帝的陵寝圣地，留下丰富的历史文化遗产，包括祭文哀诔、诗词文赋、歌咏剧曲、碑铭篆刻、造像雕塑等。它们既是黄帝与黄帝陵文化的历史佐证，也是黄帝文化传承与创新的生动说明。黄帝协和万邦，发明百物，创立制度，在人文历史上做出了重要贡献。人文性、包容性与创新性，是黄帝文化与黄帝陵文化的鲜明特征，也是其现代意义与价值的应有之义。《礼记》（指戴圣编选的《礼记》，也被称作《小戴礼记》）中的《祭义》等专门论述祭祀的类别、方式、功能与意义。如提出『祭不欲数，数则烦，烦则不敬。祭不欲疏，疏则怠，怠则忘』的朴素辩证原则，『贵有德、贵贵、贵老、敬长、慈幼』等五种具有人文特色的和上睦下、敬老爱幼的道德原则。祭祀先王列祖，一方面慎终追远，缅怀先圣前贤的道德与功业，另一方面则在于教育引导健在的人向善向贤、立德立仁，具有浓郁的人文色彩与价值。最集中的莫如『祀乎明堂，所以教诸侯之孝也。食三老五更于太学，所以教诸侯之弟也。祀先贤于西学，所以教诸侯之德也。耕藉，所以教诸侯之养也。朝觐，所以教诸侯之臣也。五者，天下之大教也』，这也是神道设教，而其中的人文价值与现实指向尤为显著。黄帝与黄帝陵祭祀也同样反映了这些祭祀文化与基本观念。至迟从汉代开始，已有国君亲自前往或委托专人代表朝廷赴今天陕西省黄陵县桥山祭祀黄帝，中间虽偶有衰废，但整体上绵延不绝、日新不已。在中华民族最危急的时候，黄帝与黄帝陵祭祀发挥了号召华夏儿女同仇敌忾、共赴国难、抗敌御侮、赓续历史的作用。

从二十世纪八十年代初开始，黄帝陵整修工作被纳入省地部门系统规划，黄帝陵祭祀典礼也逐渐明确为国家公祭且形成惯例，并得到了广大海内外中华儿女的共同关注与大力支持。二十一世纪初，在清明节期间，由陕西省人民政府主办、西北大学承办的黄帝、黄帝陵、黄帝文化等相关主题的学术研讨会已连续成功举办了十三次，促进和推动了清明黄帝陵祭祀、黄帝文化及其现代价值等的综合研究。二〇一九年，陕西省人民政府对黄帝陵清明祭祀典礼又进行了深度改革与综合提升，获得了良好的社会反响。

祭祀文化除了祭祀典礼中各种仪式的呈现，祭文是其中核心的要素之一。对历代祭文的整理研究，不仅可以看到从古至今一直延续的黄帝陵祭祀礼仪及内容，也可透过祭文所述史实，从侧面了解当时社会经济文化发展的状况。由西北大学中国文化研究中心李浩教授主编的《黄帝祭文汇编简注》，主要选录具有代表性的历代官方祭祀黄帝陵祭文，兼及和黄帝相关的部分诗词颂赞、黄帝世系以及研究论文等。全书收录祭文122篇，时代主要集中在宋元以降；附录部分，分别是《黄帝碑志、颂赞、诗歌（选录）》《黄帝传记》《黄帝世系图表》《黄帝研究论文选辑》等。内容丰富，选文数量较前有不少增加，注释文字简要，行文晓畅，图文并茂，雅俗共赏，努力将学术性与普及性有机地结合起来，对黄帝文化研究与文化推广做出了积极贡献。

以上扼要介绍了陕西在中华文化起源上的重要地位与意义、黄帝陵祭祀的人文价值与历史传承、《黄帝祭文汇编简注》的特色与贡献等，希望能够为人们了解黄帝文化，特别是深刻理解作为中华文明精神标识的黄帝陵的独特性与鲜明性，了解黄帝陵祭祀的意义和价值提供参考；为溯源、寻根、找魂，以文化人、以史资政做出应有贡献。

是为序。

张岂之

二〇二〇年十二月

于西北大学中国思想文化研究所

凡例

一、本书分为正编、附录两部分。其中正编收录历代黄帝祭文 122 篇；附录部分包括黄帝专题吟咏作品选 15 篇、黄帝传记 3 篇、黄帝世系图表 3 幅及黄帝研究论文选辑 10 篇。

二、正编所收黄帝祭文按照朝代及时间先后编次。分别收录宋代祭文 1 篇、元代祭文 3 篇、明代祭文 15 篇、清代祭文 28 篇（含同盟会祭文 1 篇），中华民国祭文 26 篇（包括苏维埃政府祭文 1 篇、陕甘宁边区政府祭文 2 篇），中华人民共和国祭文 49 篇（截至 2021 年）。1949 年以后主要收录陕西省公祭黄帝陵祭文，外省地及其他民间祭文暂未收录。

三、正编所收 1949 年以前黄帝祭文、附录中黄帝专题吟咏作品选均附有注释，注释力求简明、准确。1949 年以后黄帝祭文因系今人所作浅近文言，明白易晓，不再出注。对于明清及民国时期致祭官员，主祭官员尽量稽考史籍，简注生平；其他陪祭人员因信息多有阙失，暂不出注。

四、由于祭文具有程式化的特点，各篇语词、典故前后大量重复出现，考虑到读者实际阅读的需要，本书遵循注释前详后略的原则，对于初次出现的语词、典故进行较为详细的注解，其后出现仅简要出注。

五、本书正编所收祭文主要选自历代总集、别集、史传、方志及黄帝陵轩辕庙藏石碑等，底本以碑刻拓片、古代善本、今人权威整理本等为依据，碑刻仅录祭文及相关信息，其他内容如后人追题等则不予收录。所据版本均在祭文后注明，注释引用的版本信息见参考文献。

六、本书使用规范简化字，容易引起歧义的字保留原来的繁体或异体。正文标点主要依据今人权威整理本；篇幅较长者，依文意分段。

七、为方便读者阅读，底本正文明显有误者据校本径改，阙字直接补入，碑刻明显有误者据文意径改，并于文后注释中说明。

目录

序言——〇〇一
凡例——〇〇六
历代祭文——〇〇一
附录一
黄帝碑志、颂赞、诗歌（选录）——四四〇
附录二
黄帝传记——四六八
附录三
黄帝世系图表——五四六
附录四
黄帝研究论文选辑——五六一
主要参考文献——六七九
后记——六八三

上 历代祭文

宋

祭黄帝文——〇〇五

元

祭黄帝文（三篇）——〇〇九

明

明太祖洪武四年（一三七一）祭文——〇一五
明太祖洪武二十九年（一三九六）秦王祭文——〇一七
明成祖永乐十二年（一四一四）祭文——〇一八
明宣宗宣德元年（一四二六）祭文——〇二六
明代宗景泰元年（一四五〇）祭文——〇三四
明英宗天顺六年（一四六二）祭文——〇四二
明武宗正德元年（一五〇六）祭文——〇五〇
明武宗正德十一年（一五一六）祭文——〇五八
明世宗嘉靖十年（一五三一）祭文——〇六六
明世宗嘉靖三十一年（一五五二）祭文——〇七四

祭告祭文——一六四
清世宗雍正元年（一七二三）祭文——一七二
清世宗雍正二年（一七二四）御祭黄帝陵文——一七八
清世宗雍正十三年（一七三五）祭文——一八六
清高宗乾隆二年（一七三七）为世宗配享圜丘礼成祭告祭文——一九四
清高宗乾隆十四年（一七四九）为平金川等事祭告祭文——二〇〇
清高宗乾隆十七年（一七五二）为慈宁太后万寿晋号
祭告祭文——二〇六
清高宗乾隆二十年（一七五五）为荡平准部太后晋号
祭告祭文——二一二
清高宗乾隆二十五年（一七六〇）祭文——二一八
清高宗乾隆三十七年（一七七二）为太后万寿晋号祭告祭文——二二四
清高宗乾隆四十一年（一七七六）为阿桂平定大小金川
祭告祭文——二三〇
清高宗乾隆四十五年（一七八〇）为七旬万寿祭告祭文——二三六
清仁宗嘉庆五年（一八〇〇）为高宗配享圜丘礼成祭告祭文——二四三
清仁宗嘉庆二十四年（一八一九）为六秩万寿祭告祭文——二四四
清宣宗道光元年（一八二一）祭文——二五〇

明世宗嘉靖三十五年（一五五六）祭文——〇八二
明穆宗隆庆四年（一五七〇）祭文——〇九〇
明神宗万历元年（一五七三）祭文——〇九八
明神宗万历二十八年（一六〇〇）祭文——一〇一
明熹宗天启元年（一六二一）祭文——一〇七

清

清世祖顺治八年（一六五一）祭文——一一五
清圣祖康熙元年（一六六二）祭文——一一七
清圣祖康熙二十一年（一六八二）祭文——一一八
清圣祖康熙二十七年（一六八八）为孝庄文皇后升祔太庙礼成祭文——一二六
清圣祖康熙三十五年（一六九六）为岁歉为民祈福祭文——一三四
清圣祖康熙四十二年（一七〇三）为五旬万寿并亲阅黄淮堤工回銮祭告祭文——一四〇
清圣祖康熙四十八年（一七〇九）为皇太子废而复立祭告祭文——一四八
清圣祖康熙五十二年（一七一三）为六旬万寿祭告祭文——一五六
清圣祖康熙五十八年（一七一九）为孝惠章皇后升祔太庙礼成
清宣宗道光九年（一八二九）祭文——二五六
清宣宗道光十六年（一八三六）为太后万寿晋号祭告祭文——二六二
清宣宗道光二十六年（一八四六）又为太后万寿晋号祭告祭文——二六八
清宣宗道光三十年（一八五〇）文宗践位祭告祭文——二六九
一九〇八年同盟会祭文——二七一

历代祭文 下

中华民国

中华民国二十四年（一九三五）中国国民党中央执监委员会祭文——二七九
中华民国二十四年（一九三五）国民政府祭文——二八四
中华民国二十四年（一九三五）国民党中央及陕西省各界祭文——二八八
中华民国二十五年（一九三六）国民政府祭文——二九二
中华民国二十六年（一九三七）苏维埃政府主席毛泽东、人民抗日红军总司令朱德祭文——二九五

中华民国二十六年（一九三七）中国国民党中央祭文——三〇〇
中华民国二十六年（一九三七）国民政府祭文——三〇三
中华民国二十六年（一九三七）李宗仁、白崇禧祭文——三〇六
中华民国二十七年（一九三八）国民党中央执监委员会祭文——三〇八
中华民国二十七年（一九三八）国民政府祭文——三一〇
中华民国二十七年（一九三八）陕西省政府祭文——三一三
中华民国二十八年（一九三九）中国国民党中央祭文——三一六
中华民国二十八年（一九三九）国民政府祭文——三一八
中华民国二十八年（一九三九）陕甘宁边区政府祭文——三二〇
中华民国二十九年（一九四〇）中国国民党中央祭文——三二二
中华民国二十九年（一九四〇）国民政府祭文——三二五
中华民国三十年（一九四一）中国国民党中央祭文——三二六
中华民国三十年（一九四一）国民政府祭文——三二八
中华民国三十一年（一九四二）中国国民党中央祭文——三三一
中华民国三十一年（一九四二）国民政府祭文——三三四
中华民国三十一年（一九四二）陕西省政府祭文——三三六
中华民国三十二年（一九四三）中国国民党中央祭文——三四〇
中华民国三十二年（一九四三）国民政府祭文——三四二
一九八六年陕西省各界公祭祭文——三八四
一九八七年陕西省各界公祭祭文——三八五
一九八八年陕西省各界公祭祭文——三八六
一九八九年陕西省各界公祭祭文——三八八
一九九〇年陕西省各界公祭祭文——三九一
一九九一年陕西省各界公祭祭文——三九二
一九九二年陕西省各界公祭祭文——三九四
一九九三年陕西省各界公祭祭文——三九五
一九九四年公祭黄帝陵祭文——三九六
一九九五年公祭黄帝陵祭文——三九八
一九九六年公祭黄帝陵祭文——四〇〇
一九九七年公祭黄帝陵祭文——四〇二
一九九八年公祭黄帝陵祭文——四〇七
一九九九年公祭黄帝陵祭文——四〇八
二〇〇〇年公祭黄帝陵祭文——四一〇
二〇〇一年公祭黄帝陵祭文——四一一
二〇〇二年公祭黄帝陵祭文——四一二
二〇〇三年公祭黄帝陵祭文——四一四

中华民国三十三年（一九四四）中国国民党中央祭文——三四四
中华民国三十三年（一九四四）国民政府祭文——三四六
中华民国三十七年（一九四八）陕甘宁边区政府祭文——三四八

中华人民共和国

一九五五年陕西省人民委员会祭文——三五七
一九五六年陕西省人民委员会祭文——三五九
一九五七年陕西省人民委员会祭文——三六一
一九五八年陕西省人民委员会祭文——三六三
一九五九年陕西省人民委员会祭文——三六五
一九六〇年陕西省人民委员会祭文——三六九
一九六一年陕西省人民委员会祭文——三七二
一九八〇年陕西省各界公祭祭文——三七六
一九八一年陕西省各界公祭祭文——三七八
一九八二年陕西省各界公祭祭文——三八〇
一九八三年陕西省各界公祭祭文——三八一
一九八四年陕西省各界公祭祭文——三八二
一九八五年陕西省各界公祭祭文——三八三
二〇〇四年公祭黄帝陵祭文——四一五
二〇〇五年公祭黄帝陵祭文——四一六
二〇〇六年公祭黄帝陵祭文——四一八
二〇〇七年公祭黄帝陵祭文——四一九
二〇〇八年公祭黄帝陵祭文——四二〇
二〇〇九年公祭黄帝陵祭文——四二一
二〇一〇年公祭黄帝陵祭文——四二二
二〇一一年公祭黄帝陵祭文——四二三
二〇一二年公祭黄帝陵祭文——四二四
二〇一三年公祭黄帝陵祭文——四二五
二〇一四年公祭黄帝陵祭文——四二六
二〇一五年公祭黄帝陵祭文——四二七
二〇一六年公祭黄帝陵祭文——四二八
二〇一七年公祭黄帝陵祭文——四二九
二〇一八年公祭黄帝陵祭文——四三〇
二〇一九年公祭黄帝陵祭文——四三二
二〇二〇年公祭黄帝陵祭文——四三四
二〇二一年公祭黄帝陵祭文——四三六

附录一 黄帝碑志、颂赞、诗歌（选录）

黄帝赞 ［晋］挚虞——四四三
黄帝颂 ［晋］牵秀——四四四
黄帝赞 ［晋］孙绰——四四六
黄帝赞 ［晋］曹毗——四四七
攀龙引 ［唐］顾况——四四九
苦篁调啸引 ［唐］李贺——四五〇
黄帝 ［宋］王十朋——四五二
涿鹿 ［宋］文天祥——四五三
《黄帝庙》赞文 佚名——四五四
黄帝陵 ［明］李梦阳——四五五
黄帝赞 ［明］陈凤梧——四五七
黄帝庙 ［明］岳伦——四五八
黄帝庙 ［明］岳伦——四六三
黄帝庙 ［明］祝颢——四六四
三皇庙记 ［明］锺世美——四六五

附录二 黄帝传记

史记·五帝本纪（节选） ［汉］司马迁——四七一
轩辕黄帝传 ［宋］佚名——四七三
黄帝功德纪（节选） 于右任——四九五

附录三 黄帝世系图表

黄帝帝王世系——五五〇
《世本》所见黄帝古姓世系——五五一
《山海经》所见黄帝部族世系——五五三

附录四

黄帝研究论文选辑

解读文明历史　增强文化自信　李学勤——五六三
心祭重于形祭　张岂之——五六九
黄帝陵祭典千年回顾　方光华——五七五
对黄帝的国家祭奠到底应该在哪里　方光华——五八一
作为中华民族共同祖先的黄帝　沈长云——五八五
考古发现与黄帝早期居邑研究　李桂民——六〇三
黄帝与中华礼乐文明　杨赛——六一三
黄帝：作为文化英雄与符号化的作者　张瀚墨——六二五
近三十年炎黄文化研究的成就与展望　高强——六五九
宋代圣祖天尊大帝与轩辕黄帝关系考　吴红兵——六七一

历代祭文

历代祭文

上

宋 〇〇四
元 〇〇八
明 〇一四
清 一一四

宋

祭黄帝文

宋　许洞〔1〕

（《虎钤经》卷二〇，清《粤雅堂丛书》本）

年月日，具衔某〔2〕，谨致祭于黄帝之神：

惟神天资懿睿〔3〕，首制兵戎〔4〕，敷演三才〔5〕，披攘九极〔6〕，陶精颐粹〔7〕，嶷立夐古〔8〕，虽蹈迪之不腆〔9〕，寔伊圣之有作〔10〕。方今天人合发〔11〕，夷夏称患〔12〕，隐幽于黄屋之尊〔13〕，告庙起白旄之命〔14〕。惟神素章元圣〔15〕，开辟往世，驱逐凶慝〔16〕，揄扬天功〔17〕，绵历千载〔18〕，光灵不泯〔19〕。阴垂嘉祐〔20〕，以赞我师旅〔21〕，收辟土地〔22〕，诛锄鲸鲵〔23〕，幽明合诚〔24〕，幸享多福〔25〕。尚飨〔26〕！

【注释】

〔1〕许洞（976？—1017？）：字渊夫，一字洞天，吴郡（今江苏苏州）人。北宋咸平三年（1000）进士。景德二年（1005），应洞识韬略运筹决胜科试，献《虎钤经》二十卷，为古代重要的军事理论著作。事迹见《宋史》卷四四一本传。

〔2〕具衔：题写官衔。

〔3〕神：谓黄帝。本篇下同。懿：美，善。睿：通达，明智。

〔4〕兵戎：武器。

〔5〕敷演：光大，显扬。三才：谓天、地、人。《易·说卦》："是以立天之道曰阴与阳，立地之道曰柔与刚，立人之道曰仁与义。兼三才而两之，故《易》六画而成卦。"

〔6〕披攘（rǎng）：犹披靡。三国魏曹植《责躬诗》："朱旗所拂，九土披攘，玄化滂流，荒服来王。"

九极：犹言九畡（垓、陔），谓中央至八极之地。

〔7〕 陶：陶冶，化育。《管子·地数》："黄帝问于伯高曰：'吾欲陶天下而以为一家，为之有道乎？'"颐：保养。晋葛洪《抱朴子·道意》："养其心以无欲，颐其神以粹素。"

〔8〕 嶷（nì）：高峻，卓异。敻（xiòng）古：远古。

〔9〕 蹈迍（zhūn）：陷入危险境地。不腆：不善。《仪礼·士昏礼》："辞无不腆。"郑玄注："腆，善也。"

〔10〕 寔：音义同"实"。伊：是，此。作：创制。

〔11〕 天人合发：天意、人事交相感应、生发。

〔12〕 夷夏：夷狄与华夏之并称，此处偏义复指"夷"。称患：为害，生患。

〔13〕 隐幽：潜怀隐忧。黄屋：古代帝王专用之黄缯车盖，借指帝王之车。一说指帝王所居宫室，后为帝王代称。

〔14〕 告庙：古代天子、诸侯出巡或遇兵戎等重大事件而祭告祖庙。《左传·桓公二年》："凡公行，告于宗庙，反行饮至，舍爵策勋焉，礼也。"白旄（máo）：古代一种军旗。竿头以牦牛尾为饰，用以指挥全军，比喻出师征伐。《书·牧誓》："王左杖黄钺，右秉白旄以麾。"

〔15〕 素章：原意为白色花纹，比喻上古质素之道。元圣：大圣。

〔16〕 凶慝（tè）：凶残邪恶。

〔17〕 揄（yú）扬：发扬。

〔18〕 绵历：谓延续时间长久。

〔19〕 光灵：先灵、神灵之敬称。南朝宋颜延之《拜陵庙作》："周德恭明祀，汉道尊光灵。"泯：灭。

〔20〕 阴：冥冥之中。垂：敬辞，谓施予。汉桓宽《盐铁论·本议》："陛下垂大惠，哀元元之未赡。"嘉祐：上天的降福和护佑。

〔21〕 赞：助。师旅：指军队。《诗·大雅·常武》："左右陈行，戒我师旅。"

〔22〕 收辟：收复、开辟。

〔23〕 鲸鲵：即鲸。比喻凶恶的敌人。《左传·宣公十二年》："古者明王伐不敬，取其鲸鲵而封之，以为大戮。"杜预注："鲸鲵，大鱼名，以喻不义之人吞食小国。"

〔24〕 幽明合诚：谓鬼神与人心志合一。《易·文言传》："夫大人者，与天地合其德，与日月合其明，与四时合其序，与鬼神合其吉凶。"

〔25〕 幸：期望。享：受用。

〔26〕 尚飨（xiǎng）：旧时用作祭文结语，意为希望死者前来享用祭品。

元

祭黄帝文（三篇）

元　胡祗遹[1]

（《胡祗遹集》，魏崇武、周思成校点，吉林文史出版社二〇〇八年版）

其一

铸兵除暴[2]，垂衣御宸[3]。备百物以济民生[4]，登九天而成圣业[5]。冕服有制[6]，礼乐用彰[7]。贻百篇蕴奥之《内经》[8]，开万世无穷之寿域[9]。恪遵祀典[10]，仰答神休[11]，兹因西成[12]，敬陈常荐[13]。

其二

云瑞受命[14]，神化宜民[15]。中立两仪[16]，正名百物[17]。力牧作相[18]，岐伯作师[19]。立政立言[20]，仁寿万世。爰因常祀[21]，敬荐庶羞[22]。

其三

聪明既开[23]，奸伪滋起[24]；惟皇作君[25]，威以弧矢[26]。垂衣而治，礼乐亦明；饱食逸居[27]，百疾交攻[28]；惟皇隐忧[29]，作为医经[30]；扶危而安，起死而生。著书垂训[31]，民无夭札[32]；

后之为君，仰兹成法[33]。宫室车舆[34]，裳衣轩冕；百物咸备[35]，以济时变[36]。定历作乐[37]，谈医论道；跻民仁寿[38]，既富而教[39]。创制立法，毕具无缺[40]；后圣后臣，无损无越[41]。

〔注释〕

〔1〕 胡祗（zhī）遹（yù）（1227—1295）：字绍闻，一作少凯，号紫山。磁州武安（今河北磁县）人。元世祖至元元年（1264）授应奉翰林文字，兼太常博士，至元十九年（1282）任济宁路总管，升任山东东西道提刑按察使。累官至江南浙西诸道提刑按察使。延祐五年追赠礼部尚书，卒谥文靖。著作亡佚，清四库馆臣自《永乐大典》辑《紫山大全集》二十六卷。事迹见《元史》卷一百七十本传。

〔2〕 铸兵：铸造兵器。

〔3〕 垂衣：谓定衣服之制，示天下以礼。后用以称颂帝王无为而治。《易·系辞》：“黄帝、尧、舜垂衣裳而天下治，盖取诸乾坤。”韩康伯注：“垂衣裳以辨贵贱，乾尊坤卑之义也。”御宸：谓帝王之在位。宸，北极星所居，即紫微垣，借指帝王所居。

〔4〕 百物：古史传说衣冠、屋宇、舟车等器用皆由黄帝发明。《史记正义》：“黄帝之前，未有衣裳、屋宇，及黄帝造屋宇、制衣服、营殡葬，万民故免存亡之难。”济民生：谓救助百姓。

〔5〕 九天：天空最高处，谓帝位。圣业：谓帝王之业。

〔6〕 冕服：古代大夫以上的礼冠与服饰。《世本》：“黄帝作旃冕。”《拾遗记》：“轩辕始造书契，服冕垂衣，故有衮龙之颂。”

〔7〕 礼乐用彰：谓彰明礼乐。关于黄帝制礼，《淮南子》云：“昔者黄帝治天下，……别男女，异雌雄，明上下，等贵贱。”关于黄帝作乐，《世本》云：“黄帝使素女鼓瑟，哀不自胜，乃破为二十五弦，具二均声。”《吕氏春秋》云：“昔黄帝令伶伦作为律。……黄帝又命伶伦与荣将铸十二钟，以和五音，以施英韶。”

〔8〕 贻：遗留。《内经》：谓《黄帝内经》，共十八卷，其中《素问》

《灵枢》各有九卷，内容包括摄生、阴阳、脏象、经络和论治之道。《黄帝内经》相传为黄帝与岐伯、雷公、伯高、俞跗、少师、鬼臾区、少俞等多位大臣讨论医学的记述，是现存最早的中医理论著作，对后世中医学理论有深远的影响。

〔9〕 寿域：谓人人得尽天年的太平盛世。《汉书·礼乐志》："愿与大臣延及儒生，述旧礼，明王制，驱一世之民，跻之仁寿之域。"

〔10〕 恪：恭敬，恭谨。祀典：祭祀的礼仪。

〔11〕 仰答：谓报答尊者。神休：神明赐予的福祥。

〔12〕 西成：谓秋天庄稼已熟，农事告成。《书·尧典》："平秩西成。"孔颖达疏："秋位在西，于时万物成熟。"

〔13〕 陈：进献。常荐：岁时祭品。

〔14〕 云瑞：谓云呈祥瑞之色。《左传·昭公十七年》："昔者黄帝氏以云纪，故为云师而云名。"晋杜预注："黄帝受命有云瑞，故以云纪事。"

〔15〕 神化宜民：神妙而潜移默化，使民众得到安宁。《易·系辞》："神而化之，使民宜之。"

〔16〕 两仪：指天地。《易·系辞》："是故易有太极，是生两仪。"孔颖达疏："不言天地而言两仪者，指其物体；下与四象（金、木、水、火）相对，故曰两仪，谓两体容仪也。"中立两仪，谓黄帝居天地之中，有土德之瑞。

〔17〕 正名：辨正名称、名分，使名实相符。

〔18〕 力牧：相传黄帝梦人执千钧之弩，驱羊数万群，寤而叹曰："夫千钧之弩，异力能远者也；驱羊数万群，能牧民为善者也。天下岂有姓力名牧者哉？"于是依占而求之，得力牧于大泽，用以为将。见晋皇甫谧《帝王世纪》。《汉书·艺文志·诸子略》有道家《力牧》二十二篇，《兵书略》有阴阳家《力牧》十五篇，皆依托之作。相：古官名，为百官之长，后通称宰相。

〔19〕 岐伯：相传为黄帝时名医。今所传《黄帝内经》，即战国秦汉时医家托名黄帝与岐伯等论医之作。

〔20〕 立政：确立为政之道。汉扬雄《法言·先知》："或问何以治国？曰立政。"立言：谓著书立说。语出《左传·襄公二十四年》："太上有立德，其次有立功，其次有立言，虽久不

废，此之谓不朽。”

〔21〕 常祀：固定的祭祀。

〔22〕 荐：进献。庶羞：多种美味。

〔23〕 聪明：谓智慧才智。《庄子·大宗师》：“堕肢体，黜聪明，离形去知，同于大通。”

〔24〕 奸伪：诡诈虚假。《管子·君臣》：“是故主画之，相守之；相画之，官守之；官画之，民役之。则又有符节、印玺、典法、策籍以相揆也。此明公道而灭奸伪之术也。”滋：滋生。

〔25〕 皇：君主、帝王，此指黄帝。汉班固《白虎通义·爵》：“何以言皇亦称天子也？以言其天覆地载俱王天下也。”

〔26〕 威：显示的使人畏惧慑服的力量。《老子》：“民不畏威，则大威至。”弧矢：弓箭。《易·系辞》：“弦木为弧，剡木为矢，弧矢之利，以威天下。”

〔27〕 饱食逸居：谓吃饱喝足、居处安逸。语出《孟子·滕文公上》：“人之有道也，饱食、暖衣、逸居而无教，则近于禽兽。”

〔28〕 百疾交攻：谓受到各种疾病的侵袭。

〔29〕 隐忧：深深地忧虑。《诗·邶风·柏舟》：“耿耿不寐，如有隐忧。”《毛传》：“隐，痛也。”

〔30〕 医经：指《黄帝内经》。

〔31〕 垂训：垂示教训。

〔32〕 夭札：犹“夭折”，谓遭疫病而早死。《左传·昭公四年》：“疠疾不降，民不夭札。”

〔33〕 成法：既定之法。《鹖冠子·道端》：“贤君循成法，后世久长；惰君不从，当世灭亡。”

〔34〕 宫室：房屋的通称。《易·系辞》：“上古穴居而野处，后世圣人易之以宫室，上栋下宇，以待风雨。”车舆：车辆。

〔35〕 咸备：尽皆完备。

〔36〕 济：应对。时变：四时季节的变化。《易·贲卦》：“观乎天文，以察时变。”孔颖

达疏："以察四时变化。"

〔37〕 定历：考定历法。

〔38〕 跻：使达到。仁寿：谓有仁德而长寿。语出《论语·雍也》："知者动，仁者静；知者乐，仁者寿。"

〔39〕 既富而教：富有之后予以教化。典出《论语·子路》："子适卫，冉有仆。子曰：'庶矣哉！'冉有曰：'既庶矣，又何加焉？'曰：'富之。'曰：'既富矣，又何加焉？'曰：'教之。'"

〔40〕 毕具无缺：全部齐备，没有缺失。

〔41〕 无损无越："损"，当为"陨"之讹写。"陨越"，犹颠坠、丧失。《左传·僖公九年》："恐陨越于下，以遗天子羞。"

明

明太祖洪武四年（一三七一）祭文

（《（雍正）陕西通志》卷九五，清文渊阁《四库全书》本）

皇帝谨遣中书管勾甘[1]，敢昭告于黄帝轩辕氏[2]：

朕生后世，为民于草野之间[3]。当有元失驭[4]，天下纷纭，乃乘群雄大乱之秋[5]，集众用武[6]。荷皇天后土眷祐[7]，遂平暴乱，以有天下，主宰庶民[8]，今已四年矣。帝生上古，继天立极[9]，作烝民主[10]，神功圣德，垂法至今[11]。朕兴百神之祀，考帝陵墓于此，然相去年岁极远；观经典所载，虽切慕于心[12]，奈禀生之愚[13]，时有古今，民俗亦异。仰惟圣神，万世所法，特遣官奠祀修陵[14]，圣灵不昧[15]，其鉴纳焉[16]。尚飨！

【注释】

〔1〕 中书：即中书省，为全国最高行政机构，总领百官，综理政务。明太祖洪武十三年（1380）诛丞相胡惟庸，遂罢。管勾：官名，明初沿元制，于中书省、御史台、户部等分置，掌出纳文移、度藏籍账等。甘：姓氏。

〔2〕 敢：谦辞，犹冒昧。

〔3〕 草野：乡野，民间，与“朝廷”相对。汉王充《论衡·书解》：“知屋漏者在宇下，知政失者在草野，知经务者在诸子。”

〔4〕 有元：谓元朝。失驭：一作“失御”，丧失统治能力。晋陆机《辩亡论》：“昔汉氏失御，奸臣窃命。”

〔5〕 秋：指某一时期。

〔6〕 集众：召聚民众。

〔7〕 荷（hè）：承蒙。皇天后土：谓天神地祇。眷祐：眷顾佑助。《书·太甲》：“皇天眷佑有商，俾嗣王克终厥德。”

〔8〕 庶民：众民百姓。

〔9〕 继天：秉承天意。立极：登帝位，秉国政。

〔10〕 烝民：民众，百姓。《书·益稷》："烝民乃粒，万邦作乂。"

〔11〕 垂法：垂示法则。《商君书·壹言》："秉权而立，垂法而治。"

〔12〕 切慕：倾心仰慕。

〔13〕 禀生：禀性。

〔14〕 奠祀：谓献上酒食等祭祀死者、鬼神。

〔15〕 圣灵：指古代帝王或圣人之灵。不昧：明亮。

〔16〕 鉴纳：省察采纳。

明太祖洪武二十九年（一三九六）秦王祭文

（《黄陵县志》卷二一，1944年铅印本）

维洪武二十九年，岁次丙子，六月丁亥朔，越七日癸巳，秦王敬遣左长史茅廷□[1]，敢昭告于黄帝轩辕氏之陵曰：

维帝继天立极，垂统保民[2]，百王相承，万世永赖。钦承祖训[3]，嗣守秦邦[4]，奉命西畋[5]，还经陵下。第以恤礼未终[6]，弗克躬祀[7]，敬遣文臣，恭陈牲帛[8]，祇告殿廷[9]，惟帝歆格[10]。尚享[11]！

【注释】

〔1〕 秦王：指秦隐王朱尚炳（1380—1412），秦愍王朱樉嫡长子，洪武二十八年（1395）袭封秦王。左长史：官名。明清时期亲王、公主等府中设左右长史，执管府中之政令。

〔2〕 垂统：将基业传承下去。语出《孟子·梁惠王下》：“君子创业垂统，为可继也。”保民：安民，养民。《书·梓材》：“欲至于万年惟王，子子孙孙永保民。”

〔3〕 钦承：恭敬地继承或承受。《书·说命》：“监于先王成宪，其永无愆，惟说式克钦承。”

〔4〕 嗣守：继承并守卫。

〔5〕 西畋（tián）：畋，打猎。此处指奉命到西部巡边。按，洪武二十八年（1395）正月，朱樉受命率平羌将军宁正等人征洮州（今甘肃临潭），获胜，其年朱樉病逝，而战事或未平靖，故云。

〔6〕 第：但。恤（xù）礼：古代凶礼之一。洪武二十八年（1395）秦隐王朱尚炳之父朱樉病死，故言。

〔7〕 弗克：不能。躬祀：亲身祭祀。

〔8〕 牲帛：供祭祀用的牺牲和币帛，泛指祭祀供品。

〔9〕 祇：恭敬。

〔10〕 歆格：歆，享；格，来。谓神灵降临，享受供物。

〔11〕 尚享：同“尚飨”。

明成祖永乐十二年（一四一四）祭文

（黄帝陵轩辕庙碑廊存石碑）

维永乐拾贰年，岁次甲午，八月辛丑朔，十八日戊午，皇帝谨遣延安通判臣刘骥致祭于黄帝轩辕氏曰[1]：

昔者奉天明命[2]，相继为君，代天理物[3]，抚育黔黎[4]。彝伦攸序[5]，井井绳绳[6]，至今承之，生民多福。思不忘而报，特遣使赍捧香币[7]，祇命有司[8]，诣陵致祭[9]。惟帝英灵，来歆来格[10]。尚享！

碑阴录文：

钦差：道士邢志安。延安府通判刘骥，本府典吏谌思通，鄜州同知王□，中部县知县崔福，县丞曹□，典史王纯，儒学教谕郑盛，翟道驿丞杜荣，医学训科贾仲保，署阴阳学（下阙），延安府儒学教授王循，训导程镳，鄜州儒学训导徐通，医学典科赵志礼，阴阳学典术齐俭，直罗巡检李恭，洛川县儒学教谕杨智，巡检司巡检萧□，税课局大使翟伯通，本县礼房司吏王钊，工房典吏杨真。

〔注释〕

〔1〕 通判：官名。宋初始于诸州府设置，即共同处理政务之意。地位略次于州府长官，但握有连署州府公事和监察官吏的实权，号称监州。明清设于各府，分掌粮运及农田水利等事务，职务远较宋初为轻。

〔2〕 明命：圣明的命令。

〔3〕 理物：治理人民。

〔4〕 黔黎：黔首黎民，指百姓。

〔5〕 彝伦攸序：彝伦，常理、常道；攸，所；序，顺。语出《书·洪范》："王乃言曰：'呜呼箕子，惟天阴骘下民，相协厥居，我不知其彝伦攸叙。'"

〔6〕 井井：洁净不变貌。《易·井卦》："往来井井。"王弼注："不渝变也。"绳绳：绵绵不绝貌。《诗·周南·螽斯》："宜尔子孙，绳绳兮。"

〔7〕 赍（jī）：携带。香币：香和币帛，泛指祭祀供品。

〔8〕 祗：恭敬。有司：古代设官分职，各有专司，故称。

〔9〕 诣（yì）：前往。

〔10〕 歆：享。格：来。

明永乐十二年祭文碑

砂石质。高1.05米，宽0.54米，厚0.12米。

碑阳额饰双龙及云纹，碑阴额饰云纹。碑文楷书12行，满行19字。四周边饰缠枝花纹。碑文记载明成祖朱棣因生民多福，思不忘而报，派遣延安府通判刘骥于永乐十二年八月十八日祭祀轩辕黄帝事。

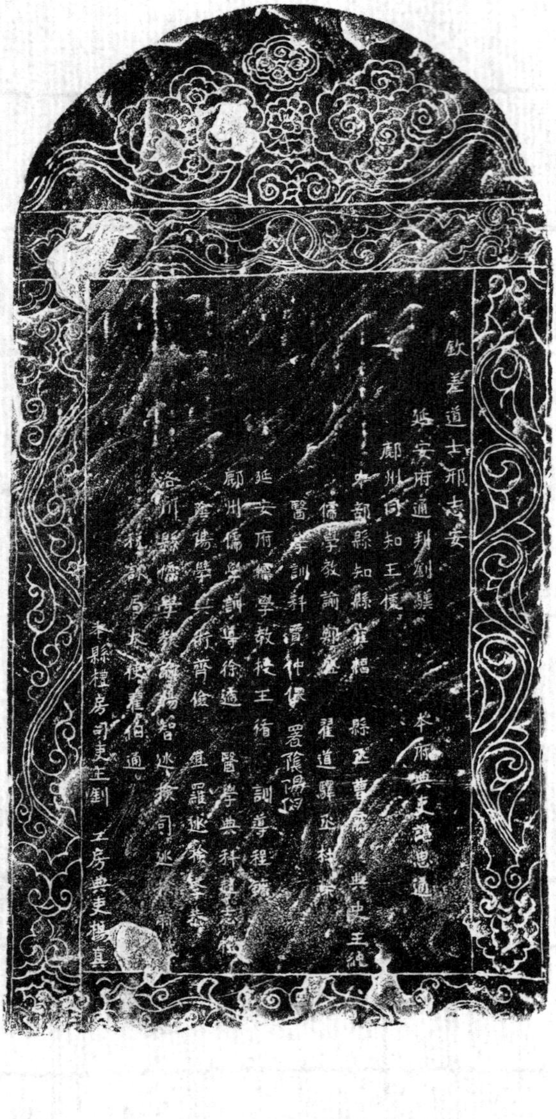

◁碑阳拓片

▷碑阴拓片

維永樂拾貳年歲次甲午八月辛丑朔十八
日戊午
皇帝謹遣延安府通判臣劉驥致祭于
黃帝軒轅氏
曰昔者奉
天明命相繼爲君代
天理物撫育黔黎彝倫攸序井井繩繩至今承之
生民多福思不忘而報特遣使齎捧香幣
命有司詣
陵致祭惟
帝英靈來歆來格尚
享

◁ 明永乐十二年祭文碑局部

維永樂拾貳年歲次甲午八月辛
日戊午
皇帝謹遣延安府通判臣劉驥致祭于
黃帝軒轅氏
曰昔者奉
天明命相繼為君代
天理物撫育黔黎彝倫攸序井井繩繩
生民多福思不忘而報特遣使齎
命有司諭
陵致祭惟
帝英靈來歆來格尚
享

明宣宗宣德元年（一四二六）祭文

（黄帝陵轩辕庙碑廊存石碑）

维宣德元年，岁次丙午，二月乙丑朔，十一日□□，皇帝谨遣应城伯孙杰致祭于黄帝轩辕氏曰[1]：

仰惟圣神，为天地立心，为生民立命，为万世开太平[2]。功化之隆[3]，永永无斁[4]。予祗承天序[5]，谨用祭告。惟神昭鉴[6]，佑我邦家。尚享！

陪祀官：陕西等处承宣布政使司左参议潘弘，延安府知府汤镛，鄜州知州侯盛。

碑阴录文：

儒学训导黄克中，生员丁选、王让、杨芳中部县县丞吴亨，教谕宋准，训导李恕，驿丞杨彦才，医者白信，阴阳生李荣宜君县知县王志，训导耿昭，驿丞陈郁，医者程中，阴阳生武春，生员王玘、□□洛川县县丞高显，教谕闫英，生员田原、刘兴，巡检白整，县吏段得林、刘驿，礼生阴俊、王哲、王谅、郑宁、高亨、任□、赵翱、杨宣、魏懋、李端、高安、□□、高秉、寇□、赵琪、田辅、马驯、□□、李玉、闫威、孙庆、王辅，本县儒学举人宋叙，礼房吏李真，工房吏袁肃、昆富□。

府学举人王能书，侯本刊。

〔注释〕

〔1〕 孙杰（？—1451）：明凤阳（今属安徽）人。其祖孙岩，在永乐帝时为千户，积武功至应城伯，其孙杰承袭爵位。

〔2〕 “为天地立心”三句：原出北宋理学家张载《张子语录》。

〔3〕 功化：功业与教化。隆：高。

〔4〕 斁（dù）：败坏。

〔5〕 祗：恭敬。天序：帝王的世系；亦指上天安排的顺序，自然的顺序。三国魏阮籍《通易论》：“黄帝、尧、舜，应时当务，各有攸取。穷神知化，述则天序。”

〔6〕 昭鉴：明鉴。

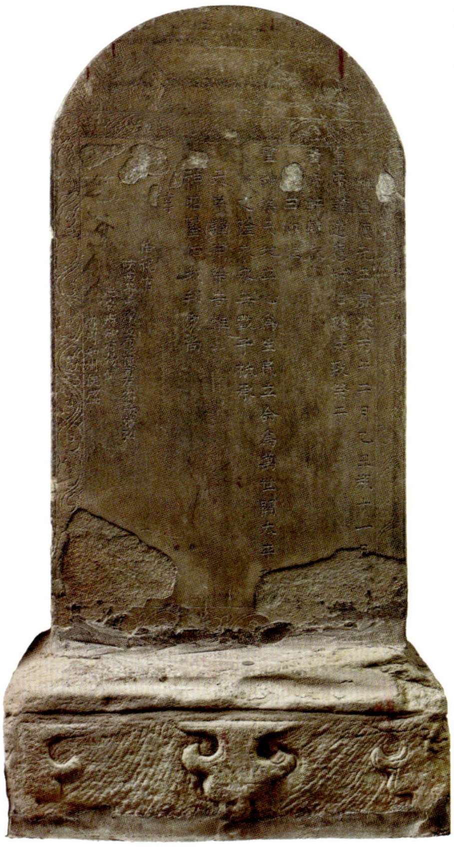

明宣德元年祭文碑

砂石质。高1.14米，宽0.62米，厚0.14米。

碑额饰龙云纹。碑文楷书13行，满行20字。四周边饰缠枝花纹。碑左下角残。碑文记载明宣宗朱瞻基因继承皇位，祈求黄帝保佑大明江山，派遣应城伯孙杰于宣德元年二月十一日祭祀轩辕黄帝事。

維宣德元年歲次丙午二月乙丑朔十一日
皇帝謹遣應城伯孫傑致祭于
黃帝軒轅氏
曰仰惟
聖神爲天地立心爲生民立命爲萬世開太平
之隆永永無斁予祗承
天序謹用祭告惟
神昭鑒佑我邦家尚
享

陪祀官
陝西等處承宣布政使司左參議潘弘
延安府知府楊鏞
鄜州知州侯盛

明代宗景泰元年（一四五〇）祭文

（黄帝陵轩辕庙碑廊存石碑）

维景泰元年，岁次庚午，闰正月丙午朔，十五日庚申，皇帝谨遣工科给事中霍荣致祭于黄帝轩辕氏曰[1]：

仰惟圣神，继天立极，功被生民[2]，万世永赖。予嗣承大统[3]，祗严祀事[4]，用祈佑我家国，永底升平[5]。尚享！

陪祀官：掌延安府事陕西等处承宣布政使司右参政陈虬。

碑阴录文：

鄜州判官赀广，中部县知县王聪，县丞宋昌，主簿赵暹，典史郑复，僧会张道青、满□□，儒学教谕闫威，训导宋渊，礼生王英、马骥、闫规、马聪、郭琛，宜君县知县侯兴，教谕黄正，训导吕琛，洛川县主簿张宽，教谕陈凯，本县驿丞王，阴阳训术程振，医学训科郑贵，吏典张举信、任琮、王通、孙志。

〔注释〕

〔1〕 工科给事中：明制分设吏、户、礼、兵、刑、工六科给事中，掌侍从规谏，稽查六部之弊误，有驳正制敕违失之权。霍荣，字文华，明陕西盩厔（今陕西周至）人，正统进士，由庶吉士任工科给事中。

〔2〕 生民：人民。

〔3〕 嗣承：继承。大统：帝业，帝位。

〔4〕 祇严：恭谨严肃。祀事：祭祀之事。

〔5〕 底：同“厎”，到达。升平：太平。

明景泰元年祭文碑

砂石质。高1.28米，宽0.62米，厚0.15米。

碑额篆书2行，满行2字，刻『御制祝文』。碑文楷书10行，满行16字。碑文记载明代宗朱祁钰因继承皇位，祈求黄帝保佑大明江山，永保太平，派遣工科给事中霍荣于景泰元年正月十五日祭祀轩辕黄帝事。

維景泰元年歲次庚午閏正月丙午
朔十五日庚申
皇帝謹遣工科給事中覃榮致祭于
黃帝軒轅氏曰仰惟
聖神繼天立極功被生民萬世永賴予嗣
承大統祇嚴祀事用祈佑我家國永
底昇平尚
享
陪祀官
掌延安府事陝西等處承宣布政使司右參政陳升

明英宗天顺六年（一四六二）祭文[1]

（黄帝陵轩辕庙碑廊存石碑）

维天顺六年，岁次壬午，八月癸亥朔，十一日癸酉，皇帝遣延安府知府臣王瑾致祭于黄帝轩辕氏曰[2]：

昔者奉天明命，相继为君，代天理物，抚育黔黎。彝伦攸叙，井井绳绳，至今承之，生民多福。思不忘而报[3]，特遣使赍捧香币[4]，祗命有司，诣陵致祭[5]。惟帝英灵[6]，来歆来格。尚享！

碑阴录文：

钦差：道士张道源。陪祭官：延安府同知□让，鄜州知州冯迪，同知周郁，中部县知县李秀，县丞郭杰，主（下阙），典史何敬学，儒学教谕姜铭，礼生王□、孙坚成（下阙），宜君县知县范宁，典史贾宁，儒学训导吴佐，洛川县知县赵睿，儒学训导蔡崇德，工房吏杨岩、李（下阙），府吏党绒，礼生（下阙）。

监生冯祯书刊。

〔注释〕

〔1〕 按，此祭文内容与明成祖永乐十二年（1414）祭文同，可据以补正阙脱。注释参见前注。

〔2〕 “致祭于”三字原阙，据明永乐十年祭文补，下同。王瑾，明直隶安肃（今河北保定）人，明宣德己酉（1429）举人，正统四年（1439）任咸阳知县，后擢延安府知府。

〔3〕 “报”字原阙。

〔4〕 “特遣”二字原阙。

〔5〕 “致祭”二字原阙。

〔6〕 “惟”字原阙。

明天顺六年祭文碑

砂石质。高1.19米，宽0.59米，厚0.14米。

碑额篆书2行，满行2字，刻『御制祝文』。碑文楷书10行，行残12字。冯祯书刊。四周边饰缠枝花纹。碑下半部残。碑文记载明英宗朱祁镇因生民多福，思不忘报，派遣延安府知府王瑾于天顺六年八月十一日祭祀轩辕黄帝事。

皇帝制曰維
天肇眷
帝命肇造延洪於
帝命明德物無相繼爰及
使齊椿之典育於民
　　　　　 儉依
　　恩
　　命

欽差道士張道源
陪祭官延安府同知
鄜州知州馬迪　同知
中部縣知縣李秀　縣丞郭傑
典史何敎學
宜君縣知縣范寧
儒學教諭姜銘　礼生王
典史賈寧
儒學訓導吳佐
洛川縣知縣趙睿
儒學訓導蔡崇德
工房吏楊岩
監生馮禎書刊
府吏党

◁碑阳拓片

▷碑阴拓片

維天順六年歲次壬午
一日癸酉
皇帝遣延安府知府臣王瓘
黃帝軒轅氏曰昔者奉
天明命相繼爲君代
天理物撫育黔黎彝倫攸敘
今承之生民多福思不忘
使齋捧香幣祇命有
帝英靈來歆來格尚

◁ 明天顺六年祭文碑局部

維天順六年歲次壬午
一日癸酉
皇帝遣延安府知府臣王璋
黃帝軒轅氏曰昔者奉
天明命相繼為君代
天理物撫育黔黎彝倫攸敘
今承之生民多福思不忘
命使齎捧香帛祇命有司詣陵
帝英靈來歆來格尚

明武宗正德元年（一五〇六）祭文

（黄帝陵轩辕庙碑廊存石碑）

维正德元年，岁次丙寅，四月庚戌朔，十九日戊申，皇帝谨遣鸿胪寺寺丞张昱致祭于黄帝轩辕氏曰[1]：

於惟圣神，挺生邃古[2]；继天立极，开物成务[3]。功化之隆，惠利万世[4]。兹于祗承天序，式修明祀[5]，用祈鉴佑[6]，永祚我邦家[7]。尚享！

碑阴录文：

陪祭官：陕西等处承宣布政使司左参议张勋，延安府同知徐崇德，鄜州知州梁昌，中部县知县李森，县丞陈鉴，儒学训导张□，翟道驿驿丞王镛，封赠推官□□，致仕官寇□、高恺、任能、白怜、宋全、宋经，举人马隆，监生贾璞、郝友益、杨庆、王勤、吴隆、王学、程本、寇文□，读祝生员贾贵，礼生秦文、李厚、□□、宋缙、焦宗仁，书篆生员寇文禧，阴阳学李和，医学厚郚，僧会司真秀，道会司侯景贤，礼房吏胡仲成、姚时，承发吏孙琦□□人，架阁吏孙恺，铺长杨□□，工房吏张行、杨准□□人、张宪，吏户兵刑吏黑纪、武郎、张益、邓澄、李时荣、张晏甫、袁表。

石匠冯忠、冯揔，管工老人张俊□□人。

〔注释〕

〔1〕 鸿胪寺：官署名。《周礼》有大行人之职，秦及汉初称典客，汉景帝六年更名大行令，武帝太初元年改称大鸿胪，主掌接待宾客之事。东汉以后，大鸿胪主要职务为朝祭礼仪之赞导。北齐始置鸿胪寺，唐一度改为司宾寺，南宋、金、元废，明复之，清沿置。寺丞：官署中的佐吏。

〔2〕 挺生：挺拔生长，比喻杰出。邃古：远古。

〔3〕 开物成务：指通晓万物的道理并按此道理行事而获得成功。《易·系辞》："夫《易》，开物成务，冒天下之道，如斯而已者也。"孔颖达疏："言《易》能开通万物之志，成就天下之务。"

〔4〕 惠利：谓恩惠及人，使之得利。

〔5〕 式：句首语气词，无实义。明祀：对重大祭祀的美称。《左传·僖公二十一年》："崇明祀，保小寡，周礼也。"

〔6〕 鉴佑：鉴察佑护。

〔7〕 祚（zuò）：赐福。

明正德元年祭文碑

砂石质。高1.81米，宽0.71米，厚0.15米。

碑额篆书2行，满行2字，刻『御制祝文』。饰双龙纹、如意纹。碑文楷书9行，满行21字。四周边饰波浪纹。碑文记载明武宗朱厚照因继承皇位，祈求黄帝保佑大明江山，特派遣鸿胪寺寺丞张昱于正德元年四月十九日祭祀轩辕黄帝。

御祭文
維正德元年歲次丙寅四月庚戌朔十九日戊申
皇帝謹遣鴻臚寺寺丞張昱致祭于
輔物承務功化之隆惠利萬
丕佑永祚我邦家尚

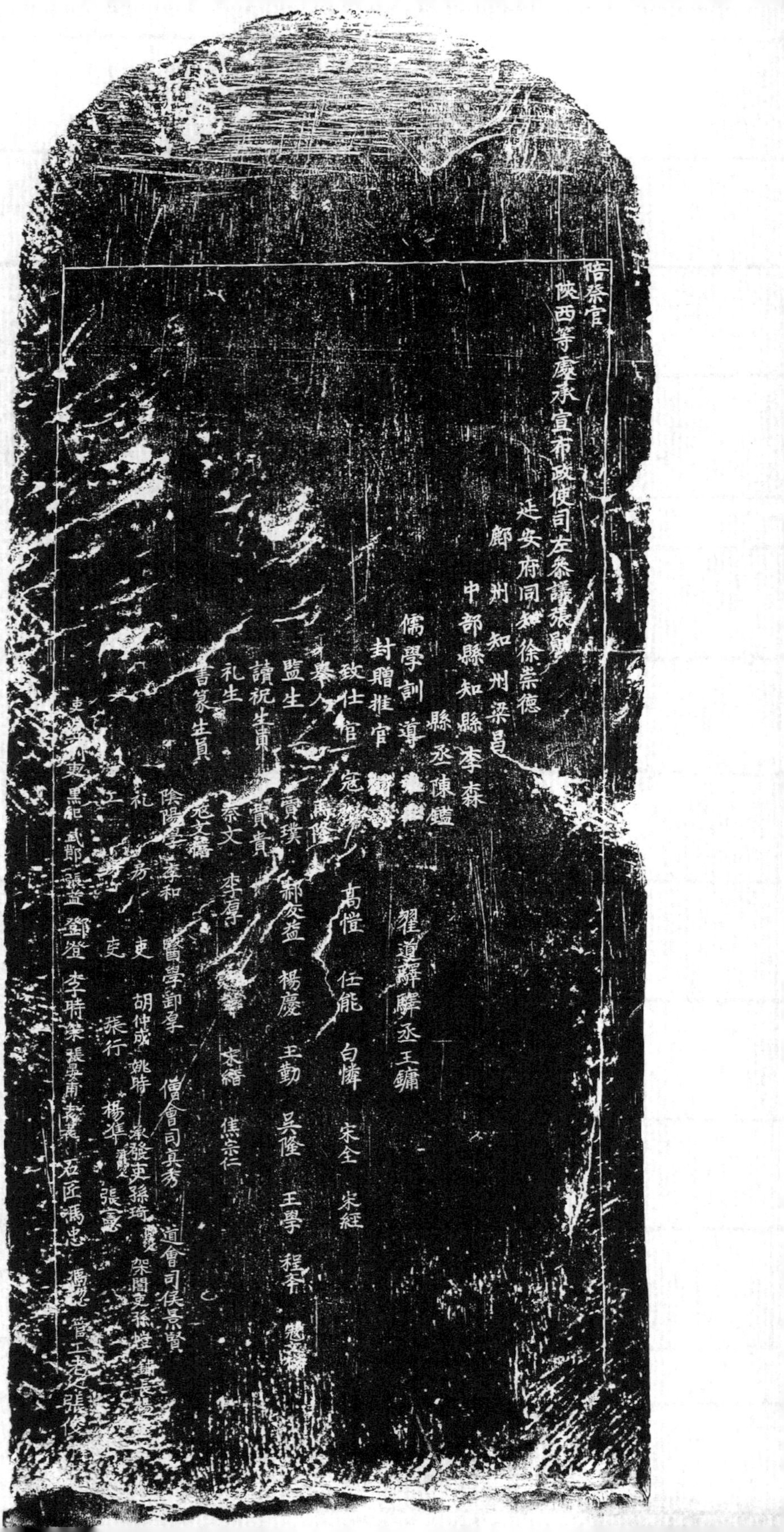

陪祭官
陝西等處承宣布政使司左參議張顯
延安府同知徐崇德
鄜州知州梁昱
中部縣知縣李森
縣丞陳鐣
儒學訓導　翟道　驛丞王鏞
封贈推官
致仕官寇　高愷　任能　白慷　宋全　宋經
舉人　馬隆
監生　賈璞　郭交益　楊慶　王勤　吳隆　王學　程奎
讀祝生　東貴
礼生　蔡文　李厚　宋縉　焦宗仁
書篆生員　寇文翰
陰陽學李和　醫學鄧享　僧會司真秀　道會司侯景賢
礼房吏　胡仲成　姚時　承發吏孫琦　架閣吏孫煜　舖長
工房吏　張行　楊準　張憲
吏　黑　武郎　張益　鄧澄　李時榮　張安甫　袁　石匠馮忠　管工老人張俊

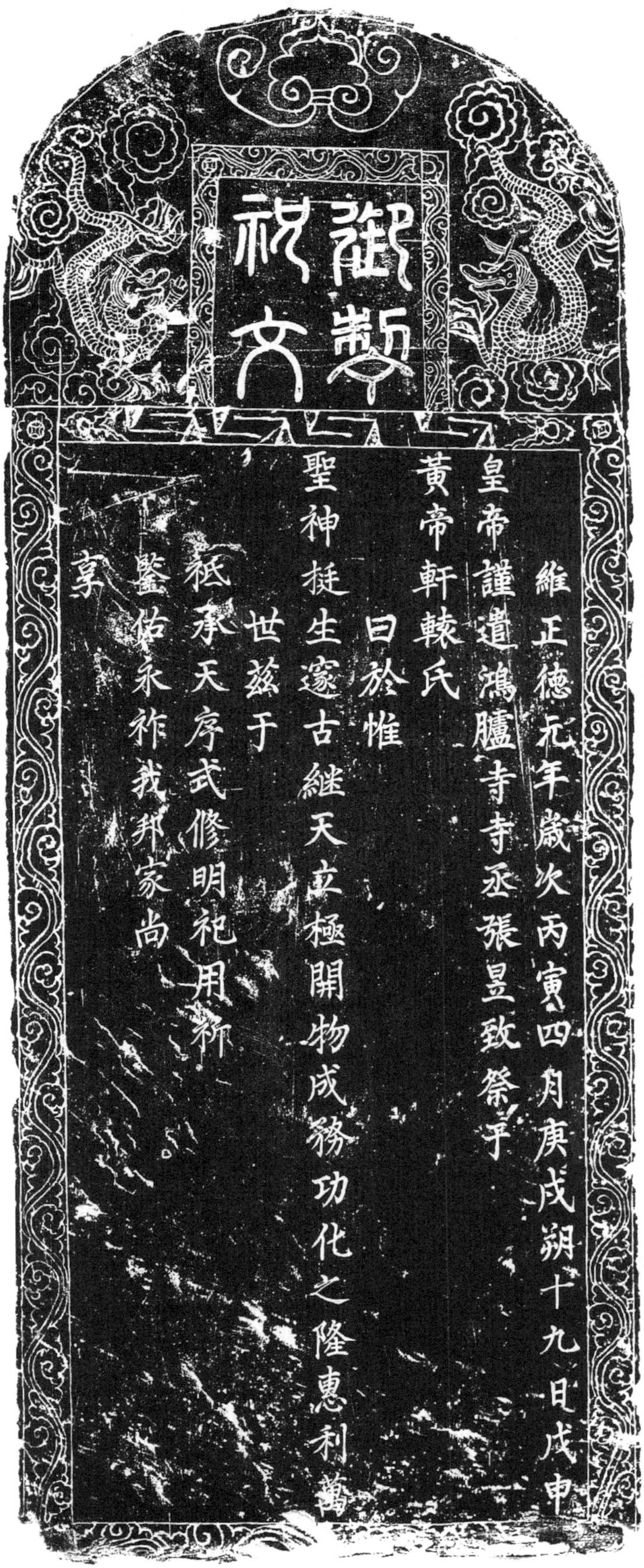
御製祝文

維正德元年歲次丙寅四月庚戌朔十九日戊申
皇帝謹遣鴻臚寺寺丞張昱致祭于
黃帝軒轅氏
曰於惟
聖神挺生邃古繼天立極開物成務功化之隆惠利萬
世茲于
祗承天序式修明祀用祈
鑒佑永祚我邦家尚
享

◁明正德元年祭文碑局部

正德元年歲次丙寅四月庚戌朔十九日戊申

遣鴻臚寺寺丞張昱致祭于

轅氏

曰於惟

生邃古繼天立極開物成務功化之隆惠利萬

世茲予

承天序式修明祀用祈

佑永祚我邦家尚

明武宗正德十一年（一五一六）祭文[三]

（黄帝陵轩辕庙碑廊存石碑）

维正德十一年，岁次丙子，八月庚戌朔，越十八日丁卯，皇帝遣延安府同知臣刘贡致祭于黄帝轩辕氏曰：

昔者奉天明命，相继为君，代天理物，抚育黔黎。彝伦攸叙，井井绳绳，至今承之，生民多福。思不忘而报，兹特遣使赍捧香帛，祗命有司，诣陵致祭，惟帝英灵，来歆来格。尚享！

碑阴录文：

钦差：道士贾几良。鄜州知州□□，中部县知县岳岑，县丞骆靖，典史蒲爵，儒学教谕王瑞，训导胡明，翟道驿丞□□，僧会司□□，道会司□□，洛川县知县郁□，阴阳学李和，医学□□，宜君县知县□□，致仕官兰馨、郝友益、郑□□、□□全，举人□□、马隆、□□、刘□、刘□，监生宋纶、秦文、寇文□、刘□、刘□□、王□正，读祝生员王重，礼生冯继宇、高鸾、马良、白璧，王府官郑隆、王□□、马敬良、万延、高洁，省祭官惠文、吴珏，礼房吏井□□、田□。

石匠田孟贤。

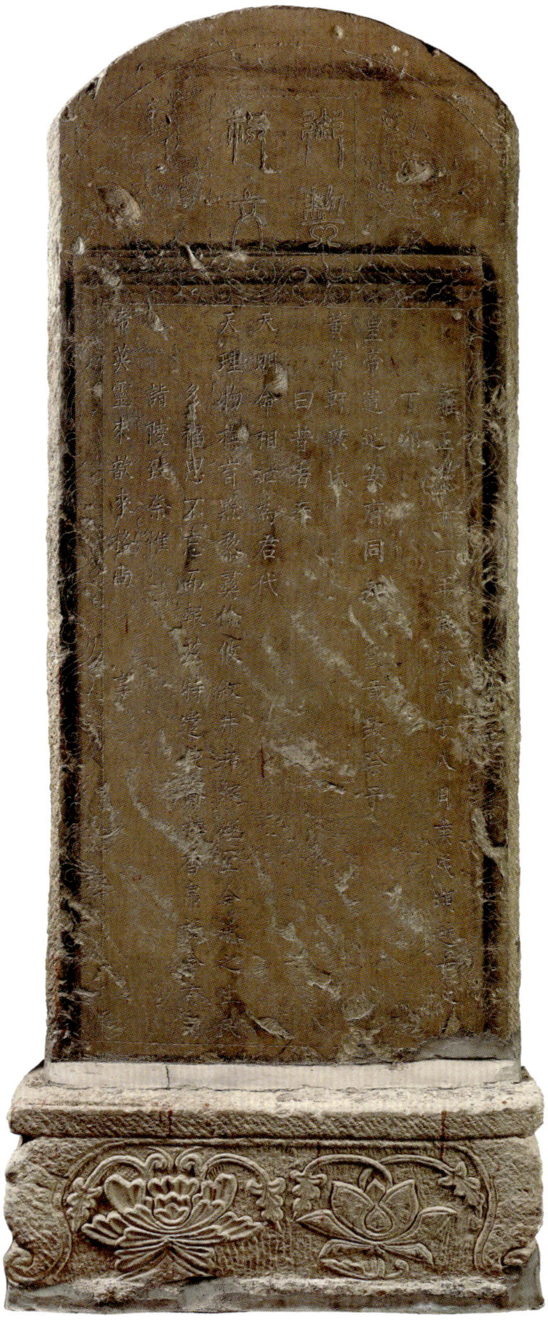

注释

〔1〕 按,此祭文内容与明成祖永乐十二年(1414)祭文基本相同,仅个别字句略有差异,注释参见前注。

明正德十一年祭文碑

砂石质。高1.75米，宽0.81米，厚0.15米。

碑额篆书2行，满行2字，刻『御制祝文』。饰双龙纹。碑文楷书10行，满行21字。四周边饰波浪纹。碑文记载明武宗朱厚照因生民多福，思不忘而报，特派遣延安府同知刘贡于正德十一年八月十八日祭祀轩辕黄帝事。

〔注释〕

〔1〕 按，此祭文内容与明成祖永乐十二年（1414）祭文基本相同，仅个别字句略有差异，注释参见前注。

〔2〕 此处原碑有损，阙。据明成祖永乐十二年（1414）祭文推测，应为“生民”。

〔3〕 此处原碑有损，阙。据明成祖永乐十二年（1414）祭文推测，应有“有司”。

明嘉靖十年祭文碑

砂石质。高1.42米，宽0.70米，厚0.14米。

碑文楷书10行，满行19字。四周边饰波浪纹。碑文记载明世宗朱厚熜因生民多福，思不忘而报，特遣延安府通判梁致让于嘉靖十年八月二十四日祭祀轩辕黄帝事。

維嘉靖十年
皇帝謹遣
黃帝軒轅氏
曰昔者
天明命相繼
天理物撫
敘井井繩繩至今承之
特遣使齎捧香幣祇命
致祭惟

欽差道士石仲堅
陪祭官
鄜州知州胡
中部縣縣丞劉
典吏程錦明
教諭楊
訓導宋溥
翟道驛驛丞
洛川縣主簿高濬
訓導陳詔
宜君縣縣丞
教諭王松
宋濟
馬進禄
傑

◁碑阳拓片

▷碑阴拓片

維嘉靖十年歲次辛卯八月壬午朔越二十
乙巳
皇帝謹遣延安府通判翟鑾讓致祭于
黃帝軒轅氏
曰昔者奉
天明命相繼爲君
天理物撫育黔黎彝倫攸敘井井繩繩至今承之
多福思不忘而報茲特遣使齎捧香幣祗命
詣陵致祭惟
帝芳美靈來歆永格尚

◁ 明嘉靖十年祭文碑局部

維嘉靖十年歲次辛卯八月壬午朔越二十
乙巳
皇帝謹遣延安府通判梁勇謙致祭于
黃帝軒轅氏
曰昔者奉
天明命相繼爲君代
天理物撫育黔黎彝倫攸叙井井繩繩至今承之
多福思不忘而報茲特遣使齎捧香幣祗命
詣陵致祭惟
帝兮英靈來格尚
饗

明世宗嘉靖三十一年（一五五二）祭文[三]

（黄帝陵轩辕庙碑廊存石碑）

维嘉靖叁拾壹年，岁次壬子，捌月辛亥朔，贰拾柒日丁丑，皇帝遣延安府知府周建邦致祭于

黄帝轩辕氏曰：

昔者奉天明命，相继为君，代天理物，抚育黔黎。彝伦攸叙，井井绳绳，至今承之，生民多福。思不忘而报，兹特遣使赍捧香币，祇命有司，诣陵致祭，惟帝英灵，来歆来格。尚飨！

碑阴录文：

嘉靖三十一年八月二十七日，奉礼部准，差太常寺通赞王友舜进香□□，延安府知府周建邦致祭于

轩辕黄帝庙庭。毕，祭文照例是日刻刊石，树立于庙庭之中，兹记。

鄜州同知刘芳，儒学教谕朱用中，训导曹宪、张政，礼生赵廷魁、郭文郁、寇光庭、吴豹。

〔注释〕

〔1〕 按，此祭文内容与明成祖永乐十二年（1414）祭文基本相同，仅个别字句略有差异，注释参见前注。

明嘉靖三十一年祭文碑

砂石质。高1.27米，宽0.66米，厚0.13米。

碑额篆书2行，满行2字，刻『御制祝文』。饰云纹。碑文楷书14行，满行16字。四周边饰波浪纹。碑文记载明世宗朱厚熜派遣延安府知府周建邦于嘉靖三十一年八月二十七日祭祀轩辕黄帝事。

◁碑阳拓片

▷碑阴拓片

嘉靖三十一年八月二十七日奉禮部
安府知府周建邦致祭于
文照例是日刻
之中茲記
州同知劉
學教諭李用中
張鉞
禮生 趙廷魁 郭文郁

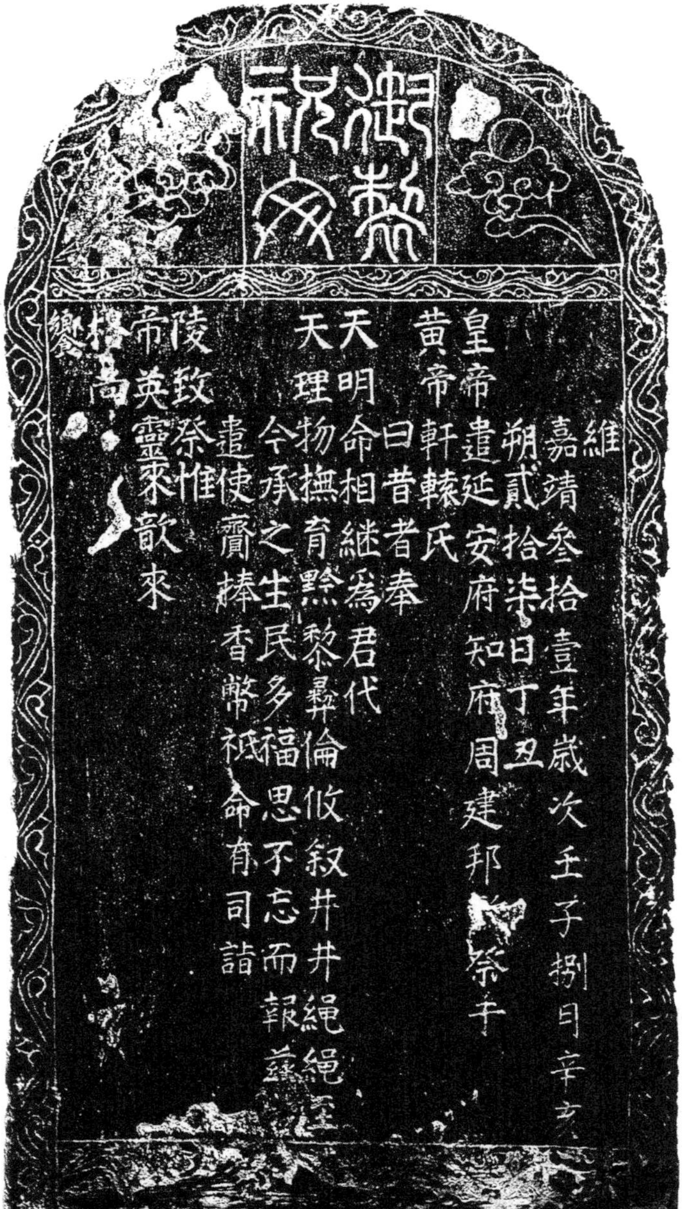
御製祝文
維
嘉靖叁拾壹年歲次壬子捌月辛亥
朔貳拾柒日丁丑
皇帝遣延安府知府周建邦[illegible]祭于
黃帝軒轅氏
曰昔者奉
天明命相繼爲君代
天理物撫育黔黎彞倫攸敘井井繩繩至
今承之生民多福思不忘而報茲
遣使齎捧香幣祗命有司詣
陵致祭惟
帝英靈來歆來
格尚
饗

◁ 明嘉靖三十一年祭文碑局部

維
嘉靖叁拾壹年歲次壬子捌月辛亥
朔貳拾柒日丁丑
皇帝遣延安府知府周建邦[illegible]祭于
黄帝軒轅氏
曰昔者奉
天明命相繼為君代
天理物撫育黔黎彝倫攸敘井井繩繩至
令承之生民多福思不忘而報亦
曲使齎捧香幣祇命有司詣
陵致祭惟
帝英靈來歆來
尚
饗

明世宗嘉靖三十五年（一五五六）祭文

（黄帝陵轩辕庙碑廊存石碑）

维嘉靖三十有五年，岁次丙辰，四月己丑朔，六日甲午，户部左侍郎邹守愚率陕西布政司右参政朱用、谢淮[1]，左参议栗永禄[2]，按察司副使徐贡元[3]，都司都指挥申绍祖[4]，以牲香帛，致祭于黄帝轩辕氏之神曰：

惟帝睿心天授，玄德神侔[5]，口离里而能言[6]，聪明卓冠于千古；身绝世而首出，文武逖耀于八埏[7]。乘土德以统天[8]，握乾符而驭宇[9]。总百□而祇役，秘阐道真[10]；抚万国以咸宁，诞敷皇极[11]。覆群生而开栋宇[12]，法两仪而肇堂□[13]。暘雨应期，勋高邃代，凤麟献瑞[14]，治比华胥[15]。乃若王屋受经[16]，崆峒问道[17]，天老迎箓，神人启符；丹灶飞珠[18]，荆山铸鼎[19]，仰仙踪而滋邈，抱皇谍而独尊[20]，信天地之与参，盖生民之未有也。守愚等虔将帝命，亲履灵封[21]，敢少罄于蚁衷[22]，冀俯临于云驭[23]，於乎！圣同天而如在，阴沛德泽而□垂；垂德异世而弥馨，常乘化机而幽赞[24]。神之听之，伏惟尚飨！

延安府知府张邦彦，同知郝廷玺，通判郭锡，鄜州知州雷世□，署中部县□、安塞县丞李克勤。

碑阴录文：

中部县儒学训导张政，典史张岑，驿丞王廷才，礼生刘光升、侯真、吴豹、罗免，礼房吏刘朝选，工房吏杨廷宪，兵房吏白守仓。

〔注释〕

〔1〕 户部左侍郎：官名。明、清户部副长官。自唐至元，户部均设侍郎，一二人不等。至明，始分左右，以左为上，左右各一人，正三品。共佐尚书掌部务。邹守愚（？—1556）：明福建莆田人，字君哲。嘉靖五年（1526）进士。授户部主事，历郎中，议行平籴法。累官河南左布政使，镇压师尚诏起事。官至户部尚书。有《俟知堂集》。右参政：官名。明朝各布政使司置，从三品，位在布政使之下。分左、右，无定员，随事增减。掌分守各道，及派管粮储、屯田、驿传、水利、抚民等事。

〔2〕 左参议：明清布政使司之职官。明洪武十四年（1381）设，左、右各一人，正四品。后改从四品，无定员，皆因事添设，分司督粮道，分守道。

〔3〕 按察司：即提刑按察使司。官署名。明置，其官有使、副使、佥事等。使掌一省刑名按劾之事；副使，佥事掌分道巡察。

〔4〕 都司：即都指挥使司，洪武八年（1375）改置。多置于各省，掌一方之军政，分隶五军都督府，而听命于兵部。设都指挥使一人、都指挥同

明嘉靖三十五年祭文碑

砂石质。高1.48米，宽0.69米，厚0.13米。

碑额刻云纹。碑文楷书16行，满行32字。四周边饰波浪纹。碑文记载明嘉靖三十五年四月六日户部左侍郎邹守愚，陕西布政司右参政朱用、谢淮，左参议栗永禄，按察司副使徐贡元，都司都指挥申绍祖祭祀轩辕黄帝事。

知二人、都指挥佥事四人为长官。

〔5〕 玄德：指潜蓄而不著于外的德行。《书·舜典》："玄德升闻，乃命以位。"侔：相等，齐。玄德神侔，指暗隐的德行与神相等。

〔6〕 离里：离，依附。《诗·小雅·小弁》："靡瞻匪父，靡依匪母，不属于毛，不罹于里。"比喻子女与父母关系密切。这里是说黄帝还在母亲怀抱中时就能开口讲话，所谓"弱而能言"。

〔7〕 逖：远。八埏：八方边远之地。唐柳宗元《代裴行立谢移镇表》："道畅八埏，威加九域。"

〔8〕 土德：五德之一。古以五行（金、木、水、火、土）相生相克附会王朝命运，土胜者即为得土德，黄帝禀土德。《史记·五帝本纪》："（轩辕）有土德之瑞，故号黄帝。"

〔9〕 乾符：旧指帝王受命于天的吉祥征兆。唐韩愈《贺册尊号表》："陛下仰稽乾符，俯顺人志。"

〔10〕 道真：谓道德、学问的真谛。《三国志·魏志·中山恭王衮传》："王研精坟典，耽味道真，文雅焕炳，朕甚嘉之。"

〔11〕 诞敷：遍布。《书·大禹谟》："帝乃诞敷文德，舞干羽于两阶。"皇极：帝王统治天下的准则。汉荀悦《汉纪·高祖纪一》："昔在上圣，唯建皇极，经纬天地。"

〔12〕 栋宇：房屋的正中和四垂，指房屋。汉王延寿《鲁灵光殿赋》："神灵扶其栋宇，历千载而弥坚。"

〔13〕 两仪：指天地。《易·系辞上》："是故易有太极，是生两仪。"

〔14〕 凤麟：凤凰与麒麟。汉扬雄《法言·问明》："或问鸟有凤，兽有麟，鸟兽皆可凤麟乎？"

〔15〕 华胥：指华胥国，传说中的国名。《列子·黄帝》："（黄帝）昼寝而梦，游于华胥氏之国。"

〔16〕 王屋：山名。在山西省阳城、垣曲两县之间。山有三重，其状如屋，故名。相传黄帝曾访道于王屋山。

〔17〕 崆峒：山名，也称空同、空桐。在今甘肃平凉西。相传是黄帝问道于广成子之所。《庄子·在宥》："黄帝立为天子，十九年，令行天下，闻广成子在于空同之上，故往见之。"《史记·五帝本纪》："（黄帝）西至于空桐，登鸡头。"

〔18〕 丹灶：炼丹用的炉灶。南朝梁江淹《别赋》："守丹灶而不顾，炼金鼎而方坚。"

〔19〕 荆山：山名，在今河南灵宝阌乡南。相传黄帝采首山铜铸鼎于此。亦名覆釜山。《史记·封禅书》："黄帝采首山铜，铸鼎于荆山下。"

〔20〕 谍：通"牒"，此处指谱牒，即记述氏族或宗族世系的书籍。

〔21〕 灵封：神仙境界。唐陆龟蒙《奉和袭美太湖诗·入林屋洞》："屹若造灵封，森如达仙薮。"

〔22〕 蚁衷：微末的衷心。谦辞。

〔23〕 俯临：莅临，降临。云驭：谓驭云而行。传说仙人以云为车。

〔24〕 化机：变化的枢机。唐吴筠《步虚词》之十："二气播万有，化机无停轮。"

【注释】

〔1〕 按，此祭文内容与明成祖永乐十二年（1414）祭文基本相同，仅个别字句略有差异，注释参见前注。

明隆庆四年祭文碑

砂石质。高1.38米，宽0.66米，厚0.15米。

碑文楷书12行，满行21字。四周边饰波浪纹。碑文记载明穆宗朱载垕派遣陕西延安府知府郭文和于隆庆四年八月二十一日祭祀轩辕黄帝事。

明万历元年祭文碑

砂石质。高2.11米，宽0.88米，厚0.15米。

碑额篆书2行，满行2字，刻『御制祝文』。碑文分上下双栏，上栏楷书12行，满行10字。下栏楷书23行，满行42字。四周边饰波浪纹。碑文记载明神宗朱翊钧派遣尚宝司少卿石星于万历元年四月十六日祭祀轩辕黄帝事。

〔注释〕

〔1〕 按，万历元年四月初一应为“庚戌”，碑文误刻为“丁巳”。尚宝司少卿：官名。明朝尚宝司副长官，一人，从五品，佐司卿，掌宝玺、符牌、印章之事。后多以恩荫寄禄，作为勋贵大臣子弟之荣誉职位，遂无定员。石星（1538－1599）：明大名府东明人，字拱宸，号东泉。嘉靖三十八年（1559）进士，累擢吏科给事中。隆庆初上疏言内臣恣肆，诏杖黜为民。万历初起故官，晋升为尚宝司少卿，后累进兵部尚书。日本攻朝鲜，星信妄人沈惟敬言，力主封贡之议，及封事败，夺职，下狱死。

〔2〕 功参二仪：意谓黄帝的功绩可与天地并立。

〔3〕 祗：恭敬。

〔4〕 明祀：对重大祭祀的美称。《左传·僖公二十一年》：“崇明祀，保小寡，周礼也。”

〔5〕 鉴歆：即歆鉴、鉴察并享用。明李东阳《遣祭祝文》：“尚祈歆鉴，永享明禋。”

〔6〕 绥：安抚。运祚：谓福及子孙。

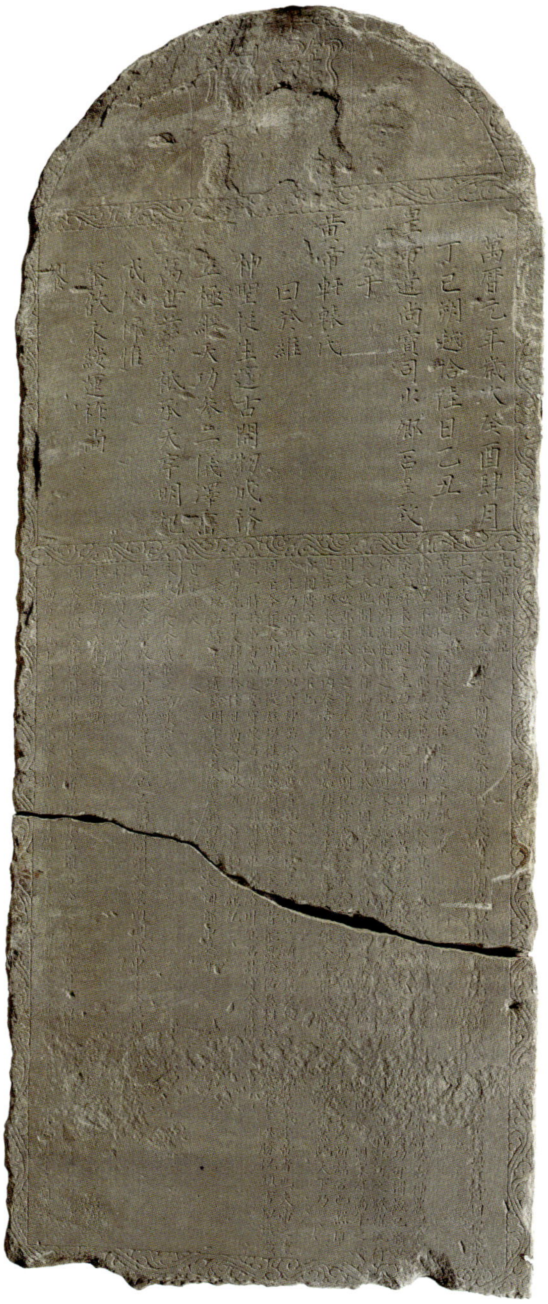

◁明万历元年祭文碑 ▷碑阳拓片

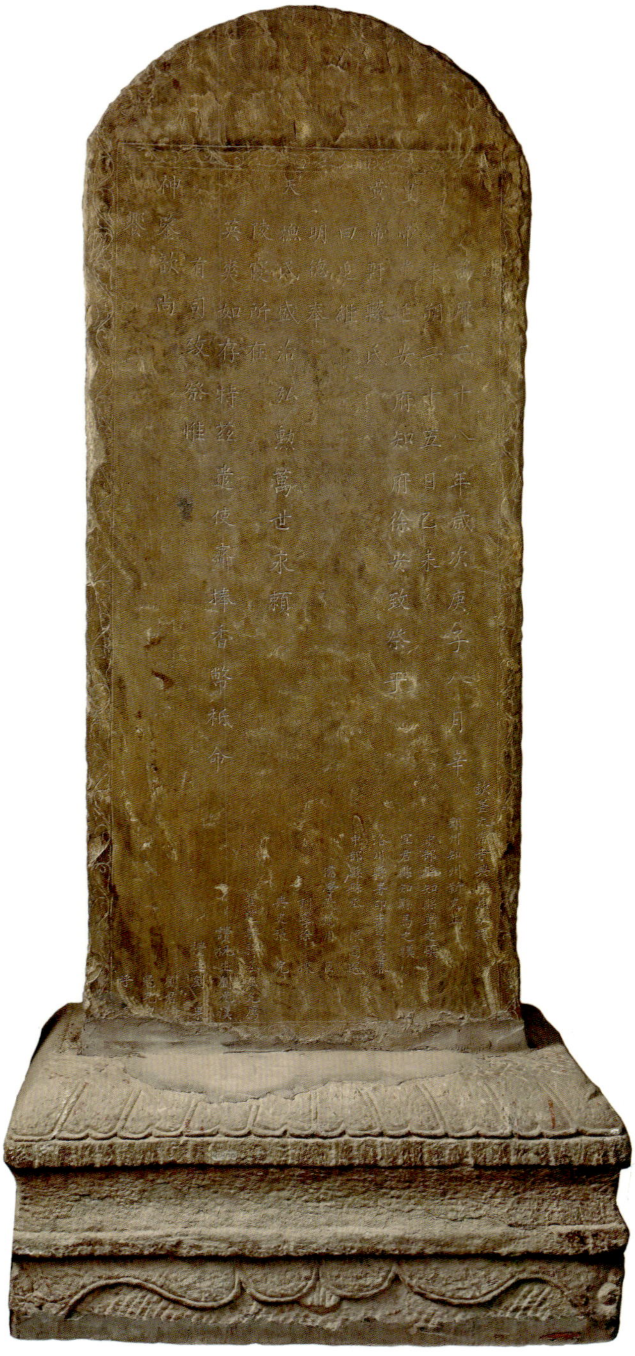

明神宗万历二十八年（一六〇〇）祭文

（黄帝陵轩辕庙碑廊存石碑）

维万历二十八年，岁次庚子，八月辛未朔，二十五日乙未，皇帝遣延安府知府徐安致祭于黄帝轩辕氏曰：

追维明德[1]，奉天抚民[2]，盛治弘勋[3]，万世永赖，陵寝所在，英爽如存[4]。特兹遣使赍捧香币，祗命有司致祭，惟神鉴歆。尚飨！

钦差：太常寺典乐罗继樗。鄜州知州靳充正，中部县知县单之慎，宜君县知县马之骥，洛川县署印主簿李逢春，中部县县丞陈国选，儒学教谕周臣，训导徐栋，典史张完，翟道驿驿丞屈允荐，读祝生刘光汉，礼生刘果、刘君行、寇克□、呼□。

【注释】

〔1〕明德：光明之德；美德。

〔2〕奉天：奉行天命。抚民：治理人民。

〔3〕盛治：昌明的政治。弘勋：恢宏的功业。

〔4〕英爽：同“精爽”，谓神灵。

明万历二十八年祭文碑

砂石质。高1.79米，宽0.69米，厚0.12米。

碑文楷书13行，满行14字。四周边饰波浪纹。碑文分为两部分，下部刻参祭人名单。碑文记载明神宗朱翊钧派遣延安府知府徐安于万历二十八年八月二十五日祭祀轩辕黄帝事。

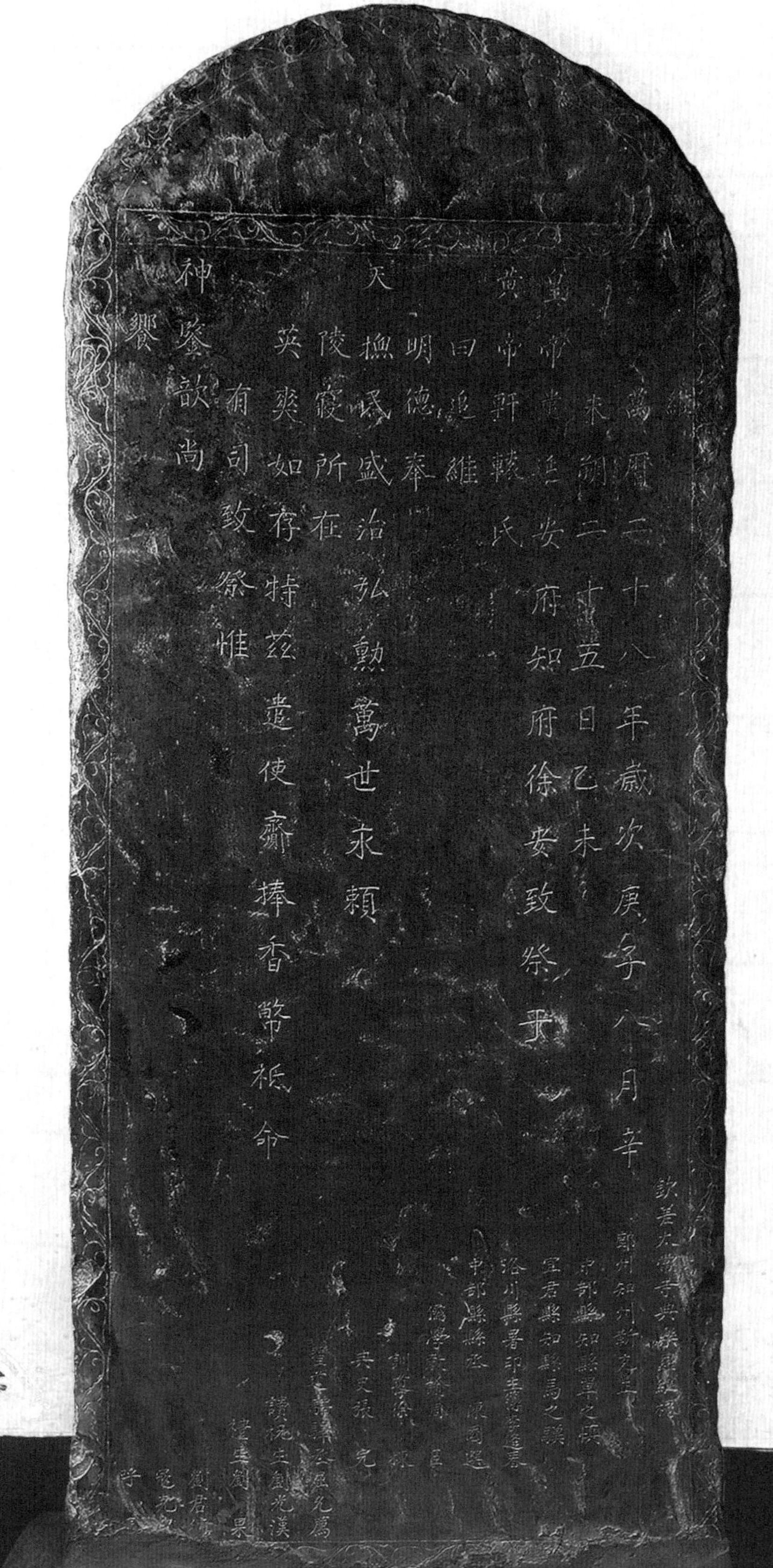
萬曆二十八年歲次庚子八月辛
未朔二十五日乙未
皇帝遣延安府知府徐安致祭于
黃帝軒轅氏
曰追維
明德奉
天撫民盛治弘勳萬世永賴
陵寢所在
英爽如存特茲遣使齎捧香幣祗命
有司致祭惟
神鑒歆尚
饗

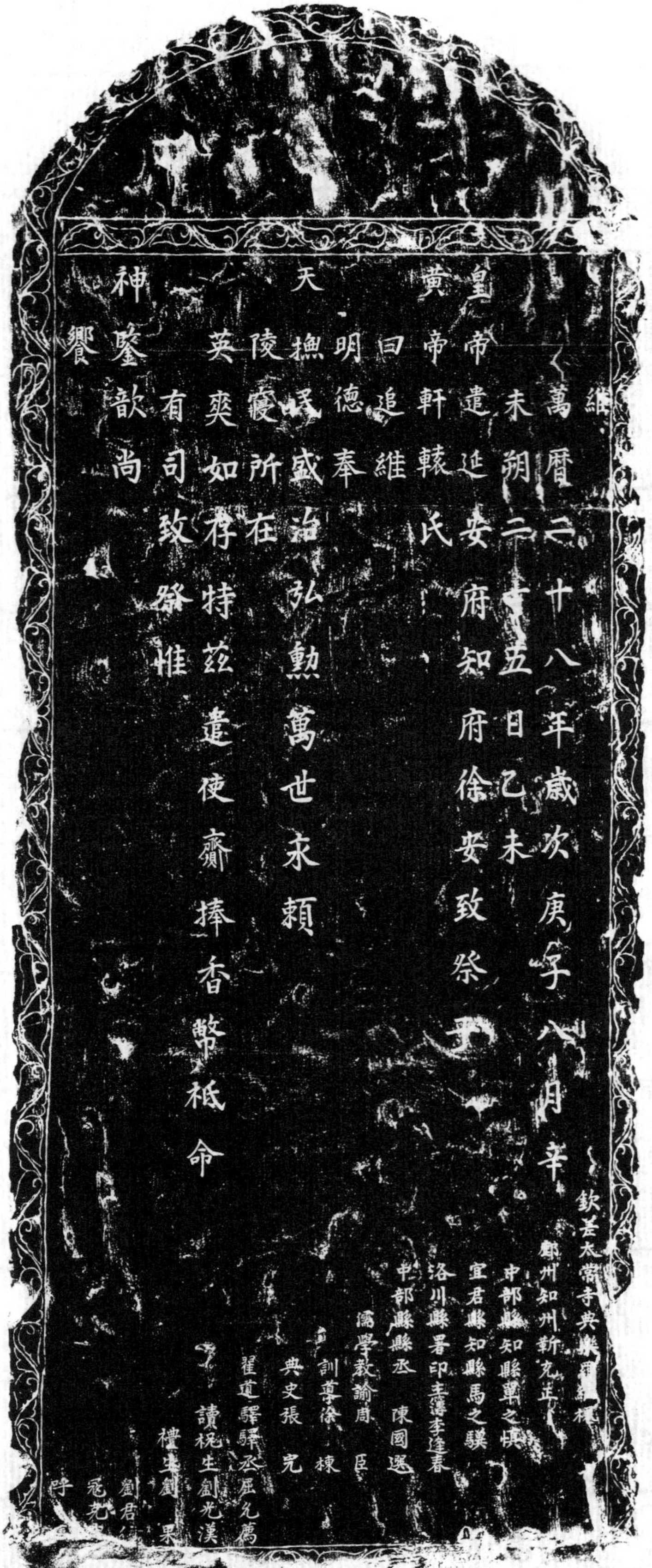

▷碑阳拓片

◁明万历二十八年祭文碑局部

二十八年歲次庚子八月辛
二十五日乙未
安府知府徐安致祭于
氏
治弘勳萬世永賴
在
存特茲遣使齋捧香幣祇命
致祭惟

欽差太常寺典樂羅經模
鄜州知州靳充王
中部縣知縣單之慎
宜君縣知縣馬之驥
洛川縣署印主簿李逢春
中部縣縣丞　陳國選
儒學教諭周　臣
訓導徐　棟
典史張　完
翟道驛驛丞屈
讀祝生劉
禮生劉
劉
冠
呼

明熹宗天启元年（一六二一）祭文

（黄帝陵轩辕庙碑廊存石碑）

维天启元年，岁次辛酉，十一月戊戌朔，越初四日辛丑，皇帝谨遣锦衣卫加正一品俸都指使侯昌国致祭于黄帝轩辕氏曰[1]：

於维圣神，挺生邃古，继天立极，开物成务，功化之隆[2]，利赖万世[3]。兹予祗承天序，式展明禋[4]，用祈歆鉴，永祚我家邦。尚飨！

【注释】

〔1〕锦衣卫：官署名。明洪武十五年（1382）置锦衣卫，所属有南北镇抚司十四所，所隶有将军、力士、校尉，掌直驾侍卫、巡察缉捕。

〔2〕功化：功业与教化。《汉书·贾谊传》："使时见用，功化必盛。"

〔3〕利赖万世：指万世都受其益。

〔4〕明禋：指明洁诚敬的献享。

明天启元年祭文碑

砂石质。高2.15米，宽0.84米，厚0.18米。

碑额篆书4行，行2字，刻『御制祝文重修庙记』。碑阳碑文分为上下两部分，上部为明天启元年御制祝文，行书15行，满行8字；下部为明中部县知县窦如芳撰《轩辕黄帝庙重修记》，行书18行，满行32字。四周边饰蔓草纹。碑阴额篆书4行，行2字，刻『亿万斯年寿我家邦』。碑文为国子监生寇永清撰『修黄帝庙跋文』及诗一首，楷书19行，满行39字。碑文右下角泐蚀严重。

◁碑阳拓片

一一〇

▷碑阴拓片

御製祭文重修廟記

維
成化元年歲次乙酉
七月戊戌朔越[illegible]
四日辛丑
皇帝謹遣錦衣衛加正一
品俸都指揮使侯昌
國致祭于
黃帝軒轅氏
曰於惟
聖神挺生邃古繼天立極
開物成務功化之隆
利賴萬世茲予祇承
天序式廣明禮用
歆鑒永祚我家邦尚
饗

軒轅黃帝廟重修記
臣如芳自[illegible]歲[illegible]酉之秋來令中部甫蒞任遂拜
帝陵于橋山頂上既而從陵東下[illegible]
帝廟臣[illegible]謁之仰瞻廟貌[illegible]圮[illegible]臣為之惻然夫以
今上嗣位改元必遣[illegible]以告[illegible]而陵頹若是豈所以對揚[illegible]
者乎是請議為道求大木[illegible]值索琉璃諸匠糾宜催兩邑民眾[illegible]
及禮殿繞廡而御祭[illegible]斯時棟宇輝煌牲牷脩潔直[illegible]以對[illegible]
主休仰為馨香矣越明年之春廟[illegible]東西長廊並內外諸戶暨碑[illegible]
所一切告成環堵甃妍[illegible]
帝象肅穆風牧諸臣俱煒燃[illegible]且[illegible]正芳臣每一謁之[illegible]在[illegible]
庇吾
皇萬年之長即滋臣之籍[illegible]慶澤當何如功畢日部庠[illegible]
礮石廟名徵記於臣以勸[illegible]邁[illegible]古碑知一[illegible]
帝廟始肇橋山之北宋開寶中勅移[illegible]元至正中重修者[illegible]至我[illegible]元[illegible]重
者三焉他若鑄彝神續[illegible]龍[illegible]草昧造文明[illegible]碑已[illegible]
大明陝西延安府鄜州中部縣[illegible]如芳謹董[illegible]稽首撰
儒學教[illegible]
龍飛天啓元年[illegible]國子監生[illegible]人[illegible]書丹

◁ 明天启元年祭文碑局部

軒轅聖祖廟頹于萬曆庚申之秋其功搏維以卒岸造於歲辛酉天啟改元會
邑侯實以為部令甫下車謁　廟睹視其壽情〻不樂日夜寢無食付籌遺
吾碩畢矣因捐俸金出為計變諸凡為上木鐵周而且藏越明年之春一切告成
是可以記道命之聲名撰勒其事以書丹之青屬之于清〻不能無言何敢辭焉
訛也書羅齋筆一旋隨頌其不朽曰
繡錯星分紫霧開　天開壺闢負獅山　丹封王氣龍仙塚　雷隱龍光繞翠環
蒼穹宇靜雲高揭　人熙帝力于何有　攬得清風着皓月　月華照耀滿苔菌
路內神光有幾色　天敦森蔚壯長春　長春靄〻渾不夜　一曲澄泓泪水灣
縣人俯仰傍基欄　台榭摩基在幾時　先朝開宮建于茲　至今歷幾千年壽
廟把萬曆庚申歲　仰吊穹蒼天不惠　過客〻音四海靜　一年兩次哭先帝
我部循良值實侯　捐俸經營新廟貌　府庭民物兩優游　韻都陰濃帝閣煙
肅〻環堵一特典　路上行人須不斷　禮殿修成禦祭位　五更煙霧時鳴禽
稽首揚休忠孝心　侯德侯功難遠道　部人圖報于何求　巍〻鳳闕乾坤久
楹挺燦爛逑千祥　右征生金柏子番　紫宇宮尼學毓原　永綿天保祚吾皇
我侯撰記勒其事　恭承侯命請書丹　勉附俚言供指視　明知貽臭千百春
豈謂琳瑯成殘賦　豈謂刊鐫狀玉璘　刊鐫不是長存調　流水斜陽餘夕照
特來千古斯人請　寂永清謹誌

清

清世祖顺治八年（一六五一）祭文

（《（雍正）陕西通志》卷八五，清文渊阁《四库全书》本；《黄帝陵碑刻》，陕西人民出版社二〇一四年版）

自古帝王，受天明命，继道统而新治统[1]。圣贤代起，先后一揆[2]，功德载籍[3]，炳若日星[4]，明禋大典，亟宜肇隆[5]。敬遣专官，代将牲帛，神其鉴享！

碑阴录文：

钦差：太子太保礼部尚书管左侍郎事王铎。西安府长安县学博张弘业，延安府知府李肇源，鄜州知州刘应科，中部县知县李顺昌，典史徐日望，署儒学教谕举人李鹏鸣，洛川县知县胡廷翰，鄜州州判署宜君县事潘朝宗，读祝生刘尔驯，四礼生寇永澄、张永叔、刘□□、葛论。礼房张世□、党□中、郑□新、宋□□。

［注释］

〔1〕道统：宋明理学家称儒家学术思想授受的系统。新：革新。治统：治理国家一脉相传的统系。

〔2〕揆（kuí）：准则，道理。一揆，谓同一道理。

〔3〕载籍：书籍，典籍。《史记·伯夷列传》："夫学者载籍极博，犹考信于六艺。"

〔4〕炳：光明，显著。

〔5〕亟：急切。肇：开始，初始。

清顺治八年御制祝文碑　碑阴拓片

说明：此碑碑阳在乾隆二十年（1755）被磨平，只留下碑阴。

清圣祖康熙元年（一六六二）祭文

（清丁瀚《中部县志·艺文》）

帝王继天立极，功德并隆，治统道统，昭垂奕世[1]。朕受天眷命[2]，绍缵丕基[3]，庶政方亲[4]，前徽是景[5]，明禋大典，亟宜肇修。敬遣专官，代将牲帛，爰昭启荐之忱[6]，聿备钦崇之礼[7]。伏维恪歆[8]，尚其鉴享！

〔注释〕

〔1〕昭垂：昭示，垂示。奕世：累世，代代。《国语·周语上》：“奕世载德，不忝前人。”

〔2〕眷命：垂爱并赋予重任。《书·大禹谟》：“皇天眷命，奄有四海，为天下君。”

〔3〕绍缵：继承。丕基：巨大的基业。唐张绍《冲佑观》诗：“赫赫烈祖，再造丕基。”

〔4〕庶政：各种政务。《新唐书·高宗纪》：“太宗每视朝，皇太子常侍，观决庶政。”

〔5〕前徽：前人美好的德行。景：同“影”，此处引申为跟随。

〔6〕爰：助词，用在句首或句中，无义。荐：进献，祭献。

〔7〕聿：助词，用于句首或句中，无义。钦崇：崇敬。

〔8〕恪歆：恪，应为“格”之误。格歆，谓神灵降临，享受供物。

清圣祖康熙二十一年（一六八二）祭文

（黄帝陵轩辕庙碑廊存石碑）

维康熙二十一年，岁次壬戌，三月己酉朔，越十六日甲子，皇帝谨遣工部右侍郎加一级苏拜致祭于黄帝轩辕氏曰[1]：

自古帝王，受天显命[2]，继道统而新治统，圣贤代起，先后一揆，成功盛德，炳如日星。朕诞膺眷祐[3]，临制万方[4]，扫灭凶残[5]，廓清区宇[6]，告功古后[7]，殷礼肇称[8]。敬遣专官，代将牲帛，爰修禋祀之诚，用展景行之志[9]。仰企明灵[10]，尚其鉴享！

陪祀官：督理陕西等处地方粮储道副使加四级李国亮。

碑阴录文：

钦差：礼部仪制司掌香帛官来宝。延安府知府毛文埜，鄜州知州宁□栋，洛川县知县胡□绍，中部县知县金兰芝，宜君县知县秦钜伦。

〔注释〕

〔1〕 工部右侍郎：官名。自唐宋以后，历代多设此官，为工部的次长官，职位仅低于尚书。协助尚书掌管百工山泽水土之政令，考其功以诏赏罚，总所属各司之事。唐宋均设一人，明代始分设左右。

〔2〕 显命：对上天旨意或天子诏命的美称。三国魏曹植《庆文帝受禅表》：“陛下以明圣之德，受天显命，良辰即祚，以临天下。”

〔3〕 眷祐：眷顾佑助。《书·太甲中》：“皇天眷佑有商，俾嗣王克终厥德。”

〔4〕 临制：监临控制。《史记·淮南衡山列传》：“当今陛下临制天下，一齐海内，泛爱蒸庶，布德施惠。”万方：指天下各地，全国各地。

〔5〕 凶残：指凶恶残暴的人或事。《书·泰誓中》：“我武惟扬，侵于之疆。取彼凶残，我伐用张，于汤有光。”“扫灭凶残”指康熙二十年（1681）三藩之乱被平定。

〔6〕 廓清：澄清，肃清。汉荀悦《汉纪·高帝纪四》：“征乱伐暴，廓清帝宇，八载之内，海内克定。”区宇：境域；天下。唐元稹《贺诛吴元济表》：“威动区宇，道光祖宗。”

清康熙二十一年祭文碑

砂石质。高1.71米，宽0.68米，厚0.15米。

碑额篆书2行，满行2字，刻『御制祝文』。碑文由满、汉文合刻。汉文楷书8行，满行44字。满文9行。四周边饰蔓草纹。碑文记载清圣祖爱新觉罗·玄烨继位后，消灭各方反叛势力，天下升平，特遣工部右侍郎苏拜于康熙二十一年三月十六日祭祀轩辕黄帝事。

〔7〕 古后：先王，前代帝王。

〔8〕 殷礼：盛大的祭礼。肇称：始称。《书·洛诰》："王肇称殷礼，祀于新邑，咸秩无文。"

〔9〕 景行：高尚的德行。《诗·小雅·车辖》："高山仰止，景行行止。"东汉郑玄笺："古人有高德者则慕仰之，有明行者则而行之。"

〔10〕 明灵：圣明神灵。

維
康熙二十一年歲次壬戌三月
皇帝謹遣工部右侍郎加一級
黃帝軒轅氏曰自古帝王受
天顯命繼道統而新治統聖賢代
明靈
鑒享
陪祀官
督理陝西等處地方糧儲道

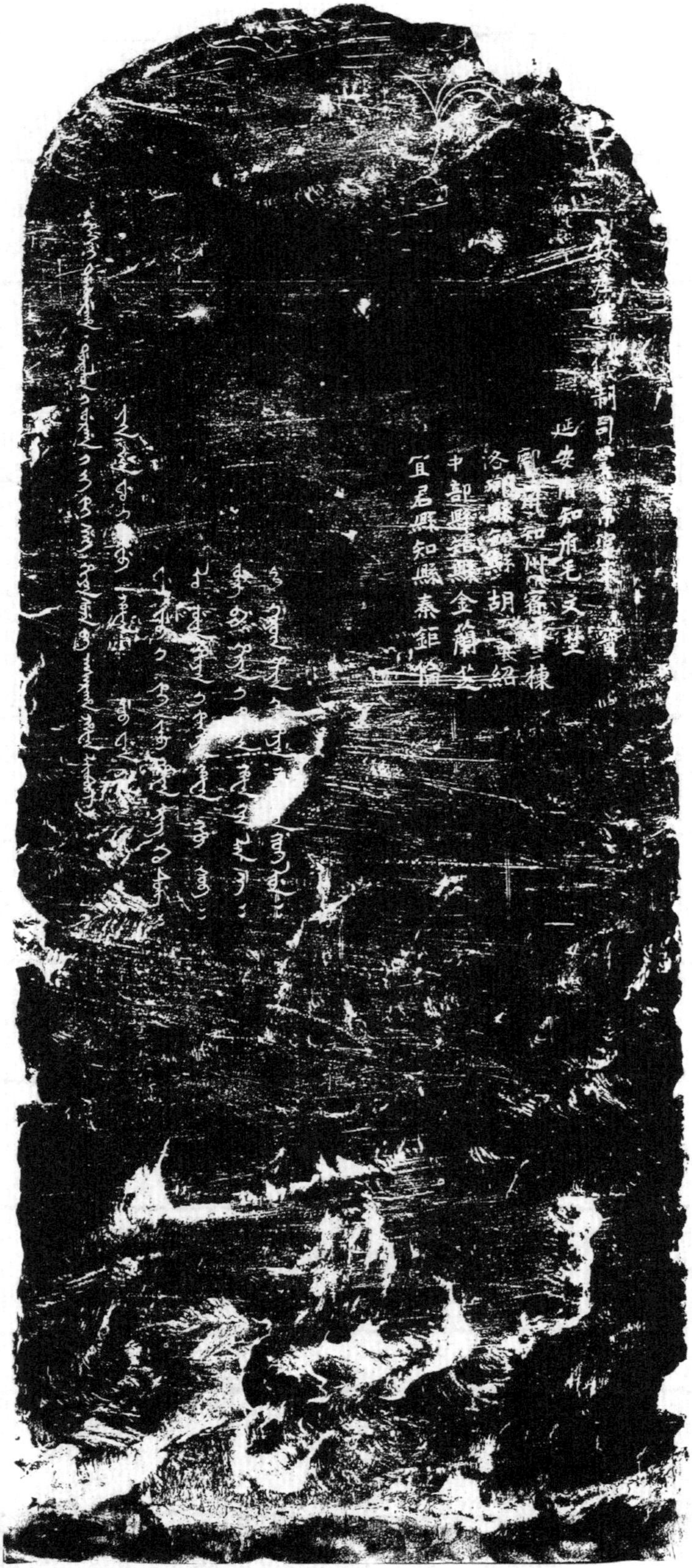

◁碑阳拓片

▷碑阴拓片

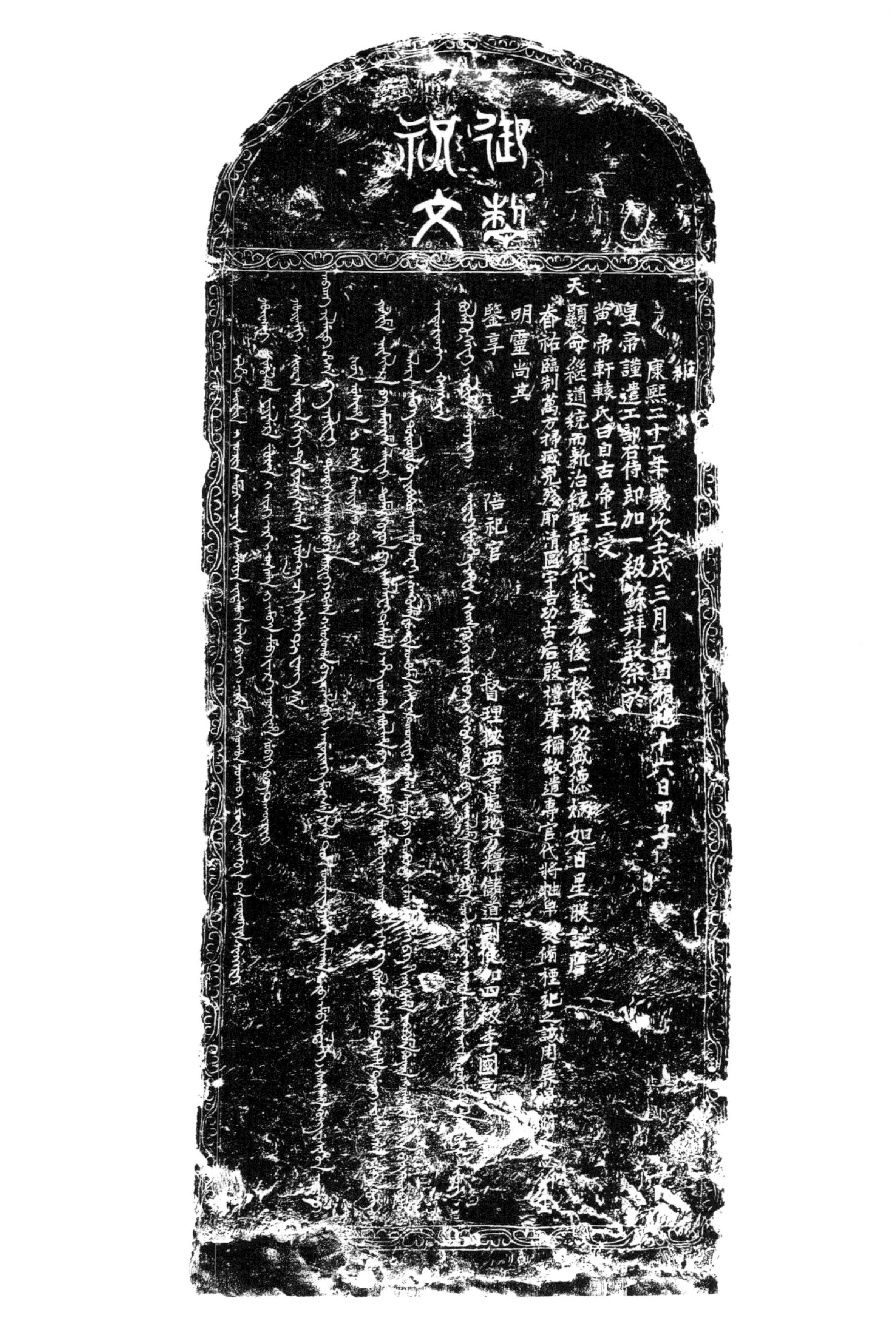

御製祝文

維康熙二十一年歲次壬戌三月己酉朔越十六日甲子

皇帝謹遣工部右侍郎加一級蘇拜致祭於

黃帝軒轅氏曰自古帝王受

天顯命繼道統而新治統聖賢代起先後一揆成功盛德炳如日星朕躬膺

眷祐臨制萬方掃蕩兇殘廓清區宇告功古后殷禮聿稱敬遣專官代將牲帛爰脩禋祀之誠用展[illegible]

明靈尚其

鑒享

陪祀官

督理陝西等處地方糧儲道副使加四級李國[illegible]

◁ 清康熙二十一年祭文碑局部

維

康熙二十一年歲次壬戌三月己酉朔越十六日甲子

皇帝謹遣工部右侍郎加一級蘇拜致祭於

黄帝軒轅氏曰自古帝王受

天顯命繼道統而新治統聖賢代起先後一揆成功盛德炳如日星朕誕膺

眷祐臨制萬方掃蕩兇殘廓清區宇告功古后殷禮肇稱敬遣專官代將牲帛爰脩禋祀之誠

明靈尚其

鑒享

陪祀官

督理陝西等處地方糧儲道副使加四級老

清圣祖康熙二十七年（一六八八）为孝庄文皇后升祔太庙礼成祭文[1]

（黄帝陵轩辕庙碑廊存石碑）

维康熙二十七年，岁次戊辰，十二月乙丑朔[2]，越有十七日丙辰[3]，皇帝遣鸿胪寺卿刘楷致祭于黄帝轩辕氏之陵曰[4]：

自古帝王，受天明命，御历膺图[5]。时代虽殊，而继治同道，后先一揆。朕承眷佑，临制万方，稽古礼文[6]，肃修祀事[7]。兹以皇祖妣孝庄仁宣诚宪恭懿翊天启圣文皇后神主升祔太庙礼成[8]，特遣专官，代将牲帛[9]。虔修禋祀之典[10]，用抒景行之忱。仰冀明灵，鉴兹诚悃[11]！

碑阴录文：

主祭官：钦差鸿胪寺正卿刘楷。陪祭官：延安府知府张伟，鄜州知州胡公著，洛川县知县许廷佐，中部县知县李暄，宜君县知县谢载秩，儒学训导闫仕，典史葛珙，祝生郑铉，礼生王熹、刘越、张凤翙、刘允泰。

〔注释〕

〔1〕 孝庄文皇后(1613—1688): 博尔济吉特氏, 名布木布泰。蒙古科尔沁人, 贝勒寨桑之女, 顺治帝福临生母。康熙二十六年十二月二十五日(1688年1月27日), 孝庄皇后崩逝, 次年, 清圣祖康熙因为其升祔太庙礼成而祭告黄帝陵。升祔: 升入祖庙、附祭于先祖。

〔2〕 按, 康熙二十七年十二月初一为庚子日, 碑文误刻为"乙丑"。朔: 农历每月初一。

〔3〕 越有十七日丙辰: 指康熙二十七年十二月十七日, 亦即公元1689年1月8日。

〔4〕 鸿胪寺: 清代官署名, 掌朝贡庆吊典仪的官署, 主官为鸿胪寺卿。刘楷: 字子端, 南陵(今安徽南陵)人。康熙十八年进士及第, 授中书舍人。以鸿胪寺卿主祭黄帝陵, 回朝后, 升右通政, 转光禄卿致仕。

〔5〕 御历: 指皇帝登位, 君临天下。膺图: 承受瑞应之图。

〔6〕 稽(jī)古: 考察古事。

〔7〕 肃修: 恭敬地修书。

〔8〕 皇祖妣(bǐ): 旧时对已故祖母的敬称。孝庄仁宣诚宪恭懿翊天启圣文皇后: 孝庄文皇后谥号全称。神主: 设位致祭所用的死者或祖先的灵牌, 多为木制, 狭长形, 上面书写死者姓名, 后泛指一切作为祭祀对象的牌位。

〔9〕 牲: 古代特指供宴飨祭祀用的牛、羊、猪。帛: 玉帛。"牲帛"为"牺牲玉帛"的简称。

〔10〕 禋祀: 古代祭天的一种礼仪, 先燔柴升烟, 再加牲体或玉帛于柴上焚烧。

〔11〕 鉴: 审察。兹: 这个, 代指祭祀。诚悃(kǔn): 真心诚意。

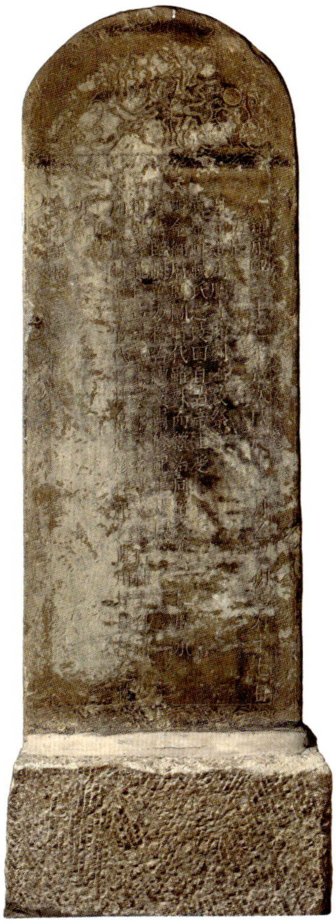

清康熙二十七年祭文碑

砂石质。高1.20米，宽0.67米，厚0.13米。

额篆书2行，满行2字，刻『御制祝文』。碑文楷书11行，满行24字。四周边饰蔓草纹。碑文记载清圣祖爱新觉罗·玄烨因皇祖妣孝庄太皇太后神主升祔太庙礼成，特派遣鸿胪寺卿刘楷于康熙二十七年十二月十七日祭祀轩辕黄帝事。

黄帝陵祝文碑
祖爱新觉罗玄
诚宪恭懿翊
太庙礼成，
熙二十七年
祭祀轩辕黄

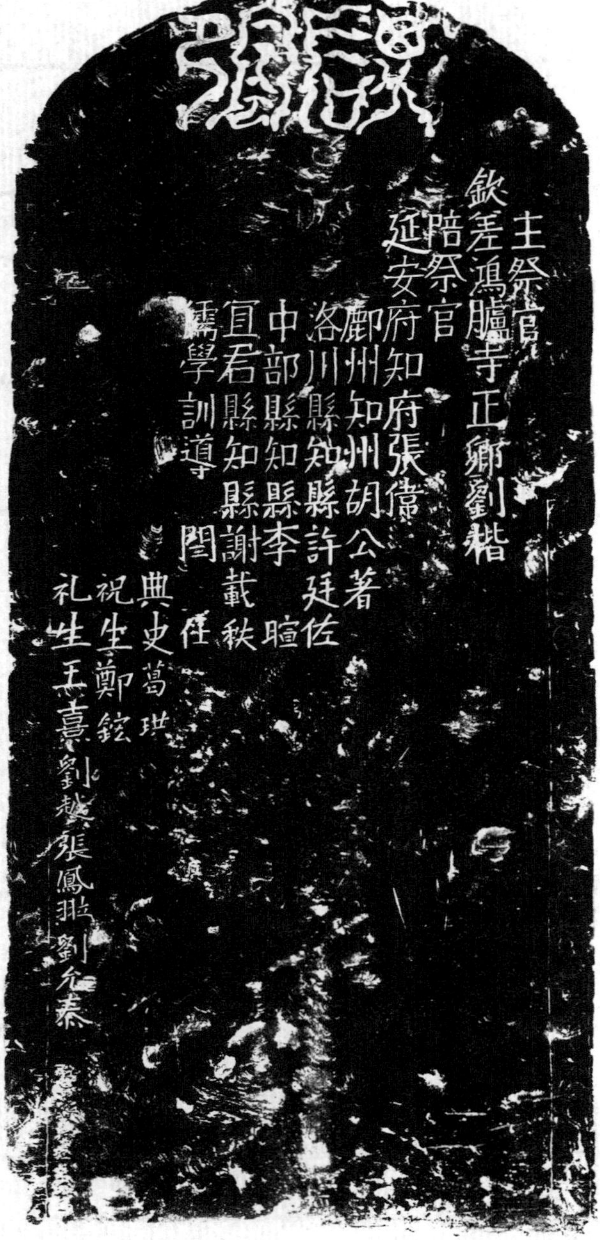
主祭官
欽差鴻臚寺正卿劉楷
陪祭官
延安府知府張偉
鄜州知州胡公著
洛川縣知縣許廷佐
中部縣知縣李暄
宜君縣知縣謝載秩
儒學訓導閆任
典史葛珙
祝生鄭鋐
礼生王熹 劉越 張鳳翀 劉允泰

◁碑阳拓片

▷碑阴拓片

御祭文

維康熙二十七年歲次戊辰十二月乙丑朔越有十七日
丙辰
皇帝遣鴻臚寺卿劉楷致祭于
黄帝軒轅氏之陵曰自古帝王受
天
明命御曆膺圖時代雖殊而繼治同道後先一揆朕承
眷佑臨制萬方稽古禮文肅修祀事茲以
皇祖妣孝莊仁宣誠憲恭懿翊天啓聖文皇后神主升祔
太廟禮成特遣專官代將牲帛虔修禋祀之典用抒景行之忱
仰冀
明靈
鑒茲誠悃

◁ 清康熙二十七年祭文碑局部

維康熙二十七年歲次戊辰孟冬之吉
文太皇太后升祔
太廟禮成
皇帝命大鴻臚劉公禮部筆帖式馬公禋祀我中部
軒轅黃帝之陵於二十八年正月二十三日辛卯致祭肅將
帝命祇薦馨香民用乂安雞豚無擾父老子弟思其德而進頌頌曰於皇
大清繼天紹祚孝治光明命禋顯惟
文太后肇膺曆數功德懋隆
三朝永固
龍馭忽遐昔天猶茀歲在戊辰孟冬升祔命 大鴻臚光我中部明明
黃帝陟降在天仰彼橋時俎豆萬年 劉公至止肅事孔謁筮吉辛卯迺植迺縚椅
愉穆穆 神歆告虔是日之吉和風載斾金支翠旂熺晏連跱 劉公翔
之司亘豪我人斯希孔之棘肅肅遑遑籩豆是飭惟不擾民民懷其德聿思
大典翼我禾稷青風載途廻相
常默勒之貞珉與天無極
中部闔邑紳衿耆庶公立

清圣祖康熙三十五年（一六九六）为岁歉为民祈福祭文

（《黄陵县志》卷二一，一九四四年铅印本；黄帝陵轩辕庙碑廊存石碑）

维康熙叁拾伍年，岁次丙子，叁月丁巳朔，越拾伍日辛未，皇帝遣都察院协理院事左佥都御使常冀圣，致祭于黄帝轩辕氏曰[1]：

自古帝王，继天出治[2]，道法兼隆[3]，莫不慈惠嘉师[4]，覃恩遐迩[5]。朕勤恤民依[6]，永期殷阜[7]。迩年以来，郡县水旱间告，年谷歉登，蚤夜孜孜[8]，深切轸念[9]。用是专官秩祀[10]，为民祈福。冀灵爽之默赞[11]，溥乐利于群生[12]。尚鉴精忱，俯垂歆格！

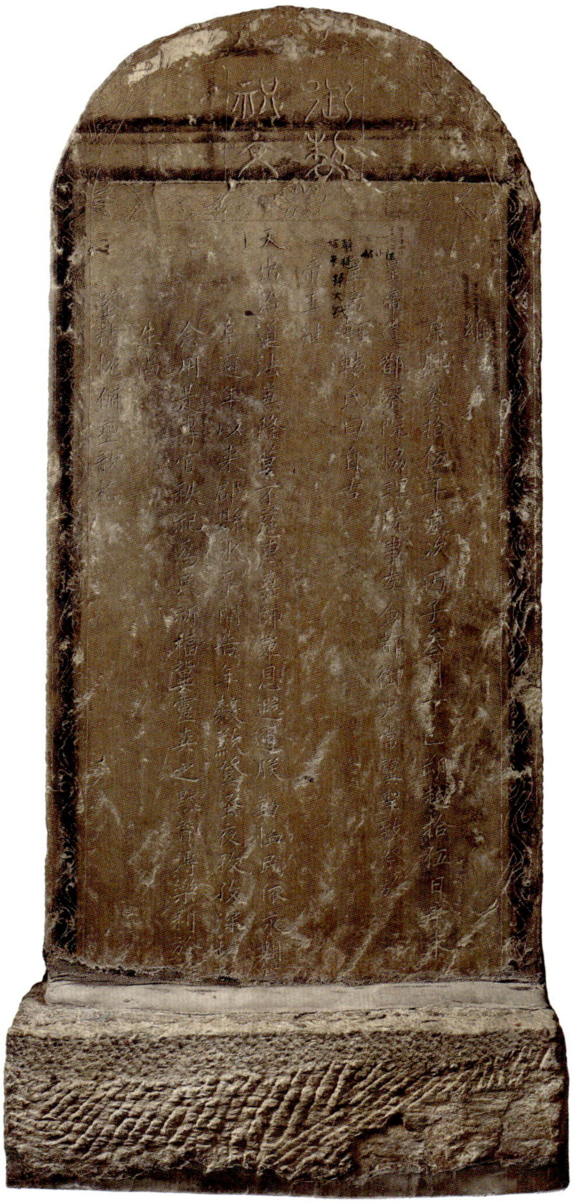

〔注释〕

〔1〕 都察院：清官署名，主掌监察、弹劾及建议。与刑部、大理寺并称三法司，遇有重大案件，由三法司会审，即所谓“三司会审”。“黄帝”，原碑文作“皇帝”，据文意径改。

〔2〕 继天出治：秉承天意，治理天下。

〔3〕 道法兼隆：意为引导和法令并重。

〔4〕 嘉师：善良的民众。

〔5〕 覃恩：广施恩泽。

〔6〕 勤恤民依：经常体恤百姓意愿。

〔7〕 殷阜：繁盛且富足。

〔8〕 蚤夜：昼夜、早晚。蚤，通“早”。孜（zī）孜：勤勉，不懈怠。

〔9〕 轸（zhěn）念：深切思念。

〔10〕 用是：因此。秩祀：依礼分等级举行之祭。

〔11〕 冀灵爽之默赞：意为凭借神灵暗中帮助。

〔12〕 溥：通“普”，普遍。

清康熙三十五年祭文碑

砂石质。高1.62米，宽0.77米，厚0.16米。

额篆书2行，满行2字，刻『御制祝文』。碑文楷书10行，满行25字。四周边饰蔓草纹。碑文记载清圣祖爱新觉罗·玄烨因连年旱涝灾害，粮食歉收，为民祈福，派遣都察院协理院事左佥都御史常翼圣于康熙三十五年三月十五日祭祀轩辕黄帝事。

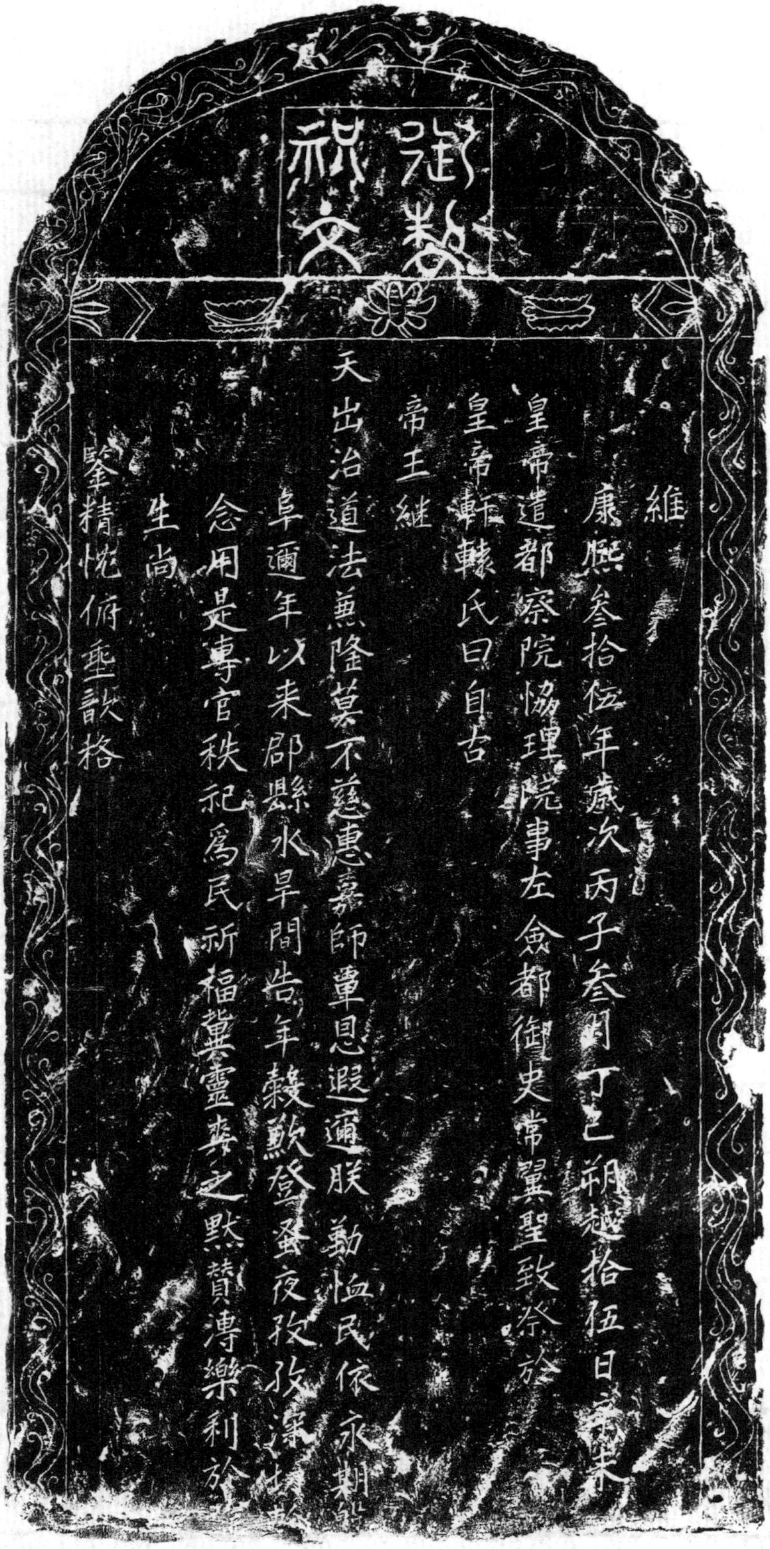

御製
祭文

維
康熙叁拾伍年歲次丙子叁月丁巳朔越拾伍日辛未
皇帝遣都察院協理院事左僉都御史常翼聖致祭於
皇帝軒轅氏曰自古
帝王繼
天出治道法兼隆莫不慈惠嘉師覃恩遐邇朕勤恤民依永期殷
阜邇年以來郡縣水旱間告年穀歉登蚤夜孜孜深切
念用是專官秩祀爲民祈福冀靈爽之默贊溥樂利於
生尚
鑒精忱俯垂歆格

▷碑阳拓片

◁清康熙三十五年祭文碑局部

維
康熙叁拾伍年歲次丙子叁月丁巳朔越拾伍日辛未
遣都察院協理院事左僉都御史常翼聖致祭於
軒轅氏曰自古
継
道法兼隆莫不慈惠嘉師華見遐邇朕勤恤民依永期
阜通年以來郡縣水旱間告年穀歉登蚤夜孜孜深切
念用是專官秩祀爲民祈福冀靈爽之默賛溥樂利於
生尚
精忱俯垂歆格

清圣祖康熙四十二年（一七〇三）为五旬万寿并亲阅黄淮堤工回銮祭告祭文

（《黄陵县志》卷二二，一九四四年铅印本；黄帝陵轩辕庙碑廊存石碑）

维康熙四十二年，岁次癸未，五月乙巳朔，越十三日丁巳，皇帝遣大理寺少卿莫音代致祭于

黄帝轩辕氏之陵曰[1]：

自古帝王，继天立极，出震承乾[2]，莫不道洽寰区[3]，仁周遐迩[4]。朕钦承丕绪[5]，抚驭兆民[6]，思致时雍[7]，常殷惕励[8]，历兹四十余载，今岁适届五旬，宵旰兢兢[9]，无敢暇逸。渐致民生康阜[10]，世运升平。顷因黄淮告成，亲行巡历；再授方略，善后是期。睹民志之欢欣，滋朕心之轸恤[11]。遄回銮驭[12]，大沛恩膏[13]。用遣专官，敬修祀典。冀默赞郅隆之治[14]，益弘仁寿之休[15]。尚鉴精忱，俯垂昭格！

碑阴录文：

钦差：大理寺少卿莫音代，□八品笔帖式刘□。陪祭官：延安府知府吴存礼，鄜州知州高怡，洛川县知县萧长祚，宜君县知县卢兆鲲，中部县知县黄觐光，典史孙时铉，儒学训导闫仕。

〔注释〕

〔1〕　大理寺：清官署名，主掌刑狱案件审理。大理寺少卿为大理寺卿的副职，正四品。

〔2〕　出震：指帝王登基。《易·说卦》："帝出乎震。"

〔3〕　道洽寰区：伦理道德传播天下。

〔4〕　仁周遐迩：仁爱之德遍布远近四方。

〔5〕　丕绪：国家大业。

〔6〕　兆民：古称天子之民，后泛指民众。

〔7〕　致：达到。时雍：世道安定，天下太平。

〔8〕　惕励：心存儆惕而自我激励。

〔9〕　宵旰（gàn）：即天不亮就穿衣起床，天晚了才吃饭歇息，多用于称颂帝王勤于政事，为"宵衣旰食"的省文。

〔10〕　康阜：安乐丰足。

〔11〕　轸（zhěn）恤：深切顾念和怜悯。

〔12〕　遄（chuán）：快，迅速。

〔13〕　恩膏：恩泽。

〔14〕　郅（zhì）隆：昌盛，兴隆。

〔15〕　休：吉庆，美善，福禄。

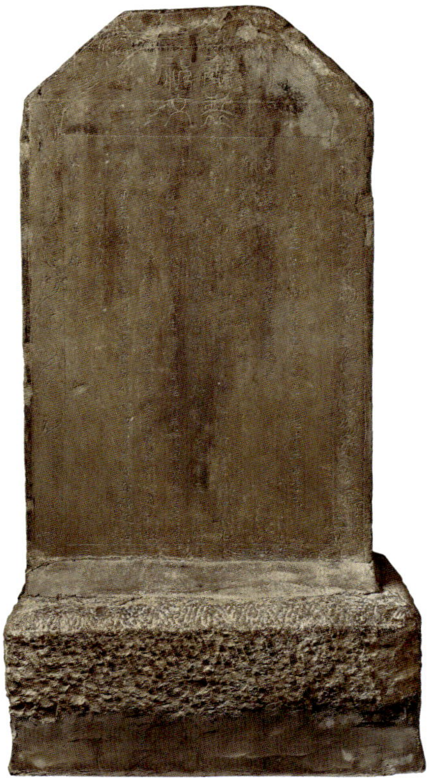

清康熙四十二年祭文碑

砂石质。高1.03米，宽0.63米，厚0.13米。

碑阳额篆书2行，满行2字，刻『御制祝文』。碑阴额饰云、日纹。碑文楷书11行，满行25字。四周边饰蔓草纹。碑文记载清圣祖爱新觉罗·玄烨因黄淮工程告成，人民安居乐业，适逢自己五十岁，派遣大理寺少卿莫音代于康熙四十二年五月十三日祭祀轩辕黄帝事。

碑阴录文：

赍香帛官：礼部笔帖式赵□。从祀官：鄜州知州高怡，洛川县知县萧长祚，宜君县知县李之玠，中部县知县祝文彬，儒学训导黄国宪，典史孙时铉。

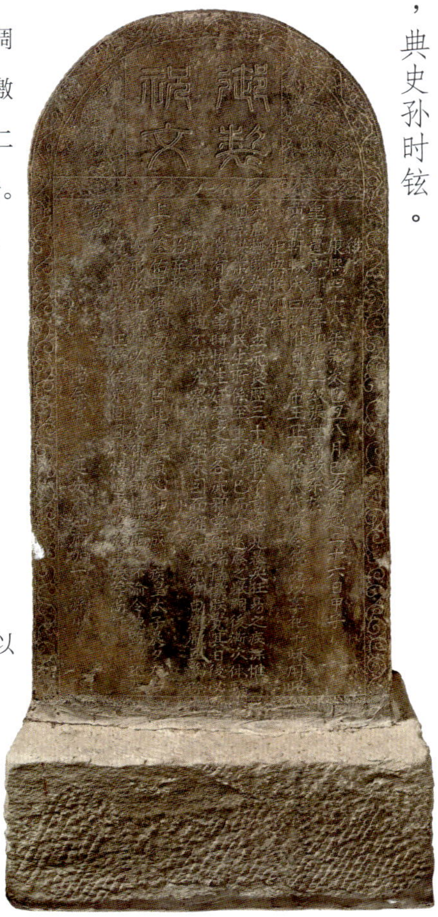

〔注释〕

〔1〕 皇太子：即爱新觉罗·胤礽（1674－1725），乳名保成，清圣祖玄烨第二子，母亲为仁孝皇后赫舍里氏。因其胞兄、嫡长子承祜幼殇，故胤礽在一岁零七个月时即被正式册封为皇太子。胤礽自幼聪慧好学，可谓文武兼备。后在监国理政期间表现突出，满朝大臣多有赞誉。然而，因康熙对胤礽长期溺爱，兼朝中党争愈演愈烈，致使胤礽觊觎帝位之心日盛，君储矛盾已无法调和，历经两立两废，随之诸皇子展开了激烈的夺储之争，史称“九子夺嫡”。胤礽二次被废后，仍被幽禁于咸安宫，直至终老。

〔2〕 户部右侍郎：清代职官名，户部副长官，正三品。

〔3〕 正位：居天子之位。

〔4〕 令德：美德。

〔5〕 巨典：朝廷大法。

〔6〕 仰荷天庥（xiū）：承受上天的庇护。

〔7〕 元良：太子的代称。

〔8〕 嗣后：以后。

〔9〕 借端构衅：以某件事为借口制造争端，以致结怨。

〔10〕 乱阶：祸乱的根源。

〔11〕 比：近来。

〔12〕 不渝：不变。

〔13〕 丕（pī）基克荷：能够承当大业。

清康熙四十八年祭文碑

砂石质。高1.30米，宽0.62米，厚0.13米。

碑额篆书2行，满行2字，刻『御制祝文』。饰双龙纹缠枝花纹。

碑文楷书13行，满行28字。四周边饰缠枝花纹。碑文记载清圣祖爱新觉罗·玄烨因皇太子废而复立，派遣户部右侍郎张世爵于康熙四十八年八月二十六日祭祀轩辕黄帝之事。

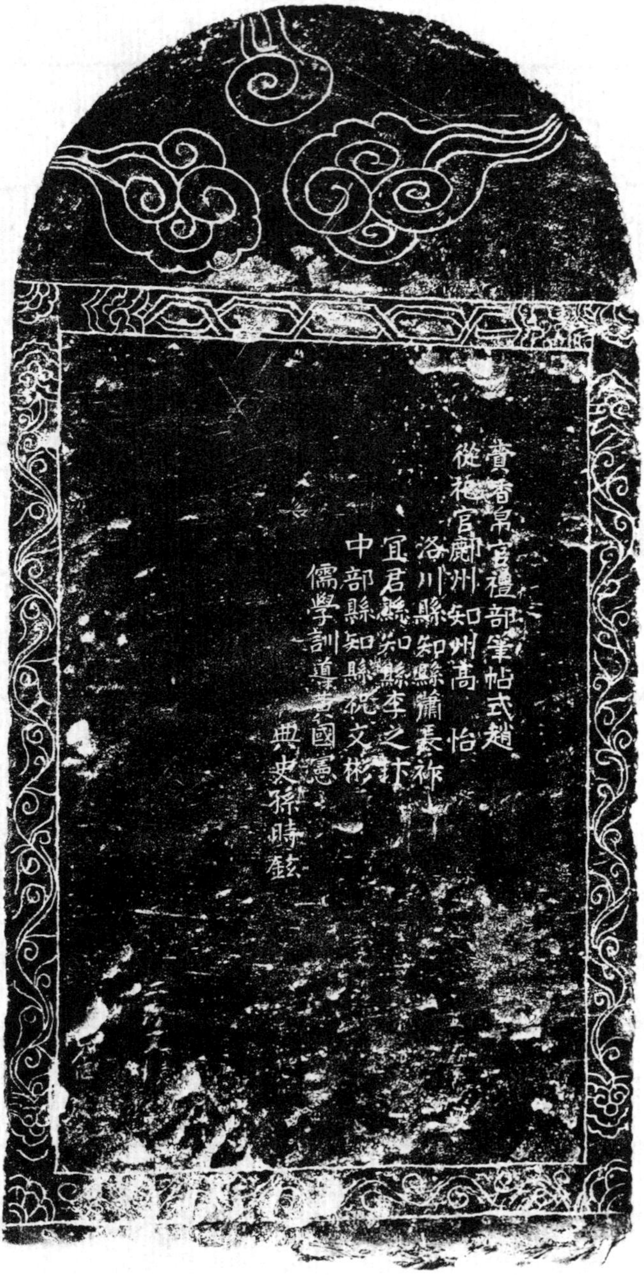
賫香帛官禮部筆帖式趙
從祀官鄜州知州高怡
洛川縣知縣蕭長祚
宜君縣知縣李之抃
中部縣知縣祝文彬
儒學訓導黃國憲
典史孫時藝

◁碑阳拓片

▷碑阴拓片

御製祝文

維

康熙四十八年歲次己丑八月己亥朔越二十六日甲子

皇帝遣户部右侍郎加二級張世爵致祭於

黃帝軒轅氏曰朕惟自古帝王正位臨民代有令德是以享祀千秋用昭

鉅典朕仰荷

天庥撫臨海宇建立元良歷三十餘載不意忽見暴戾狂易之疾深惟

祖宗洪業及萬邦民生所係至重不得已而有退廢之舉嗣後漸次体驗

當有此大事時性生奸惡之徒各庇邪黨借端構釁朕覺其日後必

成其亂階隨不時究察窮極始末回而確知病原皆由鎮魘以為除

治幸賴

上天鑒佑平復如初朕比回此事耗損心神致成劇疾皇太子晨夕左右

憂形於色藥餌必親寢膳必視惟誠惟謹歷久不渝令德益昭丕基

克荷用是復正儲位永固國本特遣專官敬申殷薦尚祈

歆格

陪祭官　延安府知府加一級孫川

◁ 清康熙四十八年祭文碑局部

御製
祝文
維
康熙四十八年歲次己丑八月己亥朔越二十六日
皇帝遣戶部右侍郎加二級張世爵致祭於
黃帝軒轅氏曰朕惟自古帝王正位臨民代有令德是以
鉅典朕仰荷
天庥撫臨海宇建立元良歷三十餘載不意忽見暴戾狂
祖宗洪業及萬邦民生所係至重不得已而有退廢之舉
當有此大事時性生奸惡之徒各處邪黨借端搆
成其亂階隨不時究察窮極始末因而確知病原
治幸賴
上天鑒佑平復如初朕於此日此事耗損心神致成劇疾
憂形於色藥餌必親寢膳必視惟誠惟謹歷久不
克荷用是復正儲位亦因國本特遣專官致申殷
歆格
陪祭官
延安府知府加一級

清圣祖康熙五十二年（一七一三）为六旬万寿祭告祭文

维康熙五十二年，岁次癸巳，七月丙午朔，越祭日己酉，皇帝遣内阁学士兼礼部侍郎蔡升元致祭于轩辕黄帝之陵曰[1]：

自古帝王，继天出治，建极绥猷[2]，莫不泽被生民，仁周寰宇。朕躬膺宝历[3]，仰绍前徽[4]，夙夜孜孜[5]，不遑暇逸[6]。兹御极五十余年[7]，适当六旬初届。所幸四方宁谧[8]，百姓乂和，稼穑岁登[9]，风雨时若[10]。维庶征之协应[11]，爰群祀之虔修[12]。特遣专官，式循旧典[13]。冀益赞雍熙之运[14]，尚永贻仁寿之休[15]。俯鉴精忱，用垂歆格！

赍香帛官：内阁撰文中书承德郎加一级拉色，礼部文林郎加一级常鼐。陪祭官：延安府知府加二级孙川。

碑阴录文：

从祀官：鄜州知州加一级功加纪录二次张云鹤，洛川县知县加一级向兆麟，宜君县知县加一级李良模，中部县知县加一级邰衡，儒学教官黄国宪，宜君县典史署中部县典史赵秀整。

（《黄陵县志》卷二，一九四四年铅印本；黄帝陵轩辕庙碑廊存石碑）

〔注释〕

〔1〕　内阁学士：清职官名，正三品。蔡升元：（1652—1722），字方麓，号征元，湖州德清（今湖州德清县）人，康熙庚戌状元蔡启樽之侄。蔡升元自幼敏捷异常，过目不忘。康熙二十一年（1682）壬戌殿试时被钦点为状元，初授修撰，后官至吏部尚书。康熙六十年（1721）乞假归，次年病故。著有《使秦草》。

〔2〕　建极绥猷（yóu）：天子承天而建立法则，抚民而顺应大道。

〔3〕　躬膺宝历：亲自承担着使国祚永固的重任。

〔4〕　仰绍前徽：敬慕和继承前人的美德。

〔5〕　夙夜孜孜：日夜勤勉。

〔6〕　不遑（huáng）暇逸：没有悠闲逸乐的时候。遑，闲暇。

〔7〕　御极：登极，即位。

〔8〕　宁谧（mì）：安定、平静。

〔9〕　稼穑岁登：农作物年年丰收。

〔10〕　时若：四时和顺。

〔11〕　庶征：指某事发生前的各种征候。

〔12〕　群祀：古代祀典中的小祀，祭祀对象为司中、风伯、雨师、诸星、山林川泽之属。

〔13〕　式：句首语气记号，无实义。

〔14〕　雍熙：和睦安宁。

〔15〕　贻（yí）：赠给。休：吉庆，美善，福禄。

清康熙五十二年祭文碑

砂石质。高2.11米，宽0.70米，厚0.16米。

碑额篆书2行，满行2字，刻『御制祝文』。饰双龙云纹。碑文楷书12行，满行32字。四周边饰云纹。碑文记载清圣祖爱新觉罗·玄烨因登基五十余年，适逢六十岁，国泰民安，风调雨顺，派遣内阁学士兼礼部侍郎蔡升元于康熙五十二年七月祭祀轩辕黄帝之事。

〔注释〕

〔1〕 孝惠章皇后（1641—1717）：博尔济吉特氏，科尔沁贝勒绰尔济之女，孝庄文皇后之侄孙。顺治十一年（1654）五月聘为妃，六月册封为皇后。康熙皇帝继位，尊为皇太后。康熙五十六年（1717）十月病崩，次年三月，葬孝陵之东（孝东陵），后升祔太庙之中，谥号全称为：孝惠仁宪端懿慈淑恭安纯德顺天翼圣章皇后。

〔2〕 按，康熙五十八年三月初一为甲戌日，碑文误刻为“戊辰”。左春坊：清詹事府内部机构之一，与右春坊同掌东宫讲读笺奏之事。左赞善：清詹事府左春坊官职名之一，从六品。翰林院检讨：清翰林院职官名，从七品，常由三甲进士出身之庶吉士留馆者担任。

〔3〕 景命：大命，指上天授予帝王之位的伟大使命。

〔4〕 建极绥猷（yóu）：天子承天而建立法则，抚民而顺应大道。

〔5〕 九围：九州。

〔6〕 寅：恭敬。

〔7〕 皇妣（bǐ）：对亡母的敬称。

〔8〕 苾（bì）芬：本指祭品的馨香，此处代指祭品。

〔9〕 昭：彰显。禋（yīn）祀：古代祭天的一种礼仪，先燔柴升烟，再加牲体或玉帛于柴上焚烧。

清康熙五十八年祭文碑

砂石质。高1.18米，宽0.60米，厚0.13米。

碑额篆书『御祭』二字，饰花纹。碑文楷书12行，满行25字。四周边饰缠枝花纹。碑文记载清圣祖爱新觉罗·玄烨因皇妣章皇后神主升祔太庙礼成，派遣左春坊左赞善兼翰林院检讨吴孝登于康熙五十八年三月十七日祭祀轩辕黄帝陵事。

注释

〔1〕 通政使司：清官署名，主要负责收纳各省题本，校阅后送内阁。右通政：清通政使司职官名，辅佐长官通政使处理政务，正四品。“黄帝”，原碑文作“皇帝”，据文意径改。

〔2〕 出治：治理国家。

〔3〕 皇考：对亡父的尊称。

〔4〕 峻德：大德，高尚的品德。鸿勋：伟大的功勋，宏大的事业。

〔5〕 显谟承烈：展示治国谋略，承袭先祖功业。

〔6〕 垂裕后昆：为后世子孙留下财富或功绩。

〔7〕 渺躬：微小身躯。

〔8〕 缵（zuǎn）膺（yīng）大宝：继承皇帝之位。

〔9〕 兹：此时。嗣位：继承君位。

〔10〕 岁稔（rěn）：年成丰熟。

〔11〕 物阜：物产丰盛。

〔12〕 遍洽：到处都是和谐景象。

〔13〕 敷（fū）：足够。率土：“率土之滨”之省称，谓境域之内。

清雍正元年祭文碑

砂石质。高1.23米，宽0.62米，厚0.12米。

碑额楷书2行，满行2字，刻『御制祝文』。碑文楷书12行，满行24字。四周边饰波浪纹。碑文记载清世宗爱新觉罗·胤禛继位之初，派遣通政使司右通政钱以垲于雍正元年二月十五日祭祀轩辕黄帝事。

御製祝文
維雍正元年歲次癸卯二月辛亥朔越十五日丙寅
皇帝遣通政使司右通政錢以塏致祭於
皇帝軒轅氏曰自古帝王繼
天出治建極綏猷莫不澤被生民仁周海宇惟我
皇考峻德鴻勳媲美前古顯謨承烈垂裕後昆朕以渺躬
大寶當茲嗣位之始宜修享祀之儀特遣專官虔申
惟冀時和歲稔物阜民安淳風徧洽予寰區厚德常敷
率土尚其
歆格鑒此精誠
陪祭官西安府通判
捧香帛官禮部筆帖式伊
宜君縣知縣署中部縣事王

御製祝文

維雍正元年歲次癸卯二月辛亥朔越十五日丙寅
皇帝遣通政使司右通政錢以塏致祭於
皇帝軒轅氏曰自古帝王繼
天出治建極綏猷莫不澤被生民仁周海宇惟我
皇考峻德鴻勳媲美前古顯謨承烈垂裕後昆朕以渺躬纘膺
大寶當茲嗣位之始宜修享祀之儀特遣專官虔申昭告
惟冀時和歲稔物阜民安淳風徧洽乎寰區厚德常敷
率土尚其
歆格鑒此精誠

陪祭官西安府通判[illegible]世
捧香帛官 禮部筆帖式伊[illegible]
宜君縣知縣署中部縣事王仕

▷碑阳拓片

◁清雍正元年祭文碑局部

製文

維雍正元年歲次癸卯二月辛亥朔越十五日丙寅
皇帝遣通政使司右通政錢以塏致祭於
皇帝軒轅氏曰自古帝王繼
天出治建極綏猷莫不澤被生民仁周海宇惟我
皇考峻德鴻勲媲美前古顯謨承烈垂裕後昆朕以渺躬纘膺
大寶當兹嗣位之始宜修享祀之儀特遣專官虔申昭告
惟冀時和歲稔物阜民安淳風徧洽乎寰區厚德常敷
率土尚其
歆格鑒此精誠

陪祭官西安府通判蔣世
捧香帛官 禮部筆帖式伊簡
宜君縣知縣署中部縣事王仕

清世宗雍正二年（一七二四）御祭黄帝陵文

（黄帝陵轩辕庙碑廊存石碑）

维雍正二年，岁次甲辰，正月丙子朔，越二十二日丁酉，皇帝遣都察院左副都御史江球祭于

黄帝轩辕氏曰[1]：

自古帝王，体天立极[2]，表正万邦[3]，恺泽遍于寰区[4]，仁风及于奕祀[5]。朕丕承大统[6]，遥契曩徽[7]，兹于雍正元年十一月二十五日，恭奉圣祖合天弘运文武睿哲恭俭宽裕孝敬诚信功德大成仁皇帝主配享圜丘礼成[8]，特遣专官，虔申昭告。永赞修和之治[9]，益昭安阜之庥[10]。鉴此精诚，尚其歆格！

赍香帛官：礼部八品笔帖式加一级马西泰。陪祭官：整饬榆林中西二路兼分巡道陕西按察使司布政司参议朱曙荪。

碑阴录文：

从祀官：延安府正堂加三级纪录二十五次沈廷正，鄜州正堂加一级孔毓铨，署肤施县正堂加一级徐珩，甘泉县正堂杜琨，洛川县正堂刘曾毅，宜君县正堂张虞熙，中部县正堂因秉彝，中部县儒学训导张迪翕，典史沈应麒。

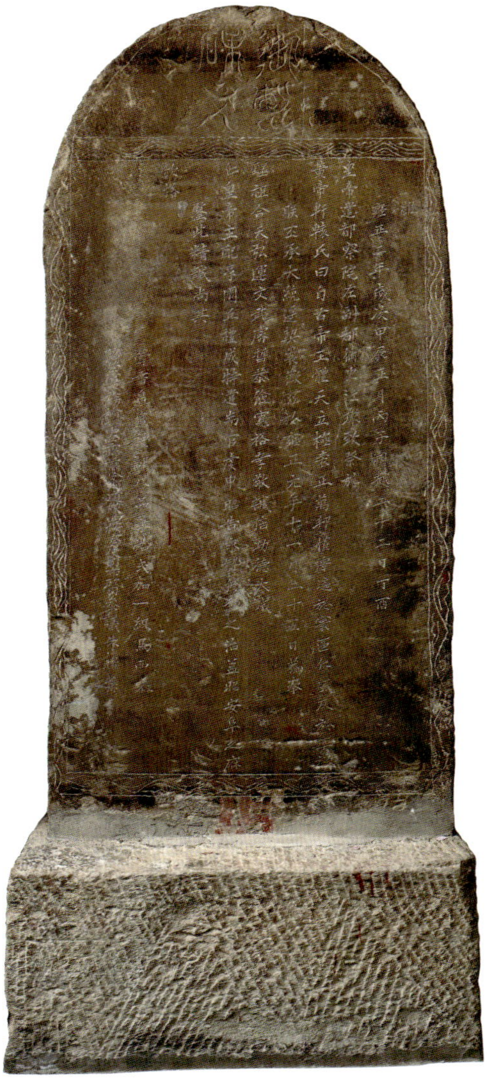

注释

〔1〕 左副都御史：清都察院职官名，掌协理都察院事，并辅佐左都御史工作，正三品。江球：字宜笏，江西金溪（今江西省金溪县）人。康熙辛未年（1691）进士，初授翰林院庶吉士，后改任山西道御史，官至都察院左副都御史。

〔2〕 体天：依据天命。

〔3〕 表正：以身为表率而正之。

〔4〕 恺：欢乐，和乐。泽：恩泽，恩惠。

〔5〕 奕（yì）祀：世代。

〔6〕 丕（pī）承：帝王承天受命。

〔7〕 遥契：遥相契合。曩（nǎng）徽：过去的伟绩。

〔8〕 圣祖：康熙皇帝庙号。合天弘运文武睿哲恭俭宽裕孝敬诚信功德大成仁皇帝：雍正尊上康熙皇帝谥号。配享：亦作“配飨”。贤人或有功于国家的人，附祀于庙，同受祭飨。圜丘礼：祭天之礼。圜丘，圆形祭坛，法天而建，一般位于国都南郊。位于今北京天坛的圜丘是明、清时期帝王祭天、祈求丰年之处。

〔9〕 修和：广施教化以和合之。

〔10〕 安阜：安定富足。庥（xiū）：庇荫，保护。

清雍正二年祭文碑

砂石质。高1.53米，宽0.70米，厚0.13米。

碑额篆书2行，满行2字，刻『御制碑文』。碑文楷书10行，满行30字。四周边饰波浪纹。碑文记载清世宗爱新觉罗·胤禛因雍正元年十一月二十五日恭奉圣祖仁皇帝神主配享圜丘礼成，派遣都察院左副都御史江球于雍正二年正月二十二日祭祀轩辕黄帝事。

維
雍正二年歲次甲辰五月丙子朔越十二日丁酉
皇帝遣都察院左副都御史江球致祭於
聖祖合天弘運文武睿哲恭儉寬裕孝敬誠信功德大成
鑒此精誠尚其
歆格

◁碑阳拓片

一八二

▷碑阴拓片

御祭碑文

維

雍正二年歲次甲辰正月丙子朔越十二日丁酉

皇帝遣都察院左副都御史江球致祭於

黃帝軒轅氏曰自昔帝王體天立極表正萬邦惟澤遍於寰區仁風及於[illegible]

朕丕承大統遥契羲緒茲於雍正元年十一月二十五日恭奉

聖祖合天弘運文武睿哲恭儉寬裕孝敬誠信功德大成

仁皇帝主配享圜丘禮成特遣專官虔申昭告永贊修和之治益昭安阜之庥

鑒此精誠尚其

歆格

賫香帛官禮部八品筆帖式加一級馬西泰

陪祭官整飭榆林中西路兼分巡道陝西按察使司布政司參議朱曙蓀

◁ 清雍正二年祭文碑局部

維
雍正二年歲次甲辰正月丙子朔越二十二日丁酉
遣都察院左副都御史江球致祭於
軒轅氏曰自古帝王體天立極表正萬邦恩澤遍於寰區仁風及於四表
朕丕承大統遙契曩徽茲於雍正元年十一月二十五日恭奉
合天弘運文武睿哲恭儉寬裕孝敬誠信功德大成
帝主配享圜丘禮成特遣專官虔申昭告尚冀歆和之治益昭安阜之庥
鑒此精誠尚其
賫香帛官禮部八品筆帖式加一級馬西泰
陪祭官整飭榆林東路兼分巡道陝西按察使司布政司參議朱曙蓀

清世宗雍正十三年（一七三五）祭文

（黄帝陵轩辕庙碑廊存石碑）

维大清雍正十三年，岁次乙卯，丙寅朔，越祭日丁亥吉时，皇帝遣太仆寺少卿鲁国华致祭于

黄帝轩辕氏陵曰[1]：

礼崇典祀，光俎豆于前徽[2]；念切景行，荐馨香于往哲。维黄帝轩辕氏继天建极，抚世诚民[3]，丰功焜耀于简编[4]，骏烈昭垂于宇宙[5]，溯典型于在昔，凛法监之常存。朕以藐躬[6]，继登大宝，属膺图之伊始[7]，宜展祀以告虔[8]，特遣专官，祗遵彝典[9]。苾芳在列[10]，备三献之隆仪[11]；灵爽式凭，仰千秋之明德。尚其歆格，永锡鸿禧[12]。谨告。

碑阴录文：

赍香帛官[13]：礼部笔帖式延禧[14]。从祀官：直隶鄜州知州李如沆，洛川县知县张輅，中部县知县何任，宜君县知县许克家，鄜州学正雷豫，鄜州吏目裘文琳，洛川县儒学教谕裴世贤，中部县儒学训导武烈，中部县典史张大潢，宜君县典史沈仕廷立石。

〔注释〕

〔1〕 太仆寺少卿：为太仆副贰，清朝设满、汉员各一人，正四品。皇帝出行，随行管理车驾。鲁国华：雍正朝曾任安徽按察使。

〔2〕 俎豆：俎、豆均为古代祭祀、宴飨时所用礼器，内盛食物献祭，后世引申为祭祀之意。《论语·卫灵公》：“卫灵公问陈于孔子。孔子对曰：‘俎豆之事，则尝闻之矣；军旅之事，未之学也。’”前徽：先人美好的德行。南朝梁沈约《奏弹王源》：“栾郤之家，前徽未远。”

〔3〕 抚世諴（xián）民：安抚百姓，和谐民众。

〔4〕 焜（kūn）耀：光辉照耀的样子。唐柳宗元《为李京兆祭杨凝文》：“冀兹竞爽，焜耀儒林。”简编：指书籍。

〔5〕 骏烈：即峻烈，指伟大的功业。

〔6〕 藐躬：意指微小或孱弱之躯，这里是乾隆自谦之辞。

〔7〕 属：作，指订计划。膺图：胸中大计。

〔8〕 告虔：报告祭祀人的虔诚之意。

〔9〕 彝典：指常典、旧典。《隋书·高祖纪下》：“删正彝典，日不暇给。”

〔10〕 苾（bì）芳：芳香之意。《诗·小雅·楚茨》：“苾芬孝祀，神嗜饮食。”

〔11〕 三献：古代祭祀时献酒三次，即初献爵、亚献爵、终献爵，合称“三献”。

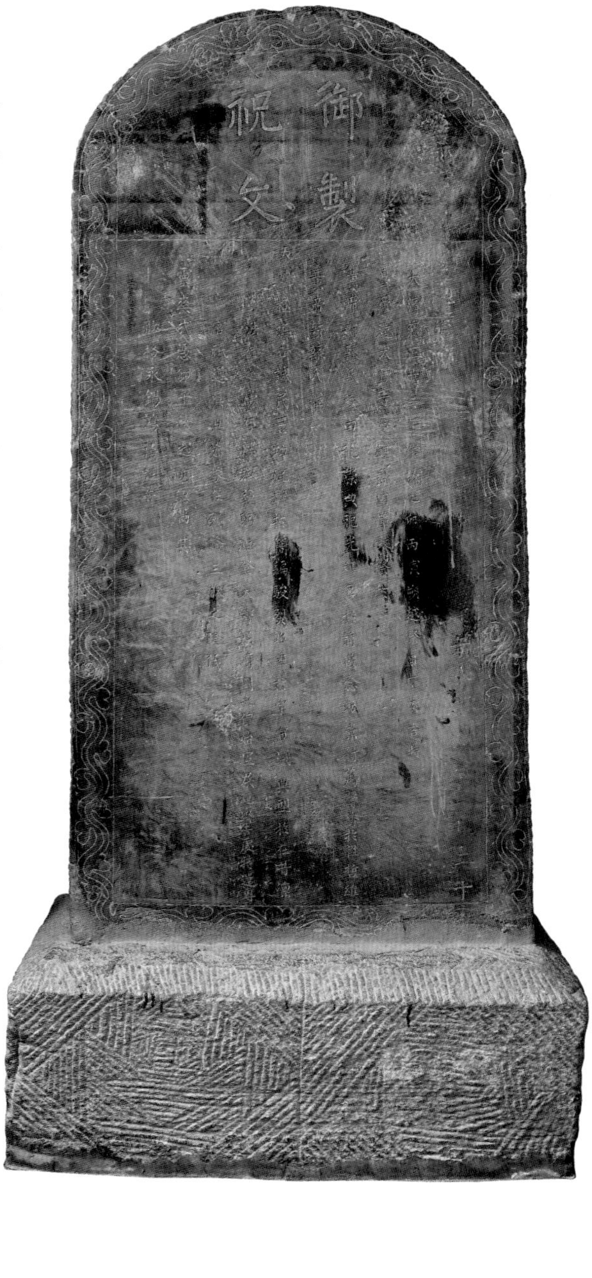

清雍正十三年祭文碑

砂石质。高1.57米，宽0.72米，厚0.16米。

碑额楷书2行，满行2字，刻『御制祝文』。碑文楷书10行，满行29字。四周边饰波浪纹。碑文记载清高宗爱新觉罗·弘历于雍正十三年（1735）继位，派遣太仆寺少卿鲁国华祭祀轩辕黄帝事。

〔12〕　锡：即赐。鸿禧：大福。

〔13〕　赍（jī）香帛官：捧香帛献祭之官。赍，持遗也。

〔14〕　笔帖式：满语音译之词，清各部院衙署所设掌管文书档案的中低级官员。

御製祝文

◁碑阳拓片

▷碑阴拓片

御製祝文

大清雍正十三年歲次乙卯丙寅朔越祭日丁亥吉時
皇帝遣太僕寺少卿魯國華致祭於
黃帝軒轅氏陵曰祀崇典祀光俎豆於前徽念域景行薦馨香於往哲維
黃帝軒轅氏繼
天建極撫世誠民豐功烺耀於簡編駿烈昭垂於宇宙溯典型於在昔澟
法[illegible]之[illegible][illegible][illegible]藐躬繼登大寶屬膺圖之伊始宜展祀以告虔特遣專
官祇遵彝典苾芬在列俻三獻之隆儀
靈爽式憑仰千秋之明德尚其
歆格永錫鴻禧謹告

二十

◁ 清雍正十三年祭文碑局部

維
大清雍正十三年歲次乙卯丙寅朔越祭日丁亥吉時
皇帝遣大僕寺少卿魯國華致祭於
黃帝軒轅氏陵曰祀崇典祀光俎豆於前徽念垧景行薦馨香於往哲維
黃帝軒轅氏繼
天建極撫世誠民豐功焜耀於簡編駿烈昭垂於宇宙溯典型於在昔凛
法監之常存朕以藐躬繼登大寶屬膺圖之伊始宜展祀以告虔特遣專
官祇遵彝典苾芬在列備三獻之隆儀
靈爽式憑仰千秋之明德尚其
歆格永錫鴻禧謹告

黃小卫

清高宗乾隆二年（一七三七）为世宗配享圜丘礼成祭告祭文

（黄帝陵轩辕庙碑廊存石碑）

维乾隆贰年，岁次丁巳，戊申月，丁亥朔，越辛亥日，皇帝遣翰林院侍读学士世臣致祭于轩辕帝王曰[1]：

自古帝王，宪天出治[2]，建极绥猷[3]，德泽洽于万方，轨范昭于百世[4]。朕纂承鸿绪[5]，景仰前徽[6]，兹于乾隆贰年肆月拾陆日，世宗宪天昌运建中表正文武英明宽仁信毅大孝至诚宪皇帝主配飨圜丘礼成[7]，特遣专官，虔申昭告。惟冀永佑雍熙之盛[8]，益昭安阜之隆[9]。庶鉴精诚，尚其歆格！

日讲官起居注翰林院侍读学士加三级纪录二次世臣，礼部文林郎加一级那通，直隶鄜州知州加三级李如沆，署直隶鄜州同州府通判加三级商兆麒，洛川县知县加二级张輅，署宜君县知县加一级刘士夫，署中部县知县加一级吴敦儆，中部县儒学训导加一级武烈，宜君县典史加一级沈仕廷，中部县典史加一级张大濆。

注释

〔1〕 翰林院侍读学士：北宋真宗咸平二年（999）始置翰林侍读学士。为皇帝进读书史，讲释经义，备顾问应对。

〔2〕 宪天：效法天则。《书·说命中》：“惟天聪明，惟圣时宪。”孔传：“宪，法也。言圣王法天以立教于下。”出治：治理国家。明宋濂《送徐教授纂修日历还任序》：“凡兴王出治之典，命将行师之绩，采章文物之懿，律历刑法之详……必商榷而谨书之。”

〔3〕 建极：建立中正之道。《书·洪范》：“皇建其有极。”绥（suí）猷（yóu）：安抚黎民，顺应大道。《书·汤诰》：“惟皇上帝，降衷于下民。若有恒性，克绥厥猷惟后。”

〔4〕 轨范：典范。《北史·魏彭城王勰传》：“汝亲则宸极，官乃中监，风标才器，实足轨范。”

〔5〕 鸿绪：帝王世代相传的基业。《后汉书·顺帝纪》：“陛下践祚，奉遵鸿绪，为郊庙主，承续祖宗无穷之列。”

〔6〕 前徽：先人美好的德行。

〔7〕 世宗宪天昌运建中表正文武英明宽仁信毅大孝至诚宪皇帝：清雍正皇帝爱新觉罗·胤禛，庙号“世宗”，谥号“敬天昌运建中表正文武英明宽仁信毅睿圣大孝至诚宪皇帝”。圜丘：圆形祭坛，法天而建，一般位于国都南郊。《周礼·春官·大司乐》：“冬日至，于地上之圜丘奏之。”贾公彦疏：“土之高者曰丘，

清乾隆二年祭文碑

砂石质。高1.57米，宽0.62米，厚0.14米。

碑额楷书2行，满行2字，刻『御制碑文』。碑文楷书13行，满行39字。四周边饰波浪纹。碑文记载清高宗爱新觉罗·弘历因世宗神主配飨圜丘礼成，派遣翰林院侍读学士世臣于乾隆二年祭祀轩辕黄帝事。

取自然之丘。圜者，象天圜也。”位于今北京天坛的圜丘是明、清帝王祭天、祈求丰年之处。清顺治皇帝定都北京后复修，乾隆时加以改修。

〔8〕 雍熙：和睦安宁。东汉张衡《东京赋》：“百姓同于饶衍，上下共其雍熙。”

〔9〕 安阜：安定富足。《元典章·圣政一·饬官吏》：“有抚字尽心，百姓安阜，钞法流通，政事卓异者，不次旌擢。”

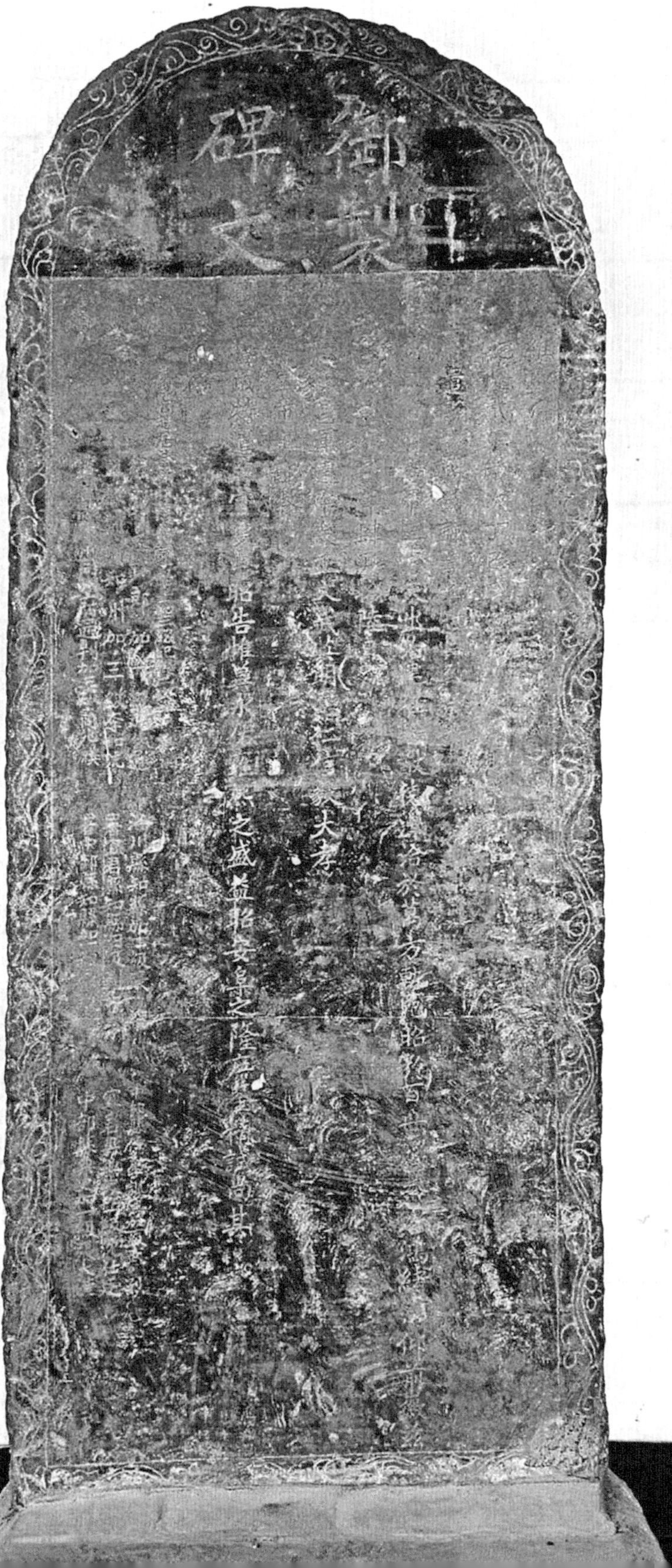
御製碑文

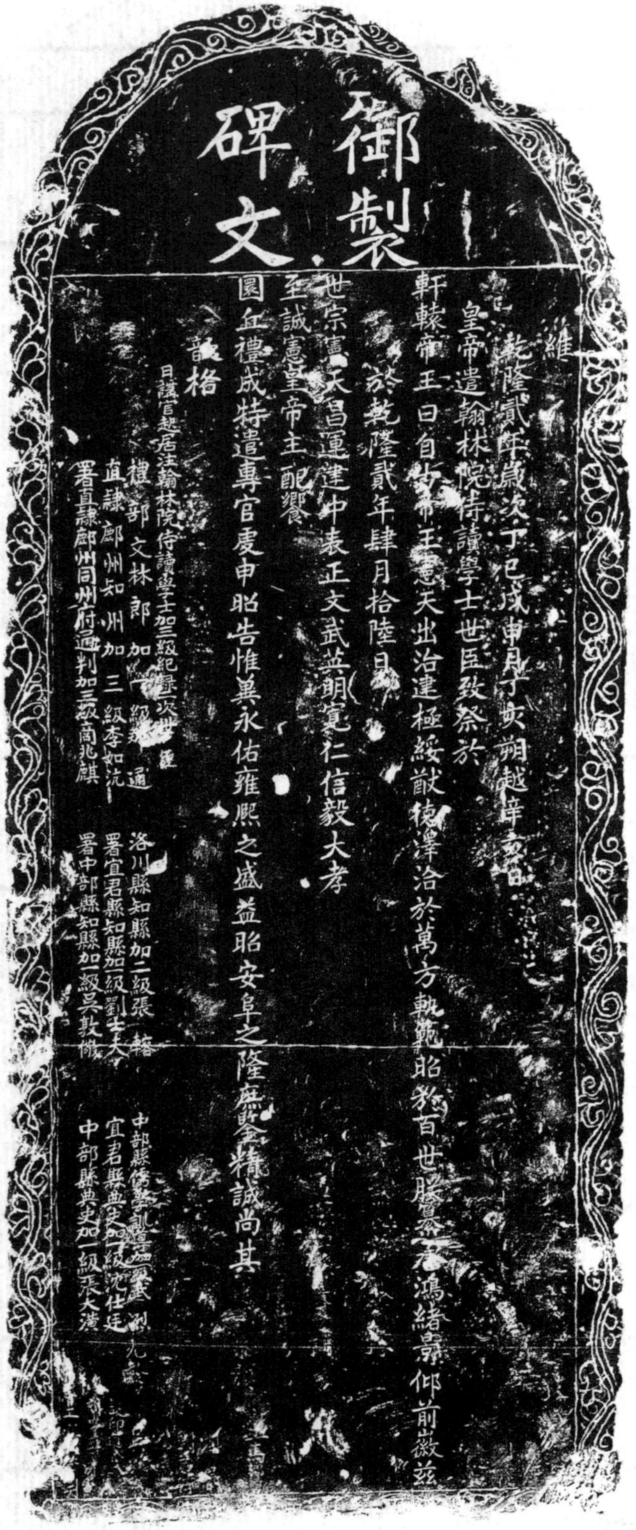

▷碑阳拓片

◁清乾隆二年祭文碑局部

維
乾隆貳年歲次丁巳戊申月丁亥朔越□□日
皇帝遣翰林院侍讀學士世臣致祭於
軒轅帝王曰自古帝王受天出治建極綏猷俾澤洽於萬方典型昭於百世朕纂
承□於乾隆貳年肆月拾陸日
世宗憲天昌運建中表正文武英明寬仁信毅大孝
至誠憲皇帝主配饗
圜丘禮成特遣專官虔申昭告惟冀永佑雍熙之盛益昭安阜之隆庶鑒精誠尚
歆格

日講官起居注翰林院侍讀學士加三級包□□
禮部文林郎加一級□□
直隸鄜州知州加三級李如沆
署直隸鄜州同州府通判加三級高兆麒

洛川縣知縣加一級張□□
署宜君縣知縣加一級劉士夫
署中部縣知縣加一級吳敦儉

中部縣儒學□□
宜君縣典史□□
中部縣典史□□

清高宗乾隆十四年（一七四九）为平金川等事祭告祭文[1]

（黄帝陵轩辕庙碑廊存石碑）

乾隆十四年，岁次己巳，六月丁丑朔，越二十有三日己亥，皇帝遣太常寺少卿锺衡致祭于黄帝轩辕氏曰[2]：

惟帝王继天建极，抚世绥猷，教孝莫先于事亲，治内必兼于安外。典型在望，缅怀至德要道之归；景慕维殷[3]，心希武烈文谟之盛[4]。兹以边徼敉宁[5]，中宫摄位[6]，慈宁晋号[7]，庆洽神人[8]，敬遣专官，用申殷荐。仰惟歆格，永锡鸿禧！

陪祭官：分巡凤邠盐驿道按察使司副使永敏。赍香帛官：礼部笔帖式鄂赍。从祀官：同州府通判署直隶鄜州事赵铨，洛川县知县方楚正，洛川县儒学教谕雷临泰，中部县知县杨必名，中部县儒学训导王运会，宜君县知县许治，署中部县典史事洛川县典史张涵。

〔注释〕

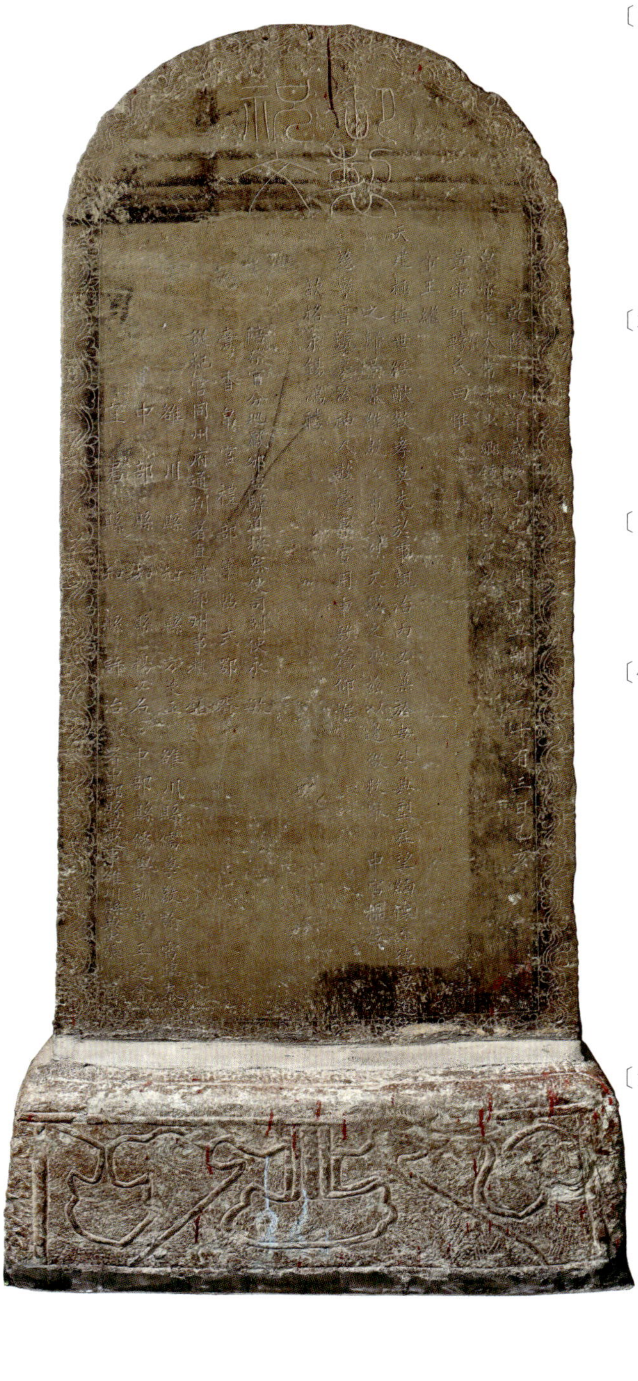

〔1〕 乾隆十三年(1748)九月,皇帝任军机大臣傅恒为经略大臣,征讨大金川土司莎罗奔。乾隆十四年(1749)二月初五日,莎罗奔带领喇嘛及头人等出降,大金川之乱平定,捷报传至京师。乾隆皇帝遣太常寺少卿锺衡祭告轩辕黄帝。

〔2〕 太常寺少卿:为太常副贰,清朝设满、汉各一员,正四品。协助封卿管理祭祀礼仪。锺衡:清雍正八年(1730)进士,授翰林院编修,官至太常寺少卿。

〔3〕 景慕:景仰,仰慕。《宋书·范泰传》:“今惟新告始,盛业初基,天下改观,有志景慕。”

〔4〕 武烈:指武威、武功。《国语·周语下》:“成王能明文昭,能定武烈者也。”韦昭注:“烈,威也。言能明其文,使之昭;定其武,使之威也。”《后汉书·冯衍传上》:“衍上书陈八事:一曰显文德,二曰褒武烈……”文谟(mó):文章谋略。明方孝孺《倭研铭》:“产乎夷,成乎琢。宣文谟,佐帷幄。”

〔5〕 边徼:边境。《梁书·萧藻传》:“时天下草创,边徼未安。”敉(mǐ)宁:抚定。《书·大诰》:“民献有十夫予翼,以于敉宁武图功。”孔传:“用抚安武事,谋立其功。”

清乾隆十四年祭文碑

砂石质。高1.70米，宽0.82米，厚0.14米。

碑额篆书2行，满行2字，刻『御制祝文』。碑文楷书14行，满行31字。四周边饰缠枝花纹。碑文记载清高宗爱新觉罗·弘历为庆祝边界安宁、中宫摄位、慈宁晋号，派遣太常寺少卿锺衡于乾隆十四年六月二十三日祭祀轩辕黄帝事。

〔6〕 中宫：皇后居所，后代指皇后。这里应是指乾隆之母崇庆皇太后。

〔7〕 慈宁：乾隆皇帝登基之后，以世宗遗命，尊其母熹贵妃为“崇庆皇太后”，居慈宁宫。太后卒于乾隆四十二年，谥号为“孝圣慈宣康惠敦和诚徽仁穆敬天光圣宪皇后”。晋号：晋封尊号或徽号。

〔8〕 庆洽：吉庆和谐。南朝梁沈约《梁雅乐歌·禋雅之二》：“灵飨庆洽，祉积化融。”

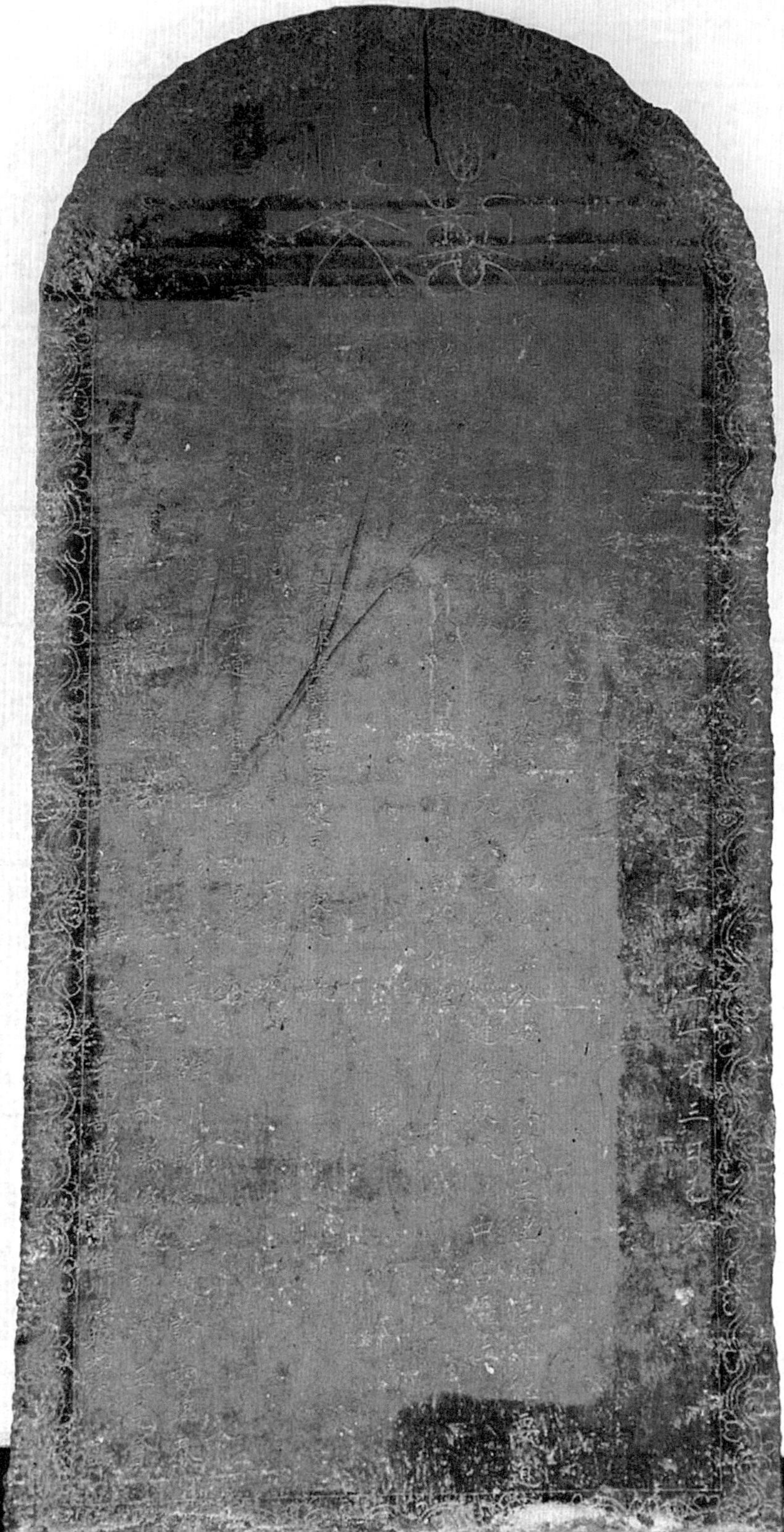

御製祭文

乾隆十四年歲次己巳六月丁丑朔越二十有三日己亥

皇帝遣太常寺少卿鍾衡致祭於

黃帝軒轅氏曰惟

帝王繼

天建極撫世綏猷教孝莫先於事親治內必兼於安外典型在望炳煥王德要道

之歸景慕維殷心布武烈文謨之盛茲以邊徼敉寧中宮攝位

慈寧晉號慶洽神人敬遣專官用申殷薦仰惟

歆格永錫鴻禧

陪祭官分巡鳳邠鹽驛道按察使司副使永敏

賚香帛官禮部筆帖式鄂禮

從祀官同州府通判署直隸鄜州事趙鈴

雒川縣知縣方楚正　雒川縣儒學教諭雷臨泰

中部縣知縣楊必名　中部縣儒學訓導王運會

宜君縣知縣許治　署中部縣典史事雒川縣典史張

▷碑阳拓片

◁清乾隆十四年祭文碑局部

乙巳六月丁丑朔越二十有三日己亥
衡致祭於
趙
先於重親治内必兼於安外典型在望緬懷至德要道
希武烈文謨之盛茲以邊徼敉寧 中宮攝位
遣專官用申殷薦仰惟
驛道按察使司副使永 敏
禮部筆帖式鄂 賫
判署直隸鄜州事趙 銘
縣知縣方楚玉 雒川縣儒學教諭雷臨春
縣知縣楊必名 中部縣儒學訓導王運會
縣知縣許 治 署中部縣典史事雒川縣典史張 [illegible]

清高宗乾隆十七年（一七五二）为慈宁太后万寿晋号祭告祭文

（黄帝陵轩辕庙碑廊存石碑）

维乾隆十七年，岁次壬申，二月初一日癸巳朔，越日，皇帝遣太常寺少卿涂逢震致祭于黄帝轩辕氏之陵曰[1]：

惟帝王宪天依极[2]，受箓承庥[3]，教孝莫先于事亲，敛福用光乎继治。是彝是训[4]，缅维至德要道之归；寿国寿人，允怀锡类推恩之盛[5]。兹以慈宁万寿[6]，懋举鸿仪[7]，敬晋徽称[8]，神人庆洽，爰申殷荐，特遣专官，冀鉴兹忱，永绥多福[9]！

赍香帛官：礼部笔帖式柏福。从祀官：同州府盐捕通判加一级赵铨。陪祭官：鄜州直隶知州加三级武敬，洛川县知县劳尔昌，署宜君县知县朱家濂，中部县知县王纲，中部县儒学训导王运会，中部县典史信廷燮。

〔注释〕

〔1〕 太常寺少卿：为太常副贰，正四品。协助寺卿管理祭祀礼仪。涂逢震：字京伯、惊百，号古溪。江西南昌人。乾隆四年（1739）进士，官至工部侍郎。

〔2〕 宪天依极：效法天则，依据中道、法度。

〔3〕 受箓：接受天赐符命，显示帝王受命于天的合理性。《诗·大雅·文王序》："文王受命作周也。"唐孔颖达疏："伐崇，作灵台，改正朔，王号于天下，受箓应《河图》。"承庥（xiū）：承祖先荫庇。《释言》："庥，荫也。"

〔4〕 彝：常规、旧则。训：规则、法则。

〔5〕 锡：即赐。推恩：广施仁爱，恩及百姓。

〔6〕 万寿：本义指长寿。此处指皇太后的生日。清代多以万寿指皇帝、皇太后生日。如《林则徐日记·道光十八年十月十日》："太后万寿，黎明诣万寿宫行庆贺礼。"

〔7〕 懋（mào）：勉也。鸿仪：《易·渐卦》："鸿渐于陆，其羽可用为仪，吉。"孔颖达疏："处高而能不以位自累，则其羽可用为物之仪表，可贵可法也。"一说指盛大的典仪。

〔8〕 晋：晋封。徽称：褒扬赞美的称号。南朝宋傅亮《进宋公为宋王诏》："乘马之制，有陋旧章，徽称之美，未穷上爵，岂足以显报懋功。"

〔9〕 永绥（suí）：永远安定。

清乾隆十七年祭文碑

砂石质。高1.76米，宽0.80米，厚0.15米。

碑额篆书2行，满行2字，刻『御制祝文』。下饰花纹。碑文楷书19行，满行24字。四周边饰波浪纹。碑文记载清高宗爱新觉罗·弘历因慈宁太后万寿，于乾隆十七年二月初一日派遣太常寺少卿涂逢震祭祀轩辕黄帝事。

御製祭文

維乾隆十七年歲次壬申三月初一日癸巳朔越
皇帝遣太常寺少卿徐建震致祭於
黃帝軒轅氏之陵曰惟
帝王憲
天依極受籙承庥敎孝慕先於事親敘倫用孝平維古是
訓緬維
至德要道之歸壽國壽人光懷錫類維
恩之盛茲以
慈寧萬壽懋典鴻儀敬晉
嚴稱神人慶洽爰申殷薦特遣專官
鑒茲忱永綏多福
賁香帛官禮部筆帖式梅福
從祀官同州府鹽捕通判加一級趙銓
陪祭官鄜州直隸州知州加三級武敬
洛川縣知縣方爾昌
署宜君縣知縣朱家濂
中部縣知縣王綱
中部縣儒學訓導王運會
中部縣典史信廷燮

▷碑阳拓片

◁清乾隆十七年祭文碑局部

維乾隆十七年歲次壬申二月初一日癸巳朔越
皇帝遣太常寺少卿徐起震致祭於
黃帝軒轅氏之陵曰惟
帝王憲
天休極受籙承厤敷孝奠大於中親敘倫用光千維合是
訓緬維
聖德要道之歸壽國壽人允懷錫類推
見之盛茲以
慈寧萬壽懋舉鴻儀敬晉
徽稱神人慶洽多申殷薦特遣專官□□
鑒茲忱永綏多福
賫香帛官禮部筆帖式柏福
從祀官同州府督捕通判加一級趙□銓
陪祭官鄜州直隸州知州加三級武敬
洛川縣知縣黃爾昌
署宜君縣知縣朱家濂
中部縣知縣王綱
中部縣儒學訓導王遲會
中部縣典史信逵燮

清高宗乾隆二十年（一七五五）为荡平准部太后晋号祭告祭文[1]

（黄帝陵轩辕庙碑廊存石碑）

维乾隆二十年，岁次乙亥，八月壬寅朔，越二十有七日己巳，皇帝遣太常寺卿熊学鹏致祭黄帝轩辕氏曰[2]：

朕惟帝王建极乘时，绥猷驭世，制临无外[3]，德威之服远者神；教化有原，孝道以尊亲为大。景典型于在昔，寔天经地义之丕昭；宏佑启于方来，惟文治武功之交凛。兹以平定准噶尔大功告成[4]，加上皇太后徽号[5]，神人洽庆，中外蒙庥[6]，敬遣专官，用申禋祀，伏维鉴格[7]！

捧香帛官：礼部笔帖式哈清阿。陪祭官：候补知府署鄜州知府雷正，鄜州直隶州知州纪录十次英德，洛川县知县赵本嶓，中部县知县王纲，宜君县知县彭揆，中部县儒学训导常来凤。

〔注释〕

〔1〕乾隆二十年（1755），清军平定准噶尔内乱，擒获达瓦齐，大获全胜。乾隆皇帝为太后晋号，并遣太常寺卿熊学鹏祭告轩辕黄帝。

〔2〕太常寺卿：为太常寺长官，正三品。主管祭祀社稷等礼仪。熊学鹏：南昌县（今江西南昌）人。雍正八年（1730）进士，历任山西道监察御史、顺天府尹及广西、浙江巡抚等职。“黄帝”，原作“皇帝”，据文意径改。

〔3〕制临：君临天下，治理万邦。

〔4〕平定准噶尔：乾隆二十年（1755），清朝发兵五万直捣伊犁，平定准噶尔的内乱。达瓦齐逃往天山以南，后被擒获押送北京。清军大获全胜，乾隆皇帝恩封达瓦齐为亲王，以显怀柔之心。

〔5〕徽号：褒扬赞美的称号。《明史·礼志七》：“明制，天子登极，奉母后或母妃为皇太后，则上尊号。其后，或以庆典推崇皇太后，则加二字或四字为徽号。”

〔6〕蒙庥（xiū）：受到荫庇。

〔7〕鉴格：敬请神灵享用。

清乾隆二十年祭文碑

砂石质。高1.60米，宽0.69米，厚0.16米。

碑额饰太阳与云纹。碑文楷书16行，满行29字。四周边饰波浪纹。碑文记载清高宗爱新觉罗·弘历为平定准噶尔大功告成并为太后晋徽号，派遣太常寺卿熊学鹏于乾隆二十年八月二十七日祭祀轩辕黄帝事。

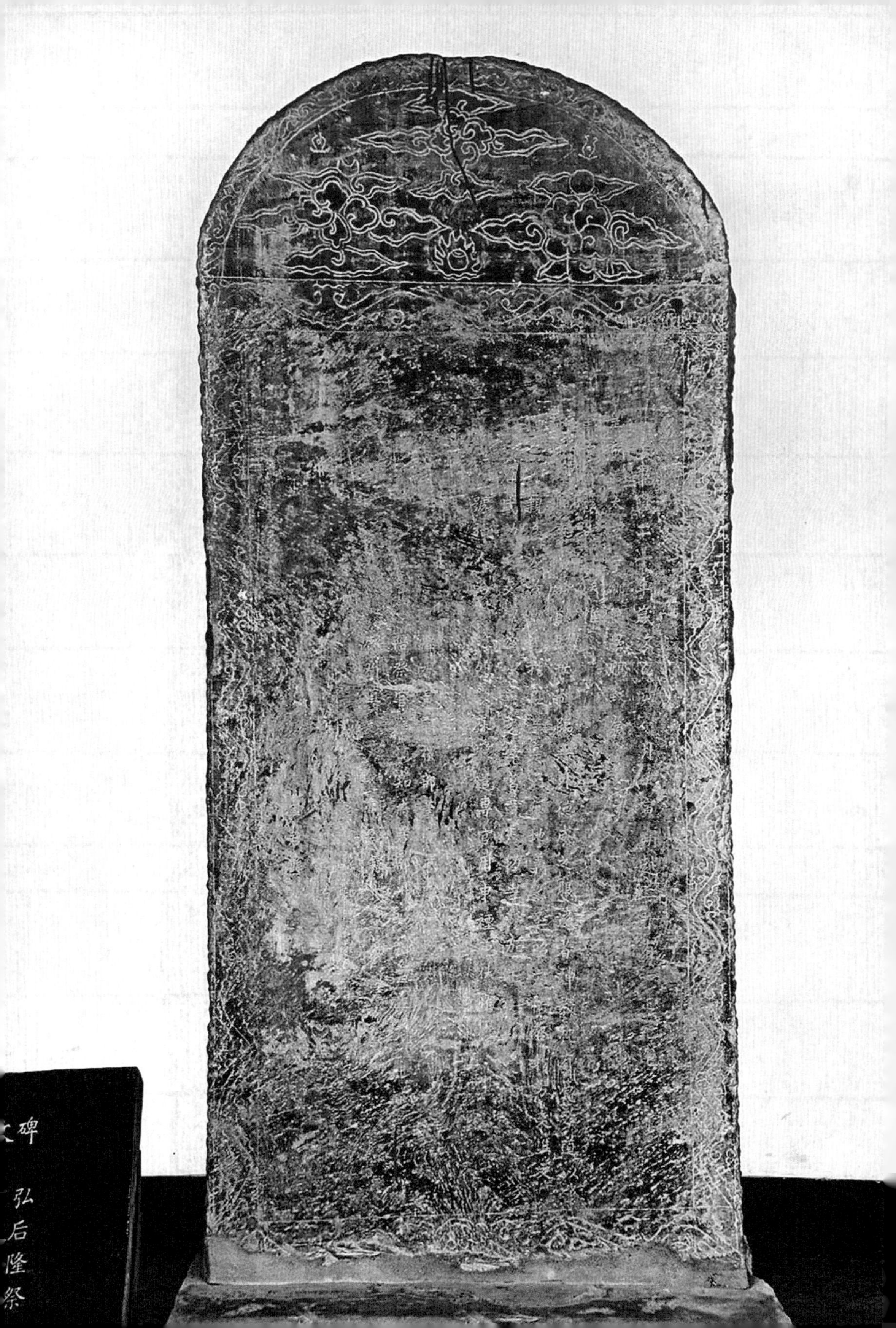
碑
弘
后
隆
祭

▷碑阳拓片

◁清乾隆二十年祭文碑局部

維
乾隆二十年歲次乙亥八月壬寅朔越二十有七日
皇帝遣太常寺卿能學鵬致祭
皇帝軒轅氏曰朕惟
帝王建極肇時綏猷啟世制臨無外德威之服遠者神與
尊親為大景典型於往昔寔佑地義之丕昭左右
治武功之交凜茲以平定準噶爾大功告成加上
皇太后徽號神人合慶中外蒙庥致遣專官用申禮祀伏惟
鑒格
捧香帛官禮部筆帖式喀清阿
陪祭官候補知府署鄜州知州雷
鄜州直隸州知州紀錄十次
洛川縣知縣趙
中部縣知縣王
宜君縣知縣彭
儒學訓導

清高宗乾隆二十五年（一七六〇）祭文

（黄帝陵轩辕庙碑廊存石碑）

维乾隆二十五年，岁次庚辰，正月丁未朔，越初八日甲寅，皇帝遣都察院左副都御史赫庆致祭于黄帝轩辕氏曰[1]：

惟帝王建极绥猷，经文纬武。诞敷德教[2]，仁义备其渐摩[3]；克诘戎兵[4]，声灵彰且赫濯[5]。惟恩威之兼济先后，道本同符，斯命讨之，昭垂今古，功归一轨。兹以西归克捷，四部荡平。缅骏烈于前型，敷奏其勇；远徂征于绝域，遹观厥成。中外腾欢，神人协庆。专官肃祀，昭鉴惟歆！

捧香帛：礼部笔帖式伊克精阿。陪祭官：直隶鄜州知州高麟勋，洛川县知县赵本嶓，中部县知县巩敬绪，宜君县知县侯于蓟，中部县儒学训导李凤冈，中部县典史袁嘉誉。

〔注释〕

〔1〕 都察院左副都御史：都察院为明清时期最高监察机构，清顺治时设左副都御史，满、汉各二人。赫庆：曾任广东布政使司布政使。乾隆十三年受诏致祭于南海之神。

〔2〕 诞敷：遍布之意。《书·大禹谟》："帝乃诞敷文德，舞干羽于两阶。"孔传："远人不服，大布文德以来之。"

〔3〕 渐摩：浸润，感化。《汉书·董仲舒传》："渐民以仁，摩民以谊。"颜师古注："渐谓浸润之，摩谓砥砺之也。"

〔4〕 克诘：治理。《书·立政》："其克诘尔戎兵，以陟禹之迹。"孔传："其当能治汝戎服兵器。"

〔5〕 赫濯：威严显赫之貌。明沈德符《万历野获编·禁卫》："江陵败，刘复与政府及厂珰张鲸交结用事，赫濯者几二十年。"

清乾隆二十五年祭文碑

砂石质。高1.66米，宽0.70米，厚0.16米。

碑额行书2行，满行2字，刻『御制祝文』。下饰波浪纹。碑文楷书16行，满行28字。四周边饰波浪纹。碑文记载清高宗爱新觉罗·弘历因西归克捷，四部荡平，特派遣都察院左副都御史赫庆于乾隆二十五年正月初八祭祀轩辕黄帝事。

〔注释〕

〔1〕　宗人府府丞：宗人府掌皇族属籍。清宗人府府丞，掌核校本府汉文册籍等事，以汉人充任，正三品。李友棠：江西人，字召佰，号适园，又号西华。乾隆十年（1745）进士，历任福建道监察御史、户科给事中、福建学政等职。

〔2〕　体元：以天地之元气为本。东汉班固《东都赋》："体元立制，继天而作。"

〔3〕　羹墙：追念前辈或仰慕圣贤。《后汉书·李固传》："昔尧殂之后，舜仰慕三年，坐则见尧于墙，食则睹尧于羹。"

〔4〕　彝章：常典，旧典。南朝梁任昉《为范尚书让吏部封侯第一表》："矜臣所乞，特回宠命，则彝章载穆，微物知免。"

〔5〕　肸（xī）蠁（xiǎng）：原指扩散弥漫，引申为灵感通微。晋左思《蜀都赋》："天帝运期而会昌，景福肸蠁而兴作。"告虔：报告祭祀人的虔诚之意。

清乾隆三十七年祭文碑

砂石质。高1.75米，宽0.73米，厚0.13米。

碑额楷书2行，满行2字，刻『御制祝文』。碑文楷书18行，满行35字。四周边饰缠枝花纹。碑文记载清高宗爱新觉罗·弘历因太后万寿，派遣宗人府府丞李友棠于乾隆三十七年正月二十二日祭祀轩辕黄帝事。

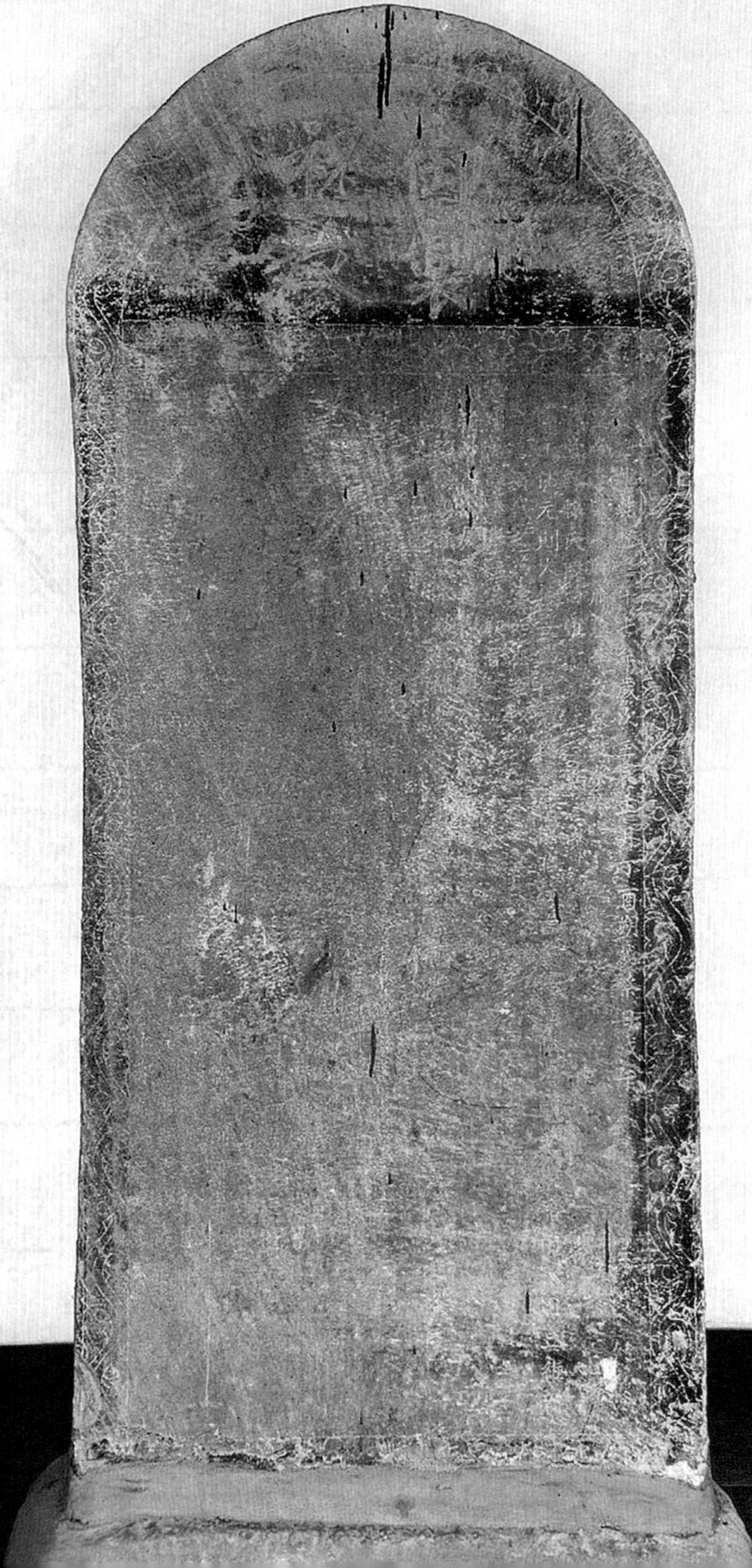

▷碑阳拓片

◁清乾隆三十七年祭文碑局部

維乾隆三十七年歲次壬辰五月丁酉朔越祭日戊午

皇帝遣宗人府府丞李友棠致祭於

黃帝軒轅氏陵曰惟

帝王体元則大撫安識民勤被褒區德昭往古美播匪偏冔朝之統緒相承宜

百代之英靈如在茲以

闕萬壽懋舉鴻儀敬晉

稱神人之慶孝道以尊親為大式仰前型

儀之錫類者宏永綏厚福與章載舉祀典斯崇布肸蠁以告虔庶靈明之來格

捧香禮部筆帖式德恆

陪祀官鄜州知州阿林

鄜州知州吳廷詔

洛川縣知縣溫葆曾

中部縣知縣董延楷

宜君縣知縣袁維豐

鄜州儒學訓導李如坤

洛川縣儒學教諭雷惟

洛川縣典史錢作霖

中部縣典史袁嘉譽

清高宗乾隆四十一年（一七七六）为阿桂平定大小金川祭告祭文[1]

（黄帝陵轩辕庙碑廊存石碑）

维乾隆四十一年，岁次丙申，七月庚午朔，越十四日癸未，皇帝遣内阁学士塘古泰致祭于黄帝轩辕氏陵曰[2]：

朕惟帝王德洽恩威，义严彰瘅[3]。锄奸禁暴，昭命讨之无私[4]；辑远绥荒[5]，振声灵之有赫。兹以两金川大功全蒇[6]，逆党咸俘。殄遗孽于番陬[7]，戢武协求宁之志[8]；缅丰功于前代，庆成觌耆定之庥[9]。特遣专官，肃将禋祀，惟冀鉴歆！

捧香帛官：礼部笔帖式炽昌。陪祀官：候补直隶州署鄜州加三级纪录五次林恭范，洛川县知县加三级纪录五次温崧曾，中部县知县加三级纪录五次董延楷，署宜君县知县加三级纪录三次任重，中部县儒学训导江自岚，署中部县典史何凤飏。

〔注释〕

〔1〕　乾隆三十六年（1771），阿桂领命参加大小金川之战，历时五年，战事告捷。公元1776年，即乾隆四十一年，皇帝遣内阁学士塘古泰祭告轩辕黄帝。

〔2〕　内阁学士：清内阁之属官，俗称阁学。定制满六人、汉四人。掌敷奏本章，参预机务。塘古泰：乾隆朝曾任巡视南城吏科给事中、盛京户部侍郎等职。

〔3〕　彰瘅（dān）：彰善瘅恶。表彰好的，斥责恶的。《书·毕命》：“彰善瘅恶，树之风声。”

〔4〕　命讨：下令讨伐。

〔5〕　辑远：抚定远人。

〔6〕　两金川大功全蒇（chǎn）：阿桂，章佳氏，清朝名将，大学士阿克敦之子。多次平定新疆叛乱，历任军机大臣、满洲正红旗都统、伊犁将军、四川总督等职。乾隆三十六年（1711），阿桂参加大小金川之战，历时五年，战事告捷。蒇，完成、解决。

〔7〕　殄（tiǎn）：尽，绝。番陬（zōu）：外族聚居区。

〔8〕　戢（jí）武：息兵。

〔9〕　觇（chān）：暗中查看。耆（qí）定：达成。《诗·周颂·武》：“嗣武受之，胜殷遏刘，耆定尔功。”毛传：“耆，致也。”高亨注：“定，成也。”后亦有平定之意。

清乾隆四十一年祭文碑

砂石质。高1.35米，宽0.66米，厚0.14米。

碑额楷书2行，满行2字，刻『御制祝文』。下饰缠枝花纹。碑文楷书14行，满行33字。四周边亦饰缠枝花纹。碑文记载清高宗爱新觉罗·弘历因两金川大功全成，逆党全俘，派遣内阁学士塘古泰于乾隆四十一年七月十四日祭祀轩辕黄帝事。

御祝文

▷碑阳拓片

◁清乾隆四十一年祭文碑局部

維乾隆四十一年歲次丙申七月庚午朔越十四日癸未
皇帝遣内閣學士塘古泰致祭於
黄帝軒轅氏陵曰朕惟
帝王德合恩威義嚴彰癉鋤奸禁暴昭命討之無私釋逆綏荒振聲靈之有赫茲以
兩金川大功全蕆逆黨咸俘殄遺孽於番陬戢武協求寧之志緬豐功於前徽
慶成覩耆定之庥特遣專官肅將禋祀惟冀
鑒歆

捧香帛官禮部筆帖式職昌
陪祀官候補直隸州署鄜州加三級紀錄五次林泰範
洛川縣知縣加三級紀錄五次温崧曾
中部縣知縣加三級紀錄五次董延楷
署宜君縣知縣加三級紀錄三次任重
中部縣儒學訓導江自嵐
署中部縣典史何鳳颺

清高宗乾隆四十五年（一七八〇）为七旬万寿祭告祭文

（黄帝陵轩辕庙碑廊存石碑）

维乾隆四十五年，岁次庚子，三月庚辰朔，越十四日癸巳，皇帝遣内阁学士钱载致祭于黄帝轩辕氏之陵曰[1]：

维帝体元赞化[2]，建极绥猷，泽被生民，勋垂奕世[3]。简编明备[4]，累朝之治法相传；弓剑留藏，千载之英灵如在。兹以朕七旬展庆[5]，九有腾欢[6]；懋举崇仪[7]，特申昭告。缅当日之曆图受箓[8]，每深景仰之忱；抚此时之集嘏凝禧[9]，弥切祗寅之念[10]。冀佑郅隆之运[11]，永贻仁寿之庥[12]。式荐精禋[13]，惟祈鉴格[14]！

捧香帛官：礼部笔帖式芳桂。陪祀官：鄜州知州加五级纪录五次吴棐龙，洛川县知县加三级纪录三次黄辉，中部县知县加五级纪录五次董延楷，宜君县知县加三级纪录三次徐云腾，教谕管中部县儒学训导江自岚，中部县典史王象周。

〔注释〕

〔1〕 钱载（1708—1793）：字坤一，号萚石、匏尊、抱尊、万松居士、百福老人，秀水（今浙江嘉兴）人，诗、书、画兼善。

〔2〕 赞化：帮助教化。语出《礼记·中庸》：“赞天地之化育。”

〔3〕 奕世：累代。《后汉书·杨秉传》：“臣奕世受恩，得备纳言，又以薄学，充在讲劝。”

〔4〕 简编：指书籍。《旧五代史·明宗纪七》：“帝御文明殿受册徽号，册曰……休征备载于简编，徽号过持于谦让。”明备：明确完备。宋苏洵《衡论下·申法》：“律令之所禁画一明备，虽妇人孺子皆知畏避。”

〔5〕 展庆：致贺。唐刘肃《大唐新语·持法》：“青毡展庆，曾不立班；朱绂承荣，无宜卧拜。”

〔6〕 腾欢：歌呼欢腾。

〔7〕 懋（mào）举：勉励，使人努力上进。

〔8〕 缅（miǎn）：追想。“膺”，当为“膺”之误。膺图受箓，谓帝王得受图箓，应运而兴。图，河图。箓，符命。

〔9〕 集嘏（gǔ）凝禧：充满幸福吉祥。嘏，福。《诗·小雅·宾之初筵》：“锡尔纯嘏，子孙甚湛。”

〔10〕 弥：更加。切：深切。祗（zhī）寅：恭谨而严肃。“寅”，《（光绪）湖南通志》作“肃”。

〔11〕 冀：希望。佑：佑护。郅（zhì）隆：昌盛，兴隆。

〔12〕 永贻仁寿之庥（xiū）：永远赐予（我们）仁德而长寿的庇护。贻，赠送。《诗·邶风·静女》：“贻我彤管。”庥，庇护。

〔13〕 式荐精禋（yīn）：献此祭祀。精禋，精诚祭祀。

〔14〕 惟祈鉴格：祭文常用结束语，意为祈望神灵享用祭礼。

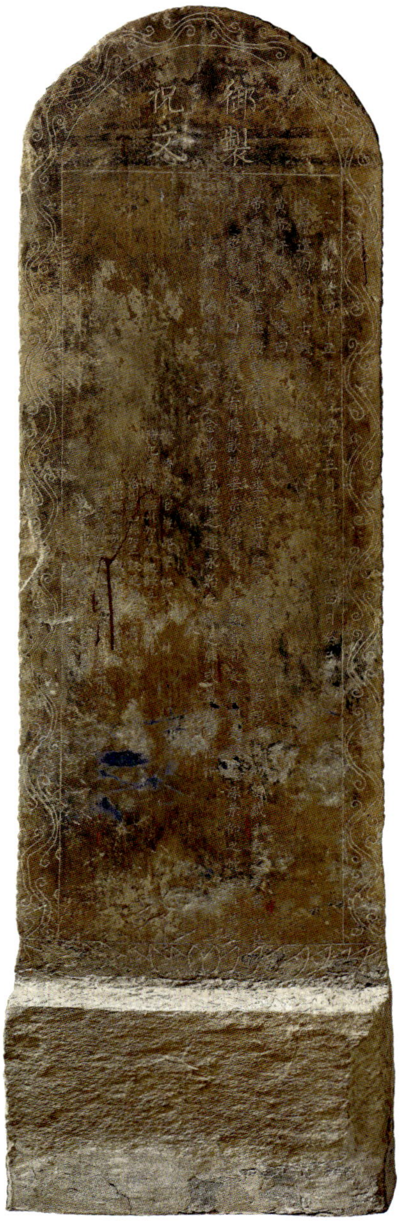

清乾隆四十五年祭文碑

砂石质。高1.62米，宽0.56米，厚0.13米。

碑文楷书14行，满行39字。四周边饰波浪纹。碑文记载清高宗爱新觉罗·弘历因七旬展庆，派遣内阁学士钱载于乾隆四十五年三月十四日祭祀轩辕黄帝。

御製
祝文
陵祝文碑
新觉罗弘
派遣内
(1780

維乾隆四十五年歲次庚子三月庚辰朔越十四日癸巳
皇帝遣內閣學士錢載致祭於
黃帝軒轅氏之陵曰維
帝體元贊化建極綏猷澤被生民勲垂奕世簡編明備累朝之治法相傳弓劍留藏千載之英靈如在
玆以朕七旬展慶九有騰歡懋舉崇儀特申昭告緬當日之曆圖受籙每深景仰之忱撫此時之
集祉凝禧彌切祇寅之念冀佑郅隆之運永貽仁壽之庥式薦精禋惟祈
鑒格

捧香帛官禮部筆帖式芳桂
陪祀官鄜州知州加五級紀錄五次吳兆龍
洛川縣知縣加三級紀錄三次黃輝
中部縣知縣加五級紀錄五次董廷楷
宜君縣知縣加三級紀錄三次徐會雲騰
教諭署中部縣儒學訓導汪自嵐
中部縣典史王象周

▷碑阳拓片

◁清乾隆四十五年祭文碑局部

製文

維乾隆四十五年歲次庚子三月庚辰朔越十四日癸巳
皇帝遣內閣學士錢載致祭於
黃帝軒轅氏之陵曰維
帝體元贊化建極綏猷澤被生民勳垂奕世簡編明備累朝之
茲以朕七旬展慶九有騰歡懋舉崇儀特申昭告緬嘗日
集嘏錫禧彌切祇寅之念冀佑郅隆之運永貽仁壽之庥
鑒格

捧香帛官禮部筆帖式芳桂
陪祀官鄜州知州加五級紀錄五次吳嘉龍
洛川縣知縣加三級紀錄三次黃煇
中部縣知縣加五級紀錄五次鍾廷楷
宜君縣知縣加三級紀錄三次[illegible]
教諭管中部縣儒學訓導江自[illegible]
中部典史王象周

清仁宗嘉庆五年（一八〇〇）为高宗配享圜丘礼成祭告祭文[1]

（《湖南通志》卷七三，清光绪十一年刻本）

自古帝王，受箓膺图，乘时御宇[2]，罔不宪天立极[3]，宥密单心[4]，故能泽洽万方[5]，范昭百世。朕寅承鸿典[6]，景仰前徽[7]。兹以嘉庆四年十一月二十六日，恭奉高宗法天隆运至诚先觉体元立极敷文奋武孝慈神圣纯皇帝主配享圜丘礼成。特遣专官，虔申昭告。惟冀孚祐皞熙之运[8]，益昭安阜之风。鉴此精禋，尚其歆格！

〔注释〕

〔1〕 配享：亦作“配飨”。贤人或有功于国家的人，附祀于庙，同受祭飨。如天子为崇扬其先祖，使其与天同享。

〔2〕 御宇：统治天下。

〔3〕 罔不：没有不、全都。立极：树立最高准则。

〔4〕 宥密单心：仁厚宁静，尽心从事。宥密，存心仁厚宁静。单心，即“殚心”，竭尽心虑。

〔5〕 泽洽万方：恩德泽被各地。泽，仁德、恩泽。《梁书·严助传》：“盛德上隆，和泽下洽。”万方，各地、四方。

〔6〕 寅：恭敬。《尔雅》：“寅，敬也。”《书·舜典》：“夙夜惟寅，直哉惟清。”

〔7〕 前徽：前人的美德。《文选·奏弹王源》：“栾郤之家，前徽未远。”

〔8〕 孚祐：庇护，保佑。《书·汤诰》：“上天孚祐下民。”皞熙：和乐舒畅。亦作“熙皞”。

清仁宗嘉庆二十四年（一八一九）为六秩万寿祭告祭文

（黄帝陵轩辕庙碑廊存石碑）

维嘉庆二十四年，岁次己卯，三月朔，越祭日丁未，皇帝遣都察院左副都御史和桂致祭于黄帝轩辕氏之神曰[1]：

维帝肇握乾符[2]，递承泰策[3]。制礼作乐，垂明备于简编；腾茂蜚英[4]，留声灵于弓剑。兹以朕庆逢六帙[5]，欢洽万方，周甲箓以提釐[6]，萃任林而锡福[7]。知其政，知其德，迄今钦治统之隆；作之君，作之师[8]，稽古荷心传之赐[9]。忆五旬之介祉[10]，曾荐维馨[11]；阅十载以升香，用昭有恪[12]。伏祈歆格，虔奉精禋。

赍香帛：礼部笔帖式台灵阿。陪祭官：鄜州直隶州知州鄂山，中部县知县恒亮。执事官：中部县训导朱体元，宜君县马栏镇巡检刘询，中部县典史曹昌龄，宜君县典史张政。

[注释]

〔1〕　和桂（？—1828）：满洲镶白旗，嘉庆十年进士，嘉庆二十三年二月任都察院左副都御史。

〔2〕　肇握乾符：开始掌握受命于天的符瑞。肇，开始。乾符，帝王受命于天的吉祥征兆。

〔3〕　泰策：国泰民安之策。泰，平安。

〔4〕　腾茂蜚英：盛名与实际相符，称颂声名事业日盛。《史记·司马相如列传》：“蜚英声，腾茂实。”司马贞《索隐》引胡广曰：“飞扬英华之声，腾驰茂盛之实也。”

〔5〕　六帙：六十年。一帙为十年。

〔6〕　提釐（xī）：提福，安福。釐，古同“禧”，吉祥。

〔7〕　任林：即“壬林”，形容盛大的样子。《诗·小雅·宾之初筵》：“百礼既至，有壬有林。”锡福：赐福。

〔8〕　作之君，作之师：为他们设置君王，为他们设置老师。

〔9〕　稽古：考察古事。心传：宋儒宣传道统，谓《书·大禹谟》“人心惟危，道心惟微，惟精惟一，允执厥中”十六字为尧舜禹传授心法，称十六字心传，后指师递相传为心传。

〔10〕　介祉：大福。

清嘉庆二十四年祭文碑

砂石质。高1.90米，宽0.70米，厚0.16米。

碑额楷书2行，满行2字，刻『御制祝文』。饰缠枝花纹。碑文楷书14行，满行35字。四周边饰T型纹。碑文记载清仁宗爱新觉罗·颙琰为庆祝六十岁寿辰，派遣都察院左副都御史和桂于嘉庆二十四年（1819）三月癸巳朔祭祀轩辕黄帝事。

〔11〕 “维馨”，《黄陵县志·序》1944年铅印本作“维藩”，当是。维藩：喻保卫疆土的重任。《诗·大雅·板》：“价人维藩，大师维垣。”毛传：“藩，屏也。”

〔12〕 有恪（kè）：恭敬诚笃貌。

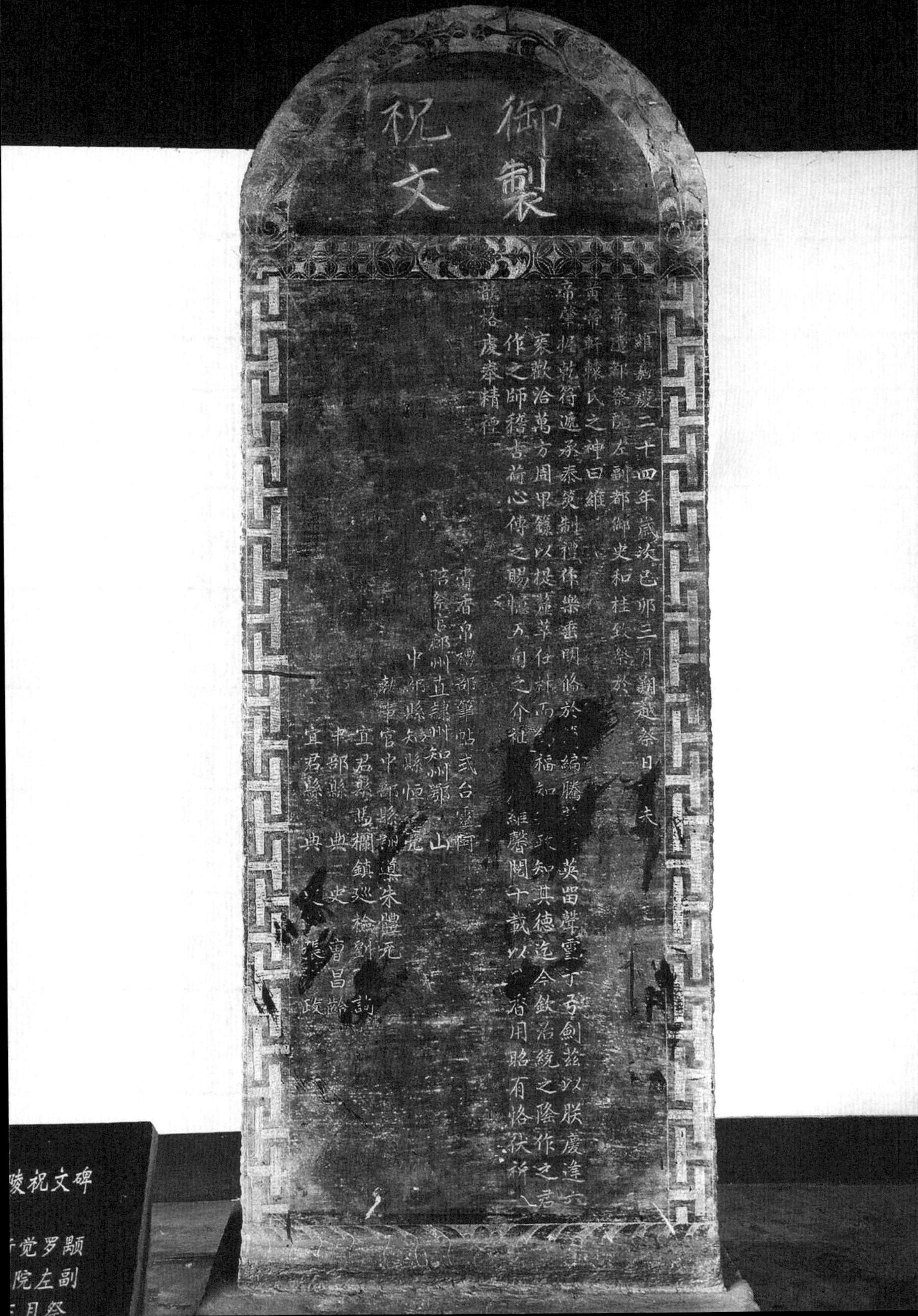
御製
祝文
維嘉慶二十四年歲次己卯三月朔越祭日
皇帝遣都察院左副都御史和桂致祭於
黃帝軒轅氏之神曰維
陵祝文碑

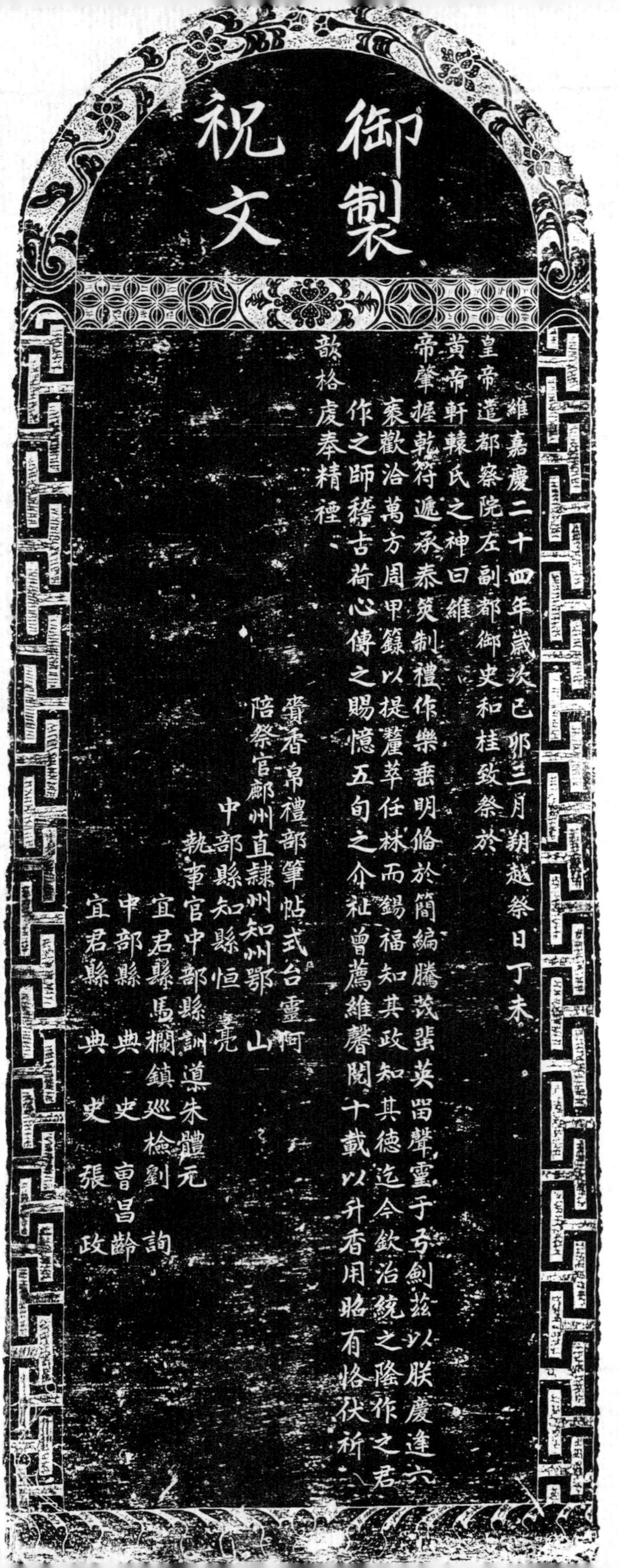
御製
祝文
維嘉慶二十四年歲次己卯三月朔越祭日丁未
皇帝遣都察院左副都御史和桂致祭於
黃帝軒轅氏之神曰維
帝肇握乾符遞承泰策制禮作樂垂明倫於簡編騰茂蜚英留聲靈于弓劍茲以朕慶逢六
袠歡洽萬方周甲籙以提釐萃任林而錫福知其政知其德迄今欽治統之隆作之君
作之師稽古荷心傳之賜憶五旬之介祉曾薦維馨閱十載以升香用昭有恪伏祈
歆格 虔奉精禋
齎香帛禮部筆帖式台靈阿
陪祭官鄜州直隸州知州鄂山
中部縣知縣恒亮
執事官中部縣訓導朱體元
宜君縣馬欄鎮巡檢劉詢
中部縣典史曾昌齡
宜君縣典史張政

▷碑阳拓片

◁清嘉庆二十四年祭文碑局部

維嘉慶二十四年歲次己卯三月朔越祭日丁未

皇帝遣都察院左副都御史和桂致祭於

黃帝軒轅氏之神曰維

帝肇握乾符遞承泰筴制禮作樂垂明倫於簡編騰□□英留聲靈于

寰歡洽萬方周甲籙以提躉萃任林而錫福知□政知其德迄今

作之師稽古衍心傳之賜憶五旬之介祉曾膺緯磬閱十載以□

歆格虔奉精禋

賫香帛禮部筆帖式台靈阿

陪祭官鄜州直隸州知州鄂山

中部縣知縣恒亮

執事官中部縣訓導朱體元

宜君縣馬欄鎮巡檢劉□

中部縣典史曾昌□

宜君縣典史張□□

清宣宗道光元年（一八二一）祭文

（黄帝陵轩辕庙碑廊存石碑）

维道光元年，岁次辛巳，七月己酉朔，越十有五日癸亥，皇帝遣陕西西安副督统哈兴阿致祭

黄帝轩辕氏之神曰：

心源递衍[1]，球图灿御世之模[2]；祀典常昭，俎豆肃侑神之礼[3]。惟致治莫先稽古，斯率初宜重升香[4]。朕缵绍丕基[5]，尊崇先烈。廿五载神功圣德，聿符峻极于瑶坛[6]；四千年帝绪王猷[7]，遥企遗徽于玉检[8]。兹以道光元年四月初六日[9]，恭奉仁宗受天兴运敷化绥猷崇文经武孝恭勤俭端敏英哲睿皇帝主配享圜丘礼成[10]，特遣专官，敬申昭告。累叶睇松楸之荫[11]，往迹殷怀[12]；两楹荐黍稷之馨，懋仪载举。式摅诚悃[13]，庶格精禋。

赍香帛官：西安笔帖式喜常阿，署洛川县训导马金管。陪祭官：署鄜州直隶州知州硕庆。执事官：中部县训导赵炳，宜君县知县邓培绥，中部县典史韩廷楷，署中部县知县车璠，分汛中部经制外委戴君礼。

〔注释〕

〔1〕 递衍：依次衍生，逐步演变。

〔2〕 球图：国家。御世：治理天下。

〔3〕 侑：酬答。

〔4〕 率初：自始。

〔5〕 丕基：伟大的基业。《书·大诰》：“呜呼！天明畏，弼我丕丕基。”也作“洪基”“鸿基”。

〔6〕 瑶坛：祭坛。

〔7〕 “四千年”，《（咸丰）同州府志》卷首作“四千里”；《（光绪）荣河县志》之十三作“四十年”。帝绪：帝业。王猷：王道。

〔8〕 玉检：古代帝王封禅时所用文书的封箧。

〔9〕 “以”，《（咸丰）同州府志》卷首作“于”。

〔10〕 兴运：兴隆国运。敷化：布行教化。三国魏阮籍《与晋文王书荐卢播》：“应期作辅，论道敷化。”也作“敷教”。

〔11〕 睇（dì）：斜视。松楸：坟墓的代称。古代常在坟墓周边种植松树和楸树，这里用“松楸之荫”代指黄帝陵。

〔12〕 “殷怀”，《（咸丰）同州府志》卷首作“怀思”。

〔13〕 摅（shū）：抒发。诚悃（kǔn）：真心诚意。

清道光元年祭文碑

砂石质。高2.18米，宽0.93米，厚0.12米。

碑额楷书2行，满行2字，刻『御制祝文』。饰双龙。碑文楷书15行，满行39字。四周边饰缠枝花纹。碑文记载清宣宗爱新觉罗·旻宁为仁宗皇帝配享圜丘礼成，派遣陕西西安副都统哈兴阿于道光元年七月十五日祭祀轩辕黄帝事。

御製
祝文
道光元年御祭黄帝陵祝文碑
碑文记载了清宣宗爱新觉罗旻宁
光元年四月初六，恭奉仁宗受天
化绥猷崇文经武孝恭勤俭端敏
皇帝主，配享圜丘礼成，派遣
西安副都统哈兴阿于道光元年
七月十五日祭祀轩辕黄帝。

▷碑阳拓片

◁清道光元年祭文碑局部

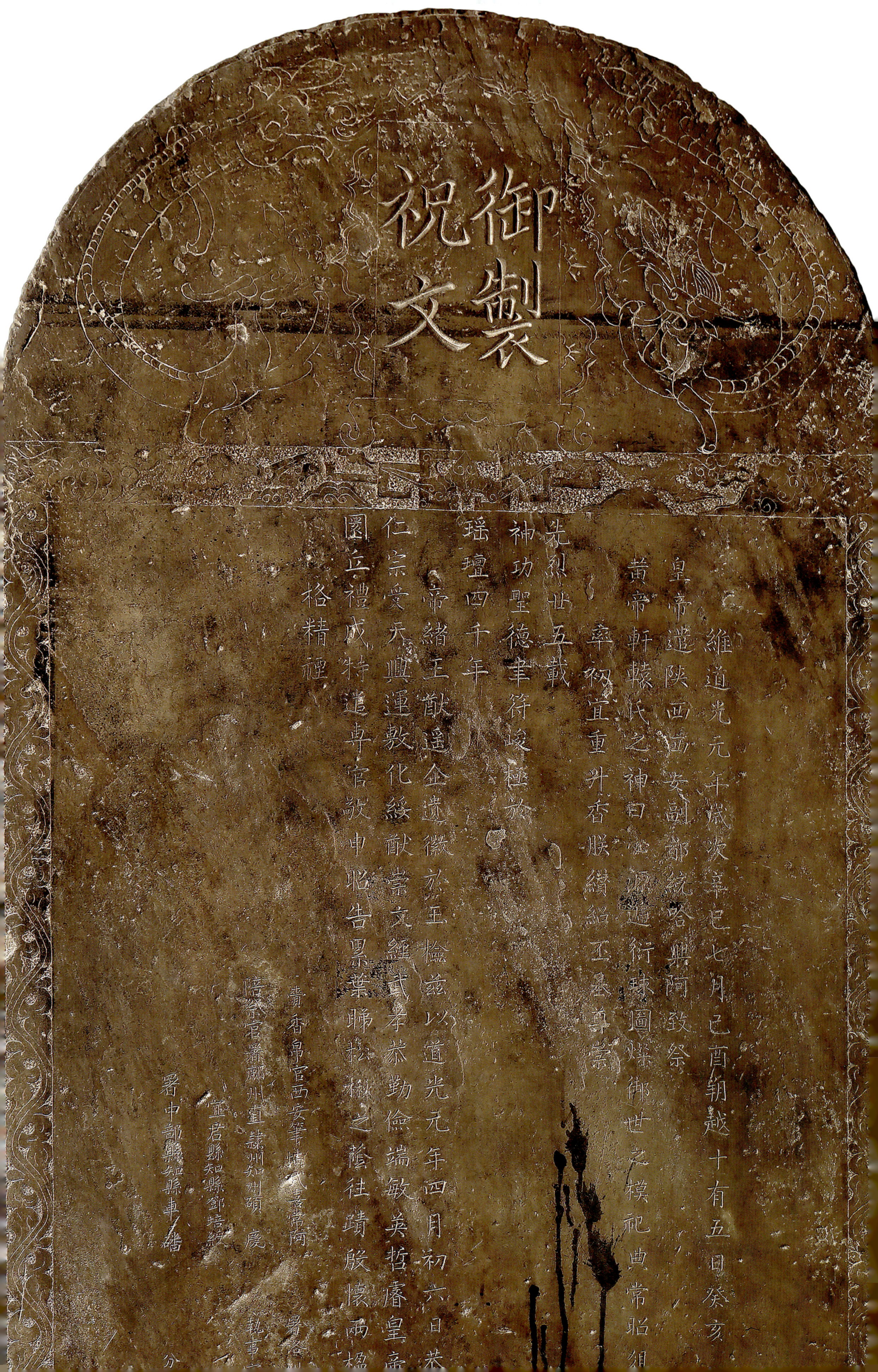
御製祝文
維道光元年歲次辛巳七月己酉朔越十有五日癸亥
皇帝遣陝西西安副都統普興阿致祭
黃帝軒轅氏之神曰心源道衍球圖煥御世之模祀典常昭俎
率祀宜重升香朕纘紹丕基尊崇
先烈廿五載
神功聖德聿符峻極於
瑤壇四千年
帝緒王猷遙企遺徽於玉檢茲以道光元年四月初六日恭
仁宗受天興運敷化綏猷崇文經武孝恭勤儉端敏英哲睿皇帝
圜丘禮成特遣專官敬申昭告累葉歸松楸之蔭往蹟殷懷兩楹
格精禋
齎香帛官西安筆帖式喜常阿
署备
陪祭官署鄜州直隸州知州頤慶
執事
宜君縣知縣鄧培綬
署中部縣知縣車播
分

清宣宗道光九年（一八二九）祭文

（黄帝陵轩辕庙碑廊存石碑）

维道光九年，岁次己丑，正月丙申朔，越二十七日壬戌，皇帝遣西安副都统福桑阿致祭于黄帝轩辕氏之神位前曰：

维帝王治奉三无[1]，功彰九伐[2]。诘戎兵而肄武[3]，骏烈绥戡[4]；扬弧矢以宣威[5]，鸿猷震叠[6]。兹以凶酋翦灭[7]，疆土盂安[8]。昭耆定于极边[9]，共觇一道同风之盛[10]；缅声灵于列代，益著万方向化之庥[11]。敬荐馨香，伏祈昭鉴[12]。

赍香帛：西安笔帖式哈明阿。陪祭官：鄜州直隶州知州吴鸣捷，署宜君县事即补知州彭衍墀，中部县知县李登螭。执事官：鄜州直隶州州同谭瑀，鄜州直隶州州判沈莲启，代理中部县训导鄜州训导徐效陵，中部县典史舒志相，分防中部汛经制外委朱魁。

〔注释〕

〔1〕三无：无声之乐、无体之礼、无服之丧。《礼记·孔子闲居》："孔子曰：'无声之乐，无体之礼，无服之丧，此之谓三无。'"孔颖达疏："此三者，皆谓行之在心，外无形状，故称无也。"

〔2〕九伐：对九种罪恶的讨伐，泛指征伐。《周礼·夏官·大司马》："以九伐之法正邦国：冯弱犯寡则眚之，贼贤害民则伐之，暴内陵外则坛之，野荒民散则削之，负固不服则侵之，贼杀其亲则正之，放弑其君则残之，犯令

陵政则杜之，外内乱、鸟兽行则灭之。”《大戴礼记·朝事》：“明九伐之法，以震威之。”

〔3〕 诘戎兵：整治军事。《书·立政》：“其克诘尔戎兵，以陟禹之迹。”肄武：练习武事。

〔4〕 骏烈：盛业。绥：安抚。《诗·大雅·民劳》：“惠此中国，以绥四方。”戡：平定。《书·康王之诰》：“毕协赏罚，戡定厥功，用敷遗后人休，今王敬之哉！”

〔5〕 弧矢：本指弓箭，此谓武功。《易·系辞下》：“弦木为弧，剡木为矢，弧矢之利，以威天下。”

〔6〕 鸿猷：鸿业、大业。唐肃宗《命有司举行郊庙大礼诏》：“朕获嗣鸿猷，敢忘虔敬。”震叠：使震惊。亦作“震迭”。

〔7〕 凶酋：犹敌酋，敌人的首领，此指侵略者。《左传·成公二年》：“齐侯曰：‘余姑翦灭此而朝食。’”

〔8〕 盂安：指国势太平。《史记·滑稽列传》：“圣帝在上，德流天下，诸侯宾服，威振四夷，连四海之外以为席，安于覆盂。”

〔9〕 耆定：平定。极边：非常遥远的边境。

〔10〕 觇（chān）：查看。一道同风：此谓教化相同。一道，方向相同。同风，风俗、礼节相同。

〔11〕 向化：归顺服从。《后汉书·寇恂传》：“沮向化之心，生离畔之隙，将复何以号令它郡乎？”

〔12〕 伏祈：祭祀常用语，恭敬地祈望。伏，敬辞。

清道光九年祭文碑

砂石质。高1.90米，宽0.68米，厚0.13米。

碑额楷书2行，满行2字，刻『御制祝文』。碑文楷书16行，满行34字。四周边饰蔓草花纹。碑文记载清宣宗爱新觉罗·旻宁因剪灭敌酋，疆土乂安，派遣西安副都统福桑阿于道光九年正月二十七日祭祀轩辕黄帝事。

碑

▷碑阳拓片

◁清道光九年祭文碑局部

維道光九年歲次己丑五月丙申朔越二十七日壬戌

皇帝遣西安副都統福森阿致祭於

黄帝軒轅氏之神位前曰維

帝王治奉三無功彰九伐詰戎兵而肆武駿烈綏戡揚弧矢以宣

疆土盂安昭耆定於極邉共覘一道同風之盛緬聲靈於列

馨香伏祈

昭鑒

賫香帛西安

陪祭官鄜州直

署宜君縣

中部

執事官鄜州直

鄜州直

代理中部縣

中部

分防中部

清宣宗道光十六年（一八三六）为太后万寿晋号祭告祭文

（黄帝陵轩辕庙碑廊存石碑）

维道光十六年，岁次丙申，二月甲寅朔，越九日壬戌，皇帝遣陕西延榆绥镇总兵官郭继昌告祭于黄帝轩辕氏陵前日[1]：

惟帝王膺图御宇，握镜临宸[2]；泽被黄舆[3]，勋垂青史。羹墙不远，仰皇煌帝谛之模[4]；俎豆常新，昭崇德报功之典。兹以慈宫万寿[5]，懋举上仪，敬晋徽称[6]，神人庆洽。天经地义，绍百王至治之馨香；日升月恒，申亿载无疆之颂祝。彝章式叙[7]，祀事攸隆；致蠲洁以明虔[8]，庶神灵之歆格！

陪祭官：鄜州直录州知州吴鸣捷，署中部县事候补知县余炳焘。执事官：中部县训导张云瑞，中部县典史毛诗前，署中部县典史赵洙，中部汛经制外委朱魁。

〔注释〕

〔1〕 郭继昌(？—1841)：字厚庵，直隶正定(今河北正定)人，道光九年调陕西延榆绥镇。

〔2〕 膺图：承瑞应之图，喻嗣位。握镜：喻帝王受天命，怀明道。宸：北极星所在，此指帝王的宫殿。

〔3〕 黄舆：指大地。

〔4〕 皇煌帝谛：此指黄帝伟大的德行。

〔5〕 慈宫：太后所居之宫，借指太后。

〔6〕 徽称：褒扬赞美的称号。

〔7〕 彝章：常典；旧典。式叙：同“式序”，按次序，有礼仪的样子。

〔8〕 蠲(juān)洁：本指清洁、干净。此处为斋戒之意。《墨子·节用中》：“其中蠲洁。”

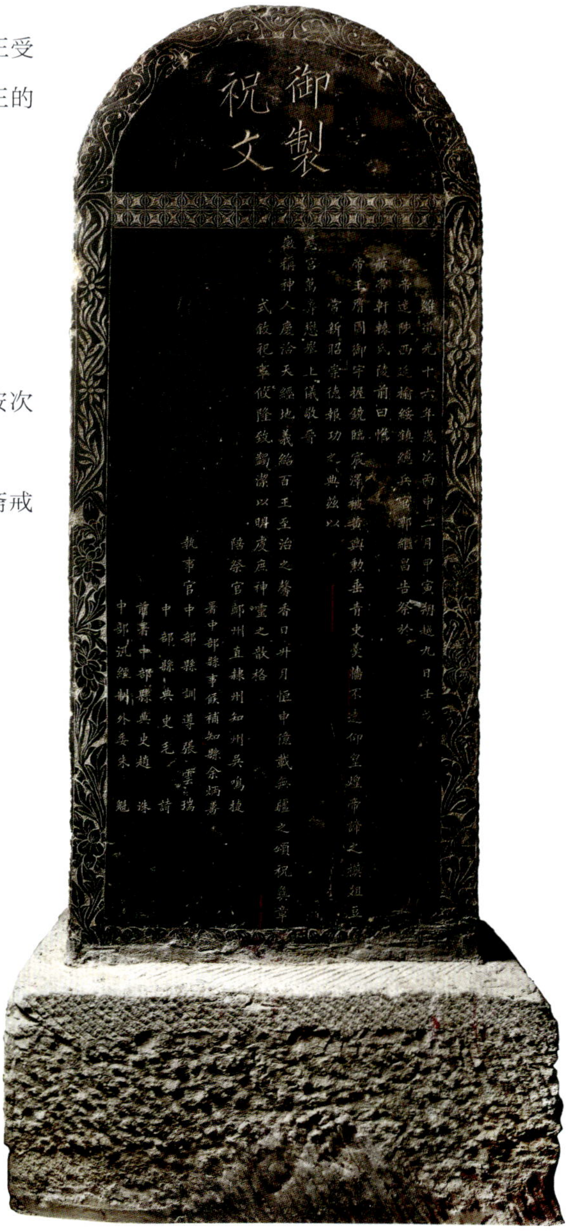

清道光十六年祭文碑

砂石质。高1.65米，宽0.69米，厚0.13米。

碑额楷书2行，满行2字，刻『御制祝文』。碑文楷书14行，满行32字。四周边饰蔓草花纹。碑文记载清宣宗爱新觉罗·旻宁因慈宫万寿，派遣陕西延榆绥镇总兵官郭继昌于道光十六年二月九日祭祀轩辕黄帝事。

御製
祝文
維道光十六年歲次丙申二月甲寅朔越九日壬戌
皇帝遣陝西延榆綏鎮總兵官郭繼昌告祭於
黃帝軒轅氏陵前曰惟
帝王膺圖御宇握鏡臨宸澤被黔黎勳垂青史羹牆不遠仰皇煌帝諦之模俎豆
常新昭崇德報功之典茲以
慈宮萬壽懋舉上儀敬晉
徽稱神人慶洽天經地義紹百王至治之馨香日升月恒由德載無疆之頌祝爰章
式敘祀事俾隆致蠲潔以明虔庶神靈之歆格
陪祭官鄜州直隸州知州吳鳴捷
署中部縣事候補知縣余炳熹
執事官中部縣訓導張雲瑞
中部縣典史毛詩
前署中部縣典史趙洙
中部汛經制外委朱魁

▷碑阳拓片

◁清道光十六年祭文碑局部

維道光十六年歲次丙申二月甲寅朔越九日壬戌
皇帝遣陝西延榆綏鎮總兵官郭繼昌告祭於
黃帝軒轅氏陵前曰惟
帝王膺圖御宇握鏡臨宸澤被黃輿勳垂青史羡牆不遠仰皇煌帝諦之模
常新昭崇德報功之典茲以
宮萬壽懋舉上儀敬晉
稱神人慶洽天經地義紹百王至治之馨香日升月恒申億載無疆之頌祝
式敘祀事攸隆致蠲潔以明虔庶神靈之歆格
陪祭官鄜州直隸州知州吳鳴捷
署中部縣事候補知縣余炳燾
執事官中部縣訓導張雲瑞
中部縣典史毛詩
前署中部縣典史趙洙
中部汛經制外委朱魁

清宣宗道光二十六年（一八四六）又为太后万寿晋号祭告祭文

（《黄陵县志》卷二三，一九四四年铅印本）

维道光二十六年，岁次丙午，正月丁巳朔，越二十四日庚辰，皇帝遣西安右翼副都统甘露致祭于黄帝轩辕氏之陵前曰：

惟帝垂范，□□□□。羹墙如见，竭高山景仰之诚；黍稷咸登，昭明德馨香之报。兹以慈宫万寿，懋举上仪；敬晋徽称，神人洽庆。万年有道，永垂郅治之鸿猷[1]；百福来同，用协吉蠲之燕飨[2]。综灵囊而肇祀[3]，陈绣簋以致虔[4]。鉴此诚祈，庶其歆格！

【注释】

〔1〕郅(zhì)治：大治。鸿猷：鸿业；大业。也作“宏猷”。

〔2〕燕飨：同“宴飨”，指鬼神受享祭祀的酒食。

〔3〕灵囊：用以盛放祭祀神灵物品的口袋。

〔4〕簋(guǐ)：盛放食物的器具，圆口，两耳。

清宣宗道光三十年（一八五〇）文宗践位祭告祭文

（《黄陵县志》卷二三，一九四四年铅印本）

维道光三十年，岁次庚戌，四月癸亥朔，越二十日壬午，皇帝遣陕西西安左翼副都统常春致祭于黄帝轩辕氏神位前曰：

功昭宇宙，千秋之明德惟馨〔1〕；祀展陵园，旷代之隆仪备举。缅怀前烈，敬奉精禋。朕以藐躬，敬登大宝〔2〕。念天命民喦之可畏〔3〕，夙夜不遑〔4〕；思皇煌帝谛之同符，典型未远。肃将享祀〔5〕，特遣专官。灵爽常存〔6〕，弥切景行之慕；馨香斯荐，用申昭告之诚。惟冀来歆，福兹亿兆〔7〕。

〔注释〕

〔1〕明德惟馨：是“惟馨明德”的倒装，指上天只享用有德行的人的祭品，其意是说神灵只保佑有德之人。

〔2〕“敬”，《（光绪）湖南通志》卷七三作“继”。

〔3〕民喦（yán）：民众中的不同见解。《书·召诰》：“王不敢后，用顾畏于民喦。”

〔4〕不遑：没有时间，来不及。《诗·小雅·小弁》：“心之忧矣，不遑假寐。”

〔5〕“祀”，《（光绪）湖南通志》卷七三作“礼”。

〔6〕灵爽：指神灵、神明。

〔7〕“来歆福兹亿兆”，此六字原缺，据《（光绪）湖南通志》补。

一九〇八年同盟会祭文[1]

（《黄帝祭文集》，西北大学出版社二〇一四年版）

维黄帝纪元四千六百零五年九月重阳日，玄曾孙某某等谨以香花清酒牲肴之仪，敬献于我皇祖轩辕黄帝之墓前而泣告曰：

惟我皇祖，承天御世，钟齐孕灵[2]。乃圣乃灵，允文允武。举修六府[3]，彰明百物[4]。翦蚩尤于涿鹿，战炎帝于阪泉[5]。挥斥八埏[6]，疆理万国[7]。用是奠基中夏[8]，绥服九州[9]，声教覃敷[10]，讫于四海[11]。凡有血气，莫不尊亲。自是以后，圣子神孙，历世相承，尧舜以禅让缉熙[12]，汤武以征诛定乱，洎乎秦皇[13]、汉武、唐宗、宋祖，皆能仰承遗绪，奋厥声威，镇抚百蛮[14]，光宅九土[15]。其间偶逢衰替，暂堕纲维[16]，秽丑跳梁，蛮夷猾夏[17]，然皆历时未几，族伏厥辜，弃彼毡裘[18]，袭我冠服。我民族屡蹶屡振，既仆复兴，卒能重整金瓯[19]，澄清玉宇者[20]，莫非我皇祖在天之灵，有以默相而祐启之也[21]。迨至前明甲申之岁[22]，国运凌迟[23]，建州虏夷[24]，乘我丧乱，驱其胡骑，入我燕京，盗踞我神器[25]，变乱我衣冠，侵占我版图，奴役我民众。神州到处，遍染腥膻，文化同胞，备受压迫。剃发令下，虽圣裔犹莫逃；旗兵驻防，遍禹迹而皆满[26]。又无论扬州十日[27]，嘉定三屠[28]，二百年之惨痛犹存，十八省奇耻未湔已也[29]。且近年以来，欧美民族，对我环伺，各欲脔割大好河山[30]，而满清政府恣其荒淫，不恤国耻。殷忧之士[31]，义愤填膺。近有执义帜而起者，粤东如陆皓东、郑士良、孙逸仙，湖南如马福益、黄克强、唐才常，均矢志盟天[32]，力图恢复。某等生逢艰巨，何敢后人！乃集合同志，密筹方略，誓共驱除鞑虏，光复故物；扫除专制政权，建立共和国体，共赴国难，艰巨不辞。决不自私利禄，决不陷害同人，本众志成城之古训，建九州复分之义师。伏望我皇祖在天之灵，鉴此愚衷，威神扶祐，以纾民生之苦[33]，以复汉族之业。某等不自量力，竭诚奉告，不胜惶愧煎灼，郁结悲祷之至。尚飨！

【注释】

〔1〕 一说据黄帝纪年推算，此应为一九〇七年。

〔2〕 钟齐孕灵：聚合天地之间的灵气。钟，聚集、专注。

〔3〕 六府：上古六种税官之总称，殷商之际设六府，掌收藏。《礼记·曲礼下》："天子之六府，曰司土、司木、司水、司草、司器、司货，典司六职。"

〔4〕 彰明百物：为百物命名。彰明，显豁、明显。

〔5〕 "翦蚩尤"二句：黄帝在涿鹿消灭蚩尤，在阪泉战胜炎帝。翦：除掉、消灭。蚩尤：黄帝时代居住在黄河下游，即今山东、江苏省北部一带的九黎族的首领。涿鹿：即今河北涿鹿境内。炎帝：黄帝时代居住于姜水流域的部落首领。《国语》《新书》等史籍，均有黄帝与炎帝为同胞兄弟的记载。阪泉：古地名，多认为在今河北涿鹿境内。

〔6〕 八埏（yán）：指八方边远的地方。《史记·司马相如传》："大汉之德……上畅九垓，下溯八埏。"埏，地的边际。

〔7〕 疆理：疆域。《隋书·高祖纪下》："职方所载，并入疆理，禹贡所图，咸受正朔。"

〔8〕 中夏：我国古代对中原地区的称呼，亦称"华夏""诸夏""夏"。

〔9〕 绥（suí）服：平定征服。

〔10〕 声教覃（tán）敷：声威与教化得以广施。覃敷，广布。

〔11〕 讫（qì）：截止。此谓黄帝的教化达于四海。

〔12〕 缉熙：光明。《诗·大雅·文王》："穆穆文王，于缉熙敬止。"

〔13〕 洎（jì）乎：等到，待及。

〔14〕 百蛮：古代对南方少数民族的总称，后也泛称其他少数民族。《诗·小雅·韩奕》："以先祖受命，因时百蛮，王锡韩侯。其追其貊，奄受北国，因以其伯。"

〔15〕 光宅九土：广居九州大地。光宅，充满、被覆。《书·尧典序》："昔在帝尧，聪明文思，光宅天下。"九土，九州的土地。《国语·鲁语上》："共工氏之伯九有也，其子曰后土，能平九土，故祀以为社。"

〔16〕 纲维：国家的法度。《三国志·鲁肃传》："先是，益州牧刘璋纲维颓弛，周瑜、甘宁并劝权取蜀。"

〔17〕 猾（huá）夏：侵扰华夏。《书·舜典》："蛮夷猾夏，寇贼奸宄。"猾，乱、扰乱。

〔18〕 毡裘：古代西北胡人用毛皮制成的衣服。这里指服装风格。《战国策·赵策二》："大王诚能听臣，燕必致毡裘狗马之地，齐必致海隅鱼盐之地。"

〔19〕 金瓯（ōu）：金制的小盆，比喻国土完整，政权巩固。《梁书·侯景传》："（梁武帝）曾夜出视事，至武德阁，犹言：'我家国犹若金瓯，无一伤缺。'"

〔20〕 玉宇：指天空，也借指宇宙、太空。宋陆游《十月十四夜月终夜如昼》："西行到峨眉，玉宇万里宽。"

〔21〕 祐启：佑助启发。

〔22〕 迨（dài）至：及至，等到。

〔23〕 凌迟：衰败，败坏。

〔24〕 建州虏夷：即爱新觉罗氏家族建立的地方政权，也就是后来的清朝政权。

〔25〕 神器：帝位，国家。《汉书·叙传》："游说之士，至比天下于逐鹿，幸捷而得之，不

知神器有命，不可以智力求也。”

〔26〕　禹迹：中国的代称。夏禹治水，足迹遍历中国，故以“禹迹”为中国的代称。《左传·襄公四年》：“芒芒禹迹，画为九州。”

〔27〕　扬州十日：又称“扬州屠城”。清军南下进攻扬州时，史可法率领扬州人民奋勇抵抗，失败后清兵入城屠戮劫掠，十日不封刀，扬州城民众几乎被屠杀殆尽。屠杀共持续十日，故名“扬州十日”。详情见于事件幸存者王秀楚所撰《扬州十日记》和明末史学家计六奇的《明季南略》。

〔28〕　嘉定三屠：指清顺治二年（1645）清军攻破嘉定后，三次对城中平民进行大屠杀的事件。

〔29〕　湔（jiān）：洗涤。

〔30〕　脔（luán）割：切割成小块。

〔31〕　殷忧：深忧。阮籍《咏怀》：“感物怀殷忧，悄悄令心悲。”

〔32〕　矢志：下定决心。

〔33〕　纾（shū）：缓和，解除。

民国元年（1912）孙中山题词碑

历代祭文

下

中华民国——二七八

中华人民共和国——三五六

中华民国

中华民国二十四年（一九三五）

（《黄帝祭文集》，西北大学出版社二〇一四年版）

中国国民党中央执监委员会祭文

维中华民国二十四年四月七日，中国国民党中央执行委员会、监察委员会，谨推委员张继[1]、邵元冲代表致祭于中华民族始祖黄帝轩辕氏之灵曰[2]：

盖闻功莫大于抚世建国[3]，德莫崇于厚生利民[4]，勋莫高于戡暴定乱[5]，业莫彰于创制修文[6]。粤稽邃古[7]，狉狉榛榛[8]，野处血食，民莫遂其生[9]。於赫元祖，睿智神明，爰率我族，自西徂东[10]。而挞伐用伸，弧矢之利，威棱震詟，莫敢不来宾[11]。武烈既昭，文德乃兴[12]。始制冠裳宫室，粒食农耕[13]。史皇作书，雷岐医经，婚姻丧葬，罔不典制灿陈[14]。治化之隆，无远不届，既迈古而铄今[15]。况乃以劳定国，亦毕生以惟勤[16]。此其所以贻民族保世而滋大者，历四千六百余载，而神功圣德，犹赫赫如在其上，以祐启我后人[17]。昔吾党亦尝凭藉威德，以号召海内，遂收光复之绩，而大义以申[18]。丁兹忧患荐臻之会，长蛇封豕，异族既骎骎以相侵[19]。缅怀创业之耿光大烈，我后人孰敢不力排艰险，以复我疆圉，保我族类，夙夜黾勉以自奋[20]？庶几金瓯无缺，光华复旦，以慰我元祖之灵[21]！又追念建国以来，礼崩乐阙，久未肃夫明禋[22]。乃举祀典，于岁之春，聿怀明德，式瞻山陵[23]。谨以复兴之大谊，沥我民族之精诚[24]。庶不愧乎前烈，缵辉光而日新[25]。灵其鉴止，来格来歆[26]！尚飨！

〔注释〕

〔1〕 张继（1882-1947）：字溥泉，河北沧县人，1905年加入中国同盟会，1912年任中华民国临时参议院参议员，1914年被选为参议院议长，后历任中国国民党中央监察委员、中央政治会议委员、国民政府司法院副院长、国史馆馆长等职。

〔2〕 邵元冲（1890－1936）：初名骥，字翼如，浙江绍兴人。著有《各国革命史略》《孙文主义总论》《西北揽胜》《邵元冲日记》等。

〔3〕 抚世：治理天下。《庄子·天道》："以此退居而闲游，江海山林之士服；以此进为而抚世，则功大名显而天下一也。"建国：建立国家。此句意为盖世奇功没有比得上建造并治理国家的。

〔4〕 崇：高。厚生：使人民生活充裕。利民：有利于民，使民得利。《逸周书·王佩》："王者所佩在德，德在利民。"此句意为德行没有比得上惠民利民、使百姓生活富足而安享太平的。

〔5〕 戡：平定。此句意为勋绩没有超过平定暴乱、安定国家的。

〔6〕 创制：创立制度。《南史·何尚之传》："凡创制改法，宜顺人情，未有违众矫物而可久也。"修文：修治典章制度，提倡礼乐教化。《国语·周语上》："有不享则修文。"韦昭注："文，典法也。"此句意为成就没有比创新制度、实行文治更加显著的。

〔7〕 粤：助词。稽：考稽、考察。邃古：远古。

〔8〕 狉狉：野兽奔跑的样子。榛榛：草木杂生的样子。唐柳宗元《封建论》："彼其初与万物皆生，草木榛榛，鹿豕狉狉。"

〔9〕 遂：成、实现。此句指远古时期人们生存条件极其艰险恶劣，生活困顿。

〔10〕 於赫：赞叹之词。《诗·商颂·那》：“於赫汤孙，穆穆厥声。”《后汉书·光武帝纪赞》：“於赫有命，系隆我汉。”李贤注：“於赫，叹美之词。”元祖：始祖。爰：于是、就。徂：去、往、到。

〔11〕 挞伐：迅速攻伐，征讨。《诗·商颂·殷武》：“挞彼殷武，奋伐荆楚。”《毛传》：“挞，疾意也。”弧矢：弓箭。威棱：威严、威势。震詟(zhé)：震惧、恐惧。来宾：即前来归附。《管子·宙合》：“王施而无私，则海内来宾矣。”

〔12〕 烈：功业。武烈，即武功。《国语·周语下》：“成王能明文昭，能定武烈者也。”韦昭注：“烈，威也。言能明其文，使之昭；定其武，使之威也。”晋傅玄《宣皇帝登歌》：“载敷文教，载扬武烈。”此句赞美黄帝的文教武功。

〔13〕 始制：创制。粒食：以谷物为食。《礼记·王制》：“北方曰狄，衣羽毛穴居，有不粒食者矣。”南朝梁沈约《均圣论》：“嘉谷肇播，民用粒食。”唐韩愈《送浮屠文畅师序》：“圣人者立，然后知宫居而粒食。”此句称赞黄帝发明衣冠宫室，开创农耕生产与生活。

〔14〕 史皇：仓颉，传说为最早发明文字的人。《吕氏春秋·勿躬》：“史皇作图。”《淮南子·修务训》：“史皇产而能书。”高诱注：“史皇，苍颉。生而见鸟迹，知著书，故曰史皇，或曰颉皇。”书：文字。雷：指雷公，相传为黄帝之臣，善医。《黄帝内经·素问·著至教论》：“黄帝坐明堂，召雷公而问之。”岐：指岐伯，相传为黄帝之臣，古代名医。《汉书·艺文志》：

民国时期的黄帝陵

桥陵圣境碑
民国二十三年（1934）刻立

"太古有岐伯、俞拊，中世有扁鹊、秦和，盖论病以及国，原诊以知政。"《云笈七签》载："时有仙伯，出于岐山下，号岐伯，善说草木之药性味，为大医。"医经：指《黄帝内经》，是战国秦汉时医家托名岐伯与黄帝论医之作。雷岐医经，即雷公与岐伯的医学经典。罔：没有。典制：掌管、使用。《礼记·曲礼下》："天子之六工，曰土工、金工、石工、木工、兽工、草工，典制六材。"灿陈：罗列分明、光辉耀眼。

〔15〕 治化：治理教化。隆：兴盛。届：到达。既：已经。迈：超迈、超越。铄：通"烁"，照耀。此句称美黄帝之文治教化，影响深远，超越往古，嘉惠来今。

〔16〕 定国：安定国家。勤：勤苦、勤劳。

〔17〕 贻：留下。滋大：壮大。赫赫：显赫、光明的样子。

〔18〕 绩：功业。申：伸张。

〔19〕 丁兹忧患：遭逢家国祸患。荐臻：接连降临、屡次来到。《诗·大雅·云汉》："天降丧乱，饥馑荐臻。"《墨子·尚同中》："飘风苦雨，荐臻而至者，此天之降罚也。"《国语·楚语下》："嘉生不降，无物以享，祸灾荐臻，莫尽其气。"会：际会、时机。封豕：大豕。《史记·司马相如列传》："射封豕。"裴骃《集解》引郭璞注："封豕，大猪。"长蛇封豕，喻贪暴者、侵凌者。骎骎：迅速、快疾的样子。

〔20〕 耿光：光明。大烈：大业。语本《书·立政》："以觐文王之耿光，以扬武王之大

烈。”孔传：“能使四夷宾服，所以见祖之光明，扬父之大业。”疆圉：边境、边疆。黾勉：勉力、努力。《诗·邶风·谷风》：“黾勉同心。”奋：奋发、奋起。

〔21〕 金瓯无缺：即没有缺损的金盆或金盂，比喻疆土完固。光华：光彩明丽。复旦：谓又光明、天明。《尚书大传》：“日月光华，旦复旦兮。”郑玄注：“言明明相代。”慰：告慰。

〔22〕 建国：即 1912年中华民国成立。礼崩乐阙：指礼乐制度崩坏，典礼缺失。肃：恭敬。明禋：指明洁诚敬的献享。《书·洛诰》：“伻来毖殷，乃命宁予以秬鬯二卣，曰明禋，拜手稽首休享。”蔡沈《书集传》：“明，洁；禋，敬也，以事神之礼事公也。”

〔23〕 聿：助词。怀：思念、想念。《诗·大雅·大明》：“维此文王，小心翼翼，昭事上帝，聿怀多福。”明德：美德、光明之德。《礼记·大学》：“大学之道，在明明德，在亲民，在止于至善。”《史记·五帝本纪》：“天下明德皆自虞帝始。”式：助词。瞻：瞻仰。山陵：指桥山黄帝陵。

〔24〕 大谊：大义、正道。《汉书·董仲舒传》：“武王行大谊，平残贼，周公作礼乐以文之。”沥：沥洒、倾露。精诚：真诚。《庄子·渔父》：“真者，精诚之至也，不精不诚，不能动人。”《后汉书·广陵思王荆传》：“精诚所加，金石为开。”

〔25〕 庶：庶几、也许、或许。前烈：前贤。南朝梁任昉《齐竟陵文宣王行状》：“易名之典，请遵前烈。”缵：延续、传承。日新：日日更新。《易·系辞上》：“富有之谓大业，日新之谓盛德。” 孔颖达疏：“其德日日增新。”《礼记·大学》：“汤之盘铭曰：‘苟日新，日日新，又日新。’”

〔26〕 其：助词，表示委婉请求的语气。鉴：照察。止：语气助词。《宋史·乐志八》：“何以致祥，上天鉴止。”格：至。来格，即来临、到来。《书·益稷》：“戛击鸣球，搏拊琴瑟以咏，祖考来格。”孔传：“此舜庙堂之乐，民悦其化，神歆其祀，礼备乐和，故以祖考来至明之。”

中华民国二十四年（一九三五）国民政府祭文

（《黄帝祭文集》，西北大学出版社二〇一四年版）

维中华民国二十四年四月七日，国民政府敬派委员邓家彦代表致祭于桥陵曰[1]：

惟帝徇齐敦敏，精德立中[2]。始制法度，肇修人纪[3]。革狉榛之俗，辟治化之途[4]。六相于以佐隆，百家由兹托始[5]。武烈文谟，迈古铄今[6]。生民以来，巍乎莫尚[7]。弘惟五族，仰托灵庥，远遵盛轨[8]。凡以弼我丕基，必求无忝前烈[9]。缅怀食德依仁之久，弥深水源木本之思[10]。今者烽燧未靖，水旱间告[11]；夙夜孜孜，常殷怵惕[12]。谨派专员代表，代行秩祀[13]。冀灵爽之默赞[14]，溥德泽于斯民[15]。鉴兹微忱[16]，尚其昭格[17]！

〔注释〕

〔1〕 邓家彦（1883－1966）：字孟硕，广西桂林人。早年留学日本，1905年加入中国同盟会，曾任司法部判事、广西支部长。1912年中华民国成立后，任临时参议院议员。在上海先后创办《中华民报》《独立周刊》。1934年任南京国民政府委员。

〔2〕 徇：通“侚”（xùn）。《说文解字·人部》：“侚，疾也。”徇齐，疾速，引申为敏慧，也即慧齐。《史记·五帝本纪》：“弱而能言，幼而徇齐。”裴骃《集解》：“徇，疾；齐，速也。言圣德幼而疾速也。”唐陈子昂《谏灵驾入京书》：“陛下以徇齐之圣，承宗庙之重。”敦敏：笃实敏捷。《大戴礼记·五帝德》：“（黄帝）生而神灵，弱而能言，幼而慧齐，长而敦敏，成而聪明。”精德立中：即正德持中，无过与不及，德行精醇纯粹。《管子·法法》：“圣人精德立中以生正，明正以治国。”

〔3〕 法度：礼仪制度。肇：开始。修：制定。人纪：人伦纲纪，也即人们的伦理道德和行为规范。

〔4〕 革：改变、革除。狉榛：见前“狉狉榛榛”条。辟：开辟、开创。治化：文治教化。

〔5〕 六相：传说中辅佐黄帝的六位臣子，即蚩尤、大常、奢龙、祝融、大封、后土，分掌天地四方。《管子·五行》：“昔者黄帝得蚩尤，而明于天道；得大常，而察于地利；得奢龙，而辩于东方；得祝融，而辩于南方；得大封，而辩于西方；得后土，而辩于北方。黄帝得六相，而天地治，神明至。”一说类似于《周礼》所称的天官、地官、春官、夏官、秋官、冬官的六官。于以：因而。佐隆：辅佐兴盛。百家：即百家之学，含儒、墨、道、法、阴阳、名、兵、纵横、农、小说等诸家，后泛指中华文化诸学派。

〔6〕 武烈：武功。文谟：文略。迈古铄今：即超古照今。

〔7〕 生民：氏族起源与形成。《诗·大雅·生民》：“厥初生民，时维姜嫄。”北齐颜之推《颜氏家训·音辞》：“夫九州之人，言语不同，生民已来，固常然矣。”巍：高大。尚：超过。

〔8〕 弘：众多，广大。五族：此处具体指汉、满、蒙、回、藏五个民族，泛指中华民族。庥：保佑、佑护、遮蔽。轨：轨仪、规范。盛轨，即美好的典范。《三国志·蜀志·先主传评》：“其举国托孤于诸葛亮，而心神无贰，诚君臣之至公，古今之盛轨也。”

〔9〕 弼：辅助、帮助。丕：大。基：基业。丕基，即宏大的基业。南唐张绍《冲佑观》诗：

黄帝陵棂星门

"赫赫烈祖，再造丕基。"忝：辱没。无忝，即不羞愧、不玷辱。《书·君牙》："今命尔予翼，作股肱心膂，缵乃旧服，无忝祖考。"孔传："无辱累祖考之道。"前烈：即前贤。

〔10〕食德：享受先人的德泽。语本《易·讼卦》："六三，食旧德。"唐杜甫《奉送苏州李二十五长史丈之任》诗："食德见从事，克家何妙年。"食德依仁，即仰仗仁德。水源木本：水之源头、木之根本，喻黄帝肇创开启人文文明的功业与德泽的重要意义。

〔11〕烽燧：夜间点火为烽，白天焚烟为燧，是古代边防用以报警的信号，此处指战乱。元周昂《晚望》诗："音书云去北，烽燧客愁西。"靖：安定、平定。间：不时、偶尔。告：汇报、告知。

〔12〕夙夜：早晚。《诗·鲁颂·有》："夙夜在公，在公明明。"孜孜：勤勉、努力不息。《书·益稷》："予何言？予思日孜孜。"孔颖达疏："孜孜者，勉功不怠之意。"殷：深厚、强烈。怵惕：警惕、戒惧。《书·冏命》："怵惕惟厉，中夜以兴，思免厥

愆。”孔传：“言常悚惧惟危，夜半以起，思所以免其过悔。”

〔13〕　秩祀：按照礼分等级举行的祭祀活动。《孔丛子·论书》：“孔子曰：‘高山五岳定其差，秩祀所视焉。’”唐柳宗元《湘源二妃庙碑》：“唐命秩祀，兹邑攸主。”

〔14〕　灵爽：神灵、神明。晋袁宏《后汉纪·献帝纪》：“朕遭艰难，越在西都，感惟宗庙灵爽，何日不叹。”默赞：暗中赞助福佑。明唐顺之《祭弓矢文》：“赖明灵之默赞，似有牖乎余衷。”

〔15〕　溥：传播、推广。德泽：恩德、恩泽。《韩非子·解老》：“有道之君，外无怨仇于邻敌，而内有德泽于人民。”

〔16〕　鉴：鉴察、体谅。微忱：谦辞，指微薄的心意。明刘基《赠周宗道六十四韵》：“蝼蚁有微忱，抑塞无由扬。”

〔17〕　尚：或许、也许，表示期望的意思。昭：光明、显著。格：到来。昭格，即光临之意。

中华民国二十四年（一九三五）国民党中央及陕西省各界祭文

（《黄帝祭文集》，西北大学出版社二〇一四年版）

中华民国二十四年四月七日，中国国民党中央执行委员会暨国民政府，倡导民族扫祭之礼，特派专使，修禴桥陵[1]。陕西省党部指导委员会、陕西省政府、西安绥靖公署，公推邵力子、郭英夫、冯钦哉、雷宝华、李志刚、宋志先等[2]，恭随瞻拜，谨代表全省人民，掬诚祭告于我民族始祖轩辕黄帝之灵曰[3]：

伏以经纶草昧，肇开配天立极之隆[4]；振立儒顽，必推创制显庸之烈[5]。仰维黄祖创造中华民族以来，圣圣相承，迄于禹奠九州，惟雍厥田上上[6]。自成周建都创业，以逮秦汉隋唐，历千百余年，陕西实为我中华文化集成之地[7]。乃降至今日，竟渐即衰靡[8]。中央乃眷西顾，责以复兴之效[9]。才智短浅，未有寸功[10]；夙夜惕惧，如临于渊[11]。伏念我黄祖干戈靖乱，统一华夏，披山通道，未尝宁居[12]；今有习于怯弱，安于逸豫者，实乃不肖之尤，我黄祖之灵必摒弃之[13]。又念我黄祖发明制作，肇启文明，任重致远，以利天下[14]；今有惮于进取，甘于锢蔽者，亦为不肖之尤，我黄祖之灵更必摒弃之[15]。是用殚诚肃志，瞻对威灵[16]；所冀一德同心，恢弘祖烈[17]。凡我陕人，誓随全国同胞之后，致力于复兴民族，期无忝为我黄祖子孙。惟我黄祖之灵，式鉴而祐[18]。启之[19]，尚飨！

【注释】

〔1〕 禴（yuè）：古同“礿”，祭名，夏商两代在春天举行，周代在夏天举行。修禴，即整治修复祭祀的礼仪。

〔2〕 邵力子（1882—1967）：原名邵景泰，字仲辉，号凤寿，浙江绍兴人，中国近代著名民主人士，社会活动家、政治家、教育家，曾主持上海《民国日报》等。郭英夫（1881—1941）：又名英甫，陕西咸阳人，1934年担任西京日报社社长，并任省党部常务委员。冯钦哉（1889—1963）：山西万泉人，抗日爱国将领，中华民国中央执行委员，杨虎城部前期重要将领。雷宝华（1893—1981）：字孝实，原籍陕西安康，生于四川雅安，时任陕西省政府委员兼建设厅厅长。李志刚：时任陕西省政府委员，兼财政厅厅长。宋志先（1906—1975）：山东文登人。时任国民党陕西省党部指导委员。

〔3〕 掬诚：捧出诚意，即竭诚。

〔4〕 伏：敬辞，多用于臣下对帝王、下级对上级的陈述。经纶：原指整理丝缕，后引申为筹划、管理国家大事。《易·屯卦》：“云雷屯，君子以经纶。”孔颖达疏：“经谓经纬，纶谓纲纶，言君子法此屯象有为之时，以经纶天下，约束于物。”草昧：天地初开时的混沌蒙昧状态。《易·屯卦》：“天造草昧。”孔颖达疏云：“草谓草创，昧为冥昧……言物之初造，其形未著，其体未彰，故在幽冥暗昧也。”肇开：开创。配天：与天相比并。《书·君奭》：“故殷礼陟配天，多历年所。”蔡沈《书集传》：“故殷先王终以德配天，而享国长久也。”立极：登帝位、秉国政。宋文天祥《涿鹿》诗：“轩辕此立极，玉帛朝诸侯。”配天立极，指成为地上的君王。隆：隆盛。

〔5〕 振：振起。立：使确立。懦顽：怯弱愚顽之人。显：显赫、显著。庸：通“融”。显庸，即显明。《国语·周语中》：“更姓改

民国时期祭祀黄帝

物，以创制天下，自显庸也。”清俞樾《群经平议·春秋外传国语一》：“显，明也。庸，读为融。《郑语》‘命之曰祝融’，韦解曰：‘融，明也。’下文‘觳洛斗章，显融昭明’，彼作融者，正字，此作庸者，假字。”烈：功业。

〔6〕 黄祖：轩辕黄帝。迄：到。禹奠九州：夏禹开创奠定九州的格局。九州，《书·禹贡》作冀、兖、青、徐、扬、荆、豫、梁、雍，后指中国、天下。雍：雍州，即今陕西。《书·禹贡》：“黑水西河惟雍州……厥土惟黄壤，厥田惟上上，厥赋中下。”注云：“田第一，赋第六，人功少。”厥：其，代指“九州”。上上：最上等。

〔7〕 成周：古地名，即西周的东都洛邑。故址据传在今河南省洛阳市东郊。《书·洛诰》：“召公既相宅，周公往营成周。”逮：到、至。集成：汇聚而成，或指集大成。

〔8〕 即：达到、接近。衰靡：衰败淫靡。宋范仲淹《奏上时务书》：

“览南朝之文，足以知衰靡之化。”

〔9〕　眷：顾念、眷念。西顾：向西望。责：希求、要求。

〔10〕　才智：亦作“才知”，即才能和智慧。汉徐幹《中论·智行》：“或曰：‘苟有才智而行不善，则可取乎？’”短浅：智虑、见识等短拙而浅薄。《汉书·孔光传》：“臣光智谋短浅，犬马齿䥈（dié），诚恐一旦颠仆，无以报称。”寸功：微小的功绩。

〔11〕　如临于渊：比喻谨慎小心的样子。《诗·小雅·小旻》：“战战兢兢，如临深渊，如履薄冰。”

〔12〕　披山：开山；一说指旁山、靠山。通道：开通道路。宁居：即安居。《史记·五帝本纪》：“天下有不顺者，黄帝从而征之，平者去之，披山通道，未尝宁居。”司马贞《索隐》：“谓披山林草木而行以通道也。”

〔13〕　逸豫：安乐。《诗·小雅·白驹》：“尔公尔侯，逸豫无期。”宋欧阳修《新五代史·伶官传序》：“忧劳可以兴国，逸豫可以亡身，自然之理也。”不肖：不才。尤：特别者、突出的。

〔14〕　肇启：开创。文明：文德辉耀。《书·舜典》：“浚哲文明，温恭允塞。”孔颖达疏：“经天纬地曰文，照临四方曰明。”任重致远：负载沉重而能到达远方，比喻抱负远大，前途无限。《易·系辞下》：“服牛乘马，引重致远。”

〔15〕　惮：担心、害怕。甘：甘愿沉湎。锢蔽：即痼弊、顽疾。清林则徐《颁发查禁营兵吸食鸦片规条稿》：“访知弁兵锢蔽已深，几于固结莫解。”

〔16〕　殚诚：竭诚。肃志：端正心志。《孔子家语·弟子行》：“齐庄而能肃志，通而好礼，摈相两君之事，笃雅有节，是公西赤之行也。”瞻对：朝见奏对。威灵：神灵。《楚辞·九歌·国殇》：“天时坠兮威灵怒，严杀尽兮弃原野。”

〔17〕　冀：希冀、希望。一德同心：指同心同德，团结协作。恢弘：恢复弘扬。祖烈：祖业。

〔18〕　式鉴：鉴察。祐：保佑。

〔19〕　启：陈述，汇报。

中华民国二十五年（一九三六）国民政府祭文

（《黄帝祭文集》，西北大学出版社二〇一四年版）

中华民国二十有五年四月四日，国民政府特派陕西省政府主席邵力子敬祀于桥陵曰：

维帝一德如春，两仪合撰[1]。纪纲八极，经纬万端[2]。吊民著阪泉之战，膺惩昭中冀之诛[3]。律吕秩暝以调，典章灿焉以备[4]。为青史所未有，开黄族之纪元[5]。今当清明之穗，特申展谒之仪[6]。虔事惟诚，吉蠲用亨[7]。惛冀悯兹遥胄，锡以宏施[8]。在天默相，俾烽燧之敉宁[9]；率土蒙庥，邀雨旸之时若[10]。四时无沴，羞生小康[11]。敬荐明禋，伏维歆格[12]。

【注释】

〔1〕一德：即始终如一、永恒其德。《易·系辞下》：“恒以一德。”孔颖达疏：“恒能始终不移，是纯一其德也。”如春：指如春主生长，具有旺盛的生命力和感召力。两仪：指天地。《易·系辞上》：“是故易有太极，是生两仪。”孔颖达疏：“不言天地而言两仪者，指其物体；下与四象相对，故曰两仪，谓两体容仪也。”合撰：并立，指德行与天地并立，昭彰天下；一说，天地合生，禀赋天地之精。

〔2〕 纪纲：即纲纪，指管理、治理。《诗·大雅·棫朴》："勉勉我王，纲纪四方。"八极：八方极远之地。《淮南子·原道训》："夫道者，覆天载地，廓四方，柝八极，高不可际，深不可测。"高诱注："八极，八方之极也，言其远。"经纬：规划治理。《左传·昭公二十九年》："夫晋国将守唐叔之所受法度，以经纬其民。"万端：形容方法、头绪、形态等纷繁杂多。

〔3〕 吊：凭吊、体恤。阪泉：古地名，相传黄帝与炎帝战于阪泉之野。具体位置，有三说：一说在山西省阳曲县东北，相传旧名汉山，《左传·僖公二十五年》"遇黄帝战于阪泉之兆"；一说在今河北省涿鹿县东南，《史记·五帝本纪》"教熊罴貔貅貙虎，以与炎帝战于阪泉之野"；一说在今山西运城南，宋沈括《梦溪笔谈·辩证一》："解州盐泽方百二十里。久雨，四山之水悉注其中，未尝溢；大旱，未尝涸。卤色正赤，在阪泉之下，俚俗谓之'蚩尤血'。"膺惩：讨伐、征伐。一作"鹰惩"。《诗·鲁颂·閟宫》："戎狄是膺，荆舒是惩。"昭：显示、彰显。中冀：古指冀州涿鹿地区，相传是黄帝征杀蚩尤之地。《逸周书·尝麦》："赤帝大慑，乃说于黄帝，执蚩尤，杀之于中冀。"晋皇甫谧《帝王世纪》卷一："炎帝戮蚩尤于中冀，名其地曰绝辔之野。"北周庾信《哀江南赋》："埋长狄于驹门，斩蚩尤于中冀。"中冀之诛，指平定叛乱。

〔4〕 律吕：古代校正乐律的器具，用竹管或金属管制成，共十二管，管径相等，以管的长短确定不同音高。从低音管算起，成奇数的六个管叫作"律"，成偶数的六个管叫作"吕"，合称"律吕"。后指乐律或音律。《国语·周语下》："律吕不易，无奸物也。"律吕秩瞑：即音律高低明暗。调：调适、调节。典章：指制度、法令等。《后汉书·顺帝纪》："即位仓卒，典章多缺，请条案礼仪，分别具奏。"灿焉：光辉灿烂的样子。备：完备、齐备。

〔5〕 青史：即史籍。古代以竹简记事，故称史籍为"青史"。南朝梁江淹《诣建平王上书》："俱启丹册，并图青史。"黄族：即轩辕黄帝的族裔，泛指中华民族。纪元：历史上纪年的起算年代，在此指开端、开始。

〔6〕 繐：同"穗"，禾苗吐穗颖秀之时。展谒：敬辞，犹拜见、拜谒。宋苏轼《贺正启》："某官守所系，展谒无阶。"

〔7〕 虔事：虔敬地侍奉。蠲：显示、昭示。吉蠲，祭祀前选择吉日。《诗·小雅·天保》："吉蠲为饎，是用孝享。"用：功用。亨：即享。

〔8〕 惛（mín）：同"愍"。《集韵》："音昏，不憭也。"《说文解字注》："憭，慧也。"惛即不慧。惛冀：谦词，意为不慧之人希冀。遥胄：后裔、后世子孙。宏施：福佑。

〔9〕 敉（mǐ）宁：安定、抚定。《书·大诰》："民献有十夫，予翼以于敉宁武图功。"孔传："用抚安武事，谋立其功。"

〔10〕 率土："率土之滨"之省称，指境域之内。《诗·小雅·北山》："率土之滨，莫非王臣。"清王引之《经义述闻·毛诗中》："《尔雅》曰：'率，自也。'自土之滨者，举外以包内，犹言四海之内。"雨旸：雨天和晴天，即阴晴雨旱的天气变化。《书·洪范》："曰雨，曰旸。"时若：四时和顺。唐白居易《为宰相贺雨表》："臣闻圣明在上，刑政叶中，则天地气和，风雨时若。"

〔11〕 沴（lì）：灾害。无沴，没有祸患。羞：进献、展现。生：形成、出现。小康：儒家理想中的社会局面，政教清明、人民富裕安乐，详参《礼记·礼运》。

〔12〕 敬：恭敬、谨敬。荐：进奉、祭献。

中华民国二十六年（一九三七）苏维埃政府主席毛泽东、人民抗日红军总司令朱德祭文

（《黄帝祭文集》，西北大学出版社二〇一四年版）

维中华民国二十六年四月五日，苏维埃政府主席毛泽东、人民抗日红军总司令朱德恭派代表林祖涵以鲜花时果之仪致祭于我中华民族始祖轩辕黄帝之陵而致词曰[1]：

赫赫始祖，吾华肇造[2]；胄衍祀绵，岳峨河浩[3]。聪明睿智，光被遐荒[4]；建此伟业，雄立东方。世变沧桑，中更蹉跌[5]；越数千年，强邻蔑德[6]。琉台不守，三韩为墟[7]；辽海燕冀，汉奸何多[8]！以地事敌，敌欲岂足[9]；人执笞绳，我为奴辱[10]。懿维我祖，命世之英；涿鹿奋战，区宇以宁[11]。岂其苗裔，不武如斯；泱泱大国，让其沦胥[12]！东等不才，剑屦俱奋；万里崎岖，为国效命[13]。频年苦斗，备历险夷；匈奴未灭，何以家为[14]！各党各界，团结坚固；不论军民，不分贫富。民族阵线，救国良方[15]；四万万众，坚决抵抗。民主共和，改革内政；亿兆一心，战则必胜[16]。还我河山，卫我国权；此物此志，永矢勿谖[17]。经武整军，昭告列祖；实鉴临之，皇天后

土[18]。尚飨！

【注释】

〔1〕 毛泽东(1893-1976)：字润之，湖南湘潭人，伟大的马克思主义者，无产阶级革命家、战略家、理论家，马克思主义中国化的开拓者，中国共产党第一代中央领导集体的核心。朱德(1886-1976)：字玉阶，四川仪陇人，伟大的无产阶级革命家、军事家、政治家。林祖涵(1886-1960)：字邃园，号伯渠，湖南常德人，著名无产阶级革命家、教育家，党和国家重要领导人之一。

〔2〕 赫赫：显赫盛大的样子。《诗·小雅·节南山》："赫赫师尹，民具尔瞻。"

〔3〕 胄衍：子孙繁衍传承。祀绵：祭祀绵延、香火不断。岳峨河浩：即山高水长，比喻山河壮美。

〔4〕 聪明睿智：聪颖明智。《易·系辞上》："古之聪明睿知，神武而不杀者夫！"《礼记·中庸》："唯天下之至圣，为能聪明睿知，足以有临也。"光被：遍及。《书·尧典》："光被四表，格于上下。" 清王引之《经义述闻·尚书上》："光与广通，皆充廓之义。"遐荒：边远荒僻的地方。汉韦孟《讽谏》诗："彤弓斯征，抚宁遐荒。"

〔5〕 世变：时代与世事变迁。《书·毕命》："既历三纪，世变风移，四方无虞。"沧桑：比喻变化剧烈。蹉跌：失足跌倒，此指挫折跌宕。

〔6〕 强邻：此指日本帝国主义。蔑德：无德。

〔7〕 琉台：指琉球群岛与台湾岛。三韩：即马韩、辰韩与弁韩，原为古代朝鲜半岛南部的三个部落，在此借指朝鲜半岛。墟：丘墟、废墟，比喻已经沦为殖民地。

〔8〕 辽海燕冀：指当时中国东北、华北广大地区。

〔9〕 事：侍奉。欲：欲望、贪欲。

〔10〕 笞：鞭杖或竹板。奴辱：奴隶。

〔11〕 懿：美好。命世：著名于当世，多用以称誉有治国之才者。《汉书·楚元王传·赞》："圣人不出，其间必有命世者焉。"英：精英、俊杰。涿鹿：指黄帝与炎帝的涿鹿之战。区宇：天下。唐元稹《贺诛吴元济表》："威动区宇，道光祖宗。"宁：安宁、安定。

〔12〕 苗裔：子孙后裔。《楚辞·离骚》："帝高阳之苗裔兮，朕皇考曰伯庸。"汉王逸注："苗，胤也；裔，末也。"宋朱熹《楚辞集注》："苗裔，远孙也。"泱泱：气势宏大。沦胥：指沦丧、沦陷。唐张鷟《游仙窟》："下官堂构不绍，家业沦胥。"

〔13〕 东等：毛泽东等。不才：谦辞，没有才能。剑屦（jù）俱奋：指行军打仗。剑屦，指剑和草鞋。奋，踊跃、奋起。崎岖：艰难曲折。效命：舍命报效。《史记·魏公子列传》："今公子有急，此乃臣效命之秋也。"

〔14〕 频年：连年、多年。《后汉书·李固传》："明将军体履忠孝，忧存社稷，而频年之间，国祚三绝。"险夷：艰难与顺利，即安危存亡。唐司空图《太尉琅琊王公河中生祠碑》："何以祝之，祝公之福，险夷不渝，保是宠禄。"匈奴未灭，何以家为：化用西汉霍去病抗击匈奴典故，原本作"匈奴未灭，无以家为也"（《史记·卫将军骠骑列传》）、"匈奴不灭，无以家为也"（《汉书·卫青霍去病传》）。在此，"匈奴"泛指侵略中国的敌寇。

〔15〕 民族阵线：即抗日民族统一战线。

〔16〕 亿兆：极言数目多，在此指千千万万中华儿女。《书·泰誓中》："受有亿兆夷人，离心离德。"

〔17〕 永矢：矢通"誓"，发誓。《诗·卫风·考槃》："独寐寤宿，永矢弗告。"勿谖（xuān）：不忘，也作"弗谖"。《诗·卫风·考槃》："独寐寤言，永矢弗谖。"

〔18〕 经武：整治武备。整军：整肃军队。《左传·宣公十二年》："子姑整军而经武乎。"昭告：明白地告知。《左传·成公十三年》："昭告昊天上帝、秦三公、楚三王。"实鉴：真实地鉴察。

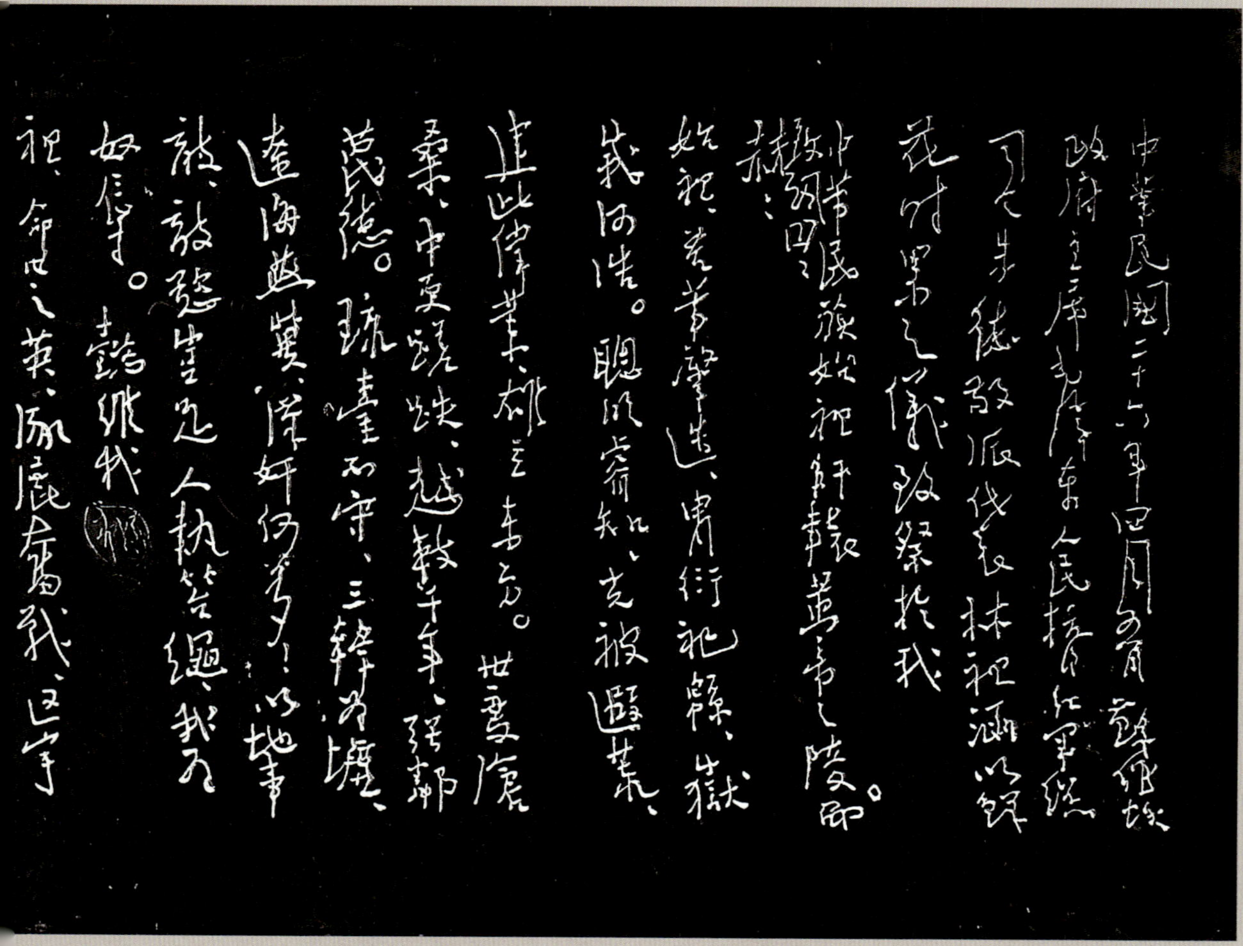

中华民国二十六年四月五日，苏维埃政府主席毛泽东、人民抗日红军总司令朱德敬派代表林祖涵，以鲜花时果之仪致祭于我中华民族始祖轩辕黄帝之陵。而致词曰：赫赫始祖，吾华肇造，胄衍祀绵，嶽峨河浩。聪明睿知，光被遐荒，建此伟业，雄立东方。世变沧桑，中更蹉跌，越数千年，强邻蔑德。琉台不守，三韩为墟，辽海燕冀，汉奸何多！以地事敌，敌欲岂足，人执笞绳，我为奴辱。懿维我祖，命世之英，涿鹿奋战，区宇

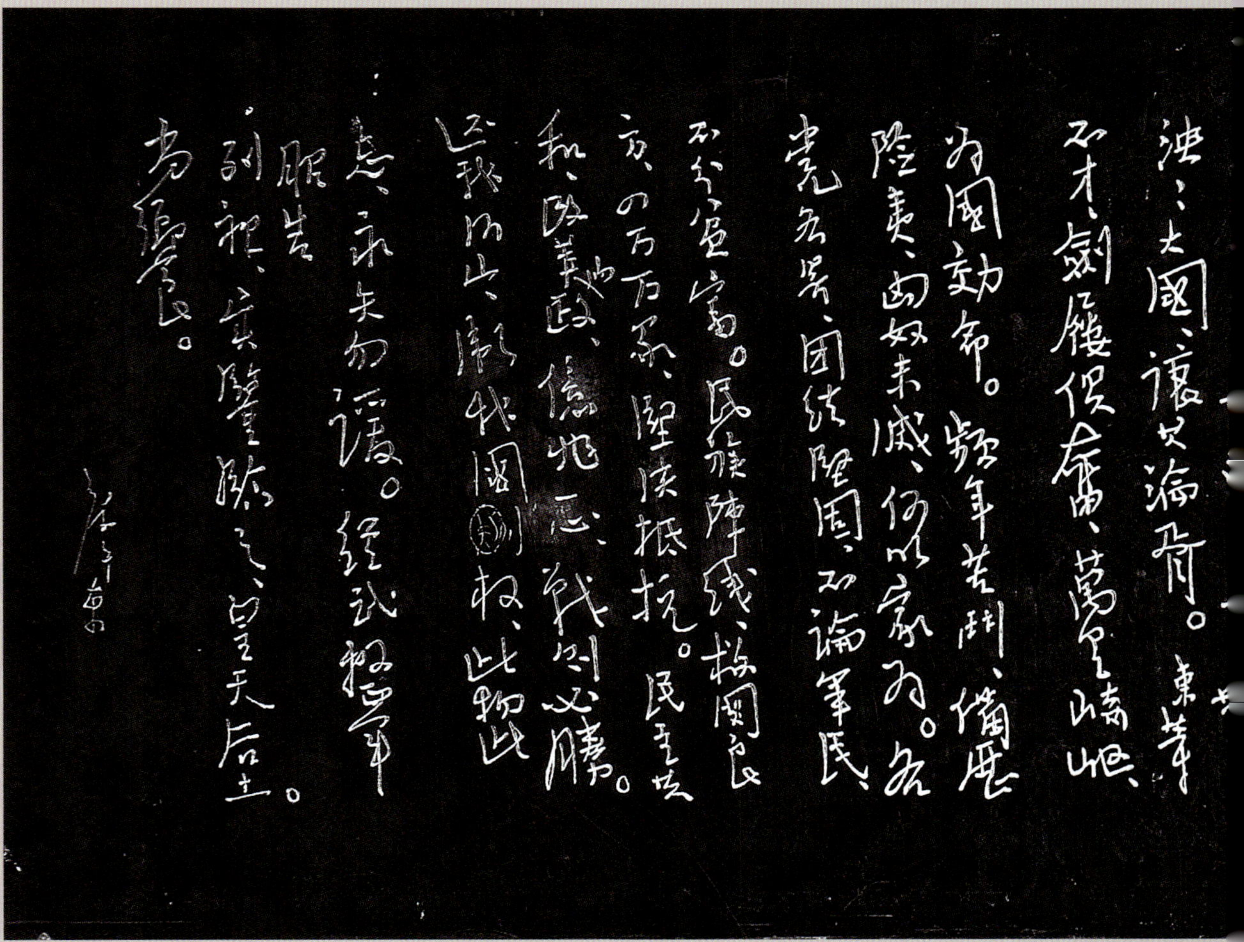

浊浊大国，让其沦胥。东等
不才，剑屦俱奋，万里崎岖，
为国効命。频年苦斗，备历
险夷，匈奴未灭，何以家为。各
党各界，团结坚固，不论军民，
不分贫富。民族阵线，救国良
方，四万万众，坚决抵抗。民主共
和，改革内政，亿兆一心，战则必胜。
还我河山，卫我国权，此物此
志，永矢勿谖。经武整军
昭告
列祖，实鉴临之，皇天后土。
尚飨。

民国二十六年（1937）

毛泽东手书祭黄帝文碑

中华民国二十六年（一九三七）
中国国民党中央祭文

（《黄帝祭文集》，西北大学出版社二〇一四年版）

维中华民国二十六年四月四日民族扫墓之期，中国国民党中央执行委员会追怀先民功烈[1]，欲使来者知所绍述[2]，以焕发我民族之精神，特派委员张继、顾祝同驰抵陵寝[3]，代表致祭于我开国始祖轩辕黄帝之陵前曰：

粤稽遐古，世属洪荒[4]；天造草昧，民乏典章[5]。维我黄帝，受命于天[6]；开国建极，临治黎元[7]。始作制度，规矩百工[8]；诸侯仰化，咸与宾从[9]。置历纪时，造字纪事[10]；宫室衣裳，文物大备[11]。丑虏蚩尤，梗化作乱[12]；爰诛不庭，华夷永判[13]。仰维功业，广庇万方[14]；祐启后昆，恢廓发扬[15]。追承绩猷，群情罔懈[16]；保我族类，先灵攸赖[17]。怀思春露，祀典告成[18]；陈斯俎豆，来格来歆！尚飨！

〔注释〕

〔1〕 功烈：功业。

〔2〕 来者：后来者。绍述：继承、传承。

〔3〕 顾祝同（1893－1987）：字墨三，江苏涟水人，抗战时任第三战区副司令长官。驰抵：驱车抵达。陵寝：帝王及后妃的坟墓，此指黄帝陵。

〔4〕 粤：助词，用于句首。稽：考察、考证。遐古：远古。属：是。洪荒：混沌、蒙昧，借指远古时代。宋杨万里《汉文帝有圣贤之风论》：“洪荒之世，人与禽之未别。”

〔5〕 天造草昧：天地初开时的混沌蒙昧状态。《易·屯卦》：“天造草昧。”王弼注：“造物之始，始于冥昧，故曰草昧也。”乏：无、没有。

〔6〕 受命于天：即受天之命。

〔7〕 建极：建立中正之道。《书·洪范》“皇建其有极”。孔颖达疏：“皇，大也。极，中也。施政教，治下民，当使大得其中，无有邪僻。”一说指建立法度、准则。临治：治理、管理。

1937年清明节
国共两党首次同祭轩辕黄帝

黎元：黎民百姓。

〔8〕 始作：创制。规矩：规范。百工：泛指各种工匠。

〔9〕 仰化：敬仰顺化。与：参加。宾从：服从、归附。《史记·五帝本纪》："于是轩辕乃习用干戈，以征不享，诸侯咸来宾从。"

〔10〕 置历：设置历法。《史记·历书》："盖黄帝考定星历。"纪时：记录时间。造字：创造文字，指黄帝的大臣仓颉创造文字。纪事：记录事物。

〔11〕 文物：指礼乐制度。古代用文物明贵贱、彰等级。《左传·桓公二年》："夫德，俭而有度，登降有数，文物以纪之，声明以发之，以临百官。"大备：齐备、完备。《庄子·徐无鬼》："夫大备矣，莫若天地；然奚求焉，而大备矣。"唐成玄英疏："备，具足也。"

〔12〕 丑虏：对敌人的蔑称。《诗·大雅·常武》："铺敦淮濆，仍执丑虏。"郑玄笺："丑，众也……就执其众之降服者也。"梗化：顽固而不服从教化。元虞集《刷马歌》："岭南烽火乱者谁，何事至今犹梗化。"

〔13〕 爰：于是、就。诛：诛杀、讨伐。不庭：不朝于王庭的人。《左传·隐公十年》："以王命讨不庭。"华夷：指文明与不文明，后也指中国和外国。《晋书·元帝纪》："天地之际既美，华夷之情允洽。"永判：长久区别。

〔14〕 仰：景仰、仰仗。广庇：广泛庇佑。万方：万邦、各方诸侯，极称其广而多。《书·汤诰》："王归自克夏，至于亳，诞告万方。"

〔15〕 后昆：后代子孙。恢廓：扩展。《汉书·吾丘寿王传》："至于陛下恢廓祖业，功德愈盛，天瑞并至，珍祥毕见。"

〔16〕 追承：追念继承。绩猷：功业谋略。群情：民意。罔懈：毫不懈怠。

〔17〕 先灵：祖先魂灵。攸：助词。赖：依赖、仰仗。

〔18〕 怀思：缅怀、思念。春露：比喻祖先德泽。祀典：祭祀典礼。告成：结束、完成。

中华民国二十六年（一九三七）国民政府祭文

（《黄帝祭文集》，西北大学出版社二〇一四年版）

中华民国二十六年，国民政府主席林森，特派陕西省政府主席孙蔚如谨以香醴庶馐代表敬祭于桥陵[1]，其词曰：

惟帝制周万物，泽被瀛寰[2]。拯群生于涂炭，固国本于金汤[3]。涿鹿征诸侯之兵，辔野成一统之业[4]。干戈以定祸乱，制作以开太平[5]。盛德鸿规，于今攸赖[6]。今值清明之良辰，援修禋祀之旧典[7]。园寝葱郁，如瞻弓剑之威仪[8]；庭燎通明，恍接《云门》之雅奏[9]。所冀在天灵爽，鉴此精诚[10]；默启邦人，同心一德[11]；化灾沴为祥和，跻一世于仁寿[12]。庶凭鸿贶，以集丕功[13]。备礼洁诚，伏维歆格[14]！

〔注释〕

〔1〕林森(1868-1943)：原名林天波，字子超，号长仁，自号青芝老人，别署百洞山人、虎洞老樵、啸余庐主人，福建闽侯人，近代著名政治家。孙蔚如(1896-1979)：陕西西安人，1916年加入中华革命党，1921年加入陕西靖国军杨虎城部，1937年参与发动西安事变，继杨虎城任陕西省政府主席，后参加中条山保卫战，是陕军抗日名将。中华人民共和国成立后历任陕西省副省长、民革中央常委、第五届全国政协委员等。香醴：醇香的甜酒；一说指香火与甜酒。

1937年，国民政府代表拜谒黄帝陵，
在黄帝陵前合影

〔2〕 瀛寰：世上、世界。元萨都剌《谒抱朴子墓》诗："真境空明自今古，烟霞依旧隔瀛寰。"

〔3〕 金汤："金城汤池"的省略语，即金属的城墙、滚热的护城河，比喻城池坚固无比、防守严密。《汉书·蒯通传》："边地之城，必将婴城固守，皆为金城汤池，不可攻也。"

〔4〕 辔野：即绝辔之野，征讨蚩尤中冀之诛。《史记·五帝本纪》索隐："黄帝斩蚩尤于中冀，因名其地曰绝辔之野。"成：成就、形成。

〔5〕 干戈：战争。制作：礼仪制度。

〔6〕 盛德：高尚的品德。《易·系辞上》："日新之谓盛德。"鸿规：根本大法或规章。南朝齐王俭《高帝哀策文》："俾兹良史，敬修旧则，敢图鸿规，式扬至德。"

〔7〕 援修：支持重修。禋祀：祭祀天地之礼。《诗·大雅·生民》："克禋克祀，以弗无子。"旧典：传统的典礼与制度。

〔8〕 葱郁：草木青翠茂盛的样子。弓剑：喻军队。威仪：仪仗、扈从。

〔9〕 庭燎：古代庭中照明的火炬。《诗·小雅·庭燎》："夜如何其，夜未央，庭燎之光。"《周礼·秋官·司烜氏》："凡邦之大事，共坟烛庭燎。"郑玄注："坟，大也。树于门外曰大烛，于门内曰庭燎，皆所以照众为明。"接：听到。《云门》：祭祀天地的乐舞，相传为黄帝所作。雅奏：典雅的音乐。

〔10〕 灵爽：精气、精灵。精诚：忠诚、诚挚。

〔11〕 邦人：国人。同心一德：即同心同德、一心一德，团结合作。

〔12〕 化：转化、变化。灾沴（lì）：灾祸。跻：升、登。一世：举世、全天下。仁寿：有仁德而长寿，指美好的理想社会。《汉书·王吉传》："驱一世之民，跻之仁寿之域。"

〔13〕 庶：或许，希望。鸿贶（kuàng）：巨大的赏赐与恩惠。集：成就。丕功：大功。

〔14〕 备礼：礼仪完备。洁诚：态度真诚。

中华民国二十六年（一九三七）李宗仁、白崇禧祭文

（《黄帝祭文集》，西北大学出版社二〇一四年版）

维中华民国二十六年四月四日，国民革命军第五路军总司令李宗仁、副司令白崇禧，广西省政府主席黄旭初，谨以清酌庶馐之仪致祭于桥陵曰[1]：

维我国族皇祖黄帝，继天立极，首出群伦[2]。道辟百家，制弘万世[3]。一戎衣于涿鹿，垂弓剑而乘龙[4]。莽莽神州，胄胤溯昆仑之玉[5]；绵绵历史，圣文遗若木之华[6]。宗仁等职在方隅，心仪匡济[7]。清明序候，弥惊国难之殷[8]；祭展抒忱，爰附谒封之典[9]。仰威灵于古昔，具瞻大河乔岳之高深[10]；永鼙鼓于来兹，愿广一德协心之感应[11]。惟圣有神，尚其歆格[12]。

民国时期轩辕庙内黄帝塑像

民国时期祭祀黄帝

注释

〔1〕 李宗仁（1891-1969）：字德邻，广西桂林人，中国国民党“桂系”首领。白崇禧（1893-1966）：字健生，广西桂林人，军阀新桂系中心人物，与李宗仁合称“李白”。黄旭初（1892-1975）：广西梧州人，1931年起，连任广西省主席 19 年。清酌：清酒。

〔2〕 国族：中华民族。皇祖：远祖。继天立极：即继承天子的大位。首出：杰出。群伦：同等或同类。汉扬雄《法言·孝至》：“圣人聪明渊懿，继天测灵，冠乎群伦。”

〔3〕 道辟：开创。制弘：礼仪制度传播弘扬。

〔4〕 一戎衣：一穿上戎装，后泛指用兵作战。《书·武成》：“一戎衣，天下大定。”孔传：“衣，服也；一著戎服而灭纣。”垂：放下。乘龙：比喻成仙。《史记·封禅书》：“黄帝采首山铜，铸鼎于荆山下。鼎既成，有龙垂胡髯下迎黄帝。黄帝上骑，群臣后宫从上者七十余人，龙乃上去。”

〔5〕 胄胤：后代。溯：追溯。昆仑：传说为黄帝游历之地。《庄子·天地》：“黄帝游乎赤水之北，登乎昆仑之丘。”

〔6〕 圣文：圣明的人文礼仪。遗：留下。若木：古代神话中的树名。《山海经·大荒北经》：“大荒之中，有衡石山、九阴山、洞野之山，上有赤树，青叶，赤华，名曰若木。”郭璞注：“生昆仑西附西极，其华光赤下照地。”一说即扶桑。战国屈原《离骚》：“折若木以拂日兮，聊逍遥以相羊。”华：通“花”，花朵。

〔7〕 方隅：指边疆或边远之地。心仪：倾慕、向往。匡济：匡正扶助。

〔8〕 序候：时序节候。国难：指内外交困。殷：重。

〔9〕 抒忱：抒发心志。爰：于是。附：呈上。谒封：拜谒。

〔10〕 具瞻：为众人所瞻望。

〔11〕 永：长。鼙鼓：小鼓和大鼓，古代军队与乐队所用。广：推广、扩充。一德协心：同德同心。感应：感通回应。北齐颜之推《颜氏家训·归心》：“神通感应，不可思量。”

〔12〕 圣：圣祖。神：神灵。尚：希望。

中华民国二十七年（一九三八）国民党中央执监委员会祭文

（《黄帝祭文集》，西北大学出版社二〇一四年版）

维中华民国二十七年四月五日，中国国民党中央执监委员会特派委员蒋鼎文代表谨具牲醴鲜花之仪，致祭于我民族始祖黄帝之灵曰[1]：

莽莽神州，圣祖始作[2]。扫荡蚩尤，奠定华夏[3]。桥尺山例，万国被化[4]。呜呼！运丁阳九，倭夷肆毒[5]。竭泽倾巢，狼奔豕逐[6]。哀我黎元，罹兹残酷[7]。缅怀遗烈，益深耻辱[8]。披发缨冠，举国同仇[9]。攘彼枭□，奋我戈矛[10]。誓争独立，流血断头[11]。绳绳子姓，共济漏舟[12]。维我华胄，泱泱雄风[13]。地广人众，物力靡穷。艰难缔造，先举丰功[14]。图有救亡，四海景从[15]。不屈不挠，敢告苍穹[16]。灵爽在天，照临下土[17]。云旗车马，庇我疆宇[18]。民族复兴，克绳祖武[19]。令节奉先，来陈尊俎[20]。神其格钦，鉴此精禋[21]。尚飨！

〔注释〕

〔1〕 蒋鼎文（1895－1974）：字铭三，浙江诸暨人，1914年毕业于浙江陆军讲武堂，后参加讨伐陈炯明之战、北伐战争、蒋桂战争、蒋冯阎战争以及对红军的第三、第五次“围剿”，是蒋介石的得力战将。抗日战争期间任第四集团军总司令、西安行营主任，及第十、第一战区司令长官等。1974年病逝于台北。具：备办、准备。牲醴鲜花：即牺牲、酒水与鲜花。

〔2〕 始作：初作、创始。

〔3〕 扫荡：击败。奠定：确立、巩固基础。华夏：代指中国。《书·武成》：“华夏蛮貊，罔不率俾。”

〔4〕 桥尺山例：一作“桥山尺例”，比喻黄帝开创的礼仪法规。被化：蒙受教化。

〔5〕 运：时运。丁：遭逢。阳九：道家称天厄为阳九：指灾荒年景和厄运。三国魏曹植《王仲宣诔》：“会遭阳九，炎光中蒙。世祖拨乱，爰建时雍。”倭夷肆毒：指日寇侵略。

〔6〕 竭泽倾巢：即“竭泽而渔”与“倾巢而出”的缩语，指出动全部力量。狼奔豕逐：像狼那样奔跑，像猪那样追逐，比喻坏人入侵，东冲西撞。

〔7〕 哀：哀怜、可怜。黎元：黎民、百姓。罹：遭受、罹难。兹：这。

〔8〕 遗烈：祖先遗业功绩。

〔9〕 缨冠：形容急迫或急切地救助他人。《孟子·离娄下》：“今有同室之人斗者，救之，虽被发缨冠而救之，可也。”

〔10〕 攘：排斥、攘除。枭：猛捷勇健。

〔11〕 独立：不受奴役和屈辱。流血断头：比喻勇敢无畏、不怕牺牲。

〔12〕 绳绳：众多、绵绵不绝。子姓：泛指后辈、子孙。《礼记·丧大记》：“既正尸，子坐于东方，卿大夫父兄子姓立于东方。”郑玄注：“子姓，谓众子孙也。”共济：共同挽救、扶助。漏舟：比喻艰危困难的时局。

〔13〕 华胄：华夏子孙。泱泱：气势宏大、连绵不绝。

〔14〕 先举：率先开创。

〔15〕 景从：即影从，如影随形。比喻紧密追随或趋从的人很多。汉贾谊《过秦论》：“天下云集响应，赢粮而景从。”

〔16〕 苍穹：上苍，在此指黄帝。

〔17〕 灵爽：神明。照临：照射。《左传·昭公二十八年》：“照临四方曰明。”下土：大地。《诗·小雅·小明》：“明明上天，照临下土。”

〔18〕 云旗车马：指黄帝神明降临的仪仗。庇：保佑、荫庇。

〔19〕 克：能够。绳：继续、延续。祖武：先人的事业与遗迹。武，步武、足迹。《诗·大雅·下武》：“昭兹来许，绳其祖武。”郑玄笺：“戒慎其祖考所履践之迹。”朱熹《诗集传》：“武，迹也。”

〔20〕 令节：佳节。奉先：侍奉祖先。尊俎：尊与俎，祭祀的礼器。

〔21〕 精禋：精诚的祭祀礼仪。

中华民国二十七年（一九三八）国民政府祭文

（《黄帝祭文集》，西北大学出版社二〇一四年版）

维中华民国二十七年四月五日，国民政府特派陕西省政府主席孙蔚如代表致祀于桥陵曰[1]：

维帝神圣文武，睿智聪明，泰策秉符[2]，地媪效祉[3]。礼化浸于萌生，郅治符于玄穆[4]。且也鸣铎专征，止戈为武[5]。蚩尤乱德，逃难辔野之诛锄[6]；荤粥不庭，爰正朔方之挞伐[7]。是用民族所共戴，亦由我武之维扬[8]。今者辰过上巳，节届清明，展扫惟虔，馨香用荐。尚冀启佑后裔，哀矜下民；运神璇枢[9]，耀灵玉弩[10]。奠大风于青丘，金瓯无缺[11]；阻银河于碧落[12]，玉烛常调[13]。俨灵爽之在空[14]，抱痌瘝而默相[15]。垂鉴至诚，勿孤喁望[16]。笾豆维洁[17]，剑舄式临[18]。

【注释】

〔1〕孙蔚如（1896-1979）：陕西西安人，陕军抗日主将，时任陕西省政府主席，详见《中华民国二十六年（1937）国民政府祭文》注释〔1〕。

〔2〕泰策：天赐的蓍草或算筹。《史记·封禅书》："帝得宝鼎神策。"秉：通"柄"，权柄，秉持。符：符瑞，祥瑞。

〔3〕媪（ǎo）：老年妇女。地媪，即地母、地神。天为父，地为母，故言地神为地媪。

〔4〕 郅治：大治。玄穆：深远幽微。

〔5〕 “且也”二句：言黄帝武功，既善征伐，又能止战。铎：铃。《说文解字》：“铎，大铃也。军法五人为伍，五伍为两，两司马执铎。”

〔6〕 “蚩尤乱德”二句：指黄帝杀蚩尤事。《逸周书·尝麦解》：“蚩尤乃逐帝，争于涿鹿之河，九隅无遗。赤帝大慑，乃说于黄帝，执蚩尤，杀之于中冀，以甲兵释怒，用大正顺天思序，纪于大帝。用名之曰绝辔之野。”

〔7〕 “荤粥不庭”二句：指黄帝讨伐北方民族，平定叛乱。荤粥（xūn yù）：同“獯鬻”，上古匈奴部族或匈奴别称。《史记·匈奴列传》：“匈奴，其先祖夏后氏之苗裔也，曰淳维。唐虞以上有山戎、猃狁、荤粥，居于北蛮，随畜牧而转移。”不庭：不朝于王庭，引申为叛乱、叛逆。《左传·隐公十年》：“以王命讨不庭。”朔方：北方。《书·尧典》：“申命和叔宅朔方，曰幽都。”挞伐：征讨、征伐。《诗·商颂·殷武》：“挞彼殷武，奋伐荆楚。”

〔8〕 我武之维扬：即我武惟扬，威武奋发的样子。《书·泰誓》：“今朕必往，我武惟扬，侵于之疆，取彼凶残，杀伐用张，于汤有光。”

〔9〕 璇枢：代指北斗，北斗第一星为枢，第二星为璇，引申为枢纽、关键。《淮南子·主术训》：“处静持中，运于璇枢。”

〔10〕 玉弩：流星，代指乱兆，此指日寇侵华。《尚书纬·帝命验》：“玉弩发，惊天下。”

〔11〕 金瓯无缺：喻国土完整。金瓯，金盆、金杯。

〔12〕 碧落：道教称东方第一重天为碧落，此代指天空。

〔13〕 玉烛：四时和畅，天下太平。《尸子》：“四气和，正光照，此之谓玉烛。”

〔14〕 俨：恭敬庄重。灵爽：精气、神明。晋陆云《赠郑曼季·谷风》诗：“玄泽坠润，灵爽烟煴。”

〔15〕 痌瘝（tōng guān）：病痛、疾苦。抱痌瘝，即痌瘝在抱，把百姓疾苦放在心上。《书·康诰》：“恫瘝乃身。”

〔16〕 喁（yóng）望：渴望，仰望。喁，鱼口露出水面呼吸。

〔17〕 笾豆：盛祭品之礼器。

〔18〕 舄（xì）：复底鞋，古时帝王或达官贵人所穿。《列仙传》：“轩辕自择亡日与群臣辞。还葬桥山，山崩，棺空，唯有剑舄在棺焉。”

中华民国二十七年（一九三八）

（《黄帝祭文集》，西北大学出版社二〇一四年版）

陕西省政府祭文

维中华民国二十有七年四月五日，陕西省主席孙蔚如等，统率僚属，谨以柔毛刚鬣之荐致祭于桥陵

黄帝之灵前曰[1]：

伏以轩辕锡羡[2]，绵三百八秩之春秋；涿野崇勋，冠六十四民之禋祀。崆峒停辔[3]，访道学之真源；昆仑筑宫[4]，极边陲之胜览。修封禅而巡游五岳[5]，导西儒地鬲之搜求[6]；造舟车而汗漫九垓[7]，开今日天空之战斗。综夷鼓青阳二十五姓，谁非神圣之子孙[8]？广戎蛮中国七千封，罔息征行之车驾[9]。有徇齐敦敏之异质，有畏神服教之明威[10]。际兹民族复兴，国维孔固。攀龙髯于天上，宰树瞻谷口而长青[11]；分鹑首于关中，瑞气迎函关而尽紫[12]。徂徕之松，新甫之柏，孰媲嵩宫万木之苍葱[13]；其镇岳山，其薮弦蒲[14]，群震枫鼓十章之骏厉[15]。声灵远赫，民邦之拱护遥叨；仙战交修[16]，外裔之侵陵敢逞？今日者，扫一抔之灵土，俎豆虔供；靖万国之

方舆，河山不改。四月维夏，百谷咸滋，感因时九献之芳馨[17]，怀生我万灵之统系。所冀雨旸时若[18]，高陈公玉之图书[19]；还祈氛祲潜销[20]，净洗蚩尤之兵气。嗟嗟！左洪河而右太华，常被鼎湖仙驭之庥[21]；前千古而后万年，恒修关辅明禋之典。呜呼尚飨！

【注释】

〔1〕柔毛刚鬣：祭礼所用牺牲。柔毛，羊。刚鬣，猪。《礼记·曲礼》：“凡祭宗庙之礼……豕曰刚鬣……羊曰柔毛。”

〔2〕锡羡：多多赐福。锡，通“赐”，赐予。羡，丰饶。汉扬雄《甘泉赋》：“恤胤锡羡，拓迹开统。”

〔3〕崆峒停辔：指黄帝于崆峒山问道于广成子。《庄子·在宥》：“黄帝立为天子十九年，令行天下，闻广成子在于空同（崆峒）之上，故往见之。”

〔4〕昆仑筑宫：黄帝于昆仑山建筑宫室。《山海经·西山经》：“……曰昆仑之丘，是惟帝之下都。”

〔5〕“修封禅”句：指黄帝封禅泰山、巡游名山大川事。《史记·封禅书》：“管仲曰：‘古者封泰山禅梁父者七十二家……黄帝封泰山，禅亭亭……’”《史记·五帝本纪》：“（黄帝）东至于海，登丸山，及岱宗。西至于空桐，登鸡头。南至于江，登熊、湘。北逐荤粥，合符釜山，而邑于涿鹿之阿。”

〔6〕西儒：西方学者。地卨：地界，此指地理学。

〔7〕“造舟车”句：黄帝制造舟车漫游九州大地。《汉书·地理志上》：“黄帝作舟车以济不通，旁行天下，方制万里。”汗漫：广阔邈远，引申为远游、漫游。九垓：九天或九州之地。《淮南子·道应训》：“吾与汗漫期于九垓之外，吾不可以久驻。”

〔8〕“综夷鼓”二句：指华夏万民虽姓氏不同，但皆为黄帝子孙。《国语·晋语》：“黄帝之子二十五人，其同姓者二人而已。唯青阳与夷鼓为己姓。”

〔9〕“广戎蛮”二句：意为黄帝开疆拓土，蛮夷之地都是他车驾经行之处。《史记·孝武本纪》：“黄帝时万诸侯，

而神灵之封居七千。天下名山八，而三在蛮夷，五在中国。”

〔10〕 “有徇齐”二句：意为黄帝天生敦厚聪敏，为帝后教化人民敬畏神明。徇齐：即迅疾，动作敏捷。敦敏：敦厚聪敏。《史记·五帝本纪》：“生而神灵，弱而能言，幼而徇齐，长而敦敏，成而聪明。”

〔11〕 “攀龙髯”二句：言黄帝乘龙升天事。《史记·封禅书》：“黄帝采首山铜铸鼎于荆山下。鼎既成，有龙垂胡髯，下迎黄帝。黄帝上骑，群臣后宫从上者七十余人。龙乃上去，余小臣不得上，乃悉持龙髯，龙髯拔，堕黄帝之弓。”宰树：坟墓上的树。谷口：地名，位于九嵕山东、仲山西，泾水出山之处，传为黄帝升仙处，又称寒门。《汉书·郊祀志上》：“其后黄帝接万灵明庭。明庭者，甘泉也。所谓寒门者，谷口也。”颜师古注引服虔曰：“黄帝升仙之处也。”

〔12〕 “分鹑首”二句：言关中是祥瑞之地。鹑首：十二星次之一，分野主秦，属雍州，此指陕西。《晋书·天文志》：“自东井十六度至柳八度为鹑首，于辰在未，秦之分野，属雍州。”瑞气：老子出函谷关而降瑞气。《列仙传》：“老子西游，关令尹喜望见有紫气浮关，而老子果乘青牛而过也。”

〔13〕 徂徕、新甫：皆山名，在今山东省泰安市，古时山多松柏。《诗·鲁颂·閟宫》：“徂来之松，新甫之柏。”蒿宫：周代以蒿为柱之宫，《大戴礼记·明堂》：“周时德泽洽和，蒿茂大，以为宫柱，名为蒿宫也。”此指黄帝的宫室或陵庙。

〔14〕 弦蒲：古时泽薮，在今陕西陇县西。《周礼·夏官·职方氏》：“正西曰雍州……其泽薮曰弦蒲。”

〔15〕 棡鼓：传说黄帝于涿鹿之战时作棡鼓曲。《古史纪年》：“黄帝杀之（蚩尤）于青丘，作棡鼓之曲十章：一曰雷震惊，二曰猛虎骇，三曰鸷鸟击，四曰龙媒蹀，五曰灵夔吼，六曰雕鹗争，七曰壮士夺志，八曰熊罴哮，九曰石荡崖，十曰波荡壑。”

〔16〕 仙战交修：《史记·封禅书》：“黄帝且战且学仙。”

〔17〕 九献：献酒九次，古时帝王宴饮或宗庙祭祀时的享礼。《周礼·秋官·大行人》：“上公之礼……飨礼九献。”《宋史·礼志》：“古者宗庙九献，皇及后各四，诸臣一。”

〔18〕 雨旸时若：晴雨适时，风调雨顺。《书·洪范》：“曰肃，时雨若；曰乂，时旸若。”

〔19〕 公玉之图书：公玉即公玉带，汉武帝时济南人，汉武帝封禅泰山，公玉带曾向武帝献黄帝明堂图。事见《汉书·郊祀志下》。

〔20〕 氛祲（jìn）：雾气，妖气，喻灾祸、战乱。宋朱熹《诗集传·灵台》：“国之有台，所以望氛祲，察灾祥，时观游，节劳佚也。”

〔21〕 庥（xiū）：荫庇，护佑。

中华民国二十八年（一九三九）

中国国民党中央祭文

（《黄帝祭文集》，西北大学出版社二〇一四年版）

维中华民国二十有八年，倭妖扰华，于今九载。中国国民党日诏国人，示以义方。民众茹荼如饴[1]，将士不懈益励，誓必戬灭寇虏，还我河山。谨于民族上冢之日，遣委员张继以香花清酒敬祭于轩辕黄帝之灵曰[2]：

帝德荡荡，民无能名；茫茫神州，实始经营。奋其神武，万国咸宁；肇开文治，亿载作程。后圣缵绪[3]，未备厥全；文有光大，武每逊焉。蛮夷猾夏，有虞已然；祸至季世，弥酷于前。东胡僭据[4]，几三百年；吾党崛起，一扫腥膻[5]；如拨云雾，重睹青天。于昭在上，偻偻颔焉[6]。未逾二纪，岛夷逞凶；猰貐犷犷[7]，来自海东。巨灵障日，精光岂蒙[8]？巴蛇吞象[9]，骨梗咽中。少康复夏，一旅树功[10]；四百兆众，岂不足雄？越栖会稽，吴终获凶[11]；敢忘申儆[12]，不厉兵戎？收功西北，历有明征[13]；亿万一心，勃尔其兴。峨峨子午[14]，寝庙斯凭；祥云时出，郁此山陵。《云门》遗意[15]，拳拳服膺；涿鹿之绩，倘许绍承！尚飨！

注释

〔1〕 茹荼如饴：吃苦菜如同吃糖一样，言生活艰难困苦。荼，苦菜。饴，麦芽糖。《诗·大雅·绵》：“堇荼如饴。”

〔2〕 张继（1882—1947）：字溥泉，河北沧县人，中国国民党元老。详见《中华民国二十四年（1935）中国国民党中央执监委员会祭文》注释〔1〕。

〔3〕 缵绪：继承世业。唐苏颋《开元神武皇帝册文》：“文王昭事，武王缵绪。”

〔4〕 东胡：上古时期游牧于东北地区的一个民族部落，此指满洲。

〔5〕 腥膻：喻指满洲。膻，羊肉的膻味。

〔6〕 僾（ài）僾：仿佛，隐约。

〔7〕 猰貐（yà yǔ）：又称窫窳，传说中吃人的猛兽。《山海经·海内北经》：“贰负之臣曰危，危与贰负杀窫窳。”

〔8〕 巨灵：传说中的神灵。干宝《搜神记》：“二华之山，本一山也，当河，河水过之而曲行。河神巨灵，以手擘开其上，以足蹈离其下，中分为两，以利河流。”精光：日光。

〔9〕 巴蛇吞象：《山海经·海内南经》：“巴蛇食象，三岁而出其骨。”喻指贪得无厌。

〔10〕 “少康”二句：言少康以少胜多，以弱胜强，恢复了夏国。少康：夏朝的有为君王。传说少康为夏王相之遗腹子，相被杀，夏国灭，少康长大后，励精图治，恢复了夏王朝，开创了夏朝的兴盛局面，史称少康中兴。旅：军事单位，古时五百人为一旅。《史记·吴太伯世家》：“少康奔有虞，有虞思夏德，于是妻之以二女，而邑于纶，有田一成，有众一旅。”

〔11〕 “越栖会稽”二句：春秋时，越国为吴国所败，越王勾践被困于会稽。勾践卧薪尝胆，谋划多年，反灭吴国。事见《史记·越王勾践世家》《吴越春秋》。

〔12〕 申儆：告诫、训诫。《左传·宣公十二年》：“在军，无日不讨军实而申儆之。”

〔13〕 “收功西北”二句：《史记·六国年表》：“夫作事者必于东南，收功实者常于西北。故禹兴于西羌，汤起于亳；周之王也，以丰镐伐殷；秦之帝，用雍州兴；汉之兴，自蜀汉。”此言虽然东部国土被日寇侵占，但中国必能据西部而获胜。

〔14〕 子午：子午岭，黄陵桥山的南北主脉。

〔15〕 《云门》：古时祭祀天神的舞乐，相传为黄帝所作。《周礼·春官·大司乐》：“以乐舞教国子，舞《云门》《大卷》《大咸》《大磬》《大夏》《大濩》《大武》。”郑玄注：“此周所存六代之乐，黄帝曰《云门》《大卷》。黄帝能成名万物，以明民共财，言其德如云之所出，民得以有族类。”

中华民国二十八年（一九三九）

国民政府祭文

（《黄帝祭文集》，西北大学出版社二〇一四年版）

维中华民国二十八年四月六日民族扫墓节，国民政府特派陕西省政府主席蒋鼎文代表敬祀于轩辕黄帝之陵曰[1]：

节序清明，缅追远祖；恭谒桥山，拜展封树；维我轩辕，实奋大武；擒讨蚩尤，奠兹疆宇；爰启文明，舟车网罟[2]；大昚南针[3]，冠裳万古。子孙绵衍，后乃光前；恢恢文物，漠漠山川；泱泱上国，四裔咸瞻；光华烨烨，如日丽天；偶逢亏蚀，旋复晶圆；史乘昭然，垂五千年。稍就陵夷，忽遭窥觊[4]；封豕东来[5]，既贪又肆；如饮狂药，如中酒醉；四野飙驰，腥膻遍地；国人齐起，元戎有寄；必竭凶锋，虽死无二。洎今搏战，岁半有加；敌势已穷，内外周遮[6]；及其既敝，磔彼长蛇；还吾故土，以贻无涯；敢告皇灵，庶几克家[7]；神其降止，风马云车[8]。伏维尚飨！

〔注释〕

〔1〕 蒋鼎文（1895–1974）：字铭三，浙江诸暨人，时任陕西省政府主席，详见《中华民国二十七年（1938）国民党中央执监委员会祭文》注释〔1〕。

〔2〕 网罟（gǔ）：捕鱼及鸟兽的工具。罟，渔网。

〔3〕 大瞀（mào）南针：黄帝与蚩尤战，蚩尤作大雾，黄帝造指南车以辨方向。瞀，眼花、眩晕，引申为昏暗。

〔4〕 窥觊（jì）：窥探觊觎，非分的欲望和言行，此指日寇侵华。

〔5〕 封豕：大猪，凶暴的野兽，与下文“长蛇”同喻日寇。《左传·定公四年》：“吴为封豕长蛇，以荐食上国，虐始于楚。”

〔6〕 周遮：遮掩，阻挡。

〔7〕 克家：承担家事，继承祖业，此指延续中华民族。《易·蒙》：“纳妇吉，子克家。”

〔8〕 风马云车：神灵的车马，此指黄帝乘风云而降临。唐柳宗元《雷塘祷雨文》：“风马云车，肃焉徘徊。”

中华民国二十八年（一九三九）陕甘宁边区政府祭文

（《黄帝祭文集》，西北大学出版社二〇一四年版）

维中华民国二十八年四月六日，陕甘宁边区政府主席林祖涵、陕甘宁边区参议会议长高岗，谨率民众代表莫文骅、白振邦、艾思奇、毛齐华、何思敬、张琴秋等[1]，致祭于我祖轩辕黄帝之灵曰：

巍巍我祖，肇启中华，荡涤瑕秽，东亚为家。历数千年，乃开民国，中山先生，实宏祖德。国共合作，革命宏谟[2]，中更摧拆，十载蹉跎。强敌侵凌，乃寝内战；唯一方针，统一战线。国共两党，重新合作；三民主义，厥为公约。民族主义，抗战到底，妥协中途，实所不敢。民权主义，政治自由，唤起民众，必由之途。民生主义，经济平等，既富且教，经国之本。凡此方针，贵在实行，说而不做，实贼乎人。寇患愈深，日蹙百里[3]，何以止之，全民奋起。再接再厉，不屈不挠，四万万众，修我戈矛。打倒日寇，建新中国，上绍千秋，下开百业。今朝致祭，无限悃忱[4]，清浆为奠，秀草为薰[5]，非曰告饩，誓我精神。山河日月，鉴此忠诚。尚飨！

【注释】

〔1〕 林祖涵（1886–1960）：字邃园，号伯渠，湖南临澧人。抗战时期曾任陕甘宁边区政府主席，中华人民共和国成立后任中央人民政府委员会秘书长等。高岗（1905–1954）：陕西横山人，原名崇德，字硕卿。抗战期间任中共陕甘宁边区党委书记等，中华人民共和国成立后任中央人民政府副主席，1954年自杀身亡。莫文骅（1910–2000）：原名莫万，字六琴，广西南宁人。抗战时期任中国人民抗日军政大学政治部主任、八路军留守兵团政治部主任，中华人民共和国成立后任广西省军区副政治委员兼南宁市市长、中国人民解放军政治学院院长等，1955年授中将衔。白振邦：生卒年不详，抗战时期任延安商会会长。艾思奇（1910–1966）：原名李生萱，云南腾冲人，蒙古族，马克思主义哲学理论家。抗战时期任中央研究院文化思想研究室主任、中共中央文委秘书长等，中华人民共和国成立后任中央高级党校副校长、中国科学院哲学社会科学部学部委员等，著有《大众哲学》《哲学与生活》等。毛齐华（1903–1997）：上海嘉定人，原名毛品贤，抗战时期任全国总工会西北执行局委员长、中共陕甘宁边区委常委等，中华人民共和国成立后任劳动部副部长、浙江省政协主席等。何思敬（1896–1968）：浙江余杭人，翻译家、法学家。抗战时期任延安大学法律系主任、中共中央党校研究员等，中华人民共和国成立后任教于北京大学、中国人民大学法律系，任中央法律委员会委员等。张琴秋（1904–1968）：浙江桐乡人，早年就读于浙江省立女子师范学校，抗战期间任中国女子大学教育长，中华人民共和国成立后任纺织工业部党组副书记、副部长。

〔2〕 宏谟：宏谋。晋袁宏《三国名臣序赞》：“遂献宏谟，匡此霸道。”

〔3〕 蹙（cù）：逼近、迫近。

〔4〕 悃（kǔn）忱：诚恳。汉班固《白虎通义》：“忠形于悃忱，故失野；敬形于祭祀，故失鬼；文形于饰貌，故失薄。”

〔5〕 秀草为薰：以草为香。秀草，茂盛的草。《吕氏春秋·孟夏》：“暴风来格，秀草不实。”薰，薰香，上香。

中华民国二十九年（一九四〇）

中国国民党中央祭文[1]

（《黄帝祭文集》，西北大学出版社二〇一四年版）

维中华民国二十有九年，倭妖扰华，于今十载。中国国民党日诏国人，示以义方。民众茹荼始饴，将士不懈益励，誓必戬灭寇虏，还我河山。谨于民族上冢之日，遣委员程潜以香花清酒[2]，敬祭于轩辕黄帝之灵曰：

帝德荡荡，民无能名；茫茫神州，实始经营。奋其神武，万国咸宁；肇开文治，亿载作程。后圣缵绪，未备厥全；文有光大，武每逊焉。蛮夷猾夏，有虞已然；祸至季世，弥酷于前。东胡僭据，几三百年；吾党崛起，一扫腥膻；如拨云雾，重睹青天。于昭在上，僾僾颔焉。未逾二纪，岛夷逞凶；猰貐狺狺，来自海东。巨灵障日，精光岂蒙？巴蛇吞象，骨梗咽中。少康复夏，一旅树功；四百兆众，岂不足雄？越栖会稽，吴终获凶；敢忘申儆，不厉兵戎？收功西北，历有明征；亿万一心，勃尔其兴。峨峨子午，寝庙斯凭；祥云时出，郁此山陵。《云门》遗意，拳拳服膺；涿鹿之绩，倘许绍承！

尚飨！

〔注释〕

〔1〕 此篇祭文与民国二十八年（1939）国民党中央祭文内容基本相同，注释参见前注。

〔2〕 程潜（1882–1968）：字颂云，湖南醴陵人。早年毕业于日本陆军士官学校，抗战时期任第一战区司令长官、河南省主席、天水行营主任，解放战争后期在长沙宣布和平起义，中华人民共和国成立后任中央人民政府委员、湖南省省长、民革中央副主席等。

1938年程潜书

中华民国二十九年（一九四〇）国民政府祭文[1]

（《黄帝祭文集》，西北大学出版社二〇一四年版）

中华民国二十九年四月五日，国民政府特派陕西省政府主席蒋鼎文代表敬祀于轩辕黄帝桥陵曰：

维帝圣神文武，睿智聪明；泰策秉符，地媪效祉。礼化被于群生，郅治符于玄穆。且也鸣铎专征，止戈为武。蚩尤乱德，难逃涿野之诛锄；荤粥不庭，爰正朔方之挞伐。是用民族所共戴，亦由我武之维扬。今者辰近上巳，节届清明；展扫惟虔，馨香用荐。尚冀启祐后裔，哀矜下民，运神璇枢，耀灵玉弩。奠大风于青丘，金瓯无缺；阻银河于碧落，玉烛常调。俨灵爽之凭依，抱痌瘝而默相。垂鉴至诚，勿孤喁望，笾豆维洁，剑舄式临。尚飨！

【注释】

〔1〕此篇祭文与民国二十七年（1938）国民政府祭文内容基本相同，注释参见前注。

中华民国三十年（一九四一）
中国国民党中央祭文[1]

（《黄帝祭文集》，西北大学出版社二〇一四年版）

中华民国三十年，倭妖扰华，于今十一载。中国国民党日诏国人，示以义方。民众茹荼如饴，将士不懈益励，誓必戬灭寇虏，还我河山。谨于民族上冢之日，遣委员蒋鼎文并派彭昭贤代表谨以香花清酒[2]，敬祭于轩辕黄帝之灵曰：

帝德荡荡，民无能名；茫茫神州，实始经营。奋其神武，万国咸宁；肇开文治，亿载作程。后圣缵绪，未备厥全；文有光大，武每逊焉。蛮夷猾夏，有虞已然；祸至季世，弥酷于前。东胡僭据，几三百年；吾党崛起，一扫腥膻；如拨云雾，重睹青天。于昭在上，僾僾颔焉。未逾二纪，岛夷逞凶；猰貐犷犷，来自海东。巨灵障日，精光岂蒙？巴蛇吞象，骨梗咽中。少康复夏，一旅树功；四百兆众，岂不足雄？越栖会稽，吴终获凶；敢忘申儆，不厉兵戎？收功西北，历有明征；亿万一心，勃尔其兴。峨峨子午，寝庙斯凭；祥云时出，郁此山陵。《云门》遗意，拳拳服膺；涿鹿之绩，倘许绍承！

尚飨！

〔注释〕

〔1〕 此篇祭文与民国二十八年（1939）国民党中央祭文内容基本相同，注释参见前注。

〔2〕 彭昭贤（1896-1979）：山东牟平人，早年毕业于北京大学史地系，后在苏联莫斯科大学求学，抗战时期任南京国民政府陕西省政府委员、民政厅厅长。1949年后去往香港，后迁居于日本，病逝于纽约。

黄帝手植柏碑

民国三十年（1941）刻立

中华民国三十年（一九四一）国民政府祭文

（《黄帝祭文集》，西北大学出版社二〇一四年版）

中华民国三十年四月五日，国民政府特派陕西省政府主席蒋鼎文代表、委员兼秘书长彭昭贤代表敬祀于桥陵曰〔1〕：

维帝德盛阳春〔2〕，智周寰宇〔3〕。绍羲农之文德〔4〕，开汤武之武功〔5〕。阪泉成统一之勋〔6〕，辔野严尊攘之义〔7〕。道光黄族〔8〕，神协苍穹〔9〕。兹当节届清明，是用仪修展谒〔10〕。告蠲用享〔11〕，禋祀惟虔。唯抗战已及四年〔12〕，复兴有象〔13〕；壮士虽能一德，底定犹稽〔14〕。伏愿悯兹遥胄〔15〕，锡以宏施〔16〕。秉弓剑之威灵，靖烽烟于海甸〔17〕。馨香上荐〔18〕，辇跸式临〔19〕。尚飨！

【注释】

〔1〕蒋鼎文介绍见《中华民国二十七年(1938)国民党中央执监委员会祭文》注释〔1〕，彭昭贤介绍见前篇注释〔2〕。时值抗日战争，故祭文有敬悼黄帝之灵以保佑中华民族抗战胜利之意。

〔2〕阳春：温暖的春天，也指德政。

〔3〕寰宇：犹天下。旧指国家全境。

〔4〕绍：承继。羲农：伏羲氏和神农氏的并称。

〔5〕汤武：商汤与周武王的并称。

〔6〕阪泉：古地名。相传黄帝与炎帝战于阪泉之野。

〔7〕 辔野：辔，指控制牛、马等牲口的缰绳。此作动词用，指黄帝指挥军队、驰骋疆场。尊攘（rǎng）：指尊王攘夷。尊崇王室，排斥夷狄。春秋时代，居于中原地区的华夏族国家，称其他少数民族为“夷狄”。当时，周天子的地位已日趋衰微，但名义上仍然是诸侯的共主。齐、晋等大国为了争取诸侯的领导权，在其主持会盟期间，都以“尊王室”“攘夷狄”相号召。汉以后，这种正统思想经过敷陈阐发，在封建社会中产生了很大的影响。每当汉民族建立的政权受到异族侵略时，统治阶级就以“尊王攘夷”作为动员臣民拥护王室、团结御敌的口号。

〔8〕 道光：高尚的道德、正确的主张得到发扬和传颂。黄族：黄帝一族，指华夏民族。

〔9〕 神：精神。协：和合。此指华夏民族之精神与上天协同。

〔10〕 谒：拜见，此指祭祀黄帝。

〔11〕 蠲（juān）：明示，显示。享：进献，贡献。

〔12〕 四年：自1937年发生卢沟桥事变起计四年。

〔13〕 象：征兆，迹象。

〔14〕 底定：平定、安定。稽：延误，延迟。

〔15〕 遥胄：后世子孙。

〔16〕 锡：赏赐。

〔17〕 海甸：近海地区。因日本与中国一海相隔，故有言。

〔18〕 馨香：用作祭品的黍稷等。

〔19〕 辇跸（bì）：帝王出行的车驾。辇，天子之车。跸，本指帝王出行时开路清道，禁止他人通行，后泛指帝王车驾。

中华民国三十一年（一九四二）

中国国民党中央祭文

（《黄帝祭文集》，西北大学出版社二〇一四年版）

维中华民国三十有一年四月初吉，民族上冢之日[1]，中国国民党中央执监委员会遣委员王陆一[2]，谨以香花清醴致祭于轩辕黄帝之灵曰：

惟元祖奋迹神州[3]，肇造函宇[4]。功开天地，奠民族之丕基[5]；道启洪荒，为文明之创始。首出庶物[6]，而万国咸宁；载焕武功，而四方同理。昆仑云降[7]，坂泉伸斧钺之威[8]；华夏风同，世代衍神明之裔。凤凰天际[9]，八纮而律吕齐声[10]；黼黻人间[11]，九有而衣冠表德[12]。伟制作之施张[13]，夐生民之典则[14]。同文字于广大之宗邦，永威灵于遐荒之震格[15]。春秋绵延，东方史籍无非缵述之文[16]；世界纷纭，中国精神益动邦邻之色。狂倭蠢犯，飞海鸱张[17]。匡恢领土，简励戎行。原陵巍巍[18]，大风泱泱[19]。峻参天之黛柏，肃万祀之馨香。子孙大复仇之义，弓剑悬戡乱之光[20]。惟党誓命，用策群心。必夷艰险[21]，以启山林。复疆原于奋迅[22]，跻民物于升平[23]。

已驰域外之师，玄黄苦战[24]；即献国门之捷，青白雄旌[25]。环拱众灵，万水千花春日；精诚遣荐[26]，《云门》《大武》祥音[27]。尚飨！

【注释】

〔1〕 上冢：上坟，扫墓。

〔2〕 王陆一（1897－1943）：原名肇巽，又名天士，陕西三原人。1912年考入西北大学，1925年赴苏联中山大学学习。先后任国民党中央执行委员会秘书处书记长、安徽大学文学院院长等职。1941年调任山西、陕西监察使，不久病逝。

〔3〕 奋迹：谓奋起投身从事某活动。

〔4〕 肇造：始建。函宇：宇内，四海之内。

〔5〕 丕基：伟大的基业。

〔6〕 庶物：各种事物。

〔7〕 云降：云气下降若伞盖，祥瑞也。

〔8〕 坂泉：即阪泉，古地名。相传黄帝与炎帝战于阪泉之野。斧钺（yuè）：斧和钺，古代兵器，用于斩刑。此指兵器，形容军容之盛。

〔9〕 “天”，原作“大”，据文意改。

〔10〕 八纮（hóng）：八方极远的地方。 律吕：古代校正乐律的器具，相传由黄帝的乐官伶伦所创。

〔11〕 黼黻（fǔ fú）：古代礼服上绘绣的半青半黑花纹，此处指使其华美。

〔12〕 九有：九州。《诗·商颂·玄鸟》：“方命厥后，奄有九有。”毛传：“九有，九州也。”

〔13〕 施张：施行。

〔14〕 敻（xiòng）：远，深远。

〔15〕 遐荒：边远荒僻之地。

〔16〕 缵（zuǎn）述：继承传述。汉王逸《〈离骚〉后序》：“舒肆妙虑，缵述其词。”

〔17〕 鸱（chī）张：如鸱张翼。比喻猖狂、嚣张。鸱，鸱鸮，一种凶猛的鸟。此处以鸱鸟比拟日军侵略者。

〔18〕 巍巍：崇高雄伟的样子。

〔19〕 泱泱：气势宏大。

〔20〕 戡乱：平定乱事。南朝梁刘孝标《辩命论》：“而或者睹汤武之龙跃，谓戡乱在神功；闻孔墨之挺生，谓英睿擅奇响。”

〔21〕 夷：铲平，削平。《逸周书·武称》：“夷厥险阻。”

〔22〕 奋迅：精神振奋，行动迅速。《后汉书·耿纯传》：“大王以龙虎之姿，遭风云之时，奋迅拔起，期月之间兄弟称王。”

〔23〕 民物：泛指人民、万物。汉蔡邕《陈太丘碑》：“神化著于民物，形表图于丹青。”升平：太平。

〔24〕 玄黄：《易·坤卦》：“龙战于野，其血玄黄。”高亨注：“二龙搏斗于野，流血染泥土，成青黄混合之色。”后因以“玄黄”指血。此处指当时抗日战争之激烈。

〔25〕 青白：中华民国国旗饰样有青天、白日之图案。

〔26〕 荐：指祭品。《礼记·祭义》：“奉荐而进。”

〔27〕 《云门》：周六乐舞之一，用于祭祀天神，相传为黄帝时所作。《大武》：周六乐中的武舞，内容是歌颂武王伐纣的武功。

文明之祖碑（民国四年刻立）
轩辕庙碑（民国四年刻立）

中华民国三十一年（一九四二）国民政府祭文

（《黄帝祭文集》，西北大学出版社二〇一四年版）

中华民国三十一年四月五日，国民政府特派陕西省政府主席熊斌代表敬祀于桥陵曰[1]：

惟帝圣开轩胄，化启昆源[2]。义祀朝宗，群伦桄被[3]。桥山在望，陵寝巍然。统一告成，明禋惟肃[4]。溯自东倭构衅[5]，抗战军兴；御侮争存[6]，如今五稔[7]。仗威灵之默佑[8]，振民族之精神。国难虽殷[9]，邦基愈固[10]。和平先兆，正谊同盟[11]。时届仲春[12]，典循展祭。伏冀灵霄雷雨，助炎汉之中兴[13]；复旦星云[14]，启神州之景运[15]。尚飨！

［注释］

〔1〕熊斌（1893-1964）：字哲明，湖北礼山人，历任国民军第一军参谋长、军令部次长、陕西省主席等职。抗战结束后负责收编华北伪军。后任北平市市长等职。1964年在台北病逝。

〔2〕昆：指后裔、后代。

〔3〕桄（guàng）：充满《说文解字·木部》：“桄，充也。”清王引之《经义述闻·尚书上》“光被四表”：“光、桄、横，古同声而通用，非转写讹脱而为光也，三字皆充广之义。”

〔4〕明禋（yīn）：明洁诚敬的献享。

〔5〕 东倭：古代称日本。此处指日本侵略军。构衅（xìn）：造成衅隙，结怨。

〔6〕 御侮：谓抵御外侮。

〔7〕 五稔：五年。古代谷一熟为年。抗日战争由1937年卢沟桥事变起计五年。

〔8〕 威灵：指神灵的威力。

〔9〕 殷：激烈；频繁。

〔10〕 邦基：国家的基础。全句有国难兴邦之意。

〔11〕 正谊：公正的道理。同盟：此指美国。美国在太平洋战争爆发后，开始全力援华，1942年向中国提供5亿美元无偿援助，并根据《租借法案》对华租借大量军事物资。

〔12〕 仲春：春季的第二个月，即阴历二月。此处指春季。

〔13〕 炎汉：传说炎帝为汉族祖先，因称中国或汉族为炎汉。

〔14〕 复旦：谓又光明，天明。《尚书大传》卷一下：“日月光华，旦复旦兮。”郑玄注：“言明明相代。”

〔15〕 景运：好时运。《周书·独孤信传》：“今景运初开，椒闱肃建。”

民国三十一年（1942）
蒋介石题“黄帝陵”碑

中华民国三十一年（一九四二）陕西省政府祭文

（《黄帝祭文集》，西北大学出版社二〇一四年版）

粤维中华民国三十一年四月清明节[1]，陕西省政府主席熊斌[2]，谨率僚属以清酌庶馐之荐[3]，致祭于黄帝桥陵之灵前曰：

窃以轩皇定历[4]，绵十世千百岁之春秋；涿鹿升香，冠九皇六四民之禋祀[5]。崆峒访道，悟真术于广成[6]；昆仑筑宫[7]，扬威棱于大夏[8]。披山通道一万国[9]，开五洲筑轨之先声[10]；畏神伏教三百年，启九宇弭兵之盛业[11]。有徇齐敦敏之性质[12]，有高明广大之规模。夷鼓青阳[13]，都是神灵之苗裔；风后力牧[14]，群高辅佐之勋名。民族肇兴，国维永奠[15]。曩者璇宫增饰[16]，绀宇更新[17]。复庙重檐[18]，爰本周官之度；细旃广厦[19]，胥沿汉殿之规。金碧凝辉，丹青绚彩。迩值四月清明令节，敬修扫墓之礼，秉命中枢，亲百司处，恭致祭奠。扫一坯之仙垄[20]，俎豆虔供；靖万国之方舆[21]，河山如故。怀生我万灵之统系[22]，展因时九献之馨香[23]。神爽式凭[24]，丕基长固〔25〕。雨旸时若〔26〕，聿邀《洪范》之休征〔27〕；烽火全消，迅洗蚩尤之沴气〔28〕。左洪河而右太华〔29〕，常仰师兵营卫之灵〔30〕；前千古而后万年，永修关辅明禋之典〔31〕。呜呼尚飨！

【注释】

〔1〕 粤、维：均为句首助词。

〔2〕 熊斌介绍见前篇注释〔1〕。

〔3〕 清酌：古代祭祀所用的清酒。

〔4〕 轩皇定历：轩皇，即黄帝轩辕氏。相传黄帝命羲和等人制定历法。

〔5〕 九皇：传说中上古的九个帝王。六四民：当时中国人口约有六亿四千万。

〔6〕 崆峒（kōng tóng）访道：传说轩辕黄帝曾亲自登临崆峒山，向隐居在此的广成子问道，请教治国之道和养生之术。

〔7〕 昆仑筑宫：传说黄帝在下界的宫殿即在昆仑山。

〔8〕 威棱：威力，威势。大夏：古国名，传说黄帝命伶伦造乐律，伶伦曾走到大夏的西部。《吕氏春秋·古乐》："昔黄帝令伶伦作为律。伶伦自大夏之西，乃之阮隃之阴，取竹于嶰溪之谷。"

〔9〕 劈山通道：劈山开路。《史记·五帝本纪》："天下有不顺者，黄帝从而征之，平者去之，披山通道，未尝宁居。"

〔10〕 五洲：全球大陆的总称。旧分世界为五大洲，即亚洲、欧洲、非洲、澳洲和美洲。今分为七大洲（亚洲、欧洲、非洲、北美洲、南美洲、大洋洲、南极洲），但习惯上仍称五大洲。常用以代称世界。

〔11〕 九宇：犹言九州。弭兵：平息战事；停止战争。

《左传·襄公二十七年》："楚许之，我焉得已。且人曰弭兵，而我弗许，则固携吾民矣，将焉用之？"

〔12〕 徇齐：疾速，动作敏捷。敦敏：笃实聪敏。

〔13〕 夷鼓、青阳：传说中黄帝二十五子之一，同为己姓。《国语·晋语四》："黄帝之子二十五人。其同姓者，二人而已，唯青阳与夷鼓，皆为己姓。"韦昭注："青阳，金天氏帝少皞。"

〔14〕 风后、力牧：相传均为黄帝之臣。《史记·五帝本纪》："（黄帝）举风后、力牧、常先、大鸿以治民。"张守节《正义》："四人皆帝臣也。"

〔15〕 国维：国家的栋梁。奠：定。《书·禹贡》："禹敷土，随山刊木，奠高山大川。"孔传："奠，定也。高山、五岳、大川、四渎，定其差秩，祀礼所视。"

〔16〕 曩：先时，以前。璇宫：玉饰的宫殿，多指王宫。

〔17〕 绀（gàn）宇：即绀园，佛寺之别称。

〔18〕 复庙：古代称采用双层屋椽、双层屋笮等结构建造的宗庙为复庙。重檐：两层屋檐。《礼记·明堂位》："复庙重檐。"

〔19〕 细旃广厦：细旃，细织之毛毡；广厦，高大的房屋。形容宫殿的陈设华美。《汉书·王吉传》："夫广夏之下，细旃之上，明师在前，劝诵在后。"

〔20〕 垄：坟墓。《礼记·曲礼上》："适墓不登垄。"郑玄注："垄，冢也。"

〔21〕 方舆：指大地。《文选·束皙〈补亡诗〉之五》："漫漫方舆，回回洪覆。"李周翰注："方舆，地也。"

〔22〕 怀生：爱惜生命。

〔23〕 九献：九次献酒。周天子接待上公朝聘的享礼。《周礼·秋官·大行人》："上公之礼……飨礼九献。"贾公彦疏："九献者，王酌献宾，宾酢主人，主人酬宾，酬后更八献，是为九献。"

〔24〕 神爽：神魂、心神。式凭：依靠，依附。

〔25〕 丕基：巨大的基业。《旧五代史·晋书·少帝纪》："朕虔承顾命，获嗣丕基，常惧颠危，不克负荷。"

〔26〕 雨旸时若：晴雨适时，风调雨顺。

〔27〕 聿（yù）：文言助词，无义，用于句首或句中。《洪范》之休征：《书·洪范》："曰休征。"休征，吉利的征兆。《汉书·平帝纪》："休征嘉应，颂声并作。"

〔28〕 蚩尤：传说中的古代九黎族首领。此代指日本侵略军。沴（lì）气：恶气，灾害不祥之气。

〔29〕 洪河：大河，多指黄河。太华：山名，即西岳华山，在陕西省华阴市南。

〔30〕 师兵营卫：犹军队。《史记·五帝本纪》："（黄帝）迁徙往来无常处，以师兵为营卫。"张守节《正义》："环绕军兵为营以自卫，若辕门即其遗象。"

〔31〕 关辅：指关中及三辅地区。《文选·鲍照〈升天行〉》："家世宅关辅，胜带宦王城。"李善注："关，关中也。《汉书》曰：'右扶风、左冯翊、京兆尹，是为三辅。'"

（《黄帝祭文集》，西北大学出版社二〇一四年版）

中华民国三十二年（一九四三）

中国国民党中央祭文[1]

维中华民国三十有二年四月初吉，民族上冢之日，中国国民党中央执监委员会委员王陆一，谨以香花清醴致祭于轩辕黄帝之灵曰：

惟元祖奋迹神州，肇造函宇。功开天地，奠民族之丕基；道启洪荒，为文明之创始。首出庶物，而万国咸宁；载焕武功，而四方同理。昆仑云降，坂泉伸斧钺之威；华夏风同，世代衍神明之裔。凤凰天际，八纮而律吕齐声；黼黻人间，九有而衣冠表德。伟制作之施张，敻生民之典则。同文字于广大之宗邦，永威灵于遐荒之震格。春秋绵延，东方史籍无非缵述之文；世界纷纭，中国精神益动邦邻之色。狂倭蠢犯，飞海鸱张。匡恢领土，简励戎行。原陵巍巍，大风泱泱。峻参天之黛柏，肃万祀之馨香。子孙大复仇之义，弓剑悬戡乱之光。惟党誓命，用策群心。必夷艰险，以启山林。复疆原于奋迅，跻民物于升平。时则清除侵略，盟国交亲。条约平等，大义宣明。已驰域外之师，玄黄苦战；即献国门之捷，青白雄旌。环拱众灵，万水千花春日；精诚遣荐，《云门》《大武》祥音。尚飨！

〔注释〕

〔1〕 按，此祭文内容与中华民国三十一年（1942）中国国民党中央祭文大致相同，惟多出“时则清除侵略，盟国交亲。条约平等，大义宣明”几句。注释参见前注。

黄帝陵古柏

中华民国三十二年（一九四三）国民政府祭文

（《黄帝祭文集》，西北大学出版社二〇一四年版）

中华民国三十二年四月五日，国民政府特派陕西省政府主席熊斌代表敬祀于桥陵曰[1]：

惟我轩圣[2]，肇启中华。文德武功，神谟巍焕[3]。鼎湖虽邈[4]，犹传弓剑之灵；汉畤难稽[5]，尚着桥山之望。永瞻陵寝，万祀钦崇[6]。光复以还，护维弥谨。近自盟邦敦好[7]，新约完成[8]。幸国家地位之增高，知民族精神之愈奋。誓殚心力，用济艰屯[9]。协气初和[10]，明禋载展。伏冀盛灵默相，胜残符赤水之征[11]；远胄重光[12]，启泰转黄图之运[13]。尚飨！

【注释】

〔1〕熊斌详细介绍见《中华民国三十一年（1942）国民政府祭文》注释〔1〕。

〔2〕轩圣：传说黄帝姓公孙，居于轩辕之丘，故名曰轩辕。《史记·五帝本纪》："黄帝者，少典之子，姓公孙，名曰轩辕。"

〔3〕神谟：神谋。《三国志·吴志·周鲂传》："朝廷神谟，欲必致休于步度之中。"巍焕：盛大光明、高大辉煌。

〔4〕 鼎湖：地名。传说轩辕黄帝采首山之铜，铸鼎荆山下，汲鼎湖之水，鼎成而崩，乘龙升仙。邈：遥远。

〔5〕 汉畤（zhì）：汉时帝王祭天地五帝的地方。畤，古代祭天地和五帝的祭坛。

〔6〕 钦崇：崇敬。《书· 仲虺之诰》："钦崇天道，永保天命。"

〔7〕 盟邦：犹盟国。此指美国。敦好：和睦友好。

〔8〕 新约：1943年1月11日中华民国与美国签署《中美新约》，条约主要内容是美国放弃在中国的领事裁判权与内河航行权，废止《辛丑条约》及其附件。

〔9〕 艰屯：艰难。晋潘岳《怀旧赋》："涂艰屯其难进，日晼晼而将暮。"

〔10〕 协气：和气。《文选·司马相如〈封禅文〉》："协气横流，武节猋逝。"唐李善注："协气，和气也。"

〔11〕 赤水：相传黄帝攻打蚩尤时，派天女魃下凡，使风静雨止，助杀蚩尤。女魃因没有神力无法返回天界，所在之地大旱。黄帝遂将女魃迁至赤水北岸。见《山海经·大荒北经》。

〔12〕 重光：比喻累世盛德，辉光相承。《书·顾命》："昔君文王、武王，宣重光。"孔传："言昔先君文武，布其重光累圣之德。"

〔13〕 泰转：国运转好。"泰"卦是吉祥之卦，卦辞为"小往大来，吉，亨"，指有益于主方，逐渐兴盛，由小到大，由弱转强。黄图：《三辅黄图》的略称，记载秦、汉都城建设的古地理书。"三辅"指汉代在都城长安附近设立的三个郡级政区，后借指畿辅、京城。

中华民国三十三年（一九四四）

中国国民党中央祭文

（《黄帝祭文集》，西北大学出版社二〇一四年版）

维中华民国三十三年四月五日，中国国民党中央执行委员会特派委员兼陕西省党部主任委员谷正鼎[1]，谨致于玄祖轩辕黄帝之灵曰：

巍巍明后[2]，德无能名。鞭笞宇内[3]，四征不庭[4]。乱者必诛，以命群牧[5]。混一万方[6]，昌大华族[7]。持此大器[8]，遗我子孙[9]。堂堂神胄[10]，定于一尊。跨龙而升[11]，上冲霄汉。攀追莫及，薄海永叹[12]。况在今日，虾夷鸱张[13]。忘我覆育[14]，裂我土疆。莽荡神州[15]，水火斯热[16]。震及寝宫，其何能说。吁嗟吾党，大任在肩。剑及履及，所向无前。惟帝有灵，相我元首。跻于四强[17]，奋作狮吼。挞彼丑虏[18]，还我汉京。以固民德，以奠民生。战战兢兢[19]，惧坠先烈[20]。帝心鉴之，金瓯无缺。桥山犹是，松柏郁苍。敢命执事，恭荐馨香[21]。伏维尚飨！

注释

〔1〕谷正鼎（1903—1974）：字铭枢，贵州安顺人，曾留学德国柏林大学。先后任国民政府行政院参事、国难会议会员等职。抗战爆发后，派赴西北工作，历任西北绥靖公署署长、军委会西安办公厅副主任、陕西省党部主任委员等职。1974年在台北病逝。

〔2〕巍巍：崇高伟大。明后：贤明的君主。

〔3〕鞭笞：鞭打；杖击。比喻以暴力征服、控制。

〔4〕四征：四面征讨。不庭：不朝于王庭者或叛逆之人。《左传·隐公十年》："以王命讨不庭。"杨伯峻注："庭，动词，朝于朝廷也。九年《传》云'宋公不王'，故此云以讨不庭。此'不庭'为名词，意为不庭之国。"

〔5〕群牧：古称九州岛治民的官长，后用以泛指众诸侯或地方长官。

〔6〕混一：齐同，统一。万方：四方各地或各地诸侯之意。

〔7〕昌大：昌盛；发扬光大。《诗·周颂·雝》："克昌厥后。"汉郑玄笺："又能昌大其子孙。"

〔8〕大器：比喻国家、帝位。

〔9〕遗（wèi）：给予，馈赠。《书·大诰》："宁王遗我大宝龟，绍天明即命。"

〔10〕神胄：帝王后裔的美称。

〔11〕跨龙：相传黄帝晚年于湖畔乘龙，登天成仙。

〔12〕薄海：泛指海内外广大地区。

〔13〕虾夷：亦作"虾蛦"，日本古时北方未开化的民族。其人多毛及须髯，颧高、眼凹、鼻尖，肤色浅棕，居住在本州东北奥羽、北陆地方。一般认为北海道阿伊努人即其后裔。此处代指日本。鸱（chī）张：如鸱张翼。比喻猖狂、嚣张。

〔14〕覆育：庇护养育。《礼记·乐记》："天地䜣合，阴阳相得，煦妪覆育万物。"指日本自古以来学习汉文化。

〔15〕莽荡：辽阔无际。

〔16〕水火：谓水深火热。比喻艰险的境地。

〔17〕四强：指1942年1月1日，中国与美、英、苏三国并列，作为各国之首，签署《联合国家宣言》。

〔18〕挞（tà）：用鞭子或棍子打。引申为攻打。丑虏：对敌人的蔑称。《诗·大雅·常武》："铺敦淮濆，仍执丑虏。"郑玄笺："丑，众也……就执其众之降服者也。"

〔19〕战战兢兢：因戒惧而小心谨慎。《诗·小雅·小旻》："战战兢兢，如临深渊，如履薄冰。"

〔20〕坠：丧失；败坏。《国语·楚语下》："自先王莫坠其国，当君而亡之，君之过也。"韦昭注："坠，失也。"先烈：祖先的功业。《书·冏命》："绳愆纠谬，格其非心，俾克绍先烈。"孔传："使能继先王之功业。"

〔21〕馨香：指用作祭品的黍稷。《左传·僖公五年》："若晋取虞，而明德以荐馨香，神其吐之乎？"

中华民国三十三年（一九四四）国民政府祭文

（《黄帝祭文集》，西北大学出版社二〇一四年版）

维中华民国三十三年四月五日，国民政府特派陕西省政府主席祝绍周代表敬祀于桥陵曰[1]：

惟我民族，肇迹昆仑[2]。轩圣勃兴，奄有区夏[3]。武功文德，震耀千秋。释编简之昭垂[4]，缅神灵之赫濯[5]。桥山在望，岁祀惟虔。溯自倭寇横侵[6]，政府坚持抗战，全民振奋，愈战愈强。联正谊以同盟，订平等之新约。敦盘揖睦[7]，胜利当前。凡兹国策之筹维[8]，胥仗威灵之相佑[9]。所冀雨旸时若，丰年占玉粒之盈[10]；烽燧全销[11]，环宇庆金瓯之固[12]。尚飨！

【注释】

〔1〕 祝绍周（1893-1976），字芾南，浙江杭州人，毕业于保定军官学校，先后任国民党第五军参谋长、中央军校洛阳分校主任等职。抗战爆发后，任鄂陕甘边区警备司令、陕西省政府主席等职。1976年病逝于台北。

〔2〕 肇（zhào）迹：犹肇始、肇兴。昆仑：传说黄帝在昆仑山建造宫殿。

〔3〕 奄有：全部占有，多用于疆土。区夏：诸夏之地，指华夏、中国。

〔4〕 编简：书籍、史册。昭垂：昭示、垂示。

〔5〕 赫濯（zhuó）：威严显赫貌。

〔6〕 倭寇：14-16世纪侵扰劫掠我国和朝鲜沿海地区的日本海盗。抗日战争期间，我国人民亦用以称日本侵略者。

〔7〕　敦盘：指玉敦和珠盘，古代天子或诸侯盟会所用的礼器。《周礼·六官·玉府》："若合诸侯，则共珠槃、玉敦。"郑玄注："古者以槃盛血，以敦盛食。"后用以指宾主聚会或使节交往。揖：辞让，谦让。《汉书·王莽传上》："然而公惟国家之统，揖大福之恩，事事谦退，动而固辞。"颜师古注："揖，谓让而不当也。"

〔8〕　筹维：谋划考虑。

〔9〕　胥：皆，都。《诗·小雅·角弓》："尔之远矣，民胥然矣。"郑玄笺："胥，皆也。"

〔10〕　玉粒：指米、粟等粮食作物，取五谷丰登义。

〔11〕　烽燧（suì）：即"烽火"。此处代指战争。

〔12〕　金瓯：金制的盆、盂之属，比喻疆土之完固。原文无"金"字，据句意补。

中华民国三十七年（一九四八）陕甘宁边区政府祭文

（《黄帝祭文集》，西北大学出版社二〇一四年版）

中华民国三十七年清明节日，陕甘宁边区政府副主席刘景范，西北人民解放军副司令员赵寿山、政治部主任甘泗淇等，谨代表边区各界同胞及西北人民解放军全体将士，以香花酒醴之仪，致祭于我轩辕黄帝之陵前曰：

伟大的轩辕黄帝，你是我民族的始祖，你是我劳动者的先人，历史的创造者。从你那一时代起，我们伟大的中华民族，即劳动生息繁衍于这幅员广大的中国领域，并以自己的劳动、团结和努力，不断战胜黑暗，争取光明。在我们祖国的土地上开辟了锦绣的河山，创造了光辉的历史。历代反专制反暴君的英勇斗争，近百年来反帝反封建的民族民主运动，充分表现了我中华民族的伟大精神。迄民国十年，中国劳动人民的先锋队——中国共产党出世后，我民族前途更大放光明。廿余年来，我中国人民大众，在为祖国独立、为人民民主的伟大革命战争中，已获得了空前巨大的成就。在野蛮的日本法西斯被打倒以后，我国人民大众的任务，是要建立一个独立、和平、民主、统一和富强的新中国。不幸以蒋介石为首的我国反动派，为要维持其祸国殃民的统治，不惜充当美帝国主义走狗，签订丧权辱国的种种条约，将我国主权出卖给美国，发动内战，残杀人民。莽莽神州，遍地腥膻，优秀儿女，任人凌辱。人民公敌蒋介石此种窃国卖国的滔天罪行，较卖国贼袁世凯、汪精卫之流，实有过之无不及。我中华民族劳动人民，已在伟大中国共产党领导下，钢铁般地团结起来，为我祖国独立、人民解放事业组织英勇奋斗。现在可以告慰于你的，我国人民奋力以求的新民主主义社会，已在拥有一万万六千万人民的广大祖国土地上建立起来了，人民的力量是空前强大了。民国三十六年，人民解放军已在我祖国的土地上，扭转了美帝国主义及蒋介石匪帮的反革命车轮，使之走向覆灭的道路，推进了自己的革命车轮，使之走向胜利的道路。本年春季，人民解放军组织胜利的进攻，显示着全国人民的解放已为期不远。尤其值得庆幸的就是我西北人民现已胜利地光复了我民族始祖陵寝所在地——黄陵县（中部县）。这是全民族解放的祥兆，新中国诞生的瑞征。不管美帝国主义如何竭力支援，不管蒋介石匪帮如何拼命挣扎，我四万万五千万优秀的黄帝子孙，定能团结一致地在其先锋队——中国共产党的坚强领导下，把革命战争进行到底，坚决、干净、彻底、全部消灭美帝国主义支持下的蒋介石匪帮，早日实现全国胜利。

中华民族解放万岁！

轩辕黄帝万古千秋！尚飨！

己亥年清明公祭轩辕黄帝典礼

中华人民共和国

一九五五年陕西省人民委员会祭文

（《黄帝祭文集》，西北大学出版社二〇一四年版）

一九五五年四月五日清明节，陕西省人民委员会副省长成柏仁等用鲜花醴果之仪，向中华民族始祖轩辕黄帝陵敬以虔诚的致祭，曰：

一年来，全国人民在中国共产党和中央人民政府与毛主席的正确领导下，在各个战线上取得了重大的成就。

我们的工业生产和基本建设都有了显著的发展。工业生产在国民经济中的比重已有提高。国营、合作社和公私合营工业在全部工业中的比重已占了优势；有些新建、改建和续建的大工业已投入生产。我国建设的重点工程，少部分已经完工，部分正在紧张施工，大部分正在努力完成准备工作。今年计划新建的一千多公里铁路正在修筑。沟通内地和西藏的康藏、青藏两条公路已经通车。我国农业生产，去年虽遭遇百年来未有的洪水，但粮食生产仍比一九五三年增加；农业生产合作社已发展到六十万个。为争取今年大丰收，全国农民正在热烈地进行春耕生产。对手工业和资本主义工商业的社会主义改造，也正在积极地、逐步地进行。劳动人民的物质和文化生活水平，在生产不断发展的基础上，亦得到相应的改善和提高。

我国人民是爱好和平的。我国已同二十五个国家建立或正在建立外交关系。我国同各人民民主国家平等互利的友谊日益增长。由于我国及其他爱好和平国家和人民的努力，随着朝鲜的停战，印度支那的和平也恢复了。我国总理与印度、缅甸总理分别会谈，所取得的成就，对维护亚洲与世界和平，产生了重要作用。在国内由于实行了正确的政策和具体步骤，进一步巩固了人民民主专政。我国各民族人民已经团结成为一个平等友爱的大家庭；各少数民族在聚居的地方享受着广泛的区域自治权。我国人民民主统一战线，发挥和继续发挥着应有的作用。这些都是我国建设社会主义的重要保证，都有力地推动着我国社会主义建设和社会主义改造事业。

今年，是我国五年计划建设具有决定意义的一年。全国人民都本着勤劳、勇敢和艰苦奋斗的优良传统，积极劳动，努力增加生产，厉行节约，争取完成和超额完成一九五五年的各项生产建设计划；都正在继续加强团结，百倍地提高警惕，防止和打击一切反革命的破坏活动，为早日解放我国神圣领土台湾，保卫亚洲和世界和平而奋斗！为争取在几个五年计划内，将我国建设成为一个伟大的社会主义国家而奋斗！尚飨！

一九五六年陕西省人民委员会祭文

（《黄帝祭文集》，西北大学出版社二〇一四年版）

一九五六年四月五日清明节，陕西省人民委员会副省长韩兆鹗等用鲜花醴果之仪，向中华民族始祖轩辕黄帝陵敬以虔诚的致祭，曰：

目前我们国家正处在伟大的社会主义革命高潮中。全国范围内半社会主义的农业合作化，将于今年基本上完成，并正向完全社会主义的合作化发展；资本主义工商业的全行业公私合营，今年在全国范围内基本上完成，明年就可以基本上完成手工业的社会主义改造。全国人民正在为全面提早和超额完成第一个五年计划，进行着忘我的劳动，为把我国变成一个完全现代化的、有高度文化、富强的社会主义工业国进行着英勇的奋斗。

国际方面，目前紧张局势已经获得缓和。和平、民主社会主义的力量日益强大。拥有九亿人口的[二]、在欧亚两洲大陆上连成一片的社会主义国家，已经建立了真诚合作的兄弟般的友谊。各个社会主义国家，一贯坚持着和平共处的原则，赢得了世界各国爱好和平人民的广泛欢迎和支持，社会主义国家同一切愿意保持和平的国家的友好关系日益发展。与此相反，侵略集团的帝国主义方面，经济危机日益加深，内部矛盾愈趋尖锐，他们推行的扩军备战与『实力地位』的侵略政策，遭到了世界爱好和平人民的反抗，帝国主义方面在世界上处于日益孤立的地位。

总之，今天的国际形势，对我国社会主义建设是有利的。我们一定要更紧密地团结在中国共产党和毛主席的周围，加强学习，努力工作，以诚实的、顽强的、创造性的劳动，把社会主义竞赛推向新的高涨，增加生产，厉行节约，争取在一个不很长的时间内，把我们伟大的祖国，建设成为一个繁荣富强的社会主义国家。我们一定要团结国内外一切进步的力量，坚决地同国内外敌人进行斗争。把肃清一切暗藏的反革命分子的运动进行到底，一定要解放台湾，为保卫祖国安全和世界和平而奋斗！我们还要加强工人、农民、知识分子的兄弟联盟，发扬中华民族的勤劳美德，向科学进军，向文化进军，把我们祖先几千年来劳动创造的文化、科学遗产，加以整理，发扬光大，使其更好地为祖国社会主义建设事业而服务。

敢告！

1956年 公祭现场

【注释】

〔1〕“九亿”，原作“六亿”，据《黄帝文化志》《陕西省志》校改。

一九五七年陕西省人民委员会祭文

（《黄帝祭文集》，西北大学出版社二〇一四年版）

一九五七年四月五日清明节，陕西省人民委员会副省长杨玉亭等，用鲜花醴果之仪，向中华民族始祖轩辕黄帝陵敬以虔诚的致祭，曰：

勤劳勇敢的先祖，为我们开创了民族基业，发展了生产和文化。但是，几千年来中华民族在专制统治下，经历了无数艰苦的岁月。只有在中国共产党和毛主席的领导下，中国人民才建立了人民自己的国家和自己的政府。今年是中国人民胜利后第九个年头，也是我国第一个五年计划的最后一年，全国人民正在『勤俭建国』的号召下，发扬我中华民族勇敢朴素的传统，为完成和超额完成国家第一个五年计划而奋斗。工业、农业以及其他经济事业的建设都在迅速发展，人民物质生活水平正在逐步提高。数千年的文化、科学遗产，在『百花齐放，百家争鸣』的方针指导下，正在继续发扬光大。我国政府为争取和平解放台湾的号召，在台湾同胞和国民党军政人员的中间，已经产生越来越大的影响，全国人民本着爱国主义的精神，正在努力完成祖国统一的大业。

九年来我国人民在国际事务中的地位和影响日益显著。周恩来总理最近对于亚洲和欧洲十一个国家的访问，进一步加强了社会主义国家的团结，增进了我国和亚洲各民主主义国家的友谊。这对维护世界和平和人类进步事业，具有重大的意义。中国人民在中国共产党的领导下所进行的革命事业的胜利，将为我黄帝子孙奠定幸福生活的根基。当此清明佳节，我们缅怀先祖开创我民族基业的艰辛与我国人民勤劳生产的伟大勋业，我们誓以『勤俭建国』的精神，把我国建设成为富强康乐的社会主义国家，以慰我先祖在天之灵！尚飨！

1957年 公祭现场

一九五八年陕西省人民委员会祭文

（《黄帝祭文集》，西北大学出版社二〇一四年版）

一九五八年四月五日清明节，陕西省人民委员会副省长杨玉亭等，用鲜花醴果之仪，向中华民族始祖轩辕黄帝陵敬以虔诚的祭告，曰：

一年来，社会主义力量愈加强大，我国同各兄弟国家，对维护世界持久和平做出了巨大的努力，采取了各种有效的措施，获得了全世界爱好和平人民的同情和拥护。在帝国主义方面，虽然还有少数好战分子在叫嚣战争，实则已成强弩之末，面临日暮途穷之境，它们相互之间的矛盾日益加深。国内外人民反战争的力量已形成壮阔的浪潮，殖民主义者遭受到严重的打击和挫折，反殖民主义的队伍在全世界范围内取得了巨大的胜利。从整个局势来看，东风压倒西风，全世界持久和平基本上已有了保证，这样的局势给我们社会主义建设提供了极为有利的条件。

在国内，由于有中国共产党和伟大领袖毛泽东主席英明的领导，不仅提前和超额完成了第一个国民经济五年建设计划，而且取得了经济战线上社会主义革命的巨大胜利。从一九五七年五月以来，又打退了右派分子的猖狂进攻，全面获得了政治战线上和思想战线上的胜利。因此六亿人民的社会主义觉悟空前提高，党所提出的勤俭建国的伟大号召和多、快、好、省的建设方针，已在每个人的心中扎下了根，在全国各个角落里开了花，到处掀起了比干劲、比劳动、比先进的热潮，正以乘风破浪之势，展开第二个五年国民经济计划建设。

今天，拥护中国共产党的领导，拥护社会主义制度，已成为六亿人民钢铁般的意志，并且继承着我们民族艰苦朴素、勤劳勇敢的优良传统，以英雄的气魄、革命的干劲，进行着各项工作，有信心在七年内实现农业发展纲要（修正草案）中所规定的四十条的要求，一定把我国由一个又穷又白又大的落后的农业国建成为先进的社会主义工业强国。尚飨！

一九五九年陕西省人民委员会祭文

（《黄帝祭文集》，西北大学出版社二〇一四年版）

一九五九年四月五日清明节，陕西省人民委员会副省长孙蔚如等，谨以鲜花醴果之仪，致祭于我民族始祖轩辕黄帝之陵前曰：

一九五八年是不平凡的一年，它在我国历史上写下了新的光辉的一页。我国人民胜利完成和超额完成了第一个五年计划，以及在政治战线和思想战线取得决定性胜利的基础上，继续发扬我民族勤劳勇敢的优良传统，遵循党的社会主义建设总路线，以冲天干劲掀起了经济建设和文化建设大跃进高潮，取得了史无前例的辉煌成就。全国钢产量达到一千一百万吨，煤产量达到二亿七千万吨〔二〕，粮食达到七千五百亿斤，棉花达到六千七百万担，都比一九五七年增加了一倍以上。在文教战线上，高等、中等学校和小学学生，有的增加了一倍以上，有的增加了一半左右。科学文化事业以及爱国卫生工作都有很大发展。

由于生产的飞速发展和群众政治觉悟的大大提高，在夏秋之间短短的几个月内，就在全国农村普遍实现了人民公社化，有百分之九十九以上的农户参加了人民公社。这是我国社会具有伟大历史意义的新发展。通过一年来社会主义建设事业的大跃进和人民公社化运动的实践，我们不但取得了进一步争取更大、更全面跃进的丰富经验，而且为将来过渡到共产主义社会创造了最好的条件。

现在，全国人民正在遵循党的八届六中全会指引的方向，继续反对保守，破除迷信，本着多快好省地建设社会主义的总路线，贯彻执行两条腿走路的全套方针，把冲天干劲和科学分析结合起来，为实现一九五九年产钢一千八百万吨、产煤三亿八千万吨、产粮一万零五百亿斤、产棉一亿担的跃进指标而奋斗。我们坚信，在中国共产党和毛主席的领导下，在这苦战三年有决定意义的一年，将会取得更加光辉伟大的胜利。

我们陕西省也和全国各地一样，各条战线都取得了伟大的成绩。工业总产值比一九五七年增长了百分之六十九点一；过去是『手无寸铁』，而一九五八年产钢二万三千多吨，产铁十五万吨，煤的产量比年初的计划翻了一番。农业方面，粮食（包括大豆）总产量比一九五七年增长了一倍还多，棉花增长了百分之八十六点六。文化教育和科学研究等方面，也都有巨大的发展。现在，中共陕西省委根据党的八届六中全会精神，提出一九五九年我省发展国民经济计划建议，这个计划的主要指标是：产钢十五万吨，原煤六百万吨，粮食三百六十二亿斤，棉花六百六十五万担。全省人民正以实干苦干巧干的精神为完成这个计划而努力[2]。

在国际形势方面，由于以苏联为首的社会主义阵营坚如磐石地团结一致，由于苏联、中国和其他社会主义国家生产建设事业的大跃进，由于苏联在科学技术方面远远超过了最发达的帝国主义国家，由于整个资本主义世界经济危机的加深，由于亚洲、非洲、拉丁美洲民族解放运动的蓬勃发展和帝国主义国家相互间矛盾的日益尖锐化，整个形势构成了一幅色彩鲜明的图画，这就是毛主席所提出的『帝国主义一天天烂下去，我们一天天好起来』和『东风压倒西风』的图景。这对于我们国家的建设、社会主义阵营的繁荣和世界和平进步事业的发展都是极其有利的。

当此春光明媚、风和日丽、万物欣欣向荣的时候，缅怀我始祖创业的艰难，瞻望光辉灿烂的前景，更加意气风发，干劲百倍，在建设伟大祖国的道路上，将更奋勇前进，并以新的、更大的成就告慰于始祖。

尚飨！

【注释】

〔1〕“二亿”，原作“二万”，据《黄帝文化志》《陕西省志》改。

〔2〕“巧干”二字原脱，据《黄帝文化志》《陕西省志》补。

一九六〇年陕西省人民委员会祭文

（《黄帝祭文集》，西北大学出版社二〇一四年版）

一九六〇年四月五日清明节，陕西省人民委员会副省长孙蔚如等用鲜花素果之仪，向中华民族始祖轩辕黄帝陵敬以虔诚的致祭，曰：

一九五九年，我国各族人民，在中国共产党和毛主席的英明领导下，高举总路线、大跃进、人民公社的红旗，开展了反右倾、鼓干劲、增产节约的群众运动。在一九五八年大跃进的基础上，又获得了全面的大跃进。经过两年的持续大跃进，我国人民已经提前三年完成了第二个五年计划的主要指标，这就进一步增强了我国社会主义建设的物质基础；同时，使我们争取到三年时间。这三年的时间，是我们提前实现农业发展纲要、提前实现十二年科学发展规划的决定性阶段；也是我们争取整个六十年代的连续跃进，把我国建设成为一个拥有现代工业、现代农业和现代科学文化的强大的社会主义国家的重要阶段。我国人民充满了信心，正在沿着党指示的建设社会主义的光辉道路，为争取新的胜利奋勇前进。

我们陕西地区，也和全国各地一样，一九五九年在各个战线上都取得了伟大的胜利。工农业总产值比一九五八年增长了百分之二十九点八九。工业总产值超额百分之十八点五四，完成了全年计划，超过了第一个五年计划增长的总和。农业生产，由于发挥了人民公社的无比优越性，开展了声势浩大的抗旱保秋运动，终于战胜了三十年来未有的百日大旱，获得了丰收，农副业总产值超过一九五八年百分之十二以上。其他如交通运输、财政贸易和文教科学事业等，也都有了很大的发展。一九六〇年我省的工农业生产，将继续以跃进的速度发展，工农业总产值将比一九五九年增长百分之三十四点二七，其中工业总产值增长百分之三十三点七七，农副业总产值增长百分之三十四点九二。[一] 第一季度，工业战线上已经取得了开门红、月月红，农业战线上正在蓬勃开展着抗旱保麦和抗旱播种运动，千方百计，誓夺今年第一场庄稼大丰收。

十多年来，特别是一九五八年大跃进以来，我们的国家发生了巨大的变化。由于中国共产党和毛主席英明正确的领导，原来打算五年办完的事情，两年就办完了。现在我们又进入了新的伟大的十年，一九六〇年，对于我们又是历史的一个新起点。为了胜利地实现一九六〇年的跃进计划，为了加快社会主义建设事业的发展，我省人民和全国人民一道，正在开展着轰轰烈烈、规模壮阔的技术革新和技术革命运动。新人新事层出不穷，革新创造到处开花，共产主义风格更加发扬，广大城市和农村一片沸腾景象。

当此春光明媚、万紫千红、欣欣向荣的时候，缅怀先民创业的艰难，展望光辉灿烂的前景，更加信心百倍、干劲十足，对于建设祖国的伟大事业，必定将做出更大的贡献，并以此告慰于始祖。

尚飨！

〔注释〕

〔1〕此句《中国黄帝陵文史资料汇编》《陕西省志》作“工农业总产值将比一九五九年增长百分之三十点七，其中工业总产值增长百分之三十点九二”。

20世纪80年代民祭现场

一九六一年陕西省人民委员会祭文

（《黄帝祭文集》，西北大学出版社二〇一四年版）

一九六一年四月五日清明节，陕西省人民委员会副省长任谦等，用香花素果之仪，向中华民族始祖轩辕黄帝陵敬以虔诚的致祭，曰：

我国人民继一九五八年和一九五九年的大跃进之后，一九六〇年又获得了持续的跃进，使我国的工业生产水平大大提高，钢产量已从一九五七年占世界第九位上升到第六位，煤产量已从第五位上升到第二位。工业生产的物质技术基础，已经大大加强，机床的拥有量和工程技术人员，都比一九五七年增长了一倍多。工业总产值，过去三年中平均每年增长速度比第一个五年计划平均每年增长率提高了一倍多。一九六〇年的农业，遭受了百年未有的特大自然灾害。但是，由于中国共产党的正确领导，由于巩固了人民公社，大规模地开展了农田水利建设，全面地组织了工业的力量和其他方面的力量，支援了农村的抗旱救灾，因而在很大程度上减轻了灾荒的危害。国民经济的持续跃进，也大大推动了文化教育事业的发展和提高。以工农群众知识化、知识分子劳动化为主要内容的文化革命运动，已经广泛开展，教育为无产阶级政治服务、教育与生产劳动相结合的方针，得到了认真的贯彻，并且收到了显著的成效，特别在一九六〇年，广大知识青年和很多中、小学毕业生〔一〕，响应党的大办农业、大办粮食的号召，走上农业生产岗位，成为农业生产中一支重要的新生力量。现在，工人阶级里知识分子的队伍正在形成和不断壮大，学术研究空气空前活跃，文化艺术活动一片繁荣。

我们陕西地区，也同全国一样，经过三年的持续跃进，工业产值比一九五七年增长了二点四倍，大大超过了第一个五年计划期间的速度。农业生产虽然也连续两年遭受了严重的自然灾害，但是三年的粮食平均产量，仍比第一个五年计划期间平均产量增长了百分之十一。在交通运输、财贸、文教事业和其他战线上，也都取得了很大成就。特别具有深远意义的是，在连续三年的跃进中，我们取得了在我国条件下高速度地发展社会主义建设事业的丰富而深刻的经验，并且通过实践，使我们在社会主义建设的各个战线上的具体方针和具体方法，越来越明确，越来越完善。广大干部和人民群众，通过三年的实践，提高了觉悟程度，学到了许多新的本领和新的知识，所有这些，都为我们今后社会主义建设事业的更好发展，奠定了更加坚实的基础。连续三年跃进所取得的伟大成就，是中国共产党和毛主席英明正确领导的结果，是三面红旗发挥威力的结果。

在国际方面，现在世界反对帝国主义，争取世界和平、民族解放、民主和社会主义的斗争，已经出现了新的高潮。强大的社会主义力量，正在成为人类社会发展的决定因素。民族民主革命运动的兴起，是仅次于社会主义世界体系形成的伟大发展力量。资本主义各国的人民，针对本国和外国垄断资本的压迫而进行的群众性的政治斗争和经济斗争，也正在风起云涌。这一切力量，已经汇合成冲击帝国主义世界体系的洪流。资本主义总危机发展到了一个新的阶段。和平力量超过了战争力量，进步力量超过了反动力量，社会主义力量超过了帝国主义力量。我们伟大的国家，在国际事务中发挥着越来越重要的作用。真是东风日劲，西风愈衰。在世界人民面前，展现着和平、民族解放、民主社会主义事业的光辉灿烂的前景。这种形势，对于我国社会主义建设事业也是十分有利的。

我省人民同全国人民一道，以过去三年跃进的伟大成绩为起点，继续奋勇前进，为实现中国共产党八届九中全会的伟大号召，夺取一九六一年的农业丰收，完成工业、运输业、财贸、文教事业和其他战线新的任务，争取社会主义建设的新的胜利而奋斗。

当此清明佳节，致祭轩辕黄帝的时候，我们回顾过去，成绩很大；面对现在，形势很好；瞻望未来，前途光明。不禁信心百倍，意气风发。我们坚信，在中国共产党和各族人民伟大领袖毛主席的英明正确领导下，更高地举起总路线、大跃进、人民公社三面红旗，坚持鼓足干劲、力争上游的革命精神，继承先民勤劳勇敢的光荣传统，发扬延安时期的优良作风，克勤克俭，艰苦奋斗，我们一定能够克服前进道路上的任何困难，完成我们艰巨而光荣的任务。谨以告慰。尚飨！

〔注释〕

〔1〕 “毕业”二字原脱，据《中国黄帝陵文史资料汇编》《陕西省志》补。

1979年，“文化大革命”后首次祭陵

一九八〇年陕西省各界公祭祭文

（《黄帝祭文集》，西北大学出版社二〇一四年版）

公元一九八〇年四月四日，庚申清明，陕西省人民代表大会常务委员会、陕西省人民政府、政协陕西省委员会、延安行政公署、黄陵县人民政府[一]，以及省地县各界代表，隆重集会于黄帝之陵，虔诚肃穆，以祭以扫，并备鲜花雅乐致祭于我中华民族始祖轩辕黄帝曰：

惟我始祖，赫赫扬扬，根深叶茂，源远流长。奠中华民族之初基，启华夏文化之晓光。『人文初祖』，功德辉煌，亘千秋而愈烈，历万世而益昌。

惟我始祖，勤勤恳恳，不畏强暴，酷爱和平。协和百族，辑睦四邻，兆民以安，四方以宁。洵洵美德，沦肌浃骨，传之五千余年而愈益发扬光大，恢廓昌明。

黄帝子孙，秉此懿德，团结自强，生生不息。历经五千余年，我中华民族已蔚然成为占世界人口近四分之一的伟大民族，并以其悠久之历史与优秀之文化，对世界文明和人类发展做出了卓越的贡献。当前，春满人间，朝阳如火，祖国大地，欣欣向荣。凡我黄帝子孙、华夏后裔，缅怀先民艰苦创业之精神，展望祖国光辉灿烂之前景，豪情壮志，一往无前。誓当踔厉奋发，加倍努力，团结一切可以团结的力量，调动一切可以调动的积极因素，同心同德，鼓足干劲，力争上游，多快好省地建设现代化的社会主义强国，为人类做出更大贡献，以此告慰于我中华民族始祖轩辕黄帝之灵。

〔注释〕

〔1〕“人民政府”，原作“革命委员会”，据《陕西省志·黄帝陵志》改。

20世纪80年代祭祀活动

一九八一年陕西省各界公祭祭文

（《黄帝祭文集》，西北大学出版社二〇一四年版）

公元一九八一年四月五日，节届清明，日暖风熏，陕西省人民代表大会常务委员会、陕西省人民政府、陕西省政协、延安地区行政公署、黄陵县人民代表大会常务委员会、黄陵县人民政府暨各界代表，敬备鲜花雅乐，祭扫始祖轩辕黄帝之陵，雍雍穆穆，钟鼓和鸣，追远思亲，竭其虔诚。

赫赫元祖，草创文明。衣被华夏，冠盖群伦。泽施后世，永播芳馨。绵绵瓜瓞，秉此懿行。岂无险阻，终获夷平。岂无离乱，终复康宁。根之深矣，枝叶纷披；虽则纷披，根终为一。源之远矣，沟浍纵横；虽则纵横，源终不竭。伟哉中华！生生不息。昆仑之墟，大洋之滨，灿如朝阳，吾土吾民。

赫赫元祖，有为有则。惠在人间，功高日月。既显既扬，亦钦亦格。绵绵瓜瓞，秉此懿德。岂无龃龉，终归和谐。岂无干戈，终化玉帛。根之深矣，枝叶纷披；虽则纷披，根终为一。源之远矣，沟浍纵横；虽则纵横，源终不竭。伟哉中华！凝聚有力。是民族之大节，亘千古而愈烈。

巍巍帝陵，毓秀钟英。山环水抱，翠柏云屯。年年此日，瑞霭缤纷。凡我华裔，黄帝子孙，纵在天涯，或处海角，无不翘首引领，慷慨陈情。喜看繁花似锦，大地春深，愿为祖国富强、民族昌盛、社会文明而尽其能。发五千年悠久文化之辉光，振十万万神州赤子之心声，立民族大志，树一代新风，敢以一个新的爱国主义热潮之蓬勃兴起，伟大祖国社会主义事业之胜利繁荣，告慰于我人文始祖暨列祖列宗赫赫之灵。

一九八二年陕西省各界公祭祭文

（《黄帝祭文集》，西北大学出版社二〇一四年版）

公元一九八二年四月五日，节届清明，日暖风熏。陕西省人民代表大会常务委员会、陕西省人民政府、中国人民政治协商会议陕西省委员会、延安地区行政公署、黄陵县人民代表大会常务委员会、黄陵县人民政府暨各界代表，敬备鲜花雅乐，祭扫始祖轩辕黄帝之陵曰：

巍巍黄陵，虎踞龙腾，清流毓秀，翠柏凝峰。岁岁清明，霞光蔚英。凡我华裔，黄帝子孙，莫非手足，谊属同根。振兴中华，同心同德；何惧险阻，愚公精神；何畏权霸，壮志凌云；繁荣昌盛，同耘同耕；高度文明，共立共兴；十亿华胄，万里神州，普天同仰，众志成城。以祝以告，致其虔诚。并敢以五讲四美之新风，播绵绵瓜瓞之芳芬，既告慰于我黄帝暨列祖列宗赫赫之灵，亦以抒爱国之素志，发民族之心声！大哉轩辕，人文始祖，万代千秋，永垂不朽！

1982年 公祭现场

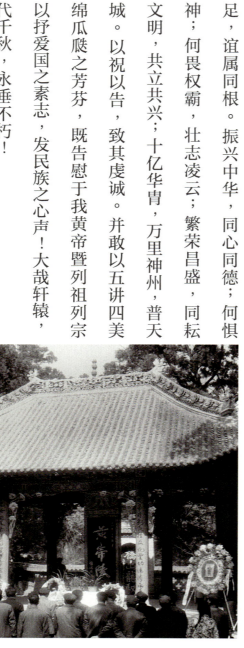

一九八三年陕西省各界公祭祭文

（《黄帝祭文集》，西北大学出版社二〇一四年版）

公元一九八三年四月五日清明节，陕西省人民代表大会常务委员会、陕西省人民政府、陕西省政协、延安地区行署、黄陵县人民代表大会常务委员会、黄陵县人民政府暨各界代表，敬备鲜花雅乐，恭祭始祖轩辕黄帝之陵。

巍巍桥陵，虎踞龙腾，清流毓秀，翠柏凝春。时届清明，霞光蔚蕴。凡我华裔，黄帝子孙，莫非手足，谊属同根。统一祖国，四海和衷；振兴中华，屹立亚东。何畏险阻，誓做愚公；何畏权霸，壮志凌云。工农增产，文化繁荣；十亿儿孙，创造图新。以祝以告，致其虔诚。并以五讲四美三热爱之新风，改革体制，活跃经济，遵行宪法，团结各族，全面开创新局面，建设高度民主、高度文明。既告慰于我人文始祖暨列祖列宗赫赫之灵，亦以抒爱国之志，发扬民族之伟大精神！

一九八四年陕西省各界公祭祭文

公元一九八四年四月四日，节届清明，春雨潇潇。陕西省人民代表大会常务委员会、陕西省人民政府、陕西省政协、延安行政公署、黄陵县人民代表大会常务委员会、黄陵县人民政府暨各界代表，敬备鲜花雅乐，祭扫始祖轩辕黄帝之陵。

巍巍桥陵，虎踞龙腾，清流毓秀，翠柏凝春。岁岁清明，霞光蔚蕴。凡我华裔，黄帝子孙，莫非手足，谊属同根。统一祖国，共同愿望；振兴中华，四海一心。何惧险阻，愚公精神；何畏权霸，壮志凌云。昌盛繁荣，同耘同耕。万里神州，团花织锦；十亿儿孙，众志成城。以祝以告，致其虔诚。并敢以五讲四美三热爱之新风，改革体制，活跃经济，遵行宪法，团结人民，全面开创新局面，建设高度民主、高度文明。既告慰于我人文始祖暨列祖列宗赫赫之灵，亦以抒爱国之素志，发民族之心声！

（《黄帝祭文集》，西北大学出版社二〇一四年版）

1984年公祭现场

一九八五年陕西省各界公祭祭文

（《黄帝祭文集》，西北大学出版社二〇一四年版）

惟公元一九八五年四月五日，时值民族扫墓节之期，陕西省人民代表大会常务委员会、陕西省人民政府、陕西省政协、延安行政公署、黄陵县人民代表大会常务委员会、黄陵县人民政府、黄陵县政协暨各界代表、海外华侨，谨以鲜花束帛之仪，致祭于我中华民族始祖轩辕黄帝之陵。辞曰：

滔滔黄河，九曲东流；巍巍桥陵，虎踞龙蟠。山环水复，拱卫龙驭；松柏虬髯，黛色参天。莅临圣土，心事拿云；念我始祖，创业维难。教民种黍，挈妇养蚕；服牛乘马，车具指南。文字礼乐，五音齐全；武功赫赫，文治灿灿。明民共财，诸侯咸服；普天同乐，河清海晏。披荆斩棘，自强不息；人文初祖，功若日悬；恩及九州，光照宇寰。山高水长，泽被后代；云蒸霞蔚，荫我儿男。今我华夏，再次腾飞；十亿神州，劈浪扬帆。勇于开拓，锐意改革；富国富民，夙志弥坚。黄帝子孙，龙的传人；一脉相承，谁不思根！祖国昌盛，游子心愿；统一大业，人心切盼。一国两制，港事已决；昆仑阿里，早期团圆。亿兆一心，联袂奋起；继往开来，光我祖先。风云雷雨，中流砥柱；世界和平，赖依杠杆。煌煌业绩，永葆青春；泱泱民族，屹立如山！祭礼告成，伏维尚飨！

一九八六年陕西省各界公祭祭文

惟公元一九八六年四月五日，和风骀荡，万物复萌。陕西省人民代表大会常务委员会、陕西省人民政府、中国人民政治协商会议陕西省委员会、延安行政公署、黄陵县人民代表大会常务委员会、黄陵县人民政府、中国人民政治协商会议陕西省黄陵县委员会暨各界代表、台港澳同胞和海外华侨，谨以鲜花雅乐之仪，敬祭于轩辕黄帝之陵曰：

时值清明，恭谒桥陵。缅怀始祖，开创文明。立国迄今，五千春冬。一脉赓续，百代相承。今者，社会主义新时期，古国历史新里程。兴改革之春风，浩浩荡荡；展四化之宏图，熠熠煌煌。内则活跃经济，国力昭苏，民生日臻康阜；外则实行开放，文化交流，科技载骎播扬。举贤任能，马空冀北；拨乱反正，立法备章。披心相付，国际地位日高；自强不已，民族精神发扬。凡我华裔，莫不谊切苔岑，同荣共辱；更应奋发蹈厉，勠力同心。或居河淮南北，或处台港五洲。举视崔嵬之黄陵，尽是轩辕子孙；仰瞻参天之黛柏，俱乃同气连根。明月尚有圆时，家国岂可久分？金瓯无缺，人同此心；振兴中华，匹夫共任。祖国昌盛，万民乐业；伯歌季舞，同庆升平。泱泱华族，永永无间；锲而不舍，信而有征！俾能上无忝于先祖，下无愧于后人。悠悠自情，敢告始尊。尚飨！

（《黄帝祭文集》，西北大学出版社二〇一四年版）

一九八七年陕西省各界公祭祭文

（《黄帝祭文集》，西北大学出版社二〇一四年版）

惟公元一九八七年四月五日，风和日丽，春满神州。陕西省人民代表大会常务委员会、陕西省人民政府、中国人民政治协商会议陕西省委员会、延安行政公署、黄陵县人民代表大会常务委员会、黄陵县人民政府、中国人民政治协商会议陕西省黄陵县委员会暨各界代表、台港澳同胞、海外华侨，谨以鲜花清醴，敬祭于轩辕黄帝之陵曰：

皇皇元祖，继武羲农。崛起神州，斩棘披荆。诸侯宾服，百姓康宁。大展鸿猷，始肇文明。功高万代，泽被后昆。绵绵瓜瓞，咸秉懿行。建功立业，虎跃龙腾。光辉历史，越五千春。引吸弥巨，凝聚日增。子子孙孙，继继绳绳。世居本土，永播清芬。流寓海外，亦皆寻根。时逢盛世，节届清明。瞻望桥山，霞蔚云蒸。心香亿方，恭献黄陵。缅怀往烈，誓振天声。共兴华夏，壮志凌云。四化宏业，鼓舞群英。双百方针，花放鸟鸣，邃密群科，勇攀高峰。开发智力，选贤任能。四美教育，蔚成新风。改革深化，除旧布新。开放收效，取精用宏。加强法制，正气愈伸。发扬民主，众志成城。艰苦创业，克俭克勤。文化昌盛，经济繁荣。一国两制，五洲共钦。祖国一统，华胄同心。昆仑毓秀，黄河澄清。美好现实，锦绣前程。人歌乐土，史著丰功。敬告我祖，以慰威灵。尚飨！

一九八八年陕西省各界公祭祭文

（《黄帝祭文集》，西北大学出版社二〇一四年版）

惟公元一九八八年四月四日，民族扫墓之节，陕西省人民代表大会常务委员会、陕西省人民政府、中国人民政治协商会议陕西省委员会、延安行政公署、黄陵县人民代表大会常务委员会、黄陵县人民政府、中国人民政治协商会议陕西省黄陵县委员会暨各界代表、台港澳同胞、海外侨胞，谨以鲜花束帛之仪，致祭于我中华民族始祖轩辕黄帝之陵曰：

于赫元祖，敦敏聪明。生乃龙颜，驭龙升天。造我华族，胄衍祀绵，万代相承，龙脉永传。创我人文，备物致用，泽垂后昆，恩被瀛寰。于今赤县神州，台澎港澳，尽乃龙之传人；九垓八荒，五洲万国，咸仰龙之文明。时惟龙年，节序清明，和风送暖，万户禋祀。古柏参天，虬枝蟠屈，如瞻轩辕之威仪；丝竹并陈，鼓乐齐鸣，恍闻云门之雅奏。缅怀先祖，创业维艰。今我后人，誓弘龙威。夙夜黾勉，自奋自强。改革九年，国运日昌。经济繁荣，民生康阜，地尽其利，人乐其业。政治民主，同心同德。法制日臻周备，文教益见昌隆。全面开放，取其精粹。一国两制，华胄归心。海峡两岸，交往渐密。统一伟业，计日程功。告慰我祖，尚其歆格！

1988年公祭现场

邓小平题词碑

一九八九年陕西省各界公祭祭文

（《黄帝祭文集》，西北大学出版社二〇一四年版）

时惟公元一九八九年四月五日，序属阳气清明之节，陕西省人民代表大会常务委员会、陕西省人民政府、陕西省政协、延安行政公署、黄陵县人大常委会、黄陵县人民政府、黄陵县政协暨各界代表、台港澳同胞、海外华侨，群贤毕至，少长咸集于沮水绕流、古柏参霄之桥山巅峰，谨以鲜花束帛之仪，祀祭我中华民族之始祖轩辕黄帝之陵。辞曰：

岁月不居，时节如流，值此己巳季春孟夏之际，望我神州大地，祁祁甘雨，膏泽流盈，紫气氤氲，祥风惠畅。凡我祖先庐墓所在之地，无不人流接踵，崇礼惟谨，缅怀如仪，至竭至诚。诗曰『清明祭扫各纷然』，即描绘此情此景。窃闻『高山仰止，景行行止』；盛德在御，四灵可畜。惟我始祖于列祖列宗中之至尊至上，耿光大烈，人神共仰。乾坤缔造，披荆拓荒。艰难玉成，文明肇创。栉风沐雨，泽被四方。启滞导生，万物滋畅。功盖日月，义满天壤。峻德弥绩，宏大无量。迨自桥山驭龙升天之后，陵寝安息于兹。亭亭物表，皎皎霞外，庙貌天下，香烟不绝，致祭之仪尔来千百载矣。凡我黄帝子孙，华夏裔胄，或置身国内，或漂泊海外，于风雨黄昏之日，抑春风得意之时，无不视黄帝陵若心中圣地。意往神驰，魂牵梦绕，日日夜夜，念兹在兹！故清明祭扫，首当拜谒者，盖我始祖黄陵之龙驭也。

兹当禀告者，我华夏自八十年代步入改革开放，已届十载。多难兴邦，政通人和。硕果累累，举世瞩目，亿万同胞，笑逐颜开。始祖欣闻，亦当颔首，英灵慰藉，是所至待。然事物发展，恰如江河奔流，有龙腾鱼跃，亦有沉渣泛起。惟改革之举，锐不可当，四化伟业，人心所向。自去岁始，治理整顿，初见成效；廉政建设，深孚众望。涤瑕荡秽，弘扬文明，深化改革，振兴经济。承我始祖之祐，十亿赤子之博，俾使我中华民族国富民强，永远屹立于东方。

1989年公祭现场

欲达此目的，须唤起我炎黄子孙，众志成城。所幸『一国两制』之举，已博港澳同胞之望归。为祖国统一大业早日实现之计，惟愿台湾当局当速摒弃『三不』政策，发展两岸交流，促进和平统一，共商国是。愿始祖神祐，民族和睦，华夏昌盛，势所必至，时不我待。坦诚之言，惟望思行。

沮水淙淙，桥山苍苍，始祖恩泽，山高水长，遥念始祖，朝夕难忘。祭礼大成，伏维尚飨！

一九九〇年陕西省各界公祭祭文

（《黄帝祭文集》，西北大学出版社二〇一四年版）

惟公元一九九〇年四月五日，春满人寰，桥山翠凝。陕西省人民代表大会常务委员会、陕西省人民政府、中国人民政治协商会议陕西省委员会、延安行政公署、黄陵县人民代表大会常务委员会、黄陵县人民政府、中国人民政治协商会议陕西省黄陵县委员会暨各界代表、台港澳同胞、海外侨胞，谨以清醴芳花，敬祀于轩辕黄帝之陵曰：

惠风和畅，节届清明，怀我元祖，四海同情。艺植宫室，以利民生；舟车指南，以济不通；象形依类，厥始有文。绵绵胄裔，载恢载弘，国魂族心，叶茂根深。欲撼之者适见其形秽，赞仰之者弥睹其朗英。改革开放，博采会融；治理整顿，去芜存菁。岂无逆滥，乃导乃壅；横生枝节，斯斧斯斤。十载实践，信而有征，谁不谓自强自信，魄大力雄？

康庄既辟，万众偕行，势所亟须，沉着安定。誓承摩顶放踵、先忧后乐之古训，永葆艰苦奋斗、戒骄戒躁之传统，一任宇内之风云变幻，一往无前；岂虑诤人之抵掌喧笑，志在必成。港澳台海，同胞弟兄；台独祸水，并力膺惩；一国两制，华胄归心。驾彼四牡，翼翼同征；指扶桑以超迈，望阊阖而飞腾。弘扬我中华民族之文化，创建我炎黄子孙之伟业，造福人类，促进文明，以告慰我先祖之威灵。伏惟尚飨！

一九九一年陕西省各界公祭祭文

（《黄帝祭文集》，西北大学出版社二〇一四年版）

惟协洽之岁，月在如月，日在乙巳，陕西省人民代表大会常委会、陕西省人民政府、中国人民政治协商会议陕西省委员会、延安行政公署、黄陵县人民代表大会常务委员会、黄陵县人民政府、中国人民政治协商会议黄陵县委员会暨各界代表、台港澳同胞、海外侨胞，谨以苹藻之醴、豆登之奠，恭祭于我人文始祖轩辕黄帝之陵，比合而推，实公历一千九百九十一年之四月五日也。值此清明之节，拜扫之辰，缅怀我元宗，申诚我龙祖，共修唯谨之愿，咸献至诚之心，来近来远，无不敬肃。

其文曰：

我中华民族，积五千年文明史，其间建邦立业，有久有暂，国势国威，迭兴迭衰，而能屡蹶屡起者，惟我黄帝子孙团结自强有以致之。粤自伟大民主革命先行者孙中山先生，肇开历史之新篇。迨至中华人民共和国之创立，迄今又四纪有余。当今之中华民族，国力之强大，物产之富庶，文明之昌炽，人民之康宁，实数千年历史所未睹。其间虽小有蹉跌，亦未为国家民族之大碍。我国家民族正经过颠扑、奋起，而终至于昂首阔步、骎骎而上，跻身于世界强大国家民族之林。今者，在专意经济、改革开放、方策方略之下，再展宏图，十年之远划，五年之近计，更指示出一幅无比光辉灿烂之前景。华夏民族正以空前强大之凝聚力，信心百倍地迈向小康，迈向大同。可以告慰的是：在如此煊赫伟大的事业中，我台港澳同胞、海外侨胞已经做出并且正在做出巨大的贡献。所歉疚者，祖国分离状态，至今尚未结束；海峡两岸，翘首相望。然而祖训有云：『落叶归根，血比水浓。』吾辈深信：在举国一致、万众一心的精神感召之下，祖国统一大业之最后实现，已为期不远，势在必成。我元祖黄帝，文武圣神，功高万代，必能俯察子孙戒励之心，昭鉴子孙赓续之诚，洞彻幽微，协和人天，于无形无迹之际，冥冥漠漠之中，襄成建设之大计、统一之宏猷，此则吾辈怵惕小心，敢昭告于我始祖轩辕黄帝之陵前者也。赞曰：

1991年 公祭仪仗队

猗欤大哉！轩辕黄帝。文武圣神，生而聪慧。诸侯不庭，彼此牵曳。黄帝躬亲，乃登大位。始制轩裳，始种五艺。乃通舟车，乃作书契。披山开道，消弭瘴疠。不遑宁居，其功匪细。铸鼎荆山，龙驭而逝。遗弓攀髯，感激零涕。威灵不住，神往形蜕。衣冠剑履，桥山是瘗。今辰奉祀，献牲与币。我诚我敬，神其来御。大哉大哉，轩辕黄帝。煌煌华夏，垂万万世。

尚飨！

一九九二年陕西省各界公祭祭文

惟公元一九九二年四月四日，草熏风暖，时届清明。陕西省人民代表大会常务委员会、陕西省人民政府、中国人民政治协商会议陕西省委员会、延安地区行政公署、黄陵县人民代表大会常务委员会、黄陵县人民政府、中国人民政治协商会议陕西省黄陵县委员会暨各界代表、台港澳同胞、海外侨胞，谨以香花清醴、雅乐之仪敬祭于轩辕黄帝之陵曰：

嗟我元祖，龙跃北边，冀州阪泉，宾服中原。乃畎乃亩，民居以安，化及江汉，泽被千年。瓜瓞绵绵，克承厥先，夙夜匪懈，载登载攀。椎轮大辂，冰水青蓝，华夏文明，光满人寰。炎黄子孙，东北西南，瓣香桥陵，饮流怀源。缅怀先烈，心凝力攒，誓秉懿德，日新月鲜。

改革开放，厉马扬帆，足胝肩赪，一往无前。宇内阴霾，我志弥坚，经济腾飞，国阜民安。科技兴国，教育为先，世已侧目，再跻峰巅。选贤任能，廉政肃贪，协力同心，填海移山。人类成就，取其瑜璠，补我益我，与时争先。世界潮流，波滚澜翻，弄潮涛头，万人仰观。似锦前程，已见桅杆，会见伟业，如日中天。敬慰我祖，威灵在天。伏惟尚飨！

1992年公祭现场

（《黄帝祭文集》，西北大学出版社二〇一四年版）

一九九三年陕西省各界公祭祭文

（《黄帝祭文集》，西北大学出版社二〇一四年版）

惟公元一九九三年四月五日，节届清明，序属暮春。好雨时降，万物发生。桥山凝碧，惠风徐至。咏祖德之骏烈，诵先人之清芬。陕西各界代表，国家有关部门、部分省及市（区）的代表，台湾、香港、澳门同胞，海外侨胞、华裔，谨以清醴鲜花之奠，敬祭我中华民族始祖轩辕黄帝之陵，辞曰：

赫皇我祖，生而神灵；长而敦敏，成而聪明。应天而起，以代羲农；修仁用智，诸侯宾从。戢兵偃武，禾黍岁成；节用爱物，礼文以兴。谐调律吕，正俗移风；威加海外，泽被寰中。我祖仙逝，葬于桥山；世世代代，祭祀相仍。孝以追远，恭惟慎终；我祖隆德，乃继乃承。履故涉新，国运是弘；改革开放，富民强邦；谨以所成，告慰祖宗。实现四化，尚须奋争；炎黄子孙，定能成功；愿我中华，经济飞腾；愿我侨胞，万事兴旺；雷驱云动，海运天行。丹鱼在藻，翠凤栖桐；屹立东方，开肇文明。

伏惟尚飨！

一九九四年公祭黄帝陵祭文

（《黄帝祭文集》，西北大学出版社二〇一四年版）

惟甲戌年二月二十五日，序属三春，节届清明，九州日丽，万物争荣。中国人民政治协商会议全国委员会主席李瑞环，中央有关部门代表，陕西各界代表，部分省、市、自治区代表，台、港、澳同胞代表，海外侨胞代表，聚首桥山，以至诚肃敬之心，鲜花蘋藻之供，缅怀始祖，致祭于轩辕黄帝之陵，曰：

赫威始祖，圣德神功，创我中华民族之根基，启五千年文明之曙光。煌煌伟业，泽被遐荒。亘千秋而愈盛，历万世而弥昌。代复一代，风云激荡。不论政平讼理，国富民强；而或战火炽烈，四海苍黄；幸有轩辕子孙，自励自强。千秋功业，万人共仰。

斗转星移，世道沧桑。历尽艰辛，多难兴邦。春风化雨，改革开放，赖始祖之英灵，奔四化之康庄。举国上下，慨当以慷。中华儿女，奋发图强。加快改革，扩大开放；惩治腐败，整肃纪纲；广开言路，民气畅扬。一国两制，大事共商；实现统一，人神共襄，同心同德，再造辉煌。

中华文明，源远流长。始祖懿德，光大昭彰。中华振兴，经济腾骧，炎黄子孙，龙凤呈祥。美哉中华，如日东升。

告慰始祖，伏维尚飨。

江泽民题词碑

一九九五年公祭黄帝陵祭文

（《黄帝祭文集》，西北大学出版社二〇一四年版）

惟公元一九九五年，岁在乙亥，时届清明，惠风甘雨，万物滋荣。全国人大常委会吴阶平副委员长，全国政协洪学智副主席，中央有关部门代表，部分省、市、区代表，台、港、澳同胞，海外侨胞代表，陕西省各界代表，谨以时馐鲜花，清醴雅乐，敬祭于我中华元祖轩辕黄帝之陵，其文曰：

赫矣我祖，开辟鸿蒙，功在宇宙，通继羲农。神矣我祖，躬治草莱，艺植百谷，生民是赖。圣矣我祖，修德振武，天下大治，万国宗主。睿矣我祖，奠基中央，表里山河，临制四方。世代延续，源远流长。自强自立，乃祭乃昌。迄今五千余载，亘世界之东方。复有子孙亿万，遍及五洲。克勤克俭，贞志不休。声明文物，并世无俦。

回顾历史，沧桑屡更。百年磨难，忧患频仍。国运不兴，欧风东渐。庚子赔款，辛丑丧权。强邻伺境，社稷罹难。先吞台澎，继占辽沈。豕突狼奔，疯狂猖獗，铁蹄所至，腥风带血。山河破碎，生灵涂炭。惟我军民，奋臂而起，国共合作，誓雪国耻，惩虺豕之贪心，振中华之英气。终联合正义之力量，夺取反法西斯之胜利。
胜利至今，五十周年，华夏腾飞，机遇适然。惟愿两岸，各弃前嫌。一国两制，携手向前。经济互惠，科技交流。英才代出，竞献新猷。弘扬文化，奕业垂光。兼容新知，再创辉煌。惟念元祖，佑我苗裔。祭神如在，百祀无违。
伏维尚飨！

一九九六年公祭黄帝陵祭文

（《黄帝祭文集》，西北大学出版社二〇一四年版）

惟公元一九九六年四月四日，岁在丙子，节序清明。桥山凝翠，万物发生。中华人民共和国国务委员李铁映，中国人民政治协商会议全国委员会副主席万国权，中央有关部门代表，陕西省各界代表，部分省、市、自治区代表，台、港、澳同胞代表，海外侨胞代表，心怀至诚，聚首桥山，谨以鲜花雅乐素果敬祭于始祖轩辕黄帝之陵曰：

夫天下之大，华夏之广，皆立于人。天下之人皆有本源，世人未可不思其本而忘其祖也。我中华民族，天宝物华，地灵人杰，根深叶茂，源远流长。或招之聚于华夏，或去之散于五洲，天水一方，其源盖皆出于始祖轩辕也。

恭思我祖，肇创维艰，艺种抚民，诸侯咸来。修德振兵，三战阪泉，平逆诛乱，通道披山。淳化万物，举贤以治，劳神苦思，未尝宁安。百流同汇，万国以和，中华一统，带砺河山。世界文明，唯有我先，泽及子孙，日月经天。

承继我祖，百世绵延，勃兴伟烈，代有英贤。秦皇奋威，混一四海；汉武雄图，万里筹边。唐宗宋祖，臻于至治；东方文明，万邦艳羡。翻思其间，几经兵燹；降及近世，尤足深叹：列强肆虐，仗其利坚，山河破碎，生灵涂炭。百年磨难，神州血染，赖有英杰，先行逸仙。砥柱泽东，独迈前贤，唤起民众，推倒三山。

今日神州，国泰民安，改革开放，肇开新元。五洲华裔，同宗同源，今古一脉，根系轩辕。惟念台岛，祖宗所传，挟外分裂，不共戴天！一国两制，捐弃前嫌，八项主张，携手并肩。纵观全球，和平发展，强权称霸，虎视眈眈。世纪之交，机遇挑战，乃子乃孙，切莫等闲。继往开来，厉马扬鞭，精诚团结，续写新篇。

夫今日之祭，天涯共此时，意在亲睦九族，和合万邦，育天地之正气，扬始祖之神威，再造中华之辉煌。

尚飨！

1996年 公祭现场

一九九七年公祭黄帝陵祭文

（《黄帝祭文集》，西北大学出版社二〇一四年版）

伏惟一九九七年丁丑清明时节，中华人民共和国国务委员宋健，中国人民政治协商会议全国委员会副主席王兆国，中央有关部门代表，部分省、市、自治区代表，台港澳同胞、海外侨胞、华裔代表，与陕西各界代表，发诚敬之心、依恋之情，敬备鲜花雅乐，恭祭我中华民族始祖轩辕黄帝之陵。辞曰：

轩辕黄帝，睿智神明。救民水火，振德修兵。河清海晏，山河垂统。养蚕桑、造舟车，协音律、制衣裳。推演历法，以利农时。始制文字，风行教化。举贤荐能，激励民众。通达变革，整纪肃纲。上溯千年，草昧洪荒。赖有我祖，文明肇创，礼仪之邦，赫赫扬扬。如江河行地，与日月同光。斗转星移，岁月沧桑。黄帝子孙，弥繁弥昌。秉承先祖之遗风，弘扬华夏之美德。遵伦理，重名节，勤劳勇敢，奋发图强，前赴后继，可歌可泣。当今华夏，改革开放。科学昌明，百业兴旺。山川愈加壮美，人物尽显风流。跨世纪，继往开来；迎挑战，时不我待。使命在心，重任在肩。百折不挠，埋头苦干。上无愧于祖先，下功业于子孙。再造东方文明之国，屹立世界民族之林。

中华文明，源远流长。华夏龙脉，在此一方。凡我华裔，黄帝子孙。血浓于水，手足情深。一国两制，英明壮举。告慰始祖，香港即归。两岸统一，历史趋势。振兴中华，四海一心。黄帝子孙，景慕祖先，谒陵祭扫，千年不辍。今又清明，好雨纷纷。桥山圣地，五千年古柏参天绿；神州赤县，九万里春潮动地来。伫立其间，望风怀想，心驰神往，而歌以颂之：

吾祖轩辕，人神共仰。德泽广被，惠我八方。千秋万代，地久天长。

祭祀大成，伏维尚飨！

臺灣光復致敬團祭黃帝陵文碑

香港回歸紀念碑
公元一九九七年七月一日
香港各界人士敬立
董建華题

一九九八年公祭黄帝陵祭文

（《黄帝祭文集》，西北大学出版社二〇一四年版）

巍巍桥陵，霞蔚云凝。苍松翠柏，万古常春。陵貌一新，子孙孝敬。惟吾始祖，昭明方融。惟文之德，惟武之方。缅怀吾祖，睿智天纵。生当炎帝之季，适逢天下纷争。乃运神道以载德，扬威武而乘风，驰飞盖于河曲。指涿鹿而扫奸雄，挥宝剑以临九州，回雕戈而定八纮。于是四海咸服，华戎一统。艺谷树禾，物阜民丰，广被教化，书轨混同，泱泱华夏，文明肇兴。

伟哉中华，福祚昌隆。粤自始祖轩辕，万姓同宗，历周秦汉唐，迄宋元明清，炎黄子孙，斩棘披荆。创造五千年之灿烂文化，仰赖吾祖之德威神灵。人类文明之历史，唯我中华先行。播声威兮天下；致万邦兮斯崇。

壮哉中华，海晏河清，改革开放，国运是兴，香港回归，普天同庆，华夏大地，虎跃龙腾。继先辈之伟业宏愿，创中华之锦绣前程。一国两制，全金瓯以告英灵，台胞华侨，俱怀斯衷。

观世界之多极，思中华之振兴，兄弟携手，再展雄风，惟祈吾祖：精诚是通，永惟庥佑，是赐和平，天下康泰，兆民阜成。

伏惟尚飨！

1998年公祭现场

一九九九年公祭黄帝陵祭文

（《黄帝祭文集》，西北大学出版社二〇一四年版）

惟公元一九九九年四月五日，岁在己卯，节届清明，神州日暖，桥山春浓。谨以芳花清醴，雅乐正声，恭祀于我人文始祖轩辕黄帝，且告曰：

始祖赫赫，勋业煌煌。仁刑武烈，抚度四方。制创文谟，百物明彰。道治九垓，泽被八荒。天下咸宁，华夏兴邦。呜呼！五千年历史，永志吾祖之圣德；十二亿神州，长荐子孙之心香。

吾祖峻德，万古垂光；神州华胄，载沐祯祥。经难历劫，弥盛愈强；今朝奋起，再创辉煌！五十华诞，文明故土万千气象；二十春秋，改革大业亿兆隆昌。四项原则，立国维纲；多党合作，政治协商。科教兴国，依法治邦；反腐倡廉，正气畅扬。政通人和，国运日昌。且看巍巍中华，雄踞东方；商贸四海，货通五洋。更有金融稳定，砥柱东亚危机；众志成城，战胜洪灾巨浪。丰功伟绩，举世敬仰。香港已归，紫荆溢彩；澳门复还，金瓯重光。统一大业，人心所向。正惟两岸一根，协力共襄；一国两制，九州同芳。

世纪交替，天下腾骧。知识经济，弘扩无量。面临挑战，更须深化改革；抓紧机遇，尤宜扩大开放。跨世纪蓝图绘就，促四化志向高昂。一任世界之多极动荡，坚持独立自主；何惧改革之任重道远，继续直前勇往。锐意进取，迎难而上；艰苦奋斗，勇于开创。巍巍中华，日新月强！

华夏泱泱，神州苍苍。桥柏森森，沮水汤汤。吾祖恺泽，德惠修长。

祭礼告成，伏维尚飨！

二〇〇〇年公祭黄帝陵祭文

（《黄帝祭文集》，西北大学出版社二〇一四年版）

惟公元二〇〇〇年四月四日，序属三春，节届清明。东风浩荡，万物滋荣。……谨以束帛雅乐、鲜花芳醴之仪，恭祀我人文始祖轩辕黄帝曰：

懿惟我祖，功德无量。开辟草莱，泽被遐荒。肇启文明，源远流长。至善至美，日月同光。抚今追昔，思绪浩茫。一百年浴血御侮，五十春建国图强。改革花繁，开放果香。大道连天，国力鼎昌。安定团结，世运呈祥。更有香港珠还，紫荆溢彩；澳门璧返，荷蕊流芳。一国两制，普天赞襄。山河气吐，九州眉扬！世纪之交，四海腾骧。处多极之世界，复兴之任尚重。建一统之伟业，拓千年之新章。发扬民主，严肃纪纲；锐意创新，科教兴邦。西部开发之战略既定，山川秀美之宏图恢张。惟我炎黄子孙，更当励精自强。凝聚民族之力量，再创华夏之辉煌！

桥山苍苍，沮水泱泱。大哉皇祖，赫奕昭彰。佑我中华，巨龙腾翔。祭礼告成，伏维尚飨！

二〇〇一年公祭黄帝陵祭文

（《黄帝祭文集》，西北大学出版社二〇一四年版）

惟公元二〇〇一年四月五日，岁在辛巳，时值清明，尔华夏众子孙，谨以鲜花雅乐之仪，恭祭于我始祖轩辕黄帝之陵，曰：

桥山灵秀，沮水汤汤。懿惟我祖，勋业辉煌。一统九州，文明兴邦。万代千秋，惟宗是仰。泽被后世，日月同光。制礼定乐，历五千年而流芳。欣逢新千年之首岁，益缅怀吾祖之功德无量。我中华文化，源远流长。周秦汉唐，万世景仰。虽近代之磨难频仍，岁月沧桑。幸赖我华夏英才辈出，为民族自立奋发图强。终不坠吾祖之伟业，使我中华重新崛起，屹立于世界之东方。科教兴国，改革开放，复为我华夏增光。展望未来，前程似锦，更加灿烂辉煌。华夏儿女，兄弟情长。桥山龙脉，神系八方。回首一顾兮，港澳既归；隔海相望兮，宝岛盼回。同文同种兮，何忍匡世分离！惟我中华，德治国昌。西部开发，再绘历史华章。愿我炎黄子孙，携手共襄。惟祈我祖庥佑，是锡国泰民康。

祭礼告成，伏维尚飨！

二〇〇二年公祭黄帝陵祭文

（《黄帝祭文集》，西北大学出版社二〇一四年版）

惟公元二〇〇二年四月五日，节届清明，载春载阳；桥山凝翠，神州腾骧。谨以鲜花雅乐、素果醪浆之仪，恭祀于我人文始祖轩辕黄帝之陵曰：

赫赫始祖，文圣武煌。造舟车，创文字，为天地立心，启文明于草昧；伐蚩尤，定一统，为生民立命，开太平于洪荒。惠贻万代，泽沐八方。天下华胄，是景是仰。

吾祖洪德，庥荫赐祥，华夏经千载而弥盛，历万险而益强。爰及当代，经济建设，纲举目张。深化改革，扩大开放；坚持法制，民主兴邦；以德治国，刑仁俭让；中华振兴，蒸蒸日上。旋看花开南国，特区建设硕果累累；更听浪激北疆，西部开发众志昂昂。举国安定，尧天溢采；山川秀美，舜地流芳。国逢

盛世，民富小康；中国特色，伟业辉煌。成功申奥，神州九万里气吐眉扬；加入世贸，华夏十二亿励精图强。且喜港澳回归，一国两制携手并航；惟盼金瓯无缺，海峡子孙一脉炎黄。展望全球，风云激荡，和平发展乃时代主流，富民强国系民族希望。强国为本，仍当抓紧机遇，实施科教兴国战略；富民为先，尤须面对挑战，落实三个代表思想。冀我全民，愿我全党，唯法是依，唯德是昌，反贪拒腐，清正贞刚，与时俱进，求新开创，五星红旗，万世永扬！

桥山苍苍，沮水泱泱，大哉始祖，圣德无量。祭礼告成，伏维尚飨！

黄帝陵景观

二〇〇三年公祭黄帝陵祭文

（《黄帝祭文集》，西北大学出版社二〇一四年版）

惟公元二〇〇三年四月五日，节届清明，序属三春。神州日丽，万象更新。沮水扬波，桥山凝芬。

谨以鲜花素果之仪，恭祭于我始祖轩辕黄帝之陵曰：

大哉吾祖，德惠修长！植五谷，艺蚕桑，创物质文明，开万世太平之基；兴礼乐，倡教化，导精神文明，启千秋礼仪之邦。造舟车，辑睦九州；具指南，经营殊方。百族协和，四海鹰扬。伟矣奇矣，功被遐荒！

伟哉中华，雄立东方！艰苦创业，慨当以慷。惩恶扬善，团结自强。五千余年，正道沧桑。欣逢盛世，东方巨龙腾骧；改革开放，神州国运大昌。港澳回归兮，一国两制导航；台澎月圆兮，渴盼金瓯重光。加入世贸，经济繁荣；西部开发，民气激昂。喜看十六大新老交替，三个代表指引方向。更兼『神舟』探月，三峡截江，以德治国，科教兴邦，与时俱进，建设小康。奇矣伟矣，再造辉煌！

2003年公祭仪仗礼仪

春风骀荡，春花吐芳。古柏云屯，雅乐声扬。大礼告成，伏维尚飨！

二〇〇四年公祭黄帝陵祭文

（《黄帝祭文集》，西北大学出版社二〇一四年版）

惟公元二〇〇四年四月四日，岁在甲申，节届清明。丽日中天，惠风融融。中华儿女，炎黄子孙，会聚桥山之麓，沮水之滨，谨以鲜花雅乐，聊表至诚之心。恭祭我人文初祖轩辕黄帝曰：

赫赫吾祖，功德何隆！建造宫室，福我百姓。树艺五谷，济我苍生。服牛乘马，披山道通。法乾坤以正衣裳，造书契而立五行。宾服诸侯，九州一统。广施教化，四海同宗。创千秋之伟业，启万世之文明。周秦以降，爰至近世，仁人志士，民族精英，惟大业是勤，惟祖德是崇。为国家康泰，为民族振兴，秉承祖训，至诚至忠。凝聚民族智慧，屡建旷世丰功。巍巍中华，龙脉永承。

世纪更新，中华振兴。坚持改革，五千年辉煌史册，谱写新声；对外开放，九万里锦绣江山，再振雄风。发展经济，东南鹏举；再造秀美，西部凤鸣；焕发生机，东北龙腾。以德治国，民安国宁；以人为本，人和政通。科教兴国，『神舟』遨游太空。且喜港澳珠还，紫荆莲花并荣；方期宝岛璧合，一统福祚永宁。

煌煌中华，自立自强。民族复兴，神人共襄。仰吾祖之英灵，致兆民于阜康。

大礼告成，伏惟尚飨！

二〇〇五年公祭黄帝陵祭文

（《黄帝祭文集》，西北大学出版社二〇一四年版）

惟公元二〇〇五年四月五日，序属三春，节届清明。八方辐辏，四海同风。华夏儿女，谨以俎馐醪浆之荐，时花雅乐之隆，致祭于我人文始祖轩辕黄帝之陵。属辞以闻，情动于衷。辞曰：

夫业伟则永，德盛则昌。赫赫始祖，德业煌煌。涿鹿绝辔，天下宾从四野；宫室既筑，文明肇始八荒。造舟车而九垓同轨，作仪礼则谐和万邦。莳播百谷，顺应天地之际；淳化鸟兽，节用山川之享。是以咸沐仁泽，而山海献珍，广被圣德，仰日月重光。

喜看华夏今朝，再造辉煌。承传五千年文明之薪火，谱写与时俱进之华章。改革开放，破冰激浊扬清波；宏观调控，保压并举防起落。免除粮税，惠泽南北万户农；发展教育，科技进步民族兴。西部开发，东北振兴，中部崛起，东部腾飞，九州互动互补共繁荣。神州朔漠凌空，铁龙雪域驰骋。血比水浓反分裂，手足同心保金瓯。紫荆献瑞，送上千载祝福；白莲呈香，载来万世吉祥。

今兹迎来机遇，华夏儿女，奋发图强。高瞻远瞩，洞察四海风云；审时度势，把握时代航向。以人为本，谋万民之福祉；强国为先，致民族之复兴。唯法是依，务必除恶扬善；求真务实，更须清正廉洁。科学发展，构筑和谐社会；万众一心，实现小康理想。惟愿域中同根，早成一统，携手并航，仰绍先圣垂光。

桥山苍苍，沮水泱泱；始祖恩化，无疆无量。景仰前徽之忱，崇德报功之章。虔申昭告，伏惟尚飨！

二〇〇六年公祭黄帝陵祭文

（《黄帝祭文集》，西北大学出版社二〇一四年版）

公元二〇〇六年四月五日，岁在丙戌，节届清明。值此万物复荣之时，炎黄子孙会聚桥山之麓，高奏钟鼓雅乐，敬奉鲜花素果，公祭我人文初祖轩辕黄帝之陵曰：

桥山苍苍，沮水泱泱，始祖肇启五千年文明曙光。纬天经地，日明月朗，华夏十三亿儿女源远流长。务农桑，筑城室，初定家邦；创文字，造舟车，走出洪荒；定算数，问医药，教化万民；设官制，举贤能，义服天下。巍巍先祖功德，绵绵万世流芳。

斗转星移，国运恒昌。继往开来，十一五再铸辉煌。以人为本，九州共建和谐社会；以俭养德，节用山川江海之享；以工哺农，城乡携手齐奔小康。天人合一，修复生态；坚定改革，鼎新图强；自主创新，引领未来。港澳既归，台澎难分，两岸同胞翘首盼国统；同心协力，和平崛起，全球华人指日望龙腾！

告慰先祖，永赐吉祥。祭礼告成，伏惟尚飨！

2006年黄帝陵公祭仪式告祭乐舞——蚕桑舞

二〇〇七年公祭黄帝陵祭文

（《黄帝祭文集》，西北大学出版社二〇一四年版）

惟公元二〇〇七年四月五日，岁逢丁亥，大地回春；节届清明，万象更新。中华儿女，炎黄子孙，高奏钟鼓雅乐，敬献醴酒清醇，抒爱国之情，壮民族之魂。谨致祭于我人文初祖轩辕黄帝之陵，曰：

夫仁民则昌，德盛则兴。煌煌我祖，万世垂功；开先立极，泽被寰瀛。播谷艺桑，肇启畜牧农耕；制礼作乐，创立制度文明。足历海岱，亲政以建伟业；心劳崆峒，爱民而效圣能。舟车指南，八荒交通；州土市朝，宇内绥宁。抚度四方，万国和融；奠基华夏，百族盛兴。唯力是奉，唯德是行。懿德仁勋，世代相颂。

神州绵绵，日升月恒；中华巍巍，万里鹏程。大江南北，开放之花竞艳；长城内外，改革之果映红。国泰民安，伟业兴隆。欣逢盛世，告慰圣灵：炎黄儿女，开启新程，高举旗帜，更创新功。科学发展，务实求真。惟人为本，本固邦宁。关注民生，情倾百姓。构建和谐，社会鼎兴。励志守节，树立荣辱新风；协调统筹，发展全面推进；昌盛经济，共绘小康美景。看紫荆怒放十载，白莲八度春风。愿宝岛统一，两岸携手，秉承先祖绪业，共图民族复兴；和平发展，致力和谐世界，促进五洲大同。

沮水盈盈，桥山苍苍；古柏凝翠，春花吐芳。告慰我祖，敬献心香。大礼告成，伏维尚飨！

二〇〇八年公祭黄帝陵祭文

（《黄帝祭文集》，西北大学出版社二〇一四年版）

惟公元二〇〇八年四月四日，岁次戊子，序属阳春，乾朗坤明，万象更新。海内外炎黄胄裔，谨备鲜花清醴，恭祭于我人文始祖轩辕黄帝。辞曰：

赫赫我祖，万古元宗，下启五千年以引其远，广昭九万里以领其重。教化万民，福佑百姓，积善广被，昭示源远之正；筑城定邦，社稷肇兴，平一宇内，彰显流长之统。披艰履险，鼎新图强，前仆后继，弘扬我祖开天之功！

世纪更新，国运一派昌隆。开拓进取，民族尽显兴盛。经济繁荣，综合国力剧增。科学发展，创新观念日融。民主政治大昌，和谐社会大兴。雪域高原，天路开通。嫦娥奔月，万众欢腾。躬逢奥运盛典，扬我华夏精神。惟我国人，唯祖功是崇，唯大业为勤。以人为本，国运隆兴。改革开放，伟业常新。兆民殷富，龙脉永恒。殷殷期盼，两岸一统。协和万国，互补共赢。一樽还酹我祖，苍昊菁魂垂丰。

煌煌丽日，浩浩春风。桥山毓秀，沮水钟灵。惟布虔敬，大礼告成。伏惟尚飨！

（《黄帝祭文集》，西北大学出版社二〇一四年版）

二〇〇九年公祭黄帝陵祭文

惟公元二〇〇九年四月四日，岁次己丑，节届清明，熏风和煦，万物滋荣。海内外华夏儿女，云集桥山，敬献悃诚，谨以黄钟大吕之乐，清醴鲜花之荐，恭祭我人文初祖轩辕黄帝之陵曰：

大地回春，时运清明。五千年神州，人杰地灵；惟黄帝始祖，功德永恒。回首戊子，感慨深衷。履险如夷，民康国宁。浓情凝聚，融化江南雨雪冰冻；众志成城，创建汶川抗震奇勋。奥运圣火传五洲，禹甸喜圆百年梦。神七飞天耀环宇，中华儿女遨太空。改革开放三十年，国强民富展雄风。金融危机，全力应对；科学发展，积极践行。一国两制，港澳归宗。海峡两岸，实现三通。放眼世界，互利共赢。看尧天舜土，海晏河清。

桥山凝翠，沮水融融。卿云烂漫，紫气飞腾。祖德煌煌，中华永隆。

大礼共襄，伏维尚飨！

二〇一〇年公祭黄帝陵祭文

（《黄帝祭文集》，西北大学出版社二〇一四年版）

惟公元二〇一〇年四月五日，岁次庚寅，节届清明，惠风和畅，万象更新。炎黄子孙，聚首于桥山之阳，谨以鲜花时果，恭祭我人文始祖轩辕黄帝，辞曰：

大哉我祖，肇启鸿蒙，修德振武，韶德懿行。兴文字，创法度，丽九天而垂象；教稼穑，工算数，昭万世以腾文。大勋缨垂旷典，华盖络结祥云。下拯黎庶，上符昊命；恺乐九垓，泽被八纮。

承香火之连绵，历百朝而代嬗。融百族于后土，壮新华以集贤。六十年自强不息，国运新天。保增长万众同心，再克时艰；倡公平以人为本，科学发展。西部开发，赓续新篇；两岸三通，同胞欢颜；自主外交，和谐为先。转变方式，布局谋篇，开中华振兴新元；缵承远祖，奋发踔厉，建神州福祚绵延。

桥山凝翠，沮水流觞。衷情拳拳，雅意洋洋。告慰吾祖，永兹瑞康。

伏惟尚飨！

二〇一一年公祭黄帝陵祭文

（《黄帝祭文集》，西北大学出版社二〇一四年版）

惟公元二〇一一年四月五日，岁次辛卯，节届清明。中华儿女，云集桥山，谨以敦诚敦敬之礼，恭祭我人文初祖轩辕黄帝之陵曰：

缅我始祖，卓然挺生。制作礼乐，文物典章一脉相承；繁衍族群，八方子孙同气咸亨。炎黄联盟，九州大地渐趋一统；化成天下，丰功伟绩流布无穷。

百年共和，奠民族民主之初基；九秩奋斗，扬华夏振兴之雄风。回顾庚寅，感慨深衷。挽玉树于既倒，扶舟曲之将倾。世博焕异彩，亚运汇群英。科学发展，铸十一五之伟业；民生为先，绘十二五之景图。新局起程，任重且长。紫荆白莲，并蒂齐放。海峡两岸，携手共进。和平统一，翘首企盼。华夏新形象，远播寰瀛。

桥山染绿意，沮水荡春光。凤凰涅槃，开运呈祥。玉兔灵动，大道康庄。巍巍祖庭，山高水长。千秋始祖，其来尚飨。

2011年公祭仪仗礼仪

二〇一二年公祭黄帝陵祭文

惟公元二〇一二年四月四日，壬辰龙年，清明佳节。中华儿女，谨以敦诚敦敬之礼，恭祭我人文初祖轩辕黄帝曰：

吾祖轩辕，厚德无量。初创文明，靖康八荒。修文六合，天下安详。鸿勋远祚千古，懿德永垂万方。后昆前仆后继，人间正道沧桑；民族同心同德，华夏声威远扬。今逢盛世，修德振邦。大国崛起，鼎革图强。人本为策，『十二五』续写盛世华章；科学发展，『十八大』再绘民富国强。社会和谐，民生大昌。一国两制，紫荆莲花并芳。两岸同根，携手复兴康庄。五十六族永和，十三亿人共襄。神州安定，寰宇瞩望。锦绣中华，龙凤呈祥！桥山沮水，华胄共仰。昭告我祖，佑我家邦。祭礼大成，伏惟尚飨！

（《黄帝祭文集》，西北大学出版社二〇一四年版）

二〇一三年公祭黄帝陵祭文

（《黄帝祭文集》，西北大学出版社二〇一四年版）

惟公元二〇一三年四月四日，岁次癸巳，节届清明。金蛇起舞，玉宇澄清。华夏苗裔，共献至诚，恭祭始祖轩辕黄帝之陵曰：

伟哉始祖，立极恢宏。肇造文明，开辟鸿蒙。武以止戈，四方遂宁；文以治世，天下化成。绵绵瓜瓞，播迁寰中。五千年文明辉煌，九万里江山巍峨。回顾壬辰，华夏龙腾。航母护海疆，神九遨太空。十八大凝心聚力，建小康深化改革。树崇俭之新风，尚务实之美德。科学发展，厚养民生。两岸四地，携手共襄。四海龙脉，同宗同梦。蒙初祖之德佑，赖中华之栋梁。民族复兴，可期可待。仰桥山巍巍，俯沮水泱泱。吾祖功德，日月之光。

大礼告成，伏惟尚飨！

二〇一四年公祭黄帝陵祭文

（《黄帝祭文集》，西北大学出版社二〇一四年版）

惟公元二〇一四年四月五日，骐骥竞奋，紫气瀛寰，华夏儿女，汇聚桥山沮水，心寄雅乐时花，恭祭我始祖轩辕黄帝之陵曰：

五千年生生不息，赖吾祖肇启文明；十三亿殷殷康泰，蒙吾祖福佑苍生。黄发垂髫，无不念兹；华服洋装，遐迩诗颂。时时不忘，俎豆常新；岁岁绵延，龙脉永承！

癸巳开华篇，共筑中国梦。顺民心之所向，绘改革之宏图；彰严明之法度，兴俭朴之良风。神舟天宫对接，嫦娥玉兔登月；汉水通济京津，鲲鹏蓝天驰骋。云帆高挂，睦善洽及万方；春风浩荡，丝路再启新程。两岸融通，日新日进；华夏岿然，海晏河清。四海苗裔同心，共襄国运昌盛！煌煌中华，自强复兴，千秋大业，砥砺乃成，仰吾祖之英灵，佑华宇之繁荣！

大礼告成，伏惟尚飨！

二〇一五年公祭黄帝陵祭文

（由黄陵县祭陵办提供）

惟公元二〇一五年四月五日，岁在乙未，节届清明，三阳开泰，碧宇澄清，炎黄华胄以至诚至敬之心、鲜花雅乐之仪，祭告我始祖轩辕黄帝之陵曰：

我祖赫赫，开辟洪荒。功化神圣，世代仰望。培植绵绵民族之根，肇造煌煌文明之魂，德佑泱泱强盛之梦。

回望甲午，务在改革。锐志复兴，弘扬祖德。简政放权，修法安国。整纲肃纪，峭若高城。除贪倡廉，天朗气清。以史为鉴，慰祭国殇。讲信修睦，惠及万方。系统治理环境，惟愿水净山青，荡荡乎八川出流，风无尘、雨无泥；经济常态运行，一带一路共赢，浩浩乎九州绥安，民康阜、时和怡。彰显文化自信，光大华夏文明。两岸四地携手，共襄民族大同。

桥山巍巍，沮水汤汤。鼓乐齐鸣，沐浴馨香。万众肃立，虔祀吾祖，祈风调雨顺，冀中华吉祥。大礼告成，伏惟尚飨！

二〇一六年公祭黄帝陵祭文

惟公元二〇一六年四月四日，岁次丙申，节届清明，炎黄子孙，聚首桥山之阳，谨以鲜花雅乐之奠，恭祭于我人文初祖轩辕黄帝之陵，其辞曰：

赫奕我祖，人文之光。肇造吾华，大国泱泱。勋绩彪炳兮，懿德与日月同辉；惠泽绵延兮，福祚并江河共长。追缅鸿烈，子孙用光志业；缵承远祖，神州崛起东方。回望乙未，华章联翩。承十二五之辉煌，开十三五之新局。五中全会绘蓝图，决胜全面小康；四个全面齐推进，攻坚结构改革。五大发展新理念，引领经济新常态。创新添活力，协调促和谐。播撒绿色，构筑生态文明；一带一路，促进合作共赢。脱贫攻坚，共享发展。除贪去蠹，惟勤惟廉。强我长城，固我边疆。缅怀英烈兮，铭记历史；抗战阅兵兮，珍爱和平。习马会，同胞手足举世瞩目；乌镇聚，环球之内互联互通。亲诚惠荣，协洽万邦；两岸四地，携手相牵。望我三秦，虎腾龙骧，经济发展，民生改善，争先进位，再谱新章。

桥山巍峨，沮水流长。虔告吾祖，恭荐心香。钟鼓锵锵，百花吐芳，大礼告成，伏惟尚飨！

（由黄陵县祭陵办提供）

二〇一七年公祭黄帝陵祭文

（由黄陵县祭陵办提供）

吾祖赫赫，伟业煌煌。广施仁德，福民农桑；肇启文明，光被遐荒。丁酉清明，礼乐馨香，四海华夏昆裔，聚首桥山之阳，共祭轩辕初祖，祈愿九州隆昌！

抚今追昔，思绪浩茫。六中全会开神州新局，核心指引汇磅礴力量。严肃纲纪扬清风正气，反腐倡廉应民心所望。十三五规划高点起步，二十国峰会合作共赢。改革深化兮树四梁八柱，民生改善兮佑万众安康。经济增长兮助国力繁盛，文化自信兮铸时代华章。神舟天宫太空比翼，蛟龙海斗碧波潜航。纪念建党兮春秋九五，不忘初心，继续前进；追缅长征兮奏凯八秩，理想信念，永放光芒。聚力追赶超越，撸起袖子加油干；践行五个扎实，低调务实不张扬。壮哉三秦兮大风雄唱，上下同欲兮盛举共襄。喜迎十九大，待今朝之奋翼；阔步小康路，看明日之辉煌！

嗟我初祖，万世景仰，功高日月，名垂天壤。追先贤往圣恢宏之大业，圆中华民族复兴之梦想。

大礼斯毕，伏惟尚飨！

二〇一八年公祭黄帝陵祭文

岁在戊戌，节届清明，桥山之阳，春和景明。华夏儿女以笃恭笃敬之心、八佾雅乐之仪，祭告轩辕黄帝曰：

吾祖赫赫，伟业煌煌，肇始文明，光被遐荒。制礼作乐，教民德尚，行造舟车，医重岐黄。青史源悠悠兮瓜瓞芃芃，斯民亿万万兮社稷泱泱。世代传薪，余烈久长，俎豆千秋，礼乐馨香。

壮哉中华，乾坤朗朗；自信在胸，正道康庄。国力宏勃兮光灿寰宇，民心齐荟兮奋发图强。盛会十九大，砥砺前行初心不忘；开启新时代，思想引领伟业恒昌。宪法修立兮万众尊崇，纲纪整饬兮政风和畅。一带一路连五洲命运，精准脱贫惠华夏山乡。翱空潜海，创新加速，扩绿治污，沃野新妆。一国两制，紫荆白莲繁花并蒂；两岸一家，四海宇内祈合共襄。万山磅礴，主峰雄踞；千帆竞发，舵手领航。励精图治，奋楫劈波斩浪；伟大复兴，圆梦百年沧桑。

（由黄陵县祭陵办提供）

三秦故地，再谱华章。追赶超越，其时正当。五个扎实并举，一幅蓝图宏昶。百姓广增福祉，经济新阶再上。高质量发展聚能增效，自贸区运转达海通江。牢记嘱托，埋头苦干开来继往；情系人民，上下同心共筑辉煌。

桥山巍巍，古柏苍苍，人文初祖，勋耀洪荒。冀佑中华祥瑞，福泽天下安康。大礼告成，伏惟尚飨！

轩辕庙碑廊

二〇一九年公祭黄帝陵祭文

（由黄陵县祭陵办提供）

岁次己亥，节届清明；桥山巍丽，松柏翠凝。轩辕胄裔，肃戴虔敬，谨备尊礼，恭祭圣灵。辞曰：

赫赫吾祖，肇启八荒。绥服九牧，铸鼎安邦。创历定法，勋名焕彰。仁心弘恕，德耀天罡。千秋万代，享元祖之嘉惠；亿姓兆民，颂人文之兰芳。

悠悠天地，包容万物浩浩无际；泱泱华夏，相传薪火生生不息。岌岌近代，积困贫弱列强欺厉；印印新华，民族独立屈辱荡涤。四十年改革开放，家国富裕；新时代奋发图强，筑梦夙夕。防御风险，绸缪未雨；精准脱贫，史无前例；污染治理，坚定不移；攻坚克难，勇往直驱。减税降费，蓄经济繁荣之力；尊才重智，强自主创新之基。北斗嫦娥，探星月苍穹之秘；航母银鹰，扬卫国守土之旗。川藏铁路穿雪域，港珠澳桥架虹霓；各族儿女共呼吸，四海同胞唇齿依。云雷激荡，大变革百年未遇；自信在胸，九万里风鹏正举。核心掌舵，稳征帆驰风骋雨；上下同欲，众志成复兴可期。

堂堂三秦，壮志凌云，自强不息，月异日新。聚焦高质量，发展稳中有进；坚持兴产业，脱贫普惠乡亲。改革放管服，环境宜商营运；奔腾长安号，开放迭报佳音。倾力护生态，山河秀美奇俊；全面防风险，排忧除患解纷。埋头苦干，勇担重任砥砺奋进；牢记使命，追赶超越不忘初心。乾坤朗朗，沮水汤汤。洪绪永念，盛举同襄。祈吾祖，助寰球同舟共济，佑中华万古恒昌。大礼告成，伏惟尚飨！

黄帝陵景观龙驭阁

二〇二〇年公祭黄帝陵祭文

（由黄陵县祭陵办提供）

岁次庚子，节届清明；桥山巍丽，松柏翠凝。轩辕胄裔，敦诚敦敬，谨备尊礼，恭祭圣灵。辞曰：

吾祖煌煌，伟烈彰彰，修德备武，泽被遐荒。肇兴社稷，鸿勋远祚千古；教化礼乐，懿范永垂万方。天地玄黄兮，开来继往；潮流浩荡兮，壮阔轩昂。回首七十载，只争朝夕，奇迹史册彪炳；儿女十四亿，不负韶华，拼搏玉汝于成。不忘初心，恒念人民幸福；牢记使命，追梦民族复兴。坚定自信，制度创新守正；埋头苦干，大道笃定前行。经济腾达，国力坚毅昌盛；隆治安泰，华诞礼赞峥嵘。扫黑除恶，人人交口称颂；深纠四风，求是不骛虚声。大兴机场，聚云鹏于金凤；九天嫦娥，舒广袖于月宫；巡疆碧海，凭国铸之巨舰；破冰极地，看遨雪之双龙。两岸同根同源，大势不可阻挡；港澳繁荣稳定，逆流情法不容。尽锐出战，脱贫攻坚决战决胜；奋力拼搏，全面小康必达必成！去岁今春，大疫忽起。战恶疠，中央擂鼓誓夺全胜；擎红旗，赤子齐心众志成城。同时间赛跑，举国闻令而动；与病魔较量，白衣执甲逆行。弘人间大爱，八方驰援荆楚；助世界救患，人类命运共同。

舍生取大义，烈士捐躯山河咏泣；青峰埋忠骨，英雄恒在气贯长虹。战此疫，泱泱中华核心一统；胜此疫，特色道路光耀苍穹。

追赶超越催人奋进，五个扎实重任在肩；三秦故土大风雄唱，铿锵激荡沃野桑田。稳增长总量跃升，惠民生百姓欢颜。占高点创新驱动，施全力三大攻坚。放管服降本增效，长安号捷报频传。防病毒守土援鄂，卫京畿镇戍秦关。追缅往昔，秦川古烈多豪迈；砥砺前行，万里风云入壮怀。

巍巍古柏，肃肃祖陵，常念鸿德，永纪丰功。祈吾祖，保中华国泰民康物阜，佑天下和谐互利共生。

大礼告成，伏惟尚飨！

二〇二一年公祭黄帝陵祭文

岁序辛丑，节届清明。桥山巍巍，沮水溶溶。惠风和畅，草木葱茏。谨具鲜花雅乐之仪，致祭于轩辕黄帝之陵。辞曰：

辉赫我祖，功峻德崇。惠民利物，人文化成。制兵除暴，戡乱不庭。百姓修睦，万方以宁。贻厥子孙，泽被无穷。乃功乃德，是继是承。

悠悠山海，沐日月而浩莽；泱泱华夏，历苦难且辉煌。忆百岁之初，云遮日蔽；愤列强之辱，国破民殇。叹拳拳赤子，谁人可扶大厦；问渺渺苍穹，何日坚挺脊梁？开天辟地，红船建党扬帆起航；改天换地，五星高悬光耀四方。翻天覆地，改革开放更新万象；追梦复兴，崭新时代旗帜高扬。胸怀千秋伟业，百年恰是风华正茂；肩负万钧重任，我辈自当奋发图强！

牢记初心，不忘来时之路；昂首前行，勇往强盛征途。殚精竭虑，报家国九死其犹未悔；鞠躬尽瘁，为人民无我而终不负。决战脱贫全胜，全面小康在望，人间奇迹彪炳千古；抗疫八方合力，援外四海

（由黄陵县祭陵办提供）

同舟，天下一家大道不孤。自立自强，誓破扼颈之苦；绿水青山，畅享共生之福。披荆斩棘，守正鼎新革故；开放包容，共赢与世同书。海峡血浓于水，民心盼合连根共祖；特区修法治暴，一国两制有乱必除。战士戍边陲，以身铸碑，不让寸土；人民皆英雄，众志成城，江山永固。领袖雄韬伟略，掌巨轮乘风破浪，无惧急流险阻；核心坚毅如磐，抵中流擎天定海，任凭云涌潮伏！三秦呈新貌，西部振雄风。埋头凝心，追赶超越；谨遵嘱托，砥砺前行。稳基本，求高质，精准施策聚力发展；援荆楚，护京畿，守土战疫共济和衷。卫中华之祖脉，系父老之欢容，锚格局之定位，助神州之龙腾。十三朝故土，豪迈不止于史；十四五奋进，矢志再立新功！

春风浩荡，沮水绵长。先祖洪德，永世不忘。祈佑嘉惠，国泰民康。谨荐斯礼，伏惟尚飨！

附录一

黄帝碑志·颂赞·诗歌（选录）

黄帝赞 ［晋］挚虞 四四三
黄帝颂 ［晋］牵秀 四四四
黄帝赞 ［晋］孙绰 四四六
黄帝赞 ［晋］曹毗 四四七
攀龙引 ［唐］顾况 四四九
苦篁调啸引 ［唐］李贺 四五〇
黄帝 ［宋］王十朋 四五二
涿鹿 ［宋］文天祥 四五三
《黄帝庙》赞文 佚名 四五四
黄帝陵 ［明］李梦阳 四五五
黄帝赞 ［明］陈凤梧 四五七
黄帝庙 ［明］岳伦 四五八
黄帝庙 ［明］岳伦 四六三
黄帝庙 ［明］祝颢 四六四
三皇庙记 ［明］锺世美 四六五

附录 一

黄帝赞

晋　挚虞〔1〕

（《初学记》卷九《帝王部》，清光绪孔氏三十三万卷堂本）

黄帝在位，实号轩辕。车以行陆，舟以济川〔2〕。弧矢之利，弭难消患〔3〕。垂衣而治，万国乂安〔4〕。

【注释】

〔1〕挚虞（250—300）：字仲治，京兆长安（今陕西西安）人，西晋著名谱学家。著有《族姓昭穆》十卷、《文章志》四卷，注解《三辅决录》等。诗文见于《全晋文》卷七六、七七（1930年景清光绪二十年黄冈王氏刻本）。

〔2〕济川：渡河。此句称颂黄帝发明车船，方便水陆交通。

〔3〕弧矢：弓箭。利：功用。"弧矢之利"语本《易大传·系辞下》："弦木为弧，剡木为矢。弧矢之利，以威天下。"弭：消除。弭难消患，指消除祸患。

〔4〕垂衣：垂下衣裳，比喻因应万物、无为而治。语出《易大传·系辞下》："黄帝、尧、舜垂衣裳而天下治。"治：天下太平。万国：泛指各个部落、诸侯与邦国。乂：治理、安定。安：平安、太平。

黄帝颂

晋 牵秀〔1〕

（《艺文类聚》卷一一《帝王部一》，清文渊阁《四库全书》本）

邈矣黄轩，应天载灵〔2〕。通幽远览，观象设形〔3〕。诞敷厥训，彝伦攸经〔4〕。德从风流，化与云征〔5〕。皇猷允塞，地平天成〔6〕。爰登方岳，封禅勒成〔7〕。纷然凤举，龙腾太清〔8〕。违兹九土，陟彼高冥〔9〕。民斯攸慕，涕泗沾缨〔10〕。遐而不坠，式颂德声〔11〕。

【注释】

〔1〕牵秀（？—306）：字成叔，西晋武邑观津（今河北武邑）人。博辩有文才，屡有战功，后为尚书，迁平北将军。《晋书》卷六〇有传。《隋书》卷三五《经籍四》载："晋平北将军《牵秀集》四卷（梁三卷，录一卷）。"《旧唐书》卷四七《经籍下》作"五卷"。清姚振宗《隋书经籍志考证》卷三九之四《集部》二之四（师石山房丛书本）载："严氏《全晋文编》牵秀有集四卷，今存《相风赋》《黄帝颂》《老子颂》《彭祖颂》《王乔赤松颂》《皇甫陶碑》，凡六篇。"《全上古三代秦汉三国六朝文》及《全晋文》卷八四（1930年景清光绪二十年黄冈王氏刻本）有载。

〔2〕邈：远。黄轩：即黄帝轩辕氏，或称轩辕黄帝。《太平御览》卷七九《皇王部四》（《四部丛刊三编》景宋本）、《续古文苑》卷一三《黄帝颂》（清嘉庆刻本）作"轩辕"，《渊鉴类函》卷四一《帝王部二》（清文渊阁《四库全书》本）作"皇轩"。应天：顺应上天。载灵：灵异。指

黄帝降生不同凡响，禀赋非常。

〔3〕 通幽：思维深刻，能洞察幽深的事理。远览：疑当作“览远”，目光长远，视野广阔。本句写黄帝很有智慧，高瞻远瞩，通过观察自然而创设制度与文明。

〔4〕 诞敷：诞，助词；敷，广布，传播。《书·大禹谟》：“帝乃诞敷文德。”厥训：厥，其；训，教化。《书·毕命》：“密尔王室，式化厥训。”彝伦：即伦常、典范。《书·洪范》：“王乃言曰：‘呜呼，箕子！惟天阴骘下民，相协厥居，我不知其彝伦攸叙。’”蔡沈《书集传》：“彝，常也；伦，理也。”攸经：攸，助词；经，治理，管理。本句表彰黄帝在人伦道德方面的贡献。

〔5〕 此句意为黄帝的德化如风云遍布，恩泽深远。

〔6〕 皇猷：帝王的谋略或教化。允塞：允即诚，塞即充实、充满。《书·禹贡》：“浚哲文明，温恭允塞。”孔颖达疏：“舜既有深远之智，又有文明温恭之德，信能充实上下也。”《诗·大雅·常武》：“王犹允塞，徐方既来。”地平天成：本指大禹成功治水而使天地成就化生万物，这里指黄帝使天地化生万物之功。《书·大禹谟》：“地平天成，六府三事允治，万世永赖，时乃功。”

〔7〕 方岳：四方之山。《书·周官》：“王乃时巡，考制度于四岳，诸侯各朝于方岳，大明黜陟。”孔传：“觐四方诸侯，各朝于方岳之下，大明考绩黜陟之法。”《诗·周颂·时迈》，《毛诗序》：“《时迈》，巡守告祭柴望也。”《毛传》：“巡守告祭者，天子巡行邦国，至于方岳之下而封禅也。《书》曰：‘岁二月东巡守，至于岱宗，柴，望秩于山川。’”方岳：在此指东岳泰山。封禅勒成：语本东汉班固《东都赋》“封岱勒成，仪炳乎世宗”，封禅泰山、勒石表功，以显示黄帝功德卓著，彪炳天地。

〔8〕 纷然：纷纷，多的样子。凤举：飘然高举。西汉刘歆《甘泉宫赋》：“回天门而凤举，蹑黄帝之明廷。”太清：天空。《鹖冠子·度万》：“唯圣人能正其音，调其声，故其德上反太清，下及泰宁，中及万灵。”陆佃注：“太清，天也。”太清，一说指道教三清（玉清、上清、太清）之一，指太上老君道德天尊所居之所。凤举、龙腾，皆喻指王业兴起。

〔9〕 “违兹九土”，《太平御览》卷七九《皇王部四》作“违落九土”。违：离开、辞别。兹：这。九土：九州之土地，在此指九州。陟：登上。冥：杳渺玄远。高冥，指高空。此句意思为黄帝离开九州，飞升太清。

〔10〕 斯：助词。攸：助词，相当于“所”。慕：景慕、敬仰。涕泗：泪水。沾缨：指浸湿帽子的缨带或缨穗。此句意思为百姓敬慕怀念黄帝功德，常感动得泪流满面、沾湿帽缨。

〔11〕 遐：远。不坠：不失。式颂：称颂。德声：美德、美誉。此句指黄帝功德虽然传播久远，却无损毁差失，人们还在称颂着他的美德令誉。

黄帝赞

晋 孙绰〔1〕

（《列仙传校笺》卷下，中华书局二〇〇七年版）

神圣渊玄〔2〕，邈哉帝皇〔3〕！暂莅万物〔4〕，冠名百王〔5〕。化周六合〔6〕，数通无方〔7〕。假葬桥山〔8〕，超升昊苍〔9〕。

【注释】

〔1〕孙绰（314—371）：字兴公，太原中都（今山西平遥）人，后迁居会稽（今浙江绍兴）。官至廷尉卿，领著作郎。孙绰博学善文，是两晋玄言诗派代表人物之一，著有《至人高士传赞》《列仙传赞》等书，事迹见《晋书》卷五六本传。此篇赞文附于明《道藏》本《列仙传·黄帝》文后。《列仙传》是中国第一部系统记载神仙传记的典籍，黄帝的重要事迹及成仙过程也在其中。另外，有学者认为，今天所见《列仙传》中各则传记后面的赞语是晋人郭元祖在孙绰所撰赞语的基础上改编而成的。

〔2〕渊玄：深邃、深奥。

〔3〕邈：高远、超卓。帝皇：三皇五帝。

〔4〕暂：短暂。

〔5〕冠：位居第一。百王：历代帝王。

〔6〕化周：教化普及。六合：本义指上下和四方，这里泛指天地宇宙。

〔7〕无方：无定类，无一定的方向，泛指四面八方。

〔8〕桥山：位于今陕西黄陵县城北。桥山历来被认为是轩辕黄帝驾崩归葬之地。

〔9〕超升：超脱飞升。昊苍：苍天，引申为天界。

黄帝赞

晋　曹毗〔1〕

（《艺文类聚》卷一一，上海古籍出版社一九八五年版）

轩辕应玄期〔2〕，幼能总百神〔3〕。体炼五灵妙〔4〕，气含云露津〔5〕。掺石曾城岫〔6〕，铸鼎荆山滨〔7〕。豁焉天扉辟〔8〕，飘然跨腾鳞。仪辔洒长风〔9〕，褰裳蹑紫宸〔10〕。

【注释】

〔1〕曹毗：字辅佐，沛国谯（今安徽亳州）人。东晋文学家。少郡举孝廉，任郎中，蔡谟荐为佐著作郎，以父忧去职。后任句章令，征拜太学博士。累迁尚书郎、镇东大将军从事中郎、下邳太守。官至光禄勋。原有集十五卷，已佚，今存《涉江赋》等残篇。

〔2〕轩辕应玄期：黄帝居于轩辕之丘，亦称轩辕氏。本句言黄帝顺应天运，开国立极。

〔3〕总：统领，统率。百神：相传黄帝具有劾制鬼神的神力，《列仙传》记黄帝"能劾百神，朝而使之"。

〔4〕体炼：《史记·封禅书》载："黄帝采首山铜，铸鼎于荆山下。鼎成，有龙垂胡髯，下迎黄帝。"晋代因道教、道家的发展与志怪小说的流行等原因，言黄帝炼丹修道事。如南朝梁虞荔《鼎录》："金华山黄帝作一鼎高一丈三尺，大如十石瓮，象龙腾云，百神螭兽满其中。"

〔5〕气含云露津：相传仙人吸风饮露，故云其口气涎津亦为云气雾水。

〔6〕掺（shǎn）石：指黄帝采山石炼铜制鼎事。掺，执、操。岫（xiù）：山洞，有洞穴的山。晋《拾遗记·昆吾山》载黄帝"炼石为铜，铜色青而利"。曾城：即层城，古代神话中昆仑山上的高城。汉张衡《思玄赋》："登阆风之层城兮，构不死而为

床。”李善注：“《淮南子》曰：‘昆仑虚有三山，阆风、桐版、玄圃，层城九重。’禹云：‘昆仑有此城，高一万一千里。’”一说指昆仑山最高峰之名。北魏郦道元《水经注·河水一》：“昆仑之山三级：下曰樊桐，一名板桐；二曰玄圃，一名阆风；上曰层城，一名天庭，是为太帝之居。”

〔7〕 荆山：山名，在今河南灵宝阌乡南。相传黄帝采首山铜铸鼎于此，亦名覆釜山。《史记·封禅书》：“黄帝采首山铜，铸鼎于荆山下。”

〔8〕 天扉：天门。

〔9〕 仪辔（pèi）：皇帝车驾。

〔10〕 “裳”，唐《初学记》卷九（中华书局1962年版）作“衣”。紫宸（chén）：本为帝王居所，此处指黄帝升天后的仙宫。

攀龙引[1]

唐　顾况[2]

（《全唐诗》卷二六五，中华书局一九六零年版）

轩辕黄帝初得仙，鼎湖一去三千年[3]。周流三十六洞天[4]，洞中日月星辰联。骑龙驾景游八极，轩辕弓剑无人识，东海青童寄消息[5]。

【注释】

〔1〕攀龙引：《全唐诗》卷二六五收此诗为《悲歌》六首之第六首，题后注曰"一作攀龙引"，今以"攀龙引"为题。

〔2〕顾况（约727—约820）：字逋翁，浙江海盐人（一说苏州人），唐肃宗至德二载（757）登进士第，曾官著作郎，贬饶州司户参军，晚年隐居茅山，号华阳山人。有《华阳真逸集》《顾况诗集》，《全唐诗》编收其诗四卷二百三十余首。

〔3〕鼎湖：黄帝乘龙升仙处。

〔4〕三十六洞天：神仙所居三十六处山岳洞府。在道教神话中，有十大洞天、三十六小洞天、七十二福地之说。

〔5〕青童：神话中的仙童。南朝梁任昉《述异记》："（洞庭山）昔有青童秉烛飙飞轮之车至此，其迹存焉。"

苦篁调啸引〔1〕

唐　李贺〔2〕

（《李长吉歌诗编年笺注》卷三，中华书局二〇一二年版）

请说轩辕在时事，伶伦采竹二十四〔3〕。伶伦采之自昆丘〔4〕，轩辕诏遣中分作十二。伶伦以之正音律，轩辕以之调元气。当时黄帝上天时〔5〕，二十三管咸相随，唯留一管人间吹〔6〕。无德不能得此管〔7〕，此管沉埋虞舜祠〔8〕。

【校注】

〔1〕　苦篁（huáng）：苦竹，竿矮节长，四月生笋而味苦，可制乐器。宋吴正子注："乐府有《调笑引》。笑，一作'啸'。"

〔2〕　李贺（790—816）：字长吉，河南福昌（今河南宜阳）人，唐代著名诗人，有"诗鬼"之称。唐皇室远支，家世没落，曾官奉礼郎。因避家讳，不得应进士科试。早岁见知于韩愈、皇甫湜。其诗熔铸词采，驰骋想象，新奇瑰丽。有《李长吉歌诗》五卷传世。

〔3〕　伶伦：传说为黄帝时的乐官，古以为乐律的创始者。相传伶伦从凤凰的鸣叫中获得灵感，制成十二律吕。《吕氏春秋·古乐》："昔黄帝令伶伦作为律。"汉应劭《风俗通义·声音》："昔黄帝使伶伦自大夏之西，昆仑之阴，取竹于嶰谷，生其窍厚均者，断两节而吹之，以为黄钟之管。制十二筒，以听凤之鸣。其雄鸣为六，雌鸣亦为六。天地之风气正，而十二律定，五声于是乎生，八音于是乎出。"

〔4〕　"昆丘"，明曾益《昌谷集注》（明崇祯刻本）、明姚佺等人《昌谷集句解定本》（清初印本）、清姚文燮《昌谷诗注》（同

文书院重刊本）作“昆仑”。

〔5〕 黄帝上天：事载《史记·封禅书》，详见前文注释。

〔6〕 清王琦注：“唯留一管者，谓黄钟一管，为万事之根本，其制可考而知也。”

〔7〕 “无德不能得此管”，《李长吉文集》（宋蜀刻本）、《李贺歌诗编》（蒙古刻本）作“人间无德不能得”。

〔8〕 虞舜：上古五帝之一。姓姚，名重华，因其先国于虞，故称虞舜。汉章帝时，奚景于舜祠下得白玉管。事载南朝宋刘敬叔《异苑》卷一：“衡阳山、九嶷山皆有舜庙，每太守修理祀祭洁敬，则闻弦歌之声。汉章帝时，零陵文学奚景于冷道县祠下得白玉管，舜时西王母献。”

黄帝

宋　王十朋[1]

（《王十朋全集》卷一〇，上海古籍出版社二〇一二年修订版）

百年功就蜕乾坤[2]，鼎冷壶空迹尚存。
别有庆源流不尽[3]，皇朝叶叶是神孙[4]。

【注释】

〔1〕王十朋（1112—1171）：字龟龄，号梅溪，温州乐清（今浙江乐清）人。南宋绍兴二十七年（1157）状元及第，授绍兴府签判，后历任饶州知州、湖州知州等职，多有善政，卒后赐谥号"忠文"。事迹见《宋史》卷三八七本传。王十朋曾以三皇五帝等人物事迹为题，撰写了106首咏史诗，《黄帝》是其中一首。

〔2〕蜕：即道家所谓的"尸解"，一种修道者死后留下形骸而魂魄散去成仙的方式。乾坤：天地。蜕乾坤：即摆脱天地束缚，羽化登仙。

〔3〕庆：福泽。

〔4〕皇朝：古代人对本朝的尊称，此处即指宋朝。叶叶：代代。神孙：本义指君主为天神后嗣，此处为特指。据宋李焘《续资治通鉴长编》记载，大中祥符五年（1012）十月二十四日，九天司命上卿保生天尊赵玄朗降于宋朝延恩殿，告诉宋真宗自己乃赵氏始祖，是九人皇之一，后降世为轩辕黄帝。随后，宋廷重新上天尊号为"圣祖上灵高道九天司命保生天尊大帝"，时称圣祖天尊大帝。宋廷将每年十月二十日定为降圣节，全国休假五日。可以说，有宋一代，轩辕黄帝一直被认为是赵氏始祖赵玄朗的转世之身。因此，王十朋才说"皇朝叶叶是神孙"。

涿鹿

宋　文天祥〔1〕

（《文天祥诗集校笺》卷一二，中华书局二〇一七年版）

我瞻涿鹿野〔2〕，古来战蚩尤。
轩辕此立极〔3〕，玉帛朝诸侯〔4〕。
历历关河雁〔5〕，随风鸣寒秋。
迩来三千年〔6〕，王气行幽州〔7〕。

【注释】

〔1〕　文天祥（1236—1283）：初名云孙，字宋瑞，又字履善，吉水（今江西吉水）人。南宋末年政治家、文学家，与陆秀夫、张世杰并称“宋末三杰”。宋理宗宝祐四年状元及第，官至右丞相兼枢密使。事迹见《宋史》卷四一八本传。此诗应是文天祥被押送至元大都（今北京市），途经涿州（今河北涿州）时，因其州名有感而作。

〔2〕　涿鹿：地名，位于今河北省涿鹿县境内。诗中“涿鹿野”即为史书中的涿鹿之野。相传黄帝曾建都于涿鹿，并与蚩尤在此地进行了历史上著名的“涿鹿之战”。

〔3〕　立极：登帝位。

〔4〕　玉帛：即玉器和丝织品，是古代国与国间交际时常用的礼物。此句应为“诸侯执玉帛而朝”之意。

〔5〕　历历：排列成行。关河：关塞、关防，泛指山河。

〔6〕　迩来：最近以来。

〔7〕　幽州：相传最早是舜所设十二州之一。

《黄帝庙》赞文[1]

佚名

（《（嘉靖）曲沃县志》卷二，明嘉靖刻本）

道德巍巍，声教溶溶[2]。与天地久，亿万无穷[3]。

【注释】

〔1〕据《（嘉靖）曲沃县志》卷二记载，明正统年间，里人在北部掘地得一古牌，上刻“黄帝庙”，其阴面则有赞文一篇。正德年间立庙于此，后知县侯秩移古碑于济渎庙内。

〔2〕声教：声威教化。指黄帝以德行、文教化育万民。

〔3〕此句意指黄帝德被万世，同于天地之无穷。

黄帝陵

明　李梦阳〔1〕

（《（嘉靖）庆阳府志》卷二〇，明嘉靖三十六年刻增修本）

黄帝骑龙事杳茫〔2〕，桥山未必葬冠裳〔3〕。
内经泄秘无天地，律吕通神有凤凰〔4〕。
创见文明归制度，要知垂拱变洪荒〔5〕。
汉皇巡视西游日〔6〕，万有八千空路长〔7〕。

【注释】

〔1〕李梦阳（1473—1530）：字献吉，号空同子，明代中期文学家。祖籍河南扶沟，出生于庆阳府安化县（今甘肃庆城）。精于古文词。复古派“前七子”领袖人物，强调复古，提倡“文必秦汉，诗必盛唐”。

〔2〕黄帝骑龙事：指黄帝乘龙飞升事。杳茫：渺茫。

〔3〕桥山：山脉名，一般指陕西黄陵县桥山，亦有论者认为此处指今甘肃庆阳正宁东部五顷塬一带之子午山。据传桥山只是黄帝的衣冠冢。《史记·孝武本纪》载：“（汉武帝）北巡朔方，勒兵十余万，还祭黄帝冢桥山，泽兵须如。上曰：‘吾闻黄帝不死，今有冢，何也？’或对曰：‘黄帝已仙上天，群臣葬其衣冠。’”《列仙传》：“轩辕自择亡日，与群臣辞，至于卒，还葬桥山，山崩，柩空无尸，唯剑舄在棺焉。”

〔4〕律吕：古代校正乐律的器具。《吕氏春秋·古乐》载，律吕是黄帝令乐官伶伦依凤凰的鸣声所造：“昔黄帝令伶伦作为律……制

十二筒，以之阮隃之下，听凤皇之鸣，以别十二律。”

〔5〕 垂拱：多指帝王的无为而治。《书·武成》：“惇信明义，崇德报功，垂拱而天下治。”《文选·王褒·圣主得贤臣颂》：“雍容垂拱，永永万年。”

〔6〕 汉皇：此指汉武帝。汉武帝曾多次西巡求神仙。

〔7〕 空：空自。

黄帝赞

明 陈凤梧〔1〕

（《（嘉靖）高淳县志》卷四，明嘉靖刻本）

帝德通变，神化宜民。垂裳而治，上乾下坤〔2〕。

井野分州，迎日推策〔3〕。百度惟熙〔4〕，万世作则。

【注释】

〔1〕 陈凤梧（1475—1541）：江西泰和人，字文鸣，号静斋，弘治九年（1496）进士，历任刑部主事、湖广提学佥事、河南按察使、南右都御史，巡抚应天十府，卒赠工部尚书，著有《修辞录》《南巡录》《岳麓志》等。明嘉靖《高淳县志》卷四《艺文》收《高淳县儒学圣贤赞碑》十五首，总署“钦差总理粮储兼巡抚应天等府地方都察院右都御史陈凤梧赞”。

〔2〕 “垂裳”二句：谓黄帝制衣作礼，或谓黄帝无为而治。衣为上服，裳为下服，象乾坤二象。《易·系辞》：“黄帝尧舜，垂衣裳而天下治，盖取诸乾坤。”

〔3〕 “井野”二句：谓黄帝根据星宿分野划分地理区域，通过太阳的运行推算节气历数。《史记·五帝本纪》：“（黄帝）获宝鼎，迎日推策。”

〔4〕 熙：光明、明亮。

黄帝庙

明　岳伦[1]

（《（嘉靖）曲沃县志》卷四，明嘉靖刻本）

《史外纪》曰：黄帝姓公孙，讳轩辕，有熊国君之子也[2]。《易传》曰：庖羲氏没[3]，神农氏作[4]；神农氏没，黄帝尧舜氏作。黄帝时，天尚庞噩[5]，人文未熙。世无显传，时时见于管敬仲[6]、庄周[7]、列御寇称说[8]。孔颖达谓《管子》非本书[9]，《庄》《列》寓言，复诞谩无征，惟汉史迁谓《帝德》《帝系》为近古[10]。按黄帝生而神灵，长而聪明。时炎帝侵诸侯[11]，蚩牛为列帝[12]，修德治兵败炎帝、擒杀蚩牛，诸侯推之。王应土德之瑞，受河图之文[13]，仰星斗之象，肇天官之书[14]，探五行之情，占斗纲之秘[15]，作支干[16]，测历景[17]，造筭数[18]，候律吕[19]，昭之章服，济之舟车，尽之疆野，分之州帅，统之都邑，缤缤纭纭，文物渐炳。盖基唐尧之邃酉，启虞氏之鸿赞[20]，为三才之备王[21]，万代之宪后也。蒲坂之间为古帝王都会[22]，有黄帝尧舜之风，长老尚能折其处，故俗多帝王庙。土人知崇之而闇于道，祀之而闇于礼，世衰德隐，宗尚神诞，不亦伤哉！伦也，天子账臣，出知是邑[23]，顾瞻圮敝[24]，中心如焚，爰命群工，就兹宏焕。亦知违至德之素雅，乖大始之朴灏。然而仰遐逖之玄休，起末季之仪式，斯末之或过也。

【注释】

〔1〕 岳伦（1491—1542）：字厚夫，号云石，怀安卫（今张家口怀安）人。明嘉靖五年（1526）进士，授行人。岳伦关心民瘼，为官清明。本文作于嘉靖十一年（1532），伦时任曲沃知县。其后一年上《筹边计疏》，擢工部主事，又迁郎中。后因谏南巡事而获罪，不复起用。有《岳云石集》五卷。事迹见《国朝献征录》卷五一。

〔2〕 有熊国：上古位于新郑姬水（今河南新郑）一带的方国。《路史·国名记》："少典，有熊之开国。"

〔3〕 庖羲氏：又称伏羲。《册府元龟·帝王部·总序》："庖牺氏之王天下也，继天之统为百王先，实承木德，以建大号。三坟所纪，允居其首。"《册府元龟·帝王部·帝系》："太昊庖牺氏风姓，母曰华胥，作网罟以畋渔取牺牲，故天下号曰庖牺氏，一号皇雄氏，继天而王。故曰帝太昊。"

〔4〕 神农氏：一说即炎帝。《易·系辞》："包牺氏没，神农氏作，断木为耜，揉木为耒，耒耨之利，以教天下，盖取诸益。"《列子·黄帝篇》："庖牺氏、女娲氏、神农氏、夏后氏，蛇身人面，牛首虎鼻。此有非人之状，而有大圣之德。"

〔5〕 庬（máng）噩：形容上古蒙昧时期人文不兴、教化未行之貌。

〔6〕 管敬仲：管仲，名夷吾，字仲，谥敬。春秋初期颍上（今安徽颍上）人，著名的政治家、军事家，也是先秦诸子中法家的代表人物。经鲍叔牙推荐，成为齐国上卿，齐桓公尊称其为"仲父"。

〔7〕 庄周：即庄子，战国时期思想家，宋国蒙（今河南商丘）人，曾任漆园吏，老子之后的道家学派代表人物，号南华真人。庄周及其后学撰有《庄子》一书，后世又称《南华经》。

〔8〕 列御寇：列子，名御寇，战国时期郑国圃田（今河南郑州）人，道家学派代表人物，号冲虚真人。列子及其后学撰有《列子》一书，后世又称《冲虚至德真经》。原书汉初已散佚，西汉刘向辑录残稿八篇，疑是他人托名列御寇所作。

〔9〕 孔颖达：字冲远、仲达，冀州衡水（今河北衡水）人，隋唐时

期的著名经学家，曾奉唐太宗之命主编《五经正义》。《管子》：管仲后学托管子之名所著之书，主要阐述了管子学派的政治、经济、哲学思想。西汉刘向编辑《管子》八十六篇，其中十篇已佚。

〔10〕 史迁：即司马迁。《帝德》《帝系》：《史记·五帝本纪》："太史公曰：……孔子所传《宰予问五帝德》及《帝系姓》，儒者或不传。余尝西至空桐，北过涿鹿，东渐于海，南浮江淮矣，至长老皆各往往称黄帝、尧、舜之处，风教固殊焉，总之不离古文者近是。予观《春秋》《国语》，其发明《五帝德》《帝系姓》章矣，顾弟弗深考，其所表见皆不虚。书缺有间矣，其轶乃时时见于他说。非好学深思，心知其意，固难为浅见寡闻道也。余并论次，择其言尤雅者，故著为本纪书首。"司马贞《索隐》云："《五帝德》《帝系姓》皆《大戴礼》及《孔子家语》篇名。以二者皆非正经，故汉时儒者以为非圣人之言，故多不传学也。"

〔11〕 炎帝：与黄帝同为华夏始祖。《国语·晋语》："昔少典娶于有氏，生黄帝、炎帝。黄帝以姬水成，炎帝以姜水成。成而异德，故黄帝为姬，炎帝为姜。二帝用师以相济也，异德之故也。"一说炎帝即神农氏。《竹书纪年》："炎帝神农氏，其初国伊，继国耆，合称，又曰伊耆氏。"

〔12〕 蚩牛：即蚩尤，相传蚩尤是牛图腾和鸟图腾氏族的首领。《史记·五帝本纪》："蚩尤作乱，不用帝命。于是黄帝乃征师诸侯，与蚩尤战于涿鹿之野，遂禽杀蚩尤。"

〔13〕 土德之瑞：古人以五行相生相克之道解释王朝更迭。《史记·五帝本纪》："有土德之瑞，故号黄帝。"《索隐》："炎帝火，黄帝以土代之。"河图之文：《三教指归》卷上注引《龙鱼河图》："伏牺氏王天下，有神龙负图出于黄河，法而效之，始画八卦，推阴阳之道，知吉凶所在，谓之河图。"

〔14〕 天官之书：后世传有托名黄帝的天文占卜书，以测天下大事，特别是军事活动、政权更迭等。如《黄帝占》："彗星出入太白，长可五六丈，金火之兵大用，大战流血，天下更政，期三年，远五年。"古人有天人感应之宇宙观，治理国家强调应象天法地。

〔15〕 斗纲：即北斗七星之斗柄。随着天体运行，斗柄指向不同，古代二十四节气便是综

合斗柄所指与当时之自然物候加以命名的。《后汉书·律历志·历法》："昔者圣人之作历也，观璇玑之运，三光之行，道之发敛，景之长短，斗纲所建，青龙所躔，参伍以变，错综其数，而制术焉。"

〔16〕 作支干：应是指制定干支纪年法。天干地支简称干支，相互组合形成了古代历法纪年。相传黄帝元年即第一个甲子年。

〔17〕 测历景：古代测定时间的方法，一是利用日影，二是利用水漏。

〔18〕 造筭数：筭，同"算"。《汉书·律历志》："隶首作数。"隶首，黄帝之臣，始作算数。《说文解字》："筭，长六寸，计历数者……言常弄乃不误也。"

〔19〕 候律吕：《汉书·律历志》："黄帝使泠纶，自大夏之西，昆仑之阴，取竹之解谷生，其窍厚均者，断两节间而吹之，以为黄钟之宫。制十二筒以听凤之鸣。其雄鸣为六，雌鸣亦六，比黄钟之宫，而皆可以生之，是为律本。至治之世，天地之气合以生风。天地之风气正，十二律定。"

〔20〕 虞氏：即指舜。黄帝曾孙虞幕以封地为姓，号有虞氏，舜为虞幕的后裔。

〔21〕 三才：指天、地、人三才。

〔22〕 蒲坂：在今山西永济。《帝王世纪》："舜都蒲坂。"《史记正义》引《地记》注："河东县东二里故蒲坂城，舜所都也。城中有舜庙，城外有舜宅及二妃坛。"

〔23〕 "账臣"，疑作"贱臣"。出知是邑：赴曲沃任知县之职。

〔24〕 圮敝：圮坏坍塌之貌。

黄帝庙

明　岳伦

黄帝龙飞迥〔1〕，玄风尚可传。
衣裳垂至化〔2〕，《大素》见遗编〔3〕。
殿柳明春日，台杉急暮蝉。
圣躬昭万代，俎豆合千年。

（《（嘉靖）曲沃县志》卷四，明嘉靖刻本）

【注释】

〔1〕　黄帝龙飞迥：《史记·封禅书》载，黄帝铸鼎后乘龙飞升而去。

〔2〕　衣裳垂至化：《史记正义》："黄帝之前，未有衣裳屋宇。及黄帝造屋宇，制衣服，营殡葬，万民故免存亡之难。"《易·系辞》："黄帝尧舜垂衣裳而天下治。"这是说黄帝、尧、舜以自然无为的方式使天下得以大治，即后世道家推崇的"无为而治"。

〔3〕　《大素》：一云《太素》，全称《黄帝内经太素》，为中医古籍。隋代医学家杨上善奉敕注《黄帝内经》，重新编次《素问》《灵枢》内容，今传《黄帝内经太素》即杨本。

黄帝庙

明　祝颢〔1〕

鼎湖龙去杳难攀〔2〕，谁构遗宫绛沃间〔3〕。
帝德应知无不覆〔4〕，人间随处榜桥山〔5〕。

（《（民国）山西通志》卷十六，民国二十二年景钞明成化十一年刻本）

【注释】

〔1〕祝颢：《（嘉靖）曲沃县志》作"祝灏"。字惟清，直隶长洲（今江苏苏州）人，正统四年（1439）进士，景泰二年以刑科给事中升左参议，天顺四年升右参政致仕。《本朝分省人物考》卷十九存传。

〔2〕鼎湖龙去：《史记·封禅书》载，黄帝铸鼎于荆山之下，鼎成，黄帝于此乘龙飞升。后喻指帝王崩逝。杳：远。攀：攀缘，这里指追随。

〔3〕构：建造。遗宫：古代遗留下来的宫殿，此指黄帝庙。绛沃：地名，今山西曲沃。周平王二十六年，晋昭侯封叔父成师于曲沃，曲沃始得名，东汉称为绛邑县，其后多次改称，有曲沃、绛州等。明洪武二年仍称曲沃县，属平阳府，隶山西布政司，编户六十八里。

〔4〕帝德：黄帝的德行。覆：遮蔽，此谓黄帝德行影响之远大。

〔5〕榜桥山：以桥山为榜样，意为学习、效法黄帝的德行。

三皇庙记〔1〕

明 钟世美

（《（嘉靖）池州府志》卷第九，明嘉靖刻本）

……黄帝赞。伟哉黄帝，圣德天授，岐伯俞跗〔2〕，以左以右，道养精微〔3〕，日穷月究〔4〕，利及生民，勿替于后。

【注释】

〔1〕 三皇：中国历史上三位为中华文明做出重要贡献的人物，分别是伏羲氏、神农氏和黄帝轩辕氏。伏羲氏以木德王，风姓，创制八卦、教民渔猎；神农氏以火德王，姜姓，创制农业、发明医药；黄帝以土德王，姬姓，建舟车、制音律。“三皇”在中华民族文明发展历史上具有重要意义，古代常将三位一起供奉，故名“三皇庙”。本文为节选。

〔2〕 岐伯：黄帝臣子，岐山（今陕西省岐山县）人，精于医术，黄帝尊之为师，后与黄帝并称“岐黄”。《通志》载：“岐氏，周故都也，今凤翔岐山是也。太王居之，至文王始迁于丰，其支庶留岐，故为岐氏。又古有岐伯，为黄帝师。”俞跗：上古时人，长于医术。《汉书·艺文志·方技》：“太古有岐伯、俞拊，中世有扁鹊、秦和。”

〔3〕 “道”，张岱所著《夜航船》清钞本卷十四作“導”（导）。

〔4〕 “月”，《夜航船》清钞本卷十四作“日”。

附录二

黄帝传记

史记·五帝本纪（节选）［汉］司马迁——四七一
轩辕黄帝传［宋］佚名——四七三
黄帝功德纪（节选）于右任——四九五

史记·五帝本纪（节选）

汉　司马迁

（《史记》（点校本二十四史修订本）卷一《五帝本纪》，中华书局二〇一三年版）

黄帝者，少典之子，姓公孙，名曰轩辕。生而神灵，弱而能言，幼而徇齐，长而敦敏，成而聪明。

轩辕之时，神农氏世衰。诸侯相侵伐，暴虐百姓，而神农氏弗能征。于是轩辕乃习用干戈，以征不享，诸侯咸来宾从。而蚩尤最为暴，莫能伐。炎帝欲侵陵诸侯，诸侯咸归轩辕。轩辕乃修德振兵，治五气，艺五种，抚万民，度四方，教熊罴貔貅貙虎，以与炎帝战于阪泉之野。三战，然后得其志。蚩尤作乱，不用帝命。于是黄帝乃征师诸侯，与蚩尤战于涿鹿之野，遂禽杀蚩尤。而诸侯咸尊轩辕为天子，代神农氏，是为黄帝。天下有不顺者，黄帝从而征之，平者去之，披山通道，未尝宁居。

东至于海，登丸山，及岱宗。西至于空桐，登鸡头。南至于江，登熊、湘。北逐荤粥，合符釜山，而邑于涿鹿之阿。迁徙往来无常处，以师兵为营卫。官名皆以云命，为云师。置左右大监，监于万国。万国和，而鬼神山川封禅与为多焉。获宝鼎，迎日推策。举风后、力牧、常先、大鸿以治民。顺天地之纪、幽明之占、死生之说、存亡之难。时播百谷草木，淳化鸟兽虫蛾，旁罗日月星辰水波土石金玉，劳勤心力耳目，节用水火材物。有土德之瑞，故号黄帝。

黄帝二十五子，其得姓者十四人。

黄帝居轩辕之丘，而娶于西陵之女，是为嫘祖。嫘祖为黄帝正妃，生二子，其后皆有天下：其一曰玄嚣，是为青阳，青阳降居江水；其二曰昌意，降居若水。昌意娶蜀山氏女，曰昌仆，生高阳，高阳有圣德焉。黄帝崩，葬桥山。

轩辕黄帝传

宋　佚名

（《轩辕黄帝传》一卷，清嘉庆《宛委别藏》本）

轩辕黄帝姓公孙，有熊国君少典之次子也。（自周制五等诸侯后，乃有公孙姓。轩辕为黄帝，长于姬水，合以姬为姓，不知古史何据也。伏羲生少典，少典生神农及黄帝，袭帝位，居有熊之封焉。有熊在河南新郑县。）其母西桥氏女，名附宝。瞑见大电光绕北斗枢星照于郊野，附宝感之而有娠，以枢星降，又名天枢，怀二十四月，生轩辕于寿丘。（寿丘，地名，在鲁东门之外。）帝生而神灵，幼而徇齐，弱而能言，长而敦敏，成而聪明。龙颜日角，河目隆颡，苍色大肩。始学于项，长于姬水。帝年十五，心虑无所不通，乃受国于有熊，袭封君之地。以制作轩冕，乃号轩辕。以土德王曰黄帝。（徇，疾。齐，速也。余解见下文。）得苍龙辨乎东方，（东者，动也。日出万物乃动也，东字从日穿木，以日出望之，如穿扶桑之林木也。日所出在扶桑东数十万里。）得祝融辨乎南方，（心星从火，火在正南，大明也。融，光明也，主火之官号祝融，融字从南从午，求也，求正对为明为暗，则南为阳，北为阴也。）得大封辨乎西方，（鸡之明旦则望东，身而居西也。酉鸡也，以小入时名之，酉半为西也。）得后土辨乎北方。（北，阴也，背也，故曰北征。）帝娶西陵氏于大梁，曰嫘祖，为元妃。生二子玄嚣、昌意。

初喜天下之戴己也，养正娱命，自取安而顺之，为鸿黄之代，以一民也。时人未使而自化，未赏而自劝，其心愉而不伪，其事素而不饰，谓太清之始也。耕者不侵畔，渔者不争岸，抵市不预价，市不闭鄙，商旅之人相让以财，外户不闭，是谓大同。

帝理天下十五年，忧念黎庶之不理，竭聪明，进智力，以营百姓，具修德也，考其功德而务其法教。时元妃西陵氏始养蚕为丝。（《礼记》：皇后祭先蚕西陵氏。葛稚川《西京记》曰：宫内有先蚕坛。）乃有天老五圣，以佐理化。帝取伏羲氏之卦象，法而用之，据神农所重六十四卦之义，帝乃作八卦之说，谓之《八索》，求其重卦之义也。时有臣曹胡造衣，臣伯余造裳，臣於则造履，帝因之作冠冕，始代毛革之弊，所谓黄帝垂衣裳而天下理。帝因以别尊卑，令男女异处而居，取法乾坤天尊地卑之义。（冠者，则服之大名，冕者，则冠中之别名，以其后高而前下，有俯仰之形，因曰冠冕也。）帝见浮叶方为舟，即有共鼓、化狄二臣助作舟楫。所谓『刳木为舟，剡木为楫』也，盖取诸《涣》，涣，散也，物大通也，所以济不通也。帝又观转蓬之象以作车。时有神马出生泽中，因名泽马。一曰吉光，二曰吉良，出大封国。（大封国，在亳州东，古国也。）文马缟身朱鬣，乘之寿千岁，以圣人为政，应而出。（今飞龙司有吉良厩，因此。薛综曰：『与腾黄一也。』所出之国各别。葛稚川曰：『腾黄之马，吉光之兽。』则兽马各异。今据吉良即马，腾黄即兽。稚川之说又别。）又有腾黄之兽，其色黄，状如狐，背上有两角，龙翼，出日本国，寿二千岁。（一本云：龙翼□身，一名乘若，一名飞黄，或曰古黄，又曰翠黄，出日本国，寿三千岁，日行万里，乘之令人寿二千岁。《六典》：宋、齐、梁、陈皆有车府乘黄之官，今太仆寺有乘黄署，即其事。）黄帝得而乘之，遂周游六合，所谓乘八翼之龙游天下也。故迁徙往来无常。帝始教人乘马，有臣胲作服牛以用之。《世本》云：『所谓服牛乘马，引重致远，以取诸《随》，得随所宜也。』有臣黄雍父始作舂，所谓断木为杵，掘地为臼，以济万人，取诸《小过》者，过而通也。帝作灶以著经，始令铸釜造甑，乃蒸饭而烹粥，以易茹毛饮血之弊。有臣挥始作弓，臣夷年作矢，所谓『弦木为弧，剡木为矢』也。弧矢之利以威天下，以取诸《暌》，乖也，制不顺也。帝始作屋，筑宫室，以避寒暑燥湿，谓之宫。宫言处于中也，所谓上栋下宇，以待风雨，取诸《大壮》。大者，壮也。帝又令筑城邑以居之，始改巢居穴处之弊。又重门击柝，以待暴客，以取诸《豫》，备不虞也。又易古之衣薪，葬以棺椁，以取诸《大过》。有服斋于中宫，于洛水上坐玄扈石室，与容光等内观，忽有大鸟衔图置于帝前，帝再拜受之。是鸟状如鹤而鸡头、燕喙、龟颈、龙形、骈翼、鱼尾，体备五色，三文成字，首文曰『慎德』，背文曰『信义』，膺文曰『仁智』。天老曰：『是鸟麟前鹿后蛇颈，背有龙文，足履正，尾击武。九苞：一、口包命；二、心合度；三、耳聪达；四、舌屈伸；五、采色备；六、冠短丹；七、距锐钩；八、音激扬；九、腹户行。一名鸥，其雄曰凤，其雌曰凰，高五六尺，朝鸣曰登晨，昼鸣曰上祥，夕鸣曰归昌，昏鸣曰固常，夜鸣曰保长，皆应律吕，见则天下安宁。』黄帝曰：『是鸟遇乱则去居九夷矣，出于东方君子之国，又出丹穴之山。』有臣沮诵、苍颉，观鸟兽以作文字，此文字之始也。（先儒论文字之始不同，或始于三皇，或始于伏羲，或云与天地并兴。今据司马迁、班固、韦延、吴秉、傅玄等云，苍颉，黄帝臣。今据此载之。诸家说苍颉，亦无定据。）

帝修德义，天下大理。乃召天老谓之曰：『吾梦两龙挺白图出于河，以授予，敢问于子。』天老对曰：『此《河图》《洛书》将出之状，天其授帝乎？试斋戒观之。』黄帝乃斋于中宫，衣黄服，戴黄冕，驾黄龙之乘，载交龙之旂，与天老五圣游于河洛之间，求梦未得。帝遂沉璧于河，及大雾三日，又至翠妫之泉，有大鲈鱼于河中溯流而至。杀三牲以醮之，即甚雨，七日七夜，有黄龙负图而出于河。黄帝谓天老五圣曰：『子见河中者乎？』天老五圣乃前跪受之，其图五色毕具，白图兰叶而朱文，以授黄帝，乃舒视之，名曰《录错图》，令侍臣写之，以示天下。黄帝曰：『此谓之《河图书》。』是岁之秋也，帝既得龙凤之图书、苍颉之文，即制文字，始代结绳之政，以作书契。盖取诸《夬》。夬，决也，决断为事。（自垂衣裳至制文字凡九事。按：皇甫谧《帝王代纪》载此九事，皆黄帝之功。今各以当时事及众书所载，列之如前以明之。然于《易·系》说九事，则上自黄帝，下至尧舜，以其先儒说者，或以为不独黄帝。若以皇甫所载，及今所引众书，则九事皆黄帝始创之以服用，后代圣人至尧舜，但断作修饰耳。）于是黄帝定百物之名，作八卦之说，谓之《八索》。一号帝鸿氏，一号归藏氏，乃名所制曰《归藏书》，此《易》之始也。

黄帝垂衣裳之后，作龙衮之服，书日月星辰于衣上以象天，有《龙衮之颂》。帝纳女节为妃，其后女节见大星如虹，下临华渚，女节感而接之，生少皞。（《代纪》云，女节即嫘祖，非也。）帝又纳丑女号嫫母，使训人，而有淑德，奏《六德之颂》。又纳费修氏为夫人。是时庶民甘其食，美其服，乐其俗，安其居，无羡欲之心，邻国相望，鸡犬之音相闻，至老而不相往来，无求故也。所谓黄帝理天下使民，谓之至理之代。是时风不鸣条，谓之天下之喜风也；雨不破块，谓十日小雨应天下文，十五日一大雨，以协运也。以嘉禾为粮，谓大禾也，其穗异常；以醴泉为浆，谓泉水味美如酒，可以养老也；以五芝为芳，谓有异草生于圃，则芝英、紫芝、黑芝、五芝草生，皆神仙上药。时有水物洋涌，山车满野，于是德感上天，故有皇星之祥，谓之异星，形状似月，助月为光，名曰景星。又有赤方气与青方气相连，赤方中有二星，青方中有一星，凡三星。又有异草生于庭，月一日生一叶，至十五日生十五叶，至十六日一叶落，至三十日落尽，若月小，即一叶厌而不落，谓之蓂荚，以明于月也，亦曰历荚。帝因铸镜以像之，为十五面神镜，宝镜也。于时大挠能探五行之情，占北斗衡所指，乃作甲乙十干以名日，立子丑十二辰以明月，以鸟兽配为十二辰属之，以成六旬，谓造甲子也。黄帝观伏羲之三画成卦，八卦合成二十四气，即作纪历，以定年也。帝敬大挠以为师，因每方配三辰，立孟仲季，自是有阴阳之法焉。黄帝闻之，乃服黄衣，带黄绅，首黄冠，斋于中宫，即有凤凰蔽日而至，帝乃降阶，东面再拜稽首曰：『天降丕祐，敢不承命！』凤乃止帝东园，集于梧桐，又巢于阿阁，非竹实不食，非醴泉不饮。其饮也则自鸣舞，音如笙箫。帝即使伶伦往大夏之西，阮榆之溪，昆仑之阴嶰谷，采钟龙之竹，取其窍厚均者，断两节间七寸七分，吹之为黄钟之音，以本至理之代天地之风气。所谓黄帝能理日月之行，调阴阳之气，为十二律吕，雄雌各六也。（伶伦，《汉书·律历志》作『泠纶』。大夏国在西，去长安万里。十一月律为黄钟，谓冬至一阳生，万物之始也。《晋书》云：律管尺长，六孔，十二月之音，禀之以竹，取其自然圆虚也；以玉，取其体含廉润也。）时有女娲之后容成氏，善知音律，始造律历，元起丁亥。（《本纪》作辛卯，今准《混元实录年谱》。）又推冬至日至之星，（南斗后星也。）又问天老，得天元日月星辰之书以纪时。有臣隶首善算法，始作数著算术焉。臣伶伦作权量。（权，秤也，量斗斛也。）黄帝得蚩尤，始明乎天文。（据《管子》言，蚩尤有术，后乃以为有术者因号蚩尤云尔。）帝又获宝鼎，乃迎日推策，于是顺天地之纪，旁罗日月星辰，作盖天仪，测玄象，推分星度，以二十八宿为十二次。角亢为寿星之次，房心为大火之次，尾箕为析木之次，斗牛为星纪之次，虚危为玄枵之次，室壁为诹訾之次，奎娄为降娄之次，昴毕为大梁之次，觜参为实沈之次，井鬼为鹑首之次，星张为鹑火之次，翼轸为鹑尾之次。立中外之星，作《占日月之书》，此始为观象之法也，皆自《河图》而演之。（《左传·昭元年》，子产曰：昔高辛氏有二子，伯曰阏伯，季曰实沈，居于旷林，不相能也，日寻干戈以相征讨。后以不臧，迁阏伯于商丘，主辰，商人是因，故辰为商星。迁实沈于大夏，主参，唐人是因，以服事夏商。由此观之，至高辛氏时方有实沈之名。不知轩辕氏时，何先有实沈之号也？岂非后人以分野之名易十二辰名，以明古事邪？）又使羲和占日，常仪占月，鬼臾区占星，帝作《占候之法》《占日之书》以明休咎焉。

黄帝有茂德，感真人来游玉池，至德所致也。有瑞兽在囿，玄枵之兽也。《尚书·中候》云：麇身牛尾，狼蹄一角，角端有肉，示不伤物也。音中黄钟，文章彬彬然。牝曰麒，牡曰麟，生于火，游于土，春鸣曰归禾，夏鸣曰扶幼，秋冬鸣曰养信。帝又得微虫蝼蛄，有大如羊者，大如牛者。虫名螾，大如虹者，应土德之王也。有兽名蛲，如狮子，食虎而循常近人，或来入室，人畏而患之，帝乃上奏于天，徙之北荒。帝以景云之庆，瑞云之祥，即以云纪官，官以云为名，故有缙云之官。（或云：帝炼金丹，有缙云之瑞，自号缙云氏。赤多白少曰缙。）于是设官分职，以云命官，春为青云官，夏为缙云官，秋为白云官，冬为黑云官，帝以云为师也。帝置四史官，令沮诵、苍颉、隶首、孔甲居其职，主图籍也。（《周礼》掌版图、人户，版籍出入。）又令苍颉主人仪，孔甲始作槃盂，以代凹尊杯饮之朴，著《槃盂篇》，盂之诫也。帝作巾几之法以著经，黄帝书中通理。黄帝史谓之坆，坆，大也。（孔安国曰：遭秦焚之，不可闻也。）有臣史玉，始造画。又济南人公玉带上黄帝《明堂图》，有复道，上有楼，从西南入，此楼之始也。帝依图制之，曰合宫，可以观其行也。乃立明堂之议，以观于贤也。时有仙伯出于岐山下，号岐伯，善说草木之药性味，为大医，帝请主方药。帝乃修神农所尝百草味性，以理疾者，作《内外经》。又有雷公述《炮炙方》，定药性之善恶，扁鹊、俞附二臣定《脉经》，疗万姓所疾。帝与扁鹊论脉法，撰《脉书上下经》。帝问岐伯脉法，又制《素问》等书及《内经》。帝问少俞针法，乃制《针经》《明堂图针灸之法》，此药之始也。（汉元里阳公淳于意，能知疾之生死。按《脉经》也，今有二帙，各九卷，后来就修之。按《素问》序云：岐伯作。今卷数大约阙少其《八十一难》，后来增修。又云：天降素女以治人疾，帝问之，遂作《素问》也。）

黄帝理天下，始以中央之色称号，初居有熊之国，曰有熊帝。（称有熊帝者，如颛顼为高阳帝，帝喾为高辛帝，唐尧为陶唐帝云。）不好战争。当神农氏之八代榆罔始衰，诸侯相侵。以黄帝称中央，故四方僭号亦各以方色称。（史载而不言名号，即青帝太皞、赤帝神农、白帝少昊、黑帝颛顼，时有四方之后，子孙僭越而妄有称者也。）佥共谋之，边城日骇。黄帝乃罢台榭之役，省靡丽之财，周戎士，筑营垒。帝问于首阳山，令采首山之金，始铸刀造弩。（首阳山，在河中郡。不安其居。）又于东海流波山得奇兽，状如牛，苍身无角，一足，能出入水，吐水则生风雨，目光如日月，其音如雷，名曰夔牛。帝令杀之，以其皮冒之而为鼓，击之声闻五百里。帝令军士吹角为龙鸣，此鼓角之始也。（《世本》云殷巫咸始作鼓，则非也。）于是又令作蹴踘之戏，以练武士。（今击球也。《西京记》曰『踘场』，即球场也。）黄帝云：『日中必彗，操刀必割。』狂屈竖闻之曰：『黄帝知言也。』

帝有天下之二十有二年，忽有蚩尤氏不恭帝命，诸侯中强暴者也。兄弟八十一人，并兽身人语，铜头铁额，不食五谷，啖沙吞石。（蚩尤始作铁铠甲，时人不识，谓是铜头额。李太白曰：南人兵士，见北地人所食麦饭糗粮，不识，谓之啖沙石故也。）不用帝命，作五虐之刑，以害黎庶。于葛芦山发金作治，制为铠甲及剑，造立兵仗刀戟大弩等，威震天下，不顺帝命。帝欲伐也，征诸侯，一十五旬未克敌，思念贤哲以辅佐，将征不义。乃梦见大风吹天下尘垢，又梦一人执千钧之弩，驱羊数万群。觉而思曰：『风，号令，执政者也；垢去土，解化清者也，天下当有姓风名后者。夫千钧之弩，冀力能远者也；驱羊数万群，是牧人为善者也，岂非有姓力名牧者乎？』帝作此二梦及前数梦龙神之验，帝作《释梦之书》。令依二梦求其人，得风后于海隅，得力牧于大泽。即举风后以理民，初为侍中，后登为相，举力牧以为将，此将相之始也。以大鸿为佐理。于是顺天地之纪，幽明之数，生死之说，是谓帝之谋臣也。帝问张若谋敌之事，张若曰：『不如力牧，能于推步之术，著《兵法》十三卷，可用之。』乃习其干戈，以征弗享。始制三公之职，以象三台，风后配上台，天老配中台，五圣配下台。（天象有三台星，太公《六韬》曰风后、力牧、五圣为七公，则五圣五人也。）黄帝于是取合己者四人，谓之四面而理。

时获宝鼎，迎日推策，又得风胡为将，起五牙旗及烽火战攻之具，著《兵法》五篇。又以神皇为将，帝之夫人费修之子为太子，好张罗及弓矢，付以大将，谓之抚军大元帅，为王前敌，张若、力牧为行军左右别乘，以容光为大司马，统六师兼掌邦国之九法。（容光，一曰常光。）又置左右太监，监于万国。臣龙纡者，有纾有义，亦为将。帝之行也，以师兵为营卫，乃与榆罔合谋，共击蚩尤。帝以玉为兵。（以玉为兵者，乃以玉饰其兵器也。）帝服黄冕，驾象车，交六龙，太丙、太一为御，载交龙之旂，张五牙旗引之，以定方位。帝之行也，常有五色云，状如金枝玉叶，止于帝上，如葩华之象，帝因作华盖。（华盖，今之伞盖也。）帝与蚩尤大战于涿鹿之野。（涿鹿，在上谷郡，南有涿鹿城。）帝未克敌，蚩尤作百里大雾弥三日，帝之军人皆迷惑，乃令风后法斗机作指南车，以别四方。（崔豹《古今注》曰：周公作指南之车。据此时已有指南车，即周公再修之耳。）帝战未胜，归太山之阿，惨然而寐，梦见西王母遣道人披玄狐之衣，符授帝，曰：『《太一》在前，《天一》在后，得之者胜，战则克矣。』帝觉而思之，未悉其意，即召风后，告之。风后曰：『此天应也，战必克矣，置坛祈之。』帝依之以设坛，稽首再拜，果得符，广三寸，长一尺，青色，以血为文，即佩之。仰天叹所未捷，以精思之，感天，大雾冥冥，三日三夜，天降一妇人，人首鸟身。帝见，稽首，再拜而伏，妇人曰：『吾玄女也，有疑问之。』帝曰：『蚩尤暴人残物，小子欲一战则必胜也。』玄女教帝三宫秘略五音权谋阴阳之术。（兵法谓『玄女战术』也，卫公李靖用『九天玄女法』是矣。又神符，黄帝之秘略。阴阳术，即『六壬太乙遁甲运式法』也。）玄女传《阴符经》三百言，帝观之十旬，讨伏蚩尤。又授帝《灵宝五符真文》及《兵信行》，帝服佩之，灭蚩尤。又令风后演《河图》法而为式，用之，创百八局，名曰《遁甲》，以推主客胜负之术。（周公时约为七十二局，汉张子房、共向映皆云，四皓演成一十八局。案，神龙负图，文遁其甲，乃名之《遁甲》，后约一局揭帖是也。）黄帝又著《十六神历》，推《太一六壬》等法，又述《六甲阴阳之道》，作《胜负握机图》，及兵法要诀《黄帝兵法》三卷。（《宋武传》云神人出之。）《河图》《出军诀》称黄帝得《王母兵符》，又有《出军大师年立成》各一卷，《太一兵历》一卷，《黄帝出军新用诀》一十二卷，《黄帝夏氏占兵气》六卷，（此书至夏后时重修之也。）《黄帝十八阵图》二卷，（诸葛亮重修为《八阵之图》。）《黄帝问玄女之诀》三卷，《风后孤虚诀》二十卷，《务成子玄兵灾异占》十四卷，《鬼臾区兵法》三卷、《图》一卷。（或作《鬼谷区》。设兵法以来皆本于黄帝，亦后来增修之也。）

黄帝于是纳五音之策，以审攻战之事。复率诸侯再伐蚩尤于冀州。蚩尤率魑魅魍魉，请风伯雨师，从天大风而来。命应龙蓄水以攻。黄帝请风伯、雨师及天下女祓以止雨。于东荒之地、北隅诸山，黎土差兵，驱应龙以处南极，杀蚩尤于凶黎谷，不得复上，故其下旱，所居皆不雨，蚩尤乃败于顾泉，遂杀之于中冀，其地因名绝辔之野。（中冀，在妫州也。）既擒杀蚩尤，乃迁其庶类善者于邹屠之乡，其恶者以木械之。帝令画蚩尤之形于旗上，以厌邪魅，名蚩尤旗，杀蚩尤于黎山之丘。（东荒之北隅也。）掷械于大荒中宋山之上，其械后化为枫木之林。（《山海经》曰，融天山有枫木之林，蚩尤之桎梏所化也。）所杀蚩尤，身首异处。帝悯之，令葬其首冢于寿张。（寿张，今在郓州。冢高七尺，土人常以十月祀之，则赤气如绛见，谓之蚩尤旗。）其肩髆冢在山阳。（山阳，今在楚州。肩髆，腑脏也。）收得蚩尤兵书《行军秘术》一卷，《蚩尤兵法》二卷。黄帝都于涿鹿城。（涿鹿在上谷郡，又名蜀鹿，又曰浊鹿，声传记误也。）黄帝又与榆罔争天下，榆罔恃神农氏之后，故争之。黄帝始雕鹗鹰鹯为旗帜，（鹯，一名云隼。《六曲》曰：今鵕鷬旗也。）以熊罴貔虎为前驱，战于阪泉之野。（阪泉，在上谷郡，今妫州也。）三战而后克之。帝又北逐獯鬻之戎。（獯鬻，即匈奴也。）诸侯有不从者，帝皆率而征之。凡五十二战，天下大定。

帝以伐叛之初，始令岐伯作军乐、鼓吹，谓之《箫铙歌》，以为军之警卫。《枫鼓曲》《灵夔吼》《雕鹗争》《石坠崖》《壮士怒》《玄云》《朱鹭》等曲，所以扬武德也，谓之凯歌。（《六典》曰：汉时张骞得之于西域，凡八曲，军乐之遗音，箫、笳也。金铙如铃而无舌有柄，执之以止鼓也。）于是诸侯咸尊轩辕为天子。帝以己酉立，承神农之后，火生土，帝以土德称王天下，号黄帝，位居中央，临制四方。帝破山通道，未尝宁居，令风后负筹书，伯常荷剑，旦出流沙，夕归阴浦，行万里而一息，反涿鹿之阿。帝又试百神而朝之。帝问风后：『予欲知河所泄。』对曰：『河凡有五，皆始于昆仑之墟。黄河出于昆仑山东南脚下，即其一也。』（余四河说，在东方朔《十洲记》。）黄帝令竖亥步自东极，至于西极，得五亿十选九千八百八步。（万里曰选。一云二亿三万三千。）南北得二亿三万一千三百步。（一云二亿二十万。）东尽泰远，西穷邠国，东西得二万八千里，南北得二万六千里。（神农时东西九千万里，南北八千万里，逾四海之外。韦昭注《汉书》，不信此阔远于海外，臣瓒据道书：神农乘龙游远也。黄帝乘马以理土，境只四海内也。《淮南子》云：北极至于南，二亿三万三千五百七十里也。淮南王学道，此言绝远，亦据道书也。）

黄帝始画野分州，令百郡大臣授德教者，先列珪玉于兰蒲席上，使春杂宝为屑，以沉榆之胶和之为泥，以分土别尊卑之位，与华戎之异。（出《封禅记》。）帝旁行天下，得百里之国者万区。（今之县邑是也。）所谓『首出庶物，万国咸宁』。有青乌子能相地理，帝问之以制经。帝又问地老，说五方之利害。时有瑞草生于帝庭，名屈轶，佞人入则指之，是以佞人不敢进。时外国有人以神兽来进，名獬豸，如鹿一角，置于朝，不直之臣，兽即触之。

容成子者，得道知声律，女娲之后，初为黄帝造律历，元起丁亥，至此时造笙，以象凤鸣。素女于广都来，教帝以鼓五十弦瑟，黄帝损之为二十五弦，瑟长七尺二寸。伏羲置琴，女娲和之。黄帝之琴名号钟，作清角之弄。帝始制七情，行十义，君仁、臣忠、父慈、子孝、兄良、弟悌、夫义、妇聪、长惠、幼顺，十义也。帝制作乐之始也。（《瑟史》作琴，非也。）东海有度索山，山有神荼、郁垒神，能御凶鬼，帝制驱傩之礼以象之。帝以容成子为乐师，帝作《云门》《大卷》《咸池》之乐。乃张乐于洞庭之野，北门曰：『其奏也，阴阳以之和，日月以之明，和风俗也。』（或曰度朔，误呼也。此山间，以竹索悬而度也。唐至德二年，洞庭侧有人穿池得古钟，有篆文，黄帝时乐器也。永泰二年，巴陵令康通中得采药人石季德于洞庭乡采药得古钟，上有篆，岳州刺史李蕚进之。可明《庄子》所谓黄帝于洞庭张乐，诚不妄也。）黄帝将会神灵于西山之上，乃驾象车六交龙，毕方并辖，蚩尤居前。（蚩尤居前，乃黄帝所造蚩尤旗也。）风伯进扫，雨师洒道，凤凰覆上，乃到山大合鬼神，帝以号钟之琴，奏清角之音。（师旷善于琴，晋平公强请奏角弄，师旷不得已，一奏云西北起，再奏大风起、大雨作，平公惧而成疾焉。）登昆仑之灵峰，致丰大之祭，以诏后代，斯封禅之始也。（封禅，即祠祭山川鬼神也。） 时有神人西王母者，太阴之精，天帝之女。人身虎首，豹尾，蓬头戴胜，颢熊白首，善啸，石城金台而穴居，坐于少广山，有三青鸟常取食此神人西王母。慕黄帝之德，乘白鹿来献白玉环。又有神人自南来，乘白鹿献鬯，帝德至地，秬鬯乃出。黄帝习乐以舞众神，又感玄鹤二八翔舞左右。帝于西山尝木果，味如李，状如棠花，赤无核，因名沙棠，食之御水不溺。立台于沃人国西王母之山，名轩辕台，帝乃休于冥伯之丘昆仑之墟。帝游华胥国。（《山海经》曰：虎首，一云虎色。华胥国，伏羲所生之国。）复往天毒国居之，因名轩辕国。（后来曰天竺去长安一万二千里，《古史考》曰在海外，妄也。）

又西至穷山女子国北，又复游逸于昆仑宫赤水北，及南望还归而遗其玄珠，使明目人离娄求之不得，使象罔求而得之，后为蒙氏女奇相氏窃其玄珠，沈海去为神。（玄珠喻道，蒙氏女得之为水神。《蜀梼机》云：成都府有奇相氏之祠。唐英按，古史，震蒙氏之女窃黄帝玄珠沈江而死，化为此神。上应镇宿，旁及牛宿。郭璞《江赋》曰『奇相得道而宅神』，即今江渎庙是也。）帝巡狩东至海，登桓山，于海滨得白泽神兽，能言达于万物之情。因问天下鬼神之事，自古精气为物、游魂为变者，凡万一千五百二十种。白泽言之，帝令以图写之，以示天下。帝乃作《辟邪之文》以祝之。帝周游行时，元妃嫘祖死于道，帝祭之以为祖神。令次妃嫫母监护于道，以时祭之，因以嫫母为方相氏。（向其方也，以护丧，亦曰防丧氏。今人将行，设酒食先祭道，谓之祖饯。祖，送也。颜师古注《汉书》曰：黄帝子为道神。乖妄也。崔寔《四民月令》复曰：黄帝之子。亦妄也。皆不得审详嫘祖之义也。）

黄帝以天下大定，符瑞并臻，乃登封泰山，禅于亭亭山，又禅于丸山，又勒功于乔岳，作下畤以祭炎帝。以观天文，察地理，架宫室，制衣服，候气律，造百工之艺，累功积德，故天授舆服、斧钺、华盖、羽仪、天神之兵，黄帝著《轩舆之铭》。帝以事周毕，即推律以定姓。（孔子、京房，皆行此推律之法。）纪钟甄声。帝之四妃，（嫘祖、嫫母、费修、女节是也。）生二十五子，得姓者十二人，（一云十三人。）姬、酉、祈、己、滕、葴、任、荀、僖、诘、旋、依。（《史记》云：又十一姓，惟釐、嬛二姓不同。所云黄帝姓公孙者十八代，合一千五百年，其十二姓十三代，合一千七十二年。《史》又云：十二姓德薄不记录。示不可也。姬、祁、滕、任、僖、诘，皆有德有名者也。所云黄帝姓公孙，虽古史相传，理终不通。且黄帝生于有熊，长于姬水，只合以姬为姓。且周武王称黄帝十九代孙，姬姓之后，即黄帝姬姓，非妄称也。且周置五等诸侯以公侯伯子男，后诸侯子孙多称公孙，言公之子孙也。故连公子为姓者，且更有八十五氏，皆非黄帝时人。）黄帝九子，各封一国。（潘安仁诗言之，未知其原。）元妃嫘祖生二子玄嚣、昌意，并不居帝位。玄嚣得道，为北方水神。昌意居弱水。弟少昊，黄帝之小子也，帝妃女节所生，号金天氏，后即帝位。黄帝之女溺于东海，化为鸟，名精卫，常衔西山木石以堙东海。昌意娶蜀山氏之女，生颛顼，居帝位，号高阳氏，黄帝之嫡孙也。黄公拓跋，昌意之少子也，封北土。（以黄帝土德，北俗以土为拓，以君为跋，乃以拓跋为姓。）禺强，黄帝之嗣，不居帝位，亦得道，居北方为水神。少昊有子七人，颛顼时以其一子有德业，赐姓曼氏，余不闻。

黄帝以天下既理，物用具备，乃寻真访隐，问道求仙，冀获长生久视，所谓先理代而后登仙者也。时有宁子为陶正，有神人至，教火法，出五色烟，能随之上下，道成仙去，往流沙之所，食飞鱼暂死，二百岁更生，作《沙头颂》曰：『青蕖灼烁千载舒，万龄暂死饵飞鱼。』有务光子者，身长八尺七寸，神仙者也。（至夏时饵药养性鼓琴，有道寿永也。）有赤将子舆，不食五谷，啖百草而长年。（尧时为木公，能随风上下，即已二千岁矣。）有容成公，善补导之术，守生养气，谷神不死，能使白发复黑，齿落复生。黄帝慕其道，乃造五城十二楼以候神人。即访道游华山、首山，东之泰山，时致怪物，而与神仙通。接访神人于蓬莱回，乃接万灵于明庭、京兆、仲山、甘泉、寒门、谷口。（谷口，在长安。甘泉，在云阳。）黄帝于是祭天圜丘，将求至道，即师事九元子，以地皇元年正月上寅日斋于首山，（首山，在河东蒲坂县。）后周游以访真道。令方明为御，昌寓骖乘，张若、謵庮导焉，昆阍、滑稽从车，而至襄城之野，七圣俱迷。见牧马童子，黄帝问曰：『为天下若何？』童子曰：『理天下何异牧马？去其害马而已。』黄帝称天师而退。至于圜丘，其国有不死树，食其子与叶，人皆不死。有丹峦之泉，饮之而寿。有巨蛇害人，黄帝以雄黄却逐其蛇，留一时而返。（《外国记》云：留九年也。）帝令三子习服之，皆寿三百岁。北到洪堤，上具茨山，见大隗君。（具茨山在阳翟，大隗在密县。大隗，神也。）又见黄盖童子受《神芝图》七十二卷，适中岱，见中黄子，受《九茄之方》。（一云至空同之山见黄真人，一云其方原州有空同之山。应劭云陇右，非也。）登崆峒山，见广成子，问至道，广成子不答。帝退，捐天下，筑特室，藉白茅，闲居三月，方往，再问修身之道，广成子乃授以《自然经》一卷。黄帝舍帝王之尊，托猳豚之文，登鸡山，陟王屋山，开石函，发玉笈，得《九鼎神丹注诀》。南至江，登熊、湘山，往天台山，受液神丹。（《庄子》作『空同山』。司马彪注云：空同，当斗下之山也。一云在梁国虞城东三十里也；一云天下空同山三，汝州空同山，乃黄帝问道处；一云陇右空同山，正黄帝问道之所，今山上有问道宫，山下有轩辕观存焉。昔黄帝见广成子问至道，亦非止一处，后皆名空同，今并存之。熊山，在召陵长沙□。湘山，在长沙益阳县。）东到青丘山，见紫府先生，受《三皇内文大字》，以劾召万神。（《抱朴子》云，《三皇内文》有二十卷。）南穷五芝玄涧，登圜垅，荫建木，观百灵所登降，采若干之芝，饮丹峦之水。（芝，一名花。）南至青城山，礼谒中黄丈人，乃问登云台山，见甯先生，受《龙蹻经》。问真一之道于中黄丈人，丈人曰：『子既君海内，复欲求长生不死，不亦贪乎？』频相反复授道，帝拜谢讫。东过庐山，祠使者，以次青城丈人。庐山使者秩比御史，主总仙官之道，是五岳监司也。又封潜山君为九天司命，主生死之录。黄帝以四岳皆有佐命之山，而南岳孤特无辅，乃章祠三天太上道君，命霍山为储君，命潜山为衡岳之副以成之，时参政事，以辅佐之。帝乃造山躬写形象，以为《五岳真形图》。黄帝往炼石于缙云堂，于地炼丹，时有非红非紫之云见，是曰缙云，因名缙云山。帝藏《兵法胜负之图》《六甲阴阳之书》于苗山。

黄帝合符瑞于釜山，得不死之道。奉事太乙元君，受要记修道养生之法。于玄女、素女受还精补脑之术，玄女授帝如意神方，即藏之崆峒山。帝精推步之术于山稽、力牧，著体诊之诀于岐伯雷公，讲占候于风后先生。黄帝得玄女授《阴符经义》，能内合天机，外合人事。帝所理天下，南及交趾，北至幽陵，西至流沙，东及蟠木。帝欲弃天下，曰：『吾闻在宥天下，不闻理天下。我劳天下久矣，将息驾于玄圃，以返吾真矣。』黄帝修举封禅，礼毕，采首山之铜，将铸九鼎于荆山之下，以象太一于九州。是鼎神质之精也，知吉知凶，知存知亡，能轻能重，能息能行，不灼而沸，不汲自满，中生五味，真神物也。黄帝炼九鼎丹服之，逮至炼丹成后，以法传于元子，此道至重，盟以诫之。帝以中经所纪，藏于九疑山东，号委羽，承以文玉，覆以盘石，其书金简玉字，黄帝之遗谶也。帝又以所佩《灵宝五符真文》书金简一通，藏于宛委之山。帝尝以金铸器，皆有铭题，上古之字，以记年月，或有词也。时有薰风至，神人集，成厌代之志，即留冠剑佩舄于鼎湖极峻处昆台之上，立馆其下，昆仑山之轩辕台也。

时马师皇善医马，有通神之妙。忽有龙下于庭，伏地张口，师皇视之曰：『此龙病，求我医也。』师皇乃引针于龙口上下，以牛乳煎甘草灌之，龙愈，师皇乘此龙仙去。黄帝闻之，自择日卜还宅升仙之日，得戊午，果有龙来垂胡髯下迎，黄帝乃乘龙与友人无为子及臣僚等从上者七十二人。小臣不得上者，将龙髯拔堕及帝之弓，小臣抱其弓与龙髯而号泣，弓因曰乌号，铸鼎之地后曰鼎湖。其后有臣左

黄帝功德纪（节选）

于右任

（于右任：《黄帝功德纪》，陕西人民出版社一九八七年版）

黄帝之家世

一、父母

◎《国语·晋语》：『昔少典娶于有蟜氏，生黄帝。』　◎《史记·五帝本纪》：『黄帝者，少典之子，姓公孙，名曰轩辕。生而神灵，弱而能言，幼而徇齐，长而敦敏，成而聪明。』　◎《帝王世纪》：『黄帝，少典之子，姬姓也。母曰附宝，见大电绕北斗枢星，照郊野，感附宝，孕二十四月，生黄帝于寿丘，长于姬水，有圣德，受国于有熊，居轩辕之丘，故因以为名，又以为号。』　◎《河图握拒》：『黄帝，名轩，北斗黄神精，胸文曰黄帝子。』　◎《拾遗记》：『轩辕出自有熊之国，母曰昊枢，以戊己之日生，故以土德王也。时有黄星之祥。』　◎《通鉴外记》：『黄帝，有熊国君少典之子，姓公孙，名轩辕，生于寿丘，长于姬水，改姓姬。』　◎《轩辕黄帝传》：『轩辕黄帝，姓公孙，有熊国君少典之次子也。其母西桥氏女，名附宝，瞑见大电光绕北斗枢星，照于郊野。附宝感之而有娠，以枢星降，又名天枢。怀二十四月，生轩辕于寿丘。帝生而神灵，幼而徇齐，弱而能言，长而敦敏，成而聪明，龙颜日角，河目隆颡，苍色大肩，始学于项，长于姬水。』　◎《路史·疏仡纪·黄帝》：『黄帝有熊氏，姓公孙，名荼，一曰轩。轩之字曰玄律。少典氏之子，黄精之君也。母吴枢曰符葆，秘电绕斗轩而震，二十有四月而生帝于寿丘，故名曰轩。生而紫气充房，身逾九尺，附函挺朵，修髯花瘤，河目隆颡，日角龙颜。生而神灵，髫（编者按：疑为「弱」字）而能言，幼慧齐，长敦敏，知幽明生死之故。少典氏没，后轩嗣立，成为姬姓，并谋兼智，明法天明，以使民心一，四国顺之，于是开国于熊。』　◎《陕西通志·帝系》（雍正本）：『有熊氏，少典氏之子，王承填而土行，色尚黄，天下号之黄帝。身五十二战，而天下大眼。乃达四面，广能贤，稽功务法，秉数乘刚，而都于陈，今宝鸡故陈仓。姚睦云：「黄帝都陈仓，非宛丘。」故今陇右，黄帝遗迹甚多。』

二、妃嫔

◎《史记·五帝本纪》：『黄帝……娶于西陵之女，是为嫘祖。嫘祖为黄帝正妃。』　◎《帝王世纪》：『元妃，西陵氏女，曰嫘祖，生昌意。次妃，方雷氏女，曰女节，生青阳。次妃，彤鱼氏女，生夷鼓，一名苍林。次妃，嫫母，班在三人之下。』　◎《汉书·古今人表》：『彤鱼氏生夷鼓，嫫母生苍林。』　◎《图书集成》第五四六卷：『中部县轩辕帝后祠，在城北五十里回军山上。传帝北巡，携四妃至此，土人立祠以祀之。』　◎《路史·疏仡纪·黄帝》：『元妃西陵氏，曰儽祖。……次妃方雷氏，曰节。……次妃彤鱼氏。……次妃嫫母，貌恶德克，帝纳之曰：「属女德而弗忘，与女正而弗襄，虽恶何伤！」』　◎《吕氏春秋》：『人之于色也，无不知悦美者，而美者未必遇也。故嫫母执于黄帝，黄帝曰：「属女德而弗忘，与女正而弗襄，虽恶何伤！」』　◎《**列女传**》：『黄帝妃嫫母，于四妃之班居下，甚丑而最贤，心每自退。』　◎《**轩辕黄帝传**》：『帝娶西陵氏，曰嫘祖，为元妃。……少昊，黄帝之小子也，帝妃女节所生。……帝又纳丑女号嫫母。……又纳费修氏为夫人。……纪、钟、甄、声，帝之四妃也。』　◎《**玉房秘诀**》：『彭祖曰：「黄帝御千二百女而登仙。」』

三、子孙

◎《**国语·晋语**》：『黄帝之子二十五人，其同姓者二人而已。唯青阳与夷鼓为己姓。青阳，方雷氏之甥也。夷鼓，彤鱼氏之甥也。其同生而异姓者，四母之子，别为十二姓。凡黄帝之子二十五宗，其得姓者十四人，为十二姓：姬、酉、祁、己、滕、蒧、任、荀、僖、姞、儇、依是也。唯青阳与苍林氏同于黄帝，故皆为姬姓。』　◎《**史记·五帝本纪**》：『黄帝二十五子，其得姓者十四人。……嫘祖为黄帝正妃，生二子，其后皆有天下。其一曰玄嚣，是为青阳，青阳降居江水。其二曰昌意，降居若水。昌意娶蜀山氏女，曰昌仆，生高阳。』　◎《**黄帝龙首经序**》：『黄帝将上天，次召其三子而告之曰：「吾昔受此龙首经于玄女。」……三子拜受而起，龙忽腾翥。三子仰瞻，尚见龙头矣，遂以名其经曰《龙首》云。』　◎《**黄帝金匮玉衡经**》：『黄帝曰：「吾授汝此图《金匮玉衡经》，二子秘之。苟非其人，道不虚行。」』　◎《**轩辕黄帝传**》：『帝娶西陵氏于大梁，曰嫘祖，为元妃，生二子：玄嚣、昌意……。帝又纳丑女，号嫫母，使训人而有淑德，奏六德之颂。又纳费修氏为夫人。……纪、钟、甄、声，帝之四妃，生二十五子，得姓者十二人：姬、酉、祈、己、滕、蒧、任、荀、僖、诘、旋、依。黄帝九子，各封一国。元妃嫘祖生二子玄嚣、昌意，并不居帝位。玄嚣得道为北方水神，昌意居弱水。弟少昊，黄帝之小子也，帝妃女节所生，号金天氏，后居帝位。黄帝之女溺于东海，化为鸟，名精卫，常衔西山木石以堙东海。昌意娶蜀山氏之女生颛顼，居帝位号高阳氏，黄帝之嫡孙也。黄公拓跋，昌意之少子也，封北土。禺强，黄帝之胤，不居帝位，亦得道居北方，为水神。少昊有子七人，颛顼以其一子有德业，赐姓曼氏，余不闻。……帝之子少昊，名挚，字青阳，号金天氏，居位八十一年，都曲阜。子孙相承，共四百年。黄帝之孙颛顼，号高阳氏，母蜀山氏所生，有圣德，居帝位七十八年，都商邱。帝喾高辛氏，黄帝之曾孙也。帝喾生而神灵，自言其名，居帝位七十年，寿一百五岁，都偃师。帝尧陶唐氏，黄帝之玄孙，帝喾之子也，姓伊祁，字放勋，兴于定陶，以唐侯为帝，在位七十年，寿一百一十八岁，都平阳。舜有虞氏，黄帝九代孙，姓申屠，摄帝位三十年整，居位五十年，寿一百一十二岁，都蒲坂。夏禹，亦黄帝之玄孙也，姓姒，居帝位，都安邑，在位九年，子孙相承，共四百三十二年。……殷汤，黄帝十七代孙，姓子，都亳，在位一十三年，子孙相承共六百二十三年。周发，黄帝一十九代孙，姓姬，居帝位六年，都镐京，后平王迁洛邑，子孙相承共八百七十三年。黄帝子孙各得姓于事，帝推律定姓者十二，九子各封一国。总三十三氏，出黄帝后。《先天纪》云：「子孙相承，凡一千五百二十年。」』

◎**《路史·疏仡纪·黄帝》**：黄帝『……子二十五，别姓者十二，祈、酉、滕、蒧、任、荀、釐、结、儇、依，及二纪也，余循姬姓。元妃西陵氏，曰儽祖，生昌意、玄嚣、龙苗。昌意就德，逊居若水，有子三人，长曰乾荒，次安，季悃。乾荒生帝颛顼，是为高阳氏。安处西土，后曰安息，汉来复者为安氏延李氏。悃迁北土，后为党项之辟，为拓跋氏。至郁律二子，长沙莫雄，次什翼犍，初王于代，七子。其七窟咄生魏帝道武，始都洛为元氏。十五世百六十有一年，周齐灭之。有党氏、奚氏、达奚氏、乞伏氏、纥骨氏、什氏、乾氏、乌氏、源氏、贺拔氏、拔拔氏、万俟氏、乙旃氏、秃发氏、周氏、长孙氏、车非氏、兀氏、郭氏、俟亥氏、车焜氏、普氏、李氏，八氏十姓，俱其出也。拓跋思敬镇夏，以讨巢功，赐李姓。有拓跋仁福者，为番部都指挥使，亦从其姓，将吏迎为州师。子彝超、彝兴，继有夏、银、绥、宥地。玄嚣姬姓，降居泜水，生帝喾，是为高辛氏。龙苗生吾融，为吾氏。吾融生卞明，封于卞，为卞氏。卞明弃其守降之。南裔生白犬，是为蛮人之祖。帝之南游，西陵氏殒于道，式祀于行，以其始蚕，故又祀先蚕。次妃方纍氏曰节，生休及清。休继黄帝者也，是为帝鸿氏。清次封。清为纪姓，是生小昊。次妃彤鱼氏，生挥及夷彭。挥次十五王造弧矢，及司率罟，受封于张，为弓氏、张氏、李氏、灌氏、叱罗氏、东方氏。夷彭，纪姓，其子始封于采，是为左人，有采氏、左人氏、夷鼓氏。次妃嫫母，貌恶德克，帝纳之曰：「属女德而弗忘，与女正而弗襄，虽恶何伤！」是生苍林、禺阳。禺阳最少，受封于任，为任姓。谢、章、舒、洛、昌、契、终、泉、卑、禺，皆任分也，后各以国令氏。禺号生禺京、傜梁、儋人。京居北海，号处南海，是为海司，有禺强氏、强氏。儋人，任姓，生牛黎。傜梁生番禺，番禺是始为舟。（番禺）生奚仲，奚仲生吉光，是主为车，建侯于薛。又十二世仲虺，为汤左相，始分任。祖己七世成迁为挚，有女归周，是诞文王。逮武为世，复薛侯，后灭于楚，为薛氏、蘖氏、且氏、祖氏、奚氏、嵇氏、仲氏、挚氏、执氏、畴氏、伓氏、丕氏、邳氏、姙氏、婄氏、李氏、徐氏。终古，夏太史乘乱归商，为佟氏、谢氏。谢之后又有射氏、大野氏。苍林，姬姓，生始均，是居北狄为始氏。结姓伯儵，封于南燕，后有吉氏、姞氏、孔氏。密须、阚、允、蔡、光敦、偪、燕、鲁、雍、断、密、虽，皆结分也。箴、济及滑，箴姓分也，后合以国令氏。有虞氏作，封帝之后，一十有九侯伯，其得资者为资氏、郪氏，得鄅者为鄅氏、辅氏，得虔者为虔氏，得寇者为寇氏、口引氏、刘氏。国于郦者为郦氏、俪氏，食其氏，侍其氏。国于翟者为翟氏、雒氏、狄氏，于詹者为詹氏。自詹移葛，则为葛氏、詹葛氏。髡氏依之分，狂犬任之种也。后武王克商，求封帝之裔于蓟，以复契，又有蓟氏、桥氏、乔氏、陈氏、苍林氏、有熊氏、轩氏、轩辕氏、陈氏。洛之后又有落氏、雒氏。阚之后又有监氏。密须之后又有须氏。舒之后又有舒子氏、纪氏』。◎《本行记》：『黄帝居代总一百一十年，在位一百年。……黄帝之子昌意居弱水。昌意之弟少昊，帝妃女节所生也。帝之女溺于东海，化为鸟，名曰精卫，常衔西山木石以堙东海焉。少昊名挚，字青阳，即帝位号金天氏，黄帝之子也。颛顼高阳氏，黄帝之孙也，有圣德，在位七十八年，年九十八岁，母蜀山氏，都商丘濮阳。禺强，黄帝之胤，颛顼之子，与颛顼俱得道。颛顼为玄冥，禺强为北方水神。帝喾高辛氏，黄帝之孙。帝生而神灵，自言其名，都偃师，在位七十年，年一百五岁。帝尧陶唐氏，黄帝玄孙，姓伊祁，名放勋，兴于定陶，以唐侯为帝，都于平阳，在位九十八年，年一百一十八岁。帝舜有虞氏，姓姚，名重华，黄帝八代孙，都蒲坂，年百岁，得道登遐于九疑之山。夏禹号夏后氏，黄帝玄孙，姓姒，名文命。殷汤，黄帝十七代孙。黄帝子孙各得姓于事，帝吹律定姓者十二。少昊有子姓曼，颛顼姓姬，尧姓伊祁，舜姓姚，禹姓姒，汤姓子。』 ◎《山海经》：『黄帝生禺虢，禺虢生禺京。禺京处北海，禺虢处东海，是为海神。』『帝俊生禺号，禺号生淫梁，淫梁生禺番，是始为舟。禺番生奚仲，奚仲生吉光，吉光是始以木为车』。『有儋耳之国任姓』，『禺号子食谷』。『有牛黎之国，有人无骨，儋耳之子』。『有无继民……任姓。无骨子食气鱼』。又『有无肠之国，是任姓。无继子食鱼』。『黄帝生苗龙，苗龙生融吾，融吾生弄明，弄明生白犬。白犬有牝牡，是为犬戎，肉食。有赤兽，马状，无首，名曰戎宣王尸』。『有北狄之国。黄帝之孙曰始均，始均生北狄』。 ◎《春秋命历序》：『黄帝传十世，一千五百二十岁。』

黄帝与中华民族

一、战争

◎《左传》僖二十五年：『遇黄帝战于阪泉之兆。』 ◎《周书》：『昔天之初，□作二后，乃设建典命。赤帝分正二卿，命蚩尤于宇，少昊以临四方，司□□上天，莫成之庆。蚩尤乃逐帝，争于涿鹿之阿，九隅无遗。赤帝大慑，乃说于黄帝，执蚩尤杀之于中冀，以甲兵释怒。用大正顺天，思序纪于大帝，用名之曰绝辔之野。乃命少昊请司马鸟师以正五帝之官，故曰质天用大成，至今不乱。』　◎**《史记·五帝本纪》**：『轩辕之时，神农氏世衰。诸侯相侵伐，暴虐百姓，而神农氏弗能征。于是轩辕乃习用干戈，以征不享，诸侯咸来宾从，而蚩尤最为暴，莫能伐。炎帝欲侵陵诸侯，诸侯咸归轩辕。轩辕乃修德振兵，治五气，艺五种，抚万民，度四方，教熊罴貔貅貙虎，以与炎帝战于阪泉之野。三战，然后得其志。蚩尤作乱，不用帝命。于是黄帝乃征师诸侯，与蚩尤战于涿鹿之野，遂擒杀蚩尤。而诸侯咸尊轩辕为天子，代神农氏，是为黄帝。天下有不顺者，黄帝从而征之，平者去之。』　◎**《帝王世纪》**：『又征诸侯，使力牧、神皇直讨蚩尤氏，擒于涿鹿之野，使应龙杀之于凶黎之丘。凡五十二战，而天下大服。』　◎**《归藏》**：『蚩尤出自羊水，八肱，八趾，疏首，登九淖以伐空桑。黄帝杀之于青丘，作棡古之曲十章，一曰雷震惊，二曰猛虎骇，三曰鸷鸟击，四曰龙媒蹀，五曰灵夔吼，六曰雕鹗争，七曰壮士夺志，八曰熊罴哮吼，九曰石荡崖，十曰波荡壑。』　◎**《龙鱼河图》**：『黄帝时，有蚩尤，兄弟八十一人，并兽身人语，铜头铁额，食砂石子，造立兵杖、刀戟、大弩，威震天下，诛杀无道，不仁慈。万民欲令黄帝行天子事，黄帝仁义，不能禁蚩尤。黄帝仰天而叹，天遣玄女授兵信神符，制伏蚩尤，帝因使之主兵以制八方。蚩尤没后，天下复扰乱，黄帝遂画蚩尤形象以威天下。天下咸谓蚩尤不死，八方万邦皆为弭服。』　◎**《玄女兵法》**：『蚩尤幻变多方，征风召雨，吹烟喷雾，黄帝师众大迷。帝归息太山之阿，昏然忧寝，王母遣使者被玄狐之裘，以符授帝。佩符既毕，王母乃命九天玄女授帝以三宫五音阴阳之略，太乙遁甲六壬步斗之术。阴符之机灵，实五符五胜之文，遂克蚩尤于中冀。』

◎《**春秋元命苞**》：『蚩尤虎卷，威文立兵。』

◎《**黄帝内传**》：『黄帝伐蚩尤，玄女为帝制夔牛鼓八十面，一震五百里，连震三千八百里。玄女为帝制司南车当其前，记里鼓车居其右。』

◎《**山海经**》：『东海中有流波山，入海七千里。其上有兽，状如牛，苍身而无角，一足，出入水则必风雨。其光如日月，其声如雷，其名曰夔。黄帝得之，以其皮为鼓，橛以雷兽之骨，声闻五百里，以威天下。』

◎《**古今注**》：『黄帝与蚩尤战涿鹿之野，常有五色云气，金枝玉叶于帝上。有花葩之象，故因而作华盖也。』

◎《**山海经**》：『蚩尤作兵伐黄帝，黄帝乃令应龙攻之冀州之野。应龙畜水，蚩尤请风伯雨师纵大风雨，黄帝乃下天女曰魃，雨止，遂杀蚩尤。魃不得复上，所居不雨。叔均言之帝，后置之赤水之北。叔均乃为田祖。魃时亡之所，欲逐之者令曰：「神北行！」先除水道，决通沟渎。』『应龙处南极，杀蚩尤与夸父，不得复上，故下数旱。旱为应龙之状，乃得大雨。』

◎《**拾遗记**》：『昆吾山，其下多赤金，色如火。昔黄帝伐蚩尤，陈兵于此地，掘深百尺，犹未及泉，惟见火光如星，地中多丹，炼石为铜，青色而利。』

◎《**盐铁论**》：『轩辕战涿鹿，杀两皞、蚩尤而为帝。』

◎《**通鉴外纪**》：『蚩尤最为暴，莫能伐。炎帝欲侵诸侯，诸侯咸归轩辕。轩辕修德振兵，治五气，艺五种，抚万民，度四方，教熊罴貔貅貙虎，与炎帝战于阪泉之野，三战然后得志。蚩尤作乱，不用命，轩辕征师与蚩尤战于涿鹿之野，遂擒蚩尤于中冀，名其地曰绝辔之野。制阵法，设五旗五麾，天下不顺者从而征之。』

◎《**轩辕黄帝传**》：『既擒蚩尤，乃迁其庶类，善者于邹屠之乡，其恶者以木械之，杀蚩尤于黎山之丘。』

◎《**史记·五帝本纪**》：『北逐荤粥……迁徙往来无常处，

以师兵为营卫。』 ◎《**国语·晋语**》：『昔少典娶于有蟜氏，生黄帝、炎帝。黄帝以姬水成，炎帝以姜水成。成而异德，故黄帝为姬，炎帝为姜。二帝用师以相济也，异德之故也。』 ◎《**轩辕黄帝传**》：『黄帝又与榆罔争天下。榆罔恃神农之后，故争之。黄帝始以雕、鹗、鹰、鹯为旗帜，以熊、罴、貙、虎为前驱，战于阪泉之野，三战而后克之。帝又北逐獯鬻之戎，诸侯有不从之者，帝皆率而征之。凡五十二战，天下大定。』 ◎《**黄帝内传**》：『黄帝斩蚩尤，蚕神献丝，乃称织维之功。』 ◎《**拾遗记**》：『轩辕去蚩尤之凶，迁其民善者于邹屠之地，迁恶者于有北之乡。其先以地名族，后分为邹氏、屠氏。』 ◎《**山海经**》：『蚩尤所弃其桎梏，是为枫木。』 ◎《**皇览**》：『蚩尤冢在东平郡寿张县关乡城中，高七尺，民常以十月祀之。有赤气出，如绛帛，民命者为蚩尤旗。』 ◎《**路史·疏仡纪·黄帝**》：『炎帝氏衰，蚩尤惟始作乱，赫其火弹以逐帝。帝弗能征，乃帅诸侯责于后，爰及风后、力牧、神皇之徒，较其徒旅；以曷小颢而弭火灾，得一奉宸。乃临盛水，录龟符，纳三宫五意之机，受八门九江之要，衍握奇以为式，故五旗、五麾、六毒而制其阵。年三十七，戮蚩尤于中冀。于是炎帝诸侯咸进委命，乃即帝位，都彭城。』 ◎《**太白阴经**》：『帝征蚩尤，七十一战，不克。昼梦金人引领长头，玄狐之裘，云：「天帝使授符。得兵符，战必克矣！」帝寤，问风后，曰：「此天应也。」乃于盛水之阳，筑坛祭太牢。有玄龟含符致坛，似皮非皮，似绨非绨，广三尺，袤一尺，文曰「天一在前，太乙在后」。帝再拜受，于是设九宫，置八门，布三奇六仪，制阴阳二遁，凡千八十局，名曰天一遁甲式。三门发，五将具，征蚩尤而斩之。』

二、游历及外人来贡

◎**《史记·五帝本纪》**：黄帝『东至于海，登丸山，及岱宗。西至于空桐，登鸡头。南至于江，登熊、湘。北逐荤粥，合符釜山……』。　◎**《新书》**：『黄帝曰：道若川谷之水，其出无已，其行无止，故服人而不为仇，分人而不蹲者，其惟道矣。故播之于天下而不忘者，其惟道矣。是以道高比于天，道明比于日，道安比于山，故言之者见谓智，学之者见谓贤，守之者见谓信，乐之者见谓仁，行之者见为圣人。故惟道不可窃也，不可以虚为也。故黄帝职道义，经天地，纪人伦，序万物，以信与仁为天下先，然后济东海入江内，取绿图西济积石，涉流沙登于昆仑，于是还归中国，以平天下。天下太平，唯躬道而已。』　◎**《抱朴子》**：『黄帝东到青丘，过风山见紫府先生，受三皇内文，以劾召万神；南到圆、陇荫、建木，观百谷之所登，采若乾之华，饮丹辔之水；西见中黄子受九如之方，过洞庭，从广成子受自然之经；北到洪堤，上具茨，见大隗君黄盖童子，授神芝图，还陟王屋得神丹金诀；到峨嵋山，见天皇真人于玉堂。黄帝生而能言，役使百灵，可谓天授自然之体者也；犹不能端坐而得道，故陟王屋而受丹经，到鼎湖而飞流珠，登崆峒而问广成，之具茨而事大隗，适东岱而奉中黄，入金谷而资滑子，论导养而质玄素二女，精推步则访山稽、力牧，讲占候则询风后，著体诊则受岐雷，审攻战则纳五音之策，穷神奸则记白泽之辞，相地理则书青乌之说，救伤殓则缀金冶之术；故能毕该秘要，穷道尽真，遂乘龙以高跻，与天地乎罔极也。』　◎**《轩辕本纪》**：『帝登恒山于海滨，得白泽神兽能言，通于万物之情，因问天下鬼神之事，令写为图，作视邪之文以视之。』 ◎《宋符瑞志》：『黄帝时巡狩至于东海滨，泽兽出能言，达知万物之情，以戒于民，为时除害。贤君明德，幽远则来。』 ◎《春秋合诚图》：『黄帝游于玄扈、洛水上，与大司马容光等临观，凤凰衔图置帝前，帝再拜受图。』 ◎《拾遗记》：『帝使风后负书，常伯荷剑，旦游洹流，夕归阴浦，行万里而一息。』 ◎《庄子》：『北门成问于黄帝曰：帝张《咸池》之乐，于洞庭之野？』 ◎《尚书中候》：『黄帝巡洛，龟书赤文，成字象轩。』 ◎《庄子》：黄帝『闻广成子在于空同之上，故往见之』。 ◎《泰壹杂子》：『黄帝谒峨嵋，见天真皇人拜之。』 ◎《路史·疏仡纪·黄帝》：『十有五年，帝喜天下之戴己，乃养正命，娱耳目，昏然，五情爽惑。于是放万机，舍宫寝，而肆志于昆台。方明执舆，昌寓参乘，张若、謵朋前马，昆阍、滑稽后车，风后、柏常从负书剑。发轫紫宫之中，涉洹沙而届阴浦，陟王屋而受丹经，登空桐而问广成，封东山而奉中华君，策大面而礼宁生，入金谷而咨涓子心，访大恢于具茨，即神牧于相成，升鸿堤受神芝于黄盖，遂盍群神大明之虚，而投玉策于钟阴。』 ◎《易林》：『黄帝出游，驾龙乘凤，东上太山，南游齐鲁，邦国咸喜。』 ◎《符子》：『黄帝将适昆虞之丘，中路逢容成子，乘翠华之盖，建日月之旗，骖紫虬，御双鸟。黄帝命方明、游路谓容成子曰：「吾将钓于一壑，栖于一丘。」』 ◎《路史·疏仡纪·黄帝》：『乃抚万灵，度四方，乘龙而四巡。东薄海，禅凡山；西逾陇，款笄屯；南入江内，涉熊、湘；北届渟碣，南临玄扈。乃开东苑，祓中宫，诏群神授见者，齐心服形以先焉。作清角乐，大合而乐之，鸣鹤翱翔，凤凰蔽日，于是合符于釜山，以观其会。』

◎《**穆天子传**》：『辛酉，天子升于昆仑之丘，以观黄帝之宫。』　◎《**庄子**》：『黄帝游乎赤水之北，登乎昆仑之丘而南望。还归，遗其玄珠。使知索之而不得，使离朱索之而不得，使喫诟索之而不得。乃使象罔，象罔得之。黄帝曰：「异哉！象罔乃可以得之乎？」』　◎《**吕氏春秋**》：『昔黄帝令伶伦作为律。伶伦自大夏之西，乃之阮喻之阴。』　◎《**黄帝内经**》：『帝既与王母会于王屋。』

◎《**列子**》：『黄帝昼寝，而梦游于华胥氏之国。华胥氏之国，在弇州之西，台州之北，不知斯齐国几千万里，盖非舟车足力之所及，神游而已。』　◎《**山海经**》：『轩辕之国……不寿者乃八百岁。在女子国北，人面蛇身，尾交首上。』　◎《**淮南子**》：『黄帝治天下……诸北、儋耳之国，莫不献其贡职。』　◎《**尸子**》：『四邦之民，有贯匈者，有深目者，有长肱者，黄帝之德尝致之。』

◎《**宋符瑞志**》：『黄帝时，南夷乘白鹿来献鬯。』　◎《**轩辕黄帝传**》：『帝所理天下，南及交趾，北至幽陵，西至流沙，东及蟠木。』

三、**子孙散布**

黄帝子孙所封之国，据《路史·国名纪》所载，共七十国，兹列于（左）：

少典

有熊　『帝之开国，今郑之新郑。《舆地广记》云：「古有熊国，黄帝所都。」』在今河南。

寿丘　『在兖之曲阜东北六里，高三丈，今仙源。（《广记》云黄帝所生之地，此本《史记·索隐》。皇甫谧说在鲁东门外。）』在今山东。

陈 『今凤翔宝鸡故陈仓有陈山，非宛丘。』在今陕西。

昌 『昌意后』。

若水 『昌意国，今越巂之台。《登盟会图》疏以为都，故《世本》云「允姓国，昌意降居为侯」，非也。』在今四川。

安息 『安之后』。

党项 『悃之后』。

江水 『玄嚣国，若之下流泜水也。今蜀州。』在今四川。

卞 『卞明国，汤代有卞随……今泗水县有卞故城，汉属鲁国。』在今山东。

蛮人 『龙亩之裔，今湖南北、桂林等处皆是，辰，澧、沅、湘之间尤盛。』在今湖南、广西等处。

清 『少昊父封。』在今山东。

张 『挥之封。然黄帝臣，自有张若。故河东解有张阳城，汉之东张，今邢之任县是。（《通典》云：「汉张县地。」）《纪年》：「齐师逐郑太子齿奔城张阳。」南郑是也。』在今山西、河南、河北等地。

采 『纪姓，夷彭子，故左人地，今中山之北平。』今在河北。

北狄 『始均之裔。』在今蒙古。

资 『《陈留风俗传》云：「资姓，黄帝后。」《姓纂》云：「益州资中，今资州。资阳有资川江。」然古资阳城在简之阳安（祁之无极有资河，卫之北纠山），而潭之益阳有资水（出县北流入资口，即益水。郦云：即资水之殊口。武冈又有资水出唐），或其派裔。』在今四川。

鄅 『《潜夫论》：「詹、资、鄅、翟，黄帝后。」故《玉篇》云资、鄅故国，黄帝后，封在岐山之阳，所谓「周原朊朊」者。顾伯邶云：「昌意后，止于夏商间。」』在今陕西。

虔 『《风俗通》：「虔氏出黄帝。」与《陈留传》同。今河东闻喜、虔聚是。』在今山西。

寇 『在郑有寇水，北行唐。今莫之任丘西一里，有寇水枯渎。《陈留传》：「寇氏自黄帝出。」』在今河南。

郦 『故南阳。郦音尺。今内乡菊潭镇也。』在今河南。

翟 『北地古翟国，后徙西河。《盟会图》云：「今慈州。」（《地道记》：「伐卫懿公者。」贾逵云：「处北地，后为晋所灭。」此春秋时隗姓。）』

詹 『周有詹父（庄公十八年《传》）、詹柏伯（昭公九年）圻内地，与楚詹尹异。』在今安徽。

葛 『《郡国志》：「高阳有葛城。」今郑西北有葛乡城，一名依城，汉高阳地。然葛乡故葛城，乃在宁陵北十五，郾城北三十，周四里，去亳城百里，即葛伯国。（《说文》：鄗，南阳阴乡。郾城隶许宁国，本属应天，今隶拱、应劭、杜佑、乐史等并云古葛伯国都。）非嬴姓之葛。』葛在河南。

髦氏 『依姓。《山海经》：「髦民国近积石。」』在今青海。

狂犬 『黄帝后，任姓分。见《潜夫论》。』

鄓 『蓟也，中绝。武王复继之，记皆为祝。祝，尧后。』

桥 『侨即郝桥也，葬于桥，因食其地，以世祀者……《唐表》：「桥，姬后。」』在今陕西。

祈 『蕲也，欧阳修《祁公铭》以「祁为黄帝之子所封」，非也。祁，少昊后。祈，黄帝后。』在今山西。

酉 『即酉阳，今黔之彭水，汉酉阳也，有酉水。』在今四川。

滕 『今徐之西南十四，有故滕城（古蕃县小邾国）……《纪年》「越王朱句二十年灭滕」是也。』在今山东。

葴 『卫有鍼（成公六年），邵氏《姓解》作箴，皆音针。』在今河南。

任 『禹阳国。仓颉为任大夫。晋邑，今之任县。』在今河北。

苟 『战国有苟变，子思荐之（能将五百乘，荐之卫侯）。《程氏世谱》以河内多杞氏焉，妄也。』在今山西。

釐 『僖也。齐国釐城，为来音。简王十二年，舒庸人道吴围巢及釐虺。』在今安徽。

佶 『佶，是见诗。《风俗通》云：「殷时侯国，一作吉。」《潜夫论》云：「郅与姞同而字异。」周封女姞氏于南燕，邓名世以《潜夫》为误，非也。《说文》「佶」为正。』在今山西。

儇 『与嬛同音，脂轻也。《集韵》音旋，非。』

依 『史伯说十邑有依、畴、历、莘，皆郐邑，后属郑。韦昭云「国」。』在今河南。

纪（剧）『剧，是今齐之临朐东寿光西南故剧城，汉之剧县。郑樵云：「纪后迁剧，所谓朐剧。」云纪、剧声讹，非也。』在今山东。

滑 在今河南。

济 在今河南。

奚 『郑樵云：「鲁奚邑。」今徐之滕东南六十青丘村有奚公冢、奚公山。阳晔《徐州记》云：「仲造车辙存焉」。』在今山东。

薛 『侯爵（庄公三十一年），吉光国。今滕东南五十里有故薛城，故汉县，战国属齐为徐州，秦为薛郡，有仲祠，或曰大薛。』在今山东。

伾 『邳也，今淮阳治下邳城。汉下邳国，梁下邳郡，周邳州，唐隶泗城三重，处泗、沂之会。有仲虺祠。（《寰宇记》：「祠在徐之沛。」有仲虺城。见《九域志》。）郑樵云「仲虺居在薛，鲁奚仲迁邳，后以邳为薛」妄。』在今江苏。

挚 『祖己七世孙。成封周文王母太任国。今蔡之平舆有挚亭。』在今河南。

谢 『欧阳修《谢绛铭》云：黄帝后者，周灭之，以封申伯，在南阳之宛，见《诗·崧高》。其地西甚广，郑公友言「谢西之九州者」，二千五百家者也。』在今河南。

章 『章与谢，本皆任姓，周始以封太公之支子。』在今河南。

舒 『春秋之留舒，去谷七里，亦曰柳舒。故城在郓之须城，许氏作郐。郐，邾之下邑（《说文》「邾在薛县」）。』在今山东。

洛 『周书之有洛氏，史伯云「北有路、洛、泉、徐、浦」，韦昭云「皆赤狄」，宜于此异。或作络（卫贤者络疑）。雒广，汉属县。』在今河南。

昌 『春秋，昌间多在河东北。』在今河北。

蓟 『今范阳治地多蓟。《水经注》：「蓟城西北隅，蓟丘为名。」《班志》云：「蓟，故燕国名。」』在今河北。

终 『商有终古，宜即佟后有佟氏、佟通。今襄阳有泈水。』在今湖北。

泉 『洛阳西五十故伊关县北有泉亭，周世狄居之，俗呼前亭。（伊拒泉皋是也。昭二十二年有前城。）』在今河南。

卑 『宜晋郫邑，一日郫邵（文元年）。绛之垣东九十有郫邵，陒卑氏所出，非越巂。』在今山西。

遇 『禺也，宜即番禺。鲁襄公救成至遇（十五年）。鲁邑近成，然非必禺。』在今山东。

儋 『《山海经》：儋人任姓。今儋州，周有儋翩。』在今广东。

牛黎 『《经》云「牛黎之国，儋人之子儋」，今有黎姥山。』在今广东。

番禺 『贲隅也。今清海之属县有禺山。《传》云「禺号南海」，故予谓此即禺。《经》文有无肠、继无之国，皆任姓。』在今广东。

南燕 『伯爵。伯儵国，后稷妃南燕姞氏也（石癸曰「吾闻姞姓后稷元妃」）。今滑之胙城东北，汉南燕县，隋改曰胙。』在今河北。

密须 『子爵。《世本》云：「商有密须，文王伐之。」（《晋志》云：「商侯国。」）鲁有密须之鼓。杜预谓姞姓国，在安定阴密，今泾之灵台也。』在今陕西。

阚 『子爵。今郓之寿张有阚乡，而阚古城在中都。（桓公十一年。《寰宇记》云：「今属齐之钜野。」）阚亭又在须昌东南。（即昭公末年取阚者，《郡国志》「东平陆有阚亭，今寿张也」。）齐有阚止。』在今山东。

允 『高阳时有允格，或云少昊后，出黄帝。』

蔡 『蕲春江中有蔡山，在广济县。（《高崇文传》蔡山，窦苹云「蕲水县北」。）大龟纳锡，故曰蔡，非姬姓蔡。』在今湖北。

光 『《春秋图》有光国，今光州。』在今湖北。

敦 『钼任、冷、敦之田，许地也，郑取之。《陈留风俗传》云：「敦氏，姞姓后。」』在今河南。

偪 『晋襄公母，偪姞国，即周之偪阳国。』在今河南。

燕 『伯爵。宜为东燕与南燕北（昭三年北燕伯款亦姞姓）。』在今河北。

鲁 『汝之鲁山县，非兖地。』在今河南。

雍 『伯爵。汴之雍丘，郑庄夫人雍姞国。《姓纂》云：「宋之雍氏本姞姓。」《寰宇记》「雍氏，黄帝后」，姞姓是矣。又冀之堂阳东北三十六，亦有雍氏城。《寰宇》之高堽城，本于陇切。自汉州名人姓皆于用切。《谈苑》云「当作平声」。昭十四年《传》：「晋尸雍子。」杜云：「阳翟东北有雍氏城者非。」』在今河南。

断 『晋地有断道，即卷楚也。《世本》作段，写误。』在今山西。

密 『河南密县东四十故密城是，武德三为密州，与须城比，故说者谓即密须，盖亦号密须云（《史索》云密须今河南密县，与安定姬姓密别）。』在今河南。

虽 『开封长垣近须城，是卫，在今澶之卫南二十八里。《卫》诗所谓「思须与曹」者，由声转也。』在今河南。

四、中国各民族为黄帝之苗裔

甲、鲜卑

◎《晋书·载记八》：『慕容廆字弈洛瓌，昌黎棘城鲜卑人也。其先有熊氏之苗裔，世居北夷，邑于紫蒙之野，号曰东胡。风俗与匈奴略同。』　◎《**魏书·序纪**》：『昔黄帝有子二十五人，或内列诸华，或外分荒服。昌意少子受封北土，国有大鲜卑山，因以为号。其后世为君长，统幽都之北广漠之野……黄帝以土德王，北俗谓土为托，谓后为跋，故以为氏。』　◎《**北史·魏本纪**》：『魏之先出自黄帝轩辕氏。黄帝子曰昌意。昌意之少子受封北国，有大鲜卑山，因以为号。其后世为君长，统幽都之北广漠之野。』

乙、匈奴

◎《**国语·鲁语**》：『夏后氏禘黄帝而祖颛顼，郊鲧而宗禹。』　◎《**史记·匈奴传**》：『匈奴其先祖，夏后氏之苗裔也。』　○**按**：夏为黄帝后，匈奴为夏后，蒙古为匈奴后，是蒙古为黄帝之苗裔。

丙、羌

◎《**国语·鲁语**》：『有虞氏禘黄帝而祖颛顼，郊尧而宗舜。』　◎《**晋书·载记十六**》：『姚弋仲，南安赤亭羌人也。其先有虞氏之苗裔。禹封舜少子于西戎，世为羌酋。』　○**按**：虞为黄帝后，羌为虞后，藏为羌后，是藏为黄帝之苗裔。

丁、苗黎

◎《**山海经**》：『黄帝生偶号，偶號生禺京。』　◎《**路史·疏仡纪·黄帝**》：『禺号生禺京、傜梁、儋人。京处北海，号处南海，是为海司。……儋人任姓，生牛黎。（注：即今儋人，故儋近有黎。）傜梁生番禺，番禺是始为舟。』

戊、安息

◎《路史·疏仡纪·黄帝》：黄帝『生昌意……昌意……有子三人，长曰乾荒，次安，季悃……安处西土，后曰安息』。◎《汉书·西域传》：『安息国王治番兜城，去长安万一千六百里。』○按：安息在今波斯阿拉伯土耳其，为回教发祥之地。

黄帝与中国文化

一、发明

（一）衣

◎《世本》：『黄帝作旃冕，胡曹作冕，伯余作衣裳，于则作扉屦。』◎《拾遗记》：『轩辕始造书契，服冕垂衣，故有衮龙之颂。』◎《路史·疏仡纪·黄帝》：『法乾坤以正衣裳，制衮冕，设斧黻，深衣大带，扉屦赤舄，玄衣纁裳，纮纩赘旒，以规视听之逸；房观翚翟，草木之化，染为文章，以明上下之衰；袆衣褕展，以为内服，故于是有衮龙之颂。端璧瑞以奉天，委珩牙以媷武。是以衣裳所在，而凶恶不起。』

（二）食

◎《古史考》：『黄帝始蒸谷为饭，烹谷为粥。黄帝作瓦甑。』　◎《世本》：『雍父作舂。』

（三）住

◎《新语》：『天下人民野居穴处，未有室屋，则与鸟兽同域，于是黄帝乃伐木构材，筑作宫室，上栋下宇，以避风雨。』　◎《白虎通》：『黄帝作宫室，以避寒暑，此宫室之始也。』　◎《黄帝内传》：『帝既斩蚩尤，因立台榭。无屋曰台，有屋曰榭。』　◎《路史·疏仡纪·黄帝》：『乃广宫室，壮堂庑，高栋深宇，以避风雨。作合宫，建銮殿，以祀上帝，接万灵。』『即库台，设移旅，楹复格，内阶幽陛，提唐山墙，樀干惟工，斫其材而砻之。』　◎《文中子》：『黄帝有合宫之听。』

（四）行

◎《世本》：『骸作服牛，共鼓、货狄作舟。』　◎《拾遗记》：『轩辕变乘桴以作舟楫。』　◎《汉书》：『黄帝作舟车以济不通，旁行者天下，方制万里。画野分州，得百里之国万区。』　◎《古史考》：『黄帝作车，引重致远，少昊时略加牛，禹时奚仲加马。』　◎《路史·疏仡纪·黄帝》：『命邑夷法斗之周旋，魁方标直，以携龙角，为帝车大辂，故曲其辀，绍大帝之卫。于是崇牙交旂，羽挡擽稍，擸剑华盖，属车副乘，记里司马，以备道哄。司马师皇为牧正，臣胲服牛始驾，而仆跸之御全矣。』　◎《通鉴外纪》：『蚩尤为大雾，军士昏迷，轩辕作指南车以示四方。』　◎《黄帝内传》：『玄女为帝制司南车当其前，记里鼓车居其右。』　◎《古今注》：『黄帝与蚩尤战于涿鹿之野，蚩尤作大雾，兵士皆迷，于是作指南车以示四方，遂禽蚩尤，而即帝位，故后常建焉。』

（五）农

◎《**黄帝内传**》：『黄帝升为天子，地献草木，述耕种之利，因之以广耕种。』　◎《**论语纤**》：『轩知地利，九牧倡教。』　◎《**路史·疏仡纪·黄帝**》：『命西陵氏劝蚕稼。』　◎《**黄帝内传**》：『黄帝斩蚩尤，蚕神献丝，乃称织维之功。』　◎《**路史·疏仡纪·黄帝**》：『经土设井，以塞争端；立步制亩，以防不足。八家以为井，井设其中，而收之于邑。』

（六）工

◎《**路史·疏仡纪·黄帝**》：『赤将为木正，以利器用。』　◎《**列仙传**》：『宁封子，黄帝时人也，为黄帝陶正。』

（七）矿

◎《**管子**》：『黄帝问于伯高曰：「吾欲陶天下而为一家，为之有道乎？」伯高对曰：「请刈其莞而树之，吾谨逃其早牙，则天下可陶而为一家。」黄帝曰：「若此言可得闻乎？」伯高对曰：「上有丹沙者，下有黄金；上有慈石者，下有铜金；上有陵石者，下有铅锡赤铜；上有赭者，下有铁。」』
◎《**拾遗记**》：『昆吾山其下多赤金，色如火。昔黄帝伐蚩尤，陈兵于此，掘深百尺，犹未及泉，惟见火光如星，地中多丹，炼石为铜，铜色青而利。』　◎《**路史·疏仡纪·黄帝**》：『上有丹矸者，下有黄银；上有慈石者，下有铜金；上有陵石，下有赤铜青金；上有代赭，下有鉴铁；上有葱，下有银沙。此山之见荣者也。至于艾而时之，则货币于是乎成。乃爇山林，破曾薮，楚莱沛；以制金刀，立五币，设九棘之利，而为轻重之法。』

（八）商

◎《路史·疏仡纪·黄帝》：『五置而有市，市有馆，以竢朝聘之需。』

（九）货币

◎《路史·疏仡纪·黄帝》：『于是立货币以制国用。』

（十）文字

◎《世本》：『史皇作书。』　◎《淮南子》：『苍颉作书，而天雨粟，鬼（一作兔）夜哭』，『史皇生而能书』。　◎《孝经援神契》：『奎主文章，苍颉效象洛龟，曜书丹青，垂萌画字。』　◎卫恒《书势》：『黄帝之史沮诵、仓颉，眂彼鸟迹，始作书契，纪纲万事，垂法立则。』　◎《河图玉版》：『仓颉为帝，南巡登阳虚之山，临于玄扈、洛汭之水，灵龟负书丹甲青文以授之。』　◎《春秋元命苞》：『仓帝史皇氏，名颉，姓侯冈，龙颜侈哆，四目灵光，实有睿德。生而能书，及授河图绿字，于是穷天下之变，仰观奎星圆曲之势，俯察龟文鸟羽山川指掌，而创文字。天为雨粟，鬼为夜哭，龙乃潜藏。治百有一十载，都于阳武，终葬衙之利乡亭。』　◎《路史·疏仡纪·黄帝》：『乃命沮诵作云书，孔甲为史，执青纂记，言动惟实。』　◎《论衡》：『苍颉四目，为黄帝史。』

（十一）图画

◎《论衡》：『黄帝门户画神荼、郁垒与虎。』　◎《龙鱼河图》：『黄帝遂画蚩尤形象以威天下。』

（十二）弓箭

◎《**世本**》：『挥作弓，牟夷作矢。』 ◎《古史考》：『黄帝作弩。』 ◎《**路史·疏仡纪·黄帝**》：『命挥作盖弓，夷牟造矢，以备四方。』

（十三）音乐

◎《**吕氏春秋**》：『昔黄帝令伶伦作为律。伶伦自大夏之西，乃之阮隃之阴，取竹于嶰谿之谷，以生空窍厚钧者，断两节间，其长三寸九分，而吹之，以为黄钟之宫。次曰舍少。次制十二筒，以之阮隃之下。听凤凰之鸣，以别十二律，其雄鸣为六，雌鸣亦六，以比黄钟之宫。适合黄钟之宫，皆可以生之，故曰黄钟之宫，律吕之本。黄帝又命伶伦与荣将铸十二钟，以和五音，以施英韶，以仲春之月，乙卯之日，日在奎，始奏之，命之曰《咸池》。』 ◎《**世本**》：『伶伦造磬。黄帝使素女鼓瑟，哀不自胜，乃破为二十五弦，异二均声。』 ◎《**易是类谋**》：『圣人兴起，不知姓名，当吹律听声以别其姓。黄帝吹律以定姓是也。』 ◎《**管子**》：『黄帝以其缓急作五声，以政五钟。令其五钟：一曰青钟大音，二曰赤钟重心，三曰黄钟洒光，四曰景钟昧其明，五曰黑钟隐其常。五声既调，然后作立五行以正天时，五官以正人位。人与天调，然后天地之美生。』 ◎《**路史·疏仡纪·黄帝**》：『伶伦造律，采解谿之篁，断篁间三寸九分，为黄钟之宫，曰含少。制十有二筒，以之阮隃之下，听凤之鸣，以定其雌，乃作玉律，以应候气，荐之宗庙，废治忽以知三军之消息，以正名百物，明民共财而定氏族。』

◎《**路史·疏仡纪·黄帝**》：『乃本阴阳，审风声，命荣猨铸十二钟，以协月筒，以诏英韶。调政之缓急，分五声以正五钟，令其五中以定五音。伶伦造声，以谐八音。五音调以立天时，八音交以正人位，人天调而天地之美生矣。命大容作承云之乐，是为云门；大卷著之控楬，以道其和。中阳之月，乙卯之辰，日在奎而奏之，弛张合施，动静丽节，是故翕纯皦绎声而听严，五降之后而不弹矣。令曰《咸池》。』

◎《**黄帝内传**》：『黄帝伐蚩尤，玄女为帝制夔牛鼓八十面，一震五百里，连震三千八百里。』

◎《**路史·疏仡纪·黄帝**》：『岐伯鼓吹铙角，灵鞞神钲，以扬德建武，厉士风敌，而威天下。』

◎《**黄帝内传**》：『玄女请帝制角二十四以警众，请帝铸钳铙以凝雹之声。』　◎《**古今注**》：『短箫、铙歌，军乐也，黄帝使岐伯所作也，所以建武扬德、风劝战士也。』　◎《**山海经**》：『东海中有流波山，入海七千里，其上有兽，状如牛，苍身而无角，一足，出入水则必风雨。其光如日月，其声如雷，其名曰夔。黄帝得之，以其皮为鼓，撅以雷兽之骨，声闻五百里，以威天下。』　◎《**归藏**》：『蚩尤，黄帝杀之于青丘，作枫鼓之曲十章：一曰雷震惊，二曰猛虎骇，三曰鸷鸟击，四曰龙媒蹀，五曰灵夔吼，六曰雕鹗争，七曰壮士夺志，八曰熊罴哮吼，九曰石荡崖，十曰波荡壑。』

（十四）医药

◎《**路史·疏仡纪·黄帝**》：『谓人之生也负阴而抱阳，食味而被色，寒暑荡之外，喜怒攻之内，夭昏凶札，君民代有，乃上穷下际，察五气，立五运，洞性命，纪阴阳，极咨于岐雷而《内经》作。谨候其时，著之玉版，以藏灵兰之室。演仓谷，推贼曹，命俞附、岐伯，雷公察明堂，空息脉，谨候其时，则可万全。命巫彭、桐君处方，盆饵湔澣刺治，而人得以尽年。』　◎《**帝王世纪**》：『黄帝命雷公、岐伯论经脉旁通，问难八十为难经，教制九针，著内外术经十八卷。」

（十五）婚姻

◎《路史·疏仡纪·黄帝》：「氏定而系之姓，庶姓别于上，而戚殚于下，婚姻不可以通，所以崇伦类、远禽兽也。」　◎《通鉴外纪》：「嫁娶相媒。」

（十六）丧葬

◎《路史·疏仡纪·黄帝》：「乃饰棺衾以送死，封崇表木，以当大事。」

（十七）历数

◎《世本》：「大挠作甲子，容成作历，隶首作数。」　◎《拾遗记》：「轩辕考定历，以吹玉律正璇衡。」　◎《路史·疏仡纪·黄帝》：「乃设灵台，立五官，以叙五事。命臾区占星，斗苞授规，正日月星辰之象。分星次象应，著名始终相验，于是乎有星官之书。浮箭为泉，孔壶为漏，以考中星。命羲和占日，傄耳旺适，缨纽抱负，关启亡浮；尚仪占月，绳九道之侧匿，纠五精之留疾；车区占风，道八风以通二十四；隶首定数，以率其羡要其会，而律度量衡由是成焉。」　◎《隋书》：「星官之书，自黄帝始。」

（十八）阴阳五行

◎《春秋内事》：「黄帝师于风后，风后善于伏羲之道，故推演阴阳之事。」　◎《路史·疏仡纪·黄帝》：「大挠正甲子，探五行之情，而定之纳音。风后释之，以致其用，而三命行矣。察三辰于上，迹祸福于下，经纬历数，然后天步有常而不倍。命容成作盖天，综六术以定气象。问于鬼臾茝曰：「上下周纪，其有数乎？」对曰：「天以六节，地以五制。周天气者，六期为备；终地气者，五岁为周。五六合者岁，三千七百二十气为一纪，六十岁千四百四十气为一周。太过不及，斯以见矣。」乃因五量治五气，起消息，察发敛，以作调历，岁纪甲寅，日纪甲子，立正爻以配气，致神爻以抵日，而时节定。是岁己酉朔旦南至，而获神策，得宝鼎。冕侯问于鬼容茝，容茝对曰：「是谓得天之纪，终而复始。」爰兴封禅，迎日推策，造六十神历，积邪分以置闰，配甲子而设蔀。岁七十六以为纪，纪二十而蔀首定之，原名握先，率二十而冬至复朔。凡二十推三百八十年而策定，然后时惠而辰从。」

（十九）伞

◎《古今注》：『黄帝与蚩尤战于涿鹿之野，常有五色云气，金枝玉叶，止于帝上。有花葩之象，故因而作华盖也。』

（二十）镜

◎《黄帝内经》：『帝与王母会于王屋，乃铸火镜十二面，随月用之，则镜始于轩辕矣。』◎

二、**著作**

◎《**汉书·艺文志**》关于黄帝及黄帝时人之著作如（左）：

《黄帝四经》四篇（道家）

《黄帝铭》六篇（道家）
《黄帝君臣》十篇（道家）
《杂黄帝》五十八篇（道家）
《黄帝泰素》二十篇（阴阳）
《黄帝说》四十篇（小说）
《太壹兵法》一篇（兵、阴阳）
《黄帝》十六篇（阴阳）
《黄帝杂子气》三十三篇（天文）
《泰阶六符》一卷（天文）
《黄帝五家历》三十三卷（历谱）
《黄帝阴阳》二十五卷（五行）
《黄帝诸子论阴阳》二十五卷（五行）
《黄帝长柳占梦》十一卷（杂占）
《黄帝内经》十八卷（医经）
《外经》十九卷（医经）
《泰始黄帝扁鹊俞附方》二十三卷（方经）

《神农黄帝食禁》七卷（方经）

《黄帝三王养阳方》二十卷（房中）

《黄帝杂子步引》十二卷（神仙）

《黄帝岐伯按摩》十卷（神仙）

《黄帝杂子芝菌》十八卷（神仙）

《黄帝杂子十九家方》二十一卷（神仙）

《力牧》二十二篇（道家）

《力牧》十五卷（阴阳）

《容成子》十四篇（阴阳）

《成公生》五篇（名家）

《孔甲盘盂》二十六篇（杂家）

《封胡》五篇（阴阳）

《风后》十三篇（阴阳）

《风后弧虚》二十卷（五行）

《鹓冶子》一篇（阴阳）

《鬼容区》三篇（阴阳）

《容成阴道》二十六卷（房中）

《天老杂子阴道》二十五卷（房中）

◎《**帝王世纪**》：『黄帝命雷公、岐伯论经脉旁通，问难八十为《难经》，教制九针，著内外《经》十八卷。』

◎《**路史·疏仡纪·黄帝**》：『河龙图发，洛龟书威，于是正坤乾，分离坎，倚象衍数，以成一代之宜。谓土为祥，乃种坤以为首，所谓《归藏易》也。』　◎《**乾坤凿度**》：『炎帝、黄帝有易灵纬，太卜掌三易之法，一曰连山，二曰归藏。杜子春云：『《连山》宓戏，《归藏》黄帝。』　◎《**路史·疏仡纪·黄帝**》：『正日月星辰之象，分星次象应，著名始终相验，于是乎有星官之书。』　◎《**轩辕黄帝传**》：『玄女传《阴符经》三百言，帝观之十旬，讨伐蚩尤。』黄帝又著十六神历，推太一六壬等法；又述六甲阴阳之道，作《胜负握机》之图，及兵法要诀《黄帝兵法》三卷。

◎《**河图出军诀**》称黄帝得王母兵符。又有：

《出军大帅年立成》各一卷

《太一兵历》一卷

《黄帝出军新用诀》一十二卷

《黄帝夏氏占兵气》六卷

《黄帝十八阵图》二卷

《黄帝问玄女之诀》三卷

《风后孤虚诀》二十卷

《务成子亥兵灾异占》十四卷

《鬼臾区兵法》三卷，图一卷

……收得蚩尤兵书：

《行军秘术》一卷

《蚩尤兵法》二卷

又见黄盖童子受《神芝图》七十二卷。适中岱，见中黄子，受九茄之方。……广成子乃授以《自然经》一卷。

◎《帝王世纪》：『黄帝因著《占梦经》十一卷。』

◎《平津馆丛书》有：

《龙首经》二卷

《金匮玉衡经》一卷

《玄女经》一卷

《本行经》一卷

《轩辕黄帝传》一卷

◎《双梅景闇丛书》有：

《素女经》一卷

《素女方》一卷

《玉房秘诀》一卷

◎《归藏》：『蚩尤……黄帝杀之于青丘，作桐鼓之曲十章：一曰雷震惊，二曰猛虎骇，三曰鸷鸟擎，四曰龙媒蹀，五曰灵夔吼，六曰雕鹗争，七曰壮士夺志，八曰熊罴哮吼，九曰石荡崖，十曰波荡壑。』

黄帝之政绩

一、臣友

◎《左传》昭十七年：『黄帝氏以云纪，故为云师而云名。』　◎《史记》：『官名皆以云名为云师……举风后、力牧、常先、大鸿以治民』，『神农以前尚矣，盖黄帝考定星历，建立五行，起消息，正闰余，于是有天地神祇物类之官，是为五官，各司其序，不相乱也。民是以能有信，神是以能有明，德明神异，业敬而不渎，故神降之嘉生，民以物享，灾祸不生，所求不匮』。　◎《论语摘辅象》：『黄帝七辅，风后受金法，天老受天箓，五圣受道级，知命受纠俗，窥纪受变复，地典受州络，力墨受准，斥州选举，翼佐帝德。』　◎《管子》：『黄帝得六相而天地治，神明至。蚩尤明乎天道，故使为当时；大常察乎天利，故使为廪者；奢龙辨乎东方，故使土师；祝融辨乎南方，故使为司徒；大封辨乎西方，故使为司马；后土辨乎北方，故使为李。是故春者土师也，夏者司徒也，秋者司马也，冬者李也。』◎《**帝王世纪**》：『黄帝以风后配上台，天老配中台，五圣配下台，谓之三公。其余知名、规纪、地典、力牧、常先、封胡、孔甲等，或以为师，或以为将。』　◎《**尸子**》：『子贡问孔子曰：「古者黄帝四面，信乎？」孔子曰：「黄帝取合己者四人，使治四方，不谋而亲，不约而成，大有成功，此之谓四面也。」』　◎《**淮南子**》：『黄帝治天下，而力牧、太山稽辅之，以治日月之行律，治阴阳之气，节四时之度，正律历之数，别男女，异雌雄，明上下，等贵贱，使强不掩弱，众不暴寡，人民保命而不夭，岁时熟而不凶，百官正而无私，上下调而无尤，法令明而不暗，辅佐公而不阿，田者不侵畔，渔者不争隈，道不拾遗，市不豫贾，域廓不关，邑无盗贼，鄙旅之人相让以财，狗彘吐菽粟于路，而无忿争之心。』　◎《**帝王世纪**》：『黄帝梦大风吹，天下之尘垢皆去，又梦人执千钧之弩驱羊万群。帝寤而叹曰：「风为号令，故执政者，垢去土后在也。天下岂有姓风名后者哉！夫千钧之弩，异力者也；驱羊数万，能牧民为善者也。天下岂有姓力名牧者哉！」于是依二占而求之，得风后于海隅，登以为相；得力牧于大泽，进以为将。黄帝因著《占梦经》十一卷。』　◎《**拾遗记**》：『置四史以主图籍，使九行之士以统万国。九行者，孝、慈、文、信、言、忠、恭、勇、义，以观天地，以祠万灵，亦为九德之臣。』◎《**逸周书**》：『乃令少昊请司马鸟师以正五帝之官。』　◎《**帝王世纪**》：『又征诸侯，使力牧、神皇直讨蚩尤氏，使应龙杀之于凶黎之丘。』　◎《**山海经**》：『蚩尤作兵伐黄帝，黄帝乃令应龙攻之冀州之野。应龙畜水，蚩尤请风伯、雨师纵大风雨。黄帝乃下天女曰魃，雨止，遂杀蚩尤。』　◎《**论**

语撰考谶》：『黄帝受地形象天文以制官。』　◎《帝王世纪》：『黄帝受命，风后受图，割地布九州，置十二国。』　◎《论语谶》：『轩知地利，九牧倡教。』　◎《论衡》：『仓颉四目，为黄帝史。』　◎卫恒《书势》：『黄帝之史沮诵、苍颉。』　◎《史记》：『黄帝得宝鼎宛朐，问于鬼臾区』。『鬼臾区号大鸿，死葬雍，故鸿冢是也』。　◎《管子》：『黄帝问于伯高曰：「吾欲陶天下而以为一家，为之有道乎？」』　◎《玄女兵法》：『黄帝攻蚩尤，三年城不下，得卫士伍臂而问之。』　◎《庄子》：『北门成问于黄帝曰：「帝张《咸池》之乐，于洞庭之野？」』　◎《春秋合城图》：『黄帝游于玄扈洛水上，与大司马容光等临观。』　◎《河图挺辅佐》：『黄帝修德立义，天下乃治，乃召天老而问焉。』　◎《宋符瑞志》：『秋七月庚申，天雾三日三夜，昼昏，黄帝以问天老、力牧、容成。』　◎《内经·素问》：『黄帝问曰：……岐伯对曰：……』　◎《吕氏春秋》：『黄帝令伶伦作为律……黄帝又命伶伦与荣将铸十二钟。』　◎《庄子》：黄帝『遗其玄珠，使知索之而不得，使离朱索之而不得，使喫诟索之而不得也。乃使象罔，象罔得之』。　◎《拾遗记》：『帝使风后负书，常伯荷剑。』　◎《列仙传》：『宁封子，黄帝时人也，为黄帝陶正。』　◎《列仙传》：『马师皇者，黄帝时马医也。』　◎《遁甲开山图》：『绛北有阳石山，有神龙池，黄帝遣云阳先生养龙于此。』　◎《庄子》：『黄帝氏立巫咸，使之沐浴斋戒。』　◎《博物志》：『黄帝登仙，其臣左彻者，削木象黄帝，帅诸侯以朝之。』　◎《纪年》：『帝以土德王，应地裂而沛葬。群臣有左彻者，感思帝德，取衣冠几杖而庙飨之。』　◎《路史·疏仡纪·黄帝》：『其即位也，适有云瑞，因以云纪，百官师长俱以云名。乃立四辅、三公，六卿、三少，二十有四官，凡百二十官，有秩以之共理，而视四民。』 ◎《路史·疏仡纪·黄帝》：『令知命纠俗，天老录教，力牧准斥，𫛭治决法，五圣道级，阙纪补阙，地典州络，七辅得而天下治』。『而肆志于昆台，方明执舆，昌寓参乘，张若、謵朋前马，昆阍、滑稽后车，风后、柏常从负书剑』。『于是申命封胡以为丞，鬼容茝为相，力牧为将，而周昌辅之；大山稽为司徒，庸光为司马，恒先为司空』。『奢比辨乎东以为土师，庸先辨乎南以为司徒，大封辨乎西以为司马，后土辨乎北以之行李』。乃设灵台、立五官以叙五事，命舆茝茝占星，斗苞授规；命羲和占日，尚仪占月，车区占风，隶首定数，伶伦造律，大挠正甲子；命容成作盖天；命大容作承云之乐，大卷著之控楬；命宁封为陶正，赤将为木正；命挥作盖弓，夷牟造矢，岐伯作鼓；命邑夷法斗之周旋；命马师皇为牧正，臣胲服牛。乃命沮诵作云书，孔甲为史；命俞附、岐伯、雷公、巫彭、桐君处方；命西陵氏劝蚕稼；命共鼓、化狐作舟车；命竖亥通道路；命风后方割万里。 ◎《符子》：『黄帝命方明、游路谓容成子。』 ◎《通鉴外纪》：『举风后、力牧、太山稽、常先、大鸿，得六相而天地治。奢龙辨乎东方，故为土师；祝融辨乎南方，故为司徒；大封辨乎西方，故为司马；后土辨乎北方，故为李。史官苍颉造文字。』 ◎《路史·疏仡纪·黄帝》：『登空桐而问广成，封东山而奉中华君，策大面而礼宁生，入金谷而咨涓子心。访大恢于具茨，即神牧于相成。升鸿堤受神芝于黄盖』，『师于大填，学于封巨、赤诵。复岐下见岐伯，「引载而归，访于治道」』。 ◎《庄子》：『黄帝立为天子十九年，令行天下，闻广成子在于空同之上，故往见之。』 ◎《庄子》：『黄帝将见大隗乎具茨之山……适遇牧马童子问途焉。』 ◎《春秋合诚图》：『黄帝请问太一长生之道。』◎《**庄子**》：『知非游于玄水，适遭无为谓焉，而睹狂屈焉。反于帝宫，见黄帝而问焉。黄帝曰：「彼无为，谓真是也。狂屈似之，我与汝终不近也。」』◎《**泰壹杂子**》：『黄帝谒峨嵋，见天真皇人拜之。』◎《**抱朴子**》：『黄帝东到青丘，过风山，见紫府先生，受三皇内文；西见中黄子，受九加之方；过洞庭，从广成子受自然之经；北到洪堤，上具茨，见大隗君黄盖童子，受神芝图；还陟王屋，得神丹金诀；到峨嵋山，见天皇真人于玉堂。』◎《**抱朴子**》：『黄帝登崆峒而问广成，之具茨而事大隗，适东岱而奉中黄，入金谷而咨滑子，论导养而质玄素二女，精推步则访山稽、力牧，讲占候则询风后，著体诊则受岐、雷。』◎《**西京杂记**》：『黄帝时，西王母献昭华玉琯。』◎《**黄帝内经**》：『帝既与王母会于王屋。』◎《**玄女兵法**》：『王母遣使者以授符。王母乃命九天玄女授帝以三宫五音。』◎《**龙鱼河图**》：『天遣玄女下授黄帝兵信神符，制伏蚩尤。』

二、功德

◎《**鬻子**》：『黄帝十岁，知神农之非而改其政。』◎《**国语·鲁语**》：『黄帝能成命百物，以明民共财。』◎《**史记**》：『轩辕之时，神农氏世衰，诸侯相侵伐，暴虐百姓，而神农氏弗能征。于是轩辕乃习用干戈，以征不享，诸侯咸来宾从……炎帝欲侵陵诸侯，诸侯咸归轩辕。轩辕乃修德振兵，治五气，艺五种，抚万民，度四方，教熊罴貔貅貙虎，以与炎帝战于阪泉之野。三战然后得其志。』◎《**帝王世纪**》：『神农氏衰，黄帝修德抚万民，诸侯咸去神农而归之黄帝。于是乃抚驯猛兽，与神农氏战于阪泉之野，三战而克之。』　◎《**新书**》：『炎帝者，黄帝同父异母兄弟也，各有天下之半。黄帝行道，而炎帝不听，故战涿鹿之野，血流漂杵。』　◎《**归藏**》：『黄帝与炎帝争斗涿鹿之野。将战，筮于巫咸。巫咸曰：「果哉！而有咎。」』　……◎《**拾遗记**》：『置四史以主图籍，使九行之士以统万国。九行者，孝、慈、文、信、言、忠、恭、勇、义，以观天地，以祠万灵，亦为九德之臣。诏令百辟，群臣爱德教者，先列珪玉于兰蒲席上，然沈榆之香，舂杂实为宵，以沈榆之胶和之为泥以涂地，分别尊卑华戎之位也。』

三、祥瑞

◎《**淮南子**》：『黄帝治天下……日月精明，星辰不失其行，风雨时节，五谷登熟，虎狼不妄噬，鸷鸟不妄搏；凤凰翔于庭，麒麟游于郊，青龙进驾，飞黄伏皁，诸北、儋耳之国，莫不献其贡职。』　◎《**尸子**》：『四夷之民，有贯胸者，有深目者，有长肱者，黄帝之德尝致之。』　◎《**宋符瑞志**》：『黄帝时，南夷乘白鹿来献鬯。』　◎《**宋符瑞志**》：『圣德光被，群瑞毕臻，有屈轶之草生于庭，佞人入朝，则草指之，是以佞人不敢进。有景云之瑞，有赤方气与青方气相连。赤方中有两星，青方中有一星，凡三星皆黄也。以天下清明时见于摄提，名曰景星。』　◎《**帝王世纪**》：『黄帝斋于中宫，有大鸟，鸡头、燕喙、龙形、龟颈、麟翼、鱼尾，状如鹤体，备五色，三文成字：首文曰顺德，背文曰信义，膺文曰仁智。不啄生虫，不履生草。或止帝之东园，或巢阿阁，或鸣于庭。其饮食也，其雄自歌，其雌自舞，音如箫笙。』　◎《**尚书中候**》：『帝轩提象，配永修机。麒麟在囿，鸾凤来仪。』　◎《**河图挺辅佐》：『黄帝修德立义，天下乃治。乃召天老而问焉：「余梦见两龙挺白图，以授余河之都。」天老曰：「河出龙图，洛出龟书，黄帝录列圣人之姓号、典谋，治太平，然后凤凰处之。今凤凰已下三百六十日矣，天其授帝图乎？」黄帝乃祓斋七日，至于翠妫州，大鲈鱼折溜而至，乃与天老迎之，五色毕具。鱼汛白图兰叶朱文以授黄帝，名曰录图。』

黄帝之仙化与陵墓

一、修仙

◎《庄子》：『黄帝立为天子十九年，令行天下，闻广成子在于空同之上，故往见之曰：「我闻吾子达于至道，敢问至道之精。吾欲取天地之精，以佐五谷，以养民人。吾又欲官阴阳以遂群生，为之奈何？」广成子曰：「而所欲问者，物之质也；而所欲官者，物之残也。自而治天下，云气不待族而雨，草木不待黄而落，日月之光益以荒矣。而佞人之心翦翦者，又奚足以语至道！」黄帝退，捐天下，筑特室，席白茅，闲居三月，复往邀之。广成子南首而卧，黄帝顺下风膝行而进，再拜稽首而问曰：「闻吾子达于至道，敢问治身，奈何可以长久？」广成子蹶然而起曰：「善哉问乎。来！吾语汝至道。至道之精，窈窈冥冥；至道之极，昏昏默默；无视无听，抱神以静，形将自正，必静必清。无劳汝形，无摇汝精，乃可以长生。目无所见，耳无所闻，心无所知，汝神将守形，形乃长生。慎汝内，闭汝外，多知为败我。为汝遂于大明之上矣，至彼至阳之原也；为汝入于窈冥之门矣，至彼至阴之原也。天地有官，阴阳有藏，慎守汝身，物将自壮，我守其一，以处其和。故我修身千二百岁矣，吾形未尝衰。」黄帝再拜稽首曰：「广成子之谓天矣。」广成子曰：「来！吾语汝。彼其物无穷，而人皆以为终；彼其物无测，而人皆以为极。得吾道者，上为皇，而下为王；失吾道者，上见光，而下为土。今夫百昌皆生于土，而反于土。故余将去汝，入无穷之门，以游无极之野，吾与日月参光，吾与天地为常。当我缗乎？远我昏乎？人其尽死，而我独存乎？」黄帝将见大隗乎具茨之山，方明为御，昌寓骖乘，张若、謵朋前马，昆阍、滑稽后车，至于襄城之野，七圣皆迷，无所问途，适遇牧马童子问途焉。曰：「若知具茨之山乎？」曰：「然。」「若知大隗之所存乎？」曰：「然。」黄帝曰：「异哉小童！非徒知具茨之山，又知大隗之所存。请问为天下！」小童曰：「夫为天下者，亦若此而已矣！又奚事焉。余少而自游于六合之内，余适有瞀病，有长者教予曰：『若乘日之车，而游于襄城之野。』今余病少痊，予又且复游于六合之外。夫为天下，亦若此而已，予又奚事焉！」黄帝曰：「夫为天下，则诚非吾子之事。虽然，请问为天下！」小童辞，黄帝又问。小童曰：「夫为天下者，亦奚以异乎牧马者哉？亦去其害马者而已矣。」黄帝再拜稽首，称天师而退。』『知北游于玄水之上，登隐弅之丘，而适遭无为谓焉。知谓无为谓曰：「予欲有问乎！若何思何虑则知道？何处何服则安道？何从何道则得道？」三问而无为谓不答也。非不答，不知答也。知不得问，反于白水之南，登狐阕之上，而睹狂屈焉。知以之言也问乎狂屈。

狂屈曰：「唉！予知之，将语若中欲言，而忘其所欲言。」知不得问，反于帝宫，见黄帝而问焉。黄帝曰：「无思无虑，始知道；无处无服，始安道；无从无道，始得道。」知问黄帝曰：「我与若知之，彼与彼不知也，其孰是邪？」黄帝曰：「彼无为谓真是也，狂屈似之，我与汝终不近也。夫知者不言，言者不知。故圣人行不言之教。道不可致，德不可至，仁可为也，义可亏也，礼相伪也。故曰失道而后德，失德而后仁，失仁而后义，失义而后礼。礼者道之华，而乱之首也。故曰为道者日损，损之又损之，以至于无为。无为而无不为也。今已为物也，欲复归根，不亦难乎？其易也，其惟大人乎？生也死之徒，死也生之始，孰知其纪？人之生，气之聚也，聚则为生，散则为死，若死生为徒，吾又何患？故万物一也。是其所美者为神奇，其所恶者为臭腐；臭腐复化为神奇，神奇复化为臭腐。故曰通天下一气耳，圣人故贵一。」知谓黄帝曰：「吾问无为谓，无为谓不应我。非不我应，不知应我也。吾问狂屈，狂屈中欲告我，而不我告。非不我告，中欲告而忘之也。今予问乎若，若知之奚故不近？」黄帝曰：「彼其真是也，以其不知也。此其似之也，以其忘之也。予与若终不近也，以其知之也。」狂屈闻之，以黄帝为知言。』　◎**《春秋合诚图》**：『黄帝请问太一长生之道。太一曰：「斋戒五丁，道乃可成。」』　◎**《符子》**：『黄帝将适昆虞之丘，中路逢容成子乘翠华之盖，建日月之旗，骖紫虬，御双鸟。黄帝方明游路，谓容成子曰：「吾将钓于一壑，栖于一丘。」』　◎**《泰壹杂子》**：『黄帝谒峨嵋见天真皇人，拜之玉堂，曰：「敢问何为三一之道？」皇人曰：「既已君统矣，又咨三一，无乃郎抗乎？古之圣人，盍三辰，立晷景，封域以判邦，山川以分阴阳，寒暑以守岁，道执以卫众，交质以聚民，借械以防奸，军服以章等，皆法乎天，而鞠乎有形者也。天地有启闭，日星有薄失，治乱有运会，阴阳有期数，贤愚之蔽，寿夭之质，贵贱之事，吉凶之故，一成而不变，类气浮于上，而精气萃于下，性发乎天命，成于人，使圣人以为之纪。是以圣人欲治天下，必先身之，立权以聚财，葵财以施智，因智以制义，由义以出信，仗信以著众，用众以行仁，安仁以辅道，迪道以保教，善教以政俗，从俗以毓质，崇质以恢仁；勤行以典礼，制礼以定情，原情以道性，复性以一德，成德以叙命，和命以安生。而天下自尔治，万物自尔得，神志不劳而真一定矣。予以蕞尔之身，而百夫之所为备，故天和莫至，悔吝屡庚生杀。失寒暑之宜，动静戾刚柔之节，而贪欺终无所用，无乃已浮乎？」黄帝乃终身弗违，而天下治。」　◎《**拾遗记**》：「帝使风后负书，常伯荷剀，旦游洹流，夕归阴浦，行万里而一息，洹流如沙尘，是践则陷，其深难测，大风吹沙如雾，中多神龙鱼鳖，皆能飞翔。有石蕖青色，坚而甚轻，从风靡覆其波上，一茎有叶，千年一花。其地一名沙澜，言沙踊起而成波澜也。」　◎《**列仙传**》：「宁封子，黄帝时人也，为黄帝陶正。有异人通之，为其掌火，能出五色烟。久则以教封子，封子积火自烧，而随烟气上下，视其灰烬犹有骨。时人共葬于宁北山，故谓之曰宁封子焉。」　◎《**遁甲开山图**》：「绛北有阳石山，有神龙池，黄帝遣云阳先生养龙于此。帝王历代养龙之处，因有水旱，不时祀池请雨。」　◎《**论衡**》：「沧海之中有度朔之山，上有大桃木，其屈蟠三千里，其枝间东北曰鬼门，万鬼所出入也。上有二神人，一曰神荼，二曰郁垒，主阅领万鬼。恶害之鬼，执以苇索，而以食虎。于是黄帝乃作礼以时驱之，立大桃人，门户画神荼、郁垒与虎，悬苇以御凶魅，有形故以食虎。」

◎《**史记·封禅书**》：『黄帝时万诸侯，而神灵之封居七千。天下名山八，而三在蛮夷，五在中国。中国华山、首山、太室、泰山、东莱，此五山黄帝之所常游，与神会。黄帝且战且学仙。』 ◎《**易林**》：『黄帝出游，驾龙乘凤，东上太山，南游齐鲁。』

二、铸鼎与化升

◎《**史记·封禅书**》：『黄帝作宝鼎三，象天、地、人。』 ◎《**鼎录**》：『金华山黄帝作一鼎，高一丈三尺，中如十石瓮，象龙腾云，百神兽满其中。』 ◎《**一统志**》：『河南阌乡县南二十五里有铸鼎原。』 ◎《**古今注**》：『世称黄帝炼丹于凿砚山乃得仙，乘龙上天，群臣悉持龙须，龙须坠而生草曰龙须。』 ◎《**史记·封禅书**》：『公孙卿曰：「……黄帝采首山铜铸于荆山下。鼎既成，有龙垂胡髯，下迎黄帝。黄帝上骑，群臣后宫从上者七十余人。龙乃上去。余小臣不得上，乃悉持龙髯，龙髯拔堕，堕黄帝之弓。百姓仰望黄帝既上天，乃抱其弓与胡髯号，故后世因名其处曰鼎湖，其弓曰乌号。」于是天子（汉武帝）曰：「嗟乎！吾诚得如黄帝，吾视去妻子如脱躧耳。」……其来年冬……遂北巡朔方，勒兵十余万，还，祭黄帝冢桥山，释兵须如。上曰：「吾闻黄帝不死，今有冢何也？」或对曰：「黄帝已仙上天，群臣葬其衣冠。」』 ◎《**皇览**》：『好道者言黄帝乘龙升云登朝霞，上至列阁倒影，经过天官。』 ◎《**通鉴外纪**》：『帝采首山之铜，铸鼎于荆山之隅，鼎成崩焉。其臣左彻取衣冠几杖而庙祀之。』 ◎《**博物志**》：『黄帝登仙，其臣左彻者，削木象黄帝，率诸侯以朝之。』

◎《**路史·疏仡纪·黄帝**》『采首山之铜，铸三鼎于荆山之阳，以象泰乙，能轻能重，能渎能行，存亡是谂，吉凶可知。武豹百物为之眡火参炉。八月既望，鼎成死焉，葬上郡阳周之桥山。其臣左彻感思，取衣冠几杖而庙像之，率诸侯而朝焉。』　◎《**纪年**》：『帝以土德王，应地裂而沛葬，群臣有左彻者，感思帝德，取衣冠几杖而庙飨之，诸侯大夫岁时朝焉。』　◎《**剑经**》：『黄帝铸鼎以疾崩，葬桥山。后五百年山崩，空室无尸，惟存宝剑赤舄。』　◎《**列仙传**》：『黄帝自择亡日，至七十日亡。七十日还葬于桥山。』　◎《**帝王世纪**》：『或传以为仙，或言寿三百岁。』　◎《**图书集成**》**五四六**：『中部县黄帝庙，在城东三里。旧在桥山之西，宋开宝中移建于此。元至正中，平章王九皋重修。明三岁，遣官大祭，役一州三县之人，以时修葺。』　◎《**史记·封禅书**》：『高祖……入关，问故秦时上帝祠何帝也？对曰：「四帝，有白、青、黄、赤帝之祠。」高祖曰：「吾闻天有五帝，而有四，何也？」莫知其说。于是高祖曰：「吾知之矣。乃待我而具五也。」乃立黑帝祠。』　◎《**汉武故事**》：『元封元年，帝北巡还，祭黄帝冢桥山。』　◎《**史记·封禅书**》：上（汉武帝）『北巡朔方，勒兵十余万，还祭黄帝冢桥山，释兵须如』。

三、**陵墓**

甲、言在陕西者

◎《**史记·五帝本纪**》：『黄帝崩，葬桥山。』　◎《**尔雅**》：『山锐而高曰桥。』　◎《**史记·集**

解》：『《皇览》曰：「黄帝冢在上郡桥山。」』　◎《史记·索隐》：『地理志云：上郡阳周县桥山南有黄帝冢。』　◎《史记·正义》：『《括地志》云：黄帝陵在宁州罗川县东八十里子午山。』◎《风土记》：『阳州所有黄帝陵，在子午山上。』　◎《路史·疏仡纪·黄帝》：『葬上郡阳周之桥山。』　◎《图书集成》五四八：『中部县有轩辕柏，在轩辕庙。考之杂记，乃黄帝手植物，围二丈四尺，高可凌霄。』　◎《图书集成》五四八：『中部县有挂甲柏，在轩辕庙。黄帝既灭蚩尤，归而挂甲其上，至今树皮每尺许有排痕密布，彷佛钻甲状。柏液中出，似有断钉在内。老干细枝，痕迹皆一，为古今奇景。』　◎《图书集成》五四九：『中部县上古桥陵在城北山上。世传轩辕黄帝铸鼎成，乘龙升天，其臣取衣冠葬于此。』　◎《图书集成》五四二：『中部县龙首山，在城东十五里，即黄帝龙驭之首山。』　◎《图书集成》五四二：『中部县凤岭，在城西郭外，世传轩辕截嶰谷竹成律吕，凤鸣于此。』　◎《陕西通志·陵墓》二：『桥山在中部县东北二里。其山形如桥，沮水环之，即黄帝葬衣冠之所。』　◎《陕西新省志》云：『桥陵在城北二里桥山上。山形如桥，故名桥山。陵曰桥陵，沮水环之，黄帝葬衣冠之所。详前通志。』原案云：浙江程寿筠筱亭，前知中部县，以桥陵为圣迹，恐渐倾没，将桥陵八景一一摄影，装潢成册。

（一）古碑，中书『桥山龙驭』四大字，旁题『大明嘉靖丙申十月九日滇南唐某书』，八景之一。大殿左角圯，殿门额题『德隆邃古』四字。柏柯横斜殿瓦上，如鸾翥，如凤翔，如神虬，自天飞下，而藏其尾。

解读文明历史　增强文化自信　李学勤——五六三
心祭重于形祭　张岂之——五六九
黄帝陵祭典千年回顾　方光华——五七五
对黄帝的国家祭奠到底应该在哪里　方光华——五八一
作为中华民族共同祖先的黄帝　沈长云——五八五
考古发现与黄帝早期居邑研究　李桂民——六〇三
黄帝与中华礼乐文明　杨赛——六一三
黄帝：作为文化英雄与符号化的作者　张瀚墨——六二五
近三十年炎黄文化研究的成就与展望　高强——六五九
宋代圣祖天尊大帝与轩辕黄帝关系考　吴红兵——六七一

附录四

黄帝研究论文选辑

解读文明历史　增强文化自信

李学勤

2012年11月15日，习近平同志在当选为中共中央总书记后，与中外记者见面，做了重要讲话。他在讲话中回顾历史时说："我们的民族是伟大的民族。在五千多年的文明发展历程中，中华民族为人类文明进步做出了不可磨灭的贡献。"这是对我们文明历史的高度概括和热情肯定。

我们中国人从来十分重视自己民族的历史。我们有汗牛充栋的历史载籍，有悠久丰富的史学传承。历史是中华民族优秀文化不可或缺的核心，也是我们文化创造取之不竭的源泉。曾经有外国著作讲中国人是"历史的民族"，这在一定意义上确实是恰当的。

5000多年源远流长的文明历史，使每一个有见识的中国人引以为豪，支撑着中华民族的自尊心和凝聚力，使我们得以树立坚定的文化自信。"中国古代文明属于全民族，属于世世代代的人民，是全人类珍贵的遗产……爱国需要读史。人们说，无论是学社会科学的，还是学自然科学的，都应看一部关于历史的简明而可靠的书。'历史上写着中国的灵魂，批示着将来的命运。'（鲁迅《华盖集》）学习和了解历史是人类共同的追求。中华民族光辉灿烂的文化是由5000年历史进程炼凝荟萃而成。"[1] 以上这些非常精辟的话并非出自历史学者之口，而是自然科学家、技术科学家宋健先生在1996年说的。我以为所有持"历史无用"观点的人，都应该体味一下上面的话。

5000年的文明历史诞生和发展了中华民族的文化传统。让我们考虑5000年的时间意味着怎样的概念。古人说30年为一世，这对于人间世代间隔的估计可能略嫌长一些，如果以一个世代平均25年推算，5000年就相当于约200代人。这200代的中国人，怎样从原始蒙昧进步为文明，怎样建立了幅员辽阔的国度，创造了高度发达的文化，体现出何等的智慧、才能和勇气，在世界上产生了多大的影响，对人类做出了哪些贡献，给今天的我们留下了什么经验和教训。这里正有着许许多多的重要课题，等待我们思考、探索和解明，下面我试提出几点，与大家商榷。

[1] 宋健:《世纪之路》，北京：原子能出版社，2002年，第367页。

其一，揭示中华文明起源形成的机制

一个文明所具有的文化特点，每每是在该文明开始形成的时期就已经初步存在了，因而对文明的考察必须追溯其起源。具体说来，中华文明起源的问题，便是探讨中华民族是在什么时候、什么地方、以怎样的形式跨进文明时代的。

大家都熟悉，中国是古代世界中有自己独立起源的文明的国家之一。与我们大略同时进入文明的，在欧亚大陆及北非还有埃及、美索不达米亚、印度等古国。文明的产生和形成是一个相当长的过程，一定要讲出某个古国在哪一具体年代形成文明，是没有什么意义的。我们只要了解到在大约5000年前，这些古国先后形成了文明，也就足够了。

可是有些人不相信中国有那样长远的文明历史，他们不承认中华文明有自身独立的起源，而主张中国文化的外来说，特别是西来说。这种观点出现颇早，极端的实例如德国学者祈尔歇，他讲中国人都是《圣经》人物闪的一支后裔，漂流转徙到了中国，带来了文化。其中的文字源于埃及，只是中国人未能全部掌握，结果成了汉字。类似的荒诞说法还有不少，有的还遗留到现代。

中华文明的西来说，根源在于以欧洲为中心的文化传播论，以致不相信中国的先民有独立创造文明的能力和智慧。这种观点在学术史上曾有不小的影响，在中国发现仰韶文化的瑞典著名考古学家安特生也曾为这种说法所影响，中国多位考古学家通过一系列考古工作和研究，才得以驳正。西来说以及其他中华文明的外来说，近年已较少出现，但中华文明是如何起源和形成的问题，仍然摆在我们前面。

曾长期在美国哈佛大学任教的张光直先生，在他晚年论述中国文明起源时说："我觉得，我们需要做一些很重要的工作，就是要把西方社会科学的法则来和中国丰富的历史经验加以对比，看看有多少是适用的，有多少是不适用的。我相信大部分代表人类的法则是可以适用的，但有一部分是不能适用的。这些不能适用的部分有的就牵涉到文明城市和国家的起源问题。"[2] 张光直先生这里说的"法则"，用我们更习惯的话讲，就是"规律"。

人类历史有其普遍的规律，有在规律下显示的共同性、一致性，但不同民族、国家的历史又有其本身的特殊性、个别性，而我们对历史普遍规律的认识，是通过各个民族、国家具体历史的综合比较来萃取的。例如现在大家讨论文明起源，涉及判断是否属于文明的标准，一般流行的说法有一定规模的城市、礼仪性建筑物、文字的发明和金属器（青铜器）的使用等。我曾多次说明，这三四条标准是以若干外国古代文明的材料为基准的，并且从开始提出便有争论。

[2] 张光直：《中国青铜时代》，北京：生活·读书·新知三联书店，1999年，第483页。

实际上，城市、文字、金属器等都是文明因素，在各个古代国家、民族间其发展都是不平衡的。正是这种不平衡，使各自走向文明的轨迹不同，构成了文明起源过程的多样性。像中国这样地域广阔、人口众多的国家，其文明的兴起应当有其特有的途径。从中国的历史实际出发，深入进行考察和探讨，必将使我们对人类文明早期发展的规律有更深刻的认识。

其二，探讨中华文明绵延持续的原因

中华文明与古代埃及、美索不达米亚等文明一样，是人类最早创立的有独立起源的文明之一，然而和其他大约同时期起源的古代文明不同的是，中华文明不仅兴起甚早，而且传流久远，延续至今。古代埃及、美索不达米亚等地的古文明，很早就绝灭了，直到近现代，才在考古学家的发掘中陆续显现出来。还有稍晚出现的希腊、罗马古典文明，当时繁荣昌盛，产生深远的影响，不过到了中世纪，仍然归于中断。唯有5000年前始源的中华文明，尽管经过世世代代，历经风风雨雨，却能一直流传下来，不曾断绝。其中原因，难道不是特别值得思考、探索吗？

记得前几年，我应邀在中国科学院研究生院组织的论坛演讲，提到中华文明绵续不绝，认为是比所谓“李约瑟问题”更难回答的问题。论坛上有听众要求我给一个解释，我想到的是：中国的文化传统有一个特殊优长之处，就是包容性。我们文化传统的包容性兼及对内与对外两个方面。

对内的，是指国内各地区、各民族在文化上的互相影响交流、融会贯通。史学界同仁都注意到，改革开放以来，我们有一个非常重要的理论趋向，是强调我们中国从来是多地区、多民族的国家，而光辉灿烂的中华文明是各地区、各民族的人民共同创造的。恰恰是由于有多地区、多民族的文化来源，使我们的文化传统有多彩的面貌、多样的成果。

对外的，是指中国人一贯善于学习和引进外国先进的、有益的文化。我们有时形象地将这种学习、引进喻为“取经”，实际上中国历史中的“取经”，即吸收印度等地的文化学术，在史籍中有极多的描述、记载。至于近代中国人之对待西学，更是众所周知的了。现任俄罗斯远东研究所所长的汉学家季塔连科便说：“中国文化的特征之一就是从不机械地学习外国文化，而是把一切外国的经验‘中国化’。”[3] 这一点乃是中华文明历久弥新的原因之一。

[3] 参见《以中国学研究服务当代中国发展》，《社会科学报》2012年12月13日第3版。

其三，论证中华文明演变进步的轨迹

上面说到中华文明不仅流传久远，而且历久弥新，这已经谈到中华 5000 年文明的又一特点，即在历史上不断更新和进步。在这个方面，我们不同意中国历史和文化的停滞论。

停滞论承认中国有 5000 年的文明历史，然而否认这 5000 年历史是一个不断进步的演化过程。持停滞论者主张中华文明是落后的，而且是不变的，中国历史纵然有种种变化，自整体来看，其实质是停滞不前的。所有变化只限于循环的运动，周而复始，没有真正的进步可言。

这种理论代表人物，可举出从德国到美国的魏特夫，他晚年撰写的《东方专制主义》一书[4]，曾在我们这里引起过不少讨论。魏特夫认为中国的社会是以水利为基础的专制主义社会，中国的自然地理环境决定了没有大型的水利工程就不能维持必要的农业生产，而这样大型的水利工程，必须要有专制主义的政权才能建设和控制，因而这样的社会及其文化是停滞不变的。魏特夫主张，中国人自己不可能改变历史，只有西方文化的输入才能打破循环，使之有根本的改变。

停滞论不符合中国的历史实际。尽管史学界对中国历史划分为哪些阶段以及如何划分，迄今还有不少不同见解，但是中国历史，包括社会史和文化史，都可以而且必须划分为演变递进的若干阶段，则是显然易见的。只有以发展的眼光看待，才能说明 5000 年文明历程的真相。

最后，还有一个问题，是阐述中华文明对人类做出的贡献

我们说中国历史不断演进发展，并不等于说我们的文明历史没有曲折和停顿。特别是到近代，中华民族深陷于危机苦难之中，我们文明的命运也面临危殆，遭到怀疑、蔑视、歪曲，乃至否定。

比如说中国历史上没有科学，只有技艺；没有哲学，只有思想；没有宗教，只有迷信；没有医学，只有巫术……其实完全不是这样，只是用西方的概念来套，没有与他们一样的科学、哲学、宗教、医学……中华民族有自己的文化传统，曾经发展到一定高度，影响到世界，乃是不争的事实[5]。

最近看到一本外国学者写的书，题目是《字母表效应》，作者认为："字母表为发明之母。与中国象形文字不同的是，字母表和拼音文字培育了西方人分析和逻辑的抽象能力，西方文化中的独有特征——典章化法律、一神教、抽象科学、逻辑和个人主义——也与此息息相关。"[6]这样说，似乎中国人命定不能有现代的文明了。有意思的是，与这本书中文版问世

[4]
卡尔·魏特夫著，徐式谷等译：《东方专制主义——对于极权力量的比较研究》，北京：中国社会科学出版社，1989 年。

[5]
李学勤：《辉煌的中华早期文明》，载《通向文明之路》，北京：商务印书馆，2010 年，第 5－18 页。

[6]
罗伯特·洛根著，何道宽译：《字母表效应——拼音文字与西方文明》，上海：复旦大学出版社，2012 年。

差不多同时，中国科学院院士汪品先先生提出要“培育一个以汉语为基础的创新平台”，因为“汉语有着不同于拼音语言的优势”“它的形象性传递的不仅是读音，还有画面，包含的信息更丰富”。[7]

对中国文明历史产生种种误说，其原因之一，是我们还没有更多、更深入地说明和介绍我们民族在历史上曾做出的贡献，也没有充分认识中国文化传统的优长和不足之处。进一步研究解读5000年的文明历史，将能丰富我们的文化内涵，增强我们的文化自信，为今后世界的文明进步做出新的贡献。

（本文原载于《社会科学战线》2013年第3期）

[7] 参见《中文应成为创新的语言平台》，《文汇报》2012年12月14日第9版。

心祭重于形祭

张岂之

我这里所说的“祭”，指的是每年清明节，我们在陕西黄陵县黄帝陵举行的祭祀人文初祖黄帝的礼仪活动。

关于是否需要由政府出面组织这些祭祀活动，即“公祭”，有学者曾经提出否定的意见。他们主张全部祭祀礼仪都由民间举办，即“民祭”。我主张沿袭旧制，维持公祭。但是，就目前公祭礼仪的效果看，似乎需要一些改进。

一、祭礼改进的必要性

在 20 世纪 80 和 90 年代，我多次到黄陵县黄帝陵参加当时陕西省人民政府主持的清明日公祭活动。祭祀结束以后，和其他参祭的人交换意见，反思祭祀礼仪，大家都觉得这样的祭祀活动似乎缺少点什么。参加祭祀的人，以及观礼的人，好像在心灵上没有引起多大的触动，也没有在思想和感情上引起丝丝波澜。

政府有关部门很重视每年的黄陵公祭活动，认为这对继承和弘扬中华民族精神有重要意义，希望在祭祀仪式上有所改进，让参加祭礼的人，以及那些观礼的人，都能真正地受到一次“慎终追远”的教育，将中华民族自强不息、团结统一的民族精神加以发扬。这个立足点是正确的，我们应当努力使之更好地实现。

但是，如何通过祭祀活动的举行而真正达到这个目的，却需要进行一些研究，做一些努力。从已经举行的祭祀礼仪看，我们也许可以肯定，我们以后的祭祀礼仪，不能只是参照古时的祭祀典礼，或者完全仿照古代。这样做，既不怎么切合实际，效果也不是很好。

大家都知道，随着时代的发展，许许多多的礼仪都发生了变化。后来的礼仪，对于前代的礼仪，无不有因革损益，这就是礼仪上的继承和发展。在祭祀人文初祖的礼仪上，也应该有因革损益，不可以完全照搬或照抄古代的礼仪。当然，学者们就中国古代的祭祀文化进行学术研究，吸收其有价值的东西加以借鉴，是有必要的。

从祭祀黄帝陵的实际效果看，每位参加祭祀的炎黄子孙，有多少人在祭祀中真正受到了有效的民族文化认同的教育？真正在思想情感上有所触动？而且能够把这些情感较长时间地留在心中呢？我不敢说完全没有。从海外归来的炎黄子孙，肯定会有这样的感受，而在大陆生活、工作的同胞们，又有多少人真正感受到“心祭”的收获，在思想感情上引起共鸣？恐怕不多吧！

在我看来，我们每年的祭陵活动，存在着一些不足之处。究其原因，可能主要的并不在于我们对古代的礼制了解不多，或者我们仿照古代的祭祀礼仪不够。主要的原因可能在于，我们在举行黄帝祭祀礼仪时，“形祭”大于“心祭”，甚至“形祭”代替了一切，缺少在祭祀中令人感动的“心祭”。这就把祭祀活动中的本末问题搞颠倒了，结果，自然也对祭祀礼仪的实际效果产生了影响。

二、“心祭”重于“形祭”

什么是“形祭”？什么是“心祭”呢？要回答这两个问题，就需要分析一下祭祀礼仪活动本身的逻辑结构。这种分析，实际上在古代的时候，就已经隐约地出现了。这就是当时人们所说的“本末”。

春秋时期，由于社会生产力的提高，社会生产关系相应发生了变化，引起礼仪制度的变革。西周时期制定和实施的一套行之有效的周礼，或者废弃不用，或者成为虚文。“礼崩乐坏”，是对这种礼仪变革历史情况的恰当描述。“天下无道”，则是孔夫子对于这种礼仪变革历史状况的价值评价。孔夫子曾经说过很多批评当时违背礼仪原则或精神的话，这些话表现出他对礼仪活动中“本末”的看法。

孔子感慨说：“礼云礼云，玉帛云乎哉？”孔子的意思是说，礼仪活动，难道只是那些看得见、摸得着的礼品吗？他这句话隐含的意思是，人们在进行礼仪活动时，内心还应该对礼仪活动的对象有真正的内在感情。他将这种内在真实的感情叫作“仁”。在孔子看来，在各种礼仪活动中，礼品、礼仪等都是有形的、表面的东西，真正重要的是施礼者、参礼者以及观礼者内心对于行礼对象的内心情感和真实感受。

比如，孔子讲孝敬父母这种礼仪，子女同样地给父母饭吃，但如果子女对父母没有必要的、真正的尊敬和情感，没有孝心，那么，赡养父母这种行为和养狗养马有什么区别呢？

在这个例子里，赡养父母的行为，是有形的礼仪活动，是孝敬父母的“末”，它只是外在表现；尊敬父母的情感，是无形的心理活动，才是孝敬父母的“本”，是礼仪的根本之所在。在孔子看来，两者互相比较，无形的心理作用比有形的行为活动更加重要。

根据这个思想，我们在祭祀黄帝时，也应该说，无形的心理感受活动（“心

祭”）比起有形的礼仪行为活动更加重要，“心祭”重于“形祭”。

“心”和“形”相对而言。在黄帝陵祭礼中，有形的礼仪，如人们在陵墓、庙堂等处的行礼仪式、排列组合、先后程序等，都属于“形祭”。而无形的礼仪，如以黄帝为契机，反思中华民族精神和民族优秀文化，从而增加爱国心和民族凝聚力等，这些都属于“心祭”。

所谓“心祭”，在黄陵祭礼中，指我们施礼的人要用我们的心，用自己对民族优秀文化的真正认识、真实情感来实施礼仪活动；我们参礼的人，也要用我们的心，用自己对民族优秀文化的认同感，来参加礼仪活动；通过这种以真性情为基础的“心祭”，使所有观礼的人，也能受到民族文化精神的感染。

重视“心祭”不是说不要“形祭”。这两者并不截然对立。它们共同结合起来，才可能构成完整的、理想的祭祀活动。“形祭”只是祭祀活动的表现形式，“心祭”才是祭祀活动的实质内容。有“心祭”而无“形祭”，这样的祭祀活动事实上是不存在的。反之，只有“形祭”而无“心祭”，就会丧失祭祀活动的真正意义，这是我们要力求避免的。

从黄帝陵祭礼发展的过程上说，先要发展“形祭”，等“形祭”发展到一定阶段时，“心祭”就成为迫切的需要，而“心祭”本身也成为祭祀礼仪发展到更高阶段的标志。

三、如何加强“心祭”

以前的祭陵活动，主持者花了许多精力在祭祀礼仪上，非常重视有形的祭祀礼仪建设。这是必要的，但我们也不能走向另一个极端，只讲“形祭”，不大讲“心祭”。举行祭祀活动时，只要祭祀进行顺利，一切仪式符合预先的设想，就算完成了任务。在效果上，只要在祭祀当日电视台的“新闻联播”节目中，有一个镜头出现即可。至于观众对这个或几个镜头是否重视，也就不大考虑了。

这种状况及其效果，似乎离我们祭祀人文初祖的目的还有不小的差距；而这种不重视甚至忽视“心祭”的状况，也不利于黄帝陵祭祀礼仪的进一步改进和完善。

我们不是古代祖先神的崇拜者。我们祭祀黄帝陵，不是把黄帝当成神灵来祭祀，而是在一种肃穆的气氛中，追思中华民族先辈们如何创造文明，如何造福子孙。我们要继承和发展他们的事业，使中华民族的伟大复兴在 21 世纪真正实现。因此，我们的祭祀，在形式上也应当是人文的，而不是神化的。

如何使“心祭”做得更好？这需要主办此事的公务员们和学者专家们一起来研究。

我想，这需要在以下几点上费些心思：

第一，将祭祀礼仪活动，明确看成是一次中国历史文化知识的普及活动，看成是中华优秀传统文化精神的陶冶活动。在此基础上，祭陵才有可能在认识上切实产生加强中华民族凝聚力的效果。

借助祭祀活动，充分利用文字、图像、音响、线条等各种方式，如报纸、杂志、书籍、图片、连环画、摄影、摄像、VCD或DVD等，加强宣传，提高施礼者、参礼者、观礼者对传统优秀文化的认识，加深对传统文化精神的体验或感受。这是加强“心祭”的一个重要方面。

第二，最好不要把注意力过多地放在古代的祭祀礼制或礼仪上，而应该放在建设符合新时期的新礼仪上。

实际上，任何礼制礼仪都随着时代的发展而不断变化着。过去的朝代那么多，我们应该模仿哪一个或哪几个朝代呢？我们如果模仿唐朝祭祀礼仪，那我们为什么不模仿明、清等其他的朝代呢？我们如果说不出这样选择模仿的道理来，就会影响到祭祀礼仪的正当性，也会影响到祭陵活动的有效性。而且，从历史上看，由繁趋简，是礼制礼仪演化的必然趋势。在新时期完全引用古代的礼制礼仪，很难产生深入人心的感染力。我觉得不宜搞仿古的礼制，只能借鉴一二。

第三，在祭祀人文初祖的新礼中，一定要配合乐曲。乐曲是抒发人的感情，是心灵美化的艺术力量。世界上精致的、成熟的宗教，都有其独特而感人的音乐做支撑。祭陵活动不是宗教活动，更不能离开优秀乐曲做铺垫。

我想，祭祀黄帝陵的乐曲，在思想内容上应该是歌颂中华民族精神的；在艺术形式上，词与曲都应当有美感，有感染力，能够令参礼者、观礼者通过乐曲的美，进一步充分地感受到中华民族精神的神圣、生机与活力。可惜这样理想的祭祀乐曲至今还没有产生。祭陵的乐曲如果能够成为中国人喜欢的乐曲，那就从一个侧面说明我们祭祀黄帝陵的礼仪活动真正达到了目的。

我想起一个例子。在20世纪80年代的一次春节晚会上，由黄霑先生作词的《我的中国心》，这首歌感人的旋律，配合着震撼人心的歌词，使人听后有余音绕梁、三日不绝之感。我至今仍时常想听这首歌曲。

我们每年清明祭陵，产生过感人的乐府华章吗？似乎没有吧！其实，我们完全可以在这方面多做些工作。

陕西省有西安音乐学院，我们有便利的条件请词作家、作曲家、演奏家们发挥他们的创造才华，创作出能打动人心的祭祀乐曲来。我相信，只要给以机会，他们是可以创作出美的祭祀乐曲来的。在祭祀开始前、进行中以及结束后，都有乐曲伴随播放，肯定可以极大地丰富祭祀礼仪的内容。如果祭祀乐曲能出现精品，用以提升我们祭祀礼仪活动的文化品位，增加祭祀礼仪活动的“心祭”比重，我想，清明祭陵的效果，一定会大为改观。

此外，在祭祀黄帝陵的礼仪程序上，我建议，祭祀礼仪的项目不能太多，礼仪程序不宜太长。一个人的精力、体力总是有限的，主祭者、参祭者、观礼者

也是如此。时间太长，如果他们感到疲倦，必然会影响到祭祀礼仪的进行和效果。

最后，祝愿清明祭黄帝陵活动取得更大的成效！

（本文原载于《华夏文化》2005年第1期）

黄帝陵祭典千年回顾

方光华

黄帝是中华民族的人文初祖。

陕西黄陵县是轩辕黄帝的陵寝所在地。1961年，黄帝陵被国务院公布为第一批全国重点文物保护单位，号称“天下第一陵”。2006年，黄帝陵祭典被列为国家级非物质文化遗产，黄陵县被命名为中国黄帝祭祀文化之乡。2015年初，习近平总书记来陕视察时指出：“黄帝陵是中华文明的精神标识。”

一、绵延数千年的黄帝陵祭奠

从黄帝逝世时起，就开始了祭祀黄帝的活动，据《竹书纪年》记载：黄帝去世后，他的大臣左彻就开始对其进行祭奠。此后，对黄帝的祭祀逐渐成为国家制度，迄今已有5000年历史。

《国语·鲁语》记载：有虞氏、夏后氏都曾经祭祀黄帝。

《史记》记载：元封元年（前111）汉武帝曾经亲率十万大军北征朔方，返回路上，祭黄帝于桥山。

《册府元龟》卷一七四载：唐代宗大历四年（769），鄜坊节度使臧希让上言，坊州有轩辕黄帝陵，请置庙，四时享祭，列于祀典，得到代宗批准。

宋太祖曾经下诏为黄帝陵置守陵五户，命“春秋祠以太牢”。开宝年间（968—976），坊州刺史李昉奉诏将轩辕黄帝庙从桥山西麓迁到向阳的台地。

明朝建立，朱元璋于洪武四年（1371）让礼部“定议”，将全国的35位“合祀帝王”按一人一处的原则，明确上陵祭祀的地点，其中，黄帝的致祭场所被确定在当时的中部县，即今黄陵县，规定在每年仲春和仲秋的朔日，遣使致祭。

明成祖、宣宗、代宗、英宗、武宗、世宗、穆宗、神宗、熹宗都曾经遣使致祭。

清朝260余年间，共遣使祭轩辕黄帝陵26次。清世祖顺治1次，清圣祖康熙10次，清高宗乾隆9次，清仁宗嘉庆3次、清宣宗咸丰3次。多在皇帝登基、寿诞、立太子、平叛等重大国事活动时，遣使祭告黄帝。

1935年，南京国民政府确定清明节为“民族扫墓节”，每逢清明，都要派官员到黄帝陵致祭。

1937年4月5日清明节，国共两党在桥山同祭先祖。毛泽东亲笔起草了

著名的《祭黄帝陵文》。祭文56句，用8句概括黄帝的伟业，其余均写中华民族的现实遭遇和中国共产党对时局的看法，呼吁各党各界求同存异，同仇敌忾，共御外侮。

1980年以来，黄帝祭祀形成了清明公祭、重阳民祭的制度。每年清明公祭典礼，都由党和国家领导人、海内外炎黄子孙代表上万人参加。

中国共产党和中华人民共和国领导人江泽民、李鹏、乔石、朱镕基、李瑞环、刘华清、李岚清、温家宝、姚依林、田纪云、吴官正、李长春、贾庆林等都曾先后到黄帝陵拜谒、祭奠黄帝。

中国国民党荣誉主席连战、吴伯雄，台湾亲民党主席宋楚瑜，台湾新党主席郁慕明，中国国民党原副主席、海基会原董事长江丙坤先后回黄帝陵寻根问祖，拜谒、祭奠黄帝。

二、弥足珍贵的黄帝陵祭祀遗产

黄帝陵陵寝所在的桥山，是我国最大的古柏群。桥山古柏总面积89.2公顷，共有柏树83000余株，树种有侧柏、雀柏、亚柏、麻花柏等，其中千年以上的古柏达三万余株，为唐至北宋以来人工栽植。在众多古柏中，有一株相传为黄帝亲手所植，树高21米，下围11米，中围6.5米，上围2.5米，为黄陵群柏之冠。

桥山夜月、沮水秋风、南谷黄花、北岩净石、龙湾晓雾、凤岭炊烟、汉武仙台和黄陵古柏被称为“黄陵八景”。

轩辕庙内现存有祭文碑刻46通，大都是皇帝亲自颁发的祭文。最早的是明代朱元璋洪武四年（1371）祭黄帝陵的祭文，其内容如下：

> 皇帝谨遣中书省管勾甘，敢昭告于黄帝轩辕氏：朕生后世，为民于草野之间。当有元失驭，天下纷纭，乃乘群雄大乱之秋，集众用武。荷皇天后土眷佑，遂平暴乱，以有天下，主宰庶民，今已四年矣。君生上古，继天立极，作烝民主，神功圣德，垂法至今。朕兴百神之祀，考帝陵墓于此，然相去年岁极远；观经典所载，虽切慕于心，奈秉生之愚，时有古今，民俗亦异。仰惟圣神，万世所法，特遣官奠祀修陵，圣灵不昧，其鉴纳焉。尚飨！

在祭文中，朱元璋说他本是草野之民，当元朝失德之时，他投身卒伍，平定天下，已有四年。黄帝生于上古，继承上天意志，成为万民之主，神威圣德，为后世楷模。虽然距离黄帝的年代已太遥远，但通过考定，确定了黄帝陵墓之所在，特派官员来祭奠并整修陵墓，希望圣灵接受他的诚意。

明太祖洪武二十九年（1396）、成祖永乐十二年（1414）、宣宗宣德元年（1426）、代宗景泰元年（1450）、英宗天顺六年（1462）、武宗正德元年（1506）、

世宗嘉靖十年（1531）、嘉靖三十一年（1552）、穆宗隆庆四年（1570）、神宗万历元年（1573）、万历二十八年（1600）的祭文都保存在轩辕庙内。

清圣祖康熙二十一年（1682）、四十二年（1703）、四十八年（1709）、五十八年（1719）的祭文也都保留在轩辕庙内。

轩辕庙内还保存了关于陵庙保护的碑刻。其中最早的是北宋嘉祐六年（1061）的《栽种松柏圣旨碑》。碑文记载宋仁宗赵祯诏令坊州在桥山栽种松柏，坊州依圣旨栽种松柏1400余株，并免除寇守文、王文政、杨遇等三户差役粮税，令其守护桥陵。它是国内现存最早的关于保护黄帝陵的碑石。

栽种松柏圣旨碑

北宋嘉祐六年(1061)刻立。砂石质，高1.74米，宽0.82米，厚0.17米。碑文楷书16行，行残存26字。四周边饰几何图形。碑身中下部风化残损严重。现保存于黄帝陵轩辕庙碑廊。

还有元泰定二年（1325）刻立的《禁伐黄陵树木圣旨碑》，记载元泰定帝颁发圣旨，保护轩辕庙建筑，禁伐桥陵树木，并免除宫观、寺院所属地税、商税；对破坏桥陵之人，官府加重处罚。此碑亦为国内现存唯一的关于黄帝陵的元代碑刻。

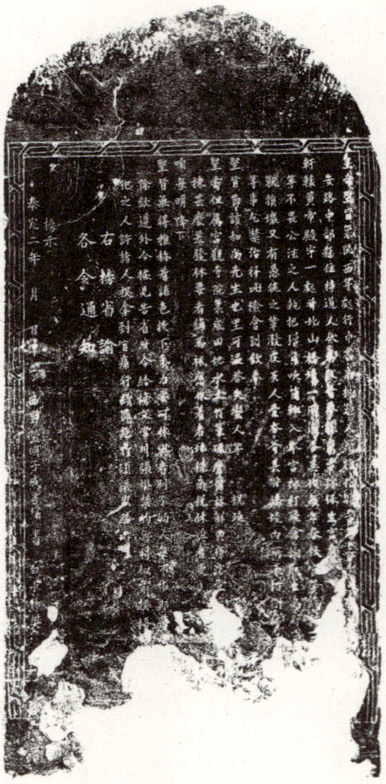

禁伐黄陵树木圣旨碑

元泰定二年(1325)刻立。砂石质。高1.74米，宽0.82米，厚0.17米。碑文楷书17行，行残存27字。四周边饰几何图形。碑下半部残损严重。现保存于黄帝陵轩辕庙碑廊。

此外还有近现代的各种题词。如1942年，民国政府首脑蒋介石为黄帝

陵亲题的“黄帝陵”三个大字。

1956年3月，爱国华侨陈嘉庚上书中央，建议整修黄帝陵庙，毛泽东请周恩来对黄帝陵进行保护和维修，并委托郭沫若为黄帝陵祭亭手书“黄帝陵”三个大字。

江泽民为黄帝陵题词“中华文明，源远流长”，李鹏为黄帝陵题词“弘扬黄帝文化，振奋民族精神”，李瑞环为黄帝陵题词“纪念人文初祖，凝聚民族情缘”。

1997年香港回归，1997年清明节在轩辕庙院内落成香港回归纪念碑。1999年澳门回归，于2000年清明节在轩辕庙院内落成澳门回归纪念碑。两碑分别由特别行政区首任行政长官董建华、何厚铧亲笔题写。

三、万众瞩目的黄帝陵整修

唐代以来，对黄帝陵和轩辕庙都有所整修。

1990年以来，江泽民、李鹏、朱镕基、李瑞环等同志就如何做好黄帝陵的保护建设工作做了专门批示，陕西省人民政府还成立了黄帝陵基金会。1992年通过了由中华人民共和国建设部、文物局、陕西省人民政府联合审定批准的《整修黄帝陵规划设计大纲》。

1992年4月4日，全国人大副委员长王光英、中华炎黄文化研究会会长肖克为黄帝陵整修工程奠基。整修工程共分三期：一期工程至1997年末基本完成，主要包括陵冢区和庙前区的整修，着眼于保护好黄帝陵冢，修筑登陵山道和陵北的龙驭阁，优化庙前区环境。二期工程于2004年3月竣工，主要是新建祭祀大院和大殿。新修的祭祀大院占地10000平方米，可供5000人举行祭祀活动，祭祀大殿在总高6米的三层石台上，为40米见方的石造建筑。第三期工程内容包括在轩辕庙东侧建设轩辕纪念馆，建设从高速路隧道黄陵出入口到达庙前区广场的黄帝陵引道，优化黄陵古城规划和环境。

为更好地保护黄帝文化遗产，2008年，陕西省政府决定在原有《整修黄帝陵规划设计大纲》的基础上，规划建设黄帝文化园区。2014年2月，通过了《黄帝文化园区修建性详细规划》和《黄帝文化中心建筑设计方案》。

黄帝文化园区规划总面积约24平方公里，空间结构为“一轴、一河、一环、八区”。一轴为轩辕大道，一河为沮河及其两岸开放空间，一环是“陵、城、山一体”的遗产景观环境，八区包括黄帝陵祭祀片区、文化园旅游服务片区、古城历史文化旅游服务片区、东湾景区、城市生活商业综合片区、西部门户片区和两个外围山体生态保护区。2015年6月15日已正式开工建设。

黄帝陵已经成为海内外中华儿女寻根、筑梦、铸魂的民族圣地。

（本文原载于《华夏文化》2016年第2期）

对黄帝的国家祭奠到底应该在哪里

方光华

许嘉璐先生2015年9月7日在《光明日报》“国学”版块发表《把拜祭黄帝上升为国家级拜祭》，提出应该把拜祭黄帝上升为国家级拜祭，这对于提高民族文化自觉未尝不是一个好的建议，但他说对黄帝的国家级拜祭只能在河南新郑黄帝故里举行，这却很令人诧异。

许先生是知道陕西有个黄帝陵的，因为他一开始就说要把新郑黄帝故里拜祖上升为国家祭奠，首先要处理好与陕西黄陵拜祭的关系。但他说这个问题很好解决，因为“历代对黄帝对先祖是‘拜庙不拜陵’。特别是进入周代以后，先祖拜祭都是在宗庙中进行，这就解决了新郑黄帝故里拜祖和陕西黄陵拜祭的关系”。既然“历代对黄帝对先祖是‘拜庙不拜陵’”，庙祭比陵祭重要，而陕西黄陵县只有黄帝的陵寝，没有黄帝的宗庙，在这里的拜祭就无关紧要了。

遗憾的是，许先生的这个主张却经不起历史事实的推敲。

首先，历代对黄帝陵寝真是不拜祭的吗？传说的不算，就历史记载的来看，历代对黄帝陵寝是拜祭的。汉武帝灭南越，北巡朔方，勒兵十余万骑，归，祭黄帝冢于桥山。唐代宗大历五年（770）鄜坊节度使上书说，坊州轩辕黄帝陵应置庙，四时列入祀典，得到中央政府认可。从此以后，对黄帝陵寝的拜祭作为国家祭典，就从未中断。即使在元代，也不废对桥山黄帝陵寝三年一次的祭祀。明清两代，都将陕西延安黄帝陵寝的拜祭作为国家祭典。清代祀典规定，对于先代帝王的陵寝祭祀，春、秋二季仲月致祭，并明确规定：“黄帝轩辕氏，祭于陕西中部县。”凡皇帝巡游，途经先代帝王陵庙，皆有祭享之礼。《大清会典》给这一祭典所定的规矩是：一、内阁撰拟祭文。一、工部造香亭罩袱缎袱等项。一、户部备降真香等项。一、太常寺备制帛。一、遣内阁、宗人府、翰林院、詹事府、六部都察院卿、寺銮仪卫等衙门满汉侍郎以下四品以上堂官，开列职名具题，钦点差往致祭。一、钦天监选择吉日，先期致斋一日，至期早，礼部、太常寺官陈设祭文、香帛于中和殿，恭请皇上陞殿，阅毕遣行。一、祭品：牛一，羊一，豕一，登二，笾、豆各十，簠、簋各二，酒烛俱请该地方司府官备办。要问许先生的是，如果这样的祭奠还不是国家祭奠，怎样的祭奠才算是国家祭奠呢？

其次，对黄帝的庙祭是在河南新郑吗？《礼记·祭法》说："法施于民则祀之，以死勤事则祀之，以劳定国则祀之，能御大灾则祀之，能捍大患则祀之。"中国有对于"有功烈于民"的先代帝王举行崇祀的传统。秦始皇巡游天下，曾经祭祀前代帝王。他到云梦，望祀虞舜于九嶷山，因为相传虞舜死后葬于九嶷。他到会稽，会稽有大禹陵墓，于是祭祀大禹。后来历代帝王出巡，多仿效秦皇祭祀先王。汉代开始为先代帝王维修或营建陵园，分别立祠祭祀。隋代以祭祀先代帝王为常祀。为了解决对历代帝王祭祀的繁复问题，隋代尝试在京城设三皇五帝庙祭祀三皇五帝，在先代帝王始创基业的肇迹之地分别建置庙宇，以时祭祀。唐代形成在中央以历代帝王庙为主、在地方以历代帝王陵寝为主的对历代帝王进行国家祭奠的格局。明洪武六年（1373），太祖朱元璋始创在京都总立历代帝王庙。据洪武十年（1377）南京历代帝王庙祭礼，当时奉祀的帝王凡五室十七帝。嘉靖九年（1530），历代帝王庙由南京迁往北京，北京阜成门内新建历代帝王庙，祭祀先王三十六帝，择历朝名臣能始终保守节义者从祀。清代沿用此庙。康熙认为，"凡为天下主，除亡国暨无道被弑，悉当庙祀"，除了因无道被杀和亡国之君外，所有曾经在位的历代皇帝，庙中均应为其立牌位。乾隆认为"中华统绪，不绝如线"，庙中没有涉及的朝代，也选出皇帝入祀，几经调整，最后才将祭祀的帝王确定为188位。从明嘉靖十一年至清末的380年间，在历代帝王庙共举行过662次祭祀大典。

为什么要在中央设立历代帝王庙并对其进行祭祀以表达对帝王的礼敬呢？洪武十年（1377）在南京历代帝王庙祭礼的祝文云："昔者奉天明命，相继为君。代天理物，抚育黔黎，彝伦攸叙，井井绳绳，至今承之。生民多福，思不忘报。特祀以春秋，惟帝英灵，来歆来格。尚享。"显而易见，在中央设立历代帝王庙并对挑选出来的帝王及历朝名臣进行祭祀，就是要表明继承和光大往圣先贤的道统和治统。

黄帝是中华道统和治统的重要开创者，黄帝的独特地位在先秦时期就已经为各国诸侯所认知。他们常把自己的始祖溯源于黄帝并加以隆重的祭祀。特别是起自天水一带的秦国，祭祀四帝，把黄帝搬出来，以表明自己全面继承了道统，最有资格一统天下。汉代，对黄帝的祭祀还被提高到天地祭典的高度。但尽管如此，历代帝王逐渐意识到，只有将黄帝纳入中央专门设立的帝王庙中与历代帝王一并加以祭祀，才能完整反映出道统和治统的绵延不绝和源远流长。历史文献中找不到河南新郑曾经有黄帝宗庙的确切证据。从明到清，只发现中央政府在中央首府帝王庙和陕西黄帝陵对黄帝举行国家祭奠的记载，没有发现中央政府在新郑另外设立一处黄帝庙举行国家祭奠的做法。

其实，这一点许先生也意识到了。他说，要把新郑黄帝故里拜祖上升为国家祭奠，还要处理好与湖北随州炎帝故里拜祭的关系问题。也就是说，我们号称炎黄子孙，如果在新郑黄帝故里的拜祖上升为国家祭奠，那么湖北随州炎帝故

里的拜祭是否也要上升为国家祭奠呢？许先生说："炎黄二帝炎帝在前，文献上记载也是先说炎帝后说黄帝，只拜祭黄帝不拜祭炎帝也是个缺憾。"其实还有尧、舜、禹、汤、文王、武王、秦皇汉武、唐宗宋祖等许多缺憾，许先生似乎认为这就不必考虑了。

如今，北京的历代帝王庙作为我国现存唯一的祭祀三皇五帝、历代帝王和文臣武将的明清皇家庙宇，是我国统一多民族国家发展进程一脉相承、连绵不断的历史见证，按照许先生全面继承中华道统和治统的一贯主张去推理，应该把它的功能充分发挥才好。可是民国后我们已经停止了对历代帝王的祭祀，历代帝王庙遗址改由当时的教育部门使用。中华人民共和国成立后，历代帝王庙由北京市第三女子中学使用，后改名为北京一五九中学。1996 年被国务院公布为全国重点文物保护单位。看来要发挥好它的功能，目前还真有困难。

许先生说，我国"缺乏整个民族文化公认的标记和符号。在国家层面，有塑造整个民族公认的标记和符号的需要，有把拜祭黄帝上升为国家祭祀的必要性"。其实，这个"整个民族文化公认的标记和符号"早就有了。辛亥革命时期，当时的先进爱国者寻求民族文化的象征，一致认为黄帝就是民族的旗帜。抗日战争期间，1937 年 4 月 5 日清明节，国共两党在陕西黄陵轩辕黄帝陵前举行共祭仪式，宣示共同抗御外侮的坚强决心，毛泽东亲自撰写祭文。新中国成立以后，除 1950—1954 年及 1964—1979 年祭陵活动有所中断以外，历年都有对黄帝的祭祀。1994 年以来，黄帝陵祭奠每年都有国家领导人出席，已经成为当代中华民族最高的祭奠。把这个"整个民族文化公认的标记和符号"弃之不顾，在新郑黄帝故里另造一个"整个民族文化公认的标记和符号"，令人失望。

（本文原载于《华夏文化》2015年第4期）

作为中华民族共同祖先的黄帝

沈长云

一、华夏族形成与黄帝作为中华民族共同祖先地位的确立

各位老师、同学们：我现在怀着崇敬的心情，给大家讲述我们共同祖先黄帝的故事。我想起当年司马迁的《史记》，《史记》第一篇《五帝本纪》就是讲述黄帝故事的。但是这个故事并不太好讲，司马迁就说“百家言黄帝，其言不雅驯，缙绅先生难言之”。今天各家对于黄帝的说法也不一致。其中多数人认为黄帝就是我们中国古代的一位帝王，是华夏的第一位古帝。司马迁《史记》就是这样的主张。也有人说黄帝是古代的一位战神，说他最会打仗。《史记》及其他一些文献都谈到了黄帝和炎帝曾经在今天河北省的涿鹿打过一次阪泉之战，后来又和东夷的蚩尤打过一次涿鹿之战，都打胜了，很厉害。或说他是一位古代部族的英雄。这个“英雄”有一个特殊的含义，就是过去部落时代经常发生战争，学者称这个时代为“英雄时代”。能领导本部落取得胜利的便是英雄，不管是什么性质的战争。还有一些别的定位，如说他是一位古代的发明家等。这些说法都有各自的道理，但是我看问题的角度却有些不同，我是把黄帝定位为我们中华民族的共同祖先。我觉得只有从这个角度来讲黄帝，才能够抓住问题的本质，才能够把黄帝的身份以及他作为历史人物在历史上的重要地位讲清楚

（一）我国华夏民族的形成

为此，我们应当首先了解华夏民族的形成。我们说黄帝是中华民族的共同祖先，首先因为他是华夏民族的祖先。华夏族是中华民族的主体民族，是汉族的前身。汉族在先秦叫作华夏族，为什么又称她为汉族呢？因为有一个强大汉朝，经历了汉朝以后，我们就把她叫作汉族了。当然，华夏的称呼直到今天我们还在用。黄帝是华夏民族的祖先，同时也与其他一些少数民族有着不可分割的血缘联系，所以我们说他是中华民族的共同祖先。要讲清楚这个问题，自然首先牵涉到华夏民族是怎么来的。只有讲清楚华夏民族的形成，才能说清黄帝作为中华民族共同祖先地位的确立。

大家先看下面两张图：一个是黄帝陵（图1），一个是轩辕庙（图2），它们都在今天陕西省的黄陵县。每年清明节我们国家都要在这个地方举行对黄帝的祭祀。海内外华人华侨，都要到这个地方来，参加对黄帝的祭拜。那么为什么我们

每年都要祭祀黄帝呢？因为黄帝是我们民族的祖先，祭祀黄帝可以起到增强中华民族凝聚力的作用。不仅是我们今天在不断地举行对黄帝的祭祀，而且在中国历史上，历朝历代，从朝廷到地方，也都要举行对黄帝的祭祀，这是我们民族的传统。

图1 陕西黄陵县黄帝陵图

图2 轩辕庙

那么，华夏民族是从什么时候形成的？她又是怎样形成的呢？为此，我们要先讲清民族这个概念。民族就是这么一个共同体或者一群人，这群人具有共同的地域、共同的语言、共同的经济生活和共同的文化心理素质。当然，这个共同体有大有小，像我们这个华夏民族就是一个很大的共同体。她的共同地域，在她刚产生之初，就已经拥有了今黄、淮、江、汉这么一片广大的区域。在这片区域内，大家拥有共同的语言，说的都是汉语，用的都是我们从甲骨文传下来的汉语言文字；又都拥有共同的经济（生活），大家基本上都是以农耕为主，兼营畜牧业、手工业。大家都有共同的文化，以及基于这个文化的共同的心理素质，也就是共同的意识形态和思想方式。这么一个共同体，就是我们的华夏民族。

民族是在一定历史时期形成的，不是自来就有的。在民族形成之前，当然有人群，人群自古就有。但是早先的这个人群是以氏族部落这种状态生存的。天下有很多氏族部落，号称“天下万邦”，他们各自在自己的领地上生活繁衍。只是到后来，大家通过不断地交往，包括婚姻以及战争等形式的交往，逐渐融合在一起了，就形成了一个民族。

那么，我们华夏民族形成于什么时候呢？我曾在《中国社会科学》上发表过这种观点：我们华夏民族的形成，应当是在春秋战国之际。或者说，从战国时期开始，在东亚的这片土地上，就基本上形成了这样一个叫作华夏的民族。就是原来黄、淮、江、汉一带的部族，到这个时候都逐渐融汇在一起，成了这么一个大规模的华夏民族。这也意味着，在战国以前，上述地区还没有形成一个大家彼此认同的民族。从文献上看，整个夏、商、周，包括春秋时期，都是这么一个天下万邦的氏族部落结构。邦又称作国，或者再通俗些，称作诸侯国，天下有很多的诸侯国，实际都是这样一种氏族部落结构。那时诸侯国上面虽有一个王朝的架构，有夏王朝、商王朝、周王朝这些政治组织的存在，但是，那个时候的天下实际上是一种二元结构，王室只能说是诸侯们的共主，下面各个邦，也就是众诸侯，还都是半独立状态。他们有自己世袭的邦君，不需要中央来任命。有自己的一套官职系统、行政系统，也不需要中央来任命。他管理着自己的国土，国土上也仍然居住着各种氏族结构的组织。这和秦汉以后中央集权的国家，如隋、唐、宋、元、明、清不

是一回事，只是经过长期的各个族邦的交流、互动、融合，当然也有战争，最终，到了春秋战国时期，才实现了真正的民族融合。

众所周知，春秋战国之际是一个社会大变革的时期，这种变革的一个最重要的表现，就是出现了地域关系。什么是地域关系呢？就是经过民族融合，最终各氏族部落之间的壁垒被打破了，这些氏族组织逐渐就消失了。氏族消失以后，国家又要对他的统治民进行管理，那就得采取一种新的方式进行管理，这套新的管理方式，就是我们大家都熟知的郡、县、乡、里这么一套行政系统的管理方式。我们管这套行政管理方式叫地域管理系统，有了这种地域关系，就意味着国家能够直接对各个地方进行统治和管理了，也意味着过去各个氏族部落间的隔阂以及半独立状态将逐渐消失。与此相应，各地区的人们在一种共同的管理模式之下，也开始把他们居住的黄、淮、江、汉一带视作“共同地域”。这是华夏民族在春秋战国之际得以形成的首要标志。

大家不仅有了共同地域，而且有了共同的生活方式、共同的语言、共同的经济生活，甚至文化也都趋同了。在西周春秋时期，大家的语言、生活方式犹未实现完全的统一，一些周边的少数族深入内地，他们的语言、生活方式和中原旧族有着很大的差异。例如春秋早些时候居住在“晋南鄙”的姜戎氏，便称自己“衣服饮食不与华同，贽币不通，言语不达”。而到春秋战国之际，这些隔阂都被打破了。大家的生产、生活方式，生活习惯，各种思想、艺术形态，这些东西都实现了趋同。战国之初，孔子的学生子夏便称其时已是“四海之内皆兄弟也”的局面。华夏民族就是在这个时候形成的。在华夏民族形成的形势下，整个中国也开始走向统一。过去我们经常讲到秦的统一，秦是怎样实现统一的呢？大家说社会有那么一种统一的要求，还有经济上的趋同，等等。实际上，这都是统一的华夏民族形成的结果。有了统一的民族，就促使战国七雄尽快走向统一，这样，秦的统一也就水到渠成了。秦王朝不统一，别的国家也会来实现天下的统一。

（二）作为华夏族共同祖先的黄帝

接下来讲华夏族与黄帝的关系问题。为什么华夏民族要把黄帝作为自己的共同祖先呢？这是因为华夏族作为一个古代民族，必须具有这样一个标识。凡古代民族，都要求有一个共同祖先。这是民族共同文化和共同心理素质的需要。凡认同出自同一个民族的人群，会认为大家原都拥有共同的历史，也认为大家原都出自共同的祖先。虽然，从实际上讲，融合进这个民族的各个氏族，他们原本都有各自的祖先，他们原只祭祀各自的先人。那时有一句话叫“神不歆非类，民不祀非族”，不是自己族的祖先，不能去祭祀。但是，现在大家成了一个共同的民族，过去祭祀的传统又不能丢，怎么办？那就把各族的祖先都供起来，当作大家共同的祖先。当然也要有所选择，就是把那些在历史上立有大功的有影响的祖先保留下来，将他们编在一个共同的谱系上，承认他们是我们民族的共同祖先。这就是我们在《史

记·五帝本纪》中看见的这个祖先系统。“五帝”就是我们民族共同祖先的谱系。只是这个“五帝”系统不是司马迁最早提到的，战国时期的《世本》《大戴礼记》，还有《国语》都记有这个“五帝”的系统。也就是说，所谓“五帝”原本都是各地方古老部落或部族集团的首领，是他们各自奉祀的祖先，后才成为华夏族的共同祖先。他们是黄帝、颛顼、帝喾、帝尧和帝舜。黄帝在“五帝”中位居首位。

大家会问，“五帝”中怎么没有炎帝呢？不是说炎帝也是我们的祖先吗？炎黄二帝，大家耳熟能详。这个实际上好解释，因为华夏民族形成的时候，各个部族都在各地形成了自己的势力，建立了不同姓族的国家，“五帝”乃是根据当时各个势力集团的现状，把其时最有影响的部族的祖先编排在一起而形成的。一些曾经著名的氏族，其所建立的国家已经灭亡了，到这个时候就不能编入这个谱系了。炎帝是建立齐国的姜姓氏族的祖先，姜姓族在西周中原地区曾经建立起齐、许、申、吕等好几个诸侯国，尤其是姜太公建立的齐国，曾经是一个强大的诸侯国，春秋时期的第一个霸主就是姜姓的齐桓公。但是到春秋以后，许、吕、申几个国家都走向衰落，申、吕二国早亡于楚，许国在战国初年亦灭于楚。齐国虽存留到战国末年，但是它的统治集团，却由姜姓族变作田姓族，由姜姓齐国变成了田齐，这就是历史上著名的田氏代齐事件。这件事发生在战国初年。而这个田齐是颛顼的后代。所以在“五帝”里头，就没有了炎帝，而是把颛顼摆出来。齐国在战国时期还是一个比较大的国家。

所以，这个五帝系统就是根据战国时期现存的地方势力，根据他们各自的祖先排出来的。那么为什么把黄帝排在第一位呢？因为黄帝的后代最多，黄帝姬姓，战国七雄中韩、魏、燕三国都是姬姓。还有一个原因，就是周王朝这个时候名义上还存在啊，周是谁的后代？也是黄帝的后代。这个问题我们下面还要讲到。

我们今天很多人都愿追溯自己的祖先，今天百家姓中的很多姓氏都可以追溯到周王朝，然后再往上追到黄帝。比如我这个沈姓，就是黄帝的后代。因为沈姓出自周文王最后一个儿子冉季载，冉季载的封地就是沈国；或说沈国是周公庶子凡侯的别封。不管怎么说，沈出自周，是黄帝之后，是不可置疑的。

尽管我们说，以黄帝为首的五帝谱系出自人们的观念，是为了追寻华夏族共同历史，而将各国、族祖先编织在一起而形成的这么一个谱系，但我们的古人，包括像司马迁这样的学者都很相信这个系统。不仅相信五帝是远古大一统国家的帝王，而且相信他们之间具有血缘亲属的继承关系。黄帝作为五帝之首，更是其后几位帝王，包括颛顼、帝喾等人以及夏、商、周、秦、汉各个王室和皇室的直接祖先。这种认识当然是不对的。中华人民共和国成立前，我们历史学界有过一个古史辨派，也称作疑古学派，曾对这种说法进行过批判。其中古史辨派的领头人顾颉刚就提出要打破这个五帝系统，他还提出要打破民族出于一元的观念以及我国地域向来一统的观念。这些看法，无疑都是有启发意义的，但是我们又不能说五帝的名号纯粹是伪造出来的。因为各个国族的祖先，谁也伪造不出来，人们也不

会随便去给自己乱认祖宗。把他们编排在一起，尊为民族的共同祖先，也是出于共同历史文化的需要，不能与伪造完全画等号。只能说这个系统的先后次序，他们的亲属关系，确实出于人们的某种推理或想象。前面讲了，黄帝排第一，是因为他的后人多，又是周人直接的祖先。颛顼排第二，也是他后人的阵容强大，不仅齐人、楚人是他的后裔，就是秦人、赵人，也与他有着母系方面的亲缘关系。但黄帝与颛顼之间，以及黄帝与其他古帝之间是否有血缘亲属关系，就难说了。这些，只能用民族形成的理论加以解释。总之，从华夏民族形成的角度来解释这个五帝系统，我们完全有理由称黄帝是我们民族的共同祖先。

（三）战国秦汉之人对祖先黄帝的祭祀与崇拜

我给大家举几个例子，说明战国秦汉之人确实是把黄帝奉为自己的祖先。因为从战国开始，大家已是一个共同的民族了，对自己民族祖先的祭祀和膜拜，自然成为每一个华夏子孙自觉的行为。

一则，《史记·五帝本纪》："学者多称五帝，尚矣。……孔子所传《宰予问五帝德》及《帝系姓》，儒者或不传。余尝西至空桐，北过涿鹿，东渐于海，南浮江淮矣，至长老皆各往往称黄帝、尧、舜之处，风教固殊焉，总之不离古文者近是。"这是《五帝本纪》太史公自己说的话。他说当时的学者，大家都在谈论五帝。可是由于五帝的传说很久远，孔子所传《宰予问五帝德》及《帝系姓》又没有得到很好的传播，所以他便亲自到各个地方去考察。他向西走到了空桐，就是今天甘肃平凉；北边走到涿鹿，就是今天河北涿鹿；东至于海；南边走到淮河和长江。所到每一个地方，"长老皆各往往称黄帝、尧、舜之处"。虽然各个地方的风俗习惯不同，但是大家都把黄帝、尧、舜挂在口头边，可见黄帝影响之广泛。司马迁生在汉朝的中期，即汉武帝时期，那个时候黄帝还有尧、舜都是大家称道的祖先。

二则，我们再来看看当时的统治者。《史记·孝武本纪》说：汉武帝"遂北巡朔方，勒兵十余万，还，祭黄帝冢桥山"。就是说汉武帝曾经带着军队，往北一直巡视到朔方，就是今天的内蒙古包头一带，回来的路上，他特意去了桥山黄帝的陵墓，亲自对黄帝进行祭拜。我们下面将谈到，汉皇室是帝尧的后代，因为汉朝是刘家建立的呀，刘姓就是帝尧的后代。刘姓祖先刘累出自帝尧，《左传》《国语》都有记载。武帝对祖先帝尧固然承认，但是他认为自己最早的祖先还是黄帝，所以他路过黄帝冢时要单独祭祀黄帝。这足以证明汉皇室将黄帝奉为自己更早的祖先。

顺便讲一讲，《史记》和《汉书》所称黄帝冢在什么地方呢？在桥山，但是这个桥山不是我一开始指给大家看的黄陵县的桥山，而是在

今天的黄陵县以北、延安与榆林交界处的子长县。那个地方有一座大山，叫作高柏山，即过去的桥山（图3）。史书记载桥山在汉阳周县南，阳周县

图3 子长高柏山黄帝庙

三则，《史记·封禅书》又记载有战国时期秦人对黄帝的祭祀。战国时期华夏民族已经形成，所以秦人也把黄帝作为自己的祖先祭祀。《封禅书》说，秦灵公“作吴阳上畤，祭黄帝”，时间大概是在公元前420年，属于战国初期。吴阳在今陕西陇县，“畤”是一种祭坛。秦灵公筑有上畤，并筑下畤，上畤祭黄帝，下畤祭炎帝。大家知道，秦人的祖先本来是少昊，因为秦人起源于东方，是东夷嬴姓族人的后代。大概在商周之际，秦人从东方迁到西方，迁到今甘肃省的甘南，就是今天的天水一带，在那边发展壮大，从甘肃发展到陕西。我们看文献，秦人原本一直祭祀着少昊，秦灵公之前的秦襄公、秦德公，祭祀的都是少昊。后来秦宣公祭祀青帝，青帝是另一位东夷族祖先，即太昊。但是到了战国时期，秦人在自己的祖先之上又祭祀黄帝，把黄帝作为自己新的祭祀对象。这也可以证明，到了战国时期，黄帝作为整个华夏族共同祖先的地位已经确立，秦人在这个时候也已成了华夏族的一部分。

还有一例是出土文献“陈侯因齐敦”。这是一件青铜器，作者因齐即田齐威王。他在器物上刻有这么一段铭文：“扬皇考昭统，高祖黄帝，迩嗣桓文。”齐威王是战国中期齐国很厉害的一位国王，他在这里表示要发扬他父亲的统绪，更表示要追溯祖宗的业绩，“高祖黄帝”，就是要往上一直追溯到祖先黄帝。田齐的祖先本来是颛顼、帝舜，之所以把黄帝奉作远祖，也是出于对共祖黄帝更加尊崇的考虑。

上述各例表明，从战国到秦汉，当时社会，上至最高统治阶级，下至普通百姓，无不把黄帝当作自己的祖先，或顶礼膜拜，或加以奉祀。这正说明华夏民族是在这个时期最终形成的。

二、从周族祖先到华夏共同祖先——黄帝早期身份追溯

上面我们已经谈到黄帝原是周人的祖先，所谓五帝，原都是居住在黄、淮、

江、汉一带的古老部族的祖先。他们原都以氏族部落的状态生活着，直到春秋战国之际才融合成一个共同的民族，也就是华夏民族。那么，黄帝作为周人的祖先，有些什么依据？周人为什么称自己的祖先为黄帝？黄帝是周人什么时候的祖先？他和他的氏族，也就是早期周人所在的氏族生活在什么地方？是怎样生活的？他又是怎样从周人祖先演变成整个华夏民族的祖先的？

（一）作为周人祖先的黄帝

黄帝这个称呼，并不是人们凭空想出来的。这个称呼其实本身就蕴含有黄帝是周人祖先的信息。首先，黄帝的“帝”不是生称，不是秦始皇称自己是“始皇帝”那样的生称。它实际上是古代部族对已故去的部族首领的尊称，或者是三代王室对他们先王的称呼。“帝”这个字，古文字像一个花蒂。王国维就是这样解说的。郭沫若说得更仔细，他说这个字的上部像花的子房，中间部分像花萼，下面张开的是花蕊。因为花蒂能结果，由是引申出它作为万物根源这一层意思，再引申出天帝、祖先等含义。作为黄帝的帝当然是祖宗这一层意思了。《礼记·曲礼下》中有一句话把“帝”的祖宗这一层意思表达得更清楚。它说：“措之庙，立之主曰帝。”“措之庙”就是把祖先牌位放在庙里头，“庙”就是“太庙”，是祭祀祖先的地方。前图轩辕庙，就是祭祀祖宗黄帝的场所。“立之主”是什么意思呢？就是给祖宗立一个牌位，这个牌位就叫作“主”。所以，“帝”实际上就是庙主、祖宗，是后人对祖宗的尊称。殷卜辞中有帝乙、帝甲，帝乙、帝甲都不是生称，而是后世商王对他的祖先，已经去世的两位祖先的尊称。当年陈梦家也曾引《礼记·曲礼》这句话，说：“卜辞帝乙帝甲之义，其义与示相似。”示也是庙主。大家看过祖宗牌位吗？过去南方一些诗书传家的大户人家，都立有这个祖宗牌位。西周青铜器铭文中也有“帝”这个字，指的是周的先王。周初《商尊》铭文中有“帝后”一名，李学勤认为是周先王之后。帝就是指先王。根据这个推断，黄帝一定也是某个部族，或者某个建立了自己统治的姓族祖先的称呼。那么，他为什么称作“黄”帝？其中一种解释，说黄帝就是黄土高原上生活的那个部族的帝，是他们的祖宗。虽说是猜测，还是有些道理的。也有从五行的角度考虑，说红、蓝、黄、白、黑，黄色居中，黄帝是居住在中央的帝。这明显是拿后世的观念解释早期的事物，不足为训。我们看虞夏、商、周各族，只有周人曾经在黄土高原上居住过，如是，似乎黄帝的称呼确实应当理解为周人祖先为宜。

这里，我们有必要对《史记》及以后诸书有关黄帝姓氏名号的说法进行一些澄清。《史记·五帝本纪》一开始就说，黄帝“姓公孙，名曰轩辕”，之后《帝王世纪》等又说黄帝号“有熊”。我们觉得这些都是后起的说法，不一定那么可信。比如说黄帝姓公孙，这一看就不对。为什么不对呢？公孙就是公之孙，公是公、侯、伯、子、男的公，是一种爵称，有了公，才有公孙这个姓。在黄帝那个时代，国家都没有产生，哪有什么公、侯、伯、子、男这些封爵呢？所以这一定是后人的附会。

黄帝时代不会有公孙这个姓。再说轩辕，大家看轩辕这两个字，从车，至少它跟车有关系。黄帝那个时代有没有车呀，大概很难说。我们中国使用车子是从什么时候开始的？文献载奚仲作车，奚仲是夏朝之人，已在黄帝之后了。现在考古界研究，马和马车是从中亚、西亚传过来的。时间大概在公元前两千年以后，公元前两千年已进入夏代了，也在黄帝之后。所以这个时期哪来轩辕这个称呼啊！这个说法也不可信。还有黄帝号有熊的说法。查此说出自《史记集解》，就是《史记》的一个注释，《集解》引“徐广曰”有这样一个说法。但徐广是汉晋间人，这就更晚了，所以也难以据信。

黄帝姓氏牵涉到黄帝与周人的关系。有关黄帝姓氏的最可靠说法，其实出自《国语》。这是比《史记》更早的先秦时期的著作，据说出自春秋战国之际的左丘明之手。我们讲先秦古书的史料价值，除了《尚书》《诗经》以外，就是《左传》《国语》了。《国语》里面说：“昔少典娶于有蟜氏，生黄帝、炎帝。黄帝以姬水成，炎帝以姜水成。成而异德，故黄帝为姬，炎帝为姜。”它说黄帝姓姬，炎帝姓姜，因为他们分别居住在姬水和姜水。这个说法我认为是可信的。因为过去的姓，一般都是根据你居住在什么地方而得来，所谓“因生而得姓”。尤其古人一般都居住在水边，说黄帝居住在姬水边、炎帝居住在姜水边，也很近情理，所以黄帝姓姬这个说法没有问题。刚好，周人也是姬姓，无论文献还是铜器铭文都可以证明。除周人以外，其他中原各族还有谁是姬姓呢？没有了。夏是姒姓，商是子姓，秦是嬴姓，楚是芈姓，唐人也就是尧的后代为祁姓，舜所在有虞氏属妫姓，所有中原著名氏族中，只有周人属姬姓。所以我们说，周人祖先一定是黄帝。这是黄帝作为周人祖先的第一个理由。

还有一个理由，就是黄帝和周人，文献记载他们都起源于陕北。黄帝，包括他所领导的氏族最早居住在陕北，徐旭生先生在他的《中国古史的传说时代》中就有这个说法。我在过去发表的一篇文章中也申明了这个看法：所谓黄帝冢，也就是黄帝陵，文献记载它在陕西子长县的桥山，同时还记载了子长北面的陕北榆林，也就是《汉书·地理志》中的肤施，后人在那里建有4个祭祀黄帝的祠，由此证明过去黄帝氏族确实是在那一带活动。近年，考古工作者在距榆林不远的神木高家堡发现了巨大的古城遗址——石峁古城，时代与黄帝所处的年代相当，越发证明黄帝活动的地域就在陕北。

黄帝出自陕北，周人也出自陕北。对此，我也有过不少论证。我认为周人原本居住在陕北，后从陕北迁到关中渭水流域。当然学术界对周人起源有着各自不同的说法，一些学者认为周人属于华夏族，不应该居住在少数族分布的地方。陕北历来被视为是戎狄的居所，怎么会与周人的发祥地挂上钩来呢？确实，先秦时期陕北一直为少数族所居，文献记载，那里是犬戎或白狄族的居所。但是他们忘了，周人实际就出身于白狄，黄帝实际上也是白狄族的祖先。黄帝既是周人的祖先，也是白狄族的祖先，这是个很有趣的现象。单就血缘关系来看，我们的华夏族实

际上是有很多很多来源的，并且也不是所有构成华夏族的族群自古以来就居住在中原。过去周边的少数族和中原部族往往互相迁徙，那时族群的迁徙实际上比今天容易，为什么呢？因为今天到处都住满了人，人群不好随便移动；古代地广人稀，迁徙起来容易得多。秦人从东边迁到西边，他在东边的时候被叫作东夷，迁到西边以后，人家把他叫作西戎了。楚人最早也是居住在东方，后来迁到南方，周人就把他视为南蛮。羌人，也就是姜姓族人原居住在陕甘一带，后来随周人的分封大量迁往中原、海岱。所以周人最早是从陕北迁来的也不足为奇。周人的祖先就是白狄。中国先秦史学会的前会长、原四川大学副校长徐中舒先生，就提出过周人起源于白狄的观点。他列了很多证据，其中一条是，在先秦时期记载古帝王和诸侯世系的专书，也就是《世本》一书中，明确记载了周先公的世系，这个世系完全不像我们华夏族的名字，反倒像戎狄族人的名字。如记公刘以下八代周人祖先的名字，分别叫作庆节、皇仆、差弗、伪榆、公非辟方、高圉侯侔、亚圉云都、公组绀诸，这些名字，一看就不像华夏族人的名字，明显杂有戎狄族语言的成分。公刘大家都很熟悉，就是公刘迁豳故事里的公刘，他前面的一位祖先叫不窋，不窋也像戎狄族的名字。正因为周人祖先属于戎狄，所以文献记他们很早就“自窜于戎狄之间”，一直到公亶父迁岐，才“贬戎狄之俗而营筑城郭宫室，而邑别居之”。

这样，作为周人祖先的黄帝同时也是白狄族人的祖先，也就不奇怪了。对此，先秦古书也有明确记载，如《山海经·大荒西经》说：“有北狄之国，黄帝之孙曰始均，始均生北狄。”《山海经》的另外一段《大荒北经》也记载：“黄帝生苗龙，苗龙生融吾，融吾生弄明，弄明生白犬，白犬有牝牡，是为犬戎。”犬戎也是白狄的一支，白犬就是白狄；黄帝是犬戎的祖先，也是白狄族的祖先。一些人看到《山海经》这个记载，感到不靠谱，说那完全是神话。但是今天的学者大多承认《山海经》的学术价值，因为那里面确实保留了很多先秦时期的宝贵资料。神话传说里包含了很多今天已经失传的史料或历史素材，这是大家都承认的。关键是《山海经》这个说法可以得到其他古书的印证。汉王符所作《潜夫论》中有一篇专讲古族姓氏的《志氏姓》，记载有犬戎和白狄的姓氏，其中很明确地说：“隗姓赤狄，姬姓白狄……姬即犬戎氏，其先本出于黄帝。”《左传》《国语》也有不少地方记载白狄族属于姬姓，还记载白狄族居住在秦国所居的雍州一带，这些，就不一一列举了。

有关周族和黄帝族姓氏渊源的考察可以给我们很多启发。我们今天这个华夏族也就是汉族从姓氏来源上看并不是那么纯粹的，有很多不同的少数族群的血统包含在里头。它来源很丰富，很复杂，这是我们华夏族（汉族）能发展成这么大规模的根本原因。泰山不择壤土，所以成其大。后来周人往南边迁徙了，大概是因为气候发生了变化，使其逐渐地往南迁徙，一直到渭河流域，然后在那里与姜姓就是炎帝的后人结为婚姻，同时还与别的一些氏族相互往来，由此建立起反商的部族联盟，并自称为夏。这就是华夏族的起源。所以我们说黄帝是戎狄族祖先，

同时也是华夏族的祖先，戎狄华夏原是一家。因为这个缘故，我们又说黄帝是整个中华民族的共同祖先。联想到炎帝其实也是许多少数民族特别是南方少数民族的祖先，我们这个说法理由就更充分。

（二）黄帝氏族的活动

黄帝不是指一个普通的人，而是指一个氏族的首领。文献或称黄帝为黄帝氏，就是这个意思。前面说黄帝是氏族祖先的称呼，也是说他曾经是这个氏族或部落集团的首领。那么黄帝和他的部族生活在什么时期？这是一个很有争议的问题。大家习惯了“黄帝五千年”这句口号，所谓五千年，其实只是一个约数。真要谈到黄帝生活的具体年代，恐怕没有几个人这么说的。过去孙中山建立民国，以黄帝纪元4609年为中华民国元年，这是以当时一些学者的考订为基础算出来的。中华人民共和国成立后，翦伯赞制定的中外历史年表，则是以黄帝生活在公元前2550年。最近的一个说法是著名的考古学家、北京大学的李伯谦老师提出来的，他说黄帝应当生活在公元前2500年到2300年。这个年代大概相当于考古学上的龙山文化前期，我很赞同这个说法。我们知道夏王朝是从公元前21世纪开始，黄帝和他的氏族活动的时期正好就是在中国正式进入文明时代之前的这么一个阶段。我们前面讲到石峁遗址，石峁古城始建于公元前2300多年，也与黄帝距今的年代差不多，所以我们说石峁是黄帝部族的居邑。黄帝作为这个部族的祖先，或者比这稍早一点，或者比这稍晚一点，这都没有关系，反正他的后代都可以称作黄帝部族。实际上，在石峁周围，包括榆林市和延安市所属北部县区，还散布着不少同时代同样性质的遗址，有的比它早一点，也有的比它晚一点，文化内涵也都差不多，它们应当都是黄帝部族的居邑，整个这片地区都是黄帝部族活动的区域。

前面说过，根据《国语》的说法，黄帝的发祥地是在姬水，姬水在什么地方？文献没有明确的记载，大致是在陕西。是不是陕北，文献没有记载。但是文献记载了其他一些线索，比如黄帝陵，最早是在桥山，桥山距离石峁遗址就很近了。还有汉代的肤施城，即有着4座黄帝祠的今榆林城，离石峁遗址更近。所以我们完全有理由把石峁古城当作黄帝部族活动的居址，并且是黄帝部族活动的中心。从石峁古城的规模来看，黄帝部族当时非常兴盛。据称，这个石峁古城的面积达到400多万平方米，分作内城和外城，上有宫室，称作皇城台，全用石头垒成，这是多大的规模啊！同时期的中原及其他任何地方都没有这么大规模的古城。大家可以看看图4，这是其中的一段，在城的东边，东城门附近。我们看它的修建还是比较壮观的，而且非常整齐，清清楚楚，不像有些遗址那样看不出所以然。学者曾经计算过修建这么大规模的古城，光石头就有十多万立方米，须使用成千上万的劳力经年累月才能建得起来，说明当时部族的领导者已经具有调动大量人力物力的能力，而且石峁周围相当大地域的居民应当都是被征调的对象，而这座古城也应当是当时陕北相当大地区的一个权力中心。所以综合起来，我们可以下这个结论：黄帝和黄帝族当年应当就活动在这一带，具体来说就是活动在今天陕北榆林和延安

地区。这里不仅是我们今天中国革命的根据地、红色政权的发源地，而且是我们

图4　神木石峁古城遗址

当然我们顺便也要交代一下，黄帝氏族的后裔后来都到哪里去了这个问题。有部分留在陕北，这是自然的。但是有相当数量的黄帝族后裔往南往东迁徙，这也是不容否认的。周族就是黄帝族后裔中的一支，后来迁徙到今天的渭水流域，就是关中地区。他们迁徙的原因大概主要是气候的变迁，气候逐渐变干变凉，引起那一带植被的变化，从而促使陕北地区的居民向环境更好的地方迁徙。实际上黄帝氏族还有很多支系，这些分支有的留在了原地，有的则因为各种原因东迁或者南迁，其中东迁的人数最多，就是文献上所记载的白狄东迁。例如，春秋时期活动在今山西北部叫作无终的一支部族，是当时群狄之首，就是由陕北迁过来的。铜器铭文写作“亡终”，现在这件商代制作的铜器已在陕西绥德被发现，古文字学家裘锡圭解读了这件铜器铭文。我们河北省北部也有一个地名叫作无终，说明这支部族一直迁徙到冀北地区。还有一支著名的白狄族后裔鲜虞，也是黄帝族的一支，春秋后期见于文献《左传》和《国语》，东迁到太行山的两麓。开始是在太行山的西麓，今天山西昔阳县一带，然后继续顺着太行山的山口迁到河北省的西部山区，到战国之初在河北行唐、定州、灵寿、平山一带建立了著名的中山国。还有肥、鼓、仇由这些小国族，也都是白狄的后代，他们在春秋战国之际都早亡于晋，唯中山一直存在到战国中期，是当时除战国七雄外实力最强的一个国家。这些白狄族裔都参与了当时的民族大融合，也为华夏民族的形成做出了贡献。

（三）从周族祖先到华夏族共同祖先

为什么黄帝开始是周人的祖先，后来却又变成华夏族的祖先，而且是华夏族第一位祖先？为此，我们还要讲讲华夏民族形成的过程。

我们前面讲华夏族的形成在春秋战国之际，这只是讲了她最后形成的时间，没有讲华夏族的起源。我们华夏族这个名称是怎么来的呢？为什么称作华夏，而不是别的称呼呢？原来，华夏族的起源跟周人称夏有关。我们刚才讲到周人迁徙到渭水流域，在这里他们和姜族通婚，发展自己的农业，后来又联络了很多别的氏族部落，势力就逐渐发展壮大起来。大概从周文王开始，由于受到东方商王朝

的压迫，周人逐渐产生了要灭掉东方商朝的心理。因为根据文献记载，周文王的父亲季历就是商王文丁杀死的，文王显然咽不下这口气。出于这种心理，他开始暗中集结一些同样对商不满的部族，组成反商势力集团。到了文王后期，这个势力集团已经具有相当的实力。为了进一步壮大自己的声势，周人开始自称为夏。周人的早期文献《尚书·周书》中便留有周人自称为夏的记录。其中《尚书·康诰》称："惟乃丕显考文王……用肇造我区夏，越我一二邦，以修我西土。"《尚书·君奭》称："惟文王尚克修和我有夏。"《尚书·立政》称："帝钦罚之，乃伻我有夏，式商受命，奄甸万姓。"从这些可靠的文献看来，周人称夏显然是和他们伐商并建立新朝的计划联系在一起的。所谓"文王受命"，也是与此联系在一起的。有人把《尚书》中这个夏和历史上的夏王朝混为一谈，说周人称夏就是表明周人自认为是夏人的后裔，我们华夏族的夏也是从夏王朝那儿来的。实际上不是那么回事。夏起源于东方，它跟周朝起源于西方不是一回事。夏人姓姒，周人姓姬，姓都不一样，他怎么是夏人的后代呀？《左传》中明确记载周人称自己与夏不一个族类，非常明确。其实周人是很看不起夏人的，他称夏的后裔为"夷"，文献也有记载。那么周王朝为什么称自己这个部落或部落集团为夏呀？这是陕西地区方言的原因。夏，在西部方言中含有大的意思。夏者大也，大概周人想要扩大自己这个部落集团的声势，使其产生号召力，产生影响力，所以他自称为夏！我们看《史记·陈涉世家》讲陈涉起义，陈涉刚建立起自己的政权的时候，也是打出这么样的一个旗号，他给自己立了一个国号，曰"张楚"。张楚，就是张大楚国的意思，因为陈涉是楚国人。这与周人称夏是一个道理。后来夏不仅有大的意思，而且有了正统的意思，因为周人建立了国家，取得了政权，就是取得了正统。《诗经》里头有风、雅、颂这三部分，风当然就是民歌，颂是庙堂里歌颂祖先的颂歌，雅是什么呢？雅就是夏，也含有正的意思。"雅"和"夏"过去音同通用。雅、夏都是正统，前不久发现的竹简本《诗论》，里面有战国秦汉时期流传的《诗经》古本，其中的雅就称作夏，大夏小夏，雅就是夏，雅、夏都是华夏正声。

再往后，到周人建立起自己的政权以后，为了很好地控制新征服地区，他又搞了一个新的制度，就是分封制。周人发明分封制，把自己的亲戚、子弟分封到他所占领的原来商人或别的一些氏族居住的地方，在那里建立起一些新的诸侯国，让他们统治新征服地区的居民，统一听从周的号令。和周自称为夏相适应，他把分封出去的这些国家也称作夏，这就是后来诸夏这个名称的来历。因为有好多个诸侯，所以就称作诸夏。《诗经·周颂》里面就称分封出去的诸侯为"时夏"。再往后，发展到春秋时期，文献中又对诸侯换了一种称呼，叫诸华。为什么称作诸华呢？因为华、夏两个字也是音同通用。《左传》里面有时候称诸夏，有时候称诸华，都是一个意思。因为当时的蛮夷戎狄对诸华造成威胁，所以有人号召诸华团结起来对付这些蛮夷戎狄。不过称诸华还有一层意思，就是华字还带有华美、文采这样一层意思，因为诸夏长期居住在中原，文化发展较快，又自居为正统，所以有了这

个称呼，并且也才有了后来的“中国有服章之美，谓之华”以及“中国有礼仪之大，谓之夏”的说法。再发展到春秋后期，文献中“华夏”这两个字的合称也就出现了，《春秋》《国语》《左传》及稍后的文献，都渐渐使用“华夏”的合称。这就是华夏族称呼的来历。由周王朝自称为夏，然后分封出去的国家称作诸夏，由诸夏变诸华，然后又华夏联称，这个线索十分清楚，华夏的名称就是这么来的。从实际内容上看，周王朝在各个地方分封了这么多诸侯国，这些诸侯国在整个西周春秋时期无疑都是些融合周围各族的中坚力量。以他们为骨干，吸收夏商旧族及附近的蛮夷戎狄参与民族融合，最终，使诸夏与各族融合为一个整体，这就是华夏民族。在这个过程中，周人无疑起到了主导作用，所以后来这个新形成的民族共同体在追寻自己共同祖先的时候，便很自然地把周人祖先奉作自己最重要的祖先。黄帝由周人祖先演化为华夏民族的共同祖先，就是这样一个来历。

三、黄帝族在历史上的贡献

黄帝是一位传说中的人物，有关他个人的活动不好落实，我们只说他是周人的祖先，是一位远古氏族的首领，把他和他所在的氏族联系起来，通过黄帝族活动留下的遗迹来讲述黄帝在历史上的贡献，可能更为可信一些，也更加充实一些。这样讲，还可以把黄帝后裔周人的贡献加进去，周人也算黄帝族的一支，他们对中国历史文化的贡献，是不可忽视的。下面分三个部分讲述本节的内容。

（一）有关“黄帝制作”的分析

所谓黄帝制作，就是黄帝的发明。过去人们出于对黄帝的尊崇，把许多发明创造，特别是文明时代的一些发明创造，都归结到黄帝的名下。因为黄帝是圣人，圣人无所不能。《中国史探研》一书，是齐思和老先生写的，书中有这么一篇文章，叫《黄帝的制器故事》，主要依据《世本》等书的记载，列举了黄帝和他的所谓臣下的制作。其开列的黄帝本人的制作主要有以下几项：

1. 黄帝见百物始穿井；2. 黄帝乐名咸池；3. 黄帝造火食；4. 黄帝作旃冕。

这几项制作，有的是不可信的，如说黄帝造火食，就是说他发明了用火和熟食，这显然不对。人懂得熟食比这早得多，周口店的猿人就开始用火了，后来又发明了陶器，有了坛坛罐罐，就是用来煮东西吃的。如陶鬲是用来熬粥的，鼎是煮肉的。其中鼎的发明在新石器时代中后期，距今五六千年，早在黄帝之前，所以这个说法不太准确。至于说黄帝发明了挖井的技术，只能说从黄帝所处的时代上讲有这个可能。有人称我国考古发现的最早的水井是在浙江的河姆渡遗址，但那

里的所谓水井都太浅，仅一两米深，不好说是真正的贮存地下水的水井，因而人们就把眼光转向黄河中下游一带，那里考古发现的龙山时期的水井深都在五六米以上，可以说与黄帝所处时代大致相当。《世本》又将冠冕和旗帜，即“旃”的发明权归于黄帝，也只能作如是观。就是它们都有可能在黄帝那个时代出现。如果我们把战争的出现归诸龙山时期，战争双方是免不了使用旗帜的，礼仪活动也免不了使用冠冕和旗帜，这些东西出现在我国国家产生前的龙山时代，似乎都有可能。只是这里的冕不一定非要理解成后世帝王戴的那种前后加几个旒的冠冕，把它理解为一般贵族用的礼帽，也是可以的。黄帝那个时期已经有了一套初步的礼仪制度，应当是可以理解的。最后说黄帝发明了音乐，包括制作了《咸池》这样的乐曲，这些作为精神文化的产品，也以归为那个时代为宜，因为各地早就发现了当时一些与音乐相关的乐器，还有一些舞蹈图案，这都是与乐曲相关的。

引起大家关注的，是《世本》所记黄帝手下一些所谓大臣的发明创造，如说黄帝使羲和作占日，伶伦作律吕，大挠作甲子，容成作调历，沮诵、仓颉作书……这些发明也大多可以看作黄帝时代的发明。其中最重要的是仓颉作书，就是说仓颉发明了文字。这是大家都很关心的一件事情，因为文字的发明意味着文明的产生。这些年，大家为了探讨中国文明的起源，都很关注这个事情。但是目前这个事情尚不好落实。我们中国的文字，到底什么时候发明的呢？目前夏代还没有发现当时人们留下来的文字记录，所以现在有关夏文化、夏王朝的历史也不能最终确定下来，一些外国人就据此不承认中国有个夏朝。黄帝时期是否有了文字，当然也不好说。虽然如此，我们也不能断然说黄帝时期包括夏代就一定没有文字。目前考古工作者在全国各地已陆续发现了一些与文字相近似的书写符号，如在山东莒县等大汶口文化分布的地区发现的陶文，已有学者试着对它进行释读。江苏吴县等良渚文化分布的地区亦发现了连续书写的陶文，李学勤先生也曾对它有过释读。学者称之为我国最古的原始文字，或萌芽状态的文字，其时代也和黄帝时期相近。如此看来，说黄帝之时有文字产生，也有一定的道理。

除此之外，还应当提到黄帝夫人的发明。黄帝夫人叫嫘祖。嫘祖发明了养蚕，文献或称嫘祖教民养蚕。我们今天的丝绸之路，得益于这位嫘祖。所以人们把嫘祖又尊称为先蚕，因为她最早发明了养蚕。今天很多地方都立有纪念嫘祖的庙，叫先蚕庙，北京的北海公园里就有一座。嫘祖发明养蚕当然也来自传说，但是考古发现也确实证实了嫘祖那个时期我们发明了养蚕。中华人民共和国成立前，考古学者就在山西夏县西阴村发现了半个蚕茧，所处时代当是新石器时代后期；中华人民共和国成立后，我们又在浙江湖州南面的吴兴钱山漾遗址发现了一件残损的绢片和丝线，所处时代当是良渚后期，距今 4700 年，也与黄帝的时代相近。据此看来，所谓黄帝夫人嫘祖教民养蚕的说法也不是空穴来风。

总之，上述黄帝发明，或黄帝之臣、黄帝后妃发明的故事大多是有时代背景的，绝非凭空编造。大家出于对华夏祖宗的尊重，把那时的很多发明创造都归

功在黄帝的名下，也是可以理解的。尽管我们说，对于黄帝制器的故事要做具体分析，但站在黄帝所处时代对这些故事进行考察，还是要对这些发明创造基本上予以肯定。这牵涉到对中国古代文明起源的评价问题。过去一些人以这样那样的借口否定中国文明的本土起源，把中国古代的天文历法、礼仪文字、陶器制造等多项发明都归结为来自西方，甚至说中国人种亦自西方移入，有鉴于此，我们所做以上辨析和厘清，还是有必要的。

（二）石峁所见黄帝族的物质文明

此是对黄帝族所处生活环境的进一步考察。我们刚才讲了，石峁是黄帝部族的居邑，所以，可以用石峁这个地方的一些考古发现来推测那个时候黄帝族物质文化的水平。石峁这个地方我去过两次，对那里的情况还是比较了解的。可以看出当时石峁的居民是以农业为主的，主要的粮食作物就是粟、黍。粟是小米；黍呢，是黏米，或黄米；稷，则是这两者的统称。总而言之，就是小米这一类作物，是当地人的主食。值得注意的是，这里没有发现小麦。众所周知，小麦是由西亚传到中国的作物。这个时候，大概已经传到新疆了，但是石峁没有发现小麦的种子，说明此时，这种作物还没有传到陕北，这里仍然是和中原一样种植传统的黍稷类作物。

除农业以外，石峁人也兼营家畜饲养业。家畜饲养是我国传统农业的一项主要副业。其中主要的家畜是猪，这也和传统中国的家畜饲养一样。不过，除了猪之外，也发现有牛、羊，且主要是黄牛与绵羊，也发现有马。马、牛、羊这几种动物，都是从西亚、中亚引进的，说明石峁地区的人们与西方有着经济上的交往，也说明他们的经济中也有畜牧业的成分。

还有手工业，包括制陶、制骨、制造青铜器和玉器几种行业。最引人注意的是玉器制造行业。初步估算，中华人民共和国成立前后总共在石峁这个地方发现有 4000 件以上的玉器。其中中华人民共和国成立前出土的玉器最多，但大多流失到了国外。这些玉器非常精美，种类也很多，但以斧、钺、刀、戈类兵器为主。其中有一种叫牙璋的玉器，形状与戈相似，当是由戈类器物转化而来。这使人想起《越绝书》中的“黄帝之时，以玉为兵”的记载。尽管我国使用玉器的时间比这要早，在 5000 多年以前的红山文化及稍后的良渚文化时期，都发现有不少的玉器，但就发现的数量而言，似乎还没有哪个地方赶得上石峁及其周围地区。这些玉器，应当都出自黄帝族自己的制造。对此我个人有个发现，就是作为黄帝族后裔的周人，本身就是以制造玉器为职业的一个氏族。因为周族的“周”字就是治玉的意思。这个周字在甲骨文、金文中，最早就写成个田字格，其中有几点儿，这是个什么形象呢？古文字学家说，这就是一个雕琢治玉的形象，包括朱芳圃、孙长叙、张亚初、何琳仪、黄德宽等古文字学家都这么说。我们看雕琢的雕字从周，说明周、雕两个字的古音也是相同的，周、雕二字过去就是一个意思，是古今字。周人早期确

实是以制玉为业的这么一个氏族，这和《左传》定公四年提到的那几个以职为氏的氏族，包括陶氏、索氏、施氏、繁氏、长勺氏、尾勺氏的性质是一样的。重要的是，这个推断也可以与石峁发现的大量玉器相互印证。因而我们也可以说，这是周族人对中国古代历史的一种贡献，一种在物质文明发展史上的贡献。

除玉器外，石峁还发现了大量的骨器，是在皇城台上的手工作坊里发现的。据说这个作坊发现的骨针有成千上万枚。还发现有铜器，而且是青铜器，几件小刀子。连带着还发现了铸造青铜小刀的石范，说明石峁人也有自己的青铜作坊。我国青铜器也是从西方传过来的，中国古代的金属制造业，包括青铜器、铁器的制造，都是从西方传入的，这不可否认。因为文明发展最早的地方还是在西亚、北非一带，比如两河流域，就是今天的伊拉克一带，还有古埃及，他们的文明确实比我们早。现在青铜器这么早地出现在石峁，比一般中原地方都早。据我了解，整个中原地区还没有出现比这更早的青铜器物，而且连带着铸造青铜器的石范一起出土。这说明黄帝氏族很早就和西方物质文明有所交往，对其有所吸收，并在这些方面处于当时中国领先的地位。这个传统也传给了我们中华民族，中华民族很早就是一个善于吸收其他优秀文化的民族，早就知道“他山之石，可以攻玉”的道理，这也是我们民族能够发展壮大直到如今的一个根本原因。

（三）黄帝族后裔周人在历史上的贡献

作为黄帝族后裔的周人在历史上的贡献，更不应该被忽略。在我们今天大力提倡优秀传统文化的背景下，尤其是如此。因为周人是我们传统文化的主要缔造者。

首先，周族建立了周王朝。这是中国历史上历时最长的一个王朝，包括以后的秦、汉、魏、晋、唐、宋、元、明、清，哪个朝代也没有它的时间长。人们称周朝为两周，当然后面这个东周势力已经弱小，下面的东周列国声势盖过了周王朝，但是不管怎样，周王朝名义上还是存在的。这两周加起来，一共800年，是中国历史上最长的一个王朝。这本身就是件了不起的事情，也可以说是周人在历史上的一个贡献。为什么周朝能够经历这么长的时间？这是有原因的。我想，主要是因为周人在制度上与文化上的创新。从制度上看，周人在建国后创设了一系列新的制度，这种创设在中国历史上，尤其是在政治制度史上，具有重要的地位。如宗法制、封建制、嫡长子继承制，还有同姓不婚的制度，这些都是周王朝的发明和创造。它们的重要性，大家学习历史都已有所了解，特别是封建制，我在前面已经提到，它是以后各部族走向融合，最终形成华夏民族的前提。所以王国维在他的《殷周制度论》中说：“中国政治与文化之变革，莫剧于殷周之际。”这是周人在制度文明上带给古代中国的一个大的变化。

其次，就是在思想文化建设方面的贡献。周人在这方面的贡献是更加突出的。实际上，我们中国的传统文化，主要就来源于周朝的创设，来自西周初期在思想文化方面的一项革新，也就是王国维说的周人制度与文化方面的革新。周以前的商朝当然也很辉煌，尤其是其物质文化。商朝的青铜器做得很好，达到了古代青铜器制作的顶峰，这是应当肯定的。但是商朝人有一个问题，就是商人太信神鬼。你去看看殷墟遗址，看看甲骨文的占卜记录，那些人殉和人祭的记录，以及殷墟的一个个祭祀坑，是不是有些阴森恐怖的感觉！再看商代青铜器上的装饰，也都有点儿恐怖气氛。因此我们说商人鬼神迷信非常厉害，什么都是鬼神说了算，什么都要占卜，可以说是以鬼神文化为主。但是周人呢，就有一个根本的转变，他的主导思想是人本思想、民本思想，就是以人为本。由神本发展到民本，这是一个根本性的变化，由此决定了我国以后几千年政治思想和文化的走向。其中的天命论，就是西周初期由文、武、周公等人最早提出来的。“天”和“天命”都是周人的发明，周人最早提出了“天”的观念。商朝甲骨文中没有“天”这个词儿，从甲骨卜辞中也看不出商人有“天”这个观念，商人只有“帝”，上帝的“帝”这个概念，而没有“天”这个概念。周人提出天是宇宙社会最高的主宰，它不可捉摸，不受人的意志左右，也不接受人的贿赂，却掌握着人间、宇宙的一切变化。人世间的命运、祸福，朝代的兴衰、更替，这些都是由天决定的，这叫作天命，天命不可违，所以周人非常信天。不过周人对天有一个新的解释，就是认为天是公平而公正的，他能够明辨是非、甄别善恶，而且对下界了解仔细，观察入微。尤为重要的是，天支持谁，给谁祸福，是取决于地上的统治者对人民的态度。你对人民好，天就支持你，你对人民施行暴政，天就要把你抛弃，这就叫作天命。所谓“民之所欲，天必从之”，所谓“天视自我民视，天听自我民听”，就是这个意思。由此还产生了这样一个词，叫作“求民主”，就是天要根据自己的观察，在下界求得一位保民的君主。这样，周人就把自己对天的敬仰与保民的主张联系在一起了，这就是我国民本思想的来源。这是周人的一个发明创造。民本思想后来被孔子继承，又被战国诸子所继承，被孟子、荀子这些伟大的思想家发扬光大，成了儒家后来一个最重要的思想主张。直到今天，也是我们提倡的中国优秀传统文化的主要内容之一。如此看来，周人在我国思想文化上的贡献，真是善莫大焉。还有德治与礼治，这也是周人的发明创造。周公就讲德，也讲礼。所谓周公制礼作乐，德是礼的内涵，讲人的道德修养；乐是礼的外在表现，二者是一体的，并且与周的各项制度融为一体，尤与周的德治与民本思想融为一体。几千年来，我们中国号称礼仪之邦，也是这个原因。正是因为有了周人这些制度与思想文化的创新，王国维才有上述对周人制度文化的大力推崇。我们把黄帝后裔周人在历史上的贡献单独地给大家提出来，也是出于这个考虑，出于继承中国古代优秀传统文化的考虑。

（本文原载于《信阳师范学院学报》（哲学社会科学版）2019年第4期）

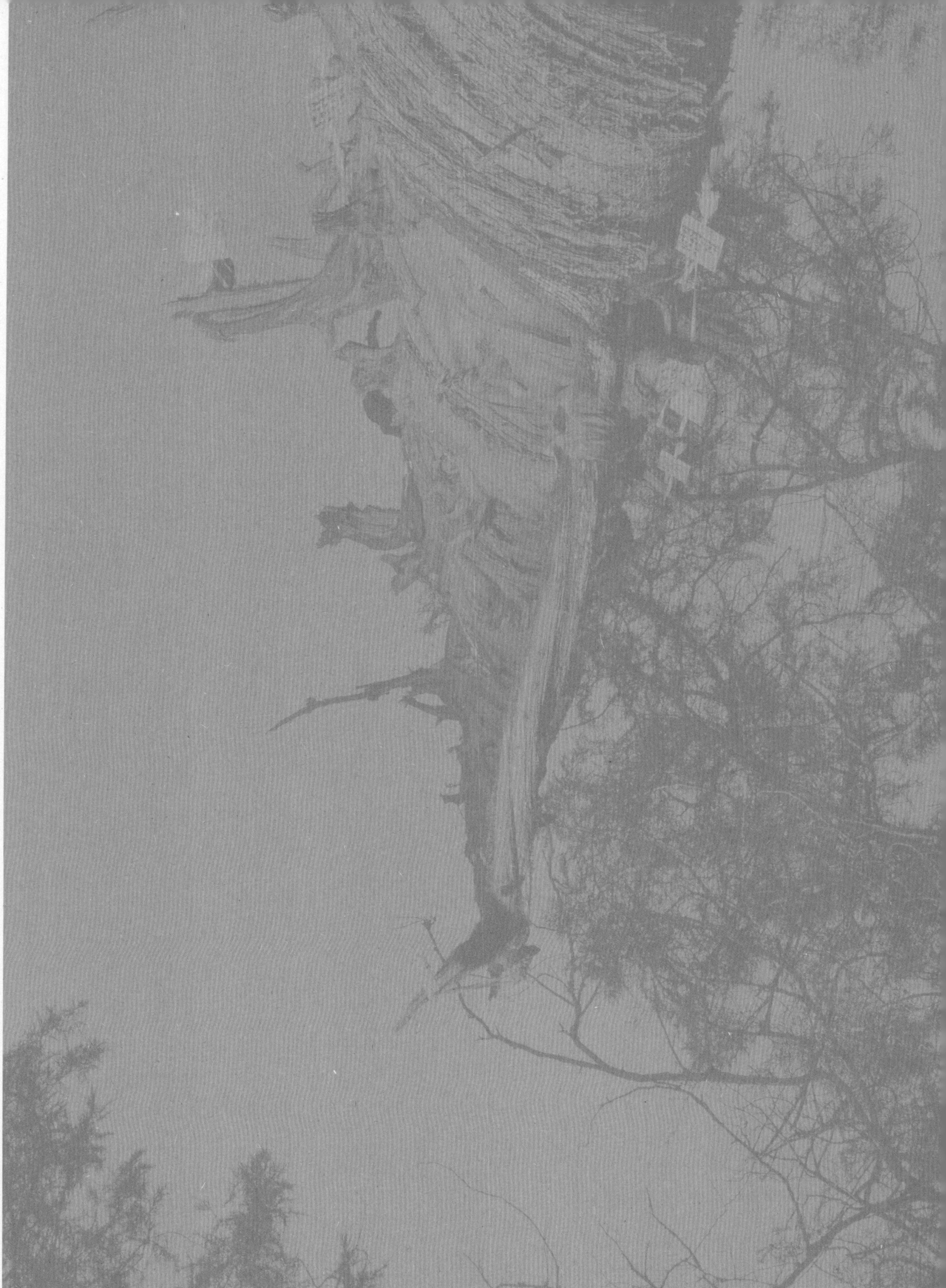

考古发现与黄帝早期居邑研究

李桂民

对于黄帝和黄帝居邑，目前学术界有不同的看法。不过，肯定黄帝传说中的真实历史素材，并以此为基点对黄帝史实进行的相关探讨，不仅深化了对于中国古史传说时代的认识，而且推进了中国文明起源之研究。从目前历史学界的主流观点来看，倾向认为黄帝是部落联盟首领或部族具象化。考古学文化和古代族属的对应是比较复杂的问题，随着考古新发现的出现，许多学者尝试把史前遗址和黄帝联系起来，这种尝试有一定的历史根据，有的还产生了较大影响，也有一些为学谨慎的学者不赞同这种联系。由于在黄帝居邑问题上，没有统一的意见，本文拟在前人研究的基础上，从考古和文献资料整合的角度，对黄帝早期居邑谈谈自己的看法，不当之处，敬请指正。

一

把考古发现和传说人物相联系，和中国考古事业的发展基本同步，这种联系无可厚非，因为一个遗址的发掘总是伴随着这样的疑问：这个遗址是什么人留下来的？这种联系不仅历史学者经常做，即便考古学者也是如此。这种探索对于中国文明起源的研究是必要的。

早在 20 世纪 40 年代，范文澜在《中国通史简编》中就说：“仰韶遗址的人骨，既和现在北中国人同类，黄帝从西方来，又是历代相传的旧说；考古家证明中国仰韶系彩陶，与巴比伦的素沙、中亚细亚及屈里波夷等地出土的彩陶同一系统。东西交通时期，据专家推算，约在公元前四千年。经过一千多年的发展，可能在公元前二千七百年（?）前后，即传说中的黄帝族对占据中原的羌族、蛮族发生争夺战。所以不妨说仰韶文化就是黄帝族的文化。”[1] 范文澜认为最早居住在中原地区的是羌族和蛮族，东部属夷族，西部属黄帝族，后来黄帝族进入中原，其文化遗存就是仰韶文化，这种联系就是建立在当时仰韶文化遗存比较丰富的基础之上的。

随着郑州西山仰韶文化古城的发掘，许顺湛提出郑州西山古城是黄帝城的观点。郑州西山遗址是在 1984 年发现的，遗址位于郑州市北郊古荥镇孙庄村西，1993 — 1996 年进行了为期三年的发掘。西山古城面积不大。“城址平面近似圆形，直径约 180 米，推测城内面积原有 25000 余平方米。因枯河冲刷及山坡流水侵蚀，

[1] 范文澜:《中国通史简编》，石家庄：河北教育出版社，2000 年，第 9—10 页。

城址的南部已被破坏。现存面积只有原城址的五分之四，即19000余平方米。如果将城墙及城壕的范围也算进去，则面积可达34500多平方米。”“现存城墙残长约265米，墙宽3—5米，存高1.75—2.5米，全部埋在今地表以下。城墙的建筑方法是先在拟建城墙的区段挖筑倒梯形基槽，在槽底平面上分段分层夯筑城墙，基槽外侧有城墙环壕。”[2]

在黄帝居住地问题上，韩建业则把庙底沟文化和黄帝文化联系起来。他认为：“值得注意的是，在与晋西南隔河相望的河南灵宝铸鼎塬一带，发现了北阳平等面积近百万平方米的大型聚落，与当时的黄河、长江流域一般聚落为几万平方米的情况形成鲜明对照，这为黄帝以晋西南（及其附近）为中心的说法增添了强有力的证据。说明当时地区间发展水平已有明显的高下之别，聚落间地位的差异也日益显著。然则庙底沟类型为黄帝族系的主要文化遗存，几乎可成定论。”[3]

关于红山文化，在辽宁阜新胡头沟、凌源三官甸子、喀左东山嘴等地陆续发现红山文化的重要遗存，后来，牛河梁“女神庙”和积石冢群的发现，更是红山文化考古的重大突破。“‘女神庙’的泥塑群像，反映了上古宗教的一定发展阶段。泥塑雕像塑得极为逼真，有很高的艺术性。已发现的泥像残块约分属五六个个体，她们形体有大小之分，年龄有老少之别；或张臂伸手，或曲肘握拳，组成了多彩多姿、栩栩如生的女神群像。这些形象有的可能象征当时社会上的权势者，有的或许是受到崇拜的祖先。根据群像之间大小和形态差别判断，似已形成有中心、有层次的‘神统’。这是人世间等级差别的反映，积石冢大、小墓的主从关系也印证了这一点。”[4] 正是由于红山文化所呈现的较高的文明成就，苏秉琦认为：“红山文化的突出文明特征是龙纹图案。《史记·五帝本纪》中所记黄帝时代的活动中心，只有红山文化时空框架可以与之呼应。”[5] 郭大顺在徐旭生“三集团”说基础上，提出“新三集团”说，分别是：以仰韶文化为代表、以中原粟作农业区为主要活动范围的神农氏华族集团；以大汶口文化和良渚文化为代表、以东南沿海稻作农业区为主要活动范围的虞（夷）夏集团；以红山文化为代表、以燕山南北为主要活动范围、以渔猎为主要经济活动的黄帝集团。他认为黄帝族本是燕山地区土生土长的一个部族。[6]

在黄帝居邑的讨论中，还有一种影响较大的说法，认为石峁城址是黄帝居邑。石峁古城是在陕西省榆林市神木县高家堡镇石峁村发现的，此地地处陕西北部、山西中北部、内蒙古南部的交界地带，也就是我们所谓的广义的河套地区。

石峁的石头城结构复杂，随着2012年石峁遗址考古发掘工作的启动，已经否定了石峁古城是战国长城的看法，证实石峁石砌城墙是龙山时代的遗物。石峁遗址之所以影响巨大，不仅仅在于城址规模之大，还在于发现了大量的玉器以及其他重要遗存。陕西省考古研究院等单位对石峁外城北部的东门进行了重点发掘，该门址由内外瓮城、夯土墩台和门塾组成。石峁聚落呈三重结构，皇城台是聚落的中心区域，内城环绕皇城台，外城则是弧形的半封闭结构。考古发掘表明，外城的

[2] 国家文物局考古领队培训班：《郑州西山仰韶时代城址的发掘》，载《文物》1999年第7期。

[3] 韩建业：《涿鹿之战探索》，载《中原文化研究》2002年第4期。

[4] 辽宁省文物考古研究所：《辽宁牛河梁红山文化“女神庙”与积石冢群发掘报告》，载《文物》1986年第8期。

[5] 苏秉琦：《华人·龙的传人·中国人——考古寻根记》，沈阳：辽宁大学出版社，1994年，第130页。

[6] 郭大顺：《追寻五帝：揭幕中国历史纪元的开篇》，沈阳：辽宁人民出版社，2010年，第117、122页。

东门是全城的制高点，可以俯视整个聚落。聚落的三道城垣的建筑时间有先后之别，整个聚落面积达到 400 多万平方米，超过长江流域的良渚和晋南的陶寺遗址，成为目前发现的史前规模最大的城址，被誉为“华夏第一城”。石峁遗址以“中国文明的前夜”成为 2012 年全国十大考古发现之一，吸引了海内外的关注。

石峁遗址的构成已经基本清楚，这是一个由皇城台、内城和外城构成的史前规模最大的城址。对于石峁城址的归属，沈长云提出的石峁古城是黄帝城的观点影响较大。他认为：“黄帝在历史上活动的时间不算太早，他与其他几位古帝实际上都应是同时代的人物，就是说都大致生活在夏代稍前的时候。过去史书把他置于其他几位古帝之前，实是出于后人的安排。因为黄帝的后裔周人建立了强大的周王朝，以后的华夏族又是以周族为主融合其他各族形成的，为华夏族编排的祖先的历史自应把黄帝放在首位。史载黄帝与蚩尤曾发生过战争，它书记载蚩尤在少昊之后，少昊又大致与颛顼同时，则黄帝所在的时间不一定早得过颛顼。如此来看待考古学者所发现的石峁古城，就可以看出它的年代与黄帝活动的时间大体相当了。由是我们判断石峁古城为黄帝部族所居，也有了充分的依据。”[7]

[7] 沈长云：《石峁古城是黄帝部族居邑》，载《光明日报》2013 年 3 月 25 日第 15 版。

二

关于黄帝早期居邑的说法很多，并不局限于上面所撮述的几种。不过，尽管在黄帝族源上有不同看法，但都不否认黄帝部族和中原的关系。即便主张黄帝地望在边地的学者，也大都主张黄帝部族之后由边地进入中原，黄帝时代比颛顼、帝喾、尧舜等传说人物要早。

有学者认为关于黄帝最早的记载见于西周，由于《逸周书》既非经书，也不是正史，其地位不高，其价值也被低估。虽然《尚书》中记载的最早人物是尧，但是在经书《周易》中已经提到了黄帝，经书《周礼》中又有三皇五帝之说，所以自春秋尤其战国以来，就出现了百家言黄帝的局面。

在黄帝时代，尚属于史前时代，文字的产生和史官制度的产生并不同步，私人著述的风气产生更晚。虽然没有当时的文字记载，后世关于黄帝的记载并不缺乏，能否因为这些记载晚出，而彻底否定传说的价值？对于历史上的疑古学派，当今史家倾向于肯定其反封建性质，这也是顾颉刚所坚持的底线。顾颉刚清醒地看到了考古学的局限性，所以一生对自己的观点并没有根本性的更正。尽管疑古学派今天已不复存在，可是其观点却影响了部分国内学者甚至海外汉学家，使得在黄帝认识问题上长期存有争议。

利用考古资料对传说时代进行探讨，这种做法无可厚非，而且考古资料丰富了我们对于传说时代的研究，使得古史传说中的历史逐渐浮现。古史传说是通过口耳相传的方式传承的，后来会被记载下来，并非个人的主观编造，疑古思想

虽然不乏重要发现，但由于受时代的局限，其根本性结论是错误的。由于传说复杂而又粗略，我们不能把黄帝仅仅视为一个具体的个人，这也是很多学者倾向于把黄帝看作部族首领和部族象征的缘由。

熟悉古史传说的学者都知道，古史传说中的几位首领大多高龄，对于黄帝，在春秋时代，社会上就流传黄帝寿三百年的说法。《大戴礼记·五帝德》："宰我问于孔子曰：'昔者予闻诸荣伊令，黄帝三百年。请问黄帝者人邪？抑非人邪？何以至于三百年乎？'"孔子回答说："劳心力耳目，节用水火财物，生而民得其利百年，死而民畏其神百年，亡而民用其教百年，故曰三百年。"孔子的解释肯定了黄帝的历史功绩，较为合理地解释了黄帝寿三百年这一违背常理的疑问。就一个人的生命来说，三百年肯定不可能，如果把黄帝作为部族的象征也就不难理解了。不过，按照古史传说，传说中的黄帝大约生活在距今五千年左右，中国五千年的文明史的说法就是从传说中的黄帝开始的。

在《大戴礼记》中有两篇关于传说时代的重要文献，分别是《五帝德》和《帝系》。对于黄帝谱系，疑古学者指出其不可信之处，有其道理在，但这种合理性的局限在于仅仅是从血缘的角度来分析问题，而没有从种族认同的角度来看问题，黄帝谱系的形成有其合理的社会背景，是种族和文化认同的体现，仅仅局限于狭隘的血缘关系，这种认识是有局限的。在文明进程上，夏人是较早迈进国家门槛的，考古发现揭示了黄河流域以外的文明，使我们认识到在远古时代，长江流域和东北辽河流域同样存在着较为先进的文明，因此，苏秉琦才有"满天星斗"之说。有见于黄河流域文明的中心地位，严文明认为整个中国文化就像一个重瓣花朵：中原是花心，周围的各文化中心好比是里圈花瓣，再外围的一些文化中心则是外圈的花瓣。[8] 在对早期社会的认识上，不能忽视夏人与黄帝的关系，周人尊夏的原因亦值得进一步研讨。关于黄帝时代最重要的一条记载，就是《古本竹书纪年》"黄帝至禹，为世三十"，按照30世计算，黄帝时代也是在公元前三千年左右。对于这一条记载的真实性，曾有多位学者提出怀疑，影响较大的还是王国维的说法。朱右曾《汲冢纪年存真》曾辑录了《路史·发挥》中所引《竹书纪年》的记载，王国维在《古本竹书纪年辑校》"黄帝至禹，为世三十"条后加按语说："此亦罗长源隐括本书之语，非原文。"王国维说是宋人罗泌概括《竹书纪年》的话而非原文。沈长云信从这种说法，他指出："不幸的是，这条记载的可信性却很值得怀疑。一则，据陈梦家、方诗铭诸家的研究，《纪年》的编年纪事实起自夏，今《路史·发挥》所引《竹书纪年》提及黄帝之事，并非《纪年》原文。其二，就'黄帝至禹，为世三十'这句话而言，亦是罗泌隐括其所用材料之语，非《纪年》原文，而罗泌著《路史》在《今本纪年》之后，并有摘抄《今本》之行为，安知此语不是罗泌据《今本》中其他材料得出的结论？我想，即令这句话出自真的《纪年》，也没有必要信以为实，因为《纪年》作在战国末年，其时已有将黄帝等传说中人物编在一个谱系上的书籍出现，此与黄帝等人本来的部族首领的形象已发生了很大改变，《纪年》照此而称

[8] 严文明：《长江流域在中国文明起源中的地位和作用》，收入严文明《农业发生与文明起源》，北京：科学出版社，2000年，第90—98页；严文明：《中国史前文化的统一性和多样性》，载《文物》1987年第3期。

说黄帝如何如何，也是很自然的事，岂可信以为真？这里，我倒想问，除了这类战国晚近的文献，还有哪些先秦时期的古籍能够提供黄帝距今 5000 年的证据呢？”为了更清楚地说明问题，我们不妨把罗泌《路史》中的文字引述如下：“按春秋纬黄帝传十世，虽未足信，然《竹书纪年》黄帝至禹为世三十，以今考纪亦一十有二世。”[9] 从罗泌的《路史》来看，说《竹书纪年》黄帝至禹为世三十，这三十世已经不可详考，现在可考的只有十二世，很显然，这句话并不是罗泌概括《竹书纪年》的话。

《竹书纪年》有古、今本之别，学者多信古本，而视今本为伪书，这种说法值得进一步探讨。在疑古思想支配下，曾经对古籍造成很多冤假错案，随着出土文献的出现，大量伪书被解放，今本《竹书纪年》不同于古本，却不是学者故意作伪。杨朝明就曾认为：汲冢书的整理是比较复杂的，《竹书纪年》也是如此。《晋书·束皙传》曰：“《纪年》十三篇，记夏以来至周幽王为犬戎所灭，以事接之，三家分，仍述魏事。”杜预《春秋经传集解后序》亦云：“《纪年》篇起自夏、殷、周。”但《史记·魏世家》集解引荀勖曰：“和峤云：‘《纪年》起自黄帝，终于魏之今王。’”荀勖、和峤、束皙、杜预等都参与了汲冢竹简的整理与研究，所以《纪年》到底起自黄帝还是始于夏代，尚难遽定。然从《纪年》留存下来的材料看，其中有夏代以前的内容是没有疑问的。今本如此，古本也是这样，传统上整理古本《纪年》的次序一般自黄帝开始。“《今本竹书纪年》到底是怎样成书的还是个谜，但有一点可以肯定，即它的史料价值是极高的，这些材料即使不是直接采自汲冢原简，也会取自散佚之前的古本《纪年》。”[10] 因此，在考证中，不能过分强调古今本《竹书纪年》之别，对于作为重要证据的文献材料的可靠性的否定，是疑古学者常用的一种方法，真正走出疑古，依然有很长的路要走。

在远古传说中，黄帝在颛顼、帝喾、尧舜之前，其积年和《竹书纪年》的说法相吻合，而否定《竹书纪年》黄帝至禹为世三十的记载，认为黄帝与颛顼、帝喾等同时，则恰恰仅仅是根据逻辑判断，而缺乏文献依据。

三

只有在明确了黄帝时代的时间段以后，才有可能进一步对黄帝部族居邑进行讨论。在这一问题上，我们坚持中国五千多年的文明史是从黄帝时代开始，由于黄帝族有着长期的发展，因此，需要结合黄帝传说，尝试把黄帝居邑和考古学文化相联系。

曾经有学者把庙底沟文化和黄帝文化联系起来，庙底沟文化是仰韶文化中期文化类型，这未免把黄帝时代提得过早。笔者曾经提出过一种观点，认为黄帝文化相当于考古学上的庙底沟二期文化。[11] 庙底沟二期文化是仰韶文化向龙山

[9] 罗泌：《路史·发挥三》，文渊阁《四库全书》本。

[10] 杨朝明：《〈今本竹书纪年〉并非伪书说》，载《齐鲁学刊》1997年第6期。

[11] 李桂民：《黄帝史实与崇拜研究》，北京：中国社会科学出版社，2012年，第101—104页。

文化过渡类型，或者称之为早期龙山文化，也就是主张传说中的五帝时代和考古学上的龙山文化大致对应。

第一，从时间上看，黄帝居邑应在庙底沟二期文化遗址中去寻找。庙底沟二期文化是在庙底沟文化基础上发展起来的，传说中的黄帝时代反映的应该是龙山时代早期的社会状况。庙底沟二期文化的分布范围较广，分布在古中原的核心区，即豫陕晋三省交界及相邻地区。仅在山西境内的文化遗存，据调查就达百余处，在山西已经发掘的较大遗址主要有垣曲东关、龙王崖和丰村遗址，面积达到 30 万平方米。庙底沟二期文化的起止时间，学界分歧不大，主要有前 3000 —前 2500 年、前 2900 —前 2300 年、前 2800 —前 2300 年、前 2900 —前 2400 年、前 3000 —前 2400 年等说法。[12] 这几种说法，对庙底沟二期文化持续时间的认识基本一致，都认为庙底沟二期文化持续了五六百年的时间，庙底沟二期文化的早期和传说中的黄帝时代在时间上是基本吻合的。

[12]
严文明：《略论仰韶文化的起源和发展阶段》，载《仰韶文化研究》，北京：文物出版社，1989 年，第 79 页；卜工：《庙底沟二期文化的几个问题》，载《文物》1990 年第 2 期；山西省考古研究所编：《山西考古四十年》，太原：山西人民出版社，1994 年，第 96 页；罗新、田建文：《庙底沟二期文化研究》，载《文物季刊》1994 年第 2 期；中国历史博物馆考古部等：《垣曲古城东关》，北京：科学出版社，2001 年，第 509 页。

第二，从地域上看，黄帝居邑应该分布在黄河中游的古中原核心区。在黄帝居邑问题讨论上，有观点认为黄帝原来居住在边邑，后来由边地入主中原。这种观点尽管有一定道理，但关键的问题是这类假说得不到考古学的支持。目前考古学取得的成果告诉我们，中原地区早期的考古文化是承前启后、连续发展的，尤其是在考古文化相对单纯的豫晋陕相邻地区，尽管受到东方和南方等地文化因素的影响，但并不存在一种文化被另一种外来文化取代的现象。因此，对黄帝居邑的考察应该关注黄河中游的古中原地区。

[13]
李衡眉：《古史传说中帝王的性别问题》，载《历史研究》1994 年第 4 期。

[14]
朱乃诚：《中国古代文化连续发展的杠杆之作：重读〈庙底沟与三里桥〉有感》，载《南方文物》2015 年第 3 期。

学术界一度存在黄帝是男性还是女性的争论 [13]，现在这种争论不复存在了。从黄帝传说看，黄帝时期已经进入了父系氏族公社时代，黄帝是部落联盟的首领，或称之为族邦首领。中原地区的考古学文化序列比较清楚，在黄河中游的古中原地区，仰韶文化之后是作为过渡形态的庙底沟二期文化。1965 年，对河南陕县庙底沟遗址的发掘，使得仰韶文化和龙山文化之间过渡形态的庙底沟二期文化被发现。20 世纪 80 年代以来，考古学迅速发展，尤其是随着“中华文明探源工程”的启动，考古学进展迅速，都邑性遗址得到大面积发掘。1959 年《庙底沟与三里桥》一书的出版，首次证实了中国新石器文化连续发展的史实，“清晰地展示了仰韶文化发展为庙底沟二期文化、庙底沟二期文化发展为河南龙山文化和陕西龙山文化。由此黄河中游地区的新石器文化连续发展的线索开始厘清并得到公认”[14]。针对中原地区的考古学文化谱系，高江涛也认为“豫中：庙底沟文化→秦王寨类型→王湾三期文化（龙山文化）。豫西、

晋南：庙底沟文化→西王村类型→庙底沟二期文化（龙山文化）”[15]。就庙底沟二期文化而言，是分布在豫西、晋南和陕西关中地区的考古学文化，其中心区域是豫西晋南，目前按地区划分为四个类型，即豫西晋南的东关类型，晋中的白燕类型，关中东部的横阵类型，关中西部的浒西庄类型。庙底沟二期文化的地域分布和传说中的黄帝较为符合，豫晋陕相邻区域应为黄帝族的居住范围。

第三，庙底沟二期文化的墓葬符合黄帝“正名百物，以明民共财”的记载。庙底沟时代，社会分化业已开始，农业快速发展，穿孔石钺的出现，表明战争在社会中的作用不断增强，到庙底沟文化的晚期，河南灵宝西坡、陕西白水下河和陕西华县（今陕西渭南华州区）泉护等遗址，已经出现了面积达二三百平方米的大型宫殿式房屋，已经站到了文明的门槛上。韩建业认为：“庙底沟时代是在东庄—庙底沟类型的强力扩张影响下形成，该时代的到来标志着‘早期中国文化圈’或文化上‘早期中国’的形成。”[16] 尽管社会的初步分化在庙底沟文化时期就已经出现，河南灵宝西坡遗址就曾发现大型公共房址和大型墓葬，遗址面积达 40 万平方米，只不过这一时期的墓葬与其同时的周边地区大为不同，大型墓没有奢侈品随葬。

这种有别于周边部族的质朴的风格一直保持到庙底沟二期文化阶段，很多墓葬规格仅仅体现在大而不是奢侈品随葬上，直到晚期才开始改变。庙底沟二期文化陶器多为灰陶，也有褐陶和黑陶，罕见红陶，主要纹饰有绳纹、篮纹和附加堆纹等，代表器物有筒形深腹罐、斝、釜灶、鼎、小口高领瓮、盆、擂钵等。庙底沟二期文化的大型墓发现极少，发现的玉璧、环、琮、璜等礼器，大型墓和人殉现象，主要属于庙底沟二期文化的晚期。在晋中太谷白燕遗址等地发现非正常死亡的灰坑葬现象，身份是战俘或祭祀的牺牲。山西芮城清凉寺墓地，位于芮城县东北一条南北向台塬上，在 2004 年年底清理的 262 座墓葬中，三分之一的墓葬有随葬品，只不过大型墓随葬品多被盗扰，只有少数墓残存精致玉器。清凉寺墓地属于庙底沟二期文化晚期墓地，距今约 4500 — 4300 年，“第一阶段小型墓的墓主人应是同一部族的成员。第二阶段的大型墓不仅规模大，而且有陪葬者或殉人，拥有精致的随葬品。墓中随葬的玉石器的种类虽然较少，但是琮、璧、钺、带孔石刀齐全，数量 1 — 12 件不等。墓葬的规模、殉人和随葬器物的差别，反映出此时已经存在明显的阶层分化和阶级对立”[17]。庙底沟二期文化时期的大型墓发现较少，有学者把陶寺文化早期归入庙底沟二期文化，鉴于陶寺文化的多元和复杂性，本文暂不列入。总体上看，庙底沟二期文化在葬俗上有别于相同时期的

[15] 高江涛：《中原地区文明化进程的考古学研究》，北京：社会科学文献出版社，2009 年，第 58 页。

[16] 韩建业：《庙底沟时代与“早期中国”》，载《考古》2012 年第 3 期。

[17] 山西省考古研究所、运城市文物局、芮城县文物局：《山西芮城清凉寺新石器时代墓地》，载《文物》2006 年第 3 期。

大汶口和屈家岭等周边文化。

第四，从体质人类学方面看，庙底沟二期文化和传说中的华夏集团有关。据韩康信和潘其风研究，“庙底沟组的体质特征与现代的远东人种较为接近。它和仰韶文化和大汶口文化各组人骨之间，在体质上显然存在更为密切的关系，但在接近南亚的程度上，似又不及仰韶各组。这个事实，一方面反映了庙底沟二期文化和仰韶文化人类在体质上的连续性，同时也反映了我国黄河中、下游新石器时代祖先在人种起源上的密切关系”[18]。在另一篇文章中他们又说：“生活在黄河中游的具有中颅型，中颅，中等面宽和面高，中等偏低的眼眶，较宽的鼻型，比较扁平的面和上齿槽突颌，中等身高等特征占优势的新石器时代居民，可能与传说中的先夏集团有关。黄河下游今山东、苏北的大汶口文化居民比仰韶文化居民一般在颅高和面高上更高一些，面宽稍宽，鼻型稍窄，身高可能稍高，并有颅枕部变形、人工拔牙和口颊含球的特殊风俗，他们大概和传说中的东夷集团有关。时代稍晚的庙底沟二期文化在体质上与这两个族群关系比较接近。”[19]

第五，庙底沟二期文化时期也符合关于黄帝时期“以玉为兵”的表述。所谓“以玉为兵”，玉显然不能成为杀伤人的真正兵器，意思是说出现用玉制作的兵权象征物。这种兵权象征物在庙底沟文化晚期就已经出现，河南灵宝西坡遗址为仰韶文化庙底沟类型的重要聚落，自2000年第一次发掘以来，西坡遗址因大型房址、壕沟、大型墓葬和成批玉器的发现，日渐受到学术界的重视。在已发现的20多座墓葬中，6座墓随葬有玉器，出土玉器共计10件，器类有钺和环两类，其中钺9件，环1件。[20]中原地区的琢玉业水平一般认为不如良渚和红山文化，庙底沟二期文化也仅仅是到了晚期才出现了崇玉葬玉的高潮。晋中南地区发现玉器最多的是陶寺文化，陶寺是晋南地区出土玉器最多的遗址，在第一轮发掘中，共出土玉石器1000余件，在陶寺遗址进行了第二轮发掘，又发现了一定数量的玉器。[21]临汾下靳墓地虽遭严重破坏，仍清理发掘墓葬500多座，在以玉石器为主的随葬品中，出土玉石器达200多件。当地文物部门和公安部门在清凉寺一带先后收缴过两批玉器，在被收缴的两批文物中，玉石器有80件之多，估计流散的玉器应有不少。在收缴的玉器中，璧的数量最多，达70件之多，此外，还有玉环5件、玉钺5件，特别引人瞩目的是还有玉琮2件。现已探知，清凉寺墓地面积近5000平方米，目前已发掘墓葬300多座，墓葬存在着明显的等级差别，较大的墓葬往往有殉人现象。从发掘看，墓葬随葬以玉石器为主，已出土200件以上，陶

[18]
韩康信、潘其风：《陕县庙底沟二期文化墓葬人骨的研究》，载《考古学报》1979年第2期。
[19]
韩康信、潘其风：《古代中国人种成分研究》，载《考古学报》1984年第2期。

[20]
马萧林等：《灵宝西坡仰韶文化墓地出土玉器初步研究》，载《中原文物》2006年第2期。
[21]
中国社会科学院考古研究所山西队等：《陶寺城址发现陶寺文化中期墓葬》，载《考古》2003年第9期；王晓毅、严志斌：《陶寺中期墓地被盗墓葬抢救性发掘纪要》，载《中原文物》2006年第5期；中国社会科学院考古研究所山西队等：《2004—2005年山西襄汾陶寺遗址发掘新进展》，载《中国社会科学院古代文明研究中心通讯》2005年第10期。

器及其他随葬器物都很少。玉钺等玉制兵权象征物的出现，说明黄河中游的中原地区业已进入“以玉为兵”的时代。

另外，在陕北地区也发现了大量玉器，如石峁、芦山峁和新华遗址等。芦山峁遗址在延安市北郊，20 世纪 60 年代以来，这里陆续发现早期玉器，器形主要有钺、刀、璧、琮等。[22] 新华遗址亦在神木县，位于石峁遗址的西面，两地相距约 20 公里。1987 年发现该遗址以来，陕西省考古研究所等单位先后进行过数次调查和发掘，出土和采集玉器 39 件，器型有钺、铲、刀、斧、环和璋等。[23] 新华遗址出土玉器与石峁遗址的同类器基本一致，应属于同一时代和同一文化的遗存。石峁遗址的龙山晚期文化和进入夏纪年的文化属于同一种文化的延续，其和大汶口二期、新华、杏花村四期和朱开沟一、二期皆属于同一种文化，是我国北方地区独立的考古学文化，和中原地区相比，文化面貌上异大于同，不属于同一种考古学文化。

[22] 姬乃军：《延安市发现的古代玉器》，载《文物》1984 年第 2 期；姬乃军：《延安市芦山峁出土玉器有关问题探讨》，载《考古与文物》1995 年第 1 期。

[23] 孙周勇：《神木新华遗址出土玉器的几个问题》，载《中原文物》2002 年第 4 期。

在史前时代，关于历史的记忆主要依靠口耳相传，古史传说是中华民族的早期记忆和精神财富，正确评估古史传说的历史价值至关重要。极端疑古学者观点的错误尽管已经被学界认识到，疑古学派也不复存在，但对中国上古史带来的破坏和影响极深，认同或盲从其观点的依然大有人在。由于考古学的局限，重建中国上古史的任务依然艰巨。欣喜的是，在远古传说问题上，学界共识越来越广泛，大汶口文化、贾湖遗址和陶寺遗址都发现了被广泛认为是文字的刻写，也许有一天，被认为无从证明的东西，因为文字的发现而将被彻底改写，中国上古文明长期以来所存在的被严重低估的局面将被彻底改变。早在公元前四千年左右，华夏集团就已经占据了黄河中游比较优越的地理位置，并在公元前三千年左右文明进程速度加快，此后先后迈入了文明门槛。古中原由于优越的地理环境和区位，被认为是“天下之中”，对于早期中国的认同意识逐渐产生。在考古学上，需要进一步加大寻找庙底沟二期文化早中期大型中心聚落的力度，将有利于黄帝居邑问题的早日解决。我们有理由相信，黄河中游地区，也就是豫陕晋的相邻地区就是传说中黄帝族的生活地域，中国五千多年的文明史可以溯源到传说中的炎黄时代。

（本文原载于《华夏文化》2018 年第4 期）

黄帝与中华礼乐文明

杨赛

引言

上古音乐，包括五帝之乐与周初之乐，又被称为先王之乐。先王之乐不仅仅是声音本身，还融合了先王之道、先王之圣、先王之制、先王之法、先王之行、先王之陈、先王之书、先王之命、先王之教、先王之官、先王之令、先王之业、先王之玩、先王之祀、先王之遗训等内容，与先秦典章制度、风俗传统、治理经验密不可分，是早期中国人文精神的集中体现。

然而，先王之乐并没有清晰翔实的史料，自孔子时代已经难以究诘其详。《汉书·礼乐志》曰："昔黄帝作《咸池》，颛顼作《六茎》，帝喾作《五英》，尧作《大章》，舜作《招》，禹作《夏》，汤作《濩》，武王作《武》，周公作《勺》。《勺》，言能勺先祖之道也。《武》，言以功定天下也。《濩》，言救民也。《夏》，大承二帝也。《招》，继尧也。《大章》，章之也。《五英》，英华茂也。《六茎》，及根茎也。《咸池》，备矣。自《夏》以往，其流不可闻已。"[1] 1038 然而，早在汉代时就已经对夏以前的先王之乐不甚明了，《汉书·礼乐志》记载的曲目并不完整，释义的理由并不充分，乐舞的人文内涵也十分模糊，需要更多的史料来充实和构建。

杨荫浏说："关于远古时期的音乐文化，我们今天掌握的史料还很少。除了数量有限的文化实物以外，还有一些后世记录的神话与传说。而神话传说，则到了后世阶级社会中才逐渐被记录下来。因而有些地方打上了阶级的烙印，歪曲了原来的基本精神。后来的统治阶级已经把一些他们可以利用的原始音乐传说和他们的封建思想糅合在一起，用以巩固自己的神权统治，并且把一些不利于他们的原始音乐传说有意排斥掉，使它们不能保存下来。虽然如此，在有些神话、传说中，仍含有一部分反映中国古代人民现实生活的因素；在马克思列宁主义科学原则的指导下，我们应该尽可能据以对我们原始人类的音乐文化做一些适当的推测。"[2] 5 李纯一说："远古的原始时代是我们祖先的童年，没有文字，更没有关于当时音乐的文字记载，现存的远古音乐神话传说，大多出于周代以来的文献，难免带有后世的时代烙印。但是，仍然可以从中捕捉到一些远古音乐的踪影。"[3] 1 杨宽说："夏以前之古史传说，其原型本出神话……然吾人尚须由其原始神话而检讨其历史背景，以恢复其史料上原有之价值。"[4] 上古音乐史料不少，考古成果亦多，学界实在不当一概视为伪史。[5] 我们既不应该一味疑古，也不应该一味信古，而应该采取折中

释古的态度。[6] 叶伯和说：“要从这些帝王家谱和神话中，抽出纯粹论音乐的材料，编成有系统的书，是很难的一件事。”[7] 4 结合考古史料与纸面文献，参其异同，缀合社会学、人类学的方法，进行深入研究，去其伪，存其真，重建中国上古音乐史。追溯黄帝至周代礼乐的创建、传承与发展过程，对我们准确理解中华礼乐文明的性质，构建中华礼乐文明理论与实践体系，为中国礼乐正名，推动中华礼乐文明在新时代的复兴有重要意义。

陈旸《乐书》：“盖五帝之乐，莫著于黄帝。”[8] 147 黄帝创建了中国礼乐体系，奠定了中国礼乐的思想基础，是先王之乐的集大成者。王光祈说：“《周礼》所述黄帝、尧、舜等乐舞，虽不必尽信，但吾国舞乐起源甚早，则可以断言。”[9] 黄帝礼乐并非一时一世形成的，而是集前代圣王礼乐之大成。陈旸说：“观孔子论五帝，以为法始乎伏羲，著于神农，而成于黄帝、尧、舜，盖尝详之。”[8] 137 黄帝礼乐在后世的传承与传播也并非一帆风顺，经历了多次反复。

一、远古之乐

黄帝之乐，从远古之乐发展而来。乐起源于人类对天神的敬畏、崇拜与感恩。乐是人类内在的自觉要求，能疏导情感、提升认识，强化族群间的认同感和凝聚力。随着社会的发展，乐的内涵和形式不断丰富，从自然主义和泛灵论巫术时期，逐渐发展到有规律的礼拜和祭祀活动，最终形成礼乐思想和礼乐体系，成为中国核心的社会价值和制度，是中国社会长期维持稳定的基础。[10]

伏羲氏、朱襄氏、葛天氏都制作乐舞。伏羲氏最先制定了嘉礼乐。《通典·礼典》：“伏羲以俪皮为礼，作瑟以为乐，可为嘉礼。”[11] 1119 俪皮即要两张鹿皮，是早期人们嫁娶的聘礼。《通典·乐典》：“伏羲乐名《扶来》，亦曰《立本》。”[11] 3589 其乐义不详，或可释为维系部落的根本原则。《周易·系辞下》：“刚柔者，立本者也。”[12] 165《商君书》有《立本》篇[13]，与伏羲氏之乐并无关系。《拾遗记》记载：“庖牺氏灼土为埙。”考古发现陶埙多例，并有测音。[3] 31-37

（一）伏羲氏之乐

伏羲氏有网罟之歌。夏侯元《辨乐论》：“包牺氏因时兴利，教民田渔，时则有网罟之歌。”元结《补乐歌十首·网罟》：“《网罟》，伏羲氏之乐歌也。其义盖称伏羲能易人以禽兽之劳。补《网罟》二章，章四句：吾人苦兮，水深深。网罟设兮，水不深。吾人苦兮，山幽幽。网罟设兮，山不幽。”[14] 57 乐歌比较朴实地反映了上古时期原始部落的人们用网罟捕鸟、捕鱼的情形，网罟的发明和运用，增强了人们改变自然的能力，改善了人民的生活。只是到黄帝时的《弹歌》，才出现二言歌诗，元结所

拟的四言歌诗，似乎过于超前。

《隋书·乐志》："伊耆有苇籥之音，伏羲有网罟之咏，葛天八阕，神农五弦，事与功偕，其来尚矣。"[11] 3589 土鼓与网罟之歌发明时，巫术和宗教的色彩并不浓厚。伏羲制作的乐舞，处于史前自然主义阶段。这一时期的骨笛等乐器，很少有装饰刻纹。陶制响器如埙等，也是一般动植物的形状，但刻有米字纹、方格纹、网纹、平行条纹、锯齿纹、水纹、涡轮纹等，其用途也仅限于追捕野兽、扩声等实际生活[15]，一般不作祭祀与娱乐用途，带有浓厚的自然主义风格。阿诺尔德·豪泽尔说："原始猎人的经济处于非生产性的、带有寄生性质的发展阶段，他们的食品不是生产出来的，而是来自采集或者捕猎；根据各种迹象判断，他们生活在松散的、没有组织的社会群体当中，分属孤立的小部落，原始个人主义是其行为准则；估计他们不信神，不信彼岸，不相信死后的存在。很显然，在这个脚踏实地的时代，一切活动都是为了生存这一核心作用。"[16] 2 在后代漫长的传承过程中，这类音乐逐渐被宗教化和巫术化。

（二）朱襄氏之乐

朱襄氏命士达制造了五弦瑟作乐，用来调和阴阳，生育万物，求雨抗旱，获得收成。《吕氏春秋·古乐篇》："昔古朱襄氏之治天下也，多风而阳气畜积，万物散解，果实不成，故士达作为五弦瑟，以来阴气，以定群生。"[17] 284 朱襄氏的乐舞带有浓厚的巫术色彩，五弦瑟主要功能是祭祀的法器，音乐有一种神秘性，可以沟通神人的关系。[2] 7 杨荫浏说："远古的音乐与宗教及巫术有着密切的联系，这固然反映出当时人们对于自然界斗争的软弱无力和对周围自然界及人类自身的认识水平的低下，但也赋予音乐本身以幻想与乐观精神。"[2] 2 此时，人类社会逐步转入定居形态，主要靠生产食物解决生计问题，和土地建立日益密切的联系，但对自然力量充满恐惧和依赖。[16] 5-6《汉书·古今人名表》有朱襄氏，建都于株，即陈地之株邑。朱襄氏之乐应该保存于株地，后其部落流散，传承情形不可详考。

（三）葛天氏之乐

葛天氏时期，人类开始驯养动物，种植农作物，温饱更有保障。《汉书·古今人名表》有葛天氏之乐。葛天氏之乐层次比较分明，功能比较完备，构建了早期礼乐的雏形。《吕氏春秋·古乐篇》："昔葛天氏之乐，三人操牛尾投足以歌八阕：一曰《载民》，二曰《玄鸟》，三曰《遂草木》，四曰《奋五谷》，五曰《敬天常》，六曰《达帝功》，七曰《依地德》，八曰《总万物之极》。"[17] 284 葛天氏总的乐名已经失传，乐义失考。杨荫浏说："传

说里有一个远古的氏族，叫作葛天氏。他们的音乐，是由三个人执着牛尾，踏着脚步，唱着八首歌曲。八首歌曲的第一首《载民》是歌颂负载人民的地面；第二首《玄鸟》歌颂黑色的鸟——黑色的鸟是一种作为氏族标志的‘图腾’；第三首《遂草木》是祝草木顺利地生长；第四首《奋五谷》是祝五谷繁盛地生长；第五首《敬天常》是述说他们尊重自然规律的心愿；第六首《达帝功》是述说他们有充分发挥天帝功能的愿望；第七首《依地德》是述说他们依照地面气候变化的情形进行工作；第八首《总禽兽之极》，是说明他们的总的目的，是要使鸟类的繁殖，达到最高的限度。这八曲的标题，说明当时人民种植谷物，主要是为了喂养家禽和家畜。这传说所反映的时期，最早不超过恩格斯所说的野蛮期的中级阶段。”[2] 5-6 李纯一说：“这八阕中的《敬天常》《依地德》和《达帝功》之类，非当时所能有，应是出自后人的附会，不足信据。但是像《遂草木》《奋五谷》和《总万物之极》之类却含有合乎原始文化史的合理成分，即依靠原始农业和畜牧业为生的先民们，为了求得理想的收成，幻想通过原始宗教或巫术相结合的音乐歌舞，向祖先（《载民》和图腾《玄鸟》）进行祭祀和膜拜，以期得到这种超自然力量的保佑。”[3] 3

《葛天氏之乐》是葛天氏部落的一组比较完整的祭祀音乐，其形成经历了一个漫长的过程。定型时期可能比较晚，这八首曲目可归入五个乐章：第一乐章为迎神曲《载民》，歌颂始祖；第二乐章为颂神曲《玄鸟》，歌颂部落图腾；第三乐章为享神曲《遂草木》《奋五谷》，再现部落刀耕火种的劳动情形并将收获奉献于神；第四乐章为送神曲《敬天常》《达帝功》《依地德》，表达对天地神明的敬畏与感恩；第五乐章为撤馔终结曲《总万物之极》，是整个乐舞的高潮与尾声。其传承情形不可详考。

此舞传至周代，即为旄舞：“《传》曰：‘葛天氏之乐，三人操牦牛尾而歌八阕。’欲旄者，其牦牛之尾欤！古之人非特操之以歌，亦操之以舞。牦牛之尾，舞者所持，以指麾犹旄旗。注：‘牦牛之尾，乡士所设以标识者也。’《周官》：‘旄人掌教舞散乐，舞夷乐。’然则旄舞，岂亦旄人所教邪！”[18]、

阿诺尔德·豪泽尔认为，人类开始种植和畜牧生活之后，感觉到自己的命运被理性地、按照冥冥天意行事的神秘力量所控制。在意识到天气的好坏、雨天和晴天、雷电和冰雹、瘟疫和干旱、土地的肥沃和硗薄、丰收和歉收对自身的制约作用后，人们开始想到鬼怪和精灵的存在。[16] 6-7 葛天氏制作的乐舞，可视为新石器时代泛灵论的反映。

（四）炎帝之乐

炎帝，神农氏，姜姓。据说炎帝首制了吉礼乐。《通典·礼典》：

“神农播种，始诸饮食，致敬鬼神，蜡为田祭，可为吉礼。”[11] 1119

《通典·乐典》：“神农乐名《扶持》，亦曰《下谋》。”[11] 3589《乐书》曰：“神农乐曰《下谋》，言神农播种百谷，济育群生，造五弦之琴，演六十四卦，承基立化，设降神谋，故乐曰《下谋》，以明功也。”[19]

炎帝乐舞表演的情形，《庄子·天运》有“有焱氏为之颂”，《释文》“焱亦作炎”“听之不闻其声，视之不见其形。充满天地，苞裹六极”[20] 508。元结《补乐歌十首·丰年》：“《丰年》，神农氏之乐歌也。其义盖称神农教人种植之功。补《丰年》二章，章四句：猗太帝兮，其智如神；分草实兮，济我生人。猗太帝兮，其功如天；均四时兮，成我丰年。”[14] 59 乐歌赞颂了神农氏区分农作物和测定农时两大功德，区分农作物没什么异议，区分农时则要到后期。

炎帝时期，中国社会的生活方式由游猎逐步转向农耕，母系氏族特征明显。《庄子·盗跖》：“神农之世，卧则居居，起则于于，民知其母，不知其父，与麋鹿共处，耕而食，织而衣，无有相害之心，此至德之隆也。”[20] 995

神农氏发明了琴。桓谭《新论》：“神农氏继而王天下，于是始削桐为琴，绳丝为弦，以通神明之德，合天人之和焉。”琴的最初用途，并非乐器，而是在祭祀仪式中，用来沟通神人的法器。人们发现万物有灵，敬畏精灵，相信灵魂的存在，祭祀死者。[16] 6-7

周武王曾分封炎帝之后于焦，祭祀炎帝。《史记·周本纪》：“武王追思先圣王，乃褒封神农之后于焦。”[21] 127《史记集解》引《地理志》：“弘农陕县有焦城，故焦国也。”《通典》：“亳州今理谯县。周武王封神农之后于焦，即其地也。其后改为谯。春秋时为陈国之谯邑。战国时属宋。秦属砀郡。汉属沛郡。后汉为沛国，兼置荆河州。领郡六，理于此。”[11] 4665 郦道元《水经注·河水注》：“焦国，武王以封神农之后于此。”《扶持》应保存于此地，其传承情形不可考。炎帝另一支封到许国，后国灭，子孙流散。《新唐书·宰相世系表》：“许氏出自姜姓。炎帝裔孙伯夷之后，周武王封其裔孙文叔于许，后以为太岳之嗣，至元公结为楚所灭，迁于容城，子孙分散，以国为氏。”[22] 2875 炎帝乐在后来比较式微，其影响远不如黄帝乐。《新唐书·傅弈传》：“龙纪、火官，黄帝废之。”[22] 4059 在兼并其他部落后，黄帝很可能把其乐舞也废除了。

黄帝以前的乐舞，到周王朝初建，都已经失传了，有的仅传乐名，汉、唐注疏家没有释名，很难考察其乐义。叶伯和说：“黄帝以前，虽有《扶来》《扶持》，都没有传。”[7] 15 远古之乐与当时人们的劳动、生活密切相关，与宗教、巫术关系尤其密切。

二、黄帝之乐

陈旸《乐书》:“盖五帝之乐，莫著于黄帝。”[8] 147 黄帝创建了中国首个礼乐体系，奠定了中国礼乐的思想基础，是先王之乐的集大成者。叶伯和将中国音乐史分出四个时代，第一时期为黄帝以前，第二时期为黄帝至周。[7] 6 王光祈说：“《周礼》所述黄帝、尧、舜等乐舞，虽不必尽信，但吾国舞乐起源甚早，则可以断言。”[9]

黄帝作《云门》《大卷》《咸池》三种乐舞，发明律吕，铸造乐钟，是中国礼乐的奠基人。黄帝，名轩辕，被奉为人文始祖。黄帝是早期礼乐的集大成者，首制了军礼乐、宾礼乐、凶礼乐，完善和丰富了吉礼乐和嘉礼乐。《通典·礼典》:“黄帝与蚩尤战于涿鹿，可为军礼；九牧倡教，可为宾礼；《易》称古者葬于中野，可为凶礼。又，‘修贽类帝’则吉礼也，‘厘降嫔虞’则嘉礼也，‘群后四朝’则宾礼也，‘征于有苗’则军礼也，‘遏密八音’则凶礼也。故自伏羲以来，五礼始彰。”[11] 1119

（一）《云门》

《云门》是宣扬黄帝受命时出现云瑞，属文乐。“云”是指黄帝受命时出现了景云、黄云瑞象，黄帝以云纪事，以云为百官命名。《史记·五帝本纪》：“官名皆以云命，为云师。”[21] 5《史记》裴骃集解引应劭曰：“黄帝受命，有云瑞，故以云纪事也。春官为青云，夏官为缙云，秋官为白云，冬官为黑云，中官为黄云。”[21] 6《左传·昭公十七年》：“郯子曰：‘昔者黄帝氏以云纪，故为云师而云名。’”[12] 835 注曰：“黄帝受命有云瑞，故以云纪事，百官师长皆以云为名，号缙云氏，盖其一官也。”“门”是指黄帝能分门别类管理各个部落的各种事务。《周礼·春官宗伯·大司乐》郑玄注曰：“黄帝能成名万物，以明民共财，言其德如云之所出，民得以有族类。”[12] 337-338《乐书》曰:“黄帝乐曰《云门》，言黄帝之道成名百物，明民共财，德如云出其门，民可有于族类，故乐曰《云门》。”[19]

《云门》有六个乐章，各章乐名不祥。周代郊祀曾用以迎天神。《周礼·大司乐》疏:“《云门》之舞，冬日至于地上之圜丘奏之，若乐六变，则天神皆降，可得而礼矣。”[12] 977 元结《补乐歌十首·云门》:“《云门》，轩辕氏之乐歌也。其义盖言云之出，润益万物，如帝之德，无所不施。补《云门》二章，章四句：玄云溶溶兮，垂雨蒙蒙；类我圣泽兮，涵濡不穷。玄云漠漠兮，含映逾光；类我圣德兮，溥被无方。”[14] 60-61 元结此歌只取云雨润泽百姓之意，并没有完全切合云与门的含义。翁方纲《石洲诗话》的批评有一定道理：“然元次山之《补乐歌》，徒有幽深之韵，未为古雅之则。”[23]

（二）《大卷》

《大卷》是彰显黄帝战功的武乐、军礼乐。《史记·五帝本纪》："诸侯相侵伐，暴虐百姓，而神农氏弗能征。于是轩辕乃习用干戈，以征不享。"[21] 3 吕思勉认为，黄帝作为北方游牧民族部落首领，好战，打败了很多不肯归顺他的部落。[24]《庄子·盗跖》："然而黄帝不能致德，与蚩尤战于涿鹿之野，流血百里。"[20] 995《隋书·经籍志》收录《黄帝兵法》8种，《开元占经》引《黄帝兵法》6例，虽为后世传录，当有所本。《大卷》展现黄帝席卷了大量土地、财富和人口。《史记·五帝本纪》："天下有不顺者，黄帝从而征之，平者去之，披山通道，未尝宁居。东至于海，登丸山，及岱宗；西至于空桐，登鸡头；南至于江，登熊、湘；北逐荤粥，合符釜山，而邑于涿鹿之阿。迁徙往来无常处，以师兵为营卫。"[21] 14 据此，《大卷》至少应该包括四个乐章，分别展现黄帝在东、西、南、北四个战区的战绩。《大卷》以鼓乐为主，气势非凡。《庄子·秋水》注："昔黄帝伐蚩尤，以蛇皮冒鼓，声闻五百里也。"[20] 592 由于《大卷》再现黄帝四方征伐的战绩，自然要受到被征服部落长期抵触，接受基础不牢固，很难传承开去。

（三）《咸池》

《咸池》是弘扬黄帝文治的文乐。咸释义皆、备，是全部、普遍的意思。《礼记·乐记》："咸池，备矣。"叶梦得《礼记解》："《咸池》言备者，德之全也。"（卫湜《礼记集说》引）郑玄注曰："咸，皆也。"刘向《五经通义》[25]、《汉书·礼乐志》、宋均《乐协图征》同训。池的释义有两种，一为布施。郑玄《礼记·乐记》注曰："池之言施也，言德之无不施也。"班固《白虎通·礼乐篇》："黄帝曰《咸池》者，言大施天下之道而行之，天之所生，地之所载，咸蒙德施也。"刘向《五经通义》："池，施也，黄帝时道皆施于民。"[25]《乐纬》注曰："池音施，道施于民，故曰《咸池》。"（《初学记》卷十五、《御览》卷五六六引）一为水池，引申为浸润万物和德泽万民。《汉书·礼乐志》颜师古注曰："池，言其包容浸润也，故云备矣。"[1] 1038 宋均《乐协图征》注曰："池，取无所不浸；德润万物，故定以为乐名也。"王肃曰："包容浸润，行化皆然，故曰备矣。"（《史记》裴骃集解引）池两解都可通，《咸池》宣扬黄帝普施恩惠，得到了人民的广泛拥护。马睎孟曰："黄帝之德所施者博，故作《咸池》。德之所施者博，故曰池。民之所顺者众，故曰咸。"（卫湜《礼记集说》引）从释名而言，《咸池》集中体现了黄帝天下为公的执政理念，对中国社会治理产生了深远的影响。《咸池》有六个乐章，第一个乐章名为《经首》。《庄子·养生主》："乃中《经首》之会。"疏曰："《经首》，《咸池》乐章名。"其

余五个乐章名称不详。《庄子·天运》虽系寓言，但也能略窥黄帝《咸池》演奏的盛况与独特的功效：

> 北门成问于黄帝曰：“帝张《咸池》之乐于洞庭之野，吾始闻之惧，复闻之怠，卒闻之而惑，荡荡默默，乃不自得。”“吾奏之以人，征之以天，行之以礼义，建之以太清。四时迭起，万物循生；一盛一衰，文武伦经；一清一浊，阴阳调和，流光其声；蛰虫始作，吾惊之以雷霆；其卒无尾，其始无首；一死一生，一偾一起；所常无穷，而一不可待，汝故惧也。吾又奏之以阴阳之和，烛之以日月之明；其声能短能长，能柔能刚，变化齐一，不主故常；在谷满谷，在坑满坑；涂郤守神，以物为量。其声挥绰，其名高明。是故鬼神守其幽，日月星辰行其纪。吾止之于有穷，流之于无止。子欲虑之而不能知也，望之而不能见也，逐之而不能及也；傥然立于四虚之道，倚于槁梧而吟。心穷乎所欲知，目知穷乎所欲见，力屈乎所欲逐，吾既不及已夫！形充空虚，乃至委蛇。汝委蛇，故怠。吾又奏之以无怠之声，调之以自然之命，故若混逐丛生，林乐而无形；布挥而不曳，幽昏而无声。动于无方，居于窈冥；或谓之死，或谓之生；或谓之实，或谓之荣；行流散徙，不主常声。世疑之，稽于圣人。圣人者，达于情而遂于命也。天机不张而五官皆备，无言而心说，此之谓天乐。故有焱氏为之颂曰：‘听之不闻其声，视之不见其形，充满天地，苞裹六极。’汝欲听之而无接焉，而故惑也。乐也者，始于惧，惧故祟；吾又次之以怠，怠故遁；卒之于惑，惑故愚；愚故道，道可载而与之俱也。”[20] 501-507

《咸池》生动地展现了圣人之道。通过再现四时万物的变化和自然神力之音响，使听众感到敬畏和崇拜。陈旸《乐书》说：“黄帝张《咸池》之乐于洞庭之野，充满天地，包裹六极，上极乎天，下蟠乎地也。阴阳调和，流光其声，行乎阴阳也。鬼神守其幽，通乎鬼神也。动于无方，居于杳冥，穷高极远而测深厚也。言乐知此，则礼可知矣。穷高极远，况下且近者乎，测深与厚，况浅且薄者乎，极乎天、蟠乎地者，礼乐也，上际于天、下蟠于地者，精神也，测深极远者，礼乐也，钩深致远者，蓍龟也。庄周以明道，故言精神，易以穷神，故言蓍龟。”[8] 140 通过音乐节奏和旋律出其不意的变化，使听众感到劳神而不可企及。音乐生动地弘扬了圣人之道。

黄帝用礼乐祭祀天地。《通典·礼典》：“黄帝封禅天地。”[11] 161

周代曾用《咸池》来迎接地祇。《周礼·大司乐》疏："《咸池》之舞，夏日至于泽中之方丘奏之，若乐六变，则地祇皆出，可得而礼矣。"[12] 977

营援为黄帝制作《咸池》。陈旸《乐书》："黄帝命营援作《咸池》，以其感物而润泽之也。"[8] 147 营援行谊不详，可能是负责求雨的巫师。

（四）伶伦制律

伶伦为黄帝发明了乐律。《吕氏春秋·古乐》："昔黄帝令伶伦作为律。伶伦自大夏之西，乃之阮隃之阴，取竹于嶰谿之谷，以生空窍厚钧者，断两节间，其长三寸九分而吹之，以为黄钟之宫，吹曰'舍少'。次制十二筒，以之阮隃之下，听凤皇之鸣，以别十二律。其雄鸣为六，雌鸣亦六，以比黄钟之宫，适合。黄钟之宫，皆可以生之，故曰黄钟之宫，律吕之本。"[17] 288 乐律的发明，对礼乐的发展有重大意义。郭嵩焘《礼记质疑》："律吕盖原于黄帝之世，故乐肇于黄帝。"黄帝又令荣将铸造了乐钟。《吕氏春秋·古乐》："黄帝又命伶伦与荣将铸十二钟，以和五音，以施《英》《韶》，以仲春之月，乙卯之日，日在奎，始奏之，命之曰《咸池》。"[17] 284 元结《补乐歌十首·咸池》："元化油油兮，孰知其然。至德汩汩兮，顺之以先。元化浘浘兮，孰知其然。至道泱泱兮，由之以全。"《庄子》注："由此观之，知夫至乐者，非音声之谓也；必先顺乎天，应乎人，得于心而适于性，然后发之以声，奏之以曲耳。故《咸池》之乐，必待黄帝之化而后成焉。"

（五）黄帝乐的传承

黄帝过世后，其子少皞继位，在位不过九年，制作《大渊》。《通典·乐典》："少皞作《大渊》。"[11] 3589 其乐义失考。元结《补乐歌十首·九渊》："《九渊》，少昊氏之乐歌也。其义盖称少昊氏之德，渊然深远。补《九渊》一章，章四句曰：圣德至深兮，奫奫如渊；生类娭娭兮，孰知其然。"[14] 62–63 少皞统治后期，曾被黄帝放逐到黄河中下游的九黎部族兴起，黄帝礼乐建立的体系受到巫乐、淫祀的严重挑衅。《国语·楚语》："及少皞之衰也，九黎乱德，民神杂糅，不可方物。夫人作享，家为巫史，无有要质。民匮于祀，而不知其福。烝享无度，民神同位。民渎齐盟，无有严威。神狎民则，不蠲其为。嘉生不降，无物以享。祸灾荐臻，莫尽其气。"[26] 562

黄帝后裔分为二十五宗。《国语·晋语》："凡黄帝之子，二十五宗，其得姓者十四人，为十二姓。姬、酉、祁、己、滕、箴、任、荀、僖、姞、儇、依是也。唯青阳与苍林氏同于黄帝，故皆为姬姓。"[26] 356 按理，

黄帝乐应该在各个宗系中广泛传承并产生重大影响。由于少皞的统治不牢固，黄帝礼乐受到周边民族的严重挑衅。《国语·楚语》："及少皞之衰也，九黎乱德，民神杂糅，不可方物。夫人作享，家为巫史，无有要质。民匮于祀，而不知其福。烝享无度，民神同位。民渎齐盟，无有严威。神狎民则，不蠲其为。嘉生不降，无物以享。祸灾荐臻，莫尽其气。"[26] 562 直到其孙颛顼掌控局面，黄帝乐才重新得到弘扬。《国语·楚语》："颛顼受之，乃命南正重司天以属神，命火正黎司地以属民，使复旧常，无相侵渎，是谓绝地天通。"[26] 然而，黄帝礼乐思想的传承并不顺畅。

周武王封黄帝后裔于祝，以奉黄帝祀。《史记·周本纪》："黄帝之后于祝。"[21] 127 服虔云："东海郡祝其县也。"《新唐书·宰相世系表》："周武王克商，封黄帝之后于祝，后为齐所并，其封域至齐之间祝阿、祝丘是也。"[22] 3256 黄帝乐应该在祝地传承。周平王三年（前768），祝被齐吞并，其后裔流散，黄帝乐逐渐式微，但其影响并未完全消失。

《淮南子·泛论训》论汉高祖初创汉朝，传承黄帝乐，复兴礼乐的情形："逮至暴乱已胜，海内大定，继文之业，立武之功，履天子之图籍，造刘氏之貌冠，总邹、鲁之儒墨，通先圣之遗教，戴天子之旗，乘大路，建九斿，撞大钟，击鸣鼓，奏《咸池》，扬干戚。"[27]

结 语

黄帝集上古乐舞之大成，作乐包括《云门》《大卷》《咸池》三种。《云门》表现祥瑞，用以祈福；《大卷》表现战功，为武乐、军乐，用来鼓舞士气和震慑敌方；《咸池》表现德政，用以笼聚民心。黄帝发明律吕，铸造乐钟，创建了比较完整的礼乐体系，是中华礼乐文明的奠基人。黄帝乐在传承过程中，有很多曲折。少皞后期，受到九黎乐的挑战；挚时期，受到三苗乐的冲击。后来当政者，尧、舜、禹、汤、周都系黄帝宗脉，都用黄帝乐祭祀黄帝，以强化其血缘关系，巩固其正统地位。周建国之初，即访黄帝后裔，封于祝，保存黄帝乐，并将黄帝乐与六代乐一起吸收进入周乐体系。黄帝的礼乐思想对中华文明浸润极广极深。《通典·乐》："夫乐本情性，浃肌肤而藏骨髓，虽经乎千载，其遗风余烈尚犹不绝。"[11] 119

（本文原载于《南京艺术学院学报（音乐与表演）》2020年第1期）

参考文献

〔1〕 [汉]班固．汉书[M]．北京：中华书局，1962.
〔2〕 杨荫浏．中国音乐史稿[M]．北京：人民音乐出版社，1981:5.
〔3〕 李纯一．先秦音乐史[M]．北京：人民音乐出版社，2005.
〔4〕 杨宽．中国上古史导论[M]．上海：上海人民出版社，2016:293.
〔5〕 王清雷．西周乐县制度的音乐考古学研究[M]．北京：文物出版社，2007:25.
〔6〕 杨宽．西周史(出版说明)[M]．上海：上海人民出版社，2016:1. 杨宽．中国上古史导论(自序)[M]．上海：上海人民出版社，2016:1.
〔7〕 叶伯和．中国音乐史[M]．成都：巴蜀书社，2019.
〔8〕 [宋]陈旸．乐书[M]．杭州：浙江大学出版社，2016，15.
〔9〕 王光祈．中国音乐史[M]．桂林：广西师范大学出版社，2005:174.
〔10〕 杨赛．中国音乐美学原范畴研究[M]．上海：华东师范大学出版社，2015: 86-106.
〔11〕 [唐]杜佑撰，王文锦等点校．通典[M]．北京：中华书局，1988.
〔12〕 [清]阮元刻．十三经注疏[M]．北京：中华书局，1980.
〔13〕 [秦]商鞅著，石磊译注．商君书[M]．北京：中华书局，2009:97.
〔14〕 聂文郁．元结诗解[M]．西安：陕西人民出版社，1984.
〔15〕 吴诗池．中国原始艺术[M]．北京：紫禁城出版社，1996:66.
〔16〕 [德]阿诺尔德·豪泽尔著，黄燎宇译．艺术社会史[M]．北京：商务印书馆，2015.
〔17〕 陈奇猷校释．吕氏春秋新校释[M]．上海：上海古籍出版社，2002:284.
〔18〕 [元]马端临．文献通考[M]．北京：中华书局，1986.144:1267.
〔19〕 [宋]李昉等．太平御览[M]．北京：中华书局，1963.566.
〔20〕 [清]郭庆藩．庄子集释[M]．北京：中华书局，1961.
〔21〕 [汉]司马迁．史记[M]．北京：中华书局，1959.
〔22〕 [宋]宋祁、欧阳修．新唐书[M]．北京：中华书局，1975.
〔23〕 [清]翁方纲．石洲诗话[M]．北京：人民文学出版社，1981.2:79.
〔24〕 吕思勉．先秦史[M]．上海：上海古籍出版社，2005:56-57.
〔25〕 [唐]欧阳询．艺文类聚[M]．北京：中华书局，1965.41: 738.
〔26〕 上海师范大学古籍整理组校点．国语[M]．上海：上海古籍出版社，1978.
〔27〕 [汉]刘安著，刘文典注．淮南鸿烈集解[M]．北京：中华书局，1989:438.

黄帝：作为文化英雄与符号化的作者

张瀚墨 著　王珏 译

文化英雄是神话传说中一个种族或宗教群体的文化创造者。战国时期的礼学文献将古代圣王视作文化英雄，他们因治民有功而被百姓祭祀追念。[1] 现存的早期文献表明，到战国晚期（前 475 —前 221），与黄帝及其文化发明相关的传说 [2] 占据了中国历史相当重要的位置，而对其文化发明的崇拜仍继续影响着当下的中国文化。[3]《世本》提供了各种文化发明及其发明者的信息，从辑佚《世本》所见，黄帝除了对战国时期的文化有诸多贡献外，其实并没有发明文字，传说中文字的发明者是黄帝的臣子仓颉和沮颂。[4] 事实上，与黄帝有关的神话将他描绘成是从人手中接受而不是自己创造文献的人。[5] 但这并没妨碍现存最早的文献目录《汉书·艺文志》[6] 将二十余部早期文献都归于黄帝名下。

将文本归于一位文化英雄的名下并不罕见，罕见的是黄帝名下的著作数量远远超过其他文化英雄。特别是考虑到黄帝并非儒家圣王，这一点就更加值得注意了。例如神农，据说是比黄帝更早的一位圣王 [7]，被认为是六部文献的作者（其中一部与黄帝"合著"）。[8] 另一位圣王伏羲 [9]，八卦的创始人，如果将《易》也视为他的作品，那他的名下也只有两部著作。[10] 著名的儒家圣王尧、舜、禹就更少了，尧和舜只和一部房中类文献有关，而且据说由他们二人合著。[11] 禹只是一部文献的作者，但根据《艺文志》相关条目的注解，这仅有的一部文献可能也是伪作。[12] 尽管帝喾在《山海经》中是远胜于黄帝的创造者，但《艺文志》并没有将任何作品归于他的名下。[13] 相比之下，《艺文志》将二十三部文献归在黄帝名下。[14]

但《艺文志》的编者在注解中很小心地指出这些文献是"托（託）"或"依托（依託）"之作，这个词所揭示的更多是"黄帝书"的性质而不是作者归属问题。[15] 在辨伪的话语论述中，使用"托"或"依托"这个术语是用来辨别一部真实古籍的伪本。比如，《黄帝说》四十篇被认为是"迂诞依托"，那么它必然是一部黄帝创作的真实作品的伪造本。可能存在真实文本的假设除了影响对文献作者归属问题的理解，它建立起的标准同时还影响到对现有文本的接受。因为这一假设的真实作品可能从未存在过，所以将其划分为伪作的分类方式尤其有害：这样不仅黄帝会被误认为是作者，这些文本本身作为历史资料的价值也会受到损害。

[1]
《礼记正义》卷四十六，第1307页；Chang Kwang-chih, Art, Myth, and Ritual: The Path to Political Authority in Ancient China (Cambridge and London: Harvard University Press, 1983), 41–43。

[2]
为了和"皇帝"中的"帝"有所区分，黄帝也被译作 Yellow Thearch。但因为 Yellow Emperor 已经成为"黄帝"的标准译法，这里遵循习惯性的翻译以避免不必要的混乱。

[3]
齐思和：《黄帝之制器故事》，收入吕思勉、童书业编：《古史辨》第七册中编，上海：开明书店，1941 年，第 381–415 页。

[4]
散见于秦嘉谟等：《世本八种》，北京：中华书局，2008 年。关于《世本》内容的讨论，见陈梦家：《西周年代考·六国纪年》，北京：中华书局，2005 年，第 191–197 页。

[5]
相传神女玄女或玉女曾授黄帝兵书，另一个版本中神女传授黄帝的是兵信神符而不是兵书，见《太平御览》卷十五，第 140 页；卷七十九，第 677 页。其他关于黄帝接受文献的例子可见《太平御览》卷十五，第 138 页；卷七十九，第 677 页；卷七十九，第 680 页。

[6]
《汉书》卷三十，第 1730–1731、1733、1744、1759、1763、1765、1767、1776–1779 页。这一数字并不包括黄帝臣子的著作，这些著作常被学者归类为"黄帝书"，这不仅是因为它们的作者与黄帝有密切关系，还由于它们的风格与"黄帝书"存在一定相似性。见李零：《李零自选集》，桂林：广西师范大学出版社，1998 年，第 278–290 页，特别是第 278–284 页；林静茉：《帛书〈黄帝书〉研究》，台北：花木兰文化出版社，2008 年，第 116–118 页。

[7]
《史记》卷一，第 3–5 页。

[8]
《汉书》卷三十，第 1742、1759、1767、1773、1777、1779 页。

[9]
《汉书·艺文志》写作"宓戏"，见《汉书》卷三十，第 1779 页。

考虑到早期文本中黄帝和其他许多文化英雄之间的模糊性以及经常互相矛盾的现象，现在几乎没有人承认《艺文志》中黄帝名下文本的真实性。汉代学者尽管在这些文献上留下了“迂诞依托”的注解，但他们这样努力挑选出依托黄帝之作，可见他们一定认为其中一些文本是真实的。接受《艺文志》注释的可靠性，就意味着汉及汉以前的学者们承认至少部分黄帝作品的真实性。[16] 司马迁在《五帝本纪》中将汉人和汉文化的源头追溯到黄帝身上，尽管司马迁注意到百家言黄帝有“不雅驯”之语，但他仍然选择他认为可靠的资料将黄帝塑造成了一个历史人物。[17]

这些关于作者归属权的问题引发了另一个值得关注的问题：为什么黄帝名下会比其他文化英雄多出这么多作品？为了回答这个问题，本文会首先考察《艺文志》中黄帝及其臣属名下文本的类型。之后将通过讨论不同文献对黄帝的描写以及汉代学者对这些文献的相关研究进而来探讨黄帝的传说，以期通过考察黄帝著作的类型来揭示将如此之多的作品归于黄帝名下的原因。在此基础上，本文也将揭示东周宗教、礼制和宇宙观是如何影响到黄帝名下的这些作品的书写的。

一、黄帝在《艺文志》中的作者身份

余嘉锡在《古书通例》中指出，绝大多数早期文献的命名都是由后世读者追题的。而且文献最初是以单篇形式（书于木简或竹简）流传，之后与别篇合为一集，被编者系于该文本所属学派的创始人名下，哪怕学派创始人自己跟其中的内容并无直接联系。因此，那些被认为是一个文本系统源头之人的名字，往往既是作者又是书名。[18] 李零由此认为，作者名字同时又是标题的中国早期文本，体现了编者在合并短篇制造长篇文本这一过程的背后对文本进行分类的原则。[19] 这一论断也解释了李零为何会将《艺文志》中黄帝的著作看作是一个相互关联的更大的文本类别，称之为“黄帝书”。以黄帝之名命名的书名，和那些以黄帝臣属及其后世追随者的名字命名的书名一起形成了一张作品信息网，松散地围绕在黄帝的周围。[20]

尽管将黄帝及其臣属的相关著作宽泛地分为一类有其用处，但这样的分类方式过分简化了文本作者权的问题。由于这类著作的稀少，我们无法比较黄帝与其臣下的作品。但是有一点是肯定的，那就是特定的作品归属可能反映了不同的文本传统，不同形式和内容的文本现在都被统一到“黄帝书”下。幸运的是，正是这一将不同文本系于不同人物的做法提供给我们认识汉代学者如何确定他们所组织的文本作者的线索。从这个角度来看，我们有理由认为《艺文志》中的作品都从某些角度显

[10]
《汉书》卷三十，第1704、1779页。《易》是长期发展的结果，而伏羲似乎只是创始者；据说周文王、周公和孔子都参与了这一文本的创作。尽管伏羲是无可争论的创始者，但他也只能拥有这一文本的部分署名权（authorship）。

[11]
《汉书》卷三十，第1778页。

[12]
同上，第1740页。

[13]
相关内容散见于《山海经》的《大荒东经》《大荒南经》《大荒西经》和《海内经》。有关颛顼的记载，见徐炳昶：《中国古史的传说时代》，收入《民国丛书》第二编第七十三册，上海：上海书店出版社，1990年据1946年版影印，第56–58页。

[14]
下文将根据这些作品的分类列出书目清单，并进行详细讨论。

[15]
《汉书》卷三十，第1731、1744、1759页。

[16]
诚然，当汉代学者留下“托”或“依托”的注解时，他们或许并没有证据证明这些文本与那些他们所认为真实的黄帝文本传统之间存在不一致，但促使他们做出这样判断的正是来自他们所认为的黄帝的权威，即他们所构想出的这一传统的首创者。

[17]
《史记》卷一，第46页。

[18]
余嘉锡：《古书通例》，收入刘梦溪编：《中国现代学术经典：余嘉锡·杨树达卷》，石家庄：河北教育出版社，1996年，第179–185页。

[19]
李零：《出土发现与古书年代的再认识》，收入《李零自选集》，第25–31页。

[20]
李零：《说“黄老”》，收入《李零自选集》，第278页。

示出其文本的重要特性，否则汉代学者就不会煞费苦心地将它们系于不同作者名下来区分这些文本了。汉代学者所做的归属并非毫无依据，尽管有些归属在今天的学者看来显得牵强不通。

考古发现的文本证据不断证实着余嘉锡的论断，大多数中国早期文本的书名和撰者都是由后人追题的，本身既无书名也不题撰者。[21] 刘向（约前 77—前 6）和刘歆（约前 50—23）等西汉学者在重新整理宫廷藏书时就遇到了这个问题，他们先要对单篇（或卷）形式的文本进行确定分类，再整合成书，就像《艺文志》所列举的那样。《艺文志》并没有直接描述汉代学者是如何做到这一点的，但相关资料表明，校理群书的西汉学者或许有办法确定文本的作者，无论是口传还是书面形式的作者。目前尚不清楚关于作者身份的信息是如何流传下来的，但这对于汉代的学者来说似乎并不是一个完全无法克服的问题。

我认为各个参与文本生产和流传的学术团体，包括整理国家藏书的汉代学者在内，他们之间的关系在文本作者权归属的区分和分类上可能发挥了重要作用。事实上，一些向朝廷献书的人自己就喜欢收集甚至创作文本。例如刘安和刘德（?—前 130），据记载这两位著名的西汉诸侯王兼藏书家都向朝廷献过书。他们招揽文士，有自己收集和生产文本的文人圈子，并且以此闻名。[22] 当然，这些圈子中产生的文本在进献给朝廷时，已经明确了它的作者归属权。同样，朝廷的学者也有他们自己所属的圈子。例如，刘向在记载校书信息的叙录中，通常会提到文本的最终定本是考虑多个版本后的结果，而这些众多版本中只有一些会编入当时宫廷藏书的索引，其他则被置于别处。[23] 那些刘向等人参考过的不同版本的文本，不仅有助于校勘呈现给皇帝的最终定本，还为整合文本和确定作者归属提供了蛛丝马迹。

由于国家和地方的文人圈都是由那些有师承家学的个人组成，所以上呈给朝廷的文本并不会在作者归属上给汉代学者带来太多困扰。在现存的叙录中，刘向并没有表达出在识别和确定作者问题上有什么困难。但这并不意味着确定作者是一件轻而易举的事，也不意味着书名就是固定的。有可能存在这样的情形：尽管一些作品没有题目，另外一些作品的题目在学者所知中也不尽相同，但汉代学者能找到足够的信息来达成共识。

正如汉代学者试图揭示出“托”于黄帝的文本，与黄帝有关文本的作者权归属问题要小心对待。《艺文志》中的一些注解明确指出，以黄帝命名的文本是出自战国人之手。[24] 考虑到这一点，宽泛地使用“黄帝书”这一类别来指称黄帝及黄帝臣属名下的文本虽然带来了分类上的方便，却忽视了早期中国文本在形成和传播的关键阶段所产生的细微差别。

另外，广泛使用“黄帝书”这一术语也可能引起误解，因为这

[21] 骈宇骞、段书安：《二十世纪出土简帛总述》，北京：文物出版社，2006 年，第 87-146 页。

[22] 《汉书》卷五十三，第 2410 页；卷四十四，第 2145 页。

[23] 严可均：《全上古三代秦汉三国六朝文》，北京：中华书局，1995 年据 1958 年版重印，第 331-335 页；孙德谦：《刘向校雠学纂微》，香港：文粹阁，1972 年，第 9-12 页。

[24] 如《汉书》卷三十，第 1733 页。

个术语在不同的语境中也可以用来指称其他文本。例如，《列子》中的“黄帝书”或“黄帝之书”似乎是指与《老子》思想和风格相近的黄帝著作。[25] 一些学者在讨论马王堆三号墓出土的四篇古佚书时也会用到“黄帝书”这个词。[26] 正因如此，我在下表中标注了所有黄帝臣属名下的文本，尽管李零说它们在叙事策略上可能与黄帝有关[27]，但我认为它们并不属于一般“黄帝书”的范畴。李零在讨论他认为具有共同特征的文本时使用“黄帝书”一词有他的原因，但本文的讨论并不包括广泛意义上的“黄帝书”。为避免上述混乱，本文有意区分黄帝的作品和黄帝臣属的作品；这样做也是为避免去做我们力所不及的事，即对二者进行比较，因为这些文本均已失传。

[25] 杨伯峻：《列子集释》，北京：中华书局，1972 年，第 3–5、18–21、207–208 页。

[26] 李学勤：《简帛佚籍与学术史》，南昌：江西教育出版社，2001 年；裘锡圭：《马王堆帛书〈老子〉乙本卷前古佚书并非〈黄帝四经〉》，收入《道家研究》第三辑，上海：上海古籍出版社，1993 年，第 255 页。

[27] 李零：《说“黄老”》，收入《李零自选集》，第 278 页。

除非另有说明，下表是根据《汉书·艺文志》中所列书目绘制的。

表 1
黄帝及黄帝臣属名下的文本

* 据称为黄帝臣属所著。
** a/b：a 表示黄帝作品的卷数或篇数；b 指黄帝和黄帝臣属作品的卷数或篇数总和。

大类	小类	文本及卷（篇）数	《艺文志》注
诸子略（6/9）**	道家（4/5）**	《黄帝四经》四篇	
		《黄帝铭》六篇	
		《黄帝君臣》十篇	起六国时，与老子相似也。
		《杂黄帝》五十八篇	六国时贤者所作。
		*《力牧》二十二篇	六国时所作，托之力牧。力牧，黄帝相。
	阴阳家（1/2）**	《黄帝泰素》二十篇	六国时韩诸公子所作。
		*《容成子》十四篇	
	杂家（0/1）**	*《孔甲盘盂》二十六篇	黄帝之史，或曰夏帝孔甲，似皆非。
	小说家（1/1）**	《黄帝说》四十篇	迂诞依托。
兵书略（2/9）**	兵形势（0/1）**	*《蚩尤》二篇	见《吕刑》。
	兵阴阳（1/7）**	《黄帝》十六篇	图三卷。
		*《封胡》五篇	黄帝臣，依托也。
		*《风后》十三篇	图二卷。黄帝臣，依托也。
		*《力牧》十五篇	黄帝臣，依托也。
		*《鹓冶子》一篇	图一卷。
		*《鬼容区》三篇	图一卷。黄帝臣，依托。
		*《地典》六篇	
	兵技巧（1/1）**	《蹴鞠》二十五篇	
术数略（6/7）**	天文（2/2）**	《黄帝杂子气》三十三篇	
		《（黄帝）泰阶六符》一卷	
	历谱（1/1）**	《黄帝五家历》三十三卷	
	五行（2/3）**	《黄帝阴阳》二十五卷	
		《黄帝诸子论阴阳》二十五卷	
		*《风后孤虚》二十卷	
	杂占（1/1）**	《黄帝长柳占梦》十一卷	
方技略（9/12）**	医经（2/3）**	《黄帝内经》十八卷	
		《外经》三十九卷或三十七卷	
		*《扁鹊内经》九卷	
	经方（2/2）**	《泰始黄帝扁鹊俞拊方》二十三卷	
		《神农黄帝食禁》七卷	
	房中（1/3）**	《黄帝三王养阳方》二十卷	
		*《容成阴道》二十卷	
		*《天老杂子阴道》二十五卷	
	神仙（4/4）**	《黄帝杂子步引》十二卷	
		《黄帝岐伯按摩》十卷	
		《黄帝杂子芝菌》十八卷	
		《黄帝杂子十九家方》二十一卷	
23/37**	23/37**	212/319**（篇）；263/337**（卷）	

我们根据表中包含的信息或许能有一些发现。首先，如果以某个人名来命名作品能够为汉代学者提供作者权的信息，在当时所有可见文本都被系统分为六略的情况下，明确归于黄帝的文本则只分布在其中四略。有意思的是，二十三个黄帝名下的文本中，的确没有一个被收入儒家六艺略和诗赋略。

此外，该表显示，大多数（二十三部中的十五部）黄帝名下的文本属于数术略和方技略，具体统计数据如下：二十三部中六部属于诸子略，两部属于兵书略，六部属于数术略，九部属于方技略。讨论黄帝著作的分布时另一个要考虑的因素是每类之中所包含的篇或卷的总数。尽管篇或卷作为文本单元并没有标准长度，但卷普遍长于篇，一卷可以包括好多篇。数术和方技类的文本共计二百六十三卷及三十三篇，这表明此两类的作品数量可能比诸子和兵书略的一百七十九篇要多得多。

最后，如果篇或卷确实分别对应书写的介质——简和帛，那么数术和方技类文本则可依据其书写介质（帛）进一步区别于其他类别文本。[28] 应劭在《风俗通义》中说，刘向在校理书籍时会先将文本写于竹简之上（“先书竹”）。[29] 人们已经意识到，竹简上的错误可以通过刮除上面的字或重新编排竹简来修正，这比在布帛上修改错误更容易。只有当某一文本最终刊定，刘向才会令人将其誊在布帛之上（“上素”）。[30] 刘向的方法成为惯例，至少一直持续到东汉，因为应劭发现即使到了他那个年代，东观藏书也是既有简本又有帛书本（“竹素也”）。[31]

如果《风俗通义》对文本编校的描述是准确的，那么似乎大部分数术类和方技类中的黄帝著作都没有保存简本。这意味着有可能大多数数术类和方技类文献没有像其他文献那样经过大量编校。在向朝廷呈献定本前，重要的修订校对应该已经完成了。也有可能是文本内容存在某些格式上的难题，比如使用了大量图表，那么在布帛上书写要比在竹简上相对容易。或者，昂贵的丝帛作为此类文本的书写材料，可能表明数术和方技类文献是在比较富有的圈子中产生和传播的。如果是这样，拥有和阅览这样的文本本身就是财富和名望的标志。不幸的是，《汉书·艺文志》中所列数术和方技类文本的全部散佚，让我们很难凿实这些著作主要书于布帛的原因。

这也引发我们思考为何黄帝文本会被排除在儒家经典之外，为何大多数黄帝著作都与数术和方技有关。这些问题还能帮助我们理解为何如此多的作品被归于黄帝而不是其他文化英雄的名下。虽然黄帝名下的文本内容与儒家文本相异，但《左传》和《礼记》记载的轶事中有时也会出现黄帝。有趣的是，这些逸闻轶事的字里行间都表露出试图将黄帝形象合理化的努力，而这种合理化又是以一种与之前截然不同的方式来

[28] 小德谦：《刘向校雠学纂微》，第34页。
[29] 应劭著，王利器校注：《风俗通义校注》，北京：中华书局，2010年，第494页。
[30] 同上。
[31] 同上。

塑造黄帝形象的。

本文下一节将论证黄帝实际上是被儒家经典排除在外的，并探讨以上提及的那些轶事在解释黄帝形象合理化的时候所传达出来的信息。

二、黄帝四面

作为传说人物，黄帝被描绘成一个生有异相之人，比如一些文献形容他有四张面孔。根据《尸子》记载，子贡曾问孔子曰：“古者黄帝四面，信乎？”[32] 意思是黄帝真的有四张脸吗？孔子驳斥了这一问题，指出子贡误解了“四面”这个词的真正含义，并给出了一个与子贡的理解不同却很理性的解读，认为黄帝四面应作如下解：

> 黄帝取合己者四人，使治四方，不谋而亲，不约而成，大有成功，此之谓四面也。[33]

然而子贡这个关于黄帝四面的奇怪问题似乎也并非无中生有。虽然并没有四面黄帝的流传说法，但子贡说的轶事，让人们不由得去揣测这一叙述在当时是否确有流行。上面的回答不仅反映了夫子的智慧，也强调了追求叙述的合理化在这一轶事形成过程中所起到的核心作用。通过合理化，一个传说人物就被转化成历史上真实存在的圣王。换句话说，一旦这样的历史化完成，传说人物就变成了历史事实，这将影响以后人们在相应历史背景下对这一传说人物的理解。[34]

黄帝故事传播中的合理化给理解连贯的黄帝形象带来了困难。这样的叙述不仅要求将所有黄帝传说合理化，还要求删去合理化前的所有传说，这样才能清除那些彼此矛盾的记载。而且，由不同群体在不同情况下所做的合理化，也产生了对黄帝故事的多种新诠释，这就让黄帝传说的一致性问题变得更加复杂。[35] 太史公编写黄帝本纪时，他面对的可能就是这样一些复杂多样的材料。

在叙事的结构组织方面，《史记》对黄帝的记载是从他的家族世系和年轻时的不凡身世开始的，然后概述他的成就，最后是有关黄帝死亡及其后裔的记载。尽管这是《史记》本纪部分的叙述，而本纪的写法跟传记体例不同，但这种结构成为《史记》人物传记的典型模式。《史记》采用这一传记结构呈现了第一个黄帝的综合形象，将他描绘成中国文化的创始者，而这一文化一直延续到司马迁生活的汉代，并在《史记》

[32]
李守奎、李轶：《尸子译注》，哈尔滨：黑龙江人民出版社，2003 年，第 67 页。

[33]
同上，第 67 页。

[34]
正如鲍则岳（William Boltz）指出的，“希腊人将历史神话化，中国人将神话历史化”。因此还原中国的神话意味着“反向的历史神话化”（reverse euhemerization），即“剥离儒家的叠加物”。William G. Boltz，“Kun Kung and Flood: Reverse Euhemerism in the ‘Yao Tian’，” T’oung Pao 67.3-5(1981)：141-153。

[35]
中岛敏夫提到在汉和汉前的三十九个文本中黄帝的名字至少出现过一次。刘宝才在一篇会议论文中也列出了含有黄帝信息的 39 个主要文本（从先秦到清代）。见中岛敏夫：《三皇五帝夏禹先秦资料集成》，东京：汲古书院，2001 年，第 2-5 页；江林昌：《中国首届黄帝文化学术研讨会综述》，《学术月刊》2001 年第 4 期，第 83 页。

编纂的时代继续繁荣。司马迁叙述了黄帝的军事成就，他战胜了炎帝和蚩尤，在上任领袖神农氏的衰微统治下救民于水火。对太史公而言，这些事件对建立一个秩序井然的社会具有重要意义。这也是为什么战胜蚩尤会成为太史公探讨人类历史的起点。[36]

然而太史公在《史记·五帝本纪》结尾处的议论表明，历史化的黄帝只代表一种观点。黄帝在别的文献中确实还有其他“面孔”，但是有证据表明，其他的面孔都被太史公有意排除在外了。根据太史公自己的说法，他选择这样的编写方式出于以下理由：

> 学者多称五帝，尚矣。然《尚书》独载尧以来；而百家言黄帝，其文不雅驯，荐绅先生难言之。孔子所传《宰予问五帝德》及《帝系姓》，儒者或不传。余尝西至空桐，北过涿鹿，东渐于海，南浮江淮矣，至长老皆各往往称黄帝、尧、舜之处，风教固殊焉，总之不离古文者近是。予观《春秋》《国语》，其发明《五帝德》《帝系姓》章矣，顾弟弗深考，其所表见皆不虚。《书》缺有间矣，其轶乃时时见于他说。非好学深思，心知其意，固难为浅见寡闻道也。余并论次，择其言尤雅者，故着为本纪书首。[37]

这段话揭示了太史公在组织黄帝的叙述中是如何选择材料的。从中我们了解到，太史公既有“雅”的材料，也有“不雅”的材料，但这些“不雅”的材料，由于缺少儒家“雅驯”经典的正统性而有意被弃之不用。这些“不雅”的内容包括百家之言和长者口头传承的传说和神话。像“黄帝四面”这样奇怪的细节，很有可能也出现在太史公所没有使用的“不雅”的材料中。不仅材料的来源，资料的异质性也必然导致对黄帝描述的不一致。太史公非常明确地表示，他选择的是“雅驯”之言来描述他心中的黄帝。

为什么选择“雅驯”而拒绝“不雅驯”的材料来为黄帝立传，太史公也做出进一步的解释。太史公以《五帝德》和《帝系姓》为基础来撰写黄帝本纪。虽然这两部作品被看成是孔子传给弟子的权威教导，但仍需要从其他儒家经典中寻找更多关于黄帝的资料作为支持，尤其是《尚书》里的相关章节，一向被认为是记载古时君臣事迹的最可靠的材料。[38] 这里我们必须注意，传世本《尚书》根本没有提到过黄帝，这些典谟训诰将文明的开端追溯及古时圣王的革新，而不是黄帝。与《史记》将黄帝视为文明的创始者相比，《尚书》将这一功业归于另一位圣王尧帝。而根据《五帝德》的谱系，尧比黄帝要晚得多。这就使得太史公对黄帝的历史化处理变得不那么牢靠。由于和《尚书》谱系相矛盾，他摒除“不

[36] 《史记》卷一，第 1–10 页。太史公自陈心迹，乃欲“究天人之际”，见《汉书·司马迁传》中《报任安书》，《汉书》卷六十二，第 2735 页。

[37] 《史记》卷一，页 46。

[38] 例如 Edward Shaughnessy, “Western Zhou History”, in The Cambridge History Ancient China: From the Origins of Civilizations to 221B.C., eds. Michael Loewe and Edward Shaughnessy (Cambridge: Cambridge University Press, 1999)，特别是第 292–299 页。史嘉柏（David Schaberg）认为这些文本不应被当作历史资料，而是没有明确历史信息的神秘文物，见 David Schaberg, “Texts and Artifacts:A Review of the Cambridge History of Ancient China,” Monumenta Serica 49 (2001)：463–515。

雅”之言的努力就显得有些徒劳，哪怕他查阅过“古文”，认定自己摒弃的这些材料并非“雅驯”。[39] 这一困境不可避免地妨碍到太史公在书写黄帝传记时对材料的评估和选择。

太史公也意识到上述困境，并因此对自己的做法给出了两个解释：首先是“书缺有间”。这首先说明太史公认为《五帝德》是可信的，而且他相信黄帝确实是中国历史的起点，尽管这在《尚书》中缺乏相关证据。这样，黄帝在《尚书》中的缺席，就被推测成是由于文字记载缺失造成的。

又或者，太史公还发现“其轶乃时时见于他说”，这些“他说”即诸如《春秋》《国语》等他认为可靠的文献。这些文献所记载的信息，对《五帝德》和《帝系姓》等章既起补充又起证实作用，可以说是“发明《五帝德》《帝系姓》章”。太史公通过将《五帝德》和类似《春秋》《国语》等历史文献联系起来，使黄帝的历史化在缺少更权威的《尚书》（根据以上引文的文意）材料的支持下得以成立。

太史公对黄帝的历史化处理，不仅影响了后来人对黄帝故事的阐释，也塑造了中华民族和文明起源的概念。黄帝成为几乎所有先祖谱系的源头，而整个古代中国历史系统都在其基础上得以重建。太史公所使用的《五帝德》《帝系姓》《国语》等文本，今天仍然被认为是历史证据，是建构、描述和阐释历史记录产生之前的历史的基础。

此外，尽管“疑古”的历史学家认为黄帝是一个传说或神话性的人物，但直到今日，我们仍然能看到参考黄帝故事来解释考古发现的现象。当然，今天，把黄帝作为一个历史人物来看待，对不少中国古代史的学者而言并不那么可信，他们更倾向于将黄帝视为一个总称，指代一群人、一个社会，或是一种可以通过考古追溯的文化。然而，这一观点的基本前提，无疑仍然取决于从《史记》开始的对黄帝的历史化。[40]

尽管太史公对黄帝行状的记述影响深远，但其记录方式也存在着明显可见的局限。其中最大的问题就在于，太史公在尝试将黄帝历史化时摒除“不雅”材料的做法，直接导致了黄帝形象的不完整。这不可避免地影响了人们对黄帝时期文化繁荣的解释，而对这一问题的探讨从东周便开始了。再者，尽管做出了努力，太史公却未能彻底地调和互相矛盾的黄帝形象。就拿太史公依据的材料《五帝德》来说吧，里面的记述有时就与《史记》所记的历史化的黄帝形象很不一致，例如我们看到文中有这样一段对黄帝的描述，是宰我问孔子黄帝寿命一事，其中就暴露出与《史记·五帝本纪》中的黄帝形象的出入：

> 昔者予闻诸荣伊言黄帝三百年。请问黄帝者人邪？亦非人邪？何以至于三百年乎？[41]

[39] 根据注解，“古文”是指《五帝德》和《帝系姓》。但如果“古”在这段文字中确实有实际作用，那么《尚书》所收作品显然比这两部更古。关于“古文”的注解见《史记》卷一，第46页。

[40] 许多著作以相似的方式来处理相关文本和考古发现，但在细节上有所不同，见许顺湛：《五帝时代研究》，郑州：中州古籍出版社，2005年；刘起釪：《古史续考》，北京：中国社会科学出版社，1991年，第1－73页；尹盛平：《周原文化与西周文明》，南京：江苏教育出版社，2005年，第115－118页。

[41] 方向东：《大戴礼记汇校集解》，北京：中华书局，2008年，第689页。

宰我的问题与子贡“黄帝四面”的问题相似，都在质疑传说中黄帝的超人特征。在这里，孔子又一次在道德框架内解答了弟子的问题。孔子说：

> 生而民得其利百年，死而民畏其神百年，亡而民用其教百年，故曰三百年。[42]

孔子在回答弟子的问题时，使用了同样的策略，将弟子所提到的传说合理化，也就是将旧说字面上所记黄帝的奇怪之处，转化成一种具有政治智慧的形象，并以此来强调黄帝的统治和功绩。同样值得注意的是孔子对黄帝合理化的过程中将旧说历史化和道德化所产生的说服力。例如，在对“黄帝四面”这一传说进行去神话化时，孔子将黄帝的四张面孔解释成“合己者四人”。通过这种修辞处理，黄帝的奇怪形象和他的统治技巧及愿意与他人分享权力的美德就被联系在一起。同样，在解释黄帝作为历史人物如何能享寿三百年的问题时，孔子将一个人的寿命诠释为他对社会的持续影响，从而进一步加强了对黄帝神话的历史化。这两个例子，在修辞上更倾向于从比喻的角度来理解黄帝故事，而不是从字面意义上进行直接解释。

但不可否认的是，除了黄帝的合理化形象外，黄帝四面的观念确实普遍存在。除了子贡提到过，马王堆三号墓出土的帛书《老子》中也有关于黄帝四面的描述。根据帛书所记，这四张面孔能使黄帝观审四方，明察秋毫，从而能制定出更明智可行的政令，更深切地体察民情来治理国家，黄帝“是以能为天下宗”。[43]

同样不足为奇的是，在不少资料中，黄帝还以一个类似神的形象出现，在仪典和战争中能够号令龙、怪兽、野兽、鬼怪、风神和雨神。[44]甚至《史记·封禅书》中也保留了黄帝作为神的形象。在《封禅书》中，方士公孙卿向汉武帝（前141—前87在位）描述黄帝如何得道升天。这段记载也反映了黄帝在不同学派和人群中产生了众多不同的形象。[45]事实上，杨宽曾指出，黄帝之名源于“皇帝”，古音中黄*waŋ和皇*(g) waŋ十分接近，“皇”字取义伟大而威严，因此围绕黄帝和其他圣王的故事都是从“伟大而威严的帝王”神话演变而来的。[46]

因此，黄帝作为许多文本的作者，其神话形象应当被考虑在内。事实上，黄帝所具有的神话性的一面和他名下文本的性质有着密切的关系。黄帝作为神所显示出的超自然力量无疑会增加其名下文本的权威性和可信度，因为他的神力与他名下的文本内容有直接关系：大部分黄帝著作都属于方技类文本。将这些文本与超自然人物联系起来，不仅提高了

[42] 同上，第690页

[43] 陈鼓应：《黄帝四经今注今译：马王堆汉墓出土帛书》，北京：商务印书馆，2011年，第196页。

[44] 黄帝的不同形象散见于许多文献，尤其是《山海经》和纬书以及太史公所说的不“雅驯”的诸子著作。《山海经》对黄帝的描写可参见森安太郎：《黄帝伝说：古代中国神話の研究》，京都：京都女子大学人文学会，1970年，第149-174页；诸子文本中的信息总结，见于许顺湛：《五帝时代研究》，第69-78页；不同类别的黄帝描写见黄帝陵基金会编：《黄帝文化志》，西安：陕西人民出版社，2008年，第1-220页；各个文本中的相关信息可参见中岛敏夫：《三皇五帝夏禹先秦资料集成》；对黄帝在不同文献中作为雨神、风神和雾神出现的分析见Mark E. Lewis, Sanctioned Violence in Early China (New York: State of University of New York Press, 1990), 179-183。

[45] 《史记》卷二十三，第1393-1394页。

[46] 杨宽：《中国上古史导论》，收入吕思勉、童书业编：《古史辨》第七册上编，第195-206页。

可信度，而且是必要的。没有通神力量的人是创作不出这样的数术、神仙类文本的。从这个意义上来说，正是因为黄帝所具有的神话性的一面，才使他成为方技、数术著作的合适作者。

反过来说，黄帝的历史化也有助于提高黄帝著作的可信度和接受程度。一个普遍接受的说法是，神是拥有某些神秘知识的，但这种知识只有在显示给人之后才能在人群中传播，而且这些知识须得被证明有效之后才得以留存下来。在为数不多的与黄帝有关的现存文本中，比如在《黄帝内经》和一些房中术、神仙类文本中，黄帝被描述成与拥有秘技者或进入超自然世界者进行对话的人。有一次，他甚至从神女处得到了一部天书。[47] 在这些文本中，黄帝作为人类存在的意义，不仅关系到启示天机密语，还证明了文本的实用性，进而提高了文本的权威性和可信性。显然，这些文本需要作为人和神的黄帝同时一体存在。

由于黄帝的历史化对他名下的文本产生了影响，因此有必要在更大的背景下探讨这一现象的发生。这种更大的背景只有通过考察与黄帝有关的各种文献资料并研究这些资料的年代才能获得。[48] 尽管我们通常只能估计文本或某一段文字的创作时代，但仔细分析的过程有助于我们对整个文本及其内容的理解。因此，接下来的一节将分析人们最常引用的关于黄帝传说的文献。

[47]
《太平御览》卷十五，第140页；卷七十九，第677页。

[48]
现存最早的关于黄帝的文献是《国语》，其中黄帝在不同场合被提到过。《周语》称鲧、禹、共工、四岳以及其他一些部落首领"皆黄炎之后也"；《晋语》记载黄帝有二十五个儿子，但只有两个继承了他的姬姓；《鲁语》则记录黄帝是几个朝代的祭祀对象。黄帝的名字也出现在战国青铜器陈侯因齐敦上，我们稍后将讨论这一点。我们在东汉的铜镜上也发现了黄帝战蚩尤的故事，见张金仪：《汉镜所反映的神话传说与神仙思想》，台北："国立"故宫博物馆，1981年，第75－83、144页。

[49]
徐元诰撰：《国语集解》，北京：中华书局，2002年，第336-337页。

三、劝言中的黄帝

关于黄帝，最常被人引用的一段文献出自《国语》，晋公子重耳（前636 —前628在位）回国继位前夕，曾向秦国寻求军事和政治上的援助。秦穆公希望将女儿怀嬴嫁给重耳来实现秦晋结盟，但怀嬴之前曾被许配给重耳的侄子，也就是当时的晋怀公，后被休弃，而晋怀公正是重耳回国即位所准备要清理的对象。或许考虑到这些，重耳打算拒绝这次联姻。但重耳的随从司空季子了解到这一点后，劝告重耳不要这样做，他说，秦晋联姻不仅能帮助流亡的公子回国掌权，而且，和非晋族的女子通婚还能保证子嗣昌盛。以黄帝为例，司空季子说了下面这段话：

> 昔少典娶于有蟜氏，生黄帝、炎帝。黄帝以姬水成，炎帝以姜水成。成而异德，故黄帝为姬，炎帝为姜，二帝用师以相济也，异德之故也。异姓则异德，异德则异类。异类虽近，男女相及，以生民也。[49]

这段文献给出了传说中黄帝亲生父母的姓氏和他主要统治区域的地名，可能是黄帝神话历史化的又一个例证。少典和有蟜氏的身份难以追溯，但一般认为他们是古代两个不同的部落，生活在今天中国的西部高原地区。这一推断，根据的是少典和有蟜两个部落所靠近的姬水和姜水位于中国西部这一说法。学者自信已经找到了姜水的位置，但姬水的位置却一直存在争议。[50] 由于周后来的崛起是在主要的同盟姜氏集团的帮助下实现的，因此可以推断，姬水的位置与姬周部落的发源地应该有相当密切的关系，离姜水不远。长期以来的观点认为，周文化发源于泾河和渭河流域。但受钱穆（1895—1990）观点的影响，很多学者更倾向于认为，周人至少从后稷时代开始便居住在山西省境内。[51] 之后姬氏一族从山西迁徙到豳，然后又到了位于今天陕西省境内的周原地区。这里成为姬氏新的聚居地，随着周人力量的壮大，商的西部边境受到了威胁。[52]

其他不少文献资料都与《国语》里这一段一致，或更为详细。[53] 例如《史记》和《五帝德》都称黄帝名为轩辕。皇甫谧（215—282）认为黄帝是由于生于轩辕山而得名。[54] 由于龟 *kwrə和姬 kə（*kjə），轩辕 *hŋan wan 和天鼋 *thin ŋwan 语音相近，一些青铜器上也标有天鼋符号，这被认为是黄帝的族徽。一些现代学者（如郭沫若和杨向奎）认为黄帝部落最初是生活在陕西省洛水的东北部，最终向南迁徙到周原一带。[55]

上面引用的《国语》一段文字也提及姬氏与姜氏之间的冲突，这可能是指《五帝德》和《史记》所记发生在黄帝和炎帝 [56] 之间的阪泉之战。根据《五帝德》，黄帝“教熊罴貔貅貙虎，以与赤帝战于阪泉之野，三战然后得行其志”。[57] 这支猛兽组成的军队被解释成是黄帝军队的名字，可能用饰以熊、豹、虎等不同动物的旌旗来区分。这一解释应该也受到了将黄帝历史化为古代圣王趋势的影响。[58] 在关于涿鹿之战的叙事中，几种文献都将蚩尤描述成野兽一样的战斗英雄，因为不服黄帝统治而在涿鹿被俘丧命。[59]

黄帝的两个对手，炎帝和蚩尤，在《史记》中是分开描述的，但他们在《逸周书》关于刑书书写的《尝麦》一篇中，被合为一个故事。这个故事出自周王对掌管刑罚之官大正讲的话，他这样说：

> 昔天之初，X [60] 作二后，乃设建典，命赤帝分正二卿，命蚩尤宇于少昊，以临四方，司XX [61] 上天未成之庆。蚩尤乃逐帝，争于涿鹿之河 [62]，九隅无遗。赤帝大慑，乃说于黄帝，执蚩尤杀之于中冀，以甲兵释怒。用大正，顺天思序，纪于大帝，用名之曰绝辔之野。乃命少昊请 [63] 司马鸟师，以正五帝之官 [64]，故名曰质。天用大成，至于今不乱。[65]

[50]
刘起釪：《古史续考》，第 1-73 页；尹盛平：《周原文化与西周文明》；徐炳昶：《中国古史的传说时代》，第 26-36 页；邹衡：《夏商周考古论文集》，北京：文物出版社，1980 年，第 297-356 页；杨向奎：《宗周社会与礼乐文明》，北京：人民出版社，1997 年，第 13-44 页。

[51]
韩建业、杨新改：《五帝时代：以华夏为核心的古史体系的考古学观察》，北京：学苑出版社，2006 年，第 53-54 页。根据《诗·大雅·生民》，后稷是周人的祖先，见《毛诗正义》卷十七，第 1055-1078 页。

[52]
《毛诗正义》卷十七，第 1109-1123 页；卷十六，第 979-995 页；韩建业、杨新改：《五帝时代：以华夏为核心的古史体系的考古学观察》，第 53-54 页。

[53]
如王晖：《古史传说时代新探》，北京：科学出版社，2009 年，第 9-11 页；郭沫若：《殷契粹编》，收入《郭沫若全集（考古编）》第四册，北京：科学出版社，2002 年，第 16-22 页；郭沫若：《殷周青铜器铭文研究》，收入《郭沫若全集（考古编）》第五册，第 114 页；杨向奎：《宗周社会与礼乐文明》，第 21-23 页；邹衡：《夏商周考古学论文集》，第 297-356 页。

[54]
方向东：《大戴礼记汇校集解》，第 689 页；《史记》卷一，第 5 页。

[55]
王晖：《古史传说时代新探》，第 11-13 页；邹衡：《夏商周考古学论文集》，第 310-312 页。关于黄帝部落与天鼋族徽之间的联系，见郭沫若：《殷契粹编》，第 16-22 页；郭沫若：《殷周青铜器铭文研究》，第 114 页；杨向奎：《宗周社会与礼乐文明》，第 21-23 页。另一位学者陈平受到苏秉琦等人的启发，认为黄帝部落的发源地在更东方的地区，与中国东北部的红山文化有关。他推测黄帝部落是从红山文化地区发展起来并逐渐迁徙到西部高地的，成为后来人们所说的周原姬周的一支。他还认为，传说中发生在今天河北省的涿鹿之战是由于姬氏部落离开红山文化地区向西迁徙造成的，而不是由华夏民族从西部高地向外扩张导致的。见陈平：《燕秦文化研究：陈平学术文集》，北京：北京燕山出版社，2003 年，第 352-360 页。

[56]
有时也被称为赤帝，见下文引用的文句。

[57]
方向东：《大戴礼记汇校集解》，第 689 页。

[58]
但也有可能传说中黄帝确实指挥动物作战。《史记》对阪泉之战的记载与《五帝德》一致，但紧接阪泉之战又叙述了另一场战争，即涿鹿之战的细节。见《史记》卷一，第 5 页。

[59]
《史记》卷一，第 5 页。

[60]
阙一字。

[61]
阙两字。

[62]
一些注者认为“河”当为“阿”，指涿鹿山而非涿鹿河。见黄怀信等撰：《逸周书汇校集注》，上海：上海古籍出版社，2007 年，第 732-733 页。

[63]
绝大多数注者认为“请”即为“清”，为少昊之名。见黄怀信等撰《逸周书汇校集注》，第 734-736 页。

尽管这段文字有些地方语焉不详，但清楚地说明了涿鹿之战起于赤帝和蚩尤之争。赤帝最初被蚩尤打败，不得不向黄帝求助，黄帝俘虏了蚩尤并在中冀杀了他。但和《史记》的记载相反，在《逸周书》中，不是黄帝而是炎帝（注者通常认为即为赤帝）在对抗蚩尤的涿鹿之战中扮演了重要角色。上面这段文字确实指出赤帝和蚩尤不是一个人。学者们现在认为“二后”就是指赤帝和黄帝，他们之所以这样认为，可能和现代黄帝传说的综合化有关，这使黄帝被拔高成中国神话史上最核心的角色。[66] 毫无疑问，在帮助赤帝严惩蚩尤的过程中，黄帝完成了上天赐予二后的使命。惩罚也罢，战争也罢，暴力被认为，是建立良好政府“规范”和实现和平的合法手段。暴力是从混乱中恢复和平所必需的，这一主题仍然同商周的政治意识形态保持一致。商周两朝的建立者们都是通过推翻上一朝的统治者来建立起自己的统治的，《逸周书·尝麦》中周王在论及黄帝击败蚩尤时，同样也会让人们想到这一治国原则。

《尝麦》的黄帝故事版本被认为起源甚早。李学勤发现《尝麦》篇的用语与西周早期金文有很大程度的相似性，因此他推断，《尝麦》即使不像《周书序》所说的那样作于更早的成王时期（前1042/1035—前1006在位），那么到穆王时期（前956—前918在位）也应该已经成书了。[67] 李学勤这篇文章的目的是为了将《尝麦》与西周刑书对应，特别是《左传》里提到的《九刑》。但很遗憾，李文并没有提供实质性的证据；他将《尝麦》的年代定在周穆王时期也很值得怀疑，因为《尝麦》中并没有足够的细节证明这篇东西与西周早期的昭王（前995—前977在位）南征不复有联系，而这恰恰是李学勤为这篇文献断代的重要依据。[68] 事实上，李学勤自己也承认，《尝麦》的一些表达方式与西周时期的写作习惯并不相符，这在某种程度上其实动摇了他之前对这篇文献的年代所做的推论。

《左传》显示刑书是较晚期的创作，这不利于李学勤对《尝麦》形成年代的推测结果。叔向在给子产的书信中强烈反对子产铸制刑书，这似乎表明创制刑书在当时还是一种相当创新的举动。如果我们将叔向在信中提到的早期刑书，如《禹刑》《唐刑》以及李学勤所认为的西周刑书《九刑》看作是一种修辞方式而非历史记录，似乎《左传》的整体论说就显得更加通顺。[69] 考虑到《左传》中的历史背景是更有力的证据，《尝麦》中的“正刑书”一词似乎应该是东周用语。这一年代判断与李学勤对《尝麦》中晚出文字的分期相符，他认为这些晚出文字是东周时期改篡而来。我则认为《左传》的叙述表明，那些晚出文字并非后人羼入，正相反，它们恰恰显示出《尝麦》是晚出作品。

王晖在论证《国语》中司空季子有关黄帝论述的可靠性时接受了李学勤的观点。王晖考查了各种文献，包括甲骨文和清华简《保训》

[64] 根据《左传》中剡子的谈话，“五帝”一词被解释为五行。见杨伯峻编著：《春秋左传注》昭公十七年，北京：中华书局，1990年，第1386-1388页。

[65] 黄怀信等撰：《逸周书汇校集注》，第730-736页。

[66] 同上，第731页。

[67] 李学勤：《〈尝麦〉篇研究》，收入《当代学者自选文库：李学勤卷》，合肥：安徽教育出版社，1999年，第575页。有关《周书序》的相关信息，见黄怀信等撰：《逸周书汇校集注》，第1133页。

[68] 同上，第575页。

[69] 杨伯峻：《春秋左传注》昭公六年，第1274-1277页。

中"中"字的用法，在与《逸周书·尝麦》中的"中"字对比后，他认为《尝麦》和《保训》都是流传下来的西周文字记录。另外，王晖将《尝麦》中的"五帝之官"与甲骨文及《左传》所载少昊以鸟名官的说法联系起来，将五官之制追溯到商代以前，并认为《尝麦》不仅成书较早，而且所记内容也非常早，并且有历史根据。[70]

尽管文章言之凿凿，但王晖的论证仍存在缺陷。王晖根据《礼记》和《仪礼》等后期文献，将"中"释为宗庙中的旌旗，这恰恰说明了《保训》和《仪礼》都不是早期文本。而且王晖自己也意识到关于"中"字的解释互相抵牾。事实上，《保训》一文中"中"字的不同用法只是反映了这个问题的复杂性，而不能将《保训》作为证明《尝麦》是早期文本的有力证据。另外，王晖在论证中将《尝麦》与甲骨文、传说中的五官之制联系起来未免有穿凿附会之嫌，而没有认真考虑数字"五"是如何使用的，或者"五"的意义是如何随时间推移发生变化的；分析数字"五"与五行理论在战国时期的发展有何关系可能会有更多发现。

最后，王晖还指出，只有称王者方能行禘祭之礼。王晖用这一论点解释为何陈氏在代替姜齐前不能禘祭黄帝。[71] 但《左传》的记载并非如此。禘祭有时禘和祭祖之禘两种，祭祖之禘对称王时间并没有严格限制[72]，例如鲁国就从来没有称王称霸，但仍然禘祭先君。[73]

与比较不同版本的黄帝故事并强调它们的历史价值的做法相比，我更倾向于根据语境来阅读这些文献。在一些语境中，比如《国语》中司空季子和《逸周书》中周王讲述的两段黄帝故事，历史真实性可能并没有那么可靠。司空季子说黄帝和炎帝尽管是兄弟，但长在不同地方，所以有不同的德；因为德不同，所以兵戎相见。就阪泉之战而言，黄帝赢得了这场关键性战役的胜利，这告诉我们战败的姜氏臣服于姬氏。当然，《生民》描述姬周和姜氏是长期同盟，并赞扬姜氏拥护周的统领地位[74]，但没有资料记载姜氏是如何臣服的，也没有姬氏统治的细节说明，特别是他们早期是如何在姜氏的传统领地周原建立起自己的根据地的。

如果我们把司空季子的故事放在引发这段话的情境下去分析，可以看出他的目的其实是想把姬姜之间的关系比附到晋秦两国上。下表显示了这种对应关系。

[70]
王晖：《古史传说时代新探》前言，第 xi-xvii 页；少昊时的官员名称，见杨伯峻：《春秋左传注》昭公十七年，第 1386 - 1388 页；关于《保训》，见李学勤编：《清华大学藏战国竹简（壹）》，上海：中西书局，2010 年，第 8 - 9、55 - 62、142-148 页。

[71]
王晖：《古史传说时代新探》，第 8 - 9 页。王晖在这里提到的陈侯因齐敦铭文，后文也将讨论到。

[72]
见杨伯峻：《春秋左传注》昭公十五年相关原文及杨伯峻注，第 1369 页。

[73]
见《春秋左传注》闵公二年、昭公十五年、昭公二十五年及定公八年。

[74]
《毛诗正义》卷十七，第 1055-1078 页。

表 2
姬 / 晋与姜 / 齐对应关系

	对应关系 1		对应关系 2	
政治集团	姬	晋	姜	秦
主人公	黄帝	重耳	炎帝	秦王
地区	姬水	晋	姜水	秦
姓	姬	姬	姜	嬴
德	姬	晋	姜	秦
冲突	姜	秦	姬	晋
联姻	姜	秦	姬	晋

如表所示，神话的每一个环节都和秦晋两国的关系形成了对应。而且，这种对应关系是为了增强司空季子此段论说对目标听众的说服力：司空季子试图让重耳明白，通过与秦联姻而得到秦国支持，比任何姓氏差异、国家间的偶然冲突都要重要。他对姬姜两氏的描述强调了他的观点：姬和姜异地异德，彼此争斗，但联姻后他们的后代便兴旺繁荣起来。此处与《左传》其他地方的不少论说的功能一样，黄帝成功处理与炎帝关系的作用，是为了预示如果晋公子听从司空季子的建议，那么他也会取得同样的成功。

然而，黄帝的神话从来都不是为了忠实传达历史事实。在传递有关黄帝的信息时，司空季子关心的是将黄帝和重耳面临的情形联系起来所产生的说服效果，而不是历史的准确性。一些学者坚称，司空季子关于黄帝的这段论述，应被视为从远古时期流传下来的史实准确的口传信息。但很难确定这一口传链条可以追溯到多久远的过去，而且也不清楚司空季子的叙述和口传叙述有多少共同之处。它们之间缺乏明确的联系，这也解释了为何对黄帝的统治区域有如此多的推测，以及为何难以确定黄帝所居姬水流域的位置。这种困难很大程度上是由于假设所有文献都记录了历史事实，就黄帝而言，就是假设这些事实可以在不考虑其文本背景的情况下被拼凑在一起，来创造出统一而精确的黄帝历史形象。

但不同文献所反映出来的互相矛盾之处让我们不得不质疑这些假设的真实性。如果我们试图从司空季子的故事中提取有关黄帝的历史或地理信息，姬水的位置就应该在晋国境内，因为司空季子将姬水流域的黄帝领地和晋国相提并论。换句话说，姬水的准确位置在司空季子的劝说中没有任何作用。

和司空季子的故事一样，黄帝对蚩尤和炎帝之间的阪泉和涿鹿之战也呈现出迷宫一般错综复杂的详细信息。例如，《五帝德》和《史记》都提到了黄帝战炎帝，但和《史记》不同，《五帝德》并没有叙述涿鹿之战。《史记》将阪泉之战和涿鹿之战作为单独的事件分开描述，黄帝是这两场战争的发起者和最终胜利者。而在《逸周书·尝麦》中，炎帝和蚩尤，即天所命定的两位统治者，成了主要人物。黄帝只是炎帝的帮手，并且没有迹象表明他们二人在阪泉进行过战争。然而《逸周书》的另一篇《史记解》却说阪泉之战中与黄帝对战的是蚩尤而不是炎帝。这可能也解释了为什么这一篇会将蚩尤称为"阪泉氏"。[75] 而且，《水经注》引用过一份早期文献证实阪泉和蚩尤确有密切关系。[76] 其他地理资料也表明，阪泉又名黄帝泉，而涿鹿则是黄帝的都城。[77] 综合所有信息，一些学者得出结论，认为阪泉和涿鹿位于同一地区，阪泉之战就是涿鹿之战的别称。[78] 实际上，所有这些文献保留的仅仅是一个古代圣王、战争英雄和战争的

[75]
黄怀信等撰：《逸周书汇校集注》，第965-966页。

[76]
郦道元撰，杨守敬纂疏，熊会贞疏：《水经注疏》，南京：江苏古籍出版社，1989年，第1184-1186页。

[77]
《史记》卷一，第5页。

[78]
钱穆：《国史大纲》，北京：商务印书馆，1991年，第10页；梁玉绳：《史记志疑》，北京：中华书局，1981年，第3-4页。

叙事框架，想要分清楚记忆中真实和想象的界限几乎是不可能的。[79]

然而，如果我们将蚩尤、炎帝（赤帝）和黄帝的神话看作一种修辞策略，那么在重建黄帝的历史时，所有看似矛盾的要素就都能符合论说的意义。尤其是考虑到《尝麦》是一篇关于建立刑罚制度的文章，由于周王这段论说的目的是为了颁布《刑书》九篇，因此他提倡将暴力的合法性作为实现善政的手段也就不足为奇了。接着，故事背景设定在天下制度尚不完善之时，正等待上天选定的二位君主赤帝和蚩尤治乱安危。不幸的是，共治模式带来了混乱，蚩尤驱逐炎帝打破了权力的平衡。为了结束混乱，恢复和平，赤帝寻求黄帝的帮助。黄帝使用武力消灭了蚩尤的威胁，建立了法治。只有通过暴力才能完善上天的工作，并恢复和平。

从这个角度来看，周王讲述这一特定事件并不是为了叙述历史事实，而是说明自己颁布新法的正当性。周王通过引证黄帝使用刑罚平定天下，不仅将其行为合法化，而且将自己当下的行为与传说中的圣王联系在一起。

如前所述，黄帝轶事应该被理解为说服的策略而不是对历史事实的陈述。甚至是《史记》的黄帝本纪也没有达到"历史"的水平，因为那不过是在固定的叙事框架中对分散的历史信息进行重新编排。正如张光直所言，研究商周神话的主要方法应该是将它们视为满足其所在时代需要的神话。与这些神话所讲的不同，它们并不能反映更早期社会的生活。[80] 以《史记》为例，它反映出的是西汉文士对黄帝的描绘。同样，太史公所依据的资料更多是东周人如何看待黄帝而不是黄帝本人的形象。与其研究"历史"的黄帝，研究这一形象在东周和早期帝国时期的接受情况可能更好。本文余下部分将尝试阐明黄帝名下文本与东周创造这一形象的历史背景之间的关系，特别是考虑到东周动荡的政治社会环境以及与之相适应的当时的宗教心理和思维方式。

四、黄帝、暴力与国家

齐威王（前357—前320在位）为其先父所作的青铜敦上的铭文是最早提到黄帝的材料之一。齐威王在铭文中被称为"陈侯因齐"，是该器的制作者。这篇铭文自20世纪20年代以来便得到深入研究，至今仍作为研究黄帝最重要的文献之一被频繁引用。[81]

徐中舒是最早释读出铭文中黄帝的人，他认为此器作于公元前4世纪中期。[82] 根据最广为接受的解释，该铭文揭示了田齐家族为了将篡夺姜齐之位合法化，而试图把自己包装成黄帝的后裔。田齐的君主原

[79]
一些学者试图在考古资料的帮助下解决这一问题。例如，韩建业和杨新改认为，现在涿鹿地区考古发现的庙底沟和后岗文化分别对应黄帝和蚩尤部落。黄帝与炎帝部落之间的冲突在考古学上体现为山西枣园文化和关中半坡文化的互动。这种对应方式是将文本信息提供的三个古代部落位置作为先验知识来接受的。考古学并不能解释具体的历史事件或英雄传记。张光直因此感叹大多数传说中的先商历史都无法通过考古资料来证明。张光直：《商周神话之分类》，收入《中国青铜时代》，台北：联经出版事业有限公司，1983年，第287页。韩建业及杨新改的观点见《五帝时代：以华夏为核心的古史体系的考古观察》，第154–156页。

[80]
张光直：《商周神话之分类》，收入《中国青铜时代》，第288页。戴梅可（Michael Nylan）和齐思敏（Mark Csikszentmihalyi）对东汉重建官学的分析也使用了类似的研究方式，见Mark Csikszentmihalyi and Michael Nylan, "Constructing Lineages and Inventing Traditions through Exemplary Figures in Early China," T'oung Pao 89(2003): 59–99。

[81]
例如徐中舒：《陈侯四器考释》，收入《徐中舒历史论文选辑》上册，北京：中华书局，1998年，第405–446页；丁山：《古代神话与民族》，北京：商务印书馆，2005年，第154–178页；郭沫若：《两周金文辞大系考释》，收入《郭沫若全集（考古编）》第八册，第464–466页；王晖：《古史传说时代新探》，第7–9页。

[82]
徐中舒：《陈侯四器考释》，第412–431、438页。读者需要注意，中华书局版的这篇文章有排印错误，将因齐敦的作器时间错印为公元前375年（第434页）。根据徐文前面的论述，因齐敦的作器时间应为公元前357年，见该文第425、427页。

是陈国国君的后裔，而陈国则认为自己是舜的后代，根据《大戴礼记·帝系》的说法，舜和黄帝有血缘关系。[83] 因此，新上位的田齐家族称自己是黄帝的后裔，是为了让人们联想到黄帝征服炎帝的传说，而炎帝，据说正是姜氏的祖先，同样，《史记》中关于阪泉之战的叙述，也就成了田齐必然会继承统治权的暗示。

也有人提到黄帝神话的出现和田齐支持的稷下学派之间可能的关系，认为黄帝神话可能是稷下学者发明出来的，目的是将田氏篡齐合法化。[84] 根据这种观点，黄帝神话虽然宣称古老，但事实上根本没有那么古老。在这里，人们对过去的记忆本身就成了一个神话：这只不过是由田齐家族策划、稷下学者实行的政治宣传的副产品而已。总之，无论对记忆和神话的操纵多么复杂，论证的基石都是因齐将黄帝追认为自己的高祖：

> 其惟因齐扬皇考，绍统高祖黄帝，弭嗣桓文，朝问诸侯，合扬厥德。[85]

铭文中将黄帝认作是田齐王室祖先的意思很明显，但仍然难以解释田齐家族为何突然需要做这方面的宣传。如果我们认同徐中舒的解释，那么根据现存资料，除了这件青铜敦外，陈国的妫氏和黄帝的姬氏之间没有其他任何联系。《左传》根据《帝系》也只是将陈氏的起源追溯到黄帝之孙颛顼而已。[86]《史记》中陈妫的起源是从舜开始的。[87] 鉴于即使是与黄帝同姓的周王室也没有声称黄帝是自己的祖先——他们的祖先只追溯到后稷而已——我们必须认真考虑为什么《帝系》和《史记》都把黄帝拔高成几乎所有东周列国的祖先。事实上，即使我们承认《史记》和《帝系》的说法，视黄帝为所有古国的祖先，但现有证据表明，当时各国都倾向于追认各自独有的祖先，而黄帝则另有自己的后裔去祭祀他。有材料显示，武王（前1046—前1043在位）克商后，正如他分封神农、尧等其他圣王之后来建庙祭祀其祖先，他也封黄帝之后于铸或蓟以继黄帝之祀。[88] 人们肯定想知道，当其他任何一个氏族都有权声称黄帝是自己的祖先时，再刻意追认黄帝为自己的祖先还会有什么效果。由于所有现存文献资料中缺乏陈国与黄帝之间有直接祭祀关系的证据，将“高祖黄帝”理解成是因齐宣扬田氏代齐合法化的一种手段的观点就变得没有那么可靠了。

需要指出的是，以上只是因齐敦铭文中对“黄帝”一词若干种释读中的一种。郭沫若提出过另一种释读，对“高祖”释为“祖先”的说法提出了挑战。他认为“高祖黄帝”与“弭嗣桓文”是并列结构[89]，那么“祖”应该作动词，是“祖述”之义，“高”作副词，修饰动词“祖”，有“高”“远”之义。因此“高祖黄帝”和“弭嗣桓文”说的是因齐希

[83]
方向东：《大戴礼记汇校集解》，第737页；《史记》卷四十六，第1879-1904页。

[84]
参看徐中舒：《陈侯四器考释》；钟宗宪：《先秦两汉文化的侧面研究》，台北：知书房出版社，2005年，第127-178页；Mark Lewis, Sanctioned Violence in Early China, 165-212；森安太郎：《黄帝传说：古代中国神话の研究》，第149-174页；林静茉：《帛书〈黄帝书〉研究》，第118-120页。

[85]
释文从徐中舒：《陈侯四器考释》，第409-412页；文字经过作者隶定。

[86]
杨伯峻：《春秋左传注》昭公八年，第1304-1305页；方向东：《大戴礼记汇校集解》，第737页。

[87]
《史记》卷三十六，第1575-1587页。王晖尝试解释黄帝突然出现在陈氏祭祀中的原因，认为陈氏只有在掌握政权后才有权利祭祀黄帝。他试图证明田齐家族称自己是黄帝后人是因其地位发生了变化，在他看来，田齐在战国诸国中成就霸业，必须禘祭黄帝，否则田齐就会遇到灾难，但是，正如他所言，如果只有王者才有权利禘祭黄帝，那么包括已经称霸的诸侯国，任何受封的诸侯国都因举行禘祭而破坏了祭祀制度。而且，王晖论证所依赖的前提是周代礼制在周王室江河日下的七百年间仍能执行如一，这显然是站不住脚的。关于王晖的论证，见其著《古史传说时代新探》，第7-9页。

[88]
《史记》卷四，第127页；陈奇猷校释：《吕氏春秋校释》，上海：学林出版社，1984年，第844页；《礼记正义》卷三十九，第1134-1135页；许维遹校释：《韩诗外传集释》，北京：中华书局，1980年，第96页。

[89]
郭沫若在其他地方将“弭”转写为“迩”，但两字字义并无太大差别。见郭沫若：《十批判书》，北京：东方出版社，1996年，第156页。

望以古代的黄帝以及近世的齐桓公（前 685—前 643 在位）和晋文公（前 636—前 628 在位）为榜样。[90] 简言之，这种释读表明因齐并没有自称是黄帝的直系后裔，而是表达了他的政治野心，要像传说中的黄帝那样成就一番事业。郭沫若的解释更符合历史背景，因此显得比徐中舒的解释更令人信服。于是，根据新的释读，整段铭文可以这样翻译：

> 唯正六月癸未，陈侯因齐曰：皇考孝武桓公恭哉，大慕克成。其惟因齐，扬皇考昭统，高祖黄帝，弭嗣桓文，朝问诸侯，合扬厥德。诸侯寅荐吉金，用作孝武桓公祭器敦，以蒸以尝，保有齐邦，世世万子孙[91]，永为典尚。

六月癸未日这天，陈侯因齐说：我故去的父王、孝武桓公恭敬而成就卓著。现在我因齐赞扬父王美好的传统，远则祖述黄帝之楷模，近则承嗣齐桓、晋文之功德，使诸侯来朝，颂扬圣王美德。诸侯谨献吉金，因此制作此敦为孝武桓公祭祀蒸尝之用，以求佑护齐国，望子子孙孙永远奉此为典常。[92]

与徐中舒对黄帝一句的解释对比来看，郭氏的解释并没有强调田氏和黄帝之间的血缘关系。黄帝和因齐之前的霸主齐桓公、晋文公一样，成为统合诸侯所需德行的象征。而且，郭沫若的解释强调权力的政治基础，而不是种族血缘的纽带。事实上，因齐的题铭并不是为了宣扬他与生俱来的权力，而是以黄帝和其他霸主作为典范来表达他的政治野心。如果我们承认敦铭中的"桓文"指的就是姜姓的齐桓公和姬姓的晋文公，那么这一点就显得尤为突出。[93]

铭文中因齐称作器所用吉金由各诸侯进献，这也为郭沫若的解读提供了文本内部证据的支持。这一夸耀式的宣告无疑暗指夏朝的开国圣王大禹的故事，相传他用各州贡金制作了九鼎。[94] 因齐之父陈侯午（前 374—前 357 在位）的三件青铜器上的铭文中也有类似的语句。[95] 很难确定铭文中的"诸侯"到底指的是谁，更不用说他们是否真的向田齐进献过吉金，但这种反复声明揭示了田齐的政治野心。如果像张光直和巫鸿所说的，九鼎传说其实是战国政治哲学的组成部分，那么使用贡金铸造青铜器就有了政治上的象征意义[96]，表明黄帝作为统治的典范已被纳入战国诸侯争霸的政治话语体系中。如果我们理解黄帝在战国文本中的意义，就能清楚意识到，援引黄帝是因齐为了表达政治目的所使用的一种修辞策略。

徐中舒认为田齐的国君因齐试图将黄帝作为他的祖先，尽管这一论点存在问题，但他也正确指出，陈侯因齐敦铭文是反映黄帝在公元

[90]
郭沫若：《两周金文辞大系考释》，《郭沫若全集（考古编）》第八册，第 464-466 页。

[91]
铭文中写作"莹"，据《礼记·檀弓下》类似文句知为"世"字，见《礼记正义》卷十，第 294 页。

[92]
翻译基本依据郭沫若的解释，必要处有所改动，铭文文字经过作者隶定。郭沫若的铭文和释读见其《两周金文辞大系考释》，第 464-466 页。另外可见 Darrel Paul Doty, "The Bronze Inscriptions of Ch'i: An Interpretation" (Ph. D. diss., University of Washington, 1982), 617 的翻译，和郭沫若将"高祖黄帝，弭嗣桓文"视为并列结构不同。

[93]
汤余惠认为"桓文"是"文考桓公"之意，即因其之父午。但高新华指出，汤余惠的释读也很牵强，不符合平时习惯。见汤余惠：《战国铭文选》，长春：吉林大学出版社，1993 年，第 13-14 页；高新华：《齐威王"高祖黄帝"再认识》，《齐鲁文化研究》2008 年第 7 期，第 100-106 页。

[94]
杨伯峻：《春秋左传注》宣公三年，第 669-672 页。

[95]
徐中舒将陈侯午的一件簋、两件敦以及陈侯因齐敦合称为"陈侯四器"，关于前三器的铭文，见徐中舒：《陈侯四器考释》，第 406-409 页。

[96]
Chang Kwang-chih, Art, Myth, and Ritual, 63-65; Wu Hong, Monumentality in Early Chinese Art and Architecture (Stanford: Stanford University Press, 1995), 1-16.

前 4 世纪的政治文化中占有重要地位的最早文献证据。战国中期之前的传世文献和出土材料中，都还没有发现跟黄帝有关的信息，所以黄帝在这一时期突然出现和流行的原因特别值得我们探讨。

郭沫若和徐中舒一样，认为黄帝是田齐统治者和稷下学者的共同发明，而黄帝的历史化是田齐采用黄老之术的一部分。[97] 当考虑到为何有如此多的文本归于黄帝而不是其他圣王时，这一论点显得更加有趣。

在郭沫若看来，作为支持田齐政权政治宣传上的产物，黄帝在战国文献中的地位在很大程度上基于对《管子》的解读。[98] 根据这一观点，《管子》中的文献也是由田齐支持和控制的稷下学者创造出来的。因此《管子》将黄帝作为君主典范来推崇，是为了支持田氏家族政治野心的修辞和宣传。但事实上，虽然《管子》的一些篇目确实提到黄帝是一位圣王，但仔细阅读这些章节就会发现，黄帝只是古代圣王中的一位，和田齐并没有什么特殊关系。[99] 而且，当时黄帝也并非只出现在《管子》中，我们在其他不同文本中也能看到关于黄帝的各方面描写。[100]尽管主张《管子》文本与田齐政治野心有关的论点有一定说服力，但是认为黄帝仅仅是田齐家族的一个发明还缺乏有力的证据支持。普鸣(Michel Puett)认为，黄帝存在于战国众多文本中这一现象，表明这一形象作为联系暴力与国家的学说的体现被各学派共有。[101] 认识到《管子》并不是只推崇黄帝一人，而且并不是只有《管子》中才有黄帝形象，郭沫若在黄帝和《管子》之间建立起来的因果联系就值得质疑。由此，我们也必须对黄帝是稷下学者为支持田齐争霸创造出来的这一结论持保留态度。

退一步说，即使黄帝确实是稷下学者的发明，恐怕也不是被田齐家族所单独操控的。更需要解释的是黄帝为何成为各种战国文献的共有母题，特别是考虑到《汉书 · 艺文志》中黄帝名下有那么多的文本，而这一现象在以往的研究中基本上被忽略了。在此，回顾一下过去如何处理战国文本中的黄帝神话很有必要，因为这些处理也是我们理解作为作者存在的黄帝的基础。

就黄帝神话的产生而言，大致有两种学术观点来进行解释：一种观点倾向于认为黄帝神话是历史的发展，而另一种则被称为结构主义的方法，倾向于通过分析其结构要素来探讨黄帝神话的象征意义，同时避免卷入对历史方法所依赖的所谓口头传播论的争论。[102] 历史方法又包括两个主要论点：一是以杨宽为代表，认为战国文献中的黄帝神话主要反映了远古出现的口头传播的传统，当时刚刚开始出现上帝信仰。根据杨宽的观点，上帝又被称为皇帝，东周时成为许多地方神的共同名称。由于“皇”字在发音上与“黄”相同，“皇帝”因此也被写作“黄帝”。正因如此，其他像尧、舜、禹等类似于神的人物的传说也包含了后来黄帝历

[97]
郭沫若：《十批判书》，第 156-191 页。

[98]
同上，第 157 页。

[99]
高新华：《齐威王“高祖黄帝”再认识》，《齐鲁文化研究》2008 年第 7 期，第 100-106 页。

[100]
除《管子》外，黄帝还出现在一系列传世文献中，例如《商君书》《尉缭子》《六韬》《庄子》《文子》《列子》《吕氏春秋》以及《战国策》。普鸣（Michael Puett）对战国文献中的黄帝叙事做了很好的总结，见 Michael Puett, The Ambivalence of Creation: Debates Concerning Innovation and Artifice in Early China (Stanford: Stanford University Press, 2001)。

[101]
Michael Puett, The Ambivalence of Creation, 113.

[102]
Charles le Blanc, "A Re-examination of the Myth of Huang-ti," Journal of Chinese Religions 13/14 (1985-1986): 45-63; Jan Yün-hua, "The Change of Images: The Yellow Emperor in Ancient Chinese Literature," Journal of Oriental Studies 19.2 (1981): 117-137.

史化的痕迹。[103] 杨宽之后，陆威仪（Mark Lewis）考察了战国时期有关黄帝和蚩尤的神话，这些神话植根于古代传统，之后被重构和演绎，因此他认为它们和战国的战争和国家管理有密切关系。[104]

第二种历史方法以普鸣为代表，认为黄帝神话的出现涉及战国时期的历史，但和更早期的传统没有关系。对普鸣来说，将战国的黄帝神话和早期神话传统联系起来的做法，不仅使黄帝神话中本就已经离散的信息脱离了原有语境，从而导致对早期传统毫无历史意义的重构，也无法解释关于黄帝神话的多元甚至互相矛盾的叙述。

普鸣还对使用结构主义方法来研究黄帝神话的做法提出了质疑。在他看来，虽然这种方法避免了重构所谓的神话传统的陷阱，却无法解释各种黄帝叙事之间的差异。他认为，结构主义研究的目标是寻找黄帝神话叙事结构中的"终极象征"，但却不能提供合乎语境的解读。普鸣又指出，为了避免使神话脱离语境，决不能使用散落在不同文本中的材料来重新合成一个黄帝神话。相反，我们只能将黄帝神话置于战国时期国家形成过程中针对使用战争的争论（debate）中去考察。[105]

陆威仪在他对黄帝神话的研究中提到，当社会暴力与中国早期国家的出现有关时，这种暴力是被许可的，这在一定程度上启发了普鸣的研究。普鸣考察了战国知识分子是如何看待国家的。以国家的创建为线索，普鸣首先将相关的传世和出土文献分成两个时间层：公元前 4 世纪和公元前 3 世纪，在这里主要关注的是这些文本作者所说的反叛者与圣人，或者自然与国家之间的关系。[106] 普鸣将这两个时间层理解为作者对当时社会政治的"分歧点与关注点"（tensions and concerns）[107] 的直接反应，而这些作品则是重建当时长时间争论的可靠历史资料。在考察所选文本的典型段落时，普鸣发现只有第二层（公元前 3 世纪）的文本提到了黄帝和他的敌人。比较两个时间层争论的性质，普特发现第二层越来越强调国家创建过程中对暴力的使用。第二层文本的作者有意将黄帝引入争论，是因为他与使用武力，甚至包括以暴力篡政有关，而跟他是不是和国家的出现有关的历史人物没有关系。因此黄帝出现在公元前 4 世纪的文献中，比如在陈侯因齐敦铭文和《左传》中，很大程度上与公元前 3 世纪的思想争论无关，充其量仅有参考意义而已。[108] 总而言之，在普鸣看来，战国时期的这些争论，反映的是战国思想家对自然和文化的关系的关注。[109]

尽管我同意普鸣的观点，即我们应该在相应的语境下研究黄帝神话，但我对他处理战国文本的方法有所质疑，认为普鸣给文本断代，并据此划分成两个时间层的方法尚不完善。由于他强调文本作者对战国思想界实际的"分歧点与关注点"的反应，这些文本的创作时间对他的分类至关重要，也对我们理解普鸣所努力建构的实际争论至关重要。不

[103]
杨宽：《中国上古史导论》，第 189–199 页。关于黄帝等同于尧、禹的讨论，另见孙作云：《孙作云文集：中国古代神话传说研究（上）》，郑州：河南大学出版社，2003 年，第 127–139 页；陈梦家：《商代的神话与巫术》，《燕京学报》1936 年第 20 期，第 523–576 页。

[104]
Mark Lewis, Sanctioned Violence in Early China, 165–212.

[105]
Michael Puett, The Ambivalence of Creation, 92–101.

[106]
被普鸣划入第一个时间层的文本包括《尚书·吕刑》《墨子》和《孟子》，划入第二个时间层的文本有《商君书》《十六经·经法》，马王堆帛书《老子》所附四佚书中的两种，以及《吕氏春秋》《大戴礼记》和《管子》。见 Michael Puett, The Ambivalence of Creation, 101–133。

[107]
Michael Puett, The Ambivalence of Creation, 101.

[108]
同上，第 112、113、134 页等处。

[109]
同上，第 134–140 页，及 Michael Puett, To Become a God: Cosmology, Sacrifice, and Self-divinization in Early China (Cambridge and London: Harvard University Asia Center for the Harvard-Yenching Institute, 2002)。

幸的是，普鸣基本上没有给出两个时间层内文本的断代依据，也没有根据可确定年代的文本提供一个基准，使分入不同层内的文本可以进行比较。由于在文本断代方法上缺乏更为详细的讨论，他建立在文本分层基础上的论证就显得不够坚实。绝大多数情况下，普鸣绕开了复杂的文本断代问题，选择接受一个传统研究中普遍被接受的年代。然而，传统断代方法主要是根据文本所属作者的生活时代来确定早期文本年代，这是站不住脚的。考虑到这种复杂性，普鸣将早期文本分为两个时间层的构建，即便不是完全不可能，也是极具挑战性的。

再者，普鸣对战国时期有关国家创建的争论的重构，也不能令人信服。如果没有更准确的文本断代，就不可能追溯这种假定性争论的历史。而且，几乎没有有效的证据显示普鸣所描述的这种争论确实发生过。普鸣只是假设他所考察的文章段落是出于作者对创建国家的考虑。然而，我们对早期中国文本形成的认识与此相矛盾。大多数早期文本一开始都是以单篇匿名且篇幅短小的形式流传，直到后来才被重组、编辑、合成我们今天使用的更大篇幅的文本[110]，因此，仅靠普鸣提到的那些重组的文本，去整理和恢复文本作者的原始意图，是一项极为艰巨、困难的工作。即便汉代学者找到了一些辅助线索来对这些文本进行分类，但他们对不同文本传统的分类更多是追溯性的。这也对我们理解战国时期的学术传统提出了难题。

而且，早期中国文本的创作和流传远比传统断代方法所认为的要复杂。真实的情况是，战国各文本传统之间的差异，可能并不像汉代学者所标示的那么明显，现存的早期文本也显示，不同的学术团体其实是互相影响的。另外，那些所谓的不同战国文本传统的学说既不稳定也不固定，当这些学说被写定，形成了文本，也许经历了一个很长的过程，因此这些文本本身无法验证它们所记录的思想的起源和流传的准确时间。也正因为此，普鸣通过对所谓的战国史学家的争论进行分类而发现的不同的黄帝叙事间的差异，更可能是文本流传、后期编辑，或者是二者共同作用的过程中产生变异的结果。简言之，普鸣对长达两个世纪的争论进行的重构，是将战国时期的思想框架置于无法验证的文本基础之上的结果。

最后，陆威仪曾强调黄帝是象征武力建国的榜样性人物，普鸣继承了这一观点，但同时似乎进一步夸大了战国士人眼中黄帝形象的这一面。如果我们考虑到战国和早期帝国时期作品所描述的黄帝的整体形象，那么黄帝的形象要远比他在那些所谓的武力建国的争论中所描述的更加丰富多彩。他是很多事物（比如武器、礼器和日常用品）的创造者；[111] 他不仅被视为治国和战争方面的圣人，也被看作是一位在星象、天文、历法、占卜、医学、房中术和以追求长生不老为目的的方技方面的圣人。[112] 无论

[110] 最著名的就是刘向、刘歆父子等人所主持的对西汉国家藏书的重新整理，见《汉书》卷三十，第1701–1776页。

[111] 齐思和：《黄帝之制器故事》，第381–415页。

[112] 见本章表一所列《汉书·艺文志》中的作品名录。

早期文本中有关黄帝的信息是多么零散，传说中黄帝的形象无疑要比他作为战争和国家的首创者的形象丰富得多。过分强调黄帝形象的这一面，会不可避免地限制我们对黄帝形象和产生这种形象的背景的理解。如果我们考虑到黄帝名下的兵法类文本还不足其名下全部作品的十分之一，而近三分之二的文本是关于天文、养生和长生的方技类文献，那么这一点就显得尤为重要：我们需要更全面的语境来了解黄帝之所以如此流行的问题。

五、黄帝与礼制、宗教和宇宙论思想

除了陆威仪和普鸣在著作中所强调的国家构建，讨论黄帝叙事还有另外两个角度。一是关于宗教礼制，特别是东周时期人们在宗教礼制思想上的变化。这种变化是显而易见的。就以人们对天命的理解为例。天曾经被认为是惩恶扬善的至高力量，在东周时转变成一种用数或天象来代表的非人格化存在。[113] 这种变化背后是人在宇宙运行中的作用越来越大：人类推演数理，观察天象，人们认为天命就体现在数术天象中。在这种心态下，人们仍然祭祀各种神祇以禳灾求福，但天人之间的因果关系变得可以通过数术天象来解释和预测。

《左传》很多地方都明显表现出这种变化，例如鲁昭公（前542—前510在位）九年到十八年出现了一系列根据天象所做的预言。昭公九年，郑国大夫裨竈不仅预言了陈国复封和享国年数，还解释了他是如何通过星象和五行理论做出这一预言的。[114] 第二年，裨竈又预言了晋君的死日，并做了解释。[115] 昭公十一年，苌弘预言了蔡侯被杀。[116] 昭公十七年，裨竈和鲁国大夫申须、梓慎预见第二年五月将有大火。裨竈力劝宰相子产，如果准他以瓘斝玉瓒祭神便能攘除火灾。[117] 第二年，正如之前预言的那样，四个国家都发生了火灾。[118]

当然，《左传》中并非所有的预言都能实现。例如，昭公十八年裨竈说，如果子产不听他的警告，郑国将再次发生火灾，但这一预言并未成真。[119] 诚然，我们并不认为《左传》的记载全都是准确的历史记录，但这些记载反映了一种思维方式的变化，即用以合理化解释预言的知识引起人们越来越多的关注。子产似乎并不相信这种变化，他对裨竈洞察天道的能力表示怀疑，因为在他看来，天道太过遥远，人力无法企及。[120] 然而，如果比较子产的怀疑之语和他火灾后的应对，我们不难发现，他的行为也反映出当时不断变化的宗教礼制观念。事实上，他的行为与他先前拒绝裨竈使用礼器祭神相矛盾。[121] 在这里，子产所行之

[113] 陶磊：《从巫术到数术：上古信仰的历史嬗变》，济南：山东人民出版社，2008年，第117-129页。

[114] 杨伯峻：《春秋左传注》昭公九年，第1310-1311页。

[115] 同上，昭公十年，第1314-1315页。

[116] 同上，昭公十一年，第1322页。

[117] 同上，昭公十七年，第1390-1392页。

[118] 同上，昭公十八年，第1394-1395页。

[119] 同上，昭公十八年，第1395页。

[120] 子产在解释为何不准裨竈用礼器祭神禳灾时说："天道远，人道迩，非所及也，何以知之，竈焉知天道？"见杨伯峻：《春秋左传注》昭公十八年，第1395页。

[121] 杨伯峻：《春秋左传注》昭公十八年，第1396页。

礼并不为禳灾求福，而是将礼作为一种灾后恢复秩序的手段，履行人们认同的例行程序而已。[122]《左传》所记这类事例，说明东周的思维方式越来越强调现代意义上的工具理性。

《左传》里的叙事还表明，子产和上述例子所代表的两种思维方式往往同时并存。在某些情况下，《左传》的叙述者故意将这些不同思路一并呈现出来，说明可以通过不同方式来接近真理，也可以根据不同的知识体系来做出正确的预言。例如，关于平阴之战和襄公（前 573—前 542 在位）十八年楚国伐郑就有两组预言。平阴之战中，晋军成功诱骗齐侯，让他以为晋军人数远胜齐军，连夜落荒而逃。第二天早上，三位晋国大夫根据不同知识体系都准确判断出齐军已经撤退：

> 师旷告晋侯曰：鸟乌之声乐，齐师其遁。邢伯告中行伯曰：有班马之声，齐师其遁。叔向告晋侯曰：城上有乌，齐师其遁。[123]

第二组预测发生在楚军北伐时。楚国出兵是应郑卿子孔的请求，子孔希望借此除去郑国几位支持郑晋联盟的大夫，从而打破郑晋联盟。听到这个消息后，三位郑国大夫，其中依然包括师旷和叔向，对楚师动向有所判断：

> 晋人闻有楚师。师旷曰：不害。吾骤歌北风，又歌南风，南风不竞，多死声，楚必无功。董叔曰：天道[124] 多在西北，南师不时，必无功。叔向曰：在其君之德也。[125]

与平阴之战的预言一样，三位大夫的判断都是正确的：由于天气恶劣，楚师遭受了重大损失，因此无力继续北上与晋军交战。在这两件事的记述中，每个人预言都被证实了，尽管这些预言是依据不同形式的知识和观察得到的——师旷根据声音，刑伯根据卜筮，董叔根据星象，叔向第一次是根据自然现象，第二次是根据对在位者德行的了解。尽管还不清楚这些不同的知识体系在预测的正确性和准确性上是否存在竞争关系，但《左传》的记载展现出东周人对天人之间存在的可感知的、理性的联系的理解。

这些对世界的解释与被称为关联性思维（correlative thinking）的早期中国宇宙论有关。尽管各种文献资料对关联性思想的复杂程度表述不同，但这种思想基于一个基本认识，那就是宇宙的方方面面，天、地、人、国家、世间万物，彼此间都存在相关性，而且这些相关性可以通过卦象、五行等数术方式被感知。[126] 在这种背景下，天不再是一个神秘

[122] 另一个相当有启发性的例子发生在成公（前 590-前 573 在位）五年，当时梁山崩塌。让读者感到震惊的是车夫对礼的态度。似乎礼只是对待自然灾害的一种例行程序，这与子产的态度很接近。见杨伯峻：《春秋左传注》成公五年，第 822-823 页。

[123] 杨伯峻：《春秋左传注》襄公十八年，第 1038 页。

[124] 根据杨伯峻的注释，“天道”在这里指木星所行之道，见杨伯峻：《春秋左传注》襄公十八年，第 1043 页。

[125] 同上。

[126] John Henderson, The Development and Decline of Chinese Cosmology (New York: Columbia University Press, 1984); Joseph Needham, Science and Civilisation in China: History of Scientific Thought, vol.2 (London: Cambridge University Press,1956).

的指挥者，也不是根据德行确定人类命运的最高审判者，而是一个由天体和时间标记组成的时空复合体。这一理解不仅反映了东周关联性思维的特征，而且也塑造了东周的礼制和宗教习俗。

我们对黄帝叙事的理解也在这样的语境下展开。事实上，最早对黄帝之名做出解释的资料正与五行宇宙论有关：

> 凡帝王者之将兴也，天必先见祥乎下民。黄帝之时，天先见大螾大蝼。黄帝曰：土气胜。土气胜，故其色尚黄，其事则土。及禹之时，天先见草木秋冬不杀。禹曰：木气胜。木气胜，故其色尚青，其事则木。及汤之时，天先见金刃生于水。汤曰：金气胜。金气胜，故其色尚白，其事则金。及文王之时，天先见火，赤乌衔丹书集于周社。文王曰：火气胜。火气胜，故其色尚赤，其事则火。代火者必将水，天且先见水气胜，水气胜，故其色尚黑，其事则水。水气至而不知，数备，将徙于土。[127]

这段话将黄帝和黄色、土气联系起来，而黄色、土气是体现五行理论的重要元素。在这套理论中，土、木、金、火、水五行相胜，形成一个无限循环。[128] 东周人解释世界时，五行理论的形成和使用使他们的思想与以往相比发生了变化。在这个体系下，季节变化、统治的合法性、政治变革都被纳入可控模式中。黄帝在这种思维模式中也发挥着他的作用。在《逸周书·作雒》中，五行按照方位排列，黄色位于中央。[129]《墨子·贵义》记载帝戊己日杀黄龙于中央，将时间、颜色、方位关联起来。[130]《吕氏春秋·季夏纪》和《淮南子·时则训》也有几段同样体现关联性思维的表述。这说明到了战国晚期，五行理论已经发展成为一个包括时间、空间、数字、音律、气味、味道、祭祀在内的包罗万象的系统，并成为治国的指导思想。[131]

虽然大多数文献都将黄帝和东周的这种宇宙论思想紧密联系起来，但一些学者仍然认为，在相关社会历史背景下理解黄帝的关键，是将黄帝置于早期神话中去考察，而这些神话被认为并入到了后来的东周五行思想中。许进雄的论证就是这方面很好的例证。他认为，黄帝形象的产生要远早于五行理论的形成。他认为，黄帝的“黄”表示黄色或佩玉之璜。通过驳斥黄帝时期色尚黄的说法，他指出“黄帝”之“黄”一定是和佩玉以及衣服的发明有关系。他接着将衣服的发明和社会体系的建立联系起来，将黄帝归类为制度创建方面传说的君主，开启了中国文明的第二个阶段。第一个阶段是以圣王创造器物工具为标志，第三个阶段的特点是有历史文献。[132] 虽然许进雄推进了相关研究[133]，但还有一些

[127] 陈奇猷：《吕氏春秋校释》，第677页。

[128] 《吕氏春秋》描述的是秦国对四（五）方帝的特殊崇拜，黄帝也在其中，尽管黄帝可能是独立于这种崇拜之外的一个独立存在，可能在其之前便已存在。

[129] 黄怀信等撰：《逸周书汇校集注》，第534–535页。

[130] 吴毓江撰，孙启治点校：《墨子校注》，北京：中华书局，2006年，第701页。

[131] 陈奇猷：《吕氏春秋校释》，第312页；何宁：《淮南子集释》，北京：中华书局，1998年，第405–410页。

[132] 许进雄：《黄帝命名根由的推测》，《中国文字》1981年第3期，第169–187页。

[133] 例如，丁山等人认为甲骨文中已经出现了黄帝。丁山在关于陈侯因齐敦的文章中比较了陈侯因齐敦铭文和相关传世文献，然后便断言我们在文献中所见到的黄帝和其他传说先王的神话应该被视为可靠的历史资料来源。他对杨宽提出的黄帝源自上帝－皇帝的说法进行了反驳，认为黄帝本来是人类领袖，后来被神化成为五行系统中的众神之一，见丁山：《古代神话与民族》，第154–178页。在讨论甲骨文所见商王和世系的文章中，丁山认为甲骨文中的“帝黄”就是“黄帝”，得名于黄道，这一猜测尚未得到证实，见丁山：《古代神话与民族》，第93页。更多关于甲骨文中出现黄帝的讨论，见李元星：《甲骨文中的殷前古史：盘古王母三皇夏王朝新证》，济南：济南出版社，2010年，第26–29、36–44页。这些观点的问题在于他们假设黄字的字义包括或反映了相当多的历史和社会信息，因此破解字义在某种程度上其实是在追索古代社会生活的痕迹。事实上这些字型本身并没有传达任何有关古代社会生活的具体信息，特别是如果我们考虑到这个字型被发明的时刻永远都不可能复现。

问题尚未回答。首先，在分析不同文本信息证明“黄帝”一词的出现早于五行理论时，许进雄和普鸣一样，依赖的是传统的根据作者信息进行文本断代的方法，但这种方法缺乏足够的证据支持。第二，许进雄没有解释黄帝作为制度创建者是如何与战国五行思想中的中央帝王或者战国末期及早期帝国流行的仙人崇拜产生联系的。尽管他试图重建战国前黄帝的一个方面，但他在论证里并没有说明将战国黄帝和早期传说联系起来的必要性。最后，许进雄论证的最薄弱的一环在于无视东周时期的宇宙论思想背景。由于“早期”黄帝的构建主要依赖于战国时期的文献，如果离开战国背景谈黄帝，我们恐怕就无法真正理解黄帝叙事真正传达的内容。因此我们可以得出结论，黄帝的故事应被视为东周神话。

对古代的偏爱并不仅仅是现代学术现象。我们探讨黄帝神话的语境，就有必要了解东周和早期帝国演讲争论中出现的尊古趋势。前面已经讨论过，《管子》《庄子》《韩非子》《吕氏春秋》等文献告诉我们，黄帝是和伏羲、神农等其他圣王一起成为战国各种学说的组成部分的。如《淮南子》所说，在论述中使用早期圣王的话语和事迹，很早以前就被认为是一种能够增强说服力的有效修辞方式：

> 世俗之人多尊古而贱今，故为道者必托之于神农黄帝而后能入说。乱世暗主，高远其所从来，因而贵之。为学者蔽于论而尊其所闻，相与危坐而称之，正领而诵之。此见是非之分不明。[134]

[134] 何宁：《淮南子集释》，第1355页。

这段话清楚地表明，这一意见发表之前，尊古贱今的倾向就已经很流行了。为迎合这种倾向，思想家们有意以古时圣贤的名义提出观点，即使是宣扬跟他们同时代的东西也是如此。声称自己的论点古老，不仅能获得在位者的支持，还能吸引听众的注意力来学习和传播他的学说。《淮南子》这段话将尊古描述成是一种被广为接受的做法，并不限于特定群体或社会阶层，统治者和被统治者、夫子和门徒等全都遵循这一倾向。提升古代的地位成为国家意识形态的必要组成部分，而当代学说，无论离当下多近，也需要涂上古代的铜锈才能被大家接受、支持和传播。

尽管这段话并没有具体谈到这一描述到底属于哪个时代，但它提示我们这种趋势在当时的作品中极为普遍，比如我们在《汉书·艺文志》里看到的那些托于神农、黄帝之作，大都属于这种情况。现存的商和西周文献（例如甲骨文和《诗经》中的某些内容）尊崇的是商周王室的祖先，像神农和黄帝这样传说中的古人，只有在东周及之后的文献中才具有显著的说服力。

应该指出的是，虽然《淮南子》的这段话表明尊古已经成为一

种被广为接受的社会风尚，但并没有描述“古”是怎样成为东周倍加关注的问题的。尽管解释东周社会尊古倾向原因的相关资料极少，但最近的出土信息还是为我们解答这个问题提供了一些线索。根据吉德炜（David Keightley）基于甲骨文对商代祖先信仰的研究和罗泰（Lothar von Falkenhausen）基于东周墓葬对春秋中期礼制的考察，我认为尊古现象与早期中国的礼制和宗教思想有关；可以这样说，正是早期中国的礼制和宗教思维为东周话语中尊古倾向形成奠定了基础。

根据吉德炜的说法，宗教观念是“整个商代生活的观念”，而祖先崇拜正是商代宗教观念的核心。[135] 祖先崇拜不是一种脱离社会现实的宗教活动，而是从政治、经济、思想等角度渗透到商代生活的各个方面，并为“从过去获取权力、使当前状况合法化（包括所有权利和特权的不平等）、为未来规划路线这样一种实用主义”的施行创造了条件。[136] 已故先王并不会被默认为祖先崇拜的对象而得到敬奉，而是只有通过逐渐完善的祭祀礼仪系统才能获得祖先地位，但是一旦获得了这种地位，死者便能随着时间的推移持续发挥其权威，即使现在是在死后世界而不是生前。有考古证据表明，商代的祖先崇拜，根植于新石器时代的丧葬礼仪，可向前溯及公元前五千年，但正如我们在商代甲骨文材料中所看到的那样，商代的祭祀仪式系统中的众神结构为我们提供了认识崇古倾向在祖先崇拜中发挥作用的线索。

吉德炜将商代诸神中受到祭祀的对象分成六组：(1) 帝或上帝；(2) 自然神，如山川之神；(3) 先公，如夔、王亥等与商朝有关的特殊的半人半神形象；(4) 先商之祖；(5) 商代先王；(6) 商代先妣，即商代先王配偶。

吉德炜认为，这六类祭祀对象中，(2) (3) (4) 类，即自然神、先公和先商之祖属于“高等神”（the High Powers），并将他们与先王先妣在受享和职能上区分开来。“高等神”作为中介，“可能处于这样的中间地带：一边是帝（上帝），另一边是先王；虽然不能像帝一样号令自然现象，但仍然能对天气和农业产生重要影响”[137]。这样的链条中，上帝最高最远，其他任何神明都不能像他那样发号施令；不过先王先妣离生者最近，与后代福祉的联系也最为密切。

商代诸神在祭祀系统里的排列方式，直观地呈现出他们与生者在时间上和关系上的密切程度。根据这一神谱排列方式，离生者越近的神，生者在祈福时就越有和他们讨价还价的能力；相反，离生者越远的神，生者对他们的影响力就越小。在诸神排列的最远端，上帝的命令几乎是不可改变的。简言之，正如吉德炜所总结的，“商人认为自然神和祖先神处

[135] David Keightley, “The Making of the Ancestors: Late Shang Religion and Its Legacy,” in Religion and Chinese Society: Volume I: Ancient and Medieval China, ed. John Lagerway (Hong Kong: The Chinese University Press and cole fran. aised' Extrême-Orient, 2004), 4; David Keightley, “The Religious Commitment: Shang Theology and the Genesis of Chinese Political Culture,” History of Religions 17 (1978): 212.

[136] Patricia McAnany, Living with the Ancestors: Kinship and Kinship in Ancient Maya Society (Austin: University of Texas Press, 1995), 1.

[137] Keightley, “The Making of the Ancestors,” 7–8.

于不同的可协商等级，诸神中离生者较近的先王先妣最有可能受誓言约束，但更高的祖先神和自然神在这方面则没有那么平易近人”[138]。

虽然商代神谱中距生者较远的神明不容易受到影响，但在商代的礼仪系统里，生者通过一条“祖先化”（ancestralization）的链条来接近他们。在吉德炜的六组神明中，帝、自然神最不像祖先。但我们从商代甲骨文中看到，自然神偶尔也被冠以商王之“祖”的名号，这样一来自然神就被祖先化了。[139] 至于帝，尽管没有对他的直接祭祀，但通过祖先化的自然神也是可以被接近的。可以说，这种祖先化贯穿了商代诸神：通过祖先化，自然神和先公联系在一起 同理，先公和先商的其他祖先联系起来 最后，先商先王和商先王先妣联系起来。尽管在这个链条上，祖先化的程度从较低的先王先妣向上帝逐渐递减，但链条两端，即生者和上帝之间的关系，却通过祖先化的链条得以建立。也就是说，通过与最远的祖先神和祖先化了的高级神建立起联系，神谱最高端的权力最高神就被纳入一个统一的宗教体系中，我们因此在这一体系中开始看到“古”获得了尊崇。在商代礼仪系统中，“古”不仅帮助生者接近遥远的上帝，而且，由于与商代诸神谱系中最有权力的至高神相联系，“古”这一概念本身也借以获得了深层权威。

商人祭仪系统中蕴含的祖先崇拜也延续到西周时期，但文本和考古证据均显示，西周的祖先崇拜及其相关宗教信仰和实践更为复杂。学者们普遍认为，为了使周克商的暴力革命取得合法性，西周统治者有意削弱了商代祖先崇拜的重要性，并通过强调天命的重要性来刻意提高天的特权地位。[140] 虽然从政治宣传的角度而言这样的解释有其合理性，但是已知的周代物质文化却显示出商周之间极强的连续性。例如，周原出土甲骨文的相关内容，有力地证明了西周早期和商代在礼制和宗教方面具有密切联系。这些甲骨文表明，周文化并非突然脱离商的传统，而是在克商之后，经过一个与商文化并存、融合、共享的时期，逐渐发展演变出自己的特色。[141] 周代组织祖先崇拜的宗教礼制框架被称为昭穆制度。尽管这一制度所采用的隔代交替排列祭祀世系的方式与商代祖先众神谱中的排列方式不同[142]，但商周祖先崇拜在多层次的物质表现形式方面显示出很多共同特征，这些物质表现形式包括宗庙的设置、祭祀所用青铜器物、所献牺牲、演奏音乐、舞蹈表演以及颂诗等。

西周和商代祖先祭祀的另一个共同特点是权力和权威在祭祀系统中的核心地位。如罗泰所说：

> 对后辈而言，其远祖地位越显赫，他在该远祖的后代中行辈越高，他就越有资格获得特权。而祖先崇拜则为氏族的不断重组及其

[138] 同上，第 11 页。

[139] 同上，第 8 页。

[140] 如 Hsu Cho-yun and Katheryn Linduff, Western Chou Civilization (Hew Haven: Yale University Press, 1988) 及陶磊《从巫术到数术》。

[141] Robert Eno, "Shang State Religion and the Pantheon of the Oracle Texts," in Early Chinese Religion: Part I : Shang through Han (1250BC-220AD), eds. John Lagerwey and Marc Kalinowski (Leiden: Brill, 2009), 41-102; Keightley, "The Making of the Ancestors," 43；王晖：《周原甲骨属性与商周之际祭礼的变化》，《历史研究》1998 年第 3 期，第 5-20 页；张懋镕：《西周青铜器断代两系说刍议》，《考古学报》2005 年第 1 期，第 1-25 页。

[142] Eno, "Shang State Religion and the Pantheon of the Oracle Texts," 98; Keightley, "The Making of the Ancestors," 20 – 26.

在人与神面前的自我呈现提供了一个平台。它能够让生者重新确认相互之间的纽带，重新确认他们在本氏族历史中的位置，从而开创塑造关于氏族的集体记忆。[143]

这种“集体记忆”既是生者权力沟通（negotiation）的结果，也是生者权力沟通的方式。这种将权力和更远的祖先联系在一起的观念，暗示了商朝人的宗教思维方式：与至高神（在商代被称为帝，在周则被称为天）在时间上和关系上的接近，可以使生者的远祖占据更有权力的位置。正如后来的周代文献所阐述的，天命授予某一氏族，很大程度上是取决于该氏族祖先之德。换言之，因为天命可以传至后世，后代们才能够继续享有最初由他们远祖所承受的天命。[144] 周与商的祖先崇拜的区别，在于周简化了祭祀系统里世系排列的方式，根据罗泰的观察，这一简化可能跟周代的人口增长有关。[145]

周室被迫东迁后，东周时期见证了周王室原有的显赫政治地位的丧失。随着周王室的迅速衰落，它对地方诸侯国的控制力也下降了，其中一些诸侯国趁机以武力称霸。这些诸侯国最初由周的开国元勋所建立，原本为护卫王廷，但当强大的诸侯国吞并弱小的国家，众多政治力量纷起争夺统治权的时候，诸侯国之间的自相残杀必然进一步导致周王室力量的削弱。结果，通过西周晚期的礼制改革才最终得以确定的周代礼制系统，不再是周王室控制势力网络中的所有诸侯国的手段。相应地，传统的祖先祭祀被弱化，祖先的权力被削减，曾经作为有周一代宗教礼制支柱的贵族等级体系也走到了历史的终点。以死亡以及与来世的联系为核心的古老宗教思想，转变成关注个人显赫地位的实践行为。在考古学上，这一深刻变化，可以从整个周文化圈内墓葬结构的发展和只为埋葬目的而生产制造的明器的普遍使用体现出来。[146]

战国时期的作品，如《老子》《管子·内业》以及出土的《太一生水》等，也能反映出东周宗教信仰的这种根本性变化。根据普鸣的研究，这一变化是礼学家和宇宙论者间长期争论的结果，而后者最终在公元前4世纪左右占据了上风。他指出，这些宇宙论者（也就是上面提到的文本作者）所提出的“一即万物之初祖，即所有神灵、自然、人类所由生之初祖”的思想，是一种自生模式，与传统的、类似于商代祖先崇拜那种“依靠从最近的逝者和能力较弱的地方神灵延伸到更远更强大的神祇来运转”的祭祀模式不同。[147] 根据这一新模式，生者可以通过“返一并持一”的方式成神，因为“一化生并哺育万物”；也可以通过“把一天之神按序排列，皆源于一”的方式，从而“声称唯有他们知晓宇宙奥妙”。[148] 普鸣还认为，这种自我神化模式之所以能够替代传统祭祀模式，是由长期人神隔绝形

[143] Lothar von Falkenhausen, Chinese Society in the Age of Confucius (1000–250BC): The Archaeological Evidence(Los Angeles: Costen Institute of Archaeology, UCLA, 2006), 71; 译者注：此段中文翻译参考了该书的中文版，见罗泰著，吴长青等译：《宗子维城：从考古材料的角度看公元前1000至前250年的中国社会》，上海：上海古籍出版社，2017年，第73页。

[144] 例如王孙满对天命的解释，见杨伯峻：《春秋左传注》宣公三年，第669–672页。

[145] Falkenhausen, Chinese Society in the Age of Confucius, 64–70.

[146] 同上，第293–325页。

[147] Puett, To Become a God, 318.

[148] 同上。

成的张力所致。[149] 撇开人神之间张力的概念问题不谈，普鸣的模式确实符合变化后的以个人的显赫为中心的新宗教精神。

然而，这种宗教礼制改革并非一蹴而就，而是几个世纪逐渐演变的结果。这种变化体现在春秋时期的墓葬上，到战国时期，几乎周地所有地区都能明显观察到这一变化。而且，这一新系统也包含了至少一部分旧系统内的要素，这一点也值得引起我们的注意。例如，在公元前600年左右的春秋中期，礼制重组迅速扩展到整个周文化圈，以使旧的礼制系统与新的社会现实相协调。

这种礼制重组可以从贵族阶层墓中的陪葬品看得出来。这样的例子，可见于墓葬中包含的由奢侈陪葬品组成的“特殊组合”和用以标识墓主社会阶层的普通随葬品组成的“常规组合”中。通过增加顶级贵族的特权，春秋中期的礼制重组“将减少低级贵族的礼制特权，并预示，战国时期贵族礼制特权将面临更加剧烈的削减”，从而也降低了祖先崇拜的社会重要性。[150] 从这个角度来看，春秋中期的礼制重组既是对西周晚期礼制变革的更新，也是对变化了的社会现实的回应。

我们可以在同样的语境下来理解黄帝叙事，但这些叙事尚缺乏同质性，因此又让问题变得十分复杂。《国语》《史记》和《大戴礼记》都认为他是世系和国家的缔造者；孔门弟子子贡和宰我在《尸子》和《大戴礼记》中的提问，则表明黄帝是一个相貌奇特、长寿惊人的神秘人物；他也被描绘成大战蚩尤和炎帝的了不起的战神，是武器、器具、礼器的发明者和国家制度的创造者。《汉书·艺文志》中黄帝名下的文本，仅看题目就知道也符合黄帝形象的不同特征。黄帝的名字出现在《汉书·艺文志》的四个大类中，即诸子、兵书、数术和方技，每类又包含若干子类，反映出他作为学派领袖、军事天才以及数术专家等诸方面的特质。

黄帝形象的多样性不仅表明他在不同的文本传统中被接受的情况，也传达出他所处的礼制宗教背景的复杂性。战国和汉代文本中所呈现出的黄帝形象的复杂性，既是由可上溯及新石器时代的祖先崇拜的遗产所致，也是随时代社会需求而发展起来的东周礼制宗教思想演变的结果。

从某个角度看，黄帝的创造似乎与东周的宇宙论思想密切相关。将黄帝这一圣王或者神的形象置于宇宙的突出位置，即宇宙的轴心位置，以黄色为象征的中心，这就有力地将黄帝叙事和东周宇宙论思想联系起来。就这一点而言，黄帝的名字和这一形象的独特特征是如此强大而有说服力，以至早期黄帝神话的痕迹——如果这些神话果真存在过——几乎完全被战国时期的黄帝叙事所取代。这也解释了为什么《汉书·艺文志》中黄帝名下的作品主要将他描绘成精通天文、历法、占卜、五行以及长生不老奥秘的大师。

[149] Puett, To Become a God, 122-200.

[150] Falkenhausen, Chinese Society in the Age of Confucius, 326-369.

从另一个角度来看，我认为战国神话将黄帝描述成一位古代圣王是出于祖先崇拜的习俗，而不是更早的上古神话流传到战国时期的遗存。宣称自己古老，这一做法本身符合普鸣提出的宇宙自我神化模式所反映出的东周思想。根据这个模式，黄帝是与一的终极联系者，也是神秘知识体系的祖先，通过这种知识，生者可以与一交流并得道成仙。通过远祖将自己与终极力量相联系，这让人联想到周代礼制宗教实践中的祖先崇拜，只是随着周王室权力在整个东周时期的衰落，黄帝最终取代了周王室祖先的统治地位。东周时期修撰世系之风变得越来越普遍，这可能也反映了伴随王室衰微所带来的礼崩乐坏的现实。这种情况下，尽管迫切需要一个超强的人物形象将生者与一联系起来，但东周诸侯国构建出来的祖先世系并不能填补越来越衰落的周王室留下的空白。一定是在这样的背景下，黄帝被解释成一个占据宇宙轴心（axis mundi）位置的人物，成为所有东周有权势家族的祖先。这就是我们在现存的世系谱牒，如《大戴礼记》、辑佚《世本》和《史记》的相关内容中所看到的。

以上讨论可能也有助于解释黄帝在儒家著作的圣人名录中缺席的原因。像黄帝叙事一样，这些后来被尊为儒家经典的作品也是在东周宇宙论思想的背景下产生的。黄帝神话侧重自我神化模式，但儒家典籍强调的是据说反映西周礼制实践的祖先崇拜的那些方面。考古发现揭示，儒家作品试图传达的信息与春秋中期礼制重组的主张相一致，而春秋礼制重组号称是为了恢复西周早期的礼制。[151] 与黄帝神话相比，儒家著作重视礼仪胜于重视自我神化。因此，儒家著作所奉为典范的圣人正是那些代表了适当礼仪的人物，比如其中的佼佼者周文王和周公。从这个角度来看，虽然黄帝叙事和儒家著作都建立在东周礼制重建的社会和宗教需要上，但它们的侧重点不同。黄帝叙事代表了一种以更有力量的、能够帮助个人成神的圣人神（sage-god）来替换周王室祖先的模式，而儒家著作则提出要恢复西周早期礼制。二者之间的这种根本性差异，必然导致黄帝被排除在儒家的典范人物之外。这一点，我们在《汉书·艺文志》所列的归于黄帝名下的作品目录中也可以清楚地看到。所有黄帝类书写——不管是黄帝名下的作品，还是黄帝臣属的作品，没有一部作品出现在儒家典籍的范畴中。

这些观点也解释了为什么黄帝叙事和老子文本传统有时会并列出现，被称作“黄老之术”，特别是在战国晚期和西汉早期的话语中。[152] 李零敏锐地指出，黄老并称表明二者的知识体系比较接近，都是源于数术方技，即大部分黄帝书归属的类别。[153]不过这个解释也带来了一个问题：即便假设这两个传统源于同一背景，但为何儒家著作与这二者有相似背景却与二者迥然不同？[154] 原因在于黄老思想是以一种激进、超越的方

[151] 有关春秋中期礼制重建的详细例证，可参见 Lothar von Falkenhausen, “Archaeological Perspectives on the Philosophicization of Royal Zhou Ritual,” in Perceptions of Antiquity in Chinese Civilization, eds. Dieter Kuhn and Helga Stahl (Heidelberg: Edition Forum, 2008), 135-175。

[152] 见《史记》卷六十三第 2784 页、卷七十四第 3132 页、卷十二第 456 页等处。

[153] 李零:《说“黄老”》，收入《李零自选集》，第 288 页。

[154] 同上，第 288-289 页。

式来处理天、神灵、长生以及不朽等问题，这与儒家宣扬和固守古老的礼制系统的精神背道而驰。在此，我们可以认为，《老子》和相当一部分黄帝名下的作品与养生延年和追求长生不老有密切关系。[155] 因此，被标为黄老一类的文本传统源于这样一种理解：即此二者名下的文本都提倡东周的自我神化模式，以及与这一模式相关的早期帝国的政治理论，即注重法与惩罚的刑名思想。[156]

[155] 同上，第 286–288 页。

[156] 有很多研究关注刑名思想与黄老之术的关系，如李零：《说"黄老"》，第 284–286 页；唐兰：《马王堆出土〈老子〉乙本卷前古佚书的研究：兼论其与汉初儒法斗争的关系》，《考古学报》1975 年第 1 期，第 7–38 页，图版见第 1–16 页；郭沫若：《十批判书》，第 156–191 页。

六、黄帝四经

这里我们有必要对马王堆三号墓出土的《老子》乙本卷前所附的四篇佚书做一番讨论。在这一抄本中，"德篇"在"道篇"之前，与传世本的顺序相反。马王堆《老子》卷前所附四篇佚书包括《经法》《十大经》（也称作《十六经》）、《称》和《道原》。因为这四篇抄本的篇数正好与《汉书·艺文志》中所录《黄帝四经》的篇数一致，这一巧合激发唐兰（1901—1979）得出马王堆的这四篇佚书正是失传已久的《黄帝四经》的结论。唐兰的论证基于三个证据：即四篇佚书所传达信息的整体连贯性、文献年代以及四篇佚书的流传情况[157]，但总起来说主要还是依靠《隋书·经籍志》里的一句话来支持他的结论：

> 汉时诸子道书之流有三十七家，大旨皆去健羡、处冲虚而已，无上天官符箓之事。其黄帝四篇，老子二篇，最得深旨。[158]

[157] 唐兰：《马王堆出土〈老子〉乙本卷前古佚书的研究》，第 8–10 页。

[158] 《隋书》卷三十五，第 1093 页。

这段话让唐兰将马王堆的四篇佚书与《黄帝四经》等同起来，原因就是二者篇数上的惊人巧合："黄帝四篇"（即唐兰所说的《黄帝四经》）、"老子二篇"与马王堆六篇文献（两篇《老子》以及之前的四篇佚书）如出一辙。唐兰的论证显然过于看重篇数的巧合，而忽视了《隋书·经籍志》对其内容的描述，事实上，唐兰在引文中完全省略了《经籍志》对文献内容的描述。

裘锡圭认为，唐引文中所省略的《经籍志》中对汉代道家著作"黄帝四篇"和"老子二篇"的注解，恰恰说明之前唐兰的观点有误。正如裘锡圭指出的那样，《隋书·经籍志》中对黄帝四篇的注解与马王堆四篇佚书的内容矛盾。他认为，《隋书》论及道家本质，谓之"去健羡、处冲虚"，而马王堆四篇佚书所反映出的"刑名"政治哲学要远比"去健羡、处冲虚"更积极进取。认为道家思想旨在"去健羡、处冲虚"一类的理解，在汉代之后才成为主流。裘锡圭还强调，马王堆四篇佚书的篇幅长度悬殊，

而且在其中三篇里连黄帝的名字都没有提到，这说明四篇佚书并不能组成像《黄帝四经》一样统一的文本。而且，在马王堆四篇佚书中并没有找到现存文本里的黄帝引言，这似乎也佐证了裘锡圭的论点。因此，裘锡圭认为，《隋书》中的“黄帝四篇”并非《黄帝四经》。[159]

虽然对这四篇佚书的作者归属问题还有其他意见[160]，但唐兰的论证和裘锡圭的反驳代表了至今都颇具影响力的两大观点。由于《汉书·艺文志》中黄帝名下的著作大都已经亡佚[161]，唐、裘二人的论证很大程度上都依赖于二手资料，例如《隋书·经籍志》里的相关段落，无论偏差多大，都是二人的关键性文献来源。另外，裘锡圭颇具洞见地指出，《隋书·经籍志》对汉代道家著作的评述，也并不能完全反映三十七家文本传统的本质。[162] 然而，尽管这些评述更适用于汉代之后的道家，有关“黄帝四篇”和“老子二篇”的相关信息仍说明可能存在唐兰所说的那种文本形式。

然而，根据目前已有的证据，我们很难评价这两种观点的优劣，因为二者均无法证实。裘锡圭论证的缺陷，在于他坚持认为这四篇佚书篇幅的不同妨碍了它们形成一个单独的文本，即《黄帝四经》。事实上，一个文本中出现长度不同的章节并不罕见。比如《论语》的最后一章，与其他章节相比，就以格外简洁而著称，但无论对其真实性有多少怀疑，这一章在《论语》中的位置还是被固定下来。那种认为一个大的文本所包括的所有文本单位在篇幅上应互相匹配的假设，其实应当被视为违背历史的逆向推测。

裘锡圭的另一个观点也有问题，那就是他认为如果讨论的四篇佚书真的是《黄帝四经》，那么在有限的几篇传世文献的十几则黄帝引文中，应该能找到跟帛书里的段落相同或相似的内容。其实，《汉书·艺文志》列出了几十种与黄帝相关的文本，加起来有三百多篇和近四百卷，所以说，为什么相对来说篇幅较短的《黄帝四经》中就一定会有段落出现在这有限的十几段与黄帝有关的引文中呢？这十几段引文完全可能来自其他数百篇、数百卷，也有可能就只出现在传世的几个文本中。

然而对裘锡圭论述的质疑并不等于对唐兰观点的支持。唐兰将马王堆四篇佚书和《黄帝四经》等同起来的三条证据并不成立，唐兰对这四篇佚书的断代以及对作者的认定也存在缺陷。[163]

概述这场论辩是为了让大家注意一些有问题的假设和有缺陷的方法。令人惊讶的是，在整个论辩中，几乎没有人追问《黄帝四经》的四篇文献是否可以和马王堆的四篇佚书完全不同。很有可能，在刘向、刘歆等人主持的皇家收藏图书的校理工作完成之前，《黄帝四经》的名称并未被使用。早期中国文本书于竹简木牍或丝帛之上，这一发现告诉

[159] 裘锡圭：《马王堆帛书〈老子〉乙本卷前古佚书并非〈黄帝四经〉》，第249–255页。

[160] 高亨、董治安：《〈十大经〉初论》，《历史研究》1975年第1期，第89–97页；陈鼓应：《黄帝四经今注今译：马王堆汉墓出土帛书》，北京：商务印书馆，2011年，第33–36页；余明光：《〈论六家要旨〉所述“道论”源于“黄学”》，《湘潭大学学报》（社会科学版）1987年第1期，第34–38页；李零：《说“黄老”》，收入《李零自选集》，第282–284页。

[161] 李零指出，《黄帝内经》和其他残篇可能与《艺文志》所列黄帝书相关，但文献不足，无法得出确切结论。至于《黄帝内经》，尽管我们有唐代(618–907)王冰所编同名文献，但很难辨别其中是否有部分内容和《艺文志》所记文本有异，抑或没有差别。即使王冰所编版本保留了一些早期内容，但识别出它们的机会仍然很渺茫。

[162] 裘锡圭：《马王堆帛书〈老子〉乙本卷前古佚书并非〈黄帝四经〉》，第253页。李零认为，《艺文志》中的道家文献可以分成四类：阴谋书、先秦道经、黄帝书以及西汉道论。《隋书》对三十七部道家文献的评述可能只适用于先秦道经，见李零：《说“黄老”》，第284–285页。

[163] 唐兰：《马王堆出土〈老子〉乙本卷前古佚书的研究》，第10–12页。

我们早期著作并不一定有标题。[164] 将多篇或卷的文本组合到一起再冠以一个题目，是后期编校工作的结果。就中国早期文献而言，它们的标题一定参考了刘向所主导，并有可能被班固修改之后（32—92）编入《汉书·艺文志》的中国第一次文献整理工作的结果。虽然刘向、刘歆编写的书目中有一些标题可能已经在口头流传了，一些标题的出现可能略早于公元前 26 年，即刘向主持校理群书的第一年，但现存证据表明，是刘向等编者的工作，使大多数《汉书·艺文志》所录文本形成了多篇或多卷的形式，并有了标题和确定作者。

的确，重新编校汉帝国所藏文献，是为了提供文本的权威版本，在编校人员的辛勤努力下，这些权威版本将是尽可能地囊括所涉主题、学说、作者和传统的最完整的著作。为了实现这一目标，文献校理者收集了与这些主题相关的所有作品，删减重复版本，保留了那些之前未被收入国家藏书的书写内容。至于儒家经典，即使是同一文献的重复版本也一并保存下来。[165]

简言之，《汉书·艺文志》所列的《黄帝四经》可能是一些托名黄帝的道家著作的集合，其中可能包括也可能不包括马王堆出土的这四篇佚书。即使马王堆佚书包括在内，也有可能是参考了类似著作而被重新组合过。假设《汉书·艺文志》中的《黄帝四经》必须对应一个刘向校书之前就存在的包含四篇的文本（比如马王堆四篇佚书），这显然是忽略了中国早期文献创作、传播、收集和重订的典型过程。因此，仅仅依靠篇数的巧合就将任意一部中国早期文献等同于《汉书·艺文志》中所录著作，这种做法在方法上有误导性，与探讨文本性质也无关系。

裘锡圭也对唐兰的结论表示怀疑，因为四篇佚书中只有一篇，即《十大经》提到了黄帝。[166] 在裘锡圭将《十大经》区别于其他三篇佚书的基础之上，李零将《汉书·艺文志》中所有托名于黄帝和黄帝臣属的作品分为两大类 即依托黄帝之作和黄帝君臣问对。[167] 根据李零的说法，直接托名于黄帝的作品是散文而不是对话。他认为，散文和对话不太可能被放入同一文本中。因此，根据保持文本一致性的原则，《十大经》一定是和其他三篇佚书分开的。

裘锡圭和李零的研究都有助于探讨马王堆四篇佚书的不同篇章布局，但中国早期文献的一致性特点源于其编纂过程。如果文本是以简短的单篇形式流传，一致性问题就不会像现在这样具有争议性。将多篇文本组合起来，就像刘向校书时重新编订皇家图书收藏，目的是为了建立与某一主题、议题或文本传统相关的包容性知识体系。使知识体系更具包容性是他们工作的主要原则。尽管承认这一点，《汉书·艺文志》中也有迹象表明，确实有一些文本是根据风格类型来进行分类的，但我认为，

[164]
骈宇骞、段书安：《二十世纪出土简帛总述》，第 87–146 页。

[165]
余嘉锡：《目录学发微（外一种：古书通例）》，长沙：岳麓书社，2010 年，第 239–240 页。

[166]
裘锡圭：《马王堆帛书〈老子〉乙本卷前古佚书并非〈黄帝四经〉》，第 251 页。

[167]
李零：《说"黄老"》，第 280 页。

在创作多篇文本时，类型和写作风格的一致性并不是决定因素。例如，如果按照李零的理论，那么《艺文志》所列的《黄帝君臣》是一部十篇的文本，乍一看这似乎是一部黄帝君臣对话的合集，但根据书名后面的注释，这很可能是一个类似于《老子》的文本。[168] 另外，我们也可以以《老子》为例来反驳裘锡圭反驳唐兰时的一个观点：《老子》的正文部分也没有提到老子，但这并不妨碍将这一文本归于老子名下。正文是否提到文本归属人，与作者归属之间并没有多大关系。

总之，黄帝之所以被《汉书·艺文志》描绘成古代圣王中最“多产”的作者，是因为这一形象在改变了的社会政治结构、礼制背景和宗教思维中的重要性。然而，基于我们对东周和早期帝国时期实际文本产生过程的了解，我们并不能将《汉书·艺文志》里所说的作者归属当成事实来看。毕竟，《汉书·艺文志》所记录的作者归属，很大程度上是源于西汉晚期皇家校理群书的工作，而我们发现东周和早期帝国时期的文本文化比之前学术界所认为的要更复杂。因此，正如我们在对新出土的被称为《黄帝四经》的研究回顾中所看到的，我们不能只根据《汉书·艺文志》或者《隋书·经籍志》所保存的书目信息，来简单化地处理和辨别一篇早期佚文。

（本文原载于《国学学刊》2019年第3期）

[168] 以上均见《汉书》卷三十，第1731页。

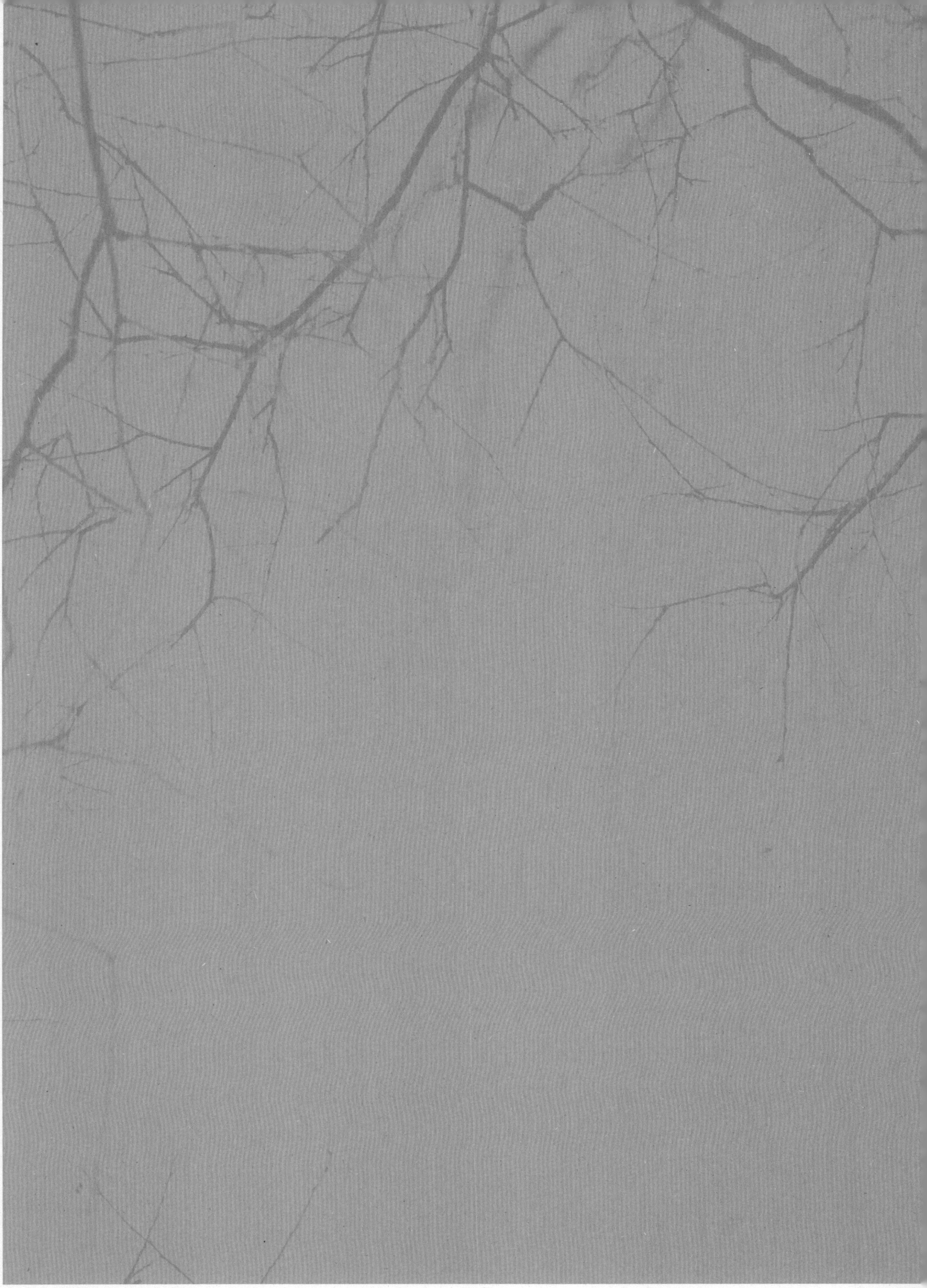

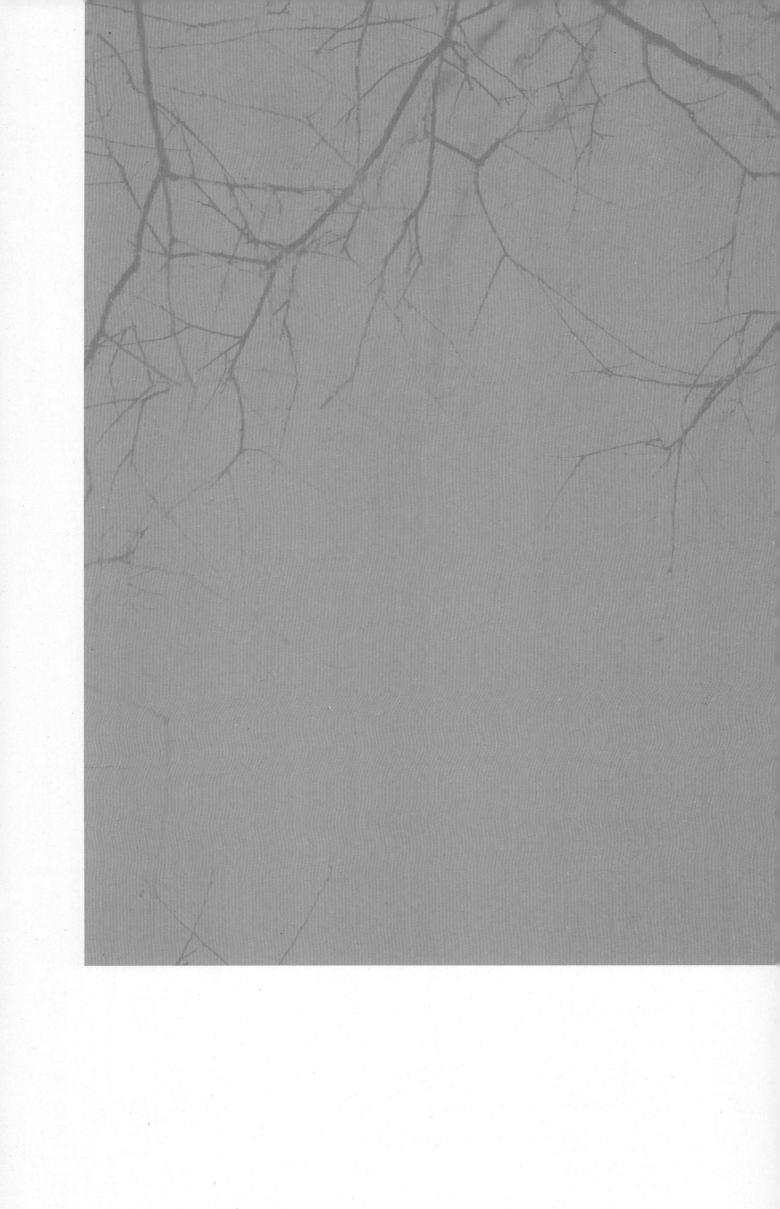

近三十年炎黄文化研究的成就与展望

高强

炎黄二帝是中华民族的人文初祖，炎黄文化是中华文化的根脉源泉。萌生于春秋战国时期的炎黄文化研究，在经历了漫长的蛰伏与蓄积之后，终于在20世纪迎来了兴盛，出现了辛亥革命时期、疑古思潮兴起及抗日战争时期、改革开放时期三次高潮，其中改革开放以来的30年最为活跃和繁荣。关于炎黄文化的研究状况，一些学者曾进行过总结[①]。本文试图在此基础上进一步梳理与检讨近30年的炎黄文化研究，总结成就，反思问题，展望未来。为了减少与已有文章的重复，本文把重点放在总结炎黄文化研究的总体成就、存在问题及研究取向上，对炎黄文化研究具体成果的介绍则从略。一孔之见，难免挂一漏万，甚或以偏概全，祈盼方家补正。

一、炎黄文化研究的成就

近30年炎黄文化研究的主要成就是创建了一批团体，形成了一支队伍，整理了大量资料，召开了系列会议，出版了一批论集，产生了大量成果，取得了若干共识，服务了文化建设。

（一）研究团队逐渐形成

炎黄文化研究的专门机构很少，学术团体较多；专门研究者较少，附带研究者较多。炎黄文化的研究者主要来自高校和科研院所里研究先秦史、思想史、文化史、民族史的专业人员，另外还有一批热爱炎黄文化的业余研究者。由于研究人员比较分散，所以学术团体的作用尤为重要。

改革开放以来，炎黄文化研究的学术团体纷纷成立，遍布全国乃至海外，如中华炎黄文化研究会、河南炎黄文化研究会、陕西轩辕黄帝研究会、湖南炎黄文化研究会、湖北炎黄文化研究会、广东炎黄文化研究会、上海炎黄文化研究会、福建炎黄文化研究会、河北炎黄文化研究会、山西炎黄文化研究会、天津炎黄文化研究会、江苏炎黄文化研究会、安徽炎黄文化研究会、海南炎黄文化研究会、黑龙江炎黄文化研究会、台湾中华炎黄文化研究会、澳门国际炎黄文化研究会、新加坡炎黄文化研究会，等等，各地市县也有不少此类团体。

① 鲁谆：《世纪之交的炎黄研究与中华文化》，《炎黄文化研究》第6辑，郑州：大象出版社，2007年；高强：《近百年炎黄文化研究的回顾与思考》，《炎黄文化研究》第5辑，郑州：大象出版社，2007年；霍彦儒：《炎帝与姜炎文化研究述论》，《寻根》1997年第1期；孔润年：《炎帝研究的哲学思考》，见霍彦儒：《炎帝与民族复兴》，西安：陕西人民出版社，2007年；郭永琴、潘庆梅：《百年来炎帝研究的回顾与展望》，见霍彦儒：《炎帝·姜炎文化与和谐社会》，西安：三秦出版社，2007年。

在众多的炎黄文化研究团体中，作为唯一一个国家级学术团体的中华炎黄文化研究会，发挥着组织和引领作用。中华炎黄文化研究会正式成立于1991年5月，在周谷城、萧克、费孝通、许嘉璐几任会长的领导下，与陕西黄帝陵基金会和湖南炎帝陵基金会联合出版了《炎黄文化研究》，还与各地联合召开了以“炎黄文化与民族精神”“炎黄文化与现代文明”“炎黄文化与中华民族”“炎黄文化与闽台文化”“炎黄文化与河洛文明”“黄、炎、蚩三祖文化”“炎帝文化与21世纪中国社会发展”“炎帝与民族复兴”“炎黄精神与和谐文化”“姜炎文化与民生”等为主题的学术研讨会，极大地推动了炎黄文化研究。

在中华炎黄文化研究会及各地炎黄文化研究会的积极组织下，各种学术会议和纪念活动频繁举行。据不完全统计，30年间召开的以炎黄文化研究为主题的全国性的学术会议有30多次。陕西黄陵、湖南炎陵、河南新郑、陕西宝鸡、湖北随州、山西高平、浙江缙云、河北涿鹿、湖南会同等地，近年来举行了一系列祭祀炎黄二帝的活动。

（二）资料整理成绩斐然

有关炎黄文化的资料散见于浩如烟海的典籍之中，晋人皇甫谧的《帝王世纪》、宋人罗泌的《路史》、清人马骕的《绎史》等均具有史料汇编的性质，其中不乏涉及炎黄二帝者，但还算不上真正的炎黄资料汇编。民国时期于右任先生主编的《黄帝功德纪》是第一部真正意义上的黄帝资料汇编。

近30年来，株洲市修复炎帝陵筹委会主编的《炎帝和炎帝陵》（光明日报出版社1988年出版），陕西省地方志编委会主编的《黄帝与黄帝陵》（西北大学出版社1990年出版），湖北随州历山炎帝神农纪念馆编辑的《炎帝》（长江文艺出版社1990年出版），张岂之主编的《五千年血脉——黄帝及黄帝陵史料汇编》（西北大学出版社1993年出版），宝鸡市社科联编辑的《炎帝史料辑录》（1993年内部发行），姚敏杰、何炳武编注的《黄帝祭文集》（三秦出版社1996年出版），山西高平市炎帝故里开发管理处编辑的《炎帝史料掇拾》（2002年内部发行），刘文学等编辑的《黄帝故里故都历代文献汇典》（中国文联出版社2005年出版），宫长为、郑剑英主编的《炎帝神农氏——中华远古文明追索》（中国文史出版社2005年出版），何炳武、刘宝才主编的《陕西省志·黄帝陵志》（陕西人民出版社2005年出版），刘文学主编的《黄帝故里志》（中州古籍出版社2007年出版），刘宝才、韩养民主编的《黄帝文化志》（陕西人民出版社2008年出版），全国首届会同炎帝故里文化研讨会筹备工作领导小组办公室编辑的《炎帝文化遍会同》（2009年内部发行），霍彦儒主编的《陕西省志·炎帝志》（三秦出版社

2009 年出版），马志生主编的《炎帝汇典》（华艺出版社 2009 年出版），等等，各具特色，丰富了炎黄文化资料，促进了炎黄文化研究。

中华炎黄文化研究会组织数十位专家学者，历时近八年编纂出版了《炎黄汇典》[1]。《炎黄汇典》包括《史籍卷》《方志卷》《祭祀卷》《文论卷》《考古卷》《诗歌卷》《民间传说卷》《图像卷》八卷，辑录了炎黄二帝及其时代的资料共计 400 多万字，近 500 幅照片。《炎黄汇典》的特点：一是全面，炎黄资料皆有，各地资料皆有，各类资料皆有；二是丰富，辑录的炎黄资料相比而言最为丰富。《炎黄汇典》的出版为繁荣炎黄文化研究提供了资料保障，可谓功德无量。

（三）学术研究硕果累累

据不完全统计，近 30 年出版的炎黄文化论文集 30 余部，出版论及炎黄文化的著作近百部，发表论文 600 余篇。著作有：王献唐的《炎黄氏族文化考》（齐鲁书社 1985 年出版），费孝通主编的《中华民族多元一体格局》（中央民族学院出版社 1989 年出版），刘起釪的《古史续辨》（中国社会科学出版社 1991 年出版），何光岳的《炎黄源流史》（江西教育出版社 1992 年出版），炎帝与宝鸡课题组编著的《炎帝·姜炎文化》（三秦出版社 1992 年出版），李绍连的《华夏文明之源》（河南人民出版社 1993 年出版），景明的《神农氏·炎帝》（西北大学出版社 1993 年出版），李学勤的《走出疑古时代》（辽宁大学出版社 1994 年出版），王震中的《中国文明起源的比较研究》（陕西人民出版社 1994 年出版），霍彦儒、郭天祥的《炎帝传》（陕西旅游出版社 1995 年出版），李学勤主编的《中国古代文明与国家形成研究》（云南人民出版社 1997 年出版），苏秉琦的《中国文明起源新探》（三联书店 1999 年出版），何炳武的《黄帝与中华文化》（陕西旅游出版社 1999 年出版），江林昌的《中国上古文明考论》（上海教育出版社 2005 年出版），许顺湛的《五帝时代研究》（中州古籍出版社 2005 年出版），王明珂的《华夏边缘——历史记忆与族群认同》（中国社会科学出版社 2006 年出版），高强的《炎黄子孙称谓的源流与意蕴》（三秦出版社 2006 年出版），何光岳、杨东晨的《中华炎黄时代》（三秦出版社 2007 年出版），刘毓庆的《上党神农氏传说与华夏文明起源》（人民出版社 2008 年出版），沈长云、张渭莲的《中国古代国家的起源与形成研究》（人民出版社 2009 年出版），王明珂的《英雄祖先与弟兄民族》（中华书局 2009 年出版），王晖的《古史传说时代新探》（科学出版社 2009 年出版），等等。

此外还出现了一批受各级政府资助的研究炎黄文化的项目，其中有多项国家哲学社会科学基金项目。② 学者们之所以重视炎黄文化研究，是因为炎黄文化研究对于中国新石器时代文化的研究，对于中国文明起

② 何炳武主持的《黄帝祭祀研究》、高强主持的《炎黄文化与中华民族凝聚力研究》、霍彦儒主持的《中国节日志·炎帝祭祀》等。

源的探索，对于深刻认识中华文化的基本特性，对于中国民族问题的研究，对于巩固和加强多元一体的中华民族的团结，对于发扬中华民族的民族精神，具有重要意义。[2]

笔者曾在《近百年炎黄文化研究的回顾与思考》一文中，着重对炎黄二帝是人还是神、炎黄释义、炎黄二帝的发祥地及陵寝、炎黄所处的时代、炎帝与神农氏的关系、炎帝与黄帝的关系、炎黄二帝的发明创造、炎黄文化的界定、炎黄文化的意义、"炎黄子孙"称谓的歧争等问题的研究进行过总结，介绍了学者们的主要观点[3]，兹不赘述。

虽然学者们在研究中见仁见智，各有胜义，但还是取得了一些共识。

首先，证明了炎黄传说有历史素地，进一步确立了炎黄二帝"人文初祖"的地位。李学勤先生认为："炎黄二帝以及其后裔的种种传说都不是虚无缥缈的东西。"[4] 江林昌先生认为："春秋战国时期，《国语》《左传》及有关青铜铭文所记的'黄帝'，是有历史依据的，黄帝是华夏各族的共同远祖，是真实的历史巨人。"[5] 炎黄二帝是中国远古时期的部族首领，由于他们功绩卓著，声名显赫，加上后人不断地附丽和艺增，便成了人文初祖和远古帝王，成了文化英雄和华夏始祖，通过战国时期的造神运动以及汉代的造仙运动，又成为神仙。正如张岂之先生所言："几千年来，在中国人心目中占据着重要地位的黄帝，正是历史上真正的黄帝与传说神话了的黄帝的统一体。"[6]

其次，明确了炎黄文明是中华文明的源头，促进了中国文明起源问题的研究。中国文明起源问题是近年来研究的热点。继夏商周断代工程之后，又启动了中华文明探源工程，涌现出一大批相关成果③。苏秉琦先生认为，中国历史有"超百万年的文化根源，上万年的文明起步，五千年的古国，两千年的中华一统实体"[7]。农耕、制陶、冶炼、筑城、祭祀、文字等在炎黄时代都有了革命性的发展。距今一万年左右，中国文明曙光初现，经过数千年的孕育发展，到了距今五千年左右时，中国文明的大门完全打开，中国进入文明时代。炎黄时代是中国文明诞生的伟大时代，炎黄二帝是这一伟大时代的杰出代表。

最后，明确了炎黄文化是中华民族的根脉，促进了中华民族史的研究。费孝通先生指出："几千年来，炎黄二帝作为中华民族始兴和统一的象征，对于海内外中华儿女的民族认同和增强凝聚力、向心力，发挥了巨大作用。"[8] 李绍连先生认为："炎黄文化是中华民族文化之根源，又是中华民族文化的象征。"[9] 距今一万年至四千年前的炎黄时代是中华文明和中华民族的滥觞期，中华文明和中华民族在这一时期起源、孕育，奠定了日

③ 中国社会科学院考古研究所、中国社会科学院古代文明研究中心编：《中国文明起源研究要览》，北京：文物出版社，2003 年；朱乃诚：《中国文明起源研究》，福州：福建人民出版社，2006 年。

后成为伟大文明和伟大民族的基础。如果说中华文明源远流长、中华民族根深叶茂的话，那么炎黄时代就是中华文明之源、中华民族之根。

（四）服务现实成效显著

学术研究要面向实际，历史研究要面对现实，否则就会成为所谓的“纯学术”，甚至成为“死学术”。近 30 年的炎黄文化研究始终扎根历史，面向现实，立足学术，面对实际，因而取得了显著成效。

近年来，各地政府希望借助炎黄文化来提升本地的文化品位，提高自己的知名度，招商引资，促进旅游业的发展。炎黄文化在很大程度上起到了这样的作用。“文化搭台，经济唱戏”，这是人们在论及二者关系时经常挂在嘴边的话。如果说这种说法在改革开放之初确实发挥过积极作用的话，那么到了改革开放已逾三十载的今天，就显得有些片面和落伍了。文化可以服务于经济，但不能从属于经济，沦落为经济的陪衬和工具。文化既要搭台，也要唱戏，而且要扮演主角，不能仅仅跑跑龙套。文化和经济应该互相搭台，共同唱戏，这样经济效益和社会效益才能双丰收。

如果仅仅强调炎黄文化研究可以促进地方经济文化建设，显然弱化甚至贬低了炎黄文化的作用。炎黄文化最突出的功效在于强化“集体记忆”，凝聚海内外华人，构建民族共有精神家园。炎黄文化是根脉文化，其研究有利于海内外华人的“文化寻根”和“文化自觉”。中国人素有“慎终追远”“法祖敬宗”的传统，炎黄崇拜从某种意义上说是一种民间信仰。面对改革开放的新形势，面对全球化的大潮，国家需要利用炎黄文化这样的传统资源来激发国人的爱国主义和民族精神。政府对炎黄文化的重视，学界对炎黄文化的研究，顺应了时代和民众的需求。

二、炎黄文化研究的展望

笔者在《近百年炎黄文化研究的回顾与思考》一文中，指出过炎黄文化研究中有待进一步突破的几个问题：一是炎黄文化研究的学术著作，尤其是全面系统地论述炎黄文化的著作太少；二是在走出疑古、纠正偏误的同时，存在着对炎黄传说完全相信、随意使用的现象；三是对炎帝文化与黄帝文化的差异性很少研究，“重黄轻炎”现象没有引起足够重视；四是炎黄文化研究同地域文化研究的结合，促进了炎黄文化研究的发展，但同时也使诸如炎黄生葬地问题的研究具有了浓重的功利性和实用性；五是宏观地评价炎黄文化与中国传统文化关系的文章较多，深入探讨炎黄文化与儒、道、阴阳等各家之间互动关系的成果较少；六是需要运用民族

学、人类学、民俗学等多学科方法对炎黄文化进行综合研究；七是应加强对炎黄文化与海外华人关系的研究；八是炎黄文化中的消极因素值得注意与研究。几年过去了，上述问题仍然存在，仍有继续探讨的必要。

（一）炎黄文化研究的拓展与深化

经过 30 年的研究，有些学者认为，炎黄二帝的资料就那么多，似乎没有多少研究的空间了。笔者认为恰恰相反，炎黄文化仍有许多值得探讨的问题，炎黄文化研究可以从以下几个方面拓展与深化。

1. 炎黄文化在不同历史时期的流变。炎黄文化与夏商周三代文化的关系，与秦汉文化的关系，炎黄文化在魏晋南北朝、隋唐、辽宋夏金、元明清时期的流变情况，其中哪些是一脉相承、沿袭不变的，哪些是有所变异、强化弱化的？为何会有如此变化？这些问题都需要仔细梳理、比对、分析。

2. 炎黄文化与中华民族多元一体格局的关系。炎黄文化的滥觞与形成期正逢中华民族的雏形期（先秦秦汉时期），炎黄文化的勃兴与重构期又逢中华民族的危机与抗争期（清末至民国时期），炎黄文化的复兴期正值中华民族的复兴期（改革开放时期），二者若合符节，从中不难看出炎黄文化与中华民族多元一体格局之间不可分割的关系。炎黄文化是中华民族多元一体格局形成与发展的催化剂与黏合剂，此乃学界共识。然而，目前出版的各种中华民族史及中华民族凝聚力研究方面的著作，要么不提炎黄，要么几笔带过。炎黄文化与中华民族多元一体格局之间究竟是如何相互影响、相互促进的，缺乏具体、深入研究。

3. 炎黄文化与诸子百家之间的关系。炎黄文化如何影响各家尤其是儒家、道家思想？如何被各家吸收、利用、改造？道家重视炎黄文化，道教尊奉炎黄二帝为神仙，与炎黄文化关系密切。儒家最初很少提炎黄，后来却把炎黄视为华夏道统之象征。道儒两家与炎黄文化的关系究竟如何？有待进一步的实证性的研究。

4. 炎黄文化与各地域文化之间的关系。炎黄文化是中华文化的主流与核心，它与河洛文化、齐鲁文化、巴蜀文化、甘青文化、吴越文化、楚文化、晋文化、台湾文化、港澳文化等地域文化是何关系？如何相互影响？这个领域的研究有待拓展。

5. 炎黄文化与海外华人的关系。炎黄文化在海外华人生存与发展的过程中发挥着凝聚的作用，研究炎黄文化与海外华人之间的关系，不仅有助于洞悉海外华人生存的奥秘，而且有助于捕捉中华文化的基因与变异。炎黄文化如何被华人带往世界各地？在海外有何变异？哪些

变了，哪些未变？为何如此变化？这些问题目前尚无系统研究，需要与港澳台及海外的炎黄文化研究团体加强联系，共同推动。

6. 炎黄文化与考古文化的关系。在研究炎黄文化的缘起，即炎黄时代时，由于文献资料极为稀缺且多有歧义，因而必须充分利用考古资料，用考古资料与文献资料互证。近年来，学界在利用考古文化促进炎黄文化研究方面取得了不少成果，但在研究中也出现了简单比附、随意解释的现象。李学勤先生认为："千万不可以简单地把某一考古文化同传说中的人物联系在一起，这样每每会造成误会甚至混乱。"[4] 石兴邦先生指出："严肃地说，在史前时代和原始时代，我们将某一考古学文化和传说记载完全整合起来，是比较困难的。我们说，仰韶文化的某一类型和阶段属于炎帝文化或黄帝文化，就目前的学术情况来看，还不可能。"[10] 唐嘉弘先生认为："如果要定点判断某遗址为炎帝或黄帝氏族部落的文化，目前显然属于臆测，实在是可资论断的材料太少了。""田野考古文化与文献所记传说的结合问题，类似高等数学上的'x+y'的公式，存在很大的不稳定性和偶然性，难免主观臆断，因此应当采取十分慎重的谨严的科学态度和方法。"[11] 严文明先生也认为："炎帝和黄帝族系究竟是属于某个地方类型呢，还是属于整个仰韶文化？如果是属于某个地方类型，又究竟是哪个类型？他们是同属于一个地方类型呢，还是各属于某一个地方类型？对于这样的问题，我想现在无论是关于传说资料的研究还是考古学的研究，都还难于做出确切的判断，因此暂时还是采取一点儿模糊数学态度为好。"[12] 笔者以为上述学者的态度是严谨的，炎黄文化与考古文化的确存在着密切的关系，可以也应该尝试着做一些对应的工作，但一定要尊重科学，谨慎从事。

7. 炎黄文化与中国新文化的关系。时代不同了，已经是21世纪了。处于中华文化体系当中一头一尾的两种文化形态，究竟应该怎样衔接？换言之，炎黄文化在全球化的形势下应该如何继承、如何重构、如何复兴？炎黄文化在构建社会主义价值体系的过程中应该扮演什么样的角色？炎黄文化如何与中国特色社会主义兼容？这些问题都需要我们深入思考。其实开拓创新、和谐统一的炎黄精神正是我们这个时代的需要，炎黄文化可以在新形势下发挥积极作用。

（二）炎黄文化研究的整合与构建

毋庸讳言，炎黄文化研究正处在疑古者与信古者的夹击之中。疑古者认为炎黄二帝纯属传说，不是科学研究，不必为之劳心费神；信古者认为炎黄传说皆为信史，努力要将其坐实做细。两方面都对目前的炎黄文化研究不满，都对炎黄文化研究有碍。因此，炎黄文化研究要想

健康发展下去，必须排除上述两方面的影响，在构建理论和整合成果等方面取得进展。

1. 构建理论体系。何为炎黄文化？在炎黄文化研究已开展百年的今天，提出这个问题，是否有些多余？窃以为并不多余。我们有必要进一步探讨与明确炎黄文化的内涵、外延、特质及炎黄文化研究的目的、对象、意义等问题。炎黄文化有狭义、中义、广义之分。狭义的炎黄文化是指炎黄时代的文化；中义的炎黄文化是指炎黄二族的文化以及炎黄时代以后对炎黄传说进行阐发、认同、重构的文化；广义的炎黄文化是指从炎黄时代开始传承至今的中国传统文化。目前多数学者所说的炎黄文化指的是广义的炎黄文化。笔者以为，中义的炎黄文化既突破了狭义的炎黄文化的时间局限，又弥补了广义的炎黄文化过于宽泛的不足，应该成为今后炎黄文化研究的重点。当然，狭义的炎黄文化是炎黄文化的根源，对狭义的炎黄文化进行研究是炎黄文化研究的基础。若从宣传、传播角度而言，广义的炎黄文化也很有必要。

2. 明确研究原则。第一，坚持实事求是。实事求是是马克思主义活的灵魂，也是认识事物和科学研究应该奉行的准则。在炎黄文化研究中坚持实事求是，就是既要反对炎黄文化研究的虚无化倾向，又要克服炎黄文化研究的功利化倾向。

第二，采用多学科方法。综合采用历史学、考古学、民族学、人类学、文化学、民俗学、社会学等多学科方法，拓展视野，丰富手段，深化研究。

第三，运用多重证据法。王国维先生倡导的二重证据法早已被学界广泛采用。如今二重证据法已发展为多重证据法，文献、考古、民俗资料的结合已成为炎黄文化研究的基本取向。

3. 整合研究成果。由于炎黄文化的久远性、复杂性和变异性，使得任何一说都不可能无懈可击，也使得任何一说都具有文化上的合理性。突破地域局限，整合研究成果，不再纠缠于炎黄二帝的生葬地之争，求同存异，共存共荣，这是炎黄文化研究今后的发展方向。当然这样做难度很大，甚至会出力不讨好，但必须去做。在整合炎黄文化研究成果时，应坚持三项基本原则：少一些地域性，多一些全局性；少一些功利性，多一些学术性；少一些血缘性，多一些文化性。近年来有些学者在这方面进行了有益的尝试。孟世凯先生多年来一直提倡“先祖大家祭”，不要去争“此是彼非”。[13] 许顺湛先生认为，五帝并不是父子祖孙相传的血缘关系，如果把炎帝、黄帝看作世袭名号，那么五帝有几处生地、葬地的问题便迎刃而解了。[14] 王震中先生认为，五帝不是血缘继承关系，而

是不同地域不同时期的几个最著名的部落。“炎帝”“神农”“神农炎帝”原本是一个泛称，各地都有自己的炎帝和神农，经过民族文化相当漫长时期的融合，各地不同的传说以及不同传说中相同的因素进行合并，才出现了“炎帝”乃至“神农”这样一个既是祖名（各族共同或公认的祖先名称）又是神名的称号。[15] 王震中先生为我们提出了一个很好的思路，炎黄二帝不是一元中心而是多元一体的。

（三）炎黄文化研究的宣传与普及

中华炎黄文化研究会会长许嘉璐先生曾经多次强调炎黄文化要普及，要走出书斋，走近老百姓。我们可以从普及读物、网络宣传、文艺作品、祭祖旅游、高校课堂等方面着手开展宣传与普及工作。

1. 普及读物。所谓普及读物不是讲述神话故事和民间传说的书籍，也不是以炎黄传说为素材创作的文学作品，而是将近百年特别是近 30 年炎黄文化研究的学术成果用通俗易懂的方式介绍给读者的书籍。普通读者无暇也无力去阅读晦涩艰深的学术著作，他们需要介绍炎黄文化的普及读物，通过这些普及读物来了解炎黄文化，进而了解中华文化与中华民族。普及读物在传播文化方面所发挥的作用往往要比学术著作大得多。

2. 网络宣传。当今社会是信息社会，网络的影响与日俱增，人们特别是青少年已习惯于从网络上获取信息，因此加强网络宣传就成为传播炎黄文化的重中之重。现有一些介绍宣传炎黄文化的网站，为传播炎黄文化、普及炎黄文化发挥了积极作用，但总体来看，有关炎黄文化的网站形式不太活泼，内容不够生动，更新速度偏慢，效果不甚理想。要想吸引更多的青少年关注，还须下大气力加以改进。

3. 文艺作品。炎黄文化方面的文艺作品包括小说、诗歌、戏剧、电影、电视等，创作难度较大。难度一方面来自年代久远，素材有限，说法各异；另一方面来自岁月变迁，认识变异，今人对原有记载的接受度下降。前者是历史因素，后者是现实因素。近 30 年炎黄题材的影视作品要么无法登上主流媒体，无人关注，要么引发争议，效果不佳。今后在创作此类作品尤其是影视作品时，需要组织相关专家论证，以保证其质量与效果。

4. 祭祖旅游。旅游是文化宣传的最佳方式之一。建议开辟“炎黄子孙寻根祭祖游”专线，把全国各地的炎黄遗迹串联起来，形成集团效应。“炎黄子孙寻根祭祖游”的海外华人市场很大，关键是要有好的策划，好的打造，好的宣传。通过开发旅游，一方面可以获得很好的经济效益，另一方面可以把炎黄文化宣传出去，普及开来，获得很好的社

会效益。目前各处炎黄故地对旅游都十分重视，均投入大量人力、物力进行旅游开发，但基本上是各自为政，各唱各的调，甚至为争抢正宗，互相拆台，搞的八方游客一头雾水，不知所云。学术分歧与地方利益是造成目前这种状况的主要原因，要完全统一认识，彻底消除分歧不太现实，但至少我们可以淡化、弱化分歧。各地只有树立大炎黄文化、大炎黄旅游的观念，充分整合、共同开发炎黄文化资源，才能实现互利共赢。

5. 高校课堂。高校是文化研究和宣传的主阵地，高校学生有了解炎黄文化的兴趣与需求。针对非专业学生，可以开设公共选修的通识课，可以开设介绍炎黄文化的学术讲座、学术报告。针对历史专业学生，可以开设专业选修课，待条件成熟时可以考虑招收适量研究生，培养专门人才。

近 30 年的炎黄文化研究可谓成就斐然，潜力很大，任重道远。每一位炎黄子孙都有义务去关注炎黄文化，了解炎黄文化，每一位中华文化的研究者都有责任去研究炎黄文化，弘扬炎黄文化。唯其如此，我们才能真正做到“文化自觉”，才能为中华民族的复兴做出应有的贡献。

（本文首发于《宝鸡文理学报》（社会科学版）2010年第4期；
后又收入《炎黄文化研究》第15辑，大象出版社，2013年，第72页）

【参考文献】

〔1〕 李学勤，张岂之.炎黄汇典［M］. 长春：吉林文史出版社，2002.
〔2〕 鲁谆. 世纪之交的炎黄研究与中华文化［J］. 炎黄文化研究，1999，（6）.
〔3〕 高强. 近百年炎黄文化研究的回顾与思考［A］.炎黄文化研究：第五辑［M］. 郑州：大象出版社，2007.
〔4〕 李学勤. 古史、考古学与炎黄二帝［A］.当代学者自选文库·李学勤卷［M］. 合肥：安徽教育出版社，1999.
〔5〕 江林昌.中国首届黄帝文化学术研讨会综述［J］. 学术月刊，2001，（4）.
〔6〕 张岂之. 论陕北黄土高原是中华民族的发祥地［A］. 何炳武. 黄帝与中华文化［M］. 西安：陕西旅游出版社，1999.
〔7〕 苏秉琦.中国文明起源新探［M］. 北京：三联书店，1999.
〔8〕 费孝通. 弘扬炎黄文化 振奋民族精神［N］. 光明日报，2002-04-09（4）.
〔9〕 李绍连. 炎黄文化与炎黄子孙［J］. 中州学刊，1992，（5）.
〔10〕 石兴邦. 有关炎帝文化的几个问题［A］.宝鸡市社科联. 姜炎文化论［C］.西安：三秦出版社，2001.
〔11〕 唐嘉弘.炎帝传说考述——兼论姜炎文化的源流［J］.史学月刊，1991，（1）.
〔12〕 严文明.炎黄传说与炎黄文化［A］. 炎黄汇典·文论卷［M］. 长春：吉林文史

出版社，2002.
〔13〕 孟世凯．寻着炎帝遗迹 弘扬区域历史文化［A］．王树新，孟世凯．炎帝文化［C］．北京：中华书局，2005.
〔14〕 许顺湛．五帝时代研究［M］．郑州：中州古籍出版社，2005.
〔15〕 全国首届会同炎帝故里文化研讨会筹备工作领导小组办公室．全国首届会同炎帝故里文化研讨会论文集［C］．内部发行，2009.

宋代圣祖天尊大帝与轩辕黄帝关系考

吴红兵

中国古代的一些封建王朝在建立之初为彰显其统治地位的合法性，通常会选取一位同姓天神作为本族始祖，大家熟知的想必就有道祖李耳曾被李唐王朝尊为始祖。同样，赵宋王朝也曾选择了一位赵姓天神为祖先，并封其为圣祖天尊大帝，而且宋朝皇帝坚信这位天神与轩辕黄帝有着千丝万缕的联系。如若要讲清楚宋代圣祖天尊大帝与轩辕黄帝的关系，我们得先了解一下圣祖天尊大帝这个封号出现的时代背景。

一、圣祖天尊大帝出现的时代背景

公元 997 年，宋太宗赵光义驾崩，由他的第三个儿子赵元侃继承皇位，这位皇帝就是后来我们熟知的宋真宗。现在我们一般称宋真宗名为赵恒，这是他为彰显自己尊贵的地位，继位后才改的。正如他的父亲，因避二哥宋太祖赵匡胤的名讳，由原来的赵匡义改为赵光义，夺得帝位后，又改名赵炅。宋真宗赵恒是宋朝第三位皇帝，也是宋朝守成时期的第一位君主。对宋真宗的评价，史书褒贬不一，不过作为守成时期的君主，长期生活在父亲和伯父丰功伟绩的阴影之中应该是肯定的。毕竟作为开国时期的宋太祖、宋太宗结束了自安史之乱以后，藩镇长期割据、各地纷争不断的动荡局势，完成了局部统一。可想而知，文才武略远逊于父亲和伯父的宋真宗要想得到满朝大臣和万千民众的真心拥戴应该是很难的。

特别是在景德元年（1004），辽朝萧太后与辽圣宗亲率大军南下，大有一举灭宋之势。宋真宗和诸多大臣见形势不利，动了放弃京师开封而迁都南方的念头，后在寇准等人的强烈要求下，宋真宗这才不得已北上亲征。后面的事情想必熟悉宋朝历史的人都很清楚，宋真宗在军事形势一片大好的情况下，与契丹（即后来的辽）签立了和约，即历史上著名的“澶渊之盟”。这里我们不再详细介绍“澶渊之盟”的具体内容，主要说一下盟约中规定“宋与契丹互称兄弟之国”的条款给宋人带来的影响。可以说，“澶渊之盟”的签立标志着北方游牧民族契丹所建立的政权得到了宋王朝的认可，拥有了与其同等的政治地位，这样就出现了所谓“国有二君”的情形。虽然史书没有明确记载当时宋朝民众对此情形感想如何，但也不难猜测，以宋真宗为首的统治集团的执政能力应该受到了前所未有的质疑，他本人的帝位或许也出现了不稳的迹象。

为了稳定民心，更为彰显皇权正统，宋真宗与大臣们自编自导自演了轰轰烈烈的天书封禅运动。伴随着天书封禅运动的展开，寻找一位天神作为赵宋始祖也成为当时宋真宗关注的大事，毕竟前代的李唐就曾尊道祖李耳为始祖，以彰显其天命神授。遗憾的是，尽管宋真宗和大臣们苦苦思索，却发现赵姓天神虽不少，但没有一位较有分量的。既然没有，不妨找一个人们熟知的再重新封号就可以了，就这样，稍有名气的财神赵玄朗登场了。

二、宋代圣祖天尊大帝的由来

要弄清楚宋朝圣祖天尊大帝的具体由来，需要从宋真宗做的一个梦开始说起。大中祥符五年（1012）十月二十四日，宋真宗在滋福殿对大臣们说，他在十七日晚上做了一个梦，梦里再次遇见曾在景德四年（1007）由玉皇大帝派遣至人间，托梦告知他将有赵姓始祖授予自己天书的那位神使，这一次神使告诉宋真宗：“先令汝祖赵某授汝天书，此月二十四日再得见汝，如唐朝恭奉玄元皇帝。”玄元皇帝正是唐高宗尊奉道祖李耳的封号。很显然这次神使托梦告诉宋真宗，赵室皇族的祖先将要在二十四日的晚上再次降临人间。

宋真宗根据神使指示，在延恩殿恭设道场等待始祖降临。大概是当天晚上的七点多，宋真宗忽然闻到了一股异香，没过多久，就发现满殿金光，掩蔽灯烛。接着就看到了手持宝器的灵仙仪卫，紧随其后的就是赵氏始祖，典籍记载中称他为天尊。天尊告诉宋真宗：“吾人皇九人中一人也，是赵之始祖，有功于世。再降，乃轩辕黄帝。凡世所知少典之子，非也。母感电梦天人，生于寿丘。于后唐时，奉玉皇帝命七月一日下降，总治下方，主赵氏之族，今已百年。”从天尊的话语中我们得知以下信息：这位天尊自称是九人皇之一，赵氏始祖，曾以轩辕黄帝身份降世，出生在寿丘，又在后唐时奉玉帝之命，重降人间，主掌赵氏之族。天尊与宋真宗进行了简短谈话后就乘云而去了。天微微亮时，宋真宗立即诏令王旦等朝中大臣，以及修玉清昭应宫的副使李宗谔、刘承珪及都监蓝继宗等人，一同瞻仰天尊降临之所，后来还将天尊降临的整个过程记录下来，名为《圣祖降临记》，广为传播。

既然天尊是赵姓天神，接下来就是要确定其具体的尊号和名字，以便人们熟知和祭祀。在大中祥符五年（1012）十一月初五日，宋廷尊他为圣祖上灵高道九天司命保生天尊大帝，以玉清昭应宫玉皇后殿为圣祖正殿，东位司命殿为其治事之所，并将位于坊州（今陕西黄陵）、重建于宋太祖开宝五年（972）的轩辕黄帝庙，更名为圣祖上灵高道九天司命保生天尊大帝庙（在大中祥符七年七月五日改的庙名）。初八日，朝廷下诏：“圣祖名，上曰玄、下曰朗，不得斥犯。以七月一日为先天节，十月二十四日为降圣节，并休假五日。”初九日，诏令天下府、州、军、监（均为宋朝州一级行政机构）的天庆观内增置圣祖殿。十一日，诏上圣祖的母亲懿号为

元天大圣后。十四日，改兖州曲阜县（今山东曲阜）为仙源县，并于寿丘建景灵宫、太极观以供奉圣祖和圣祖母。到此为止，宋真宗与大臣们完成了赵宋皇室的始祖赵玄朗的“制造”过程。这位尊号为圣祖上灵高道九天司命保生天尊大帝的天神，当时常被人称为圣祖天尊大帝，其在当时道教天神体系中的地位仅次于三清和玉皇大帝。

三、宋代圣祖天尊大帝与轩辕黄帝之间的关系

按照宋真宗的说法，天尊曾亲口告诉他，自己是九人皇之一，赵氏始祖，后降世为轩辕黄帝，于后唐时再降世主掌赵氏宗族。我们先来分析一下，宋真宗为什么一定要强调赵氏始祖曾经降世为轩辕黄帝？众所周知，轩辕黄帝为五帝之一，被尊为华夏始祖、人文初祖。宋人认为黄帝代表着天统，正如天禧四年（1020），时任大理寺丞的董行父所言：“在昔黄帝兼三材而统天下，天统得而天下治。故伏羲为人统，神农为地统，黄帝为天统。”董行父的意思很明确，如果帝位上承黄帝，就是上秉天统，即为正统。另外，前文已述，唐朝曾封其始祖李耳为玄元皇帝，而赵氏始祖曾降世为“轩辕黄帝”，这与“玄元皇帝”恰好同音，仿佛也在暗示着赵氏正统帝位。下面我们来说一下圣祖天尊大帝与轩辕黄帝之间的具体关系。

从流传下来的典籍记载来看，当时很多宋人都将圣祖天尊大帝与轩辕黄帝视为同一人。如晁公武在《郡斋读书志》中提到王钦若所集三十六卷本的《先天纪》时曾说：“圣祖赵讳，即轩辕黄帝也。故钦若奉诏编次传记黄帝事迹上之，赐名《先天纪》，御制序冠其首。”可以说，轩辕黄帝的地位在宋代得到了空前提高，其名讳也如圣祖天尊大帝赵玄朗一样遇则避之，如大中祥符七年（1014）六月一日，宋廷专门颁布《不得斥黄帝名诏》，明确规定：“内外文字不得斥用黄帝名号、故事，其经典旧文不可避者阙之。”大观四年（1110）五月十九日，朝廷诏令凡有姓轩辕的人须去“辕”字。政和四年（1114）四月二十七日，更是将天上的轩辕星改名为权星。

虽然宋人认为圣祖天尊大帝与轩辕黄帝是同一人，但严格说来，轩辕黄帝应该算是圣祖天尊大帝赵玄朗的转世之身，即赵氏始祖圣祖天尊大帝众多身份中的一种。即便如此，宋人还是直接将广泛流传的轩辕黄帝事迹都当作赵玄朗降世期间所为，毕竟作为财神的赵玄朗实在没有太多功绩可言。为此，宋人在唐人王瓘《广黄帝本行记》的基础上，重新编撰出了《先天纪》《轩辕黄帝传》等记录事迹的典籍，重塑了这位宋真宗认为是赵氏始祖降世为人的轩辕黄帝的形象。不得不说，轩辕黄帝成了宋真宗彰显其赵氏始祖圣祖天尊大帝赵玄朗丰功伟绩的载体，在某种程度上来讲，轩辕黄帝成了圣祖天尊大帝赵玄朗身上的光环之一。

就这样，缘于宋真宗一个虚无缥缈的梦而拉开的轰轰烈烈的造祖运动大幕，影响了此后260余年的宋王朝历史，轩辕黄帝也因与圣祖天尊大帝赵玄朗的微

妙关系而在有宋一朝地位凸显。伴随着宋王朝的完全覆灭，元朝摧毁了南宋在江南各地修建的圣祖殿，从此，圣祖天尊大帝消失在了历史长河中。虽然元朝摧毁了宋朝修的圣祖殿，但对轩辕黄帝却极为崇敬。据史料记载，元世祖忽必烈至元年间，朝廷就已开始诏令天下郡县庙祭祀三皇，且礼制规格超过前代。元朝还对位于当时鄜州中部县（今陕西黄陵）的黄帝庙时常加以修葺，最后一次修缮是在元顺帝至正二十五年至二十八年（1365 – 1368），此次整修黄帝庙工程告竣后，张敏撰写了《重修黄帝庙碑》。

无论怎样，有宋一代，轩辕黄帝始终与圣祖天尊大帝一起被尊为赵宋皇室始祖，正如南宋状元、一代名臣王十朋在其名为《黄帝》的一诗中说的那样：

百年功就蜕乾坤，鼎冷壶空迹尚存。

别有庆源流不尽，皇朝叶叶是神孙。

【参考文献】

〔1〕 ［宋］佚名.宋大诏令集［M］.北京：中华书局，1962.

〔2〕 ［宋］王十朋.王十朋全集（修订本）［M］.上海：上海古籍出版社，2012.

〔3〕 ［宋］李焘.续资治通鉴长编［M］.北京：中华书局，2004.

〔4〕 ［宋］晁公武撰，孙猛校证.郡斋读书志校证［M］.上海：上海古籍出版社，2011.

〔5〕 ［元］脱脱等.宋史［M］.北京：中华书局，1977.

〔6〕 ［清］徐松辑.宋会要辑稿［M］.上海：上海古籍出版社，2014.

主要参考文献

（按四部分类及朝代先后排序）

- 《周易正义》，[魏]王弼等注，[唐]孔颖达等疏，上海：上海古籍出版社，1997年。
- 《毛诗正义》，[汉]郑玄笺，[唐]孔颖达等疏，上海：上海古籍出版社，1997年。
- 《诗集传》，[宋]朱熹集注，北京：中华书局，1958年。
- 《尚书正义》，[汉]孔安国传，[唐]孔颖达等疏，上海：上海古籍出版社，1997年。
- 《书集传》，[宋]蔡沈撰，王丰先点校 ，北京：中华书局，2018年。
- 《周礼注疏》，[汉]郑玄注，[唐] 贾公彦疏，上海：上海古籍出版社，1997年。
- 《周礼正义》，[清]孙诒让撰，北京：中华书局，1987年。
- 《仪礼注疏》，[汉]郑玄注，[唐] 贾公彦疏，上海：上海古籍出版社，2008年。
- 《仪礼正义》，[清]胡培翚撰，段熙仲点校，南京：江苏古籍出版社，1993年。
- 《礼记正义》，[汉]郑玄注，[唐]孔颖达等疏，上海：上海古籍出版社，1997年。
- 《大戴礼记解诂》，[清]王聘珍撰，北京：中华书局，1983年。
- 《春秋左传正义》，[晋]杜预注，[唐]孔颖达等疏，上海：上海古籍出版社，1997年。
- 《论语正义》，[清]刘宝楠撰，高流水点校，北京：中华书局，1990年。
- 《四书章句集注》，[宋]朱熹集注，北京：中华书局，1983年。
- 《经义述闻》，[清]王引之撰，上海：上海古籍出版社，2018年。
- 《群经平议》，[清]俞樾撰，《皇清经解续编》，济南：齐鲁书社，2016年。
- 《韩诗外传笺疏》，屈守元注，成都：巴蜀书社，1996年。
- 《纬书集成》，安居香山、中村璋八编，石家庄：河北人民出版社，1994年。
- 《说文解字注》，[汉]许慎撰，[清]段玉裁注，上海：上海古籍出版社，1981年。
- 《释名》，[汉]刘熙撰，北京：中华书局，2016年。

- 《史记》，[汉]司马迁撰，北京：中华书局，1959年。
- 《汉书》，[汉]班固撰，北京：中华书局，1962年。
- 《后汉书》，[南朝宋]范晔撰，北京：中华书局，1965年。
- 《三国志》，[晋]陈寿撰，北京：中华书局，1982年。
- 《晋书》，[唐]房玄龄等撰，北京：中华书局，1974年。
- 《宋书》，[梁]沈约撰，北京：中华书局，2015年。
- 《梁书》，[唐]姚思廉撰，北京：中华书局，1973年。
- 《周书》，[唐]令狐德棻等撰，北京：中华书局，1971年。
- 《北史》，[唐]李延寿撰，北京：中华书局，2013年。
- 《隋书》，[唐]魏徵、令狐德棻等撰，北京：中华书局，1973年。
- 《旧唐书》，[后晋]刘昫撰，北京：中华书局，1975年。
- 《新唐书》，[宋]欧阳修、宋祁等撰，北京：中华书局，1975年。
- 《旧五代史》，[宋]薛居正等撰，北京：中华书局，1976年。
- 《宋史》，[元]脱脱等撰，北京：中华书局，1985年。

- 《明史》，[清]张廷玉等撰，北京：中华书局，1974年。
- 《古本竹书纪年辑校订补》，范祥雍订补，上海：上海古籍出版社，2011年。
- 《世本八种》，[汉]宋衷注，[清]秦嘉谟等辑，北京：中华书局，2008年。
- 《两汉纪》，[晋]袁宏撰，张烈点校，北京：中华书局，2002年。
- 《续资治通鉴长编》，[宋]李焘撰，北京：中华书局，2004年。
- 《逸周书汇校集注》，黄怀信、张懋镕、田旭东校注，上海：上海古籍出版社，2007年。
- 《东观汉记校注》，[汉]刘珍等撰，吴树平校注，北京：中华书局，2008年。
- 《国语集解》，[清]徐元诰撰，王树民、沈长云校，北京：中华书局，2002年。
- 《战国策》，[汉]刘向集录，北京：中华书局，1985年。
- 《列仙传校笺》， 王叔岷校笺，北京：中华书局，2007年。
- 《穆天子传汇校集释》，王贻梁、陈建敏校注，上海：华东师范大学出版社，1994年。
- 《吴越春秋辑校汇考》，周生春校注，上海：上海古籍出版社，1997年。
- 《万历野获编》，[明]沈德符撰，北京：中华书局，2000年。
- 《华阳国志校补图注》，[晋]常璩撰，任乃强校注，上海：上海古籍出版社，1987年。
- 《（成化）山西通志》，[明]李侃撰，北京：中华书局，1998年。
- 《（雍正）陕西通志》，凤凰出版社编，南京：凤凰出版社，2011年。
- 《湖南通志》，清光绪十一年刻本。
- 《（嘉靖）池州府志》，[明]王崇撰，上海：上海古籍书店，1962年。
- 《（嘉靖）曲沃县志》，明嘉靖刻本。
- 《高淳县志》，明嘉靖本。
- 《明清庆阳府志（嘉靖和顺治）》，庆阳地区志编纂委员会办公室编，兰州：甘肃人民出版社，2001年。
- 《中部县志》，[清]丁瀚撰，清嘉庆刻本。
- 《黄陵县志》，1944年铅印本。
- 《陕西省志·黄帝陵志》，何炳武、刘宝才编，西安：陕西人民出版社，2005年。
- 《山海经校注》，袁珂校注，上海：上海古籍出版社，1980年。
- 《水经注》，[北魏]郦道元撰，陈桥驿点校，上海：上海古籍出版社，1990年。
- 《海录碎事》，[宋]叶廷珪撰，上海：上海辞书出版社，1989年。
- 《通典》，[唐]杜佑撰，王文锦等点校，北京：中华书局，1992年。
- 《通志》，[宋]郑樵撰，北京：中华书局，2016年。
- 《唐会要》，[宋]王溥撰，北京：中华书局，1955年。
- 《史通通释》，[唐]刘知幾撰，[清]浦起龙通释，上海：上海古籍出版社，2009年。

- 《荀子集解》，[清]王先谦撰，沈啸寰、王星贤点校，北京：中华书局，1988年。
- 《孔子家语》，王国轩、王秀梅译注，北京：中华书局，2009年。

- 《法言》，[汉]扬雄撰，北京：中华书局，2019年。
- 《论衡校释》，[汉]王充撰，黄晖校释撰，北京：中华书局，2018年。
- 《颜氏家训集解》，[北齐]颜之推撰，王利器注，北京：中华书局，1993年。
- 《商君书》，[战国]商鞅撰，北京：中华书局，2018年。
- 《韩非子集解》，[清]王先慎撰，钟哲点校，北京：中华书局，1998年。
- 《管子校注》，　黎翔凤撰，梁运华整理，北京：中华书局，2004年。
- 《虎钤经》，[宋]许洞撰，清《粤雅堂丛书》本。
- 《武备志》，[明]茅元仪撰，明天启刻本。
- 《战守全书》，[明]范景文撰，明崇祯刻本。
- 《登坛必究》，[明]王鸣鹤撰，清刻本。
- 《黄帝内经》，北京：中华书局，2014年。
- 《尸子疏证》，汪继培辑，魏代富疏证，南京：凤凰出版社，2018年。
- 《鹖冠子校注》，黄怀信校注，北京：中华书局，2014年。
- 《盐铁论》，[汉]桓宽撰，上海：上海人民出版社，1974年。
- 《日知录集释》，[清]顾炎武撰，黄汝成集释，上海：上海古籍出版社，2006年。
- 《艺文类聚》，[唐]欧阳询撰，汪绍楹校，上海：上海古籍出版社，1982年。
- 《初学记》，[唐]徐坚等编，北京：中华书局，1962年。
- 《册府元龟》，[宋]王钦若等编，北京：中华书局，2020年。
- 《太平御览》，[宋]李昉、李穆、徐铉等编，上海：上海古籍出版社，1994年。
- 《太平广记》，[宋]李昉等编，北京：中华书局，1961年。
- 《渊鉴类函》，[清]张英等编，上海：上海古籍出版社，1992年。
- 《风俗通义校注》，[汉]应劭撰，王利器校注，北京：中华书局，1981年。
- 《拾遗记》，[晋]王嘉撰，[南朝梁]肖绮录，齐治平校注，北京：中华书局，1981年。
- 《搜神记》，[晋]干宝撰，北京：中华书局，2012年。
- 《博物志校证》，[晋]张华撰，范宁校证，北京：中华书局，1980年。
- 《异苑》，[南朝宋]刘敬叔撰，范宁校点，北京：中华书局，1996年。
- 《庄子今注今译》，陈鼓应注译，北京：中华书局，2009年。
- 《列子集释》，杨伯峻注，北京：中华书局，2018年。
- 《吕氏春秋集释》，许维遹注，北京：中华书局，2009年。
- 《淮南子》，[汉]刘向撰，北京：中华书局，2012年。
- 《抱朴子》，[晋]葛洪撰，北京：中华书局，2011年。

- 《楚辞集注》，[宋]朱熹集注，黄灵庚点校，上海：上海古籍出版社，2015年。
- 《楚辞补注》，[宋]洪兴祖注，北京：中华书局，1983年。
- 《庾子山集注》，[北周]庾信撰；[清]倪璠注，北京：中华书局，1980年。

- 《五百家注韩昌黎集》，[唐]韩愈撰，[宋]魏仲举集注，郝润华、王东峰整理，北京：中华书局，2019年。
- 《元稹集》，[唐]元稹撰，北京：中华书局，2010年。
- 《李长吉歌诗编年笺注》，[唐]李贺撰，吴企明笺注，北京：中华书局，2012年。
- 《范仲淹全集》，[宋]范仲淹撰，成都：四川大学出版社，2002年。
- 《王十朋全集》，[宋]王十朋撰，上海：上海古籍出版社，2012年。
- 《朱子全书》，[宋]朱熹撰，上海：上海古籍出版社，2002年。
- 《文天祥诗集校笺》，[宋]文天祥撰，刘文源校笺，北京：中华书局，2017年。
- 《胡祗遹集》，[元]胡祗遹撰，魏崇武、周思成校点，长春：吉林文史出版社，2008年。
- 《乐府诗集》，[宋]郭茂倩编，北京：中华书局，1979年。
- 《先秦汉魏晋南北朝诗》，逯钦立辑，北京：中华书局，2000年。
- 《全唐诗》，[清]彭定求编，北京：中华书局，1960年。
- 《全宋诗》，北京大学古文献研究所编，北京：北京大学出版社，2019年。
- 《文选》，[南朝梁]萧统编，上海：上海古籍出版社，1986年。
- 《续古文苑》，[清]孙星衍辑，北京：中华书局，1985年。
- 《全上古三代秦汉魏晋南北朝文》，[清]严可均辑，北京：中华书局，2017年。
- 《全唐文》，[清]董诰等编，上海：上海古籍出版社，1990年。
- 《汉魏南北朝墓志汇编》，赵超编，天津：天津古籍出版社，1992年。
- 《汉魏六朝笔记小说大观》，王根林等校点，上海：上海古籍出版社，1999年。
- 《中国黄帝陵文史资料汇编》，王沧洲、李丰编著，黄帝陵风景名胜区管理处，1999年。
- 《炎黄汇典》，李学勤、张岂之主编，长春：吉林文史出版社，2002年。
- 《黄帝文化志》，黄帝陵基金会编，西安：陕西人民出版社，2008年。
- 《黄帝祭文集》，黄帝陵管理局编，西安：西北大学出版社，2014年。
- 《黄帝陵碑刻》，陕西省公祭黄帝陵工作委员会办公室编，西安：陕西人民出版社，2014年。

后记

受陕西省人民政府、陕西省黄帝陵文化园区管理委员会及黄陵县的委托，西北大学中国文化研究中心承担了策划、编撰《黄帝祭文汇编简注》的重任，对历代黄帝祭文文献进行整理、注释，目的是保存史料，赓续数千年绵延至今的黄帝祭祀传统，为研究黄帝文化提供借鉴，也为弘扬和传承中华优秀传统文化尽一份绵薄之力。

二〇一九年五月，我们接受了这项意义重大的任务，陕西省黄帝陵文化园区管委会和西北大学联合成立了编撰组织工作委员会，在组委会的指导下，我们随即组建团队，由西北大学中国文化研究中心主任李浩教授担任主编，中心团队成员担纲编撰任务。编委会数度召开会议，就搜集资料、编写大纲、注释体例等问题进行了多次讨论，并于二〇二〇年十月完成书稿。主编李浩教授制定了整体编写框架、通览全稿并组织召开选题论证会及专家审稿会；副主编赵杭总体统筹协调编撰、出版、印制、政府沟通等各环节的组织管理工作；副主编苏峰整理提供了黄陵现存相关资料；副主编孟飞负责草拟了编写凡例及稿件样章；其余编撰人员具体分工如下：

我们还邀请了文史研究与文献整理方面的专家，召开选题论证会和审稿会。所邀专家有陕西师范大学党怀兴教授、周淑萍教授，宝鸡文理学院高强教授，西北大学郝润华教授、李芳民教授、赵小刚教授、张文利教授等。在书稿审校阶段，还曾请陕西科技大学马立军教授、渭南师范学院李娜教授、西北大学赵阳阳副教授帮助审校。这些专家极其认真地审阅了我们的书稿，不仅从整体上对书籍的编撰提出宏观性意见，而且在具体篇目字句的辨析释义上也给予我们精细指导。另外，我们聘请了西安理工大学艺术与设计学院副院长张辉教授的摄影团队，专程赴黄陵拍摄现存的历代祭文石碑及黄陵景观照片；延请陕西省公祭黄帝陵工作委员办公室原主任苏宇女士为我们提供祭文碑石拓片图像及其他黄陵祭祀相关图片资料。这些精美的图片既印证了陕西黄陵作为国家公祭场所的历史事实，也使我们在阅读祭文的同时能更直观地了解黄帝祭祀文化，更为本书增色颇多。

此外，本书的编撰也得到了黄陵县委县政府的大力支持，他们不仅提供了现有的资料，也为编撰团队、摄影团队现场考察、拍照进行精心安排和鼎力协助，衷心感谢黄陵县领导及相关部门负责人。

西北大学出版社马来社长、张萍总编辑等全力支持本书相关工作开展，责任编辑张红丽女士，加班加点编校稿件，谨此一并表示感谢！

二〇二一年清明，因新冠疫情而被间断一年的黄帝陵公祭活动重新开启。在盛大的黄帝祭祀系列活动中，《黄帝祭文汇编简注》新书发布会作为本届黄帝文化学术论坛上的重要内容，受到与会学者及公祭参与嘉宾的极大关注，数百本新书被争相收藏。基于此，为了更好地推广和宣传黄帝文化，进一步扩大黄陵祭祀的影响，让《黄帝祭文汇编简注》不仅成为一本学术兼具普及的图书，而且成为值得保存的艺术臻品，我们在原先版本的的基础上，再次进行详尽的文字修订，也将今年祭文收入，并聘请多次获得国内、国际图书设计奖的西安美术学院艺术设计学院李瑾副

宋代许洞《祭黄帝文》、元代胡祗遹《祭黄帝文》（三篇）、明代明太祖洪武四年（一三七一）至明武宗正德十一年（一五一六）祭文（八篇），由孟飞负责；

明代明世宗嘉靖十年（一五三一）至清代清圣祖康熙二十一年（一六八二）祭文（十篇）及参考文献整理，由郭琳负责；

清代清圣祖康熙二十七年（一六八八）至清世宗雍正二年祭文（八篇），孙绰《黄帝赞》、王十朋《黄帝》诗、文天祥《涿鹿》诗，由吴红兵负责；

清世宗雍正十三年（一七三五）至清高宗乾隆四十一年（一七七六）祭文（八篇），佚名《〈黄帝庙〉赞文》、岳伦《黄帝庙》诗各一篇，由任雅芳负责；

清代清高宗乾隆四十五年（一七八〇）至清宣宗道光三十年（一八五〇）祭文（八篇），同盟会一九〇八年祭文，祝灏《黄帝庙》、李梦阳《黄帝陵》、锺世美《三皇庙记》，由王早娟负责；

中华民国时期（一九三五年至一九三八年）祭文九篇，牵秀《黄帝颂》、挚虞《黄帝赞》，附录四《黄帝研究论文选辑》，由陈战峰负责；

中华民国时期（一九三八年至一九四一年）祭文八篇，中华人民共和国时期全部祭文，顾况《攀龙引》、陈凤梧《黄帝赞》，由邱晓负责；

中华民国时期（一九四一年至一九四四年）祭文八篇，曹毗《黄帝赞》、李贺《苦篁调笑引》，由陈艳负责；附录二《黄帝传记》三篇、附录三《黄帝世系图表》，由刘晓负责；

刘晓宇负责编务相关工作。

教授重新进行书籍设计，增添多角度古碑原照、高清拓片照及详尽说明，另行推出这本《黄帝祭文汇编简注》（限量版），力争打造出一款外观精美、内容丰厚、值得珍藏的艺术产品。

由于我们学殖浅陋、水平有限，书中难免存在一些纰漏和不足，敬请读者不吝赐教、批评指正。

编者

二〇二一年八月十二日